Samantha Watkins

ou

Les chroniques d'un quotidien extraordinaire

Tome 2 : Origines

Aurélie Venem

Aux amis cobayes qui ont cru dans le potentiel de Samantha.

Prologue

- *À l'issue de cette quête, tu sauras. Après cela, bientôt, tu viendras à moi.*

Chapitre I : Une nouvelle donne

*

Franchement, comme début d'année, on pouvait mieux faire !

J'avais réussi, ces douze derniers mois, à me sortir de tous les pétrins possibles et imaginables plus ou moins sans mal... enfin avec pas mal de blessures, mais j'étais toujours entière, c'était déjà ça. Que de chemin parcouru depuis le lycée Griffith !

En effet, avant de me prendre pour *John Rambo*, j'étais une banale bibliothécaire dont le seul but dans la vie était d'éviter au maximum les rencontres fortuites avec une professeur d'allemand que tous, élèves comme enseignants, appelaient « Cruella » Angermann, du fait de sa capacité à vous rabaisser plus bas que terre en une seule phrase. La plupart du temps, j'arrivais à passer à travers ses remarques assassines et je me réfugiais là où personne ne pouvait m'atteindre : dans le monde des livres. Passionnée par la lecture depuis toujours, j'avais voulu devenir écrivain, mais j'avais tout raté et choisi ce métier pour rester dans cet univers. Ma bibliothèque n'attirait pas grand monde alors je pouvais lire autant que je voulais, personne ne venait me voir... Cela valait aussi dans la vie de tous les jours d'ailleurs...

Complètement transparente, je n'avais eu, depuis vingt-neuf ans d'existence, ni amis ni amants, et cela m'arrangeait bien car plus que tout, j'avais peur d'être rejetée. Mes parents, qui étaient morts dans un accident de voiture quelques années auparavant, me vouaient un amour inconditionnel, mais aussi exclusif. En préférant que je joue avec eux plutôt qu'avec les gamins du quartier, ils m'avaient empêchée d'apprendre à tisser du lien social. Résultat, j'étais devenue une éternelle solitaire. Je ne leur en voulais pas car ils m'avaient fait découvrir des expositions, des musées, des films ou des concerts et tous les dimanches, on allait en famille au parc de loisirs de Williamsburg, à une heure de Kentwood, ma ville natale. Je les adorais... et leur absence se faisait cruellement ressentir parfois, notamment quand ma vie insipide avait pris un tournant à cent quatre-vingt degrés...

Juste après le nouvel an, alors que je rentrais chez moi quelque peu énervée par le savon que m'avait passé Cruella plusieurs heures auparavant, j'étais tombée sur un vampire... Le terme « tomber » ne me semble pas approprié; en fait, on m'avait balancée sur lui. C'était un ange...

Oh, pas l'un de ceux du Paradis avec des ailes, une auréole et plein d'amour dans le cœur. C'était comme ça que, dans la communauté vampirique, on appelait les bras droits des chefs de secteur. Et Phoenix était l'un des plus respectés. Soumis aux ordres des puissants maîtres du comté de Kerington, Talanus et Ysis, tous deux âgés de deux mille ans et ayant côtoyé pour l'un Auguste et pour l'autre Cléopâtre, il avait décidé de ne plus s'embêter avec une paperasse administrative qu'il abominait et de s'attacher les services d'une assistante, moi.

Je n'avais pas eu le choix en vérité. En vertu de la préservation du Secret de leur existence, c'était ça ou être exécutée. J'avais eu du mal à l'accepter, ça pouvait se comprendre...

Mais j'avais appris que celui que je prenais pour un monstre buveur de sang avait pour fonction de préserver les vies humaines en faisant respecter l'application stricte du Grand Changement. Je m'explique : les vampires s'étaient rendus compte qu'ils n'avaient plus besoin d'assassiner les humains pour se nourrir ; heureusement, car les progrès de la police scientifique commençaient à les inquiéter sérieusement. Une guerre ouverte était hors de question alors les Grands, les dix membres les plus puissants et les plus anciens de leur espèce, chargés de veiller à la préservation du Secret, avaient décidé un changement radical de mode de consommation : désormais, il fallait se fournir dans des banques du sang, des hôpitaux ou encore des dispensaires étroitement surveillés. Les anges étaient ainsi chargés d'exécuter tous les réfractaires à l'ordre établi. Enfin, ça, c'était seulement valable dans les pays riches…

C'était triste à dire, mais là où le chaos régnait (guerres civiles, corruption, famines), ceux qui refusaient de s'astreindre à ces nouvelles règles pouvaient s'en donner à cœur joie et massacrer qui ils voulaient. Pour autant, cela ne semblait pas toujours suffisant vu l'ampleur du trafic de sang que mon nouveau patron et moi avions déjoué au péril de nos vies. Le taux de disparitions dans le comté de Kerington avait tellement augmenté que les Grands avaient bien failli tous nous éliminer pour notre incompétence à retrouver les têtes pensantes de ce complot. Heureusement, le créateur de Phoenix, Finn Jorgensen, le plus vieux vampire existant, s'en était mêlé et nous avions réussi à nous en sortir en découvrant que les vrais responsables étaient en fait Karl Sarlsberg, le quasi « frère » de mon patron, lui-même sous les ordres du meilleur ami de Talanus, Ichimi Ritsuye. L'un comme l'autre avaient eu du mal à se remettre de cette double trahison.

Finalement, j'étais heureuse d'avoir été épargnée, mais plus que tout, j'étais soulagée que celui qui m'avait entraînée là-dedans, le soit aussi… Effectivement, de la peur et de la colère d'avoir été kidnappée, mes sentiments envers Phoenix avaient d'abord évolué vers la reconnaissance pour m'avoir permis de devenir quelqu'un d'autre grâce à ses entraînements et ses conseils. Ensuite, je m'étais rendu compte que plus qu'un employeur, il était devenu un mentor, et un véritable ami. Il était toujours là pour moi et je savais que je comptais beaucoup pour lui aussi. C'était exceptionnel d'ailleurs, car les vampires sont très indépendants et peu enclins à se soucier d'autres personnes qu'eux-mêmes, et encore moins des mortels.

Bref, j'étais désormais heureuse à Scarborough, ma ville d'accueil où j'avais rencontré des gens extraordinaires : Danny, le cuistot du « Bon appétit chez Danny » et son fils adoptif, Matthew, qui avec Angela, étaient mes plus proches amis humains. Ginger Wood, qui tenait la confiserie locale, me donnait toujours mes bonbons préférés pour me remercier d'avoir arrangé (avec maladresse) ses relations avec sa fille, Valérie. Et enfin, François, vampire et ancien mousquetaire de Louis XIV qui était venu nous aider dans notre enquête et qui, au lieu de repartir en France, avait déposé ses bagages au château que nous habitions avec mon employeur, bien décidé à ne plus quitter celle pour qui il avait eu un véritable coup de foudre et qui était au courant de sa vraie nature : Angela. La période août-décembre avait donc été un pur bonheur pour moi car je me sentais respectée dans la vie comme dans mon travail et j'étais entourée des gens que je chérissais. Bien entendu, les choses avaient dérapé considérablement.

Cela avait commencé avec l'épisode sous le gui… J'avais voulu fêter Noël dignement et j'avais décoré la salle avec des guirlandes et un sapin. Quand Phoenix était arrivé, ce traître de François avait insisté pour que nous respections la tradition et que nous nous embrassions sous cette petite boule qu'il avait accrochée en sournois et que je n'avais pas remarquée. Il voulait nous tester, assurément, et ce pour prouver son idiote de théorie selon laquelle son ami et moi nous aimions… Ce baiser…

J'avais réussi à ne plus y penser jusqu'au soir du réveillon du jour de l'an. J'avais fait promettre à mon patron de ne pas rentrer trop tard de son rendez-vous d'affaires à Pembroke, afin que je puisse lui souhaiter la bonne année dès son retour ; j'avais même décliné toutes mes invitations car ce moment, je ne voulais le passer qu'avec lui. Un peu plus tard, je m'étais rendu compte qu'il avait pris mon téléphone portable à la place du sien et grâce à la localisation par satellite, j'avais obtenu l'adresse exacte pour le lui rendre en personne. Tout ça pour ça !

Au lieu de le trouver en pleine réunion de travail, je l'avais découvert dans une chambre d'hôtel complètement nu, en compagnie d'une jeune femme en string qui me ressemblait... en beaucoup, beaucoup mieux ! Je ne l'avais vraiment pas vue venir, celle-là ! Pour une humiliation, c'était une humiliation, et à inscrire dans les annales ! J'avais bredouillé des excuses incompréhensibles avant de sortir en trombe de cette maudite suite. Phoenix m'avait rattrapée dans le couloir et avait tenté de s'expliquer, mais je me sentais si trahie dans la confiance que j'avais en lui que j'avais préféré l'abandonner à ses mensonges et rentrer à Scarborough.

Sur le chemin du retour, je crus qu'un ouragan, qu'un tremblement de terre et qu'un tsunami avaient déferlé en moi en même temps pour me dévaster de l'intérieur. En fait, la vérité venait enfin de m'apparaître... La violence de ma réaction face à la trahison de Phoenix me fit comprendre que ce que j'éprouvais réellement pour lui, ce que j'avais toujours éprouvé depuis notre rencontre, ce n'était pas de l'amitié... Tout ce temps, j'avais refusé de voir l'évidence...

Cette révélation avait pris le pas sur ma concentration de conductrice, et je n'avais vu la biche sur laquelle je fonçais à toute allure qu'au dernier moment.

Tout ce dont je me souvenais avant le trou noir, c'était cet arbre énorme vers lequel je me dirigeais, impuissante, et dont les branches semblaient tendues pour m'accueillir et me souhaiter bienvenue dans la mort.

*

Pendant… longtemps, une éternité je dirais, j'avais dérivé dans le noir, flottant dans le néant. Je ne savais pas où j'étais ni où j'allais, je ne savais même pas si j'étais toujours en vie. Tout ce dont je me rappelais, c'était cet énorme tronc sur lequel j'avais foncé avec ma Buick. Qui pouvait survivre à ça ? En tout cas, si j'étais morte, je m'étais fait une autre idée du Paradis. Peut-être que j'étais au Purgatoire et qu'on allait me punir pour mes péchés ? Mouais… ça ne collait pas vraiment. J'en étais là de mes réflexions quand une voix étrange et lointaine me parvint.

- *Ton heure n'est pas arrivée car c'est toi que j'ai choisie entre tous… Tu dois le rejoindre…*

Et avant que j'aie pu demander à qui appartenait cette voix et ce qu'elle voulait dire, je me sentis soudainement aspirée par le vide, la terreur étouffant mon hurlement…

Brutalement, j'atterris dans le réel. Même si je ne voyais rien, j'étais persuadée que ma conscience avait repris possession de mon corps car je ressentais à nouveau les choses : le moelleux du matelas et de l'oreiller, les draps qui me tenaient chaud, l'étrange odeur et les petits bips électroniques que j'associai aussitôt à une chambre de soins intensifs d'un hôpital. Je devais en avoir le cœur net…

- Elle a bougé… ! s'écria une voix féminine.

- Quoi ? Tu es sûre ? lui répondit une autre voix masculine.

- Je t'assure que j'ai vu sa main remuer et OH MON DIEU ! INFIRMIÈRE !!!

Le bruit de chaise renversée m'indiqua que mes efforts pour soulever mes paupières n'avaient pas été vains. Soudain, une main puissante se referma sur la mienne. La première chose qui me vint à l'esprit fut l'image de Phoenix, dévoré d'inquiétude à mon chevet.

- Sam ? Tu m'entends ?

J'avais souri, mais cette voix n'était pas celle que j'espérais, c'était celle de Matthew.

- ANGELA ! ELLE REPREND CONSCIENCE ! hurla-t-il, comme pris d'un espoir hystérique et manquant ajouter mes tympans à la liste de mes organes blessés.

Loin d'être déçue, la volonté de revoir mes amis me poussa à redoubler d'efforts pour enfin me réveiller totalement et j'ouvris les yeux juste à temps pour voir Angela, deux médecins et deux infirmières arriver en trombe dans ma chambre, en une bousculade plutôt comique. J'eus envie de rire, mais je n'en eus pas la force.

- Sam ! On a eu si peur ! s'exclama Matthew qui me serrait la main à me la broyer tout en me regardant, les larmes aux yeux, bientôt rejoint par une Angela qui pleurait sans retenue.

Bouleversée par leur présence et leur soulagement de me revoir en vie, les sanglots commençaient à envahir ma gorge lorsque tout à coup, une douleur fulgurante me transperça les côtes, m'arrachant un horrible cri.

- Nous devons l'examiner. Ça fait trop d'émotions, il vaut mieux que vous sortiez pour l'instant. Vous pourrez ainsi prévenir le reste de sa famille.

Le ton du médecin était sans appel. Mes amis devraient attendre avant de pouvoir entrer dans ma chambre de nouveau. Mais ce qui m'inquiétait, c'était ce qu'il avait dit à la fin ; sur le fait de prévenir le reste de ma famille. Il y avait une personne dont je n'étais pas sûre de pouvoir affronter le regard et en y réfléchissant, c'était bien que la douleur m'empêche de pleurer. Sinon, je crois qu'à cet instant je n'aurais pas pu m'arrêter…

*

Je m'étais réveillée aux alentours de midi. Pendant que je subissais toute une batterie d'examens, Angela et Matthew avaient appelé Danny pour lui annoncer la nouvelle. Celui-ci ne manquerait pas d'en informer tout Scarborough, à commencer par Ginger qui se rongeait les sangs et le harcelait dès qu'elle le voyait, pour savoir si je me rétablissais.

Mes amis avaient ensuite passé tout l'après-midi à mes côtés, gérant la conversation à eux deux, incapable que j'étais de prononcer le moindre mot. Ils m'apprirent donc que j'étais restée quatre jours dans un profond coma et qu'ils désespéraient de me voir refaire surface un jour. L'accident avait été plus que violent…

À l'aurore, un automobiliste avait vu les dégâts à la glissière de sécurité et guidé par son instinct, s'était arrêté pour aller voir de plus près. Il avait suivi la piste faite par ma Buick avant de nous retrouver, elle fracassée contre ce tronc gigantesque, et moi, fracassée aussi, mais encore vivante et inconsciente, à quelques mètres de là. Je n'étais pas passée loin de la mort à dire vrai car dans l'ambulance, mon cœur s'était arrêté deux fois. En plus de cela, j'avais récolté une jambe et de nombreuses côtes cassées, des hématomes un peu partout et un traumatisme crânien. Il y avait eu des complications lors de mon arrivée à l'hôpital et il s'en était vraiment fallu de peu… mais j'étais toujours de ce monde.

De fait, j'étais une énigme autant pour les pompiers qui ne comprenaient pas comment j'avais fait pour ne pas finir écrasée et broyée contre cet arbre, que pour les membres du corps médical qui avaient été plutôt pessimistes quant à ma survie. Bien sûr, ils ne pouvaient pas savoir que l'empreinte de Phoenix dans mon organisme avait des effets étranges et ponctuels, dont notamment celui de me rendre plus résistante. Pourtant, je me souvenais parfaitement de cette sensation de flottement dans un autre monde, et de cette voix qui disait que mon heure n'était pas encore arrivée… Était-ce vraiment un rêve ? Mieux valait que j'évite d'y penser.

J'étais là, c'était l'essentiel ! Les pompiers avaient fouillé dans mon sac et essayé d'appeler sur le portable de Phoenix dont ils avaient trouvé le numéro. Malheureusement, le téléphone de Peter Stratford/Livingstone avait fini en miettes dans une chambre d'hôtel et ne pouvait plus sonner. Mais ça non plus, ils ne pouvaient pas le savoir. Du coup, ils s'étaient rabattus sur une photo d'Angela et moi. Comme j'avais mis son nom au dos, ils avaient réussi à la prévenir.

La suite, elle me la confia en profitant que Matthew se soit absenté pour aller aux toilettes. Elle me raconta qu'elle avait rongé son frein jusqu'au coucher du soleil puis s'était jetée sur son téléphone pour appeler François. Avec mon patron, ils étaient sur le départ pour aller à ma recherche quand elle les mit au courant. Phoenix l'entendait parfaitement, bien qu'il ne tenait pas le combiné, et François indiqua à mon amie qui n'avait pas encore terminé sa phrase, qu'il était déjà parti comme une fusée vers l'hôpital, par la voie des airs. Il avait ajouté qu'il serait préférable que Matthew et mon employeur ne se retrouvent pas dans la même pièce afin d'éviter des questions inutiles, et depuis lors, Angela s'était toujours arrangée pour que leurs visites ne débordent pas sur les leurs.

- Il ne t'a pas quittée un seul instant… sauf pour se protéger du soleil, me confia-t-elle, tout sourire, ignorant que cette information me faisait plus de mal que de bien.

Il devait simplement se sentir coupable…

Nous n'allâmes pas plus loin sur ce terrain car Matthew était revenu des toilettes. Même si je ne parvenais pas à parler, mes amis restèrent à mes côtés encore plusieurs heures, m'empêchant d'angoisser sur la confrontation qui ne tarderait plus à se réaliser. Le soleil se couchait déjà…

Angela fit bien quelques tentatives pour que Matthew l'accompagne vers la sortie, mais ce dernier continuait à s'attarder en ne se lassant pas de garder ma main serrée dans la sienne. Je dois dire que son réconfort me faisait chaud au cœur et qu'il aurait été malpoli de la lui retirer. Toutefois, je n'avais pas prévu que mon patron nous trouve ainsi.

Lorsque je levai les yeux vers l'encadrement de la porte et que mon attention jusque-là accaparée par les blagues de Matthew identifia sans peine la personne qui s'y tenait, mon cœur dérailla complètement et ses battements désordonnés déclenchèrent toutes les alarmes des monitorings. Je dus blêmir de peur d'affronter le regard de Phoenix et rougir de honte de déclencher tout ce tintamarre ; en fait, je devais avoir l'air ridicule.

Un silence de plomb était tombé dans la chambre quand les alarmes se turent et que les médecins partirent après avoir vérifié que je n'avais pas fait une crise cardiaque. Personne n'osait parler car Matthew fixait cet inconnu d'un air suspicieux en ne se rendant pas compte que ce dernier fixait sa main qui serrait la mienne, avec une lueur meurtrière dans son regard bleu.

- Qui êtes-vous ? demanda sèchement mon chevalier servant, prenant mon visiteur pour un rival potentiel.

Phoenix n'eut pas besoin de répondre car François jugea bon de prendre les devants pour éviter un massacre.

- C'est Aydan. C'est moi qui l'ai appelé.

L'année dernière, François et Karl s'étaient fait passer pour mes cousins lors d'une sortie cinéma et cette ordure de germain (doublé d'un assassin) avait voulu me mettre dans l'embarras en faisant croire à Matthew que j'étais amoureuse d'un certain Phoenix. Pour rattraper le coup, j'avais menti en disant que son vrai prénom était Aydan et que notre fraîche séparation m'avait traumatisée. Matthew ne devait pas s'attendre à se retrouver en face de mon « ex » et haussa les sourcils, semblant jauger son « adversaire » pour comprendre ce que j'avais bien pu lui trouver. Puis :

- Vous ne devriez pas être là, dit-il avec hargne. Vous ne faites plus partie de sa vie !

Cette fois, François ne réussit pas à devancer mon employeur.

- Qui êtes-vous pour juger qui doit être à son chevet et qui ne le doit pas ? Vous n'êtes personne, alors du balai !

Son ton glacial et méprisant me fit craindre le pire, surtout quand Matthew se leva d'un bond pour lui faire face. Oubliant toute prudence, je me redressai vivement pour l'attraper par le bras et l'empêcher de faire un pas de plus vers Phoenix, et ce faisant, mon corps meurtri se rappela à mon bon souvenir en m'arrachant un hurlement de douleur, et en m'obligeant à me recoucher violemment, en gémissant misérablement.

Aussitôt, des infirmières en colère débarquèrent en menaçant de virer tout le monde si mes visiteurs ne me ménageaient pas davantage. Angela profita de ce signal pour faire preuve de fermeté et menacer Matthew de partir sans lui vu que c'était elle qui les avait emmenés. Pris au piège, il rendit les armes. Néanmoins, au lieu de me faire un signe de main comme mon amie, il se pencha vers moi et me donna un doux et long baiser sur le front. Il me sourit, se dirigea vers la sortie et je ne sais pas ce qu'il fit à Phoenix en partant, mais François attrapa son bras pour le dissuader d'aller l'étriper. Je me demandais vraiment quelle mouche le piquait et je sentais la colère monter en moi. Il préférait s'occuper de son orgueil plutôt que de s'informer sur mon état de santé ! Non mais, quel toupet !

Toutefois, l'irritation fut vite balayée par l'éclat bleuté de ses yeux lorsqu'ils se posèrent à nouveau sur moi. Je ne savais plus comment réagir.

- Je vous laisse. Si vous avez besoin de moi, je ne serai pas loin, dit François en quittant la chambre à son tour et en fermant la porte.

Nous étions seuls tous les deux et je ne pouvais pas me cacher. Qu'allait-il me dire ?

- Vous devez me haïr.

Je haussai les sourcils tandis qu'il me fixait en attendant mon verdict. Que pouvais-je lui répondre ? *Je ne pourrai jamais vous haïr car mon cœur, mon esprit, tout mon être est imprégné de vous et… et je t'aime… je t'aime plus que tout au monde ?* Non. Pour notre bien à tous les deux, je devais et je devrais museler mes sentiments, même si cela représentait une torture au quotidien parce qu'il était inenvisageable pour moi de le quitter. Phoenix ne m'aimerait jamais et je ne voulais pas le mettre mal à l'aise avec ça, par conséquent je devais me taire.

Désespérée, je baissai le regard afin de gagner du temps, mais ma détermination fut mise à mal lorsque Phoenix vint s'asseoir sur le lit et se pencha vers moi pour dégager une mèche qui me retombait devant le visage. Vaincue, je le laissai faire quand il attrapa mon menton pour m'obliger à lui faire face.

- Sam, je…

Il ne finit pas sa phrase. À la place, il prit ma main dans la sienne et la caressa avant de la porter à sa bouche. Je retins mon souffle pour ne pas perdre tout contrôle lorsqu'il l'embrassa doucement et à ce contact, je fus traversée par une puissante décharge électrique, conséquence habituelle de tous nos rapprochements. Ses lèvres si douces pressées sur ma peau me donnèrent le tournis et il me fallut tout mon self-control pour ne pas me jeter dans ses bras, au mépris de la douleur que je ressentirais. Ma lutte intérieure était si difficile que je ne pus empêcher mes larmes de couler à flots sur mes joues, ni Phoenix de les voir lorsqu'il posa de nouveau son regard sur moi. Je crus y entrevoir une lueur de chagrin, mais tenter de déceler ses émotions était toujours mission impossible.

- Je ne fais que vous blesser… Je suis indigne de votre amitié.

Effectivement, le souvenir de la chambre d'hôtel de Pembroke était encore cuisant et douloureux. Même si je savais qu'il ne m'aimait pas, donc qu'il ne m'appartenait pas, je ne pouvais m'empêcher de ressentir une intense jalousie envers la jeune femme qu'il s'apprêtait à enlacer dans sa parfaite nudité, ainsi que de la colère contre celui qui avait préféré me mentir plutôt que m'avouer que je n'étais pas suffisamment à son goût pour satisfaire ses appétits charnels. D'ailleurs, penser à ce type de lien avec Phoenix me fit tout à coup monter le rouge aux joues car je n'y avais jamais songé jusqu'alors. S'il en était allé autrement entre nous, aurais-je sauté le pas avec lui ? Un vampire ? Savoir que c'était possible et l'expérimenter étaient deux choses différentes ! Cependant, je prenais désormais toute la mesure de mes sentiments pour lui et la réponse à cette question était limpide. À cette idée, je sentis le feu s'emparer carrément de mes joues et s'étendre à tout mon visage ; de honte, et aussi pour masquer mon trouble, je l'enfouis dans mes mains.

- Je n'aurais pas dû venir, je vais vous laisser vous reposer…

Cette déclaration, venant d'une voix de velours à l'accent blessé qui s'éloignait déjà vers la sortie, m'horrifia tellement que je voulus lui crier de ne pas m'abandonner. Aucun son ne parvenant à franchir le seuil de mes lèvres, Phoenix passa la porte sans voir que de mon lit, je tentais en vain de le retenir près de moi.

Soudain, une force venue des tréfonds de mon être me submergea et me permit de sortir de mon impuissance. Comme une furie, j'arrachai les électrodes de ma poitrine, en réservant le même traitement à ma perfusion. Je n'avais que quelques instants avant que les médecins n'accourent pour voir si je n'étais pas morte, alors je bondis de mon lit aussi vite et aussi loin que je pus.

Je fus cueillie au vol par une douleur foudroyante dans ma poitrine, bientôt renforcée par celle de ma jambe plâtrée qui n'avait pas apprécié la chute. Ma vision se troubla et je faillis bien rester clouée au sol, mais c'était sans compter cette force qui m'animait et me poussait à agir. Au prix d'un effort surhumain, je parvins à me relever et ouvrir la porte en ignorant les regards interloqués des infirmières qui se figèrent à ma vue. Paniquée par l'absence de mon employeur dans mon champ de vision, il ne me restait plus qu'une solution.

- PHOENIX !!!! vociférai-je, accrochée au chambranle de la porte pour ne pas tomber.

J'avais eu tellement peur qu'il ne m'entende pas que j'avais réuni toute la puissance qui me restait dans ce cri désespéré ; le résultat fut un hurlement suraigu qui pétrifia toutes les personnes sur place. Je commençais à vaciller en regardant follement dans toutes les directions, lorsque soudain, il m'apparut, après avoir failli arracher au passage les portes des escaliers. Je n'attendis pas que le public de ce spectacle ubuesque reprenne ses esprits et oubliant mes blessures, je m'élançai tant bien que mal vers celui qui courait déjà pour venir à ma rencontre…

Une aide-soignante poussa un petit cri lorsque mes jambes me trahirent et se dérobèrent sous moi, mais elle n'avait pas fini d'expirer que Phoenix m'avait empêchée de m'écraser par terre en me rattrapant dans ses bras puissants. Le soulagement ainsi qu'un tas d'autres sentiments m'envahirent complètement tandis qu'il m'emportait vers ma chambre, et il lui fallut tout un trésor de patience et de paroles réconfortantes pour que je daigne enfin lâcher sa chemise à laquelle je m'agrippais comme une forcenée, afin de permettre aux médecins de vérifier mon état.

*

À peine ces derniers avaient-ils quitté la pièce que mon patron me rejoignit. Il faut dire que je m'étais tellement débattue quand ils lui avaient ordonné de me laisser tranquille qu'ils jugèrent préférable de le laisser dépasser les horaires de visite réglementaires. Phoenix prit donc la place qu'il occupait avant de partir et me souriait, à la fois grondeur et heureux.

- Vous êtes si impulsive…

Je lui rendis son sourire, ravie de l'avoir près de moi de nouveau. Cependant, j'avais si mal que la douleur gâchait quelque peu mon plaisir. Ça ne pouvait pas durer, alors je me concentrai et inspirai :

- Veux… ren…trer.

Ces deux simples mots avaient déclenché d'insupportables élancements dans toute ma poitrine, me faisant grimacer, mais je m'obligeais à fixer Phoenix pour qu'il comprenne les implications de mes paroles. Ce fut une réussite, il écarquilla les yeux :

- Non, Sam. C'est hors de question !

Ce refus me fit bouillir le sang et je le foudroyai du regard. Plutôt que de prendre la mouche, mon employeur s'en amusa, ce qui n'arrangea pas vraiment ses affaires étant donné l'expression sauvage que je lui adressai. Il se défendit :

- Vous croyez que je n'y ai pas pensé ?! J'ai failli tout démolir de frustration pendant votre coma en constatant qu'on vous surveillait tellement que je ne pouvais même pas vous donner mon sang ! Et vous voulez que je le fasse maintenant, quand n'importe qui peut entrer ?

Même si la logique de son discours était implacable, il était absolument exclu que je m'éternise ici à subir des séances de rééducation et des soins pendant des semaines. J'avais mieux à faire, et ce mieux était à Scarborough, chez moi. Phoenix ne semblait pas du tout partant, mais je ne lâcherais pas le morceau. Je décidai de l'avoir autrement.

- Devez… ça !

C'était vraiment un coup bas ; appuyer sur son sentiment de culpabilité était ma dernière option et j'avoue qu'en le faisant, j'éprouvais une certaine satisfaction mêlée de perversité devant son air déconfit.

- Vous vous souvenez de ce qui s'est passé la dernière fois ? rétorqua-t-il.

Ah oui, la dernière fois que j'avais bu son sang, un phénomène étrange s'était produit. Mes yeux avaient changé de couleur en passant du noir profond à un noir teinté de rouge comme le liquide qui me soignait, et je m'étais conduite en nymphomane préhistorique adepte du bras de fer. J'avais cru mourir de honte quand Ysis avait fait remonter ce souvenir à la surface.

- Veux… rentrer !

Mon air buté le fit soupirer.

- Je n'ai jamais rencontré une telle tête de mule en cinq cents ans d'existence ! grogna-t-il en enlevant sa veste et en remontant la manche de sa chemise sur son bras.

Je n'éprouvais aucune crainte quant à ce qui allait suivre parce que je connaissais et surtout parce que je n'avais plus aucun doute sur le lien qui m'unissait à mon donneur. Peu importait ce qui arriverait, je voulais de nouveau être sur pieds, c'est pourquoi la vue de ses crocs blessant sa chair ne me provoqua ni peur ni dégoût, mais plutôt une impatience mal contenue.

Il vérifia une dernière fois que personne ne nous surveillait avant de me tendre son poignet que j'attrapai et dont j'aspirai le sang sans attendre. S'il fut surpris par ma hardiesse, il n'en montra rien. Du moins jusqu'à ce que les choses ne dérapent à nouveau... pour changer...

À une vitesse bien supérieure aux autres fois, je sentis mes os se ressouder et ma force me revenir. Je n'éprouvais plus de douleur dans la poitrine, ce qui me permit de me redresser en position assise, tout près de mon employeur, sans cesser de boire le précieux liquide. Tout se passait bien jusqu'à ce que Phoenix ne veuille m'arrêter.

Là, mes yeux devinrent presque rouges comme la dernière fois, provoquant un hoquet de surprise du côté de mon patron, mais à la différence que j'étais tout à fait consciente de mes gestes. Mes récentes découvertes avaient dû changer la donne car le désir que je ressentis à ce moment envers Phoenix était bien le mien, pas celui d'une entité étrangère qui aurait pris le contrôle de mes hormones. Les sens affolés par la proximité de celui qui faisait battre mon cœur, j'avais néanmoins gardé la tête froide... et je lâchai prise.

Mon partenaire semblait avoir plus de difficultés à se remettre de tout ça et pour se donner une contenance, rabattait avec une lenteur calculée le bras de sa chemise.

- Il va falloir qu'on comprenne un jour d'où vient ce phénomène, murmura-t-il pour lui-même, les lèvres pincées.

- Au moins, c'est efficace.

Brusquement, Phoenix releva la tête pour me contempler, stupéfait de ma vitesse de guérison. Ravie d'avoir retrouvé l'usage de la parole, je lui offris un sourire qui le désarma.

- Hum... Ça risque de poser problème. On va se demander comment s'est opéré ce miracle.

- Rappelez-vous, je suis une excellente comédienne, je vais gérer ça. Mais j'ai mes conditions ! Je veux bien faire semblant d'être mal en point encore trois jours, ensuite, vous me ramènerez chez nous.

- Vous êtes pire que le pire des marchands ! rigola-t-il. Mais j'accepte… ne serait-ce que pour ne plus avoir à croiser ce jeune crétin prétentieux !

- Matthew ? Il ne vous a rien fait !

Il haussa les sourcils.

- Oui, bon ! Il n'a pas été très chaleureux à votre arrivée, mais vous savez pourquoi, alors inutile de vous mettre dans des états pareils !

Son visage prit cette expression indéchiffrable et énigmatique qui formait une barrière infranchissable à celui qui aurait voulu savoir ses pensées. C'était vraiment agaçant !

- Bah ! N'en parlons plus. Trois jours, vous m'entendez ? Pas un de plus ! Ensuite, vous devrez me supporter à nouveau !

Phoenix se détendit et m'offrit un chaleureux sourire.

- Trois jours, c'est promis. En attendant, développez votre jeu d'actrice.

Il resta avec moi pendant encore quelques temps, m'informant qu'il avait complètement oublié de me dire que, dans les escaliers tout à l'heure, il avait demandé à François de remettre sa visite à plus tard. En vérité, sa présence dans les environs avait été occultée par quelqu'un d'autre et je ne m'étais guère souciée de son absence.

Quand les médecins débarquèrent à quatre en tremblant comme des feuilles pour dire à mon impressionnant patron qu'il devait s'en aller, ce dernier me baisa une dernière fois la main et me jura à voix basse qu'il tiendrait sa promesse, avant de me quitter, et de me manquer.

*

- Laissez-moi tranquille, je vous dis !! Bon sang, FICHEZ LE CAMP D'ICI !!

Boum ! Bam ! Les deux internes eurent juste le temps de fermer la porte pour éviter les chaussons que je leur avais jetés à la tête, enragée que j'étais d'être devenue depuis trois jours la bête de foire de l'hôpital. Je me demandais vraiment comment *John Merrick*[1] avait supporté ça si longtemps, moi, j'avais des envies de meurtre !

En effet, après que Phoenix m'ait guérie, j'avais fait semblant de dormir pour éviter qu'on ne me fasse de nouveaux examens. Cela avait fonctionné car je dormis comme un bébé, d'autant que je savais que le lendemain serait difficile. Pour sûr ! Quand les médecins s'étaient aperçus de ma guérison miraculeuse, ils m'avaient littéralement bombardée de questions avant de m'obliger à subir tout un tas de tests pour comprendre ce qui était arrivé. C'était vrai qu'il y avait de quoi s'étonner ! La veille, j'étais cassée de partout et là, tous mes os s'étaient ressoudés sans défaut, c'était tout bonnement incroyable.

Si incroyable que ce fut un véritable défilé qui s'ensuivit. Du simple stagiaire au directeur de l'hôpital, tous le corps médical voulait constater « la guérison éclair », ce, malgré mon état de faiblesse simulé à la perfection, et qui aurait dû leur faire faire marche arrière afin de me laisser me reposer. On se serait cru dans un cirque ou dans un zoo ! Même Matthew s'était énervé le deuxième jour car on ne pouvait pas rester deux minutes tranquilles sans être interrompus par des curieux. De fait, il avait vertement envoyé promener un chirurgien qui faisait la visite du service à des étudiants et qui avait décidé de faire un détour par ma chambre. Malgré sa stupéfaction, mon ami avait eu le bon sens de ne pas en rajouter et d'accepter le fait ou plutôt le mensonge que je

---

[1] John Merrick (1862-1890), citoyen britannique devenu phénomène de foire sous le nom d'*Elephant man* en raison de la difformité de son corps.

ne savais absolument pas ce qui s'était produit. Évidemment, pour Angela, ce fut autre chose.

Lorsqu'elle était passée me voir après son travail, elle était également tombée des nues en constatant mon rétablissement, sans pour autant gober cette histoire de miracle. Elle connaissait la vérité sur Phoenix et une fois seules, elle m'imposa un interrogatoire en règle.

- Si je comprends bien, il t'a fait boire son sang ? Comment te sens-tu, réellement je veux dire ?

- C'est moi qui le lui ai demandé… Je me sens bien, peut-être un peu trop car c'est vrai que ma guérison a été un peu plus rapide que prévu, mais tout est comme avant.

- Tu n'as pas peur d'attirer l'attention des médias avec cette histoire ? Les vampires risquent de ne pas apprécier.

- Je serai partie d'ici avant que ça ne s'ébruite, et puis ce qui est fait est fait. On ne pouvait pas savoir que ça allait encore déraper.

- Tu veux dire que tes yeux ont encore changé de couleur ? Qu'est-ce que tu as fait ? Comment a-t-il réagi ? Je veux tout savoir !

Pff ! Elle n'allait pas lâcher le morceau et je n'avais aucune envie de parler de cet épisode parce qu'il risquerait de m'amener sur un sujet dont je n'étais pas disposée à lui faire part, enfin pas à cet instant.

- Je n'ai rien fait du tout, je suis restée moi. Le seul hic fut que son sang a agi trop rapidement pour que cela reste discret !

- C'est quand même étrange…

L'étrange était mon quotidien depuis un an alors quelque part, je n'étais pas très inquiète. Seulement, le défilé de curieux fit sérieusement monter mon taux d'adrénaline et ma patience atteignit ses limites quand les deux internes s'étaient permis d'entrer sans frapper alors que je finissais de m'habiller. Même si Phoenix et François m'exhortaient au calme chaque fois qu'ils venaient et me trouvaient à la limite de la crise de nerfs, je ne pus plus contenir ma rage, et les incendiai littéralement en vociférant au passage un chapelet de jurons si affreux et si violents que je ne les répéterai pas ici. Estomaqués, les deux médecins se pétrifièrent au lieu de prendre leurs jambes à leur cou, ce qui me fit exploser et leur lancer mes savates à la figure. N'y tenant plus, je téléphonai à Angela pour qu'elle vienne me chercher ou je jurai mes grands dieux que je rentrerais à pied après avoir dévasté le service des soins intensifs de l'hôpital de Pembroke.

C'est ainsi que Phoenix et François nous trouvèrent toutes les deux dans le salon à jouer aux échecs, et qu'en les voyant arriver, je vis ce dernier tendre un billet à son ami.

- Je t'avais dit qu'elle ferait un scandale… Cette femme est plus volcanique que la ceinture de feu du Pacifique.

- Au premier abord elle semble si gentille. C'est ta faute Phoenix, à force de toujours la provoquer, c'est devenue une vraie tigresse !

Je rêvais ! Ils avaient parié que je pèterais les plombs et que je quitterais l'hôpital plus tôt que prévu ! Je me tournai vers Angela qui évitait soigneusement mon regard.

- Tu as trempé là-dedans ? sifflai-je, menaçante.

Elle haussa les épaules, l'air penaud. Phoenix vint près de moi en rangeant le billet dans sa poche.

- Ne soyez pas fâchée, vous avez tenu plus longtemps que ce que je croyais, félicitations !

Humpf ! Je faillis lui répondre vertement, mais mon attention fut accaparée par deux autres personnes.

Angela s'était levée et avait rejoint François qui l'enlaça. Comme si le monde n'existait plus autour d'eux, ils s'embrassèrent pendant un temps suffisamment long pour je cesse de béer comme une idiote en assistant à cette scène, et que mon moral en prenne un sérieux coup après avoir jeté un œil à mon patron dont la désapprobation se lisait clairement sur son visage. Mon cœur se serra…

Se sentant observé, Phoenix se tourna vers moi, mais j'eus la bonne idée de contempler mes chaussures. Bon sang, pourvu qu'il n'ait rien remarqué ! J'allais devoir jouer serré désormais, il était hors de question qu'il découvre mes sentiments car l'imaginer s'éloigner de moi à cause de ça me déclenchait des nœuds dans l'estomac et des palpitations cardiaques irrégulières. Je devrais travailler cela aussi.

- Hum... Je vais nous chercher à boire, annonçai-je avant de m'éclipser à la vitesse de la lumière.

Dans la cuisine, je pus reprendre mes esprits. Jusqu'alors, je n'avais jamais vu ces deux-là marquer leur affection autrement que par des regards énamourés, alors le choc avait été rude. Et puis... je ne comprenais pas pourquoi ça dérangeait autant Phoenix, après tout, François était libre d'aimer qui il voulait. Bah ! Ça ne servait à rien de remuer le couteau dans la plaie alors j'évacuai mes mauvaises pensées et préparai sang frais et sodas pour tout le monde. En revenant avec mon plateau, j'affichais un large sourire dentifrice en essayant de reproduire au mieux celui qu'Angela avait au naturel.

- Et voilà ! Du A + pour Phoenix, du B + pour François et du *Coca* pour nous.

Chacun se servit et François porta un toast pour fêter mon rétablissement et mon retour. J'avais commencé à boire quelques gorgées quand Angela eut l'idée de poser une question stupide.

- C'est drôle, vous semblez vraiment préférer le A + et c'est le groupe sanguin de Sam. Est-ce que son sang vous appelle ?

Pfffffffffftt ! Je venais de recracher tout le liquide que ma bouche contenait en un formidable et ô combien malvenu geyser. Bon sang de bon sang ! Je ne vivais pas avec le romantique *Edward Cullen*, connu pour se retenir de s'abreuver au cou de sa bien-aimée *Bella* dont le sang lui tournait la tête ! Argh ! Sa question sous-entendait aussi que si c'était le cas, Phoenix aurait des sentiments pour moi. Mais qu'est-ce qui lui avait pris ?!

- Oh ! François, je suis désolée, je vais arranger ça !

Dans l'histoire, j'étais parvenue au comble du ridicule en aspergeant de postillons au Coca le costume griffé de notre ancien mousquetaire dont la mine dégoutée me donna envie de me creuser un trou et d'y hiberner ! *Quelle nulle !* pensai-je en courant chercher une serviette mouillée dans la cuisine. J'eus tout de même le temps d'entendre la réponse que Phoenix offrit à ma curieuse amie.

- Non, je n'éprouve rien de spécial quand je suis près de Sam. J'ai parfois envie de la tuer, mais ça n'a rien à voir avec son sang.

Je pouvais deviner son sourire sans le voir, mais moi, cette information ne m'amusa pas du tout ; elle me fit plutôt l'effet d'une gifle. Je venais d'avoir confirmation de ce que je pensais, cependant, l'imaginer et l'entendre de vive voix étaient deux choses différentes. À mon arrivée devant l'évier, je fus cueillie par une fulgurante douleur dans la poitrine qui m'arracha un couinement de surprise.

- Merde ! jurai-je en reconnaissant la lame chauffée à blanc qui m'avait transpercée dans le couloir de l'hôtel de Pembroke et en prenant appui sur le plan de travail pour que ça passe.

Ulcérée par mes propres réactions, je flanquai un violent coup de pied dans le lave-vaisselle, en ne réussissant qu'à me faire mal au gros orteil. J'allais sortir tout un chapelet des plus horribles jurons de ma connaissance quand une voix derrière moi me fit sursauter.

- Tout va bien ? Tu es toute pâle, demanda François dont la redoutable perspicacité allait être difficile à berner.

- Euh, oui. J'ai juste glissé.

Excuse complètement pitoyable. Nom de nom !

- Je ne voulais pas t'embarrasser alors je suis venu te rejoindre pour voir si nous pouvions enlever ces tâches avec de l'eau.

François, décidément, était un saint. Comment aurais-je pu lui en vouloir d'être arrivé au mauvais moment ?

- Je dois être l'humaine la plus ridicule que tu aies rencontrée, je suis vraiment désolée, dis-je en lui ôtant sa veste.

- Moi, je trouve que tu t'en tires bien.

Je haussai les épaules et ouvris le robinet pour réparer mes dégâts.

- Trop aimable, mais ton jugement est faussé. Tu es mon ami et tu es un saint donc je considère que tu veux me ménager.

- Tu es trop dure envers toi-même, et puis rares sont les humains qui ont réussi à impressionner les Grands. La proposition que t'a faite Egire s'est répandue comme une traînée de poudre chez les vampires…

En juillet dernier, lorsque les Grands avaient débarqué pour nous massacrer, la dévotion dont j'avais fait preuve à l'égard de mon employeur les avait particulièrement interpellés et un dénommé Égire m'avait offert un poste auprès d'eux - une sorte de Grande assistante en somme - mais j'avais refusé, et ce, devant un parterre de curieux qui buvaient chacune de nos paroles.

- Mouais. Vous êtes pire que des commères, vous, les vampires… Désolée, mais je crois que je vais devoir te rembourser ta veste, elle est fichue.

- Ce n'est pas grave… Sam, je suis vraiment heureux que tu sois de retour parmi nous, j'étais très inquiet.

Touchée par sa sincérité, je me jetai dans ses bras. François n'avait pas l'habitude de ce genre de contact avec moi et bien qu'il fût surpris, il me tapota le dos gentiment, comme l'ami qu'il était.

- Hum…

Phoenix se tenait dans l'encadrement de la porte et rangeait son nouveau téléphone portable dans sa poche. Son visage fermé m'indiqua que quelque chose n'allait pas.

- Que se passe-t-il ? demandai-je en m'écartant de notre mousquetaire.

- Ça ne va pas vous plaire… Talanus vient d'appeler et il nous convoque tous les deux à Kerington.

Je haussai les sourcils.

- Maintenant ?

- Sur le champ. Il est furieux, il m'a dit que j'avais intérêt à voler le plus vite possible vers leur domaine ou sa colère n'aurait plus de limites.

Sur le coup, une seule information me parvint, et franchement, ce n'était pas celle-ci que j'aurais dû retenir.

- Voler ?!

De pâle, je devins verdâtre. Je détestais ce mode de transport. Phoenix, devant ma réaction, eut un rire sans joie…

- Je vous avais dit que ça ne vous plairait pas…

*

Je me maudissais !

Au lieu de me focaliser sur le voyage par la voie des airs, j'aurais dû me préparer psychologiquement à ce que j'allais devoir endurer à Kerington car ce qui m'attendait là-bas aurait même traumatisé *l'incroyable Hulk*.

Le trajet s'était plutôt bien passé. J'avais mis des vêtements chauds et j'avais évité de regarder en bas… Bon, être crochetée au cou de Phoenix, dont les bras puissants me serraient contre son corps au parfum et à la douceur si envoûtants, avait été un véritable calvaire à supporter. Toutefois, j'aurais préféré parcourir encore trois mille kilomètres ainsi que subir le courroux de Talanus.

On nous avait dirigés vers son cabinet privé où il nous attendait, les yeux déjà brillants d'une rage difficilement contenue. Déjà que sans être en colère cet homme était impressionnant, mais là, Phoenix dut carrément me pousser en avant pour que mon corps pétrifié par la terreur veuille bien se déplacer.

- Asseyez-vous tous les deux et regardez cet écran ! Ce sera très instructif.

L'ordre avait claqué comme un fouet. Une nouvelle poussée de Phoenix me fit obéir aux ordres et regarder le poste de télévision que je n'avais pas encore remarqué. Talanus l'alluma et s'écarta pour nous laisser voir les images d'un reportage d'une journaliste postée aux pieds de l'hôpital de Pembroke. Elle parlait d'une affaire de maladie nosocomiale et je crus que son récit s'achevait avec les statistiques de cas de ce genre dans le comté, mais au moment où je me demandais où notre général romain voulait en venir, la femme conclut sur une note positive avec, selon ses mots, « les miracles hospitaliers ».

- *En effet, après un terrible accident de voiture et quatre jours de coma, une jeune femme souffrant de multiples fractures a fini par se réveiller. Jusque-là, rien d'extraordinaire. Eh bien, détrompez-vous ! Le lendemain, tous ses os s'étaient ressoudés et malgré un état de choc et une faiblesse généralisée, elle a quitté les lieux sur ses deux jambes. Tenu par le secret professionnel, le personnel soignant n'a pas voulu nous révéler son identité, donc si vous nous entendez, Miss Miraculée, n'hésitez pas à vous faire connaître, je serai ravie de vous interviewer ! C'était Rowena Mac Cormack, pour KC News.*

Un silence tomba sur la pièce. Croyant ma dernière heure arrivée, je ne sus que dire ni que faire pour ma défense. Tout ce dont je fus capable, fut de glisser ma main dans celle, toute proche, de Phoenix, en me maudissant d'avoir été si égoïste... En refusant d'être une convalescente normale, j'avais attiré l'attention de la presse sur nous, et mis en danger la vie de la personne à laquelle je tenais plus que tout.

Je finis par me lever pour faire face à Talanus.

- Tout est ma faute. J'accepterai votre châtiment, mais je vous en prie, ne punissez pas Phoenix, il n'y est pour rien.

Je voulais le protéger, mais il ne me laissa pas faire.

- Ne l'écoutez pas, je suis le seul responsable, trancha-t-il en se levant à son tour, le visage indéchiffrable.

Talanus, qui faisait les cent pas comme un lion en cage, nous foudroya du regard.

- « Miss Miraculée » ?! fulmina-t-il. Si tu ne m'étais pas aussi utile Phoenix, et si Ysis n'avait pas cette étrange foi en vous,

Mademoiselle Watkins, je vous aurais fait exécuter sur le champ tous les deux ! Votre inconscience est inacceptable, vous auriez pu réduire à néant l'œuvre de plusieurs millénaires !

- Mais ils ne l'ont pas fait, n'est-ce pas ? l'interrompit une voix féminine. Allons, je crois qu'ils ont compris la leçon, Talanus, il est inutile d'en rajouter.

Ysis venait de nous rejoindre, resplendissante dans sa longue robe noire en satin, et se plaça à côté de son compagnon, dont la colère n'était pas encore passée.

- Ils ont besoin d'une bonne leçon ! La préservation du Secret est notre mission la plus importante et ils ont failli tout gâcher à cause de cette folie qui les lie tous les deux !

- Mon aimé, sur ce plan nous serions mal placés pour leur faire la morale.

Ysis caressa tendrement la joue de Talanus. Quand celui-ci se tourna vers elle et qu'il embrassa sa main, son regard avait changé et la fureur avait laissé la place à l'expression d'un profond attachement.

J'aurais dû être émue par cette scène… néanmoins, cela faisait la deuxième fois dans la même soirée que je devais supporter les manifestations d'affection de couples énamourés tandis que moi, ce ne serait que dans mes fantasmes que j'aurais le droit d'être aimée. Je sentis tous mes poils se hérisser à mesure que mes nerfs se vrillaient et la déclaration de Phoenix manqua déclencher le déchaînement d'une fureur apocalyptique.

- Si j'ai sauvé Sam, c'est parce qu'elle me l'a demandé. Elle souhaitait reprendre son travail et surtout, quitter cet hôpital où les médecins avaient tendance à poser trop de questions. Mes actes n'ont été guidés que par mon sens pratique et non en raison de cette folie dont vous m'accusez ! Depuis le temps que vous me connaissez, je pensais que vous aviez compris que j'étais au-dessus de tout ça ! pesta-t-il.

Cette justification sembla satisfaire les chefs qui se tenaient devant lui, mais eut aussi pour effet de me poignarder à nouveau avec cette lame chauffée à blanc. Terrassée par la douleur, je ne parvins pas à la canaliser et je tombai lourdement sur le canapé, pliée en deux. Quand Phoenix se mit à ma hauteur pour s'enquérir de mon état, j'eus toutes les peines du monde à ne pas lui flanquer le coup de poing qu'il méritait en lui criant que c'était sa faute si je souffrais ainsi.

Dans un effort surhumain, je parvins à contenir mon geste et la rage qui me possédait tout entière, sans pour autant réussir à rester correcte.

- Ce n'est rien, ce doit être la *hâte* de reprendre mon travail, lui répondis-je sur un ton très agressif.

Je me levai et affrontai ses supérieurs.

- Ne vous en faites pas, j'ai compris la leçon. La prochaine fois, je prendrai mes couteaux et j'égorgerai tous les témoins, y compris les journalistes. Si vous n'avez plus besoin de moi, je vais prendre un taxi pour rentrer vu que monter une chauve-souris, ce n'est pas très indiqué pour la préservation du Grand Secret.

Ignorant royalement l'expression d'incrédulité de mon patron tout autant que le bras d'Ysis qui, sans s'arrêter de rire, retenait celui d'un Talanus aux envies de meurtre, je sortis, et comme aucun des gardes que je croisais ne me sauta dessus pour me tuer, j'en déduisis, arrivée au portail, que mon exécution n'avait pas encore été arrêtée. Il me fallut sortir du quartier sécurisé pour pouvoir héler un taxi auquel je demandai de me déposer devant le premier restaurant qu'il trouverait. Avoir les nerfs, ça donnait faim, et j'étais littéralement affamée...

Quelques temps plus tard, en voyant l'enseigne miteuse du boui-boui de cette avenue lugubre où l'on s'était arrêtés, je jugeai préférable de sortir du véhicule pour éviter de m'en prendre physiquement au chauffeur, mais au moment où j'arrivais à son niveau pour lui signifier en termes très impolis l'incorrection de son comportement, je poussai un hurlement lorsqu'après un violent choc, je me sentis transportée dans les airs à une vitesse incroyable...

Phoenix m'avait prise par surprise et le vent qui me cinglait le visage me gelait jusqu'aux os. Déjà nauséeuse après notre décollage, je sentis mon estomac se soulever métaphoriquement jusqu'à ma gorge quand il amorça notre descente en piqué. L'espèce de … ! J'étais sûre qu'il le faisait exprès ! Pour autant, je préférais garder pour moi toutes les insanités qui me venaient à l'esprit de peur qu'en ouvrant la bouche, je ne finisse par expulser mes tripes. Pouah, oui, je sais !

L'atterrissage sur un toit d'immeuble désaffecté à quelques pâtés de maison de là, fut brutal et me fit comprendre que si j'étais en colère, quelqu'un d'autre l'était aussi.

- Je peux savoir ce qui vous a pris ?! demanda Phoenix en me déposant sans douceur face à lui.

Sa voix était glaciale. Il n'employait jamais ce ton avec moi… il devait vraiment être en rogne. Ça tombait mal, moi, j'étais furax !

- Et vous ? Vous êtes malade ?! Ce n'est pas parce que vous êtes mort que vous devez m'empêcher d'aller dîner, en manquant me faire mourir de peur par la même occasion ! criai-je.

- Dîner ? Dans ce taudis ?! s'écria-t-il sur le même ton.

- Quoi, j'aurais dû vous demander votre avis peut-être ?! Je ne suis pas votre esclave, je fais ce que je veux !

- Vous auriez pu au moins me dire où vous alliez ! Je vous ai retrouvée grâce aux indications des gardes du poste de sécurité, je me doutais bien que vous alliez vous retrouver encore dans de beaux draps et je ne m'étais pas trompé ! C'est à croire que vous le faites exprès, je ne serai pas tout le temps là pour vous sauver !

Comment osait-il ?!

- Je ne vous ai rien demandé ! braillai-je, perdant tout contrôle. Contrairement à ce que vous pensez, je peux me débrouiller sans vous, je ne suis pas sans défense, je vous rappelle ! Vous n'êtes pas le seul à avoir un *sens pratique* !

Les narines presque frémissantes, mon interlocuteur croisa les bras et me toisa.

- Nous y voilà ! Vous êtes vexée à cause de ce que j'ai dit à Talanus et Ysis pour justifier votre guérison. N'avez-vous pas encore compris qu'un ange ne doit montrer aucune faiblesse ? Si mes propres chefs viennent à croire que mes sentiments envers une humaine altèrent mon jugement, imaginez ce que vont penser les autres !

Le choc causé par ses paroles me coupa les jambes. Était-ce ainsi qu'il voyait notre amitié, comme une faille à cacher ? Donc c'était pour ça qu'il désapprouvait François et ses démonstrations d'affection envers Angela et c'était pour ça qu'il devenait si agressif quand celui-ci osait une remarque sur notre lien… Savoir qu'il me considérait comme son amie m'emplissait de joie, mais c'était avant de comprendre qu'il en avait également honte.

- La faiblesse… c'est de ne pas assumer ses choix. Le courage, c'est se battre pour les êtres qui nous sont chers. Je me suis battue pour vous… m'écriai-je en pointant un doigt accusateur dans sa direction.

- Vous n'êtes pas à ma place ! Je dois préserver ma réputation !

Je me rapprochai de lui et le regardai droit dans les yeux malgré la lame qui s'amusait à me percer le cœur encore et encore, comme si elle suivait le rythme d'une gigue. Je m'exprimai très froidement :

- Vous accordez beaucoup d'importance à l'opinion des autres vampires… Cela vous donne-t-il la nausée de penser qu'on puisse croire que vous m'aimez ? Serait-ce à ce point condamnable à vos yeux si tel était le cas ?

Complètement décontenancé, il me dévisagea longuement en fronçant les sourcils et en semblant chercher ses mots. Je le devançai :

- Vous aviez raison à l'hôpital. Je me demande vraiment si vous êtes digne de mon amitié, conclus-je en me détournant.

- Chut !

Je me figeai. Je rêvais où il m'ordonnait sèchement de me taire ?!

- Quoi ?

- Taisez-vous, il se passe quelque chose en bas !

À le voir ainsi, le doigt en l'air et le regard lointain, mon sang ne fit qu'un tour.

- Ah non ! Vous ne vous en sortirez pas aussi facilement, je…

Je ne pus terminer ma phrase car il sauta dans le vide, m'abandonnant comme une idiote et me laissant le soin de me débrouiller toute seule pour redescendre du toit. Pff !

- Bon sang ! J'en ai marre de cet endroit, j'en ai marre de ne jamais pouvoir en placer une, j'en ai marre des vampires et j'en ai marre d'être amoureuse de celui-là ! pestai-je en allant chercher l'escalier de secours externe.

Je me maudissais aussi de n'avoir pas su tenir ma langue et d'avoir montré à Phoenix à quel point son opinion sur notre relation me blessait. Après tout, lors de notre rencontre, il m'avait parlé de la mentalité particulière des membres de son espèce et de leur allergie à toute forme d'attachement… mais je croyais que ce qu'il m'avait dit ce soir-là dans le bois, sur le fait qu'il se sentait vivant grâce à moi, eh bien je pensais naïvement qu'il en était fier. Finalement, j'en venais à me demander si je n'étais pas plus heureuse dans le coma.

Perdue dans mes pensées, la détonation me fit sursauter. Je ne savais pas ce qui se passait, mais on aurait dit qu'on avait tiré un coup de feu dans la rue depuis le bâtiment où je me trouvais. Je sortis mon pistolet et descendis en silence les dernières marches qui desservaient le rez-de-chaussée en me demandant ce que pouvait bien fabriquer mon patron dont l'absence m'inquiétait. Pourvu qu'il n'ait rien…

Au moment où j'arrivai devant la sortie de secours du bâtiment, la porte s'ouvrit à toute volée sur un homme armé d'un fusil. Je bondis en arrière pour l'éviter et le mis en joue. Avec nos armes braquées l'une face à l'autre, on se serait crus dans un mauvais film policier, mais l'avantage était que je pouvais parfaitement détailler le tireur. Vu le gabarit, j'étais heureuse qu'il ne me soit pas rentré dedans ! Paraissant la quarantaine, il faisait au moins un mètre quatre-vingt pour cent kilos de muscles. Il avait en plus un drôle de tatouage sur le dos de sa main qui me faisait penser à une roue de voiture.

- T'es qui, toi ? lança-t-il dans ma direction.

- Je…

L'inconnu me priva de la joie de faire les présentations car il se jeta sur moi avec une rapidité impressionnante, nous faisant basculer tous deux par-dessus la rambarde de l'escalier. Heureusement, nous n'étions pas loin du sol et ma chute fut amortie par son corps, mais dans la bagarre, j'avais lâché mon revolver. Pas lui. Il essaya de me viser mais je fus plus rapide. J'étais sûre qu'il me tuerait s'il le pouvait et même si je savais que je ne ferais pas le poids malgré l'empreinte, je luttais de toutes mes forces, en essayant d'attraper le couteau que je gardais en permanence dans ma ceinture. Quand enfin je parvins à le saisir, je reçus un coup de poing qui m'envoya rouler sur le bitume, le nez en sang et la rage décuplée.

Tenant fermement mon arme, j'allais sauter à la gorge de ce type quand avisant ma blessure, il sembla me voir pour la première fois.

- J'ai cru que tu étais l'une des leurs. Cette guerre ne te concerne pas.

Et sur ces mots, il s'enfuit dans la nuit.

J'hésitais à le poursuivre mais je n'en voyais pas vraiment l'utilité vu la rapidité à laquelle il avait décampé. Et puis, je m'inquiétais pour Phoenix. Cela me coûtait de l'avouer, mais c'était vrai qu'il arrivait toujours à temps d'habitude pour me tirer d'un mauvais pas et là, il ne réapparaissait pas. Ma décision prise, je contournai l'immeuble en courant. Il faisait sombre et le quartier était très glauque. Personne ne circulait dans les rues, que ce soit à pied ou en voiture. Phoenix se trouvait sur la route juste en face de l'immeuble, à cent mètres environ, et était agenouillé auprès d'une femme gisant à terre.

Comblant en quelques secondes la distance qui nous séparait, je le rejoignis auprès de la victime dont le sang se déversait à flot d'une blessure au cou, malgré la pression de la main de mon employeur pour l'arrêter.

- Mon Dieu, mais qu'est-ce qui s'est passé ? demandai-je en constatant à ses pieds le petit tas de poussière qui commençait déjà à s'éparpiller au vent.

Il leva rapidement la tête et détailla mon visage barbouillé de sang et mon allure débraillée.

- C'est plutôt à vous qu'il faut demander ça, répondit-il sur un ton qui n'annonçait rien de bon.

- Vous d'abord.

- L'un des nôtres s'est attaqué à cette femme…

- Et vous l'avez tué.

Regard glacial. Oups !

- Non, je n'étais pas vraiment sûr de ses intentions jusqu'à ce qu'elle tente de s'échapper. Je n'ai pas eu le temps de faire quoi que ce soit, il s'est fait tirer dessus. De l'argent sans doute.

- L'homme au fusil, murmurai-je en me tapant le front avec la paume de ma main.

- Vu votre état, je suppose que vous avez tenté de l'arrêter.

- Euh…

Alors que je sentais le rouge de la confusion me monter aux joues, la femme laissa échapper un drôle de gargouillis qui balaya notre conversation précédente.

- Que peut-on faire pour elle ? dis-je en prenant sa main et en fixant mon patron avec désespoir.

- Rien du tout, elle est morte.

J'écarquillai les yeux en entendant ce froid constat, mais ne pus que me ranger à cet avis en regardant la malheureuse. La vie l'avait définitivement quittée.

- Vous auriez pu lui donner votre sang ! attaquai-je aussitôt.

Phoenix soupira en s'essuyant les mains sur un mouchoir.

- En pleine rue, avec tout le sang qu'elle avait déjà perdu ? Samantha, nous sommes des vampires, pas des justiciers. On ne peut pas sauver tout le monde.

- Mais vous m'avez sauvée, moi !

Il préféra ne pas relever et se focalisa sur les cendres du vampire mort. Frustrée, je voulus rendre sa main à cette pauvre femme, mais ce faisant, quelque chose m'interpella.

- Ça alors, elle a le même tatouage que le tireur !

Je ne l'avais pas remarqué immédiatement parce qu'il n'était pas au même endroit. Là, il se situait à l'intérieur de son poignet, mais c'était incontestablement le même : un cercle aux rayons obliques tournés vers l'intérieur, se dirigeant tous vers un autre cercle entièrement noir. Phoenix le saisit et l'observa avant de lever les yeux vers moi.

- Vous en êtes sûre ?

- Certaine. Qu'est-ce qu'on fait ?

Mon employeur se mit à tourner la tête dans tous les sens, les yeux fermés. Puis :

- J'ai écouté les conversations et les battements de cœur du voisinage, personne n'a entendu le coup de feu ni assisté à ce qui s'en est suivi.

- Ah bon ?

Les capacités de son espèce par rapport à la nôtre étaient impressionnantes… et effrayantes.

- Je retourne chez Talanus et Ysis. Vu que je ne peux pas vous porter toutes les deux, je veux que vous m'y rejoigniez aussi vite que vous pouvez.

- Quoi, encore ? Après ce que je leur ai dit ?

- Ne discutez pas et soyez très prudente. Je vous attendrai là-bas.

Il s'éleva dans les nuages avec son fardeau à une vitesse ahurissante.

Décidément, nos retrouvailles avaient un goût amer et je repensai avec tristesse à ce moment où Phoenix avait déposé ce baiser sur ma main, à l'hôpital. Quelques semaines plus tôt, j'aurais simplement ressenti ce courant électrique qui me traversait chaque fois que sa peau frôlait la mienne et cela ne m'aurait pas posé de problème, ignorante que j'étais de mes sentiments et de mes envies profondes. Depuis que je m'étais réveillée, la douleur de la vérité semblait ne plus vouloir me quitter car assurément, la donne avait changé… mais, j'ignorais encore à quel point.

Chapitre II : Le Cercle de Mellindra

*

- Conduisez-moi à Harper Hill, s'il-vous-plaît, je suis pressée.

Je n'avais pas prévu de me retrouver aussi vite face à Talanus et je me demandais vraiment s'il allait attendre qu'on soit en privé pour m'étrangler ou s'il allait tout bonnement me sauter dessus à peine arrivée. Malgré ma peur, j'avais quand même demandé au chauffeur de taxi de me conduire là-bas le plus vite possible. Je n'avais pas aimé l'expression de mon employeur lorsque je lui avais parlé de la similitude des tatouages du tireur et de la victime, ni l'aura d'inquiétude qu'il avait dégagé avant de partir par la voie des airs. Quelque chose ne tournait pas rond, c'était évident. Vous allez me dire qu'un vampire réduit en poussière par un tireur d'élite, ce n'était déjà pas banal, c'est vrai ! Mais je ne pensais pas que ce simple fait aurait été suffisant pour que le masque flegmatique habituel de Phoenix s'effrite à ce point. Il se passait quelque chose de pas net, et ça avait un rapport avec cette espèce d'enjoliveur de voiture imprimé sur le poignet de la femme.

- Bonjour, Mademoiselle Jones, me salua le garde en faction devant la grille lorsque j'arrivai à destination.

Il me fit un signe de tête, bientôt suivi par les cinq collègues qui occupaient ce poste avec lui. En leur rendant leur salut, je m'étonnais encore d'avoir gagné l'estime de la gente vampirique. Au début, je croyais que ces marques de courtoisie étaient liées à ma position d'assistante de leur ange, mais Phoenix m'avait informée que le courage dont j'avais fait preuve l'été dernier pour sauver leurs chefs avait proprement impressionné tout le monde et du coup, malgré mon humanité, on m'avait acceptée. C'était un comble ! Une bande de prédateurs aux pouvoirs extraordinairement dangereux m'avait offert ce que ma propre espèce m'avait toujours refusé : le respect. Et je le devais en grande partie à mon patron, celui-là même qui m'attendait sur le perron de l'immense villa en faisant les cent pas. Comme je ne possédais pas la super vitesse des vampires, il devait bouillir d'impatience en me voyant marcher si lentement.

- Ils nous attendent, déclara-t-il sans préambule, quand je fus arrivée à sa hauteur.

- Vous êtes sûr que ça va ? Si vous n'étiez pas déjà mort je dirais que vous avez vu un revenant.

Ma note d'humour était destinée à détendre l'atmosphère car sa nervosité palpable me mettait fichtrement mal à l'aise. Malheureusement, ce fut un four total. J'essayais tant bien que mal de suivre son rythme, mais à l'évidence, il avait oublié que je n'étais pas une sprinteuse. Moralité, quand nous parvînmes devant les appartements privés de Talanus et Ysis, j'étais complètement essoufflée.

Phoenix frappa à la porte.

- Entrez !

Reconnaissant une rage dévastatrice dans la voix du général romain, mon instinct prit le pas sur ma raison et je fis demi-tour. Je n'avais pas fait deux pas que mon employeur me retint par le col de mon manteau et me fit pivoter vers la pièce où j'allais être jugée et punie pour mon insolence. Celui-ci ne mesura pas bien sa force et au lieu de me pousser gentiment, il me propulsa littéralement à l'intérieur, si bien que me prenant en plus les pieds dans le tapis, j'effectuai mon atterrissage sur la poitrine de Talanus.

Horrifiée, pétrifiée, tétanisée, tous ces adjectifs étaient bons pour décrire mon absence totale de mouvement dans les bras du chef de secteur du comté de Kerington, ma bouche grande ouverte en une grimace effarée et ridiculement béante. Les yeux de Talanus semblaient chargés comme des carabines et je me demandais à quel moment ils verseraient leur feu meurtrier sur moi…

*

Peut-être devrais-je passer sous silence cet épisode, marqué au fer rouge dans les moments les plus affreux de toute ma vie. Mais ce ne serait pas très honnête….

Ses poignes d'acier retenant mes bras et son regard toujours braqué sur moi, j'étais prisonnière d'un cauchemar et je crus que ma dernière heure était arrivée (encore). Cependant, la situation prit un tour tout à fait inattendu. En effet, j'étais encore sous le feu de ses yeux quand tout à coup :

- Ha ! Waaaaaaahahahahaaaaa !

Quelle ne fut pas ma stupeur lorsque la tête de Talanus partit vers l'arrière, libérant un hurlement de rire comme je n'en avais jamais entendu et qui faillit me foudroyer de honte au passage. Comprenant que j'étais la cause involontaire de son hilarité, je devins écarlate et mon changement de couleur n'eut pour effet que d'aggraver les choses ; mon bourreau se tordait de rire. Bon sang !

- Espèce de mmmmmmhh !

Une main puissante et pourtant incroyablement douce se plaqua fermement sur ma bouche et rendit l'insulte incompréhensible.

- Houuuuuuhouhouhouhou !!! riait encore l'autre.

Heureusement pour ma vie, Phoenix avait anticipé ma réaction et était intervenu avant le point de non retour. Pendant qu'Ysis tapotait le dos de son mari qui avait quelques difficultés à se remettre, je pus réfléchir à la situation. Que devais-je préférer après le comportement que j'avais eu lors de notre précédente entrevue ? Une énième égratignure et pas des moindres à mon amour propre, ou un châtiment en bonne et due forme ? Hm... Quelque chose me disait que la première proposition serait moins douloureuse finalement, et puis, j'étais habituée à me couvrir de ridicule alors je pouvais bien supporter cette punition-là. À moins que Talanus ne décide quand même de se venger... Mes genoux tremblèrent.

- Ouf ! dit-il en s'essuyant une larme inexistante. Si je m'attendais... Ça faisait bien deux siècles que je n'avais pas ri ainsi.

- Si ce n'est plus, ajouta Ysis en souriant tendrement.

- Mademoiselle Watkins, rien que pour cela, je vous pardonne votre éclat de tout à l'heure...

Pfiouuuu ! Je n'étais pas passée loin de la catastrophe.

- ... mais si vous rééditez ce genre d'insolence, je vous ferai écarteler !

Gloups ! Je n'étais vraiment, vraiment pas passée loin de la catastrophe...

- Bon, ceci dit, nous avons d'autres chats à fouetter. Suivez-nous, tous les deux.

Associant le geste à la parole, Talanus et sa compagne se dirigèrent vers une autre porte et Phoenix et moi leur emboîtâmes le pas. Après quelques couloirs, et un escalier, nous arrivâmes aux sous-sols.

- Nous allons aux cachots ? m'enquis-je, un peu nerveuse à l'idée de ce que j'y verrais.

- Non, à la chambre froide, m'informa Ysis. Les cachots se situent un peu plus loin, derrière une porte en plomb... pour couvrir le son des hurlements.

- Je comprends.

- En vrai, mieux vaut pour vous que vous ne compreniez pas.

Talanus était décidément de bonne humeur, il s'amusait follement à me faire imaginer le pire quant à ce qu'il devait se passer là-dedans. Mieux valait que je reporte mon attention sur la chambre froide.

Elle était énorme.

- Cette villa est le centre de notre secteur. De grandes quantités de sang sont stockées ici, en raison du nombre de personnes qui y résident ou qui sont de passage, me dit Phoenix.

Frissonnant à cause de la température, je distinguai un peu plus loin une table en métal comme on pouvait en voir dans les morgues, avec dessus le cadavre nu de la femme de tout à l'heure. Devant ce triste spectacle, le débriefing commença.

- Phoenix nous a amené ce corps sans vraiment nous donner de détails car il voulait vous attendre. Maintenant que nous sommes tous réunis, tu vas pouvoir nous expliquer ce qui se passe.

- Sans vous offenser, maître, je pense qu'Ysis et vous serez plus à même de confirmer ou pas mes soupçons. Regardez...

Mon patron attrapa le poignet de la femme et leur exposa le tatouage, semblant attendre une quelconque réaction de leur part.

- Qu'est-ce-que c'est ? demandèrent-ils en même temps.

- Vous ne connaissez pas ce tatouage ?

- Non. Pourquoi devrions-nous le connaître ?

Phoenix fronça les sourcils.

- Je me suis peut-être trompé après tout, marmonna-t-il.

- Tu peux être plus clair ? s'impatienta Talanus.

- Je pensais au Cercle de Mellindra.

La réaction de ses supérieurs me fit sursauter de par sa violence et sa promptitude. Tous deux en position d'attaque alors que j'avais beau regarder autour de nous, il n'y avait aucun ennemi à l'horizon, ils semblaient prêts à en découdre, les yeux lumineux et les crocs sortis.

- Impossible, il a été anéanti !
- Ce qui s'est passé ce soir me laisse penser le contraire.

Complètement déboussolée par tout ça, j'observais les cent pas de Talanus d'un côté et ceux d'Ysis de l'autre, avec un total ébahissement. N'en pouvant plus, je me résolus à poser la question qui me brûlait les lèvres.

- Euh… Pardonnez mon ignorance, mais… c'est quoi le cercle de Melinda ?

Ce fut la princesse égyptienne qui me répondit.

- Le Cercle de Mellindra ! cracha-t-elle. À cause de ces fous, nous avons frôlé la destruction du Secret ainsi qu'une guerre entre votre espèce et la nôtre !

Voyant que je ne comprenais toujours rien, elle poursuivit, comme happée par ses souvenirs.

- C'était en 1899, à Springfield, avant le Grand Changement. L'un des nôtres s'était attaqué à une jeune fille du nom de Mellindra Malovitch. Son cadavre exsangue et atrocement mutilé fut retrouvé dans une ruelle, près d'un tas d'ordures. À cette époque, la police n'était pas aussi efficace que maintenant et les faits divers ne manquaient pas. Malheureusement, ce crétin avait agressé la mauvaise personne. La famille de Mellindra était constituée de négociants très fortunés et notre espèce ayant dû traiter avec eux pour affaires, ils connaissaient notre existence.

- Vous ne les avez pas tués ? m'étonnai-je, car c'était leur politique en général.

- Non, ils nous étaient utiles et eux aussi trouvaient leur intérêt à nous côtoyer. Jusqu'à cette tragique méprise…

Devais-je signaler à Ysis que son discours laissait supposer qu'elle ne regrettait pas qu'un humain ait été tué mais plutôt qu'elle déplorait que ce soit cette fille-là ? Tss…

- Ces gens étaient très soudés et ils savaient parfaitement que ce meurtre était l'œuvre d'un vampire donc ils ont réclamé justice.

Nos lois, à l'époque, n'empêchaient pas de se nourrir en tuant, par conséquent le chef de secteur du comté de Springfield a rejeté leur requête et laissé le coupable libre. Tout paraissait être rentré dans l'ordre mais c'était sans compter la soif de vengeance du clan de Mellindra et sa volonté de protéger votre espèce contre la nôtre.

Ce récit était absolument passionnant. Ysis était un narrateur extraordinaire, mais en cet instant, j'aurais eu du mal à jeter la première pierre à la famille Malovitch. Je m'étais toujours dit que si j'avais des enfants, je devrais les protéger du Mal et que si quelqu'un s'en prenait à eux, je l'étriperais sans vergogne. Après mes expériences violentes de l'année précédente, cette certitude s'était renforcée. Certains pervers dans ce monde mériteraient une bonne séance de torture dans les mains expérimentées et terriblement efficaces de Finn, le créateur de mon patron... Ce serait peut-être plus dissuasif que la prison. Mais je m'égare...

- Ils ont créé ce qu'ils ont appelé le Cercle de Mellindra et ont recruté, à travers tout le pays, des gens qui avaient également perdu un membre de leur famille à cause de nous. Ça leur a pris du temps, mais ils ont réuni une véritable armée très bien équipée et très bien entraînée. La chasse aux vampires a duré suffisamment longtemps pour que les Grands s'en mêlent et « destituent » le chef de secteur de Springfield qui n'avait pas fait le rapprochement entre ces assassinats et la famille Malovitch. Vous savez ce que ça veut dire, Samantha.

Oui, je le savais. Le licenciement chez les vampires n'avait rien d'une étape transitoire vers un autre job : là, vous étiez radié de l'équipe et rayé de la carte par la même occasion. Les Grands n'avaient pas pour coutume d'être indulgents.

- Le comté de Springfield est voisin de celui de Kerington. Plutôt que de mettre un nouvel incompétent à sa tête, les Grands ont fait appel à nous pour régler le problème. Quand nous sommes parvenus à identifier les leaders de ces attentats contre notre espèce, la chasse s'est inversée et presque tous les membres du Cercle ont été traqués et tués. Les Malovitch avaient réussi à trouver le soutien de trois cents personnes, ça a été une vraie boucherie… Les vampires sont violents, Mademoiselle Watkins, mais nous ne sommes pas non plus des monstres. Cet événement a été le déclencheur de la décision des Grands de prononcer l'avènement du Grand Changement, car avec les progrès de la science et la perspicacité toujours plus affûtée des humains, ce n'était qu'une question de temps avant que le Secret ne soit dévoilé. Nous étions en 1905… Les Grands ont organisé des négociations avec les survivants du Cercle. Ils leur ont proposé de les épargner leur avoir expliqué que les meurtres d'humains seraient désormais interdits. Ils ont accepté mais ont juré que si les vampires se laissaient de nouveau aller à leurs bas instincts, la guerre reprendrait. La trêve a donc été décidée. Au bout de plusieurs décennies, n'ayant plus aucun contact avec eux, nous avons cru que le Cercle s'était dissous…

Je buvais littéralement les paroles de mon interlocutrice, mais je sentis qu'il y avait un problème.

- À voir votre expression, j'en déduis que l'histoire n'est pas finie.

Ysis soupira.

- Effectivement.

- Bill Miller, intervint Phoenix.

Je me tournai vers lui, surprise. Miller, tenancier du crasseux et ô combien ridicule bar à strip-tease, le « Sexy String Show », était mort l'année dernière en tendant un piège à mon employeur afin qu'il s'éloigne de moi pendant que Karl Sarlsberg en profitait pour tenter de me régler mon compte.

- L'Assoiffé ? Qu'est-ce qu'il vient faire là-dedans ?

Cette fois, Phoenix prit sur lui de terminer le récit.

- Vous vous rappelez que je vous avais dit que Miller avait réuni des partisans pour assouvir leur soif de sang.

- Oui, vous les avez traqués et tués, sauf l'Assoiffé qui a retourné sa veste au dernier moment.

- C'était il y a tout juste trente ans. En fait, sa petite rébellion nous a fait prendre conscience que le Cercle de Mellindra n'était pas mort comme nous le pensions, mais qu'il nous épiait depuis des générations. Une nouvelle guerre a éclaté, beaucoup plus courte, mais également très meurtrière. Talanus m'a chargé de m'occuper de Miller et de ses sbires tandis qu'Ichimi devait se charger du Cercle. Cette fois-ci, personne n'a été épargné, la préservation du Secret passait par leur anéantissement.

À l'issue du discours de Phoenix, une question s'empara de mon esprit : et si des enfants avaient été impliqués dans le Cercle ? La mine sombre de mon employeur me donna la réponse. Révulsée, je ne voyais pas qui blâmer : leurs assassins uniquement, ou aussi leurs parents qui les avaient mêlés à un conflit dans lequel ils n'avaient rien à voir ? Je balayai mentalement ces pensées trop affreuses pour me concentrer sur le présent.

- Vous croyez donc que le tireur et la femme se connaissaient ?

- Son comportement était étrange. Il était clair que l'homme qui la suivait avait de mauvaises intentions, mais elle n'a pas fui. On aurait dit qu'elle l'attendait... Ce n'est que lorsqu'il a sorti ses crocs qu'elle s'est dégagée, sans toutefois courir.

- Une rabatteuse, murmura Talanus en posant de nouveau les yeux sur la femme dont la plaie béante au cou était tout à fait écœurante.

- Qui nous dit qu'ils appartiennent à ce Cercle ? demandai-je encore.

- Ichimi ! lança rageusement Ysis. Ce rat continue à vouloir notre peau, même dans la tombe !

- Hein ?

- Les disparitions dans le comté ne sont pas passées inaperçues. Si l'un des membres du Cercle a survécu il y a trente ans et qu'il l'a reconstitué, on peut s'attendre à de nouveaux meurtres. Les Grands ne seront pas aussi cléments que la dernière fois si cela leur parvient jusqu'aux oreilles et personnellement, je tiens à ma tête, expliqua Phoenix.

Talanus inspira et annonça sa sentence.

- Phoenix, je te charge de me trouver ces gens et de les éliminer définitivement. Considère que toutes tes autres affaires sont en suspens tant que celle-ci n'est pas réglée. Tu agiras dans le secret absolu, c'est clair ?

- Parfaitement.

- Est-ce que je peux compter sur vous également, Samantha ?

Je n'osais pas ouvrir la bouche, de peur que ma réponse ne ravive la colère que Talanus avait contre moi, mais Ysis s'aperçut de mon trouble.

- Cela vous pose un problème ? N'ayez pas peur, vous pouvez parler.

Je sentis mes genoux flageoler mais je n'avais pas le choix, je devais dire ce que j'avais sur le cœur.

- Je ne veux pas cautionner un massacre.

- Il fallait y penser avant de devenir l'assistante de notre ange, trancha sèchement Talanus.

- Je n'ai rien demandé si vous vous souvenez ! Au lieu d'alimenter la haine entre ces gens et vous, vous devriez peut-être parlementer, sinon ce sera l'escalade et au bout du compte, votre existence finira par être dévoilée !

- Ysis, parle-lui, moi je perds patience !

- Elle a raison, mon aimé.

- Quoi ?! rugit-il.

- S'ils croient que le Grand Changement a été aboli, ils vont reprendre leurs activités de chasse aux vampires, c'est certain, mais en cherchant à les éradiquer on court à la catastrophe. Samantha a raison, il faut d'abord tenter de négocier une nouvelle trêve.

Talanus ne semblait pas convaincu mais comme toujours, le charme de sa compagne opéra sa magie sur lui.

- Très bien, trouvez-les et tentez de rétablir la paix. Si ça ne marche pas, tu sais ce que tu as à faire, Phoenix.

- Je ne vous décevrai pas. Samantha, dit ce dernier en se tournant vers moi, votre don pour l'informatique nous sera utile. Sortez pendant que je prends les empreintes de la victime.

J'allais suivre ses instructions quand :

- Pas si vite !

Ysis s'avança vers moi.

- Je dois lire votre esprit pour faire le portrait de l'homme qui vous a blessée.

Ah non ! La dernière fois, ça s'était mal passé et je n'avais aucune envie de renouveler l'expérience. Devinant ma réticence, elle sourit.

- Je serai plus douce que la fois précédente.

Mouais, cause toujours, douce ou pas, je détestais ça ! Mais bon, je n'avais pas le choix de toute façon car les seuls dessins que je réussissais étaient les bons vieux bonhommes brindilles avec un rond en guise de tête et des bâtons en guise de membres.

- D'accord, d'accord !!

J'essayais de me détendre au maximum en fermant les yeux et en modulant ma respiration. J'étais doublement motivée pour garder le contrôle de mes souvenirs parce que je voulais éviter une vague de meurtres dans un premier temps, mais plus égoïstement, je ne devais en aucun cas laisser passer des pensées parasites qu'Ysis pourrait capter (du style la découverte de mes véritables sentiments pour son ange).

- Je suis prête.

Lorsque je sentis les mains froides de la princesse égyptienne sur mes tempes, je débutai mon récit en prenant bien soin de ne pas aborder la discussion sur le toit de l'immeuble. Je m'attardai sur la description physique de l'inconnu avant de résumer notre lutte et de terminer par ses derniers propos.

- Il m'a prise pour une vampire, sûrement à cause de l'empreinte dont Phoenix m'a marquée. Je n'étais pas plus forte que lui mais ma résistance a prêté à confusion. Ce n'est qu'en voyant mon nez en sang qu'il a compris que j'étais comme lui et avant de s'enfuir, il m'a dit que cette guerre ne me concernait pas.

- Ça confirme ce que nous pensions, dit Ysis en retirant ses mains et en allant chercher le carnet et le stylo posés près de la morte.

En une seconde, elle dessina le visage de mon agresseur tel que je m'en étais souvenu et me tendit la feuille.

- Vous pouvez disposer, Mademoiselle Watkins, Phoenix vous rejoindra dès qu'il en aura terminé avec les empreintes de Madame.

- Euh… Merci. Au revoir.

Le chemin en sens inverse vers le portail aurait dû être marqué par le soulagement de m'en être sortie à si bon compte, mais au lieu de cela, un sentiment de malaise s'empara de moi. Je ne savais pas ce qui se passerait, mais cette nouvelle enquête ne me disait rien qui vaille.

*

En temps normal, lorsque Phoenix et moi étions convoqués tardivement à Kerington, je passais le trajet du retour assoupie sur la banquette arrière. Parfois, je me réveillais dans mon lit après que mon patron ait eu pitié de moi et m'ait transportée dans ses bras jusqu'à ma chambre. Pourquoi était-il aussi gentil ? Cela simplifierait peut-être les choses s'il n'était pas si gentleman… Non. Même s'il me tapait sur les nerfs comme ce soir, c'était plus fort que moi, j'avais besoin de lui.

- Vous êtes bien silencieuse.

Le paysage défilait devant mes yeux tandis que j'émergeais de mes pensées moroses.

- Désolée, je pensais à l'enquête qui nous attend. J'ai un mauvais pressentiment.

- Le danger ne faisait plus partie de nos missions depuis quelques temps. Je ne vous le cache pas, cette mission sera périlleuse.

- Dire que je viens à peine de sortir de l'hôpital… soufflai-je.

Phoenix ne répondit rien et je compris qu'il ne savait pas trop comment réagir. Peut-être qu'il était temps de changer de conversation, en abordant un abcès qu'il allait falloir tôt ou tard crever.

- Cette femme… est-ce que c'est fréquent pour vous ?

- Non, je ne rencontre pas tous les jours des cadavres égorgés dans des quartiers mal famés.

Évidemment, j'étais tellement mal à l'aise à l'idée de cette discussion que je n'étais même pas parvenue à m'exprimer clairement. Je devais faire mieux que ça.

- Je parlais de celle qui me ressemblait…

Silence.

Visiblement cette fois, Phoenix avait compris où je voulais en venir et je devinais son conflit intérieur rien qu'à ses mâchoires serrées. On aurait presque pu entendre ses dents grincer.

- Pourquoi voulez-vous en parler ?

- Pourquoi n'en parlerait-on pas ?

- Je… Nous devions négocier un contrat sans importance pour Talanus et Ysis… En général, c'est dans le restaurant de cet hôtel que je traite ce genre de marché… Elle… je… Ce n'était qu'une aventure, il n'y a rien à dire.

- À part que vous m'avez menti.

Cette fois, j'entendis nettement ses dents grincer.

- Je ne voulais pas vous le dire… parce que…

Un ange passa… Tous ces silences finissaient par devenir assourdissants !

- Peu importe, ce ne sont pas mes affaires de toute façon, dis-je en me détournant de lui pour admirer de nouveau le paysage et me traiter intérieurement d'imbécile sadique qui prend plaisir à souffrir.

- Je ne voulais pas que vous ayez une mauvaise opinion de moi.

Je ricanai nerveusement à son aveu.

- Ça n'aurait pas été le cas... parce que vous auriez été honnête avec moi. Au lieu de ça, je me suis sentie humiliée et trahie. Est-ce si dur de me faire confiance ? Suis-je si ridicule que vous avez peur d'assumer notre amitié devant vos congénères ?

Et voilà. Ce n'était pas prévu au programme, mais j'avais vidé mon sac, enfin presque. C'était déjà suffisant pour Phoenix qui tenait le volant si fermement que je crus qu'il allait le broyer.

- Vous n'êtes pas ridicule et j'ai confiance en vous bien plus que vous ne le croyez. Mais ma fonction me contraint à garder mes distances avec vous en public.

- C'est idiot, nous ne sommes même pas amants !

Je m'étais exclamée à voix haute tant cela me paraissait injuste mais aussitôt, je m'empourprai et détournai le regard. L'espace d'un instant, je nous avais revus pendant notre échange de sang après que Karl m'eût brisé la mâchoire... heureusement que nous avions gardé nos vêtements... Ce souvenir me fit virer à l'écarlate et je dus pivoter sur le côté pour que mon employeur ne voie pas mon trouble.

- Pourquoi rougissez-vous ?

Raté.

- Je ne rougis pas ! glapis-je.

- Votre cœur s'est accéléré comme dans une course de Formule 1, ça se produit à chaque fois que vos joues s'enflamment.

- Euh... Ne changez pas de sujet !

Je l'entendis soupirer.

- Peu importe la nature de nos sentiments, je me dois de paraître intouchable pour qu'on continue à me croire impitoyable. Pour le reste, je vous demande pardon, dit-il.

- Je vous pardonne... encore...

Ce qu'il ne savait pas, c'était qu'au rythme désordonné de mon bruyant musicien succéda une douleur dont je commençais à être coutumière et qui me replongea dans de sombres pensées jusqu'à ce que nous soyons enfin de retour à Scarborough.

*

- Dites-moi que je rêve ! Sam, qu'est-ce qui t'est encore arrivé ?

Malgré l'heure plus que tardive, Angela avait attendu notre retour de Kerington parce qu'elle s'inquiétait du motif de la convocation de Talanus, à juste titre d'ailleurs. C'est ainsi qu'après avoir franchi le seuil du château derrière mon patron, mon amie vint à notre rencontre et put constater mes vêtements tachés de sang : le mien et celui de la morte. D'un naturel calme et doux, je dois dire que sa réaction à ce moment là me surprit totalement car avant même que j'aie pu répondre, elle se tourna vers Phoenix en appuyant un doigt accusateur sur sa poitrine et en le fusillant du regard :

- Comment avez-vous osé les laisser s'en prendre à elle ?! Après toutes les fois où elle vous a sauvé la vie, vous auriez pu prendre sa défense devant vos employeurs. Vous ne la méritez pas, espèce de lâche ! s'écria-t-elle avec une telle colère dans la voix que j'en restai bouche bée.

- Euh... Angela... Talanus ne m'a pas frappée. En fait, euh... je me suis encore pris les pieds dans un tapis et je suis mal tombée.

Le général romain avait été clair, notre mission était marquée par le sceau du secret donc je me devais de garder Angela en dehors de tout ça, quitte à lui mentir. Maladroite comme j'étais, c'était tout à fait crédible et celle-ci s'empourpra de gêne en comprenant l'erreur qu'elle avait commise.

- Oh, désolée, dit-elle en rangeant son doigt avec un air penaud.

Ce genre d'éclat, face à un vampire, n'était pas très intelligent compte tenu de la possibilité qu'ils avaient de vous démembrer en un éclair si l'envie leur en prenait et vu la tête de François, il était évident qu'il pensait exactement la même chose que moi : s'il y avait un vampire sur terre qu'il ne fallait pas chatouiller, c'était bien Phoenix.

- Ce n'est rien. Avoir le courage de m'affronter pour défendre votre amie est admirable, mais la prochaine fois, vous devriez peut-être d'abord vous renseigner avant de lancer des accusations à tort et à travers, conclut ce dernier.

Je retins un éclat de rire lorsqu'elle baissa la tête comme une enfant et qu'elle murmura un « Oui, monsieur » des plus piteux.

Nous allâmes dans le salon où mon patron put expliquer (en partie) à nos amis la teneur de notre entretien avec ses chefs et il fut particulièrement expansif sur la manière dont je m'étais effondrée dans les bras de Talanus après avoir trébuché, et comment celui-ci s'était tordu de rire devant mon air ahuri. Je comprenais qu'en agissant de la sorte, Phoenix endormait leur suspicion mais c'était quand même fort gênant !

- Sam, tu es incorrigible ! Combien de fois t'ai-je dit de regarder où tu mettais les pieds ? La dernière fois, c'était quand tu as glissé au parc et que tu as entraîné Matthew dans ta chute. Hahaha ! Je vous revois tous les deux à rouler dans l'herbe et… hum… Fais attention quoi !

Étrangement, Angela s'était arrêtée en plein milieu de sa phrase après avoir tourné la tête vers mon employeur qui ne semblait pas du tout, mais alors pas du tout, goûter l'anecdote, je ne savais pas pourquoi. Quant à moi, à ce souvenir, je ne pouvais pas m'empêcher de rigoler.

- Hihi ! Tu te rappelles, il avait atterri dans un amas de feuilles mouillées et il en avait de collées partout sur son visage, et… hum… ouais, je ferai attention.

Cette fois, son regard glacial me poussa à clore le chapitre et à admirer la cheminée. Bon sang ! Quel rabat-joie ! pensai-je en bâillant.

- Viens Angela, tu travailles demain et je ne voudrais pas que tu ne puisses pas te lever ; je te ramène chez toi.

François s'était levé et tendait une main vers son amoureuse qui ne se fit pas prier pour la prendre et le rejoindre.

- Bonne nuit alors.

- Bonne nuit, lui souhaitai-je.

Elle allait disparaître de ma vue quand :

- Ah ! J'oubliais ! Ne tarde pas à passer chez Danny, il tient à fêter ton retour lui aussi.

- Dis-lui que je viendrai après-demain.

- Entendu. Repose-toi bien en attendant ! lança-t-elle en guise d'au-revoir en jetant un coup d'œil bien appuyé à mon patron signifiant qu'il n'avait pas intérêt à me faire retravailler de sitôt.

Lorsqu'ils furent partis, Phoenix vint s'asseoir à côté de moi.

- J'aime bien votre amie, elle a du cran.

- Finalement, vous aimez quand on vous tient tête, c'est ça ? demandai-je en souriant malicieusement.

- Je n'ai rien contre les forts caractères, je déteste simplement qu'on me fasse tourner en bourrique et vous êtes une spécialiste.

Je ne pus réprimer un nouveau sourire avant de me blottir contre lui.

- Je vous ai manqué, hein ?

Il passa un bras autour de mes épaules et grogna. C'était une réponse qui me convenait parfaitement.

*

Le lendemain, j'eus quelques difficultés à me lever à une heure respectable. J'étais tellement heureuse de retrouver mon lit moelleux que j'étais presque retombée dans le coma et m'éveillai seulement vers quinze heures. Autant dire que je ne ferais pas grand-chose de la journée.

Après ma toilette et un petit en-cas, je décidai de faire quelques recherches sur Internet pour voir si la magie *Google* ferait apparaître le nom de Mellindra Malovitch. Évidemment, ça aurait été trop beau ! Pendant deux heures, je surfais donc sur la toile en consultant tous les sites que je trouvais sur les vampires, excluant ceux des fans qui décrivaient en détail l'anatomie des sublimes acteurs d'*Entretien avec un vampire* ou plus récemment, de la saga *Twilight*. Force m'était de constater que l'engouement pour ces monstres mythiques ne faisait que s'intensifier, allant parfois jusqu'à la pure bêtise. En effet, il y avait carrément des groupes de personnes qui se réunissaient pour célébrer des rituels sataniques où ils buvaient du sang de bouc ! Non mais, franchement ! D'autres encore, s'amusaient à dormir dans des caveaux de cimetières et se faisaient prendre en photo habillés comme Dracula. J'étais persuadée que si les vrais suceurs de sang savaient cela, ils considéreraient ce ridicule comme un manque total de respect méritant une sévère punition. C'était fou de savoir qu'il y avait autant de monde désireux de mourir pour devenir l'un des leurs, sans avoir même une idée des implications de cette transformation.

Moi je savais, et honnêtement, j'avais beau être amoureuse d'un membre de cette espèce, je n'en voulais pas moins rester moi-même, à continuer à profiter du soleil et de bons petits plats solides.

Les yeux commençant à me piquer, je mis un terme à mon travail et décidai de me détendre dans la grande bibliothèque. Je ne savais pas ce que Phoenix avait prévu pour cette nuit et je voulais être en forme pour l'accompagner. De fait, je passais le temps, affalée sur le canapé avec un livre sur la vie de Jeanne d'Arc quand je m'endormis.

Au début, je faisais des rêves sans queue ni tête mais ça ne me dérangeait pas de voir Barack Obama en robe, dégustant un homard assis sur une baleine, en braillant des chansons paillardes ; j'avais l'habitude. Toutefois, cette scène s'évanouit pour laisser la place au noir le plus total, une obscurité infinie dans laquelle je flottais.

- À l'issue de cette quête, tu sauras. Après cela, bientôt, tu viendras à moi.

La même voix que j'avais entendue pendant mon coma retentit dans mon esprit et à cela, s'ajouta la sensation d'une douleur innommable qui s'emparait de chaque cellule de mon être, le transformant de l'intérieur. M'époumonant à n'en plus finir, je crus ne jamais voir la fin de mon cauchemar et ma voix se perdit dans un abîme de souffrance abominable jusqu'à ce que des secousses répétées ne me fassent ouvrir les yeux.

Complètement terrorisée et pas encore revenue à la réalité, je me débattis comme une forcenée. Une force herculéenne me plaqua sur le sofa, tandis qu'une voix de velours m'exhortait à me calmer. Je compris que c'était Phoenix qui essayait de m'aider et je cessai de remuer. Le cœur sur le point de sortir de ma poitrine, je parvins à m'asseoir en essayant tant bien que mal de récupérer une respiration normale. J'avais les cheveux collés sur mon visage par la transpiration et le froid que je ressentais n'avait rien à voir avec les températures négatives au-dehors. J'étais sens dessus-dessous.

- Nom d'un chien, Sam ! Je suis accouru dès que j'ai pu en vous entendant hurler à la mort et j'ai eu un mal fou à vous réveiller ! Qu'est-ce qui s'est passé ?

Je devais vraiment être en état de choc car mon patron, voyant que la réponse à sa question ne venait pas, s'assit à mes côtés et m'attira à lui.

- J-je s-suis vi-vi-vivante ?

- Bien sûr que vous êtes vivante !

- J'ai cru… j'ai cru qu-qu'on me brûlait de l'intérieur ! Je n-n-n'ai j-jamais eu aus-s-s-i mal de toute mon existence.

Phoenix se baissa et ramassa mon livre.

- Si vous vous endormez en pensant à cette pauvre Jeanne d'Arc brûlée vive, c'est normal de faire des cauchemars.

- V-vous ne comprenez pas, c'était plus qu'-qu'un cau-cauchemar ! Il y avait cette voix et… la douleur était insupportable, j'avais l'impre-pression que toutes les cellules de mon corps prenaient feu pour devenir autre chose... Je ne sais pas quoi.

Phoenix se raidit tout à coup, et il m'attrapa par les épaules pour lui faire face.

- Vous brûliez de l'intérieur et vous aviez l'impression de changer ?

L'émotion liée à cette expérience étant encore très forte, je me contentai de hocher la tête. Quand Phoenix se leva brusquement pour faire les cent pas devant moi, un drôle de pressentiment m'envahit.

- Incroyable... murmura-t-il. C'est impossible et pourtant...
- Quoi ?

Il vint se rasseoir et plongea son regard dans le mien. L'intensité et surtout la proximité avec laquelle il me fixait me fit monter le rouge aux joues, surtout quand je me rendis compte que je n'attendais qu'une chose, qu'il se rapproche davantage. Gênée, je détournai les yeux.

- Qu'est-ce qui vous prend ? dis-je dans un souffle.
- Parlez-moi de cette voix.

Allait-il me prendre pour une folle si je m'exécutais, en sachant que ce n'était pas la première fois que je l'entendais ?

- Il n'y a rien à dire. Vous aviez raison, j'ai juste fait un mauvais rêve. Hum... Vous n'avez pas faim ? Moi je meurs de faim et... Tiens, où est François ?

Alors que je m'étais levée pour fuir cette discussion, Phoenix me retint par la main. Ses yeux me transperçaient de leur éclat bleuté et je me raidis devant la déception qui se lisait sur son visage.

- François dort chez Angela. Sam, je croyais vous avoir entendu évoquer l'importance de la confiance. Je m'étonne de voir que vos principes ne fonctionnent que dans un sens.

L'accusation, aussi vraie que choquante, me fit l'effet d'un coup de poing. Il avait raison ; ce que j'exigeais de lui, il était en droit de me le demander aussi. Vaincue, je revins sur le canapé.

- C'est la deuxième fois que je l'entends... La première fois, c'était pendant mon coma. J'étais dans le noir le plus complet quand cette voix étrange sortie de nulle part m'a dit que mon heure n'avait pas encore sonné parce qu'elle m'avait choisie.

Je trouvais plus intelligent de garder sous silence le fait qu'elle m'avait aussi ordonné de rejoindre Phoenix. Cela pouvait prêter à confusion et je n'avais vraiment pas besoin de ça.

- Là, elle m'a dit : « *À l'issue de cette quête, tu sauras. Après cela, bientôt, tu viendras à moi.* » Je n'ai pas eu le temps de m'interroger sur la signification de cette énigme parce qu'ensuite, j'ai été dévorée par les flammes.

Mon employeur resta muet quelques secondes qui me parurent interminables. Ses sourcils étaient froncés au maximum et il semblait perdu dans ses réflexions. Enfin :

- La douleur que vous avez ressentie, je la connais pour l'avoir éprouvée moi-même.

- Ah oui ? Qu'est-ce que c'était ? demandai-je, ma curiosité piquée au vif.

- La douleur que tout vampire ressent quand il perd son humanité et devient l'un des nôtres après l'Échange de sang.

J'écarquillai les yeux. Il y avait deux types d'échange de sang : l'un provoquait une augmentation du désir sexuel chez les partenaires, l'autre était d'une nature beaucoup moins réjouissante.

- Vous voulez dire... que j'ai expérimenté la souffrance que vous avez éprouvée quand Finn vous a transformé ?

Phoenix m'avait expliqué que pour devenir vampire, l'humain devait être d'abord vidé de son sang, ce qui était déjà en soi une expérience atroce. Une fois aux portes de la mort, la victime recevait le sang de son bourreau et devait endurer un véritable supplice avant de se réveiller sous un jour nouveau... ou plutôt, une nuit nouvelle. Beaucoup ne résistaient pas, ce qui expliquait le nombre réduit des membres de leur espèce.

À la lumière de cette révélation, je sentis les larmes me monter aux yeux en songeant à ce que Phoenix avait subi. Il avait déjà vécu un véritable calvaire en voyant sa famille se faire assassiner sous ses yeux, puis en étant vendu à Finn qui lui avait lacéré le dos pour le punir d'avoir voulu s'enfuir avant sa transformation. Mais cet enfer... je l'avais à peine effleuré et pourtant, j'imaginais comme ce dut être affreux.

L'émotion prenant le pas sur ma raison, je me jetai sur lui en le serrant de toutes mes forces et en éclatant en sanglots.

- J-j'ai t-tellement de peine p-pour vous ! bredouillai-je en reniflant.

Complètement pris au dépourvu, Phoenix ne réagissait pas. J'essayais de me convaincre que cette étreinte était purement compatissante, mais plaquée comme j'étais contre lui, de drôles d'idées affluèrent à mon esprit.

Quand enfin je consentis à le libérer de l'étau de mes bras et que je me dégageai suffisamment pour pouvoir lui parler face à face, je fus surprise de son regard sur moi. Cela ne dura qu'une micro-seconde et ce n'était peut-être que le fruit de mon imagination, mais je crus voir dans ses yeux un éclair de tendresse. Il ne m'en fallut pas plus pour sentir ma température corporelle augmenter de manière exponentielle et sentir des picotements un peu partout le long de ma colonne vertébrale. Comprenant qu'il valait mieux laisser ma raison reprendre les rênes de mon corps, je m'écartai vivement en rougissant, consciente du ridicule de mes réactions.

- Pardon. J'oublie toujours que les vampires n'aiment pas les effusions et les pleurnicheries. Malheureusement, vous êtes tombé sur une vraie fontaine ambulante.

Mon patron semblait plus amusé qu'offensé.

- Je vous connais bien maintenant, pourtant, vous arrivez toujours à me surprendre. C'est vous qui avez enduré cette souffrance et toutefois, les larmes que vous versez sont pour ma triste et lointaine expérience. Je n'y comprends rien, vous êtes capable d'émasculer un voyou et de tuer de sang froid une vampire hystérique sans le moindre remords, mais vous pleurez pour quelque chose qui a eu lieu il y a plus de cinq cents ans.

- Je sais, je sais, il y a quelque chose qui ne tourne pas rond chez moi. J'arrive même à avoir les larmes aux yeux devant une publicité pour des couches de bébé ! Et il n'y a rien d'émouvant là-dedans ! Beuark !

Une fois, Angela et Matthew m'avait grillée lors du passage du spot publicitaire en question, où l'on voyait une mère ravie de nettoyer les fesses de son adorable rejeton, et ils s'étaient moqués de moi pendant une semaine. Le pire fut que l'information était parvenue aux oreilles de Danny, qui m'offrit un jour que je mangeais chez lui un paquet de couches et un autre de mouchoirs en guise de dessert. La honte !

- Venez, on continuera cette conversation pendant votre repas.

Mon estomac venait de rappeler son existence au monde entier en grognant tel un prédateur de la jungle affamé. Il ne se calma qu'une fois que je fus attablée avec mon assiette de poisson et de légumes. Phoenix s'installa en face de moi avec son journal sans toutefois l'ouvrir. Il joignit ses mains et me fixa.

- Je suppose que vous vous rappelez comme moi ce qu'Ysis vous a dit lors de votre rencontre.

Comment l'oublier ?!

- Oui. Selon elle, j'aurais été choisie par la « Nuit ». Le problème avec Ysis, c'est qu'elle n'est jamais claire dans ses propos et que quand ses prophéties se réalisent, on ne s'en rend compte qu'après coup. En plus, c'est quoi cette « Nuit » ? Elle en parle comme si c'était une divinité ! Je…

- C'est la mère de tous les vampires… me coupa-t-il.

- …

L'interruption de mon employeur fut efficace, elle m'avait coupé le sifflet. Ainsi donc, la « Nuit » existait bel et bien ! L'année dernière, quand je croyais que sa patronne divaguait en plus d'avoir un penchant pour des substances hallucinogènes, il n'avait pas jugé bon de m'informer de la vérité ?

- … et avant que vous ne laissiez libre cours à la fureur que je vois monter dans vos yeux, sachez que ce n'est qu'un mythe et que très peu de gens y croient. Elle s'appelait Léthalée. Lassée de l'espèce humaine à laquelle elle appartenait et du soleil brûlant de cette vie futile et fragile, elle implora la Lune de l'aider à trouver un sens à son existence. Celle-ci lui annonça que son souhait avait été entendu et qu'elle deviendrait la mère d'un peuple d'une puissance inégalée. Elle lui envoya l'un de ses gardiens et de leur union naquit le premier d'entre nous.

Léthalée s'aperçut bien vite que son enfant avait d'autres besoins que les autres bébés et commença par lui donner du sang animal. Cela fonctionna quelques années, pendant lesquelles ils vécurent à l'écart du monde extérieur. Mais quand le garçon commença à dépérir dangereusement, elle n'hésita pas une seconde et se trancha la gorge pour lui offrir son propre sang. Juste avant, elle lui fit promettre de trouver un moyen de perpétuer sa lignée en ne s'abaissant jamais à se dévoiler aux humains, jugés trop primitifs. Lorsqu'elle rendit son dernier souffle, la Lune l'accueillit comme sa fille et la rebaptisa « Nuit ». Elle fut vénérée par la suite par les héritiers de ce fils qui avait tenu à respecter ses vœux.

- Qu'est-il devenu ? A-t-il seulement un nom ?

- Personne ne le sait. Ce culte a presque disparu, cependant, il existe encore aujourd'hui des vampires qui y croient.

- Vous n'en faites pas partie ?

Cette légende était d'un ridicule affligeant, mais ce n'était pas la première fois dans l'Histoire qu'on entendait qu'une espèce entière descendait d'une seule femme…

- Non et Talanus non plus, mais si cela fait plaisir à Ysis, il ne dit rien. Bien qu'elle soit respectée et que son don soit reconnu, elle est un peu considérée comme… une originale.

- Voyez-vous ça ! Elle a failli vous arracher la tête quand elle a su que vous m'aviez marquée de votre empreinte en fouillant dans ma mémoire. Souvenir désagréable soit dit en passant ! Alors excusez mon insolence, mais le terme « originale » ne me semble pas vraiment approprié !

- Pourtant elle avait raison quand elle vous a imposé de rester au château, elle savait que Finn débarquerait. Et puis, cette voix que vous avez entendue… juste avant de ressentir l'effet d'une transformation. Ça fait beaucoup de coïncidences.

- Oh, je vous en prie ! Vous n'allez pas vous y mettre, vous non plus ! Ok, pour la douleur, je reconnais que c'est un mystère, mais de là à penser que je vais bientôt rejoindre votre arrière-arrière et j'en passe arrière-grand-mère, accessoirement humaine alors que votre espèce nous trouve tout juste bons à manger, franchement ! Tout ceci est ridicule ! Je n'ai pas l'intention de me cacher dans la prochaine navette en partance pour la Lune, désolée ! On a d'autres problèmes plus urgents que mes rêves, vous ne croyez pas ?

Phoenix sourit.

- Vous êtes déjà d'attaque pour reprendre le travail ?

Je me redressai fièrement et le toisai en le pointant du doigt.

- Je ne dors pas comme une masse le jour durant, mwâaa, Môsieur ! J'ai fait des recherches pour notre affaire !

Adoptant une posture plus confortable, il croisa les jambes.

- Et vous avez cru bon de commencer par la vie de Jeanne d'Arc, affalée sur un canapé…

- Beuh…

Zut ! Je ne l'avais pas vue arriver, celle-là !

- Avant cela… hum… J'ai regardé sur le Net s'il y avait quoi que ce soit sur le Cercle de Mellindra.

- Et ?

- Euh… il n'y avait rien évidemment, mais il fallait bien commencer quelque part !

- Certainement, répondit mon patron sur un ton faussement sérieux qui me hérissa.

- Bon, d'accord, je n'ai pas trouvé grand-chose. Comme reprise du travail, peut mieux faire.

Cette fois, Phoenix sourit franchement.

- Avez-vous pensé que je vais devoir rendre des comptes à Angela si je vous permets de retravailler dès ce soir ?

Au souvenir de sa réaction virulente dans le hall, la veille, je m'esclaffai.

- Mon cœur s'est arrêté de battre quand elle vous a disputé. Vous auriez dû voir la tête de François !

Il fit la moue.

- Je ne suis pas un monstre quand même, je sais me retenir !

- Peut-être, pour autant, on ne peut pas dire que vous soyez très enclin à accepter d'être critiqué si ouvertement.

- Vous ne croyez pas qu'en votre compagnie, j'ai largement eu le temps de perfectionner mon self-control ?

Tout en débarrassant les restes de mon repas, je riais face à la justesse de ses propos. Je n'étais pas toujours très tendre avec lui.

- Vous voyez que vous apprenez des choses grâce à moi.

- Humpf !

- Ça, c'est ma réplique !

Éclatant de rire cette fois, je fis couler l'eau dans l'évier pour faire ma vaisselle, en le regardant avec plaisir ouvrir son journal d'un geste vif en bougonnant.

- Gnnmmhh… casse-pieds !

Ce genre de joutes verbales me ravissait, surtout quand c'était moi qui gagnais. De fait, j'en oubliai totalement mon cauchemar ainsi que l'histoire de Léthalée, et chantonnai une vieille chanson des *Blues Brothers*, le moral à nouveau au beau fixe malgré l'enquête qui nous attendait.

Chapitre III : Rivalités

*

- Vous avez tout votre matériel ?

- Je ne suis restée dans le coma que quatre jours ! Je n'ai pas oublié comment faire mon boulot !

Sur le chemin vers Drake Hill, mon patron n'arrêtait pas de me demander si j'allais bien. Au début, je trouvais cette inquiétude charmante, mais au bout d'un moment, je crus bon de lui signaler qu'il ferait mieux de changer de disque.

- Je vais bien et je suis fin prête pour aller voir Kiro, alors si ça ne vous dérange pas, concentrez-vous plutôt sur votre conduite. Vous roulez sur la mauvaise file.

- Oups !

Je ne pus m'empêcher de sourire malgré la nausée provoquée par son brusque coup de volant.

- Si vous voyiez votre tête ! m'esclaffai-je.

Un grondement animal me répondit, ce qui me fit tout bonnement éclater de rire. Phoenix était l'être le plus susceptible de la Création et j'étais sûre que même Dieu, de là où Il était, devait rigoler autant que moi.

- Vous êtes vraiment une casse-pieds de premier ordre ! Quand je vous ignore, vous vous mettez en colère et quand je m'inquiète pour vous, vous m'envoyez promener.

- Il faudrait trouver le juste milieu, vous ne croyez pas ?

- Si c'est pour entendre ça, je préfère mettre la radio.

C'est ainsi qu'afin de se préserver de mes sarcasmes, mon employeur nous trouva une station musicale dont le DJ était un adepte des chansons de rap has been et vulgaires. Son sourire narquois devant cette trouvaille m'assura qu'il avait fait exprès de la choisir pour m'agresser les oreilles, mais je n'avais pas dit mon dernier mot. Sifflotant en rythme, j'attendais qu'il se lasse de son petit jeu. Je savais qu'avec ses cinq cents ans, il risquait fort de gagner cette guerre de patience, pourtant, étant donné la qualité médiocre du son qui envahissait notre habitacle, j'avais toutes mes chances.

Nous venions d'arriver dans la rue où habitait Kiro quand il manqua envoyer son poing dans l'autoradio.

- Bon sang ! Éteignez-moi ça avant que je ne fasse un massacre !

M'exécutant, je lui rendis son affreux sourire narquois.

- Tel est pris qui croyait prendre…

Coincé entre la rage et l'amusement, Phoenix se gara sans douceur devant la boutique de son vieil informateur japonais. Nous sortîmes en même temps, accueillis par la brise glaciale de janvier, et par le propriétaire des lieux.

- Phoenix ! Et… et… merde, putain de vieillesse de… j'ai oublié votre nom ! Entrez, entrez, venez vous mettre au chaud !

J'aurais dû être vexée que Kiro ne se rappelle pas de mon patronyme, mais sa façon de s'en vouloir de sa propre sénilité était tout à fait divertissante, alors je passai l'éponge. Quoique…

À peine avais-je enlevé mon manteau que ce vieil excentrique retombait dans ses vieux travers ; il se mit immédiatement à reluquer dans mon décolleté.

- Je rêve ! râlai-je en sentant la main apaisante de Phoenix sur mon épaule.

- Ouah ! Moi aussi…, souffla Kiro en s'approchant davantage.

J'avais beau être élevée dans l'optique de respecter mes aînés, heureusement que mon patron me tira en arrière sinon, j'aurais giflé ce vieux vicieux.

- Kiro… tiens-toi bien s'il-te-plaît.

Sa remontrance fit effet, l'autre recula et s'excusa, sans toutefois se montrer très repentant.

- Oh, tu as intérêt à faire mieux que ça, espèce de vieux senteux pervers et obsédé ! J'ai tout vu ! Tu vas présenter tes excuses à la dame comme il se doit ou je te jure que je t'assommerai à coups de casseroles sur la tête ! intervint une voix haut perchée.

Que dire si ce n'est que j'étais de nouveau spectatrice du déchaînement d'une furie japonaise, à la différence que là, ce n'était ni Kaiko (que j'avais tuée) ni une vampire, mais tout simplement la vieille épouse de notre hôte, qui avait débarqué dans le magasin telle une tornade, en brandissant au-dessus de sa chevelure blanche permanentée une spatule en bois encore pleine de riz.

Kiro n'était déjà pas bien grand, néanmoins, à cet instant, il sembla se ratatiner davantage face à l'ire dévastatrice de sa chère et tendre.

- Aoki… Tu vois bien que Phoenix est là et…

- Phoenix ! Quel plaisir de vous revoir ! dit-elle gaiement.

Elle se tourna vers son mari.

- Quant à toi, ça pourrait être le pape en personne et tous ses cardinaux réunis que ça ne m'empêcherait pas de te dire à quel point ton comportement est honteux !

Puis, le sourire aux lèvres et roulant des hanches comme une jeune fille, elle poussa sans ménagement Kiro de son chemin et se posta devant mon patron en minaudant.

- Vous nous faites rarement le plaisir de votre visite. La dernière fois, je n'étais même pas là !

- Je vous promets de revenir bientôt, lui répondit-il en lui baisant la main.

- Houhouhou ! Grand séducteur et fieffé menteur ! Vous savez que ma petite-fille vous a vu une fois et que depuis, elle est folle amoureuse de vous ? Elle a juré ses grands dieux que vous seriez le seul homme qu'elle consentirait à épouser, vous vous imaginez ?

Cette discussion commençait sérieusement à me taper sur les nerfs. Alors qu'elle était censée m'aider, Aoki, en m'ignorant de la sorte, se comportait aussi grossièrement que son époux. En plus, m'imaginer une rivale plus jeune et plus exotique suffit à éveiller ma jalousie et ma mauvaise humeur.

- Phoeniiiiiiiiix !

Ce cri de groupie décérébrée me fit sursauter. Comme si cette situation grotesque ne suffisait pas à mon malheur, voilà que depuis l'arrière-boutique, fonçait vers nous la petite-fille en question. En la voyant arriver, avec ses longs cheveux noirs et soyeux, ses yeux noisette en amande et la taille trente-six d'une belle jeune femme d'environ vingt-deux ans consciente d'être une arme de séduction massive, je me fis l'effet d'une vieille bique mal embouchée.

Sans aucun souci des convenances, elle se jeta dans les bras de mon patron et l'embrassa sur la joue. Celui-ci sembla capter mon regard mauvais, qui, s'il avait été celui d'un vampire en colère, aurait certainement pu illuminer toute une pièce ; il jugea préférable de s'écarter de son admiratrice.

- Asako ! Après cinq ans, je ne m'attendais pas à un tel accueil.

- Phoenix, vous n'avez pas changé, vous êtes toujours aussi beau. Mon grand-père m'a dit que vous vous étiez occupé des deux violeurs qui sévissaient dans le quartier l'année dernière. On ne les a plus jamais revus ! J'ose sortir et me faire belle maintenant… grâce à vous… Ne trouvez-vous pas que j'ai changé depuis la dernière fois ?

Le clin d'œil coquin qu'elle lui offrit échappa peut-être à ses grands-parents, mais ni à l'intéressé, ni à moi. Si j'avais été un dragon, des gerbes de flammes seraient sorties de mes naseaux à l'instant même pour apprendre à cette allumeuse qu'il y avait des risques à jouer avec le feu ! Non mais, c'était quoi cette famille de dingues !

En plus, ses simagrées n'étaient pas adressées à la bonne personne puisque c'était moi qui avais mis hors d'état de nuire Bouffi et Vérolé, les deux affreux qui m'avaient permis de réussir ma période d'essai.

Il était temps de mettre fin à ces retrouvailles ! Avec un raclement de gorge fort disgracieux, je rappelai mon existence.

- Toutes ces effusions sont émouvantes, mais nous avons du travail, dis-je d'une voix glaciale qui n'augurait rien de bon.

À la façon dont il m'observait, je voyais bien que Phoenix avait senti que je bouillonnais de rage. Ma réaction avait peut-être anéanti mes efforts pour cacher mes sentiments à son égard, mais à ce moment, j'étais tellement sur les nerfs que ce problème ne me préoccupait pas. À la vérité, j'avais une folle envie de tordre le cou de cette petite garce asiatique qui me détaillait d'un air infiniment supérieur, irritée d'avoir été interrompue dans sa drague intensive par la vieille assistante trentenaire et acariâtre que s'était choisi l'homme de ses rêves. Elle devait se dire que son choix s'était porté sur moi parce que, sans aucun sex-appeal, il ne risquait pas de vouloir me séduire. Le pire, c'était que cette idée avait aussi, et depuis longtemps, fait son chemin dans mon esprit. Grrrr ! Il valait mieux qu'elle dégage rapidement de mon champ de vision, celle-là !

- Ah oui, oui ! Vous ne seriez pas là si ce n'était pas important. Il faut les excuser, Mademoiselle Jones (enfin, il s'était rappelé de mon nom), après tout, ce ne sont que des femmes. Venez, suivez-moi.

Heureusement qu'il me tourna le dos car sa pique sur l'intelligence féminine avait bien failli être le déclencheur d'un ouragan. Phoenix passa devant moi en me lançant un regard interrogateur mais je balayai sa question silencieuse d'un revers de main et lui fis sèchement signe d'avancer. On avait du travail.

*

- Reconnais-tu cet homme ? demanda mon employeur une fois que nous nous étions installés dans un coin tranquille.

Kiro attrapa le portrait robot du tireur au tatouage que je lui tendais et se concentra pour en discerner les traits malgré sa mauvaise vue.

- Hm. Jamais vu, mais je peux me renseigner.

- Il portait ce tatouage. Sam ?

- Voilà, dis-je en le griffonnant rapidement sur mon carnet de notes et en arrachant la page pour la donner à notre interlocuteur.

- Qu'est-ce-que c'est que ça ? Une roue de voiture ?

Je soupirai. Kiro et moi avions eu la même réaction devant cette forme étrange. Pour sûr, si ce tatouage devait avoir une symbolique, celui qui l'avait dessiné avait été bien mal inspiré.

- Sûrement pas. Toujours est-il que nous l'avons retrouvé sur deux personnes. L'une est un cadavre en décomposition, l'autre est cet homme que nous recherchons.

- Pourquoi, quand tu viens me voir, Phoenix, ne parle-t-on que de morts ou de disparus ? Ce serait bien qu'un jour on discute d'autres choses, comme le football, la météo… ou le fait que tu aies tapé dans l'œil de ma petite Asako.

Kiro avait terminé sa phrase en se tournant vers moi, arborant un sourire moqueur qui me donna envie de lui faire manger ses lunettes.

- Asako est bien trop jeune et insouciante, ça lui passera.

- Tu ne serais pas aussi intransigeant si ton cœur n'était pas déjà pris…

Bon sang !

Sans laisser le temps à mon patron de répondre, je me dressai brusquement en manquant renverser ma chaise. Je n'étais pas du tout d'humeur à l'entendre de nouveau dire à quel point une histoire d'amour entre nous lui semblait ridicule, par conséquent j'attrapai mon sac et y fourrai mon bloc-notes.

- Vous avez tout ce qu'il vous faut pour mener vos recherches. Je vous laisse, si vous n'avez plus besoin de moi.

Phoenix aurait pu se mettre en colère et m'obliger à rester, mais il n'en fit rien. Son silence m'autorisait à quitter les lieux, son regard désapprobateur me promettait une bonne explication par la suite. Peu importait, moi qui me faisais une fête de reprendre le travail, je n'avais plus qu'une envie, rentrer me coucher.

En sortant, je croisai Aoki qui discutait avec sa petite-fille. Cette dernière semblait l'ignorer royalement, trop occupée à contempler son reflet dans son miroir de poche pour vérifier si elle serait au summum de sa beauté asiatique quand elle reverrait mon patron.

La vieille dame me remarqua enfin :

- Oh, vous vous en allez déjà ? Eh bien, au plaisir, Mademoiselle euh… Jones, c'est ça ?

- Oui, c'est ça. Au revoir, Aoki, merci de nous avoir reçus.

- Mademoiselle ? Quoi, à votre âge, vous n'êtes pas encore mariée ? intervint Asako en se remettant une couche d'un rouge à lèvres criard et en ricanant dans le dos de sa grand-mère.

Celle-ci se retourna et la réprimanda en japonais avant de me demander d'excuser selon sa formule, « l'impolitesse de la jeunesse ».

- Ce n'est rien, ce fut un plaisir de vous rencontrer, Aoki, et vous aussi, Asako... Ah, au fait, vous avez plein de rouge sur la joue… Au revoir.

Je partis en souriant intérieurement car cette gourde avait gobé mon mensonge et s'était empressée d'attraper son miroir avant de comprendre que je l'avais bernée.

Il faisait un froid de canard dehors et j'espérais que mon employeur ne mettrait pas trop de temps à me rejoindre, surtout quand je me rendis compte que j'avais oublié de lui demander de me donner les clés de la voiture.

Tss... J'allais devoir l'attendre en pleine nuit dans un quartier mal famé, alors qu'il ne faisait pas plus d'un degré en température. Quelle idiote ! De mauvaiseté, je shootai dans un caillou, en m'abîmant le gros orteil par la même occasion.

- Ouaille ! Nom de nom de... ! J'en ai marre de tout ça !

- Ah bon ?

Je m'arrêtai de sautiller en tenant ma botte, en entendant la voix de velours de celui que j'aimais. Son expression indéchiffrable quand il me montra la clef de la Camaro n'arrangea pas mon sentiment d'être une éternelle imbécile.

- Je suppose qu'avec ceci, ce sera plus facile... dit-il en actionnant le mécanisme d'ouverture.

Je m'installai en silence.

- Il n'y a pas de quoi.

Vlan ! Je claquai la portière, consciente de me conduire comme une ado attardée. Je redoutais vraiment la discussion qui allait suivre, mais j'avais beau essayer, je n'arrivais pas à me calmer. Je n'avais jamais été jalouse de qui que ce soit, ce sentiment était tout nouveau pour moi. Jamais je n'aurais cru qu'il m'envahirait à ce point, encore moins par rapport à une fille qui, le semblait-il, ne représentait rien pour Phoenix.

Le retour vers Scarborough s'annonçait mal car il allait falloir que je fasse bonne figure pendant plus d'une heure face à quelqu'un qui s'était révélé un maître pour capter mes émotions. Malheureusement ou heureusement, après s'être installé au volant, ce dernier s'enferma dans un mutisme qui s'éternisait.

Comme nous étions sortis de Drake Hill, je commençais à me demander si cette confrontation aurait lieu. Loin de me satisfaire, ce silence ne fit qu'accroître ma nervosité, laquelle se manifesta par des soupirs ainsi que des croisements et décroisements de jambes répétés.

N'y tenant plus, j'explosai :

- Bon, d'accord ! Je me suis montrée d'une grossièreté et d'une incompétence inénarrables ce soir. Ça vous va ?!

Phoenix haussa les sourcils.

- Je ne vous ai encore rien dit.

- Oh, ne me la faites pas à moi, hein ! Vous faites exprès de rester muet comme une carpe parce que vous savez que je ne supporte pas ça !

Son sourire m'irrita encore plus.

- Que voulez-vous que je vous dise ? Vous venez vous-même de juger votre comportement.

Il avait raison. Je détestais les silences prolongés, leur préférant des explications franches et expéditives. Mon patron me connaissait bien, il m'avait emmenée où il voulait : vers mon auto-humiliation.

- Gngnmmmgnmmm.

Vexée, j'avais croisé les bras en me maudissant d'être aussi prévisible.

- Ces borborygmes sont divertissants, mais je n'y comprends goutte. Éclairez-moi sur leur signification.

- Je comprends pourquoi vous avez honte de moi, je suis une catastrophe ambulante.

Il souffla.

- Combien de fois devrais-je vous le dire ?! Je n'ai PAS honte de vous !

- Ce n'est pas ce que vous vous apprêtiez à dire à Kiro quand il a fait son sous-entendu, peut-être ?

Voyant où je voulais en venir, Phoenix se rembrunit.

- C'est donc pour ça que vous êtes partie.

Je rentrai la tête dans les épaules en contemplant la route baignée par la lueur des phares et celle de la Lune. Nous étions les seuls à rouler à cette heure tardive.

- Écoutez. Je sais que votre conception des relations amoureuses se limite à des aventures sans lendemain et on peut dire que dans ce domaine vous avez le choix puisque toutes les femmes semblent prêtes à vous tomber dans les bras... Mais moi... je n'ai personne et toute ma vie n'a été qu'un désert sentimental sans nom. Alors quand vous vous défendez si passionnément face à ceux qui nous prêtent des sentiments plus qu'amicaux, je vous avoue que ça me rappelle à quel point je ne suis pas désirable. Asako avait raison... arriver à trente ans sans être mariée ou sans avoir connu un seul homme est totalement ridicule.

Quand mon employeur riva ses yeux aux miens en oubliant la route, j'eus peur l'espace d'un instant qu'il nous envoie dans le décor.

- Comme je le disais, Asako est encore jeune et... idiote. Sam, pardonnez-moi. Je n'avais pas compris sur le toit de l'immeuble... quand vous étiez en colère après moi. Je vous ai expliqué mes raisons et je n'ai pas voulu entendre les vôtres. Je ferai attention... même si je ne suis pas du tout d'accord avec vous.

- Que voulez-vous dire ?

- Quand je vous ai connue, vous pensiez que vous ne valiez rien et vous avez constaté après toutes les épreuves que vous avez traversées avec courage, que c'était faux ; toute la communauté vampirique de Kerington peut en attester. Là-dessus, s'ajoute l'idée que vous n'êtes pas désirable sous prétexte que vous n'êtes pas mariée. Excusez-moi, mais vous ne vous êtes pas bien regardée dans la glace. Vous avez fait sensation chez Talanus et Ysis, nombre de mes congénères vous trouvent magnifique.

L'éclat dans ses yeux se fit plus intense et j'eus la sensation qu'il y avait quelque chose qu'il ne me disait pas. Pour autant, je ne pus m'interroger davantage car il s'attela de nouveau à regarder devant lui.

- En plus il y a un humain à qui vous plaisez : ce Matthew.

Là encore, l'étrange timbre de sa voix, à la mention du fils adoptif de Danny, me rendit perplexe. Il ne l'aimait pas, ça se sentait.

- Matthew est mon ami.

- Mais vous m'avez dit un jour qu'il souhaiterait être plus que ça. C'est encore d'actualité d'après ce que j'ai vu à l'hôpital.

Le souvenir de cette rencontre fracassante était quelque peu gênant. Les deux s'étaient comportés comme de parfaits idiots. Bref, bien que ses paroles aient été destinées à être apaisantes (Phoenix essayait de me rassurer sur mes complexes et son éloquence aurait pu ravir n'importe qui), je n'étais pas encore satisfaite de ses réponses... Une seule chose manquait :

- Et vous ? Comment me trouvez-vous ?

Ma question ressembla à un couinement apeuré mais il fallait que je la pose ; pour moi. Le silence semblait s'étirer autant que la route et la forêt qui nous entouraient et j'avais arrêté de respirer.

- Je n'ai rien à vous reprocher.

Sa réponse si creuse et si froide me glaça. J'aurais préféré qu'il me dise qu'il ne me trouvait pas attirante plutôt que cet espèce de compliment qui n'en était pas un. Ha, ça ! Tous les vampires et tous les Matthew du monde pouvaient bien me trouver magnifiques, mais quel intérêt quand le seul dont l'opinion comptait vraiment me refusait l'accès à ses pensées. C'était clair. Il allait falloir que je passe à autre chose si je ne voulais pas finir avec un cœur de pierre à force d'aimer quelqu'un qui ne me voyait pas comme je le voyais lui.

Et c'est sur cette amère réflexion que la soirée se termina.

*

Le lendemain, je dus honorer une promesse que j'avais faite : celle de passer voir Danny à son restaurant pour le rassurer de mon état.

C'est ainsi qu'oubliant mes déboires de la veille, je montai joyeusement dans la voiture de Matthew quand il passa me prendre pour m'emmener à Scarborough. Nous avions convenu avec Angela de nous retrouver au restaurant à midi et je me faisais une joie de la retrouver.

Arrivés dans l'avenue principale où se situait notre lieu de rendez-vous, je m'étonnais de ne voir personne. Je tentai d'apercevoir au loin l'équipe des grands-mères tricoteuses qui, quel que soit le temps, occupait les bancs de la place publique, mais rien. Bizarre.

Haussant les épaules, je rejoignis le trottoir d'en face et poussai la porte du « Bon appétit chez Danny ».

Je n'entendis pas le tintement de la clochette car une multitude de voix s'étaient mêlées pour crier…

- SURPRISE !! … à mon entrée.

Ébahie par la profusion de visages qui me souriaient chaleureusement, je restais pétrifiée en plein courants d'air.

- Matthew, ferme cette porte sinon, à peine sortie de l'hôpital, elle va nous attraper la mort ! cria Danny de derrière son comptoir.

Riant aux éclats, son fils s'exécuta et me tira par le bras pour me faire plonger dans cette marée humaine.

- Tu verrais ta tête !

Il n'eut pas l'occasion de se moquer encore de moi puisque Ginger l'écarta de son chemin pour littéralement m'écraser contre sa poitrine généreuse.

- Ooooooooooh Sammy ! Comme j'étais inquiète pour vous ! dit-elle en s'acharnant à m'étouffer de son étreinte par trop enthousiaste.

D'aussi loin que je me souvienne, personne ne m'avait appelée Sammy, pas même mes parents, alors ça me faisait tout drôle de l'entendre dans la bouche d'une femme que je connaissais depuis un an seulement.

- Gigi, arrête, tu vas l'asphyxier, la pauvre ! Elle est déjà toute rouge ! Laisses-en un peu pour les autres !

Je ne savais pas qui avait prononcé ces paroles, mais je lui en fus très reconnaissante quand Ginger daigna enfin me lâcher et que je pus voir qui était là.

C'était proprement ahurissant. Le restaurant était noir de monde, on aurait dit que toute la ville s'était entassée chez Danny pour fêter mon retour. Il y avait Mike Newell, qui tenait le magasin de location de films, Gary Show, le vendeur de voitures d'occasion, Valérie, la fille de Ginger qui avait commencé à réaliser son rêve en suivant des études de stylisme, beaucoup d'autres et bien sûr, Angela. Véritable incarnation de la déesse Aphrodite, son sourire reflétait sa personnalité chargée de bonté et de tendresse.

Passé le choc de cette vision, l'émotion m'envahit et je me mis à pleurer sans retenue en serrant contre moi toutes les personnes présentes, y compris le vieil Alfred, un vieux sans-abri à l'hygiène douteuse, qui n'avait plus toute sa tête et que Danny hébergeait pendant l'hiver. Jamais je n'aurais pensé que tant de monde se souciait de moi.

Notre hôte avait raison, Scarborough était une ville unique, un véritable attrape-cœur. Ses habitants avaient profité de leur pause-déjeuner pour venir me témoigner leur amitié et leur sympathie, moi qui ne faisais partie de leur vie que depuis très peu de temps.

Tous mes soucis de la veille s'envolèrent et la lame chauffée à blanc disparut pour laisser la place à une authentique joie de vivre. Je profitais de tout et de tous, avec dans le cœur, la joie d'une enfant qui reçoit ses cadeaux de Noël. C'était parfait.

Quand tout le monde reprit son travail, il ne resta plus que Matthew, Danny, Angela et moi. Ah oui, et le vieil Alfred, mais il décida de s'occuper en épluchant des patates.

Le propriétaire des lieux me serra encore contre lui avant de me détailler des pieds à la tête.

- Je n'en reviens pas que tu sois en un seul morceau après ce qui t'est arrivée. J'ai vu l'épave qu'est devenue ta voiture et franchement, le Bon Dieu a accompli un miracle fichtrement miraculeux !

J'aurais aimé qu'effectivement, le Bon Dieu soit derrière tout ça, mais quelque chose me disait qu'une autre force était entrée dans l'échiquier de ma survie. Mais ça, je ne pouvais pas le dire à Danny.

- Alors comme ça, « Miss Miraculée », tu guéris en une nuit ?

Flûte ! Talanus n'avait pas été le seul à suivre les informations télévisées. Plus j'y repensais, plus je me disais que j'avais été stupide de demander à Phoenix de me guérir avec son sang parce que désormais, j'avais gagné une notoriété dont nous nous serions bien passés.

Il aurait pu refuser d'accéder à ma requête. Il l'avait fait quand même, en sachant les ennuis que cela nous causerait…, pour moi.

Je balayai cette idée, je devais cesser de penser à lui ; le voir tous les soirs était déjà bien suffisant pour que j'aie du mal à tourner la page.

Alors que je me creusais la tête pour trouver une réponse appropriée qui détournerait l'attention de ma guérison éclair, Angela me devança :

- Il y a des choses parfois, qui ne s'expliquent pas. Il y a du bon à laisser planer le mystère, dit-elle en m'adressant un clin d'œil discret.

J'avais vraiment une amie en or ! Elle connaissait mon secret et m'aidait à le protéger.

- Les femmes mystérieuses sont les plus attirantes…

Gloups ! Ce chuchotement suave à mon oreille venait de Matthew qui se tenait derrière moi. Je m'étais parfaitement rétablie de mon coma quoique j'avais légèrement oublié que ce grand gaillard de trente-et-un ans était aussi un romantique particulièrement têtu. Je voulus me retourner vers lui pour le morigéner…

Au lieu de ça, je me contentai de le fixer bêtement. Comme si je le voyais pour la première fois, je me rendis compte à quel point il était beau : ses cheveux noirs légèrement décoiffés et son sourire si parfait lui donnaient un air enfantin que démentait son regard noisette pétillant d'intelligence, chargé de tendresse tandis qu'il était braqué sur moi. Complètement décontenancée, je me sentis rougir et eus vite fait de vérifier que mon lacet n'était pas défait. Le hic était que je n'avais pas de lacet…

- Au fait, papa, avec toutes ces effusions, nous n'avons même pas mangé !

Hourra, une diversion ! Matthew n'avait pas l'air d'avoir remarqué mon trouble.

- C'est vrai, je meurs de faim ! m'exclamai-je en retrouvant mon calme.

- Faites péter le poulet ! lança une Angela qui avait un peu trop forcé sur la sangria de Danny et à qui cela ferait du bien de se remplir l'estomac avec autre chose que de l'alcool.

Ce fut donc dans la fête et la bonne humeur générale que je quittai mes amis après le coucher du soleil, pour m'occuper de mon grand-père adoré qui devait s'impatienter en voyant l'heure tourner.

Et effectivement :

- Vous êtes en retard, je me suis inquiété.

Phoenix m'attendait sur le seuil du château et rivait sur moi ses yeux bleus glacés. Il n'avait pas l'air content du tout. Super… je sentais que ma belle journée si bien commencée allait être proprement gâchée.

- Je n'étais pas en danger, je suis allée à Scarborough voir des amis.

- Tiens, et par quel moyen de transport ?

Il ne semblait pas du tout décidé à me laisser rentrer tant que je n'aurais pas répondu à ses questions. D'ailleurs, qu'est-ce-que c'était que cet interrogatoire ? On n'était pas en Corée du Nord que je sache !

- Matthew s'est proposé pour me servir de chauffeur ! Voilà, content ? Maintenant, laissez-moi passer, j'ai froid.

- Vous auriez pu prendre la Camaro, observa-t-il sans bouger d'un pouce.

Je levai les yeux au ciel à l'évocation de ce rutilant bolide rouge.

- Vous savez bien que je n'aime pas m'afficher ! Je n'ai pas eu le temps de m'acheter une autre voiture alors pour le moment, je fais avec les moyens du bord. Honnêtement, je ne vois pas en quoi ça vous regarde !

À ces mots, il s'approcha de moi et laissa sa mauvaise humeur se manifester en laissant sortir ses crocs.

- Ce Matthew n'a pas à venir ici, nous avons une couverture à protéger au cas où vous l'auriez oublié ! feula-t-il.

- Il m'a déposée devant la grille ! Je ne suis pas assez bête pour le faire entrer ! Mais enfin qu'est-ce qui vous prend ?

Malgré ma confiance dans le fait que mon patron n'irait pas jusqu'à me mordre, je frémis face à ces deux lames étincelantes et aiguisées, qui, en d'autres circonstances, étaient une promesse douloureuse et mortelle pour qui les voyait.

- Ce garçon m'a l'air bien curieux, vous ne devriez pas le fréquenter outre mesure.

Déjà qu'être fraîchement accueillie de la sorte ne m'avait pas mise dans les meilleures dispositions à l'égard de mon employeur, mais là, il dépassait vraiment les bornes.

- Est-ce que c'est un ordre ? sifflai-je, à mon tour menaçante.

- C'est un conseil, répliqua-t-il en fronçant les sourcils.

- Eh bien merci, mais je crois que mes fréquentations ne regardent que moi. Matthew est mon ami et je le verrai autant que je le veux, que ça vous plaise ou non, c'est clair ?

Nous nous foudroyâmes du regard l'un l'autre, chacun campant sur ses positions. Néanmoins, je n'avais pas exagéré, il faisait vraiment très froid et je me mis à trembler, pestant intérieurement contre cette faiblesse humaine. Sa colère soudain évanouie, Phoenix s'écarta pour aller ouvrir la porte.

- Vous êtes peut-être une tête de mule de premier ordre, mais je n'ai pas envie de vous voir vous transformer en glaçon sur mon perron. Venez vous réchauffer.

Quelque peu désarçonnée par ce soudain revirement, je passai devant lui et entrai. Il faisait bien meilleur à l'intérieur. Je commençais à enlever mon manteau quand je sentis qu'il m'aidait dans cette manœuvre. Il l'accrocha dans la penderie puis me précéda vers le salon sans un mot. Son attitude était vraiment bizarre.

- Phoenix, ça va ?

Je ne pouvais m'empêcher de m'inquiéter pour lui même si, en cet instant, il aurait mérité une bonne paire de claques. Il s'assit dans le canapé et me fit signe de faire de même.

- Je suis désolé de m'être montré grossier. Je me suis levé du pied gauche, je crois, me dit-il quand je l'eus rejoint.

Tiens donc, des excuses. Pour changer…

Bref, je n'avais pas réussi à m'amuser et à passer une excellente journée pour voir mon humeur s'assombrir à cause d'une énième dispute avec mon patron.

- Mouais… Vu que d'habitude c'est moi qui m'énerve pour un rien, on pourrait décider le statu quo.

- Votre indulgence vous honore, mon amie.

- Je sais, je suis une perle.

Comme je le poussais gentiment du coude, il daigna enfin sourire. La soirée n'allait peut-être pas mal se terminer en fin de compte.

- Eh bien, maintenant que je suis rentrée et que vous vous êtes défoulé, peut-être allez-vous me dire ce que nous avons de prévu ce soir ?

- Ichimi et Kaiko auraient été les plus à-même de nous aider dans notre enquête sur le Cercle de Mellindra, mais ils sont morts. Il va falloir aller interroger quelqu'un qui a eu affaire à eux.

- Vous ne les avez jamais vus ?

- Non, j'étais trop occupé à traquer Bill Miller et ses sbires. Et puis, quand j'ai réglé cette affaire, tous les membres du Cercle étaient censés avoir été décimés alors…

- Je vois. Qui allons-nous rencontrer ?

- Elle s'appelle Engara Rowe-Harrell, c'est une vieille amie.

Aussitôt, la brûlure de la jalousie se fit sentir et je me crispai, atterrée par ma propre réaction.

- L'une de vos maîtresses ? demandai-je en essayant de paraître juste vaguement intéressée.

Phoenix sembla mal à l'aise lui aussi et se renfrogna.

- Oui, seulement, elle a parfois du mal à oublier que c'est du passé entre nous.

- Ah.

Un goût âcre avait envahi ma bouche, j'eus subitement envie de me mettre en pyjama et de me glisser sous mes couvertures tandis que mon employeur irait tout seul renouer avec l'une de ses groupies.

- Elle a été la première à négocier avec le Cercle quand Talanus et Ysis l'ont identifié. Elle nous expliquera ce qu'elle en sait, ça peut servir.

- Quand partons-nous ?

- Dès que vous aurez dîné.

- Je n'ai pas faim de toute façon, j'ai mangé tard.

C'était l'entière vérité. Pour faire plaisir à Angela, Danny avait fait « péter » le poulet et nous avait littéralement empiffrés de bonne chair. Par politesse et gourmandise, j'avais tout dévoré ; mon estomac n'avait pas besoin que j'en rajoute une couche, il avait déjà fort à faire avec la viande, les frites, le fromage et les tonnes de cookies que j'avais engloutis.

- Bon, direction Kentwood par la voie des airs, conclut Phoenix en se levant et en me tendant la main pour que je fasse de même.

- Kentwood ? Voie des airs ? répétai-je en ignorant sa main.

- Engara est originaire de cette ville, elle y est née à la fin du XVIIIe siècle. Hum… et j'ai oublié de remettre de l'essence dans la Camaro.

Plutôt que d'affronter mon regard à cette révélation, il préféra se diriger vers la sortie. Si j'avais eu une mitraillette à la place des yeux, son dos, quand je lui emboîtai le pas, aurait été à coup sûr criblé de balles.

- Dire qu'il me fait un esclandre parce que je n'ai pas voulu utiliser cette horreur alors qu'il n'a même pas eu l'intelligence de refaire le plein ! ronchonnai-je en sachant très bien qu'il m'entendait parfaitement.

Il sortit sur le perron en attendant que je me prépare pour notre virée nocturne. Mieux valait que je prévoie de quoi ne pas mourir frigorifiée au milieu des nuages…

Le vent glacial qui m'accueillit en arrivant dehors me prit par surprise et me fit claquer des dents malgré mon équipement contre le froid de l'altitude : double épaisseur de chaussettes, bottes, manteau rembourré, écharpe, bonnet et gants en laine. Comme je me mouchais bruyamment après un éternuement tout aussi peu discret, je jetai un œil vers Phoenix qui patientait en regardant la Lune. À sa vue, j'en oubliai de souffler dans mon mouchoir...

Dieu qu'il était beau ! Son visage baigné par la lumière de l'astre de la nuit semblait fait de porcelaine tandis que ses cheveux voletaient doucement autour de lui. Loin de se sentir gêné par cette froide brise d'hiver, il paraissait l'apprécier… Son air paisible lui donnait l'allure d'un ange ; un ange qui me prendrait dans ses bras dans les secondes à suivre…

Quand il se tourna vers moi en me tendant sa main, je fus tellement impressionnée par son charisme et sa perfection que j'eus du mal à avaler ma salive.

- Venez, Sam.

Oubliant mon vertige et la froideur de la nuit, je l'acceptai sans hésitation et m'approchai de lui. Mon cœur tressauta dans ma poitrine quand il me souleva doucement de terre avant de se lancer dans les nuages à une vitesse inouïe. Étrangement, alors que j'avais crocheté mes bras autour de son cou et que je respirais son odeur si crépusculaire, je ne ressentis pas la lame de la frustration ni la morsure du froid... plutôt un intense bien-être qui me donna envie de ronronner de bonheur tandis que nous foncions vers son ancienne maîtresse et vers mon ancienne vie.

*

Afin d'éviter des Unes de journaux mentionnant l'apparition d'un OVNI dans le ciel de Kentwood, Phoenix prit soin d'atterrir dans un terrain vague non loin de la résidence de sa vieille amie. Il me déposa doucement en sondant les lieux pour être sûr que personne ne nous avait vus arriver, puis, rassuré, il commença à avancer...

... et dut s'arrêter en constatant que je ne le suivais pas.

- Sam ? m'interpella-t-il en revenant sur ses pas.

Totalement frigorifiée, je ne me tenais encore debout malgré l'engourdissement de mes membres inférieurs, uniquement parce qu'ils étaient aussi raides que des blocs de glaçons sortis du congélateur. En fait, pendant le voyage, j'avais vite déchanté et cessé de ronronner mentalement pour me concentrer afin de ne pas mourir gelée ; ce vol avait été un véritable calvaire à supporter. Résultat, je n'étais plus capable du moindre mouvement ni de la moindre parole, seulement de tremblements incontrôlables.

- Quel idiot ! J'aurais dû vous dire d'emporter une couverture !

En une micro-seconde, Phoenix enleva son long manteau et me le passa autour des épaules avant de m'écraser contre lui en me frottant énergiquement le dos. Cette proximité aurait dû me faire réagir, mais mes hormones, dont pour une fois j'aurais eu bien besoin pour augmenter ma température corporelle, semblaient avoir été anesthésiées. Il lui fallut quelques bonnes minutes d'intenses frictions pour que je puisse de nouveau remuer mes orteils.

- M-m-merrrrr-c-c-c-i, finis-je enfin par articuler, sentant mon sang circuler à nouveau dans mes veines.

Mon patron s'écarta et s'esclaffa après avoir vérifié mon état.

- Vous êtes si différente de tous les humains que j'ai rencontrés que j'oublie parfois que vous pouvez être fragile.

- Ess-ssayez de v-vous en ra-ppeler la prochaine fois, sinon vous m'env-verrez tout droit au ci-cimetière, espèce de grand étourdi !

Il rit de nouveau.

- Ah, ça ! Même gelée vous ne pouvez vous empêcher de pester. Quel caractère !

- Sur ce coup, j'estime être dans mon bon droit !

L'humour des vampires était quand même particulier. Manquer finir congelée à cause de sa bêtise ne m'amusait pas vraiment.

- Allez, venez. Engara n'habite pas loin, vous pourrez vous réchauffer là-bas.

- Tss.

Nous nous mîmes en route et sur le trajet vers la demeure de cette vampire, l'engourdissement céda la place à la curiosité. À quoi ressemblait cette femme et que pourrait-elle nous apprendre sur le Cercle de Mellindra ?

- Nous sommes dans la première avenue.

Phoenix aurait pu s'épargner la peine de m'indiquer où nous étions, je connaissais Kentwood comme ma poche donc je m'étais déjà repérée. Le fait qu'Engara ait choisi de vivre là ne m'étonnait pas outre mesure ; c'était le quartier le plus cossu de la ville. Avant leur accident, mes parents rêvaient d'y acheter une maison. Le problème était que ses habitants formaient un club très fermé de riches propriétaires et un simple directeur d'une toute petite banque n'était pas assez « in » pour y être admis. L'amie de mon patron devait être très, très riche.

- C'est par là.

Parvenus à destination, je sifflai d'admiration devant la bâtisse de style victorien qui nous surplombait.

Kentwood était une banlieue pavillonnaire de dix mille habitants. Très calme, elle assurait une vie tranquille à ceux qui fuyaient le bruit et le stress des grandes métropoles comme Kerington. De fait, en quelques années, la ville avait attiré toute une ribambelle de gens appartenant à la classe aisée, voire richissime de la région, et le phénomène continuait à s'amplifier au point que la valeur des terrains avait plus que triplé ces dernières années. C'était problématique pour ceux qui n'avaient pas les moyens de payer les impôts devenus exorbitants dans certains quartiers et qui devaient déménager là où leurs moyens le leur permettaient. On appelle ça la ségrégation spatiale, je crois…

Passons. Phoenix sonna à l'interphone pour prévenir de sa présence et moins d'une seconde plus tard, le portail s'ouvrit sans un bruit, sans qu'aucune parole n'ait été échangée pour connaître notre identité.

- Elle sait que nous arrivons ? m'étonnai-je en le suivant.

- Si vous étiez arrivée à l'heure, vous m'auriez vu l'appeler…

Hanhan… Sa pique ne méritait pas que je gaspille ma salive à la relever ; de toute façon, nous arrivions devant la porte d'entrée.

J'allais frapper quand un grand afro-américain d'une cinquantaine d'années aux pattes bien trop longues et grisonnantes, nous ouvrit. Il portait une chemise et des gants blancs, avec une sorte de plastron en tissu à la mise impeccable.

- Bienvenue. Ma maîtresse vous attend dans le petit salon situé sur votre droite, au bout du couloir. En attendant, permettez-moi de vous débarrasser de vos manteaux.

Maîtresse ? Petit salon ? Qu'est-ce-que c'était que ce cinéma ? On se serait crus dans une plantation de coton d'avant la Guerre de Sécession.

Le majordome englouti avec son fardeau dans un immense placard, j'attrapai mon employeur par le bras et lui murmurai :

- Votre amie est au courant que l'esclavage a été aboli ?

Il leva les yeux au ciel, paraissant tout à fait d'accord avec moi sur l'incongruité de cette situation.

- Je vous ai dit qu'Engara avait quelques difficultés à oublier le passé. Sa famille possédait la moitié de la ville à la fin du XVIIIe siècle, elle a toujours eu pour habitude d'obtenir ce qu'elle voulait... Sauf moi. Elle n'a pas très bien pris notre séparation, de fait, j'ai peur qu'elle ne se montre très agressive envers vous.

- Pourquoi ? Nous ne sommes pas... enfin vous savez, quoi !

À chaque fois que je prononçais le mot « amants », en parlant de nous deux, des scènes affreusement érotiques émergeaient dans mon esprit, donc mieux valait qu'il comprenne mon sous-entendu ou j'allais encore mourir de honte s'il me demandait pourquoi mon cœur déraillait de nouveau.

- Vous êtes une femme, vous êtes séduisante. Pour elle, c'est suffisant pour éveiller sa jalousie.

- Je sens que nous deviendrons de grandes amies toute les deux, ironisai-je.

Phoenix m'attrapa les mains et me força à supporter son regard d'acier.

- Ne la provoquez surtout pas. C'est la vampire la plus susceptible que j'ai jamais rencontrée alors évitez de lui donner une raison d'avoir une dent contre vous.

La douceur de ses mains me rendant mal à l'aise, je les lui retirai doucement, en détournant les yeux.

- D'accord... Je muselerai mon caractère de cochon.

Soulagé, Phoenix sourit :

- J'aime mieux ça.

Il me précéda vers notre destination, conforté dans l'idée que je me comporterais en adulte responsable. Toutefois, avant de faire face à son « ex », je ne résistai pas à l'envie de lui rendre la monnaie de sa pièce pour la pique de tout à l'heure.

- Susceptible, hein ? Eh bien je comprends maintenant pourquoi vous l'avez trouvée à votre goût...

La répartie avait fait mouche, il souffla d'exaspération tandis que j'arborais un sourire de vainqueur qu'il ne pouvait voir...

... Heureusement car sinon, il aurait également vu ce même sourire se décomposer devant la beauté fatale blonde aux yeux bleus qui nous toisait depuis sa cheminée, avec son mètre soixante-quinze et ses talons aiguilles sertis de diamants.

*

Vêtue d'une longue robe en satin bleue qui mettait ses formes parfaites en valeur, et dont le décolleté vertigineux avait de quoi donner le tournis, Engara, qui ne devait pas avoir plus de vingt ans quand elle avait été transformée, secoua ses boucles d'or en me dévisageant avec dégoût.

- Pommettes rouges, nez humide et chevelure informe... Pas de doute, c'est bien une humaine que tu oses traîner chez moi, Phoenix.

Waouh ! Pour une entrée en matière, c'était une entrée en matière. Attendez ! Ce n'était pas fini !

- J'ai entendu les rumeurs, comme tout le monde... Je dois dire que j'ai eu du mal à y croire, mais à vous voir ici, Mademoiselle peu importe qui vous êtes, dégoulinante et empestant le sang roturier à plein nez, je dois me rendre à l'évidence, les langues de vipères avaient raison ; notre ange s'est trouvé une esclave digne de lui sortir les poubelles.

J'avais beau avoir fait la promesse de me tenir tranquille, je sentis tous les poils de mes bras se hérisser en même temps que la rage bouillonnait dans mes veines. Il fallait que je fasse très attention, cette *Barbie* harpie n'attendait qu'une chose : un prétexte pour me réduire en charpie. J'étais peut-être incroyablement en colère, mais je n'en étais pas moins intelligente à la base ; il était hors de question que je m'abaisse à son niveau, ni que je laisse passer une telle insulte. Qu'aurait fait Voltaire, mon maître à penser, dans ma situation ?

Subitement inspirée, je contournai mon employeur en lui faisant discrètement signe de ne pas s'inquiéter et offris à notre hôtesse le plus ravissant sourire que j'avais en magasin, servi sur un visage à l'expression angélique, symbole de l'innocence et de la niaiserie incarnées.

- Oooooh Ma daaaame, si vous saviez comme moi aussi je suis raviiiie de vous rencontrer. À chaque fois que je sors les poubelles - entre nous, c'est vrai que je le fais avec un professionnalisme qui force le respect - Phoenix ne peuuuuut s'empêcher de penser à vous. C'est toujours à ce moment-là qu'il me dit tout le bien qu'il pense de votre *amitié*.

J'avais adopté un ton mielleux et haut-perché absolument ridicule pour qui me connaissait. Rien dans mes propos ni mon attitude n'était irrespectueux puisque je me conduisais comme une fan rencontrant pour la première fois son idole donc, si comme je le croyais, cette grande dinde dopée à la vanité ne voyait pas la supercherie, je pouvais espérer survivre à cette nuit.

Comme prévu, désarçonnée par ma réaction, Engara semblait perdue entre la possibilité que j'ose me moquer d'elle, ce qui, j'en étais sûre, ne lui était jamais arrivé, ou l'idée qu'elle avait visé juste en m'accusant d'être une humaine complètement attardée.

En attendant son verdict, je souriais toujours bêtement en priant pour que cette diablesse blonde n'ait pas entendu le gloussement que Phoenix n'avait pu empêcher de sortir de sa gorge et qu'il avait rattrapé en un toussotement pathétique. En effet, un vampire étant déjà mort, ne pouvait pas tousser. Il y en avait au moins un qui semblait trouver cette situation hilarante.

Lorsque ma rivale nous invita sèchement à nous asseoir, je compris avec soulagement qu'elle n'avait pu se faire à l'idée que je m'étais fichue d'elle et de son ego surdimensionné, et qu'elle me prenait pour la dernière des abruties. J'espérais que de là où il était, mon ami Voltaire appréciait cette pirouette rhétorique.

Une fois installés, elle dans un fauteuil de ministre, nous sur deux chaises en rotin très inconfortables, elle riva son regard bleu azur dans celui de mon patron. Celui-ci avait enfin recouvré son calme, tant mieux pour moi.

- Tu ne manques pas de culot, Phoenix ! Tu ne me donnes pas de nouvelles depuis un an et demi et tu oses réapparaître devant moi comme si de rien n'était ! Tu as de la chance d'être en mission pour Talanus et Ysis car sinon, je ne t'aurais jamais ouvert ma porte, à toi et à ta poupée gonflable ambulante !

Je me raidis. Ainsi donc leur rupture remontait à juste avant notre rencontre ! Pas étonnant qu'elle soit autant en colère s'il l'avait quittée pour ensuite s'attacher les services et l'amitié d'une humaine dont la race l'horripilait. J'aurais vu Phoenix plus gentleman avec ses conquêtes. Voilà que je recommençais ! Mais pourquoi persistais-je à me l'imaginer avec d'autres femmes ?! Ça ne faisait que rouvrir une plaie impossible à cicatriser, celle de ne jamais pouvoir caresser l'espoir d'être l'une d'elles. M'ébrouant mentalement, je revins à la discussion présente dont j'avais raté une partie…

Houlà, je devais vraiment être perdue dans mes pensées pour ne pas avoir remarqué que les deux se foudroyaient du regard, les yeux luminescents et les crocs apparents.

- Ne t'avise plus jamais de nous insulter ou ce sera la dernière fois que tu utiliseras ta langue ! la menaça mon employeur, tendu à craquer.

- Depuis quand tu prends la défense d'un membre de notre cheptel ? Te serais-tu donc à ce point ramolli ? railla-t-elle, les flammes mortelles de la jalousie braquées dans ma direction, dansant dans la lumière d'or se dégageant de ses yeux enragés.

Sans avoir eu le temps de faire le moindre geste, Engara se retrouva à trente bons centimètres du sol, dans la même position que moi lorsque Finn m'avait soulevée de terre par le cou l'année dernière. L'éclat aveuglant des pupilles bleues acier de mon patron laissait présager qu'il allait tout bonnement la tuer sous mes yeux.

Même si elle venait de me traiter de vieille vache juste bonne à être dévorée, je ne pouvais me résoudre à la voir mourir juste pour s'être conduite comme la femme rejetée et amère qu'elle était.

Je me levai tandis qu'elle se débattait toujours entre la poigne impitoyable de son agresseur prêt à la décapiter, et posai doucement ma main sur le bras de ce dernier. Je savais que dans l'état de fureur où il était, ça ne servait à rien de crier ou de le supplier, alors je fis comme la fois où il m'avait attaquée en me mordant le bras :

- Phoenix... murmurai-je simplement en le regardant avec toute l'affection que j'éprouvais pour lui.

Aussitôt, la lueur bleu-acier se dirigea vers moi sans que j'esquisse le moindre mouvement de recul. Je n'avais pas peur.

Je sentis que j'avais également attiré l'attention d'Engara dont les yeux paraissaient lui sortir de la tête, mais je décidai de l'ignorer pour me concentrer sur mon patron. En même temps que j'essayais de le calmer par la force de mon regard, j'imprimais une douce pression sur son bras pour l'inciter à desserrer son étreinte.

- Phoenix... vous n'avez pas vraiment envie de faire ça. Engara peut nous aider.

Au début, rien ne se passa, puis, le feu de ses yeux sembla diminuer à mesure que mes paroles se frayaient un chemin dans son esprit. Il finit par s'éteindre totalement pour laisser la place à une authentique sagesse teintée de remerciement pour celle qui l'avait aidé à reprendre le contrôle de lui-même. Perdue dans l'éclat bleuté de ce paisible océan, je sentis un sourire béat se dessiner sur mon visage sans que je ne puisse l'en empêcher. Même quand j'entendis le bruit mat caractéristique de quelqu'un qui s'écroule sur le sol (c'était Engara libérée de l'étau de ses doigts), je ne pus me détacher de la vision de ce visage si parfait qui continuait aussi à me contempler.

- Vous... SORTEZ DE CHEZ MOI IMMÉDIATEMENT !

Ce ne fut que lorsque ce cri m'abîma mon tympan gauche que je repris pied dans le présent.

Engara se relevait péniblement en se massant le cou et nous fixait avec une telle haine que j'en reculai vers Phoenix, cherchant la sécurité de sa force invincible. Celui-ci bougea légèrement de sorte de me placer derrière lui et foudroya son ancienne maîtresse du regard.

- Tu as des informations à nous livrer ! Je ne partirai pas sans avoir obtenu ce que je suis venu chercher !

- Il est hors de question que vous restiez une minute de plus dans ma maison ! Je me fiche de ce que Talanus et Ysis diront ! Si tu veux des renseignements, va voir Max Marroney, il te dira la même chose que moi vu qu'il m'a aidée pour les négociations avec le Cercle. Pour ma part, je veux que vous disparaissiez tous les deux !

Phoenix sembla sur le point de lui sauter de nouveau à la gorge, mais je le retins par le bras.

- Elle nous a donné un nom, elle a rempli son devoir. Je vous en prie… partons.

- On ne refuse pas son aide à un ange en mission.

Loin d'abandonner la partie, je le serrai plus fort.

- Et un ange doit être assez magnanime pour pardonner l'égarement d'une femme blessée.

D'un coup de menton, je lui montrai Engara. Recroquevillée dans son fauteuil, le regard dans le vague, elle me faisait presque de la peine…

- Mêle-toi de tes affaires et déguerpissez d'ici, toi et ta nauséabonde humanité ! Je ne veux plus jamais vous revoir, Phoenix et toi.

… Presque.

Engara, en m'entendant, s'était redressée de toute sa hauteur sur son siège et me toisait avec un dédain clairement affiché. Madame avait sa fierté…

- Très bien, dit mon patron. On s'en va. Néanmoins, n'oublie pas que si je ne t'ai pas tuée, c'est uniquement grâce à mon assistante. Si tu tiens toujours autant à la réputation de ton nom, ne t'avise pas de la toucher pour te venger.

Le silence de son interlocutrice apparut comme une forme d'acquiescement et Phoenix me prit le bras pour m'entraîner vers le couloir.

Au moment où nous sortions de la pièce, elle nous interpella.

- Sache une chose. Je ne chercherai pas à tuer ton humaine car ce soir, je lui dois la vie ; mais si elle remet ne serait-ce qu'un pied à Kentwood, je ne laisserai pas passer ma chance, quoi qu'il m'en coûte !

Je frissonnai car bien malgré moi, je venais de me créer une ennemie mortelle. Par dépit amoureux, elle ne reculerait devant rien pour m'assassiner si j'osais revenir dans ma ville natale. Cette erreur serait un prétexte pour laisser libre cours à sa rancœur à mes dépens. Elle en voulait terriblement à Phoenix de l'avoir rejetée, et dans un sens, je pouvais comprendre sa colère, mais sa façon de la manifester était tout bonnement inacceptable.

Encore une fois, je me retrouvais la cible d'un vampire capricieux et jaloux, la robe et les talons en prime.

J'aurais vraiment mieux fait de rester couchée…

*

- Surprenante soirée.

Il n'était pas encore très tard selon les critères vampires. Nous étions partis de Scarborough vers vingt heures et étions arrivés à Kentwood après vingt-et-une heures. Notre entretien express avec Engara n'avait pas duré plus d'une demi-heure, de fait, la nuit n'était pas finie. Phoenix voulait passer par Kerington pour trouver ce Max Marroney et lui faire passer un interrogatoire en règle. Il lui avait téléphoné en chemin et ce dernier lui avait donné rendez-vous dans son restaurant des quartiers Est. Ce coup-ci, m'avait prévenue Phoenix, il ne partirait pas sans ses renseignements.

- Merci de l'avoir épargnée, lui dis-je une fois dans le confortable habitacle d'un 4x4 volé pour l'occasion.

Ayant eu pitié de moi, mon patron avait consenti à ne se déplacer dans les airs que le temps de trouver un véhicule qu'on pourrait « emprunter » sans avoir peur des regards indiscrets. Il retroussa sa lèvre supérieure à mes propos.

- Je commence à me dire qu'elle et Karl avaient raison… Je me ramollis depuis que je vous connais. Un ange est censé être impitoyable, j'aurais dû la tuer.

- N'avez-vous pas conscience que ce que vous venez de dire est un oxymore ? Un ange, par définition, sait pardonner. Il aurait fallu y penser quand votre espèce s'est créée son organisation hiérarchique. En tout cas, vous n'êtes pas du tout ramolli, vous avez bien fait de lui laisser la vie sauve.

- Même si elle a promis de vous supprimer à la première occasion ? railla-t-il.

- D'une certaine façon, j'éprouve de la pitié pour elle… D'accord, elle s'est très mal comportée ! admis-je en voyant Phoenix se taper la tête avec la paume de sa main comme si j'étais devenue complètement dingue. Mais elle vous aimait, et vous êtes parti. Qui peut la blâmer d'être en colère ?

- Insinuez-vous que c'est de ma faute ?

L'atmosphère sembla s'alourdir d'un coup, mieux valait que je pèse mes mots si je ne voulais pas une fois encore, le mettre en rogne.

- Je ne vous juge pas, je dis juste qu'à sa place, j'aurais été autant effondrée si vous ne m'aimiez plus.

Je compris que je venais de commettre une bourde monumentale. Un véritable roulement de tambour se déclencha dans ma poitrine et les picotements caractéristiques d'une rougeur naissante se manifestèrent sur mes joues.

Le silence gêné qui suivit me fit penser à l'expression « un ange passe » quoique là, ce devait être un véritable escadron qui nous survolait. Si j'avais pu, je me serais ratatinée au point de me confondre avec le siège.

Phoenix se racla la gorge et entreprit de nous ramener sur la bonne file avant que nous percutions le semi-remorque qui arrivait d'en face et qui klaxonnait pour nous avertir de l'imminence de la collision. Je ne l'avais même pas remarqué.

- Si je suis parti c'est justement à cause de ça. Je n'avais pas pour elle les mêmes sentiments. Et peu après, je vous ai rencontrée...

Il ne termina pas son propos. Que laissait-il entendre ? Peut-être que...

- Vous former n'a pas été une mince affaire si vous vous souvenez ! conclut-il.

... Peut-être pas. Et puis zut !

- Peu importe, ce soir, je suis fière de vous car vous avez surmonté vos instincts meurtriers grâce, il faut le dire, à mon incroyable sens de la persuasion.

J'avais pris le parti de retrouver ma gaieté, mais la réponse de mon patron m'exaspéra.

- Normalement, il est impossible de stopper un vampire sur le point de tuer et vous y êtes arrivée deux fois... Bon sang ! Je crois que je m'humanise !

- Et alors, ça ne fait pas de vous un pestiféré ! Bon, très bien ! La prochaine fois, je vous laisserai me croquer jusqu'à plus soif ou décapiter qui vous voudrez, comme ça vous cesserez de vous apitoyer sur votre sort en vous prenant pour un vampire contaminé par ma nauséabonde humanité ! m'écriai-je, outrée.

Il s'esclaffa.

- Vous êtes si adorable quand vous êtes en colère !

Estomaquée par sa remarque trop vite sortie pour être réfléchie ou moqueuse, je le fixai en haussant les sourcils. J'aurais pu passer à côté de la tension qui le prit subitement si je n'avais pas aperçu sa mâchoire se contracter à en exploser.

Quelque chose se passait… Je sentis que si les moments clés de la vie existaient, celui-là en faisait partie et je ne devrais pas le laisser passer.

Les nerfs à vif, je n'arrivais pas à me décider à ouvrir la bouche ou faire quoi que ce soit. Mon cœur palpitait comme un fou dans ma cage thoracique et une sorte de courant électrique parcourait mes doigts tandis que je les pliais et dépliais en hésitant à les faire courir dans la chevelure si soyeuse de celui que je ne pouvais m'empêcher de désirer. Lui-même ne bougeait plus, semblant attendre ou redouter une quelconque réaction de ma part. Me repousserait-il comme il avait repoussé Engara si je lui avouais à quel point il comptait pour moi ? Stopperait-il cette fichue voiture sur le bas-côté pour se jeter sur moi et m'embrasser passionnément comme j'en rêvais ?

Depuis notre baiser sous le gui, je n'arrêtais pas de nous imaginer rééditant l'acte, moi serrée contre lui, ses lèvres sur les miennes, sa langue explorant ma bouche et ses mains sur mon corps avide de ses caresses. Chaque fois que j'y pensais depuis mon réveil à l'hôpital, c'était comme si un véritable incendie se déclarait dans mon bas-ventre ; et c'était pour ça que systématiquement, je refoulais cette idée… pour ne pas être déçue.

Pourtant, ce soir, il avait laissé échapper quelque chose qu'il n'aurait jamais dit en temps normal. Ce n'était pas dans ses habitudes de me qualifier d'adorable, et surtout pas sur ce ton.

Prenant un risque pour la première fois de ma si piteuse vie sentimentale, j'avançai imperceptiblement ma main tremblante vers le siège conducteur.

- Nous arrivons à Kerington, déclara-t-il de sa voix froide.

Je rangeai rapidement ma main ; l'instant fatidique était passé et quelque part, j'en étais intensément soulagée. Je n'avais aucune expérience dans le domaine amoureux, mais je savais que les vagues attirances que j'avais éprouvées pour des connaissances ou des collègues de travail, n'étaient rien par rapport à cette sensation d'appartenance à un autre qu'à soi que je ressentais chaque fois que mon patron était proche de moi. Tout ça me fichait une trouille bleue donc je fus heureuse de reconnaître en les lumières de la ville, une diversion arrivant à point nommé.

Revenue en mode travail, je m'enquis de notre destination exacte.

- Vous allez apprécier, dit-il en retrouvant son sourire. Nous allons peut-être croiser de vieilles connaissances.

Devant mon air interrogateur, Phoenix élargit encore son sourire.

- Nous n'allons qu'à quelques pâtés de maison de votre gang de motards préféré.

*

Repenser à Bobby l'Anguille me fit effectivement chaud au cœur. Ce grand gringalet à la tignasse aussi épaisse que bouclée, était le chef d'une bande de jeunes voyous nommés les Dark Angels, qui essayaient de se donner un genre dans le Milieu mais qui, avec leur grande gouaille et leurs mines sympathiques bien que tatouées, avaient du mal à y percer. Ils nous avaient été d'une aide précieuse l'année précédente en nous permettant de remonter la filière du trafic de sang qui s'opérait dans la région et avaient été largement dédommagés pour leur participation à cette traque.

- Je suis sûre qu'avec tout l'argent que vous leur avez donné, ils se sont achetés de nouvelles motos plus rutilantes et plus pétaradantes que les anciennes, rigolai-je tandis que nous prenions la direction des quartiers Est.

- Ou bien ils ont investi dans de nouveaux blousons, renchérit mon employeur sur le même ton.

Il est vrai que pour un caïd, arborer un vieux cuir noir avec deux ailes blanches dans le dos, faisait un peu kitsch.

- Ils ne tarderont pas à se rendre compte qu'on peut être plus effrayant en costume sur mesure qu'en cuir sale et bottes à clous.

Phoenix aurait pu être vêtu d'un costume de lapin de Pâques, il aurait tout de même terrorisé quiconque s'approcherait trop près de son regard d'acier.

- Il leur faudrait aussi des canines bien aiguisées…

- Sans oublier une susceptibilité des plus développées.

Il leva les yeux au ciel.

- Et surtout pas une assistante impossible à la langue trop bien pendue !

- Il faut bien que je parle pour deux, vous êtes aussi volubile qu'un concert de carpes ! Dire que vous critiquiez François ! Je parle plus avec lui en deux heures qu'en deux jours à vos côtés.

- François n'est plus le même depuis qu'il vous côtoie. D'abord il s'entiche de votre meilleure amie, ensuite il se découvre une passion pour les discussions à n'en plus finir. C'est la même chose pour Talanus ; je ne l'avais jamais vu rire avant l'autre soir. Et je ne parle pas d'Egire, là vous m'avez épaté. Vous avez vraiment un drôle de pouvoir sur nous autres vampires, Samantha.

- Mouais… sauf qu'en ce qui vous concerne, à part celui de vous énerver prodigieusement ou de vous offrir l'occasion de vous moquer de moi, je ne vois pas quel pouvoir j'ai sur vous.

Son sourire énigmatique m'irrita car une fois encore, il m'interdisait l'accès à ses pensées. Je haussai les épaules et me reconcentrai sur le paysage.

- Nous arrivons, constatai-je en voyant les immeubles dégradés et les prostituées en train d'attendre leurs clients.

Les quartiers Est de Kerington étaient de véritables coupe-gorges où la plus mauvaise graine de la société avait élu domicile. De gros trafics s'y opéraient au vu et au su de tous, en sachant que la police ne venait que très rarement dans certains blocs armés comme des forteresses. Ainsi, des bolides côtoyaient de vieilles guimbardes, et de riches pontes de la mafia fricotaient avec le menu fretin sélectionné parmi des démunis qui n'avaient plus rien à perdre à part la liberté ou la vie.

Phoenix ne se faisait donc aucun souci pour le 4x4 qu'il garerait devant le restaurant de Max Marroney, lequel s'en servait de repaire pour son trafic de drogue. Apparemment, il était très respecté parmi les malfrats et ses ordres ne se discutaient pas, à moins de vouloir finir dans les fondations en béton d'un chantier de construction. Pour les voyous qu'il dirigeait, Marroney passait pour l'un des leaders de la mafia de Kerington qu'aucun représentant de la loi n'avait réussi à mettre en prison. Pour la communauté vampire, il n'était rien d'autre qu'un débutant de deux cent cinquante ans suffisamment doué pour commettre ses forfaits sans mettre en danger le Secret. Il y avait par conséquent une loi à laquelle il ne pouvait échapper, et un ange aux directives duquel il était tenu de se plier.

Devant le *Cinquecento*, je m'exclamai :

- Marroney, ça ne sonne pas très sicilien pour un mafioso, et l'endroit mériterait un bon ravalement de façade. Pas très classe pour un gangster de cette envergure.

La mine dégoûtée de mon patron à l'inspection des lieux, m'indiqua qu'il pensait exactement comme moi.

- Ce n'est effectivement pas très chic, mais idéal pour faire des affaires ici.

- J'ai du mal à croire que Talanus et Ysis aient envoyé ce type négocier avec le Cercle. En fait, je ne comprends pas non plus pourquoi ils ont confié cette mission à votre ex hystérique.

- Évitez ce genre de réflexion devant Max. J'ai oublié de vous dire une chose : c'est le frère d'Engara.

Alors que j'allais sortir de notre véhicule, je me retournai vivement vers mon employeur en claquant la portière.

- Quoi ?

Celui-ci se contenta de hausser les épaules, cette information n'avait pas l'air de revêtir pour lui la moindre importance.

- C'est logique, Engara et Marroney ont le même « père vampire ». Ils ont été choisis par Ysis car leur don s'est avéré très utile dans ce conflit, ils peuvent influencer une discussion pour qu'elle tourne en leur faveur.

- Hein ?

Phoenix leva les yeux au ciel.

- Allez-vous cesser de ne parler que par des monosyllabes choqués ? Ça n'a rien d'extraordinaire ! Il était exclu que nos chefs montrent leurs visages à des humains. Le vampire qui a créé Engara et Marroney s'est fait tuer peu avant cela. Ayant hérité de son pouvoir comme moi j'ai hérité du mien, il était donc raisonnable de leur confier les négociations afin qu'un accord soit trouvé.

- Tout ça me dépasse, murmurai-je.

- Pourtant, vous évoluez dans mon monde avec une aisance qui vous honore.

La flatterie n'était pas le genre de la maison alors j'acceptai le compliment avec plaisir. C'était vrai qu'en un an, j'avais eu mon compte de boucherie, de crocs et de surnaturel.

- C'est sûr qu'il vaut mieux avoir le cœur accroché quand on entend qu'au lieu d'être au bout de la chaîne alimentaire comme le disent les documentaires, il existe une espèce capable de nous réduire en bouillie ou en esclavage grâce à des capacités extraordinaires comme la force, la voyance, ou la manipulation des esprits. Comment se fait-il qu'Engara n'ait pas tourné notre dernière discussion en sa faveur ? Elle aurait pu réussir à vous traîner à ses pieds... ou encore, à me faire danser une gigue en hurlant toute nue dans le salon tout à l'heure si elle avait voulu !

Mon raisonnement fit sourire mon patron. Encore une fois, je tournais en dérision les horribles nouvelles qu'il m'apprenait ; de toute façon, c'était ça ou m'enfuir en courant de ce monde de dégénérés pour aller dans le seul endroit où j'aurais eu ma place : dans un asile de fous.

- Son pouvoir ne fonctionne que sur les humains. Comme elle les déteste profondément depuis que ses terres ont été réquisitionnées et dévastées par les yankees lors de la Guerre de Sécession, elle n'en côtoie que très rarement. Le Grand Changement fut une bénédiction pour elle. Bref, elle a bien tenté quelque chose contre vous tout à l'heure, mais il semble que ça n'ait pas fonctionné. Voilà encore un mystère qui s'ajoute à la longue liste de ceux qui vous entourent déjà, Sam.

Soulagée, je balayai cette énigme d'un revers de main. Pas la peine de s'étendre sur le sujet de mes bizarreries, on avait d'autres tracas.

- Ok. Je comprends pourquoi Marroney s'est taillé une si belle place dans le Milieu tout en restant libre comme l'air, il a un atout de choix. La DEA doit rêver de le prendre dans ses filets...

- Il fait ce qu'il veut tant qu'il reste discret. Que ce soit la DEA ou les membres de son cartel, quasiment personne ne connaît son visage et mieux vaut pour sa santé que ça reste comme ça.

- C'est pour ça qu'il nous a fait venir ici. Si la police fait une descente, les hommes qui quadrillent la zone l'avertiront aussitôt.

- Ah, vous les avez remarqués aussi ? J'ai entendu dire qu'il a engagé une garde rapprochée très efficace avec tout l'argent qu'il faut pour se protéger d'un concurrent vampire.

- Ou de l'ange qui viendrait mettre un terme à son commerce...

- Il a de la chance que je ne sois pas là pour ça, conclut-il en me montrant ses crocs avant de sortir de la voiture.

Brrrr. Je n'avais pas de difficulté à imaginer la terreur du vampire qui se savait condamné à être exécuté par Phoenix. Rien qu'avec son regard, il aurait pu provoquer une attaque à n'importe qui.

Nous fûmes accueillis par deux grands hommes en costume-cravate, l'un asiatique, l'autre de type méditerranéen. Les deux portaient un pistolet à la ceinture, tous fiers qu'ils étaient d'écarter leurs manteaux pour nous les montrer.

- Tout doux, messieurs, nous sommes attendus.

La voix de velours de mon employeur fut reconnue par ces pseudo-grooms comme ce qu'elle était : une menace mortelle envers quiconque serait assez fou pour provoquer son propriétaire.

Sentant le danger, les deux mercenaires s'écartèrent pour nous laisser passer. Cette comédie n'était qu'un test pour vérifier à qui ils avaient affaire ; bien joué, ils avaient eu la bonne idée de ne pas s'attaquer à un vampire dont la patience n'était pas l'une de ses principales qualités.

- Le patron vous attend dans la salle du fond, derrière le bar, dit l'asiatique en reprenant une posture normale.

Phoenix me tint la porte et me précéda vers la salle en question. Toutes les tables étaient vides, ce qui ne m'étonnait guère vu le comité d'accueil, et la décoration italienne laissait franchement à désirer. Je me demandais à quel genre de vampire nous allions avoir affaire.

Mon employeur ne s'embarrassa pas à toquer à la porte où Marroney était censé nous attendre et entra.

Je retins un cri quand une quinzaine de mitraillettes pointèrent vers nous dans un cliquetis annonciateur de massacre.

- Fais-les sortir, je n'aime pas les oreilles indiscrètes qu'il faut ensuite éliminer. C'est une perte de temps !

Pas de bonjour, pas même un signe de tête, juste un ordre sec et impérieux. Si en nous accueillant de la sorte, Max voulait faire bonne figure devant ses sbires, c'était raté ; d'emblée, l'aura de puissance de Phoenix écrasait celle de son adversaire, éveillant un certain malaise parmi ceux qui nous visaient. Celui-ci le comprit aussi car il retroussa sa lèvre supérieure en un rictus mauvais tout en indiquant de la tête à ses hommes, la direction de la sortie.

Une fois seuls, je m'attendais à une explosion de colère et à un concours de crocs et de grognements, mais la situation prit un tour tout à fait inattendu.

- Phoenix ! s'écria Marroney avec un grand sourire. La dernière fois que je t'ai vu, tu étais enchaîné, prêt à affronter la vraie mort. Waouh ! On peut dire que tu es sacrément verni !

Un moment, je crus que son discours était ironique, mais force m'était de constater que seule de l'admiration perçait dans sa voix. Alors comme ça, il avait assisté à sa presque exécution l'année précédente. Rien qu'au souvenir de la hache du bourreau s'abattant sur la nuque offerte de Phoenix, je frissonnai ; ça avait bien failli mal tourner.

Max s'était levé pour nous préparer deux chaises et nous inviter à nous asseoir. Je le remerciai après qu'il m'eût aidée à prendre place comme un parfait gentleman, son visage n'exprimait que le contentement et la curiosité.

- Comme je suis heureux de vous rencontrer enfin tous les deux ! s'extasia-t-il en s'asseyant. Engara m'a appelé juste après vous, je suis ravi ! Depuis le temps que j'attendais ça !

Phoenix se racla la gorge, un peu gêné par cet enthousiasme quelque peu débordant d'un homme qui, en âge humain, aurait pu passer pour son père. En effet, bien que d'une carrure athlétique, les fines rides qui marquaient son visage ne laissaient aucun doute sur l'âge auquel il avait été transformé : une cinquantaine bien tassée.

- Étant donné l'entretien que nous avons eu avec Engara, je doute que ta sœur n'ait vanté nos mérites.

- Bah ! C'est Engara ! balaya-t-il d'un revers de main. Quand je l'appellerai ce soir, je lui dirai que j'ai été infâme avec vous, ça suffira à la calmer. Vous êtes Samantha Jones ? Je vous ai trouvée très courageuse l'été dernier. Enchanté de faire votre connaissance.

Son salut semblait sincère. Comment un frère et une sœur pouvaient-ils être aussi dissemblables ? Là où Engara n'était qu'orgueil et mépris, Max était amabilité et politesse. Ouais, enfin… il ne fallait pas oublier que côté humain, ça restait un trafiquant de drogue réputé impitoyable. Ce n'était pas non plus un enfant de chœur, ni quelqu'un de très fréquentable.

Je hochai donc la tête dans sa direction, en sortant mon matériel ; autant qu'on en finisse au plus vite, je n'avais pas envie de m'éterniser. Phoenix non plus d'ailleurs.

- Dis-nous tout ce que tu sais sur le Cercle de Mellindra, ordonna-t-il.

Marroney se redressa comme s'il se mettait au garde-à-vous et entreprit de nous raconter les faits.

- Mon expérience ou celle d'Engara d'ailleurs, ne se limite qu'aux négociations, je tiens à te prévenir. Dommage que ton prédécesseur soit mort, c'est lui qui avait fait tout le boulot en amont.

Je tiquai à cette information. Je vivais depuis plus d'un an avec l'ange des chefs de secteur de Kerington, lequel était entré en fonction quelques cinquante ans auparavant, et je n'avais jamais eu l'idée de lui demander qui était l'homme qui l'avait précédé à ce poste. Je me jurai de rectifier le tir une fois rentrés à la maison.

- Dis-moi ce que tu sais et ça suffira, trancha Phoenix.

Il commençait à s'impatienter… Marroney le sentit car il enchaîna aussitôt :

- C'était en 1905. Talanus et Ysis nous ont convoqués, Engara et moi, pour influencer le cours des négociations avec les rescapés du massacre du Cercle. Ils avaient accepté de nous écouter mais refusaient de croire que le monde des vampires allait changer de mode de consommation. Notre intervention a débloqué le processus mais ça s'est compliqué quand ils ont voulu que le Grand Changement s'applique à tous les pays. Nos interlocuteurs n'avaient pas peur de mourir ; ils nous ont garanti que si nous ne trouvions pas un moyen de faire cesser les meurtres, le Cercle se reformerait aussitôt. Il leur restait de nombreux partisans… Nous devions les convaincre du bien-fondé de la décision des Grands et ça n'a pas été une mince affaire. J'ai bien cru que nous ne parviendrions jamais à les faire fléchir malgré nos pouvoirs… Heureusement, nous avons réussi et la trêve a été décidée. Les prérogatives des anges ont été étendues pour qu'ils soient habilités à traquer et exécuter tous ceux qui laissaient libre cours à leur soif de sang. Les membres du Cercle ont accepté les règles du Grand Changement, mais ont été catégoriques : viendrait un temps où il devrait s'appliquer à l'ensemble des Nations humaines si nous voulions cohabiter pacifiquement.

Extérieurement, je ne laissai rien paraître à l'issue de cette histoire. Intérieurement, j'étais bien d'accord avec ces gens ; on ne pouvait tolérer que des gens meurent simplement parce que leur pays n'était pas assez développé pour bénéficier du Grand Changement. D'un autre côté, la position des vampires se comprenait ; imposer ça d'emblée à tous et partout, c'était le chaos et la révélation du Secret assurés. Un compromis avait donc été trouvé.

Au début de ma « carrière », je détestais mon job car je pensais que je trahissais ma propre espèce, mais avec le temps, j'avais compris qu'en aidant Phoenix, j'aidais à protéger bon nombre de mes congénères. Je croyais en ce que je faisais, pour autant, ça ne m'empêchait pas de comprendre les motivations du Cercle de Mellindra et d'admirer leur détermination. S'il s'était reformé à la suite des assassinats perpétrés par Ichimi et Karl, ce devait être dans le but de protéger l'humanité d'une race de prédateurs aux pouvoirs gigantesques. Il fallait à tout prix retrouver ses membres et parlementer avec eux sinon, une nouvelle guerre sanglante éclaterait, dans laquelle je n'avais aucune idée d'où serait ma place…

- Comment s'appelaient vos interlocuteurs humains ?

La voix de mon employeur me tira de mes sombres réflexions.

- Il y avait un homme et une femme. Le mâle était un des cousins de Mellindra, il s'appelait Irwin Abarnikov. Quant à la femelle, elle n'avait rien à voir avec la famille Malovitch ; son arrière-grand-père avait été tué par l'un d'entre nous et la vengeance a sauté les générations. Son nom c'était… Johnson, Rebecca Johnson. C'est tout ce que je sais.

Phoenix me regarda intensément et je hochai la tête pour lui signifier que j'avais bien tout noté. Puis il se leva ; l'interrogatoire était terminé.

Alors qu'il m'aidait à enfiler mon manteau, Marroney ne put s'empêcher d'exprimer sa curiosité :

- Je connais l'état de vos relations avec Engara. Vous ne seriez pas allés la voir si ce n'était pas important, je sais comment elle est... Que se passe-t-il pour que Talanus et Ysis s'intéressent de nouveau au Cercle de Mellindra au bout de trente ans ?

Sans lui accorder un regard, mon patron se dirigea vers la porte, où, de sa voix glaciale et menaçante, il lança :

- Rien qui te concerne. Pour ce qui est de notre conversation, tiens ta langue si tu veux garder ta tête ! Ça vaut pour Engara aussi.

Passé le choc d'être si impoliment remercié, Max sembla comprendre les implications des dernières paroles de mon employeur et j'aurais juré qu'il avait pâli. Lui qui rêvait depuis longtemps d'un face à face avec son idole avait été servi !

Quand son regard se posa sur moi, je me rendis compte que je ne m'étais que trop attardée et filai rejoindre Phoenix, non sans avoir accordé un très gracieux « au-revoir » à notre hôte en compensation de l'ingratitude de son ange.

Les fous de la gâchette s'étaient réunis dehors et nous laissèrent rejoindre notre véhicule à notre sortie.

- Vous auriez pu remercier Marroney pour sa coopération, dis-je une fois les quartiers Est loin derrière nous. Vous n'avez pas été très sympa avec lui.

- Je vous en ai déjà expliqué la raison, répondit-il froidement.

- Oui, oui, vous devez vous montrer impitoyable. Ça n'empêche pas d'être poli.

- Vous vous intéressez aux sentiments d'un des plus puissants barons de la drogue de Kerington, voilà qui est intéressant...

Hm. Pas faux.

- Vu sous cet angle... Bon, que faisons-nous maintenant ?

- Nous allons à Harper Hill prendre quelques archives. Pendant que vous jouerez avec votre ordinateur pour établir la généalogie d'Abarnikov et de Johnson, j'éplucherai les rapports de Thomas Coltrane.

- Qui ça ?

- L'ange qui m'a précédé. Ayant été en première ligne, son expérience avec le Cercle pourra nous être utile.

- Pourquoi ne pas prendre les rapports d'Ichimi s'il s'est chargé du Cercle précédent ? Et Coltrane, vous le connaissiez ? Comment était-il ?

Ma curiosité éveillée, j'attendais avec impatience de savoir si cet inconnu ressemblait ou différait de mon propre patron.

- Ichimi n'étant pas un ange, il n'était pas tenu de rédiger des rapports. Il a bien su retirer la gloire de la disparition du Cercle il y a trente ans, mais il s'est bien gardé de raconter comment il avait fait. Et puis, pour Talanus à ce moment-là, seul le résultat comptait ; la situation avait été réglée avant l'intervention des Grands. En parlant de lui, j'ai fait sa connaissance ainsi que celle d'Ysis il y a deux cents ans. À cette époque, leur ange était une femme.

- Vraiment ?

- Elle s'appelait Bianca Castellani, sa cruauté était connue jusqu'en Europe. Elle avait l'affreuse manie de torturer ses victimes humaines ou vampires malgré les remontrances parfois musclées de Talanus. Il la gardait en vie parce qu'il connaissait son géniteur, mais elle est allée trop loin le jour où elle a exécuté l'un des nôtres sans attendre l'aval de son maître. Elle a été décapitée et Coltrane a pris sa place jusqu'à il y a cinquante ans.

Phoenix me jeta un coup d'œil et soupira devant mon air dégoûté. Cette Bianca méritait son sort et je pensais qu'il était dommage qu'elle n'ait été exécutée que pour son manque de respect envers la hiérarchie. Ils auraient pu dénoncer sa façon de traiter les humains, je ne sais pas, en lui rappelant qu'on ne joue pas avec la nourriture !

- J'espère que ce Coltrane a eu plus d'égard pour notre espèce que sa collègue démoniaque.

- Il en a eu au point de se faire tuer pour elle.

La voix de Phoenix était aussi sombre que son visage à ce souvenir.

- Que s'est-il passé ? demandai-je.

- Ses ennemis ont enlevé et tué sa maîtresse humaine avant de lui envoyer sa tête par colis postal. J'admirais la force de cet homme et je l'ai vu sombrer dans une déchéance qui l'a lentement conduit à la vraie mort. N'étant plus concentré sur ce qu'il faisait, il a commis une erreur pendant une mission et s'est fait transpercer le cœur par son adversaire. C'est comme ça que j'ai accédé à son poste...

- Et c'est pour ça que vous vous êtes juré de ne jamais vous attacher plus que nécessaire à qui que ce soit... finis-je.

Il hocha la tête en signe d'acquiescement. Je comprenais maintenant pourquoi il rejetait avec autant de force la possibilité d'un lien aussi intime entre nous. Si ce qui apparaissait dans son monde comme une faiblesse était connue de tous, on pourrait me tuer juste pour le faire destituer. Ce n'était pas qu'une histoire de réputation ; en agissant de la sorte, Phoenix essayait de me protéger.

Touchée, je posai ma main sur son bras et lui souris gentiment.

- Je comprends mieux maintenant, j'aurais dû avoir confiance en vous plutôt que vous accabler de reproches. La prochaine fois que quelqu'un nous accusera d'être faibles, je me chargerai de lui clouer le bec.

- Pour ça, je vous fais confiance, dit-il en riant.

Plus tard, nous avions cessé de parler car nous voyagions de nouveau dans les airs. Inutile qu'on nous voie chez Talanus avec un véhicule volé, alors Phoenix avait abandonné le 4x4 dans un coin désert avant de m'emporter dans ses bras vers notre destination. Nous ne restâmes à Harper Hill que le temps de me réchauffer et d'emporter un nombre conséquent de cartons d'archives datant de l'époque de la première guerre contre le Cercle de Mellindra. Puis, mon patron emprunta l'un des bolides de la villa pour rentrer à Scarborough où épuisée par cette deuxième journée de travail, je tombai endormie, le front sur le clavier de l'ordinateur. Je venais de commencer mes recherches sur la généalogie des familles Johnson et Abarnikov, dont nous n'avions aucune raison de croire que les descendants étaient liés au Cercle de Mellindra actuel. Mais il fallait bien commencer quelque part… C'étaient de longues soirées frustrantes et barbantes en perspectives, si l'on exceptait celle, de plus en plus proche, de mon anniversaire…

*

Comme je le disais, les jours qui suivirent notre entrevue avec Engara et Max Marroney furent marqués par une morosité et une frustration agaçantes. Nous croulions sous une montagne de cartons d'archives vu que naïve comme j'étais, je croyais que les quelques exemplaires que nous avions durement rangés dans le coffre de la voiture représentaient la totalité du travail de Thomas Coltrane. Phoenix avait oublié de me dire que cet homme adorait écrire et qu'il ne pouvait s'empêcher d'adopter le style descriptif infini et indigeste d'un *Marcel Proust* trop inspiré. La moindre évocation d'un nuage donnait lieu à vingt pages d'écriture sur la forme, la couleur ou encore l'altitude de ce dernier. Même avec sa super-vitesse, mon employeur n'arrêtait pas de pester contre les élans d'écrivain de son prédécesseur dont les envolées lyriques pour décrire la façon dont il avait écartelé un congénère me glaçaient le sang et lui donnaient envie de se taper la tête contre les murs. De surcroît, en plus d'être incroyablement volubile, Coltrane écrivait comme un cochon et n'avait aucun sens du rangement. C'était à se demander si Talanus et Ysis avaient vraiment feuilleté ces horreurs.

Enfin, de mon côté, je m'estimais plus chanceuse que Phoenix puisque je passais mon temps sur l'ordinateur à tenter de retrouver par tous les moyens possibles, les descendants des négociateurs de

1905, en attendant les résultats des échantillons ADN et des empreintes digitales prélevés sur la morte. Je tournais en rond et mes yeux, au bout d'un moment, s'acharnaient à me piquer pour me faire comprendre que la lumière de l'écran les gênait.

Une fois, j'avais voulu aller à la salle de bain pour me rafraîchir le visage et reposer mes prunelles abîmées, mais ce faisant, je butai sur une pile de cartons que je n'avais pas vue et en m'étalant sur Phoenix, j'en fis tomber une dizaine d'autres. Il me vexa quand, atterré devant l'incroyable bazar que j'avais provoqué, il s'emporta en me disant qu'il aurait mieux fait de me laisser m'écraser au sol pour empêcher que la catastrophe se produise.

Bien que sachant qu'il n'était pas autorisé à venir dans le bureau écouter aux portes en raison du caractère ultra confidentiel de cette mission, François était arrivé dans la pièce et nous avait trouvés en plein orage. D'après lui, nous vociférions aussi fort l'un que l'autre, le doigt brandi, moi vers Phoenix, lui, vers les cartons, en nous accusant l'un l'autre d'être qui une indécrottable maladroite, qui un rabat-joie de la pire espèce, aussi insupportable que mal-embouché. François avait bien été tenté de nous faire entendre raison, mais il s'était ravisé en songeant que s'il devait intervenir à chacune de nos disputes, il n'aurait plus une minute à lui.

Du coup, il préféra carrément déménager chez Angela, qui lui avait timidement proposé un double des clés de sa maison une heure auparavant. C'était désormais officiel, ils vivaient en couple. Quand ils nous annoncèrent cette nouvelle, j'avais sauté de joie et enlacé mes amis en les félicitant et en leur souhaitant beaucoup de bonheur. Phoenix ne se décidant pas à ouvrir la bouche, je lui avais décoché un énorme coup de poing sur l'épaule en sachant que ça n'aurait pas plus d'effet sur lui qu'une pichenette, et le menaçai des pires tourments si dans la seconde, il ne sortait pas un mot gentil pour nos tourtereaux. Au bout de dix minutes d'un véritable choc, si ce n'était des civilisations mais au moins des volontés, il finit par céder et leur souhaita bonne chance pour leur vie commune.

- Du courage surtout… il y a des femmes avec lesquelles vivre au quotidien relève du véritable défi ! maugréa-t-il suffisamment fort pour que François et Angela éclatent de rire et que je lui décoche un deuxième coup de poing qui m'obligea à courir passer ma main meurtrie par l'impact sous l'eau froide.

Nous nous retrouvions donc chaque soir tous les deux, dans le silence de nos recherches, entrecoupées seulement par les entraînements que Phoenix continuait à m'imposer pour me faire progresser dans la maîtrise de toutes les formes de combat qu'il connaissait.

Seulement, vint un soir où il fallut bien que je lui demande un répit… C'était le soir de mes trente ans.

Je n'avais pas osé lui en parler parce que, honnêtement, j'avais peur de sa réaction. À cinq cents ans, il devait trouver futile de fêter les anniversaires puisque, étant immortel, il était bien au-dessus de tout ça. Moi, au contraire, je n'en pouvais plus d'attendre cette soirée du quinze janvier où tous mes amis se réuniraient chez Danny pour célébrer cet événement dont je serais le centre. L'année précédente, pour ses trente ans, Matthew avait été carrément couvert de cadeaux! Je n'en désirais pas tant parce que la compagnie de mes amis suffisait à mon bonheur. Pour la première fois, nous serions plus de trois pour souffler mes bougies ! Toutefois, pour cela, il allait bien falloir que mon patron m'accorde ma soirée…

Le soir du quinze, Phoenix fronça les sourcils en me voyant arriver dans le bureau toute pimpante et souriante, comme une adolescente à son premier bal. C'était d'ailleurs ce que je ressentais ! J'avais mis une robe fourreau noir avec des escarpins vernis de la même couleur, et j'avais accessoirisé le tout avec un collier et des boucles d'oreilles en or et zirconium appartenant à ma mère. Mon chignon compliqué était une réussite, mon maquillage accentuant la profondeur de mon regard. Je me trouvais jolie.

Déjà replongé dans sa lecture, mon patron ne posa pas la moindre question sur les motivations de cette soudaine élégance pour compulser de vieux papiers poussiéreux de plus de cent ans. Son indifférence aurait pu m'irriter si la joie toute enfantine qui m'avait prise à l'idée de cette soirée, ne l'avait pas balayée.

- Eh bien, je vois que tu es prête. Ton carrosse t'attend ma chère…

- Hiiiiiii !

Mon cri perçant et mon ridicule bond sur le côté après l'intervention de François, que je n'avais pas entendu arriver dans mon dos, me firent rougir de honte… Surtout quand je sentis le regard d'acier de Phoenix fixé sur moi, attendant visiblement que je clarifie les propos de son ami.

Avec une voix de velours à l'accent bien trop doucereux pour être sans danger, il demanda :

- Et quand comptiez-vous me dire que vous sortiez, Samantha ?

Je n'eus pas le temps de répondre car la voix choquée de François résonna dans l'air :

- Quoi ? Tu ne lui as pas dit ?

Gagnée par la panique, je devins écarlate et j'aurais eu bien besoin d'un siège pour cacher les tremblements de mes genoux.

- Euh… C'est-à-dire que…. euh…. balbutiai-je.

- Me dire quoi ?! s'impatienta Phoenix en se relevant et en mettant ses mains sur ses hanches.

- C'est son anniversaire.

Je jetai un regard noir à François pour m'avoir jetée ainsi en pâture au lion, mais celui-ci se contenta de me dévisager d'un air sévère.

- Ne me regarde pas comme ça, tu aurais dû lui en parler ! Phoenix, tu dois venir avec nous !

Le poids de la culpabilité s'abattit d'un coup sur moi lorsque je compris qu'il avait raison. J'avais été stupide de lui avoir caché mon anniversaire alors que j'avais en fait réellement envie qu'il partage ce moment avec moi.

- Ce n'est pas grave, François, j'ai du travail de toute façon.

Phoenix sortit dans le couloir, mais je le suivis et le retins par la main.

- Attendez ! François a raison. Je n'ai pas osé vous en parler parce que j'avais peur que vous trouviez cela ridicule. (Il haussa ses sourcils) Mais en fait, c'est moi qui ai agi bêtement. Je vous en prie ! Si vous n'êtes pas là, ce ne sera pas pareil...

Je sentais qu'il hésitait. Que ressentirais-je s'il ne venait pas ? La réponse me frappa comme un coup de poing ; ce serait le pire anniversaire de ma vie. Je devais le convaincre.

Accentuant subitement la pression de ma main sur la sienne, je réitérai ma demande :

- Je vous en prie... pour moi...

Sans me lâcher des yeux, il pivota pour se retrouver face à moi et poser son autre main sur la mienne. Je retins mon souffle jusqu'à ce qu'il ouvre la bouche :

- C'est d'accord.

Ma tension s'envola, remplacée par une intense euphorie et je me jetai à son cou.

- Merci ! Je suis si contente !

Consciente de me comporter comme une gamine à qui on vient d'annoncer un voyage à Disneyland, je m'écartai vivement de lui en rougissant et en me balançant d'un pied sur l'autre, l'air penaud.

L'ombre d'un sourire se dessinant sur ses lèvres, il me répondit :

- Allez à la voiture, j'ai quelque chose à prendre. Je vous rejoins.

Sans attendre, je fis demi-tour en passant en trombe devant François, attrapai mon manteau et mon sac et sortis en claquant la porte.

Quand mon mousquetaire français me rejoignit, le moteur de son 4x4 Porsche Cayenne tournait déjà, le chauffage à fond. J'avais beau être exaltée par l'idée de cette soirée, je n'en restais pas moins réceptive au froid ; la nuit était tout bonnement glaciale.

- Mais qu'est-ce qu'il fait ? râlai-je après seulement deux minutes d'attente.

Mon chauffeur s'esclaffa.

- Détends-toi ! On sera à l'heure.

- Excuse-moi, on n'a pas trente ans tous les jours et puis, c'est le premier anniversaire que je fêterai avec des amis !

- Vraiment ? s'étonna François.

- Oui. Pas très gai, hein ?

J'étais de trop bonne humeur pour m'appesantir sur la triste histoire de ma solitude alors je haussai simplement les épaules en scrutant l'arrivée de Phoenix sur le perron.

- Bah, je vous ai maintenant ! Fini le temps où on ricanait en me prenant pour une cinglée !

- Ton espèce est vraiment aveugle pour ne pas s'être rendu compte à quel point être ton ami est un honneur, décréta François après un léger silence.

Sa déclaration me surprit autant qu'elle me ravit et émue, je me levai de la banquette arrière pour aller l'embrasser sur la joue.

- Moi aussi, je t'aime.

S'il avait pu rougir, mon ami se serait empourpré comme une tomate quand je m'écartai de lui. Une autre personne que moi ne s'en serait pas rendu compte, mais je le connaissais trop bien désormais pour ne pas savoir que les démonstrations d'affection féminines, hormis celles d'Angela, le mettaient mal à l'aise.

Je me rassis en rigolant, amusée par ce tic qu'il avait de se passer la main dans les cheveux quand la gêne le gagnait.

Cependant, je cessai de rire aussitôt que je tournai de nouveau la tête vers la porte du château. Phoenix arrivait.

Dans la lumière des phares, je distinguais nettement son beau costume noir sous son manteau ouvert dont les larges pans voletaient derrière lui. Il se déplaçait avec une grâce qui aurait fait pâlir les meilleurs danseurs étoiles et sa beauté était à couper le souffle. Ses cheveux bruns semblaient danser dans la brise tandis qu'il avançait d'un pas ferme et déterminé vers nous ; je ne pouvais pas voir ses yeux, mais je me doutais que le froid ravivait dans ses prunelles cet éclat bleuté que j'aimais tant. La cadence de mon rythme cardiaque s'accéléra légèrement quand il ouvrit la portière pour se glisser sur le siège passager, ce qui me valut un coup d'œil un peu trop curieux de François via le rétroviseur intérieur. Maudissant mes réactions, je contemplai le paysage en tentant de retrouver un pouls régulier. Heureusement, j'y parvins et notre court trajet se déroula tranquillement, avec les tubes du moment en musique de fond. Comme quoi, on pouvait avoir trois cents ans et être à la page…

Nous arrivâmes dans l'avenue principale vers vingt heures. En sortant de la Porsche, mon cœur s'emballa en voyant les lampions et les ballons accrochés sur l'enseigne du restaurant. Même si j'avais dit à Danny de ne pas faire dans la démesure, je savais au fond de moi qu'il ne m'écouterait pas ; et honnêtement, j'en étais ravie.

J'allais traverser quand François me rappela. Il nous dévisagea sévèrement, Phoenix et moi, avant de nous sermonner comme des enfants.

- N'oubliez pas que vous êtes des ex-amants restés amis (je sentis mes joues s'enflammer dès qu'il prononça ces mots), alors vous devrez vous tutoyer. Quant à toi Phoenix, tu répondras au nom d'Aydan (re-inflammation des joues ; François ne connaissais toujours pas le vrai nom de son ami que j'avais bêtement révélé en inventant notre fausse histoire d'amour) et tu te montreras *aimable* avec tous, y compris avec Matthew Robertson.

Le coup d'œil appuyé que notre ami français lui lança ne m'échappa pas. Pour une raison que j'ignorais, mon patron avait décidé qu'il haïssait Matthew et ne voulait pas en entendre parler, de fait, j'applaudis son discours d'avertissement. C'était mon anniversaire, ces deux ânes avaient intérêt à se tenir.

Phoenix se contenta de hausser les épaules. Mouais…

- Eh bien, allons-y.

Le tintement de la cloche, à l'ouverture de la porte, sonna comme une douce musique à mes oreilles. Tout le monde était déjà là et on nous accueillit avec des applaudissements et des « Bon anniversaire ! » très chaleureux. Je sentis un grand sourire se former sur mon visage quand je saluai tous les convives d'un geste timide de la main.

Dès que j'eus enlevé mon manteau, Angela me sauta dessus et me serra à m'en étouffer. Lorsqu'elle daigna desserrer son étreinte et que je pus mieux la regarder, je fus éblouie par sa beauté. Elle portait une robe bustier dorée rappelant ses cheveux blonds libres et cascadant comme une chute interminable dans son dos ; elle était resplendissante. Je jetai un œil à François qui revenait du placard où il avait rangé nos vestes ; en apercevant sa compagne, il ouvrit la bouche et se prit les pieds dans un tabouret. Ses réflexes vampiriques lui permirent de ne pas tomber, mais j'éclatai de rire en le voyant se redresser maladroitement. Angela, aux anges, le rejoignit et l'enlaça en le traitant de grand nigaud romantique. Loin de se formaliser de ce qui, pour un vampire, était l'insulte suprême, il rit aussi et la serra contre lui.

Danny et Matthew s'avancèrent ensuite pour me faire la bise (un gros bécot baveux pour le premier) et me souhaiter la bienvenue.

- Qui est ton ami ? demanda notre hôte en regardant du côté de mon garde du corps.

Phoenix n'avait plus bougé ni prononcé la moindre parole après avoir salué Angela. Je me mettais à sa place : lui qui ne côtoyait plus les humains si ce n'était occasionnellement et pour le travail, ne devait pas savoir comment se comporter dans une fête d'anniversaire.

- Danny, je vous présente Aydan.

- C'est l'ex-fiancé de Samantha, coupa la voix acerbe de Matthew. Vous n'êtes pas rentré à Seattle ?

Aussitôt, je foudroyai l'importun du regard. Cette andouille avait décidé de déclencher les hostilités, mais il ne connaissait pas la force de son adversaire. Ça risquait de se terminer en pugilat.

- Enchanté de faire votre connaissance. Sam m'a dit beaucoup de bien de vous et votre fils.

Le sourire aimable et tranquille que mon patron affichait et la poignée de main amicale qu'il accorda à Danny manqua m'assommer. Il n'était que gentillesse et politesse.

- Une rupture n'est pas synonyme de haine entre les deux partis. Sam et moi sommes restés amis et je suis venu dès que j'ai appris qu'elle était à l'hôpital. Mon employeur m'a chargé de quelques affaires à régler à Pembroke alors j'en ai profité pour m'assurer qu'elle se portait bien. Elle a eu la gentillesse de m'inviter ce soir et je dois dire que j'étais dévoré de curiosité à l'idée de venir ici. La réputation de votre établissement n'est plus à faire dans la région.

Reniflant et bombant le torse de fierté, Danny fut conquis en un quart de seconde. Gratifiant Phoenix d'une grande claque dans le dos, il l'entraîna faire le tour du propriétaire en commençant évidemment, par lui raconter par le détail, l'histoire de sa vie.

Les voir partir ensemble m'amusa beaucoup, pourtant, mon enthousiasme retomba quand je reportai mon attention sur Matthew. Il n'avait pas l'air content du tout.

- Je ne vois pas pourquoi tu te tourmentes encore en l'amenant ici. Tu devrais l'oublier et passer à autre chose.

Sa remarque, écho presque parfait de celle de Phoenix il y a quelques temps, m'énerva.

- Il était là pour moi quand j'en avais besoin et je n'ai pas besoin de toi pour savoir ce que j'ai à faire. C'est mon anniversaire et sa présence est importante pour moi, rentre-le-toi dans le crâne ou va-t-en !

Ma réplique lui fit l'effet d'une gifle, mais je n'en éprouvais aucun remords. Je ne laisserais personne me gâcher ma soirée. Je le plantai là et allai rejoindre Ginger et Valérie qui n'en pouvaient plus d'attendre de me donner leur cadeau : une Buick en chocolat noir, la même que celle que j'aimais tant et qui n'était plus qu'un tas de ferrailles cabossées. J'en fus incroyablement touchée. Elles avaient eu le souci du détail au point de reproduire le petit *Chat Potté* en peluche que j'avais accroché à mon rétroviseur et qui avait dû finir broyé en même temps que ma voiture.

- Ginger, Valérie… Il ne fallait pas, c'est tellement gentil !

Elles m'embrassèrent toutes les deux avant de me donner un autre cadeau.

- Encore ? Ah non, c'est trop gênant, je ne peux pas accepter !

- Ma petite, ouvrez-le. Je suis sûre que vous l'accepterez, gazouilla Ginger.

Vaincue, je m'exécutai et poussai un « Ouaaaah » de surprise ravie. C'était un carton entier de confiseries, mes préférées. Il y avait des sucettes à la fraise, des guimauves de toutes les formes, des bonbons acidulés aux fruits de la passion, bref… que de quoi exploser mon tour de taille.

- Merci ! m'exclamai-je en les étreignant toutes les deux en même temps.

- C'est un plaisir.

Par la suite, j'allai saluer les autres convives et discuter un peu avec chacun : Mike Newell et sa femme Carmen, Gary Show et son compagnon Anthony. Comme Danny était revenu de sa visite guidée avec mon employeur, il nous ordonna de nous mettre à table. En tout, douze personnes étaient présentes.

Phoenix s'assit à ma droite, François à ma gauche. Angela et Matthew me faisaient face et je voyais bien que ce dernier n'appréciait pas ce plan de table même s'il faisait des efforts pour le cacher. Danny présidait les festivités et en tant que maître de cérémonie, se leva pour porter un toast.

- Trente ans ! Qu'est-ce que cela veut dire ? C'est l'âge que j'avais il y a… hum… très peu de temps (sa pirouette fit rire l'assemblée), c'est l'âge où tous les possibles sont possibles, où la jeunesse s'allie à la sagesse, enfin à ses débuts du moins (nouveaux rires), c'est aussi l'âge de notre Samantha ici présente. Voilà un an que tu as débarqué dans nos vies, toi, la volcanique Samantha, dont le feu de la colère est aussi impressionnant que celui de tes joues quand elles s'empourprent ! Ah, d'ailleurs tu le montres en cet instant !

Effectivement, ses paroles avaient déclenché un véritable incendie sur mon visage, gênée que j'étais d'être au centre de tous les regards et du talent d'orateur insatiable de Danny.

- Timide et maladroite, bouillonnante et passionnée, gourmande à l'appétit vorace qui sait, et j'ai honte de le dire, faire de bien meilleurs muffins que moi, tu es entrée dans notre quotidien pour notre plus grand plaisir. Que pourrait-on te reprocher si ce n'est de ne pas venir ici assez souvent, préférant t'occuper comme une sainte de ce grand-père aussi mal en point que mystérieux ?!

Je ne pus m'empêcher de jeter un œil à mon voisin de droite, qui me rendit mon regard avec une lueur amusée. Notre orateur continua :

- Je te dirais une chose : si Scarborough est ton attrape-cœur, sache que tu as conquis celui de tous ses habitants. Je lève mon verre pour ton anniversaire, mais surtout pour toi. Alors, à toi, Samantha !

Alliant le geste à la parole, Danny leva haut sa flûte de champagne et me sourit.

- À toi, Samantha ! reprit tout le monde à l'unisson.

N'en pouvant plus, j'éclatai en sanglots, submergée par l'émotion de cette incroyable preuve d'amitié. Ça faisait tellement de bien de ne plus être seule.

François passa un bras autour de mes épaules et je sentis Phoenix saisir discrètement ma main sous la table.

- Si vous saviez comme je suis heureuse…

Chaque mot avait été entrecoupé d'un reniflement disgracieux, mais le message était passé, c'était le principal. Sauf qu'Angela se mit à pleurer aussi, suivie de Ginger, Valérie et même Danny qui se tapotait les yeux avec un mouchoir. La situation était assez comique.

Bref, passé ce moment humide, nous nous régalâmes avec un succulent repas à inscrire dans les annales de la gastronomie. Danny avait cuisiné du bœuf, des légumes et des pommes de terre comme un expert, et le résultat était une explosion de saveurs sur les papilles. Bien sûr, il ne révéla jamais sa recette.

Quand il amena mon gâteau d'anniversaire, une énorme pièce montée à base de petits choux fourrés à la crème pâtissière, toute l'assistance lança un « Ooooh » d'admiration, Phoenix compris. Malgré sa retenue coutumière, il ne pouvait que s'extasier sur cette réplique exacte du château dans lequel nous vivions.

- Stan et moi l'avons fait à partir des photos d'un livre qu'Angela nous a prêté, dit Danny.

Stan Bosseley était le boulanger de Scarborough. D'habitude, il se contentait de petits gâteaux. Danny avait vraiment dû lui mettre la pression pour le convaincre de réaliser une telle merveille.

- Ce serait presque un crime de la manger ! s'exclama Ginger en faisant comme tout le monde, en mitraillant l'œuvre d'art avec son appareil photo.

Ne tenant pas compte de sa remarque, notre hôte entreprit de servir chacun d'entre nous, sans se formaliser du manque d'appétit de François ou de Phoenix. Tous deux avaient prétexté une sortie récente d'une bonne gastro-entérite pour persuader les autres invités qu'ils n'avaient pas faim ; pas très ragoûtant, mais très efficace. En les entendant se justifier, Angela et moi avions été obligées de sortir de table pour une soi-disant envie pressante. Nous n'avions pas du tout la vessie pleine, c'était juste que nous étions prises d'un fou rire incontrôlable qui dura bien quinze minutes, en nous demandant si nous parviendrions à revenir et à regarder nos vampires en face sans recommencer. Heureusement, nous avions réussi...

L'heure du gâteau sonna aussi l'heure des cadeaux et pour mes trente ans, j'avais été exceptionnellement gâtée. Mike Newell connaissant ma passion pour le cinéma, m'offrit tout un coffret de vieux films recolorisés et remasterisés, Gary Show me donna un autoradio Mp3 pour mon prochain achat de voiture. De la part d'Angela et François, j'eus droit à une trousse de maquillage de professionnelle, vu que la mienne n'allait pas plus loin qu'un vieux sac plastique contenant du fard à paupière et à joues, un rouge à lèvres et de l'eyeliner. Danny m'avait acheté un livre de recettes italiennes, et Matthew m'offrit des boucles d'oreilles en argent pour aller avec le fin collier de ma mère que je portais souvent.

- Elles sont magnifiques, m'extasiai-je.

J'avais trouvé cette attention très délicate vu que je n'avais mentionné l'origine du collier qu'une fois en sa présence. Il n'avait pas oublié. *Il est si gentil*, pensai-je en lui offrant un sourire radieux.

Je me levai en tenant mon verre de champagne et m'adressai à la compagnie :

- Merci à tous pour ces merveilleux présents même si mon plus beau cadeau, c'est d'être là avec vous, à profiter de cette incroyable soirée !

- Hum...

Cette intervention venait de mon voisin de droite qui me fixait avec un mélange d'amusement et d'exaspération.

- Il me semble qu'il te reste un cadeau à ouvrir, Sam.

Surprise, je me rassis lourdement sur mon siège. Phoenix avait un cadeau pour moi ?

- Vous... tu... n'étais pas obligé, bafouillai-je, le cœur battant et les joues rougissantes.

Son sourire amical me rassura et il sortit un petit écrin en velours bleu de sa veste. Confuse, je n'osai pas le toucher.

- Ouvre-le, Sam.

Consciente d'être l'objet de tous les regards, je me repris suffisamment pour que mes mains cessent de trembler et saisissent la boîte. Quand je l'ouvris, je vis une petite chaînette en argent avec un pendentif en forme de trèfle à trois feuilles dont je tombai immédiatement amoureuse. Depuis toujours, j'aimais la culture irlandaise dont le trèfle était un symbole. Je débordais de joie quand je remerciai Phoenix, mais celui-ci ne semblait pas en avoir fini. Son expression devint lointaine, sa voix, nostalgique.

- C'est un héritage... Gwen O'Malley le tenait de sa mère dont les grands-parents avait eu plus de chance financièrement parlant et elle décida de le donner à celle qui allait épouser Thomas, son fils unique. Keira était si folle de joie qu'elle jura à Gwen de faire très vite des filles pour perpétuer cette touchante tradition.

Son sourire, lié au souvenir de ce moment, s'effaça quand d'autres images déchirantes lui succédèrent. Aydan Mac Kinley adorait sa sœur et même après toutes ces années et sa nature vampirique, c'était toujours le cas. Il avait dû atrocement souffrir quand l'ignoble Lord Carson la lui avait arrachée en même temps que tous les membres de sa famille. Il avait gardé ce collier cinq cents ans pour se rappeler de sa cadette qu'il chérissait et pourtant, aujourd'hui, il avait décidé de me le donner.

Bouleversée et en état de choc, je me perdis complètement dans ses prunelles azurées dont l'éclat de tristesse lors de ses explications, avait laissé la place à une authentique tendresse teintée d'amusement tandis qu'il voyait mes yeux se remplir de larmes. Il savait comme moi ce qui allait se passer dans le centième de seconde suivant...

Ce fut comme si les chutes du Niagara se déversaient sur mon visage pour inonder ma robe, mes mains tenant encore le pendentif, puis, une demi-seconde plus tard, la chemise blanche de mon patron.

Je m'étais littéralement jetée à son cou en l'étreignant de toutes mes forces et en continuant de sangloter malgré ses caresses dans mon cou et ses paroles réconfortantes. Je ne me souciais même pas des chuchotements et des ricanements, conséquence de ce spectacle quelque peu pitoyable, ni de l'expression de rage qu'on pouvait nettement voir sur le visage de Matthew.

Je profitais simplement de la plénitude que m'apportait le confort de ses bras ainsi que son parfum si entêtant. La douceur de ses doigts sur ma nuque me fit l'effet du contact de la soie, je me sentais bien. Peut-être trop.

Le raclement de gorge amusé de Danny finit par me faire redescendre sur terre en commençant par m'obliger à libérer mon employeur de l'étau de mon étreinte, et la confusion que je ressentis à ce retour ne fut pas tant déclenchée par les sourires des autres convives (moins celui de Matthew qui tirait une tête d'enterrement), que par l'étrange regard avec lequel Angela me fixait. Bon Dieu ! Elle avait compris !

Le présent de Phoenix m'avait tellement chamboulée que je n'avais pas fait suffisamment attention. En le serrant contre moi, j'avais dû laisser paraître la véritable nature de mes sentiments envers lui. Ce devait avoir été fugace, néanmoins, ma meilleure amie me connaissait trop bien pour ne pas l'avoir remarqué.

Troublée, je détournai les yeux pour me concentrer sur le collier que je tenais comme un trésor. J'eus quelques difficultés à me le passer autour du cou et là encore, je frissonnai au contact des doigts de fée de celui qui s'activait déjà à m'aider dans cette tâche.

- Keira serait contente, il vous va à merveille, chuchota-t-il.

- Je sais ce qu'il représente pour vous… Je vous promets de toujours le porter, lui répondis-je sur le même ton.

La chaleur de son sourire faillit me renverser de ma chaise. Tout en lui, à cet instant, n'était que tendresse, innocence et perfection. J'étais face à un ange… au sens religieux du mot.

Ma contemplation fut soudain interrompue par la voix de baryton de notre hôte qui s'était lancé dans une version personnelle et opéra de la chanson « Happy Birthday to you ». Sur la fin, toutes les personnes présentes reprirent le refrain avec lui en terminant par un concert d'applaudissements et de sifflements dans ma direction.

La suite de la soirée se passa plus tranquillement, chacun discutant avec ses voisins de tout et de rien. Pour ma part, j'avais un peu trop arrosé mon anniversaire et abusé du champagne ; j'étais pompette et j'avais besoin de me rafraîchir.

Je pris la direction des toilettes et entrepris de me passer le visage sous l'eau froide pour reprendre mes esprits.

- Sam.

Une voix me surprit alors que j'étais baissée, la bouche grande ouverte sous le robinet, ingurgitant très maladroitement quelques gorgées d'eau. Ayant reconnu Matthew, je me redressai vivement, des gouttes dégoulinant désagréablement dans mon décolleté. Mon ami me passa une serviette, à ma plus grande honte.

- Je peux te poser une question ? dit-il en observant mon opération de séchage.

- Je t'écoute.

- Est-ce que... tu vas remettre ça avec Aydan ?

Que pouvais-je lui répondre ? Je ne pouvais pas tout simplement l'envoyer balader en lui reprochant de m'embêter avec des questions indiscrètes dans les toilettes de ma fête d'anniversaire... la lueur de déception dans ses yeux m'en empêchait. Même si je ne souhaitais pas qu'il ait de faux espoirs, je ne voulais pas non plus lui mentir ; ça me rendait malade.

- Non.

- Tu es sûre ? Parce que ton air ravi pendant le repas et quand il t'a donné ce collier m'a fait supposer le contraire.

- Peu importe ce qu'ont été ou ce que sont nos sentiments respectifs, nous ne pouvons être ensemble. Aydan s'en va demain, je ne le reverrai peut-être jamais.

Son soulagement aurait dû me réjouir, mais la vérité des paroles que je venais de prononcer me brisait le cœur. J'avais beau le savoir, le prononcer à haute voix était très difficile. De toute façon, je ne voyais pas quoi dire d'autre pour continuer à préserver notre couverture.

- Excuse-moi, dis-je en contournant Matthew pour rejoindre la grande salle, un peu irritée par notre conversation.

En sortant, je faillis me cogner dans le mur de briques qu'était mon patron. Sa nature le dispensait de besoins triviaux comme celui d'aller uriner alors je ne voyais pas pourquoi il était là. En plus, la manière dont il me dévisageait me fit aussitôt frissonner, comme si j'avais fait une bêtise dont je devrais me sentir coupable.

- Vous ne ressortiez pas des toilettes. Vu que vous êtes saoule, je suis venu voir si tout allait bien.

- Hé ! Je ne suis pas saoule, grognai-je. Mais… merci quand même.

Super ! pensai-je en allant me rasseoir, lui sur mes talons. Déjà qu'il avait dû entendre ma conversation avec Matthew, en plus, il savait que j'avais trop bu… c'était embarrassant. Enfin…

Le reste de la soirée fut très agréable et vers trois heures du matin, on décida qu'il était temps d'aller se coucher. On se sépara dans les rires et dans la bonne humeur, chacun ayant promis de revenir au plus vite manger chez Danny. Au moment de rejoindre Phoenix, François et Angela, je fis demi-tour et enlaçai une dernière fois notre hôte en le remerciant de m'avoir offert le plus bel anniversaire qu'on puisse rêver. Il m'embrassa sur la joue et je partis le cœur léger.

Devant son 4x4, François remit les clés à mon employeur et à son haussement de sourcils interrogateur, il passa son bras autour des épaules d'Angela.

- Notre soirée n'est pas terminée, je passerai reprendre la voiture plus tard.

N'ayant aucune idée de ce qu'il sous-entendait par là, je piquai un fard que je cachai en relevant mon écharpe. Phoenix y vit le signal du départ d'une humaine gelée jusqu'aux os ; ce n'était pas faux.

Sur le chemin du retour, j'exprimais la joie que m'avait procurée cette fête.

- C'était vraiment magique ! Je n'en reviens toujours pas d'avoir de si bons amis et…votre cadeau est le plus précieux de tous.

Craignant de pleurer à nouveau, je changeai de sujet avant que mon interlocuteur n'ouvre la bouche pour me répondre.

- Que croyez-vous que François et Angela font, en ce moment ?

Ouah ! Décidément, à chaque fois que je voulais changer de thème de conversation, j'allais en chercher un plus embarrassant encore.

- Euh… oubliez ça.

Les joues en feu, j'admirai tout à coup le paysage. Un ricanement me fit me retourner vers mon chauffeur.

- Ne soyez pas si gênée ! Connaissant François, il ne décidera de prendre du plaisir dans les bras d'une femme qu'une fois marié. Et Angela n'a pas l'air d'être pressée d'en arriver là.

M'empourprant davantage, je ne pus néanmoins m'empêcher de réagir.

- Mais aucun prêtre ne voudra les marier !

- C'est eux que ça regarde, vous ne trouvez pas ?

- Vous avez raison.

Nous arrivions au château et je n'étais pas du tout fatiguée. N'ayant aucune envie d'aller me coucher, je réfléchissais à mes options pendant que nous déchargions la Buick en chocolat et les autres cadeaux du coffre de la voiture.

Une fois au chaud, j'avais écarté l'idée de lire ou de regarder la télé ; j'étais trop excitée. Que faire ? En voyant mon patron ranger nos manteaux dans la penderie, je sus.

- Que diriez-vous d'une petite séance d'entraînement ? lui proposai-je quand il m'eut rejointe.

- À cette heure ? Après ce repas ? Vous n'êtes pas sérieuse.

- Je ne veux pas aller dormir, j'ai besoin de me défouler. Soyez gentil !

- Vous ne pourrez pas vous lever demain, ce n'est pas une bonne idée.

Avec une petite moue comique, je joignis mes mains et lui lançai un regard larmoyant.

- S'il-vous-plaît…

Il leva les yeux au ciel mais son sourire m'indiqua que j'avais gagné. Sans lui laisser le temps de changer d'avis, je fonçai dans l'escalier en lui criant :

- Je vous rejoins dans cinq minutes, je vais me changer !

Fin prête pour un entraînement intensif, j'arrivai effectivement cinq minutes plus tard, à peine essoufflée par mon marathon. Phoenix avait un peu trop vite accédé à ma demande et j'aurais dû me méfier. Son programme était digne des légionnaires les plus aguerris, mais je tenais le coup. Alors qu'il était déjà plus de cinq heures du matin, nous avions entrepris un combat avec des couteaux aux lames d'acier. Me retrouvant pour la énième fois au tapis, j'éclatai de rire pendant que mon tortionnaire allait nous chercher des boissons fraîches.

- C'est la meilleure soirée de ma vie, dis-je en restant allongée sur le dos pour reprendre mon souffle. Je suis contente d'être passée dans la trentaine rien que pour avoir été entourée de tous les gens qui me sont chers. Eh oui ! Vous compris.

Phoenix était revenu du réfrigérateur et me lança une bouteille d'eau avant de s'asseoir près de moi, arborant son éternel sourire narquois.

- Je vous torture depuis plus de deux heures et j'entre dans cette heureuse catégorie ? Voilà qui me surprend...

- Ne jouez pas les rabat-joies, vous savez que votre présence ce soir compte beaucoup pour moi, affirmai-je après avoir avalé quelques gorgées du liquide rafraîchissant.

- C'était... intéressant.

La lueur sarcastique dans ses yeux me fit éclater de rire puis, levant le menton pour le défier, je me remis debout pour aller chercher mon arme.

- Oh, je vais vous faire passer l'envie de vous moquer de moi !

Sans se départir de sa bonne humeur, il n'esquissa pas le moindre geste et resta assis.

- Essayez donc de m'atteindre si vous y arrivez, dit-il en écartant les bras.

Cette invitation ne tomba pas dans l'oreille d'une sourde. Ni une, ni deux, je pris mon élan et fonçai sur lui.

Même à la vitesse maximum, je ne faisais pas le poids face à un vampire. Il bougea si rapidement que mon œil humain ne vit pas le mouvement. Je sentis simplement que mon poids et mon élan m'emportaient vers l'avant, vers le sol, vers une cuisante humiliation.

Le problème fut qu'au lieu de m'affaler de tout mon long, je repliai les bras vers moi sans pouvoir contrôler ma chute. En m'écrasant sur le tatami, j'eus le souffle coupé par l'impact, bien sûr, mais autre chose se produisit : une douleur aigüe et soudaine irradia dans ma cuisse gauche, m'arrachant un cri.

- Sam !

Phoenix arriva en un millième de seconde à mes côtés, constatant comme moi la profonde entaille causée par la lame en acier plantée dans ma chair et qui faisait couler mon sang.

- C'est pas vrai ! murmurai-je en refoulant mes larmes et en serrant les dents pour ne pas hurler de douleur.

- Voilà ce qui arrive quand on n'est pas suffisamment concentrée et qu'on se laisse aller sur l'alcool, me répondit-il sévèrement en enlevant le couteau.

J'avais trop mal pour me lancer dans une dispute alors je me tus, attendant son verdict sur la gravité de la plaie.

- C'est assez profond mais l'artère n'a pas été touchée.

Ouf ! Ça aurait été trop bête de mourir de cette façon, quelle honte ! Je n'avais pas échappé aux tortures de Heath, au viol de Karl, à l'exécution des Grands et à un terrible accident de voiture pour me retrouver dans un cercueil à cause d'un stupide accident de couteau ! Comme je me demandais comment nous allions me soigner, j'eus la réponse en le voyant se mordre la main.

- Mais... je croyais qu'il ne fallait plus me donner votre sang ?

- Je ne vais pas vous laisser dans cet état. Enlevez votre pantalon.

- Quoi ?

D'instinct, je ramenai mes genoux vers ma poitrine dans un geste de défense qui l'exaspéra.

- Sam ! J'ai déjà tout vu de toute façon !

Bon sang !

Je m'exécutai de mauvaise grâce, fuyant son regard amusé devant ma mine écarlate et sifflotant nerveusement une mélodie inconnue tandis qu'il passait sa main sur ma blessure. L'intensité de la sensation de ses doigts sur ma peau faillit me renverser et il me fallut tout mon sang froid pour garder le contrôle de moi-même pendant l'opération. C'était une chose d'être soignée à moitié nue et évanouie, c'en était une autre de l'être quand on était consciente et éperdument amoureuse de son bienfaiteur. J'avais fermé les yeux et tenté de me distraire en pensant à autre chose : un beignet parlant ? Non. Une peluche innocente ? Non et non ! Ça me rappelait trop la douceur de ses caresses ! Même la gigue du président du Venezuela habillé en vahiné et jouant des castagnettes avec des noix de coco ne parvint pas à refouler la vague de désir qui enflait en moi… Pourtant, ça aurait refroidi n'importe qui !

- C'est fini, m'avertit une voix de velours.

Prudemment, j'ouvris un œil. Effectivement, ma peau était redevenue parfaitement lisse, comme s'il ne s'était rien passé. Rassurée, j'ouvris le deuxième en remerciant le ciel de ne pas m'avoir de nouveau transformée en furie nymphomane droguée au sang de vampire.

- Je peux ravoir mon pantalon ?

J'étais tellement pressée de mettre une barrière de tissu entre nos deux peaux que j'en oubliai de le remercier.

- Mais de rien ! Vous êtes si pudique ! Il faudra bien qu'un jour vous vous déshabilliez devant votre époux ! dit-il en me lançant mon bien qui m'arriva en pleine figure.

- Hé ! De quoi j'me mêle ! bêlai-je, atrocement gênée à cette idée. Il n'y a pas de mal à préférer garder ses vêtements sur soi plutôt que de montrer ses fesses à tout va !

- Si vous le dites. Bon, il me semble qu'il serait plus raisonnable de stopper cette séance d'entraînement pour vous permettre d'aller cuver le champagne que vous avez ingurgité. Allez dormir, je m'occupe de ranger. On se voit demain.

- Oui, papa ! grognai-je en m'exécutant cependant.

Ouf ! Quelle soirée ! Malgré une conclusion un peu gênante, j'étais comblée. J'avais pour la première fois fêté mon anniversaire avec des amis et ce fut un moment inoubliable de gaieté et d'émotion. Arrivée dans le hall, je m'arrêtai une seconde pour contempler le nouveau bijou que j'avais juré de ne jamais enlever de mon cou. Un expert n'aurait pas vu dans ce trèfle un travail d'artiste mais, connaissant son origine et son histoire, c'était pour moi un présent d'une valeur inestimable. L'affection de Phoenix pour sa sœur était toujours ancrée en lui ; jamais il ne m'aurait donné ce collier s'il ne m'en avait pas jugée digne. Je rayonnais…

Mais en montant les escaliers vers ma chambre, je fus prise d'un étrange vertige. J'avais très chaud et la tête me tournait. Ça, c'était normal pour un malaise ; là où ça devenait bizarre, c'étaient les picotements que je ressentais dans ma cuisse, tout autour de l'endroit où le couteau m'avait blessée. Je ne souffrais pas, mais l'effet était plutôt désagréable. Heureusement, cette sensation disparut presque aussitôt et je mis cela sur le compte de la fatigue ; une bonne douche me ferait du bien avant d'aller dormir.

À peine arrivée, je lançai mes vêtements dans le panier à linge salle et fonçai dans la salle de bain. J'éprouvais un grand bonheur à me sentir propre à nouveau, savourant la sensation de massage que me procurait l'eau sur mon corps. Toutefois, dès que je mis le pied hors de la cabine, les picotements et le vertige revinrent en force, associés à une brusque montée de ma température, m'obligeant à m'asseoir sur le carrelage froid, mes cheveux mouillés gouttant dans mon dos. Que se passait-il ? J'avais peut-être réglé la douche sur une température d'eau trop forte et ça me jouait des tours. Oui, ce devait être ça. Bon, on n'allait pas y passer la journée !

Malgré ma faiblesse, je retournai dans ma chambre pour prendre un pyjama dans mon armoire. Il allait me falloir quelque chose de léger car j'étouffais tellement j'avais chaud. On aurait dit qu'un feu se propageait sur mon corps, mais sans me brûler ; rien de comparable avec mon cauchemar de l'autre jour. Je fus tentée d'appeler mon patron au cas où je tomberais dans les pommes, mais je me ravisai. Il allait encore penser que les humains étaient faibles si je le faisais venir pour une histoire de douche. En plus, il était hors de question qu'il me voit nue. Ouvrant le tiroir à sous-vêtements, je cherchais une culotte toute simple à enfiler sous ma chemise de nuit quand l'apparition soudaine du voile rouge devant mes yeux me prit par surprise. Ensuite, ce fut le trou noir…

*

Je ne me souviens toujours pas du moment où je repris conscience. Ce passage là reste encore aujourd'hui un tas d'images informes sans queue ni tête, qui se refusent à apparaître clairement à ma mémoire et quelque part, j'aurais également préféré ne pas me rappeler du reste.

Bref, m'étant évanouie devant mon armoire, j'avais dû me relever et me préparer pour la suite des événements…

Mon Dieu…

À partir de cet instant, j'étais dans un état second, de nouveau aux prises avec l'empreinte de Phoenix. Le fait de me donner son sang l'avait a priori réactivée à sa puissance maximale, c'est-à-dire en me faisant faire n'importe quoi, comme la fois où j'avais failli mourir… enfin dans la liste de toutes les fois, c'était celle où j'avais léché le poignet de mon sauveur sans me rendre compte de mes actes. Cette nuit encore, je n'avais plus le contrôle de mon corps et les conséquences en furent désastreuses…

Je me revois, descendant les marches, un sourire flottant sur mon visage serein. J'avançais le cœur léger, confiante en ce qui allait se passer, le tissu de ma longue robe de chambre en satin touchant ma peau en une exquise caresse à chacun de mes mouvements.

Je me revois vérifier mon reflet dans l'un des miroirs du couloir menant au bureau et hocher la tête de satisfaction en voyant la perfection de mon maquillage foncé, soulignant et intensifiant les effets de mon regard noir hypnotique et ensorcelant. J'avais séché mes cheveux et décidé de les laisser cascader dans mon dos en une crinière brune brillante et soyeuse, dont les effluves de framboise issues de mon shampoing, se mêlaient à l'odeur de fruits rouges de mon parfum, m'embaumant d'une senteur divine et sucrée irrésistible.

Le rouge… telle était la couleur qui me caractérisait à ce moment : le rouge intense et sensuel de mes lèvres, le rouge incandescent de ma tenue, le rouge surnaturel qui concurrençait le noir originel de mes pupilles.

Abandonnant ma contemplation, ce fut avec un calme absolu que j'entrai dans le cabinet de travail et que je me dirigeai vers l'étagère de la bibliothèque où *Candide* était rangé. Sans aucun tremblement ni aucune hésitation, j'actionnai le mécanisme de la porte ouvrant sur le repaire de celui qui m'en avait confié le secret.

Comme il n'était pas en vue, je n'attendis pas son autorisation pour entrer et pivotai le mousquet accroché au mur qui permettait de refermer la porte sur son intimité. Lorsque l'opération s'acheva, il apparut enfin…

Il sortait de la salle de bain, son torse nu luisant encore des dernières traces d'humidité sur sa peau. Il portait un pantalon noir en tissu léger qui me fit penser à la scène de *Dirty Dancing*, quand Bébé rejoint Johnny dans sa chambre et lui demande de danser avec lui… La beauté dévastatrice de perfection et de virilité de mon Adonis éclipsait complètement celle de ce personnage devenu mythique pour toute une génération de femmes romantiques.

Tout occupé à se sécher les cheveux avec une serviette de bain, j'aurais pu penser qu'il n'avait pas remarqué ma présence, mais je savais pertinemment qu'à peine avais-je mis le pied dans la pièce, il avait entendu mes battements de cœur.

- Oui, Sam ?

Comme je ne répondais rien, il daigna enfin se désintéresser de cette fichue serviette et me regarder enfin. Ses yeux, rendus plus brillants par la douche, étaient d'un bleu clair qui me faisait penser aux eaux paradisiaques des îles du Pacifique dont la profondeur et la beauté donnaient envie de s'y noyer. Malgré l'impassibilité de ses traits, je perçus chez lui un léger tressaillement de surprise devant ma tenue.

- Tout va bien ? Vous avez un drôle d'air, dit-il en s'approchant.

Il n'était plus qu'à quelques pas de moi et sa proximité agit comme un aiguillon. Je me redressai en desserrant la ceinture de mon peignoir.

- Je ne me suis jamais sentie aussi bien.

Dans un geste théâtral, et surtout savamment calculé, je fis glisser le tissu le long de mes bras et le laissai tomber à terre. Je sentis alors naître une moue narquoise à la commissure de mes lèvres, conséquence de la satisfaction que me procurait la mine ébahie et pétrifiée de Phoenix, dont les yeux écarquillés tentaient vainement de prendre la mesure de cette situation inédite et choquante.

Comment aurait-il pu en être autrement ?

Je portais un ensemble déshabillé rouge et noir plus que sexy et plus que déshabillé. Le soutien-gorge en dentelle était prolongé par un léger voile noir échancré, qui laissait voir le nombril, et le devant et le derrière de la culotte n'étaient rattachés ensemble que par un élastique entouré de froufrous en satin. J'avais poussé le vice jusqu'à accorder ma tenue avec des talons aiguilles agrémentés de petits rubis pour en accentuer l'élégance. Lui qui me reprochait d'être une experte en pudibonderie, il avait de quoi s'étouffer de surprise : j'étais plus aguicheuse que jamais.

Irradiant la confiance en moi, contraste saisissant avec la statue de sel qui me faisait face, j'avançai vers mon employeur en roulant des hanches, le laissant savourer ma démarche.

- J'allais me coucher quand je me suis rendu compte que j'avais oublié une chose importante : vous souhaiter une bonne nuit... Je suis venue aussitôt, sans prendre le temps de me vêtir davantage.

En prononçant ces paroles effrontées, je m'étais suffisamment rapprochée de lui pour pouvoir le toucher. De fait, profitant de son mutisme, j'avais posé délicatement ma main sur son épaule en me plaçant à sa droite pour lui susurrer les derniers mots à l'oreille.

- Imaginez, j'aurais même pu venir... toute nue...

Quel plaisir de le sentir frissonner !

- Sam...

Ce murmure hésitant sonna comme une invitation à mes oreilles, il était exclu désormais que je fasse machine arrière.

- Phoenix...

Lentement, je fis glisser mes doigts de son épaule à son torse, me réjouissant de la délicieuse sensation de brûlure qui enflamma mon bas-ventre à son toucher, avant de le contourner et de poursuivre le mouvement vers son dos. Suivant doucement avec mon index le tracé de la profonde cicatrice qui courait vers sa hanche gauche, je m'extasiais en sentant sous sa peau ses muscles rigides, gages d'une puissance somme toute extraordinaire. Les sens exacerbés, j'embrassais son dos à chaque pas que je faisais, en continuant de suivre la ligne de son ancienne blessure jusqu'à ce que j'atteigne la limite constituée par la ceinture de son pantalon.

Il ne bougea pas d'un pouce.

- Votre peau est si douce... j'aime la toucher, depuis toujours... lui chuchotai-je quand je parvins à l'autre oreille dont je m'autorisai à mordiller le lobe.

Soudain, il m'attrapa par le bras pour me ramener devant lui. Mon cœur cogna comme un fou dans ma poitrine lorsqu'un fol espoir s'empara de moi, vite douché par la dureté de son expression. Son regard ne laissait rien entrevoir d'un quelconque conflit intérieur ; ça n'allait pas, j'allais devoir redoubler d'efforts.

- Sam, vos yeux sont rouges. Vous n'êtes pas dans votre état normal.

- Je vais bien puisque je suis entre vos bras, lui servis-je en le couvant d'un regard de braise et en prenant sa main qui serrait mon bras pour la porter à mes lèvres.

Avec une technique apprise dans *Titanic*, j'embrassai minutieusement chacun de ses doigts, complètement grisée par la sensualité de l'action. Bon d'accord, c'était carrément plus chaud que dans *Titanic*, mais Rose n'était pas sous empreinte vampirique avec trente ans de frustration sexuelle derrière elle !

Phoenix ne résista pas quand je me lovai contre lui en caressant sa poitrine et en humant son odeur enivrante. Il ne résista pas non plus quand je me redressai sur la pointe des pieds et que je déposai un baiser dans son cou en remontant lentement.

- Sam... Ce n'est pas une bonne idée.

- Chhhht, lui soufflai-je.

Mon cœur s'emballa au moment où ma bouche passa de son oreille à sa joue...

Je rêvais d'un autre baiser, je voulais qu'il m'embrasse à nouveau... Ma respiration s'accéléra, pour la première fois, mes mains tremblèrent... jusqu'à ce que mes lèvres frôlent les siennes.

Véritable avant-goût du paradis, ce simple contact suffit à me transporter au-delà de la sensualité ou de la volupté ; j'étais devenue un volcan sur le point d'exploser. J'avais l'impression que le désir allait me consumer d'un moment à l'autre, à m'en faire hurler de plaisir. M'obligeant à rester douce malgré tout, je bouillais d'impatience en attendant que ses barrières cèdent enfin et qu'il me rende mes baisers avec passion.

Tout à coup, quelque chose se passa.

D'abord, Phoenix posa ses mains sur mes bras et me tint d'une poigne d'acier, à m'en faire mal. Hoquetant de surprise, je n'eus pas le temps de protester car il écrasa ses lèvres sur les miennes, avant de m'écarter brutalement moins d'un centième de seconde plus tard, en laissant échapper un grognement sourd et menaçant.

- Ça suffit ! feula-t-il.

Choquée par sa rebuffade, je me laissai faire. Quoique…

- Mais, qu'est-ce qui vous prend ?

- Ce qui me prend ? Vous n'êtes plus vous-même, c'est l'empreinte qui dicte vos mouvements ! s'écria-t-il.

La colère succéda au choc quand il mentionna cette fichue conséquence de notre échange de sang. Il y avait du vrai dans ce qu'il disait, mais je n'étais pas prête à me laisser éconduire pour une broutille de ce genre !

- Cessez de brandir cet argument comme un étendard ! Qui vous dit que ce n'est pas ce que je désire en réalité ?!

- L'empreinte agit sur vos hormones et exacerbe vos frustrations, notamment celle d'être encore vierge à trente ans !

Alors là, la colère laissa la place à une véritable fureur. Moi, j'avais le droit de me plaindre à ce sujet, mais lui n'avait aucun droit d'en parler comme si c'était une tare ! Je me sentais déjà suffisamment idiote comme ça !

- Et même si c'était le cas ?! Je m'offre à vous et tout ce que vous trouvez à faire, c'est de me rabrouer comme une malpropre !

Il se détourna.

- Je ne profiterai pas de vous, fin de la discussion !

La situation avait considérablement dérapé et la confiance qui m'habitait s'était envolée au moment où il m'avait repoussée. Pour le coup, je sentais que j'étais au bord de la crise de nerfs.

- Ce n'est pas possible ! Comment vous faire comprendre qu'empreinte ou pas, j'ai envie de vous ! Vous ne profiterez pas de moi puisque je vous veux !

- Eh bien moi pas, trancha-t-il, glacial.

- Je croyais qu'après ce qui s'était passé à Pembroke, vous aviez des besoins à satisfaire. Est-ce parce que je suis votre assistante que vous vous refusez à moi ?

La peur qui suintait de ma voix était pitoyable. Je tremblais à l'idée d'entendre la vérité éclater, et pourtant, il fallait que je l'entende.

- Non, j'ai deux raisons. La première est que je vous respecte trop pour faire cela alors que vous n'avez pas toute votre tête. La seconde, c'est que je ne veux pas faire ça avec vous...

- Mais... cette fille là-bas... Elle me ressemblait.

Je jouais mon va-tout et ma voix se perdit sur les derniers mots, sur ma dernière chance de repousser l'évidence. La réponse de Phoenix acheva de me briser le cœur en un millier de morceaux.

- Mais elle..., je la désirais.

Brusquement, la lame chauffée à blanc fit sa réapparition avec une violence inouïe, à la mesure de la vague de chagrin qui me frappa. La douleur me fit tomber à genoux. En une fraction de seconde, il était près de moi et me soutenait sans que j'aie la force de le repousser.

- Vos yeux... ils redeviennent normaux !

Ça me faisait de belles jambes ! Qu'est-ce que j'en avais à faire maintenant qu'il m'avait si clairement rejetée ?! Mes pupilles auraient pu devenir vertes à pois jaunes que le résultat serait toujours le même : Phoenix ne m'avait jamais désirée et ne me désirerait jamais...

Un grand froid m'envahit subitement et je me mis à grelotter en claquant des dents. Tout m'était égal désormais... je ne ressentais plus rien, pas même la souffrance.

- Sam, je... Demain, tout ça ne sera qu'un mauvais souvenir, surtout pour vous je crois. Ne vous inquiétez pas, ce n'est pas grave, et à notre réveil, nous en rirons tous les deux.

Je le regardai alors, sentant peu à peu mes forces m'abandonner en même temps que ma conscience s'échappait.

- Vous ne comprenez rien...

Et je m'évanouis.

Chapitre IV : Au fond du trou

*

Quelle était cette étrange sensation ? Je n'avais jamais eu de draps de satin parce que j'avais toujours eu peur de dégringoler de mon lit avec ce genre de tissu et ma maladresse. Pourtant, je sentais sous mes doigts une douceur qui n'avait rien à voir avec la flanelle qui me tenait chaud d'habitude. Là, j'avais un peu froid mais… j'étais si bien. Je caressais le tissu satiné sans y penser, me régalant des frissons que ce contact provoquait le long de ma colonne vertébrale. Je devais être à moitié en train de rêver…

Les yeux encore fermés, je savourais ce délice d'apprécier le confort d'un lit moelleux et je voulus enfouir ma tête dans mon oreiller pour prolonger mon hébétude, en étirant mes jambes engourdies. Ce simple mouvement me posa problème dans le sens où je me rendis compte que je n'avais aucune marge de manœuvre ; je ne pouvais pas bouger. Que se passait-il ? Ma bulle de bien-être explosa et pestant intérieurement contre ce manque de respect envers ma paresse, je me décidai à ouvrir les paupières…

Dieu tout puissant !

Quand je réalisai que ce que je prenais pour des draps en satin et que je caressais machinalement depuis plusieurs minutes était en fait le torse nu et parfait de Phoenix, dont le visage angélique aux yeux clos n'était qu'à quelques centimètres du mien, je manquai mourir d'un arrêt cardiaque. Bouche bée, complètement paniquée, je me contentais de fixer d'un air ahuri celui qui me tenait entre ses bras dans une étreinte d'acier, empêchant toute retraite.

Bon sang ! Qu'est-ce que je faisais là ?! Je ne me souvenais de rien !

Dans ma tête, mon clone diabolique tout en queue et fourche me susurra langoureusement que je n'avais pas de questions à me poser et que je devais en profiter pour le tripoter ; à cette idée, mon mini-moi angélique apparut pour me rappeler que mon patron n'aurait jamais profité de moi étant ivre et que si je m'étais retrouvée là, c'était pour une bonne raison. Écoutant la voix de la sagesse, je tentai de comprendre ce qui était arrivé en inspectant mon état.

Aaaarghh !

Qu'est-ce que c'était que cette tenue ?! Bon sang ! Pourquoi avais-je enfilé ce déshabillé que le centre commercial m'avait livré par erreur à la place d'une chemise de nuit tout ce qu'il y avait de plus banale ?! En pensant que mon employeur m'avait vue dans cette tenue, la tête me tourna et je déglutis péniblement, en repoussant de mon esprit mes répliques diabolique et angélique qui ricanaient à n'en plus finir. D'ailleurs, pourquoi n'était-il pas réveillé ?

Je l'observai enfin, sans oser faire de mouvement brusque pour me libérer. Ses cheveux retombaient mollement sur son visage aux traits parfaits. Le sommeil lui donnait un air serein que je ne lui connaissais pas, une certaine innocence qu'il ne devait jamais montrer au grand jour pour préserver sa réputation. Pour autant, il ne dégageait aucune fragilité, plutôt une force tranquille…

Sa peau si douce en contact avec la mienne avait la froideur du marbre et la douceur de la soie, ce qui expliquait mon drôle de réveil. Ses bras me tenaient étroitement serrée contre sa poitrine musclée à la senteur divinement envoûtante. C'est sûrement en respirant son parfum que les souvenirs affluèrent.

Livide et nauséeuse, je voyais défiler dans ma mémoire le cours des événements de la veille, après ma perte de connaissance devant l'armoire. L'horreur suscitée par mes paroles et mes actes me pétrifia le temps de les assimiler et quand ce fut fait, je perdis le contrôle de mes émotions.

Le souffle devenu heurté par la montée de violents sanglots que je tentais vainement de réprimer, je voulus m'enfuir loin, très loin de cette chambre, de ce lit, et surtout de l'homme qui m'avait rejetée. Le souvenir de sa réplique : « *Mais elle, je la désirais* », allait à coup sûr me hanter toute ma vie, consciente que j'étais de ne pas être assez bien pour lui, ni pour aucun homme d'ailleurs. Qui voudrait d'une fille banale avec deux pieds gauche ?

Les larmes coulaient à torrent sur mes joues tandis que je me débattais pour me dégager de l'étreinte de mon patron. Je voulais partir, tout de suite ! Ou j'allais devenir folle.

Au prix d'un effort surhumain, je parvins à soulever suffisamment l'un de ses bras pour me libérer et reprendre ma respiration. Cependant, ma manœuvre eut une affreuse conséquence : Phoenix se réveilla.

- Sam ?

La voix râpeuse et les yeux mi-clos, il n'en garda pas moins son élégance naturelle et sa beauté dévastatrice quand il prononça mon prénom.

Effarée par cette situation tout aussi absurde qu'humiliante, je n'arrivais plus à aligner deux pensées cohérentes. Une partie de moi était horriblement gênée d'être à moitié nue, une autre partie était blessée par l'indifférence de mon employeur, et enfin, une dernière, peut-être la plus forte, était révoltée d'avoir été rejetée si durement. J'oscillais entre la honte, l'horreur et la fureur et ne parvenant pas à me décider, je restais immobile face à mon bourreau.

Désormais complètement réveillé, ce dernier avisa les traces de pleurs sur mes joues et fronça les sourcils. Il tentait de décrypter mes émotions…

- Sam… Ce n'est pas grave.

Lorsqu'il avança sa main pour essuyer une larme qui roulait encore paresseusement sur ma pommette, un réflexe de défense guida ma réaction. En effet, brandissant mon bras devant moi, j'empêchai son geste de m'atteindre en l'écartant violemment.

- Ne… me… touchez… pas, tranchai-je dans un murmure menaçant, avant de commencer (enfin) à battre en retraite.

Reculant lentement vers la porte du bureau, les bras tendus en guise d'avertissement, je sentais une telle colère naître en moi que s'il m'approchait de trop près, j'aurais été prête à lui arracher la tête.

- Sam, il ne s'est rien passé ! Ça n'a aucune importance !

À tous les coups, Phoenix sentait poindre une crise de nerfs. Il sortit donc prestement du lit et commença à venir vers moi sans se douter que ses paroles, au lieu de m'apaiser, galvanisaient ma rage.

- La ferme ! Je vous interdis de m'approcher ! m'écriai-je, le stoppant dans son élan et cherchant quelque chose qui aurait pu me donner l'heure. Ah !

J'avais trouvé son téléphone portable sur la table de nuit. Il était quinze heures. Parfait, je pourrais quitter les lieux sans qu'il me suive ; dans l'état où j'étais, il fallait à tout prix que je mette le plus de distance possible entre nous.

Attrapant la robe de chambre qui traînait par terre, je m'en recouvris avant d'actionner le mécanisme d'ouverture de la pièce. Aussitôt, un rayon de soleil m'enveloppa tout entière, manquant griller au passage, celui qui, en dépit de mon interdiction, avait voulu m'empêcher de m'éloigner de lui.

Baignée par cette protection naturelle et ô combien mortelle pour un vampire, je me tournai vers mon patron qui s'était réfugié dans l'ombre et dont les épaules roussies fumaient encore. Braquant sur lui un regard terrible chargé d'une fureur rougeoyante, je lui dis :

- Si pour vous cette situation est normale et que vous vous attendiez à ce que j'en rie, c'est que je me suis complètement trompée sur votre compte. En fait, vous aviez raison depuis le début ; j'ai voulu voir en vous des sentiments humains alors qu'en réalité vous en êtes incapable. Oh, pas parce que vous êtes un vampire... mais parce qu'avant même d'en devenir un, vous n'aviez déjà pas de cœur !

Je ne vis pas sa réaction car à peine avais-je fini mon brûlant réquisitoire que je partis. Le temps d'arriver au garage et d'attraper les clés de la Camaro, un nouveau changement s'était opéré en moi.

Ravagée, dévastée, détruite, j'avais l'impression que ce qui me servait de cœur auparavant, n'était plus qu'un tas de cendres dont les dernières braises consumaient ma capacité à éprouver des sentiments et ne laisseraient, une fois dispersées, qu'une coquille vide et sans âme.

*

La clochette désormais familière retentit comme un clairon dans la nuit perpétuelle du gouffre dans lequel j'avais plongé. Plus que quelques mètres et je verrais le visage que je cherchais.

- Oui, Mme Morris, je vous ai bien commandé le dernier *Danielle Steel* et vous le recevrez d'ici deux jours. Il n'est pas utile de me rappeler une quatrième fois... Oui ? Oui ! Je sais, vous aimez vraiment les histoires d'amour... oui... non... Non, mon petit-ami ne m'a pas encore demandée en mariage et... Oui ! Il est merveilleux comme votre Franckie et... Nom de... je vous rappelle Mme Morris !!

Angela n'était pas du genre à envoyer promener les gens, encore moins une femme aussi charmante et quelque peu gâteuse que Mme Morris. Pour autant, elle n'hésita pas une seconde à lui raccrocher au nez lorsqu'elle me vit.

- Mon Dieu, Sam ! Qu'est-ce qui t'est arrivé ? s'écria-t-elle en contournant le comptoir pour courir m'attraper par les épaules et emmener ma pauvre carcasse vers son appartement, situé juste au-dessus.

Elle m'aida à me dévêtir et à m'installer sur le sofa, craignant sûrement que je ne m'écroule au moindre faux pas. Elle n'avait pas tort à dire vrai, j'étais une vraie loque, émotionnellement et physiquement parlant. En sortant du bureau de mon employeur, avant de me jeter dans la Camaro, j'avais couru dans ma chambre pour enfiler les premiers vêtements qui venaient. Pas de douche, pas de brosse, pas de maquillage. Résultat, je portais un T-shirt et un jean plein de taches de peinture qui attendaient sur ma pile de linge sale, mes cheveux ébouriffés me donnaient l'air de quelqu'un tout droit sorti de l'asile de fous, qui n'avait en prime, pas pris le temps de lacer ses baskets. Ah, et ayant oublié de prendre mon manteau, ma peau bleuie par le froid ajoutait à tout cela une touche colorée peu en adéquation avec une bonne santé.

- Vas-tu te décider à parler ou dois-je t'arracher les vers du nez ?! Je ne t'ai jamais vue comme ça ! Phoenix a eu un accident ?

Je sentis une drôle de pression dans ma poitrine à son évocation. La lame chauffée à blanc s'amusa encore à vouloir me dépecer le cœur, mais cette fois-ci, elle eut beau s'acharner, je n'éprouvais aucune douleur, comme si, après ce que je venais de vivre, rien ne pouvait plus m'atteindre. Je pouvais au moins prendre ça pour une bonne nouvelle... À cette idée, j'eus un petit ricanement sec ; dans l'abîme où je me trouvais, concevoir l'existence ne serait-ce que d'une infime part de bonheur sur terre m'était tout à fait impossible.

Ne connaissant pas l'origine de ma détresse, Angela ne pouvait pas me consoler et impuissante, elle se contentait de rester à mes côtés à attendre que je me décide à parler ou à hurler. Dans le dernier cas, elle pourrait attendre longtemps... j'étais devenue sèche et imperméable, autant à l'extérieur qu'à l'intérieur.

De guerre lasse face à mon mutisme, elle se décida à me questionner.

- Que s'est-il passé, Sam ? Tu sais que tu peux tout me dire.

Quand je lui répondis, je ne fus même pas surprise du calme dont je faisais preuve.

- J'ai simplement ouvert les yeux. Ça m'a fait horriblement mal, mais c'était nécessaire pour que l'espoir disparaisse.

Angela fronça les sourcils.

- Que veux-tu dire ? Je ne te suis pas.

- François et toi aviez raison depuis le début. J'ai conscience que j'ai dû vous paraître totalement stupide tous ces mois. Dire qu'il m'a fallu voir Phoenix dans les bras d'une autre pour comprendre ce que je ressentais pour lui ; et qu'il a fallu que je me jette dans les siens pour voir que de son côté, il n'avait jamais rien ressenti ni ne ressentirait jamais quoi que ce soit pour moi...

Silence. Mon amie avait du mal à assimiler mes paroles ; difficile à imaginer étant donné qu'elle avait tout compris bien avant moi.

- Tu veux dire que... tu l'aimes ?

- On dirait que ça te surprend.

- Oui... enfin... non... enfin, pas vraiment. Je t'avoue que vos chamailleries m'ont souvent fait douter du lien qui vous unissait, mais j'en ai été certaine lorsqu'il t'a offert ce collier en forme de trèfle, hier. Il avait l'air important pour lui.

- Il appartenait à sa sœur... Dire que tout ça s'est passé hier.

C'était peut-être à cause de cette soirée idyllique que j'avais réagi à l'empreinte. Mon subconscient avait dû se dire : « Chouette, il t'a offert un bijou appartenant à sa sœur bien-aimée ! Qu'est-ce que tu attends, fonce ! » Bonjour le raccourci !

- Tu dis que tu t'es déclarée et qu'il t'a rejetée ? Je n'arrive pas à le croire.

Je souris et haussai les épaules.

- Oh, en fait je ne me suis pas réellement déclarée, j'ai juste enlevé mes vêtements et essayé de le séduire.

- Quoi ?

- Je te passe les détails, mais j'étais encore sous l'effet de l'empreinte. Sauf que cette fois-ci, ça a duré plus longtemps et tu connais la suite.

- Mais... si tu n'étais plus toi-même, il n'a sûrement pas voulu profiter de la situation, ça ne veut pas dire qu'il ne tient pas à toi.

- Tu n'y étais pas. Il a été parfaitement clair, il ne m'a jamais désirée. Je ne suis pas assez bien. Qui pourrait le blâmer d'ailleurs ? Moi-même je suis de son avis ! Cependant, ce qui m'a fait le plus mal, c'est de constater à quel point pour lui cette situation était... risible. C'est là que j'ai pris conscience qu'en réalité, Phoenix n'était pas fait pour tisser des liens avec d'autres personnes, surtout pas humaines. Il a toujours été solitaire, et ce, avant même d'être transformé, par conséquent ma place dans l'échiquier de sa vie ne vaut guère plus que celle d'un pion.

- Tu t'entends parler ? Je ne peux pas croire ce que tu dis ! J'ai bien vu comment Phoenix était avec toi et j'ai bien vu que tu n'étais pas qu'un simple pion pour lui ! C'est ton amertume qui réfléchit à la place de ton cerveau !

- Je n'ai pas dit qu'il jouait un jeu, il croit réellement en notre amitié. Le problème, c'est que sa conception vampirique des choses est incompatible avec mes principes humains. En fait, il m'a fallu du temps pour le voir, mais nous ne sommes pas compatibles... Nous sommes tout juste bons à nous blesser l'un l'autre ; lui parce qu'il ne se rend compte de rien, moi parce que je lui en veux d'être si distant. C'est comme ça... Il faut se faire une raison, voilà tout.

- Ton sang-froid me donne la chair de poule. Que vas-tu faire ?

Mue par une détermination nouvelle, je me redressai, le regard dur, la voix tranchante.

- Mon job. Talanus et Ysis nous ont confié une mission importante, des vies humaines sont en jeu. Je vais aider Phoenix à la mener à bien, puis je démissionnerai. Ça vaudra mieux, pour lui comme pour moi.

Atterrée, Angela posa sa main sur mon épaule, souhaitant sans doute me procurer un réconfort qui ne m'atteindrait pas.

- Je ne suis pas sûre qu'il acceptera. Même si tu crois qu'il n'a pas de sentiments pour toi, je sais qu'il t'estime en tant qu'assistante et amie.

- Justement, dans les deux cas, il me doit bien ça. Il sait que je ne révélerai jamais l'existence de son espèce, alors je serai libre de refaire ma vie.

- Tu crois que tu iras mieux en étant loin de lui ? Si tu l'aimes comme je le crois, ça ne sera pas possible. Et puis, il sera malheureux lui aussi !

- Je pourrais au moins essayer, dis-je d'une voix d'outre-tombe, comme si la perspective de quitter Phoenix reviendrait à renoncer aux plaisirs de la vie. Il saura se trouver une autre fille pour l'assister. J'espère seulement qu'elle sera moins idiote que moi...

Il y eut un nouveau silence pesant. Angela avait bien compris qu'en disparaissant de la vie de mon employeur, je faisais également le choix de disparaître de celle de tous ceux qui étaient devenus au fil des mois, ma nouvelle famille. Elle savait parfaitement ce que ce sacrifice me coûtait. C'est ainsi que nous inversâmes les rôles.

Forte de cette décision, je n'avais plus peur d'affronter l'énorme vide de mon existence future. Je savais à quoi m'en tenir... Mon amie, elle, ne l'envisageait pas ainsi. En acceptant mon départ, elle acceptait de perdre la sœur que comme moi, elle n'avait jamais eue et c'était trop dur. Angela s'effondra en larmes dans mes bras, tandis que je lui caressais le dos pour la réconforter.

- Quand (snif) comptes (snif)-tu lui (snif) dire ?

- J'attendrai le bon moment. Notre mission est dangereuse et je ne veux pas l'en détourner avec des préoccupations secondaires. Je voudrais aussi que tu gardes ça pour toi si tu en es capable. Je sais que François t'aime par-dessus tout, mais son amitié envers Phoenix est trop ancienne pour qu'il lui cache mes intentions. Quant à Matthew, je lui en parlerai en temps voulu.

- Je ferai ce que tu veux… Tu vas tellement me manquer ! geignit-elle en me serrant encore plus fort dans ses bras.

Nous restâmes ainsi pendant un long moment, comme pour anticiper les horribles mais inévitables adieux qui ne tarderaient plus à arriver. Car j'étais déterminée.

Incontestablement, j'étais au fond d'un trou, d'un gouffre, que dire, d'un abîme de souffrance, jetée là par l'indifférence mêlée d'amusement de celui qui avait piétiné sans égard l'amour que je lui offrais. Mais de là où j'étais, je savais qu'il ne servait à rien de m'apitoyer sur mon triste sort. Partir était la meilleure solution, partir était la seule solution…

J'étais donc véritablement décidée à me libérer des chaînes me retenant au vampire qui devait attendre impatiemment le coucher du soleil pour me parler, et qui, à moins d'un éclair de lucidité sur les sentiments féminins humains, en l'occurrence les miens, ne pouvait se douter des conséquences de sa vérité.

*

Aux alentours de dix-sept heures, je pris le chemin du retour, l'âme et l'esprit vides malgré la sensation de confort procurée par la douche et les vêtements fournis par Angela. Je n'éprouvais aucune inquiétude quant à l'inévitable discussion qui allait suivre vu que Phoenix ne pourrait pas me faire souffrir plus que je ne souffrais déjà. En fait, j'avais l'intention de vite expédier la chose pour faire avancer notre enquête qui n'avait que trop traîné.

De fait, à peine arrivée, je m'installai à son bureau et repris mes recherches sur les familles Johnson et Abarnikov. Notre contact scientifique étant un vampire, je ne pouvais pas espérer obtenir les résultats des empreintes digitales et ADN de la morte avant le coucher du soleil. J'allais devoir prendre mon mal en patience.

Au bout d'une heure de recherches infructueuses, la magie *Google* sembla enfin s'opérer pour me donner un indice. En effet, après être allée me chercher un verre de citronnade, je remarquai que le nom « Abarnikov » apparaissait sur le site de l'université de Kerington. Mue par une soudaine intuition, il me parut indispensable d'y jeter un coup d'œil.

En fouillant bien, je découvris que le professeur Stanley Finnigan, historien spécialiste du commerce du XXe siècle, avait écrit un ouvrage sur les grandes dynasties de négociants de la région. En poussant plus loin ma recherche, je tombai sur un article publié par Finnigan, où le nom d'Abarnikov apparaissait. Apparemment, la famille avait su développer son entreprise pour devenir l'une des dynasties les plus fortunées du comté. Bien qu'exceptionnelle, cette gloire fut aussi très courte ; entre le krach boursier de 1929 et la crise qui s'en était suivie, ils avaient tout perdu. C'est pourquoi l'histoire les avait vite oubliés… jusqu'à ce qu'un universitaire de soixante ans s'y intéresse.

Le site internet de la faculté ne procurant pas ses coordonnées, je décidai de la rappeler le lendemain pour nous mettre en contact. Si quelqu'un pouvait me donner des éléments d'information sur une très vieille lignée de négociants russes, c'était bien lui.

En attendant de le voir en personne, je lisais quelques-uns de ses articles publiés sur le net afin de me faire une idée du personnage et sur quel angle l'aborder, quand tout à coup…

- Samantha…

En entendant cette voix, je me raidis, sans pour autant lever les yeux de l'écran de l'ordinateur, guettant ma propre réaction. Me serais-je attendue à la douleur de la lame chauffée à blanc que mes « espoirs » auraient été déçus, rien ne se produisit. L'âme aussi desséchée que le cœur, j'avais beau fouiller en moi, je ne trouvais qu'un immense vide attendant patiemment de m'engloutir dans ses profondeurs. J'étais en état d'affronter Phoenix.

Lentement, je levai la tête et le crucifiai du regard. Sous le poids de celui-ci, il tressaillit.

- Sam, je…

D'un geste de la main, je l'interrompis.

- Pour ce qui s'est passé ce matin, je vous ai dit le fond de ma pensée. À cela, je n'ai rien à ajouter. Vous et moi sommes trop différents pour être vraiment sur la même longueur d'ondes et c'est ce qui empêche une réelle amitié entre nous. Je ne veux plus me disputer avec vous, par conséquent mieux vaut prendre nos distances. Désormais, je ne serai plus que votre assistante et je vous aiderai au mieux pour retrouver les membres du Cercle de Mellindra. Cela s'arrêtera là.

J'avais tout dit sans reprendre mon souffle et sans même cligner des yeux. J'avais énoncé cela tel un robot, sèchement, sans montrer aucun signe de faiblesse émotionnelle. Un véritable automate !

Mon discours dut être convaincant car la mine de mon interlocuteur, au fur et à mesure de mes paroles, se décomposa en une succession de grimaces toutes plus expressives les unes que les autres : choc, effarement, incrédulité, chagrin.

Moi qui avais toujours rêvé que le masque d'impassibilité habituel se craquèle pour me permettre de percer à jour ses sentiments, je n'aurais pourtant jamais voulu que cela se réalisât ainsi. Je l'avais profondément blessé…

Mais il me fallait rester réaliste car dans l'histoire, la souffrance était davantage mon rayon que le sien. Après tout, c'était un vampire, contrairement à moi, il s'en remettrait.

D'ailleurs, vu la gêne qui se profilait, il était temps de changer de sujet.

- J'ai du nouveau concernant la famille Abarnikov, un historien de Kerington mentionne ce nom dans un de ses ouvrages. Je pensais appeler l'université de Kerington demain matin pour avoir ses coordonnées et en savoir plus sur la famille de Mellindra… Ah, et je m'apprêtais à appeler Dennis, au laboratoire, pour les résultats ADN de notre victime tatouée.

Phoenix avait l'air encore abasourdi par notre précédent échange et sembla sur le point de dire quelque chose d'important. Toutefois, au dernier moment, il se ravisa et réafficha son éternel masque impénétrable.

Il était clair, dès lors, que le chapitre de notre ancienne amitié était clos.

*

\- Dennis Obson.

\- Bonsoir, Dennis, ici Samantha Jones. Je viens aux nouvelles, Phoenix s'impatiente.

J'avais parfaitement compris, en évoluant dans le monde des vampires, que celui-ci n'était pas régi par les mêmes codes de civilité que chez les humains. Avec eux, pour obtenir satisfaction, mieux valait oublier les polis « bonjour, merci, au revoir » et plutôt choisir de montrer les crocs. Comme je n'en avais pas, je me contentais simplement de mentionner ceux de mon patron à mes interlocuteurs, et en général, la magie opérait. Ça pour sûr, la patience n'était pas son fort, c'était de notoriété publique.

Dennis, qui au demeurant était plutôt sympa comme buveur de sang, s'empressa de me rassurer quant à nos attentes.

\- Euh oui, oui, oui ! J'ai fait en sorte que ces tests soient prioritaires, vous pouvez le dire à Phoenix ! Euh, ne bougez pas, je vais vous trouver le dossier et vous le faxer.

Bam ! Dans la panique, Dennis avait laissé tomber le téléphone et je pouvais l'entendre ouvrir tous ses tiroirs de bureau en jurant comme un charretier contre sa totale absence de sens du rangement. Légèrement stressé ce garçon…

- Ça y est ! l'entendis-je hurler à travers le combiné avant d'entendre une série de bip et de couinements électroniques.

Deux secondes plus tard, il me parlait de nouveau.

- Le fax est parti. On a mis du temps à découvrir qui c'était car ses empreintes n'étaient pas dans la base de données de la police. Il a fallu creuser plus loin avec les tests ADN, mais on a fini par trouver. Elle s'appelle Théodora Callidge, quarante ans, pas de famille, pas de casier judiciaire.

- Comment avez-vous su qui elle était ?

- Son ADN se rapprochait de celui d'une femme portée disparue il y a trente ans, elle s'appelait Moïra Callidge. La police n'a jamais élucidé l'affaire. Je dirais que Théodora est sa fille.

Je tournai mon regard vers Phoenix qui avait récupéré toutes les feuilles du dossier. Sur un simple hochement de tête de sa part, je sus ce que je devais faire.

- Très bien, Dennis, nous allons étudier ça de près. Détruisez toutes vos copies des documents et oubliez cette histoire.

- Oh, pour ça, pas de problème. J'ai horreur des ennuis et je sais que mieux vaut ne pas se mêler de trop près des affaires des anges si on ne veut pas s'y retrouver jusqu'au coup. Alors au revoir, Mademoiselle Jones.

- Au revoir.

En raccrochant, je ne pus m'empêcher de penser que ce Dennis avait incontestablement raison. Vivre avec l'ange des vampires du coin m'avait apporté plus que son lot de problèmes et de mauvais coups et je m'étais entêtée à rester à ses côtés. Soit j'étais masochiste, soit j'étais une imbécile de premier ordre… Bon sang ! Il était temps que cela s'arrête, je devais résoudre cette affaire !

- La disparition de la mère de Théodora remonte à trente ans, comme la vague de meurtres perpétrés par Bill Miller et ses sbires. Ce n'est pas une coïncidence, fis-je remarquer à mon employeur qui compulsait déjà la documentation envoyée par Dennis Obson.

- Je me suis fait la même réflexion, ce n'est pas un hasard. Ça concorde avec notre hypothèse d'un nouveau Cercle de Mellindra.

Il faut creuser de ce côté. Cherchez tout ce qui peut nous donner des indices sur cette femme. De mon côté, je vais continuer à fouiller dans les rapports de Coltrane, on ne sait jamais.

Je n'eus pas le temps de répondre car la sonnerie de mon téléphone portable nous interrompit.

- Samantha Jones, dis-je quelque peu irritée d'avoir été stoppée dans mon élan.

- Je suis Seamus O'Malley, je dois parler à Phoenix, c'est urgent.

- Désolée, mais il est occupé. Dites-moi ce qui ne va pas et au besoin, il vous recontactera directement.

- J'aime pas parler aux sous-fifres, me lança-t-il.

- Phoenix a déjà de nombreuses affaires urgentes en cours. S'il m'a engagée, c'est justement pour éviter d'avoir à étriper les petits malins qui voudraient resquiller. Donc ou vous passez par moi ou vous vous débrouillez !

Pour la gestion des casse-pieds, entre humains et vampires, c'est du pareil au même. Il ne faut pas hésiter à les remettre à leur place.

- D'accord, d'accord ! J'ai un ami, Phil Heathborn, il m'a appelé l'autre soir pour me dire qu'il avait l'impression qu'on l'espionnait, mais que ce n'était pas l'un des nôtres. Je me suis moqué de lui en lui disant que les humains étaient trop imbéciles pour voir quoi que ce soit de vampiresque autour d'eux.

- Mais encore ? m'impatientai-je, sentant mon capital amabilité fondre comme neige au soleil.

J'avais mieux à faire que d'écouter ce type pérorer sur l'incroyable bêtise de la race humaine dont je faisais partie.

- J'y arrive. Ça faisait deux jours que j'essayais de l'appeler quand ce soir, je me suis décidé à aller chez lui. Je suis allé voir l'endroit où il dormait. Oh, ce n'était pas compliqué, on ne pouvait pas dire que c'était très discret comme cachette. Phil n'est pas très malin… Bref, si vous voulez tout savoir, il y a un beau tas de cendres sur son lit. Le fumier qui l'a exécuté ne lui a laissé aucune chance et en plus d'être un fumier, c'est un lâche. Phil n'était peut-être pas une lumière, mais il savait se battre et son adversaire n'aurait certainement pas réussi son coup s'il avait été réveillé ! Est-ce que c'est suffisant pour en faire part à Phoenix selon vous ?! finit-il sur un ton ironique.

- Où est-ce ? demandai-je sans relever l'insolence.

Mon employeur, en entendant la conversation, s'était figé comme une statue. Nous savions tous les deux que ce meurtre n'avait rien d'un règlement de comptes entre vampires… En pleine journée, ça ne voulait dire qu'une chose…

- Au 541 de la 26ᵉ rue, dans les quartiers Ouest de Kerington. Ah, j'allais oublier, au-dessus de son lit il y a un drôle de dessin qui a été peint.

- Décrivez-le-moi.

- C'est bizarre, on dirait une roue de voiture…

Me bousculant presque au passage, Phoenix attrapa le combiné et de sa voix de velours la plus tranchante et la plus mortelle qui soit, s'adressa directement à Seamus :

- Reste où tu es, nous arrivons.

*

Cinq minutes plus tard, j'avais enfilé mon manteau, mon bonnet et mes gants, en prenant bien soin de protéger mon visage du froid de l'altitude avec une grosse écharpe en laine. Il était évident que nous allions prendre la voie des airs pour nous rendre dans les quartiers Ouest de Kerington et je n'avais pas envie de revivre la glaciale expérience du trajet vers Kentwood. Phoenix était parti chercher une grosse couverture.

En l'attendant sur le perron, je vérifiais que j'avais bien tout mon matériel, tout en remerciant le ciel de se montrer si clément côté météo. Il faisait froid, certes, mais au moins, il n'y avait pas de vent.

Levant les yeux, je constatai que nous étions en soir de pleine lune. Face à cet astre mystérieux et aux légendes qu'il générait, je frissonnai. On a toujours associé la Lune au surnaturel, baignant de son étrange clarté les effrayantes créatures de l'obscurité telles que les vampires ou les loups-garous. J'avoue avoir dévoré depuis ma jeunesse des dizaines de livres appartenant au genre fantastique, savourant les frissons que me donnaient ces lectures tout en étant soulagée que rien de ce qui était écrit ne soit réel. Si seulement j'avais su...

Désormais je vivais l'une de ces aventures surnaturelles, et honnêtement, quelque part, je m'en serais bien passée. Entre les cadavres, les coups reçus et mon cœur brisé par mon patron aux dents longues, je ne pouvais pas dire que mon entrée dans ce monde était des plus jouissives.

D'autre part, je ne pouvais pas regarder la Lune sans penser à mes rêves et aux propos d'Ysis. Selon elle, la Nuit m'avait choisie. Sur le moment, je l'avais prise pour une folle, mais depuis mon réveil, à l'hôpital, je me doutais bien que c'était plus compliqué que cela. Les derniers événements avaient peut-être mis en arrière-plan la peur que j'avais ressentie après mon cauchemar dans la bibliothèque, mais je savais qu'à un moment ou un autre, j'allais devoir de nouveau m'y confronter et comprendre ce que me voulait Léthalée. J'avais tenté de faire bonne figure pourtant, tout ça était terrifiant.

Mais... un problème à la fois !

D'autant que derrière moi, Phoenix fermait la porte de l'entrée, tenant dans son bras gauche une énorme couverture en laine pleine de bouloches et sûrement pleine de poussière, provenant d'une pièce de la cave dont il se servait comme débarras. Super ! En plus de supporter d'être saucissonnée dans ce truc, il allait falloir que j'oublie mes allergies si je ne voulais pas ressembler à un glaçon en forme d'assistante, dégoulinant du nez et des yeux.

En soupirant, je m'avançai vers lui.

- Bien, comment procédons-nous ?

En guise de réponse, celui-ci vint vers moi si vite que je ne perçus pas le mouvement et qu'avant même de me rendre compte de ses gestes, il m'avait enveloppée bien au chaud. Surprise, je me faisais l'effet d'une saucisse de hot-dog un peu trop tiède ; carrément affligeant !

- Ne bougez pas, je vais vous porter, dit-il.

L'image de la saucisse disparut aussitôt et je me reconcentrai sur le moment présent. Mon patron passa l'un de ses bras dans mon dos avant de me soulever les jambes avec l'autre. Incapable de bouger, j'étais totalement à sa merci. Quelques temps auparavant, les battements furieux dans ma cage thoracique auraient suffi à faire danser toute une discothèque. Quelques temps auparavant aussi, cette proximité n'aurait posé aucun problème parce que je lui vouais une confiance aveugle.

En le regardant, je compris qu'il se faisait la même réflexion quand une ombre de regret passa sur son visage. La seconde suivante, sa mâchoire crispée et l'inflexibilité de ses yeux braqués sur les miens déclenchèrent chez moi un tressaillement involontaire.

- Comme ça, vous n'aurez pas froid. Ainsi, je tiendrai la promesse que j'ai faite à mon assistante de toujours la protéger... ne serait-ce que pour faire honneur au fantôme de notre amitié, trancha-t-il d'une voix capable de faire geler un iceberg.

Peut-être que si je n'avais pas été aussi dévastée qu'un champ de ruines après une bataille, j'aurais ressenti du remords face à cette déclaration amère quant à la fin de nos liens amicaux. Peut-être que si mon cœur avait été accessible aux émotions, j'aurais éprouvé de la pitié pour celui que je trahissais d'une certaine façon. S'il ne m'avait pas autant blessée, peut-être serais-je restée à ses côtés, comme j'avais prévu de le faire au début.

Les peut-être ne font pas la vie... La mienne devait changer...

Lentement, je détournai le regard pour contempler la lune à nouveau. C'était étrange, elle semblait briller davantage que précédemment, comme pour éclairer notre nouvelle relation.

Et ce fut sur cette dernière réflexion que Phoenix prit son élan pour rejoindre le ciel, et de nouveaux tourments…

Chapitre V : Origines

*

- La vache ! Comment vous avez-fait pour arriver aussi vite ? Et elle est où, vot' caisse ?

Hum… Soit Seamus O'Malley avait vécu dans une crypte les cinquante dernières années, soit il ne parlait pas beaucoup avec ses congénères. Tout de même ! Ce n'était pas un secret que Phoenix savait voler ! D'ailleurs, ça en impressionnait plus d'un ! J'avais reçu à plusieurs reprises des coups de téléphone d'autres chefs de secteur du pays, qui promettaient à mon employeur toutes les richesses qu'il souhaitait s'il acceptait de venir travailler pour eux. Peine perdue ; pour je ne savais quelle raison, il vouait une loyauté sans faille à Talanus et Ysis.

- Ne pose pas de questions stupides et emmène-nous à l'intérieur.

Après avoir été si vertement rappelé à l'ordre, O'Malley se rembrunit en carrant la tête dans les épaules avant de nous guider vers le lieu du crime.

- Vous pourriez être aimable au moins, je vous signale que si on trouve un indice, ce sera parce qu'il nous aura appelés, soufflai-je discrètement à mon arrogant voisin en l'attrapant par le bras.

- Je suis là pour faire mon travail et non pour faire des sentiments. D'ailleurs, il me semblait que c'était votre nouvelle politique à vous aussi, alors ne me faites pas la morale !

Estomaquée par sa réplique, je me figeai et ne réagis même pas quand il dégagea son bras. Phoenix ne parlait jamais devant témoins de sa vie personnelle et c'était un maître pour masquer ses émotions, surtout la colère. C'est pourquoi cette allusion sur ma prise de distance sonna comme une véritable accusation à mon égard. Il m'en voulait… terriblement.

- Vous y comprenez quequ'chose vous ?

- As-tu touché ou déplacé quelque chose depuis que tu as trouvé Phil ? demanda Phoenix en ignorant la question de notre témoin.

- Non, je passe mon temps à visionner les DVD des *Experts Las Vegas*, *Manhattan*, *Miami* et compagnie, c'est pas pour fiche en l'air la première scène de crime de vampire que je découvre !

- Si je peux me permettre, quel âge avez-vous ? osai-je questionner notre témoin.

- Euh… ça me fera quatre-vingt-dix ans le mois prochain. Mon créateur semblait pressé de me donner mon indépendance. Je ne sais pas pourquoi. C'était un vrai fan de *Dexter*.

Pour les amateurs d'hémoglobine comme les vampires, ce n'était guère étonnant. Quant à cette émancipation rapide, sans vouloir être méchante avec notre ami Seamus, ce n'était guère étonnant non plus. Pendant que Phoenix fouillait un peu partout dans la pièce secrète et dans la maison, je dus supporter plus d'une heure de discours exalté sur les techniques d'étude des projections de sang lors d'un meurtre. Hormis le fait que ce sujet m'endormait, il avait une fâcheuse tendance à me rappeler de mauvais souvenirs, notamment celui où Karl s'amusait à me lancer un peu partout contre les murs du château l'année dernière, décidé qu'il était de me désarticuler avant de m'assassiner. J'avais été horrifiée en constatant les éclaboussures de sang sur toute la longueur du couloir menant au bureau de Phoenix. C'était lui d'ailleurs qui avait tout nettoyé ; après avoir fini, il était resté silencieux pendant des heures...

Enfin bref, là, Seamus commençait sérieusement à me taper sur les nerfs. Prétextant aller aider mon patron, je le quittai sans remords.

- Vous avez trouvé quelque chose ?

- Où est-il ?

- Je lui ai dit qu'il valait mieux qu'il attende dehors, il s'est exécuté.

- Parfait, ce lourdaud ne nous sert à rien, si ce n'est à nous polluer les oreilles ! De toute façon les membres du Cercle ont bien fait leur travail, il n'y a aucun indice. Le sommeil d'un vampire est très profond, Phil n'avait aucune chance.

- Je comprends maintenant tout le secret qui entoure votre retraite.

- C'est le jour que nous sommes les plus vulnérables. Je peux vous dire qu'on ne dévoile pas ce secret à la légère.

Un silence gêné ponctua cette dernière phrase. En effet, Phoenix m'avait montré le lieu où il se cachait pour dormir, lieu qui, au demeurant, m'avait sauvé la vie face à Karl. C'était un témoignage d'une confiance et d'une amitié absolues malheureusement révolues, nous en avions tous deux conscience.

- Hum... Que fait-on pour cette scène de crime ? dis-je pour changer de conversation.

Phoenix prit son téléphone portable et composa un numéro.

- C'est Phoenix... oui. Il me faut une équipe de nettoyeurs dans les quartiers Ouest... 541, 26ème rue.

Il raccrocha et rangea son portable avant de prendre la direction de la sortie.

- Qui était-ce ? demandai-je en lui emboîtant le pas.

- Les vampires sont formés pour vivre sans éveiller les soupçons de leur voisinage humain. Ils savent que s'ils font les malins, les anges leur rendront une petite visite pour leur apprendre à respecter les règles du Secret. Quand la leçon est définitive, les nettoyeurs sont utiles pour effacer toutes traces.

- Radical mais efficace...

- Comme vous dites... conclut-il en m'ouvrant la porte.

Non désireuse d'écouter à nouveau Seamus se croire dans un épisode de sa série préférée, je m'éloignai rapidement pour laisser Phoenix régler le problème de l'ébruitement de cet événement. Si notre témoin avait un minimum de jugeote, il préférerait se planter lui-même un pieu dans le cœur que d'avoir à subir le courroux de son ange si celui-ci apprenait qu'il n'avait pas su tenir sa langue.

Assise sur une vieille souche d'arbre au bout du petit jardin, je pris mon bloc-notes et commençai à esquisser une ébauche de rapport à rédiger pour le lendemain. Quelques griffonnements plus tard, je ne pus m'expliquer un soudain sentiment de malaise.

Je sentis tous les poils de ma nuque se hérisser en réaction à une étrange et ô combien désagréable impression d'être observée. Tendue au maximum, je me retournai lentement pour scruter les alentours à la recherche d'un quelconque voyeur. À cette heure-ci, il n'y avait pas un chat et l'obscurité et le silence qui régnaient dans ce quartier trop tranquille commençaient à me donner la chair de poule. J'avais beau regarder, il n'y avait personne.

D'ailleurs, quand Phoenix arriva dans mon dos en me faisant sursauter, il n'avait pas l'air d'avoir repéré quoi que ce soit. Avais-je rêvé ? Si un vampire de cinq cents ans n'avait rien remarqué, peut-être que c'était le cas.

Tss ! Décidément, vivre dans leur monde, c'était un truc à devenir paranoïaque ! Me levant, je m'ébrouai pour chasser les derniers frissons procurés par ce sentiment d'être espionnée et offris un vrai sourire à mon moyen de transport.

- Je suis prête, on y va quand vous voulez.

Je passerais sous silence l'air effaré de Seamus quand il nous vit décoller à toute vitesse dans les airs, c'était plutôt amusant. Néanmoins, quelques temps plus tard, je ne ris plus du tout en apprenant que cette impression d'être épiée que j'avais eue dans le jardin ce soir-là, n'en était pas une…

*

Mais n'allons pas trop vite…

En rentrant au château, Phoenix et moi savions que le temps désormais luttait contre nous. En effet, nous en étions déjà au deuxième meurtre de vampire et nous n'avions encore aucune piste pour nous aider à trouver le repère du Cercle de Mellindra. Nous avions bien les rapports de Thomas Coltrane, mais honnêtement, si les protagonistes avaient changé, je ne voyais pas en quoi ceux-ci pourraient réellement nous aider. Notre enquête risquait donc, en plus du danger, d'être suffisamment longue pour attirer l'attention des Grands.

En tout cas, pour ce soir, c'était l'impasse.

- Que fait-on maintenant ?

Phoenix s'attelait déjà à reprendre les rapports de Coltrane et m'ignorait.

- Je vois… Bon eh bien, je vais chercher du côté de Moïra et Théodora Callidge. Les bases de données de la police et du FBI pourront nous aider…

Silence. Ça commençait à devenir insupportable, il fallait crever l'abcès qui suppurait entre nous. J'avais peut-être décidé de partir après avoir résolu cette affaire, mais je ne voulais pas quitter mon patron en mauvais termes. Bien que je ne ressentais plus aucun état d'âme, il m'était impossible de travailler dans une atmosphère aussi étouffante. Après tout, nous avions été amis, Phoenix n'avait pas le droit de m'ignorer comme si j'étais le dernier de ses sous-fifres.

- Avez-vous décidé de ne plus m'adresser la parole jusqu'à la fin des temps ? Je ne veux pas être désobligeante, mais ça va être difficile de vous aider à retrouver le Cercle de Mellindra si nous ne communiquons pas.

J'avais parlé plus sèchement que je ne l'aurais voulu et la réaction ne se fit pas attendre. Lentement, il se releva pour me faire face et me toiser de toute sa hauteur. Quand il braqua son regard d'acier glacial et implacable dans le mien, je sentis tout à coup ma bouche s'assécher, réaction physiologique à la tension subite qui m'envahit. Je réalisai soudain que le manque de respect évident de ma remarque allait se retourner contre moi.

- Je n'ai jamais dit que j'avais besoin de votre aide pour gérer cette affaire. Cela fait plus de cinquante ans que j'exerce la fonction d'ange et alors que vous n'étiez même pas née, on me chargeait de missions qui dépassent votre entendement. Donc ce qui me dépasse, moi, c'est que vous puissiez réellement croire que vous avez un rôle à jouer dans la réussite de cette enquête. Vous oubliez que je vous emploie pour prendre des notes et rédiger des rapports, rien de plus.

Son discours me fit l'effet d'une gifle.

- Je sais que vous ne pensez pas ce que vous dites tout comme je sais qu'en prenant mes distances avec vous, je trahis une amitié durement acquise. Pourtant il va falloir vous rendre à l'évidence, nous ne pouvons pas être proches car nous ne faisons que nous blesser mutuellement. Même François a préféré jeter l'éponge devant nos disputes incessantes ! C'est ainsi, on ne peut pas le changer ; acceptez-le. Maintenant, je ne suis plus que votre assistante, certes, mais j'ai juré de vous aider de mon mieux pour retrouver le Cercle et c'est ce que je ferai, que vous le vouliez ou non.

Phoenix n'avait pas cessé de me fixer tout au long de ma tirade, le bleu de ses yeux tentant de transpercer ma volonté pour me contraindre au silence… en vain. Après un mutisme qui me parut interminable, il parla enfin.

- Et après ? me questionna-t-il durement, un éclair blanc traversant le parfait océan de ses iris.

- Après quoi ?

Sans crier gare, il m'attrapa par les bras et me força à soutenir son regard scrutateur.

- Une fois que vous m'aurez aidé avec le Cercle, qu'est-ce que vous ferez ?

Incapable de subir plus longtemps cet interrogatoire, je sentis une rougeur s'emparer de mes joues tandis que la gêne me faisait baisser la tête. Je n'avais pas prévu d'aller jusque là dans mes explications, je n'étais pas prête.

- Je… je ne sais pas.

Une vigoureuse secousse accueillit cette réponse et me fit hoqueter avant que mon patron ne me force à l'affronter de nouveau. Avec ses yeux luminescents, ses crocs sortis et la colère qu'il irradiait, on aurait dit qu'une aura de feu l'entourait. J'étais pétrifiée.

- Je veux la vérité, Sam ! Que ferez-vous quand tout ça sera terminé ?

Il avait presque crié. Prisonnière de l'étau de son étreinte ainsi que des flammes dansant dans ses prunelles, la fuite était inenvisageable.

- Je partirai…

À ce moment là, ce fut comme si le dernier lien qui nous unissait l'un à l'autre s'était rompu. Phoenix resta immobile quelques secondes, puis me repoussa doucement en se détournant. Une chape de plomb était tombée sur nous. Je n'avais pas voulu lui annoncer mon départ de la sorte, je voulais le faire au bon moment. Au final, je me rendais compte qu'il n'y aurait jamais eu de bon moment et que reculer l'échéance n'aurait fait que nous briser davantage. Seulement il ne pouvait savoir à quel point cela m'avait déjà détruite ni à quel point cela me détruirait encore. À la différence de lui, j'avais un cœur humain, vivant, battant… aimant.

Mes sentiments n'étant pas partagés, cela aurait fini tôt ou tard par ruiner notre relation... revenant donc à notre situation actuelle. Au moins, maintenant, nous savions à quoi nous en tenir...

- Je suis désolée... murmurai-je.

Je ne pouvais pas voir son visage... C'était peut-être mieux ainsi d'ailleurs. Seules ses épaules se soulevaient et s'abaissaient comme pour reprendre un souffle qu'il avait perdu depuis un demi-millénaire.

Enfin :

- J'ai entendu tout ce que vous avez dit. Le temps venu, je vous aiderai à accomplir votre volonté, aucun vampire ne cherchera plus à vous nuire. Vous pourrez de nouveau vivre une vie normale... sans moi.

Le goût âcre de la souffrance envahit ma bouche lorsqu'il prononça ces mots. Un instant, je crus être capable de fondre en larmes... mais rien ne vint. C'était pire encore. La sensation d'un gouffre sans fond à l'intérieur de moi s'accentua au point que je me posais vraiment la question de savoir si mon âme n'y avait pas disparu. Dans ma solitude à venir, j'aurais préféré être une âme en peine plutôt qu'une coquille vide évoluant dans le néant.

- Je pense qu'il est préférable que vous preniez votre soirée. Pour ce soir, je me débrouillerai seul.

Tout était dit. Il n'y avait plus rien à faire.

- Comme vous voudrez.

En prenant le chemin de la sortie, je constatai que la mise à plat de notre situation ne m'avait en rien soulagée. En conduisant la Camaro vers Scarborough, je me dis que quoi que je fasse désormais, ma vie n'aurait plus ni bonheur, ni douleur, ni saveur...

*

- Il est tard. Tout va bien ?

- En fait, je ne sais pas trop. Je peux entrer ?

Matthew n'hésita pas un instant et s'écarta pour me laisser passer. Il semblait avoir enfilé ses vêtements à la hâte car un pan de son T-shirt dépassait par-dessus son jean noir. Il était un peu plus de minuit, j'avais dû le déranger en plein sommeil.

- Excuse-moi de te réveiller… J'avais besoin de voir un visage amical.

Matthew m'offrit le sourire que j'attendais puis m'aida à enlever mon manteau. C'était un vrai gentleman.

- Tu n'as pas à t'excuser, ma porte t'est toujours ouverte. Peu importe l'heure.

L'avantage avec sa porte, justement, c'était qu'elle ouvrait sur un appartement qu'il occupait seul. Danny et lui avaient fait des travaux de sorte que chacun ait son espace personnel à la fin de la journée. Ainsi, ils n'avaient pas l'impression d'être tout le temps l'un sur l'autre et ils ne se disputaient jamais.

Après avoir monté les marches menant à son domaine, je m'installai dans le confortable canapé en cuir noir du salon pendant que mon hôte était parti nous chercher à boire.

- Pardonne-moi si je n'ai que de la limonade à t'offrir, Danny a fait une descente dans mon frigo. Il avait encore oublié de faire ses courses, pour changer…

La manière dont il roula les yeux au ciel avec un air exaspéré sur l'étourderie de son père adoptif m'attendrit. Il y avait beaucoup d'amour entre eux.

- Raconte-moi tout, dit mon ami en s'asseyant.

Que dire ? Je ne pouvais pas lui raconter la vérité sous peine de le mettre en danger. En fait, pour vider mon sac, il aurait été préférable que je choisisse Angela mais je n'avais aucune envie de me retrouver en présence de François. Il n'aurait pas compris mon choix. De toute façon, Phoenix lui en parlerait tôt ou tard alors…

- Je crois que passer le cap de la trentaine ne me réjouit pas tant que ça, tentai-je pour noyer le poisson.

À dire vrai, je ne souhaitais pas m'épancher, je voulais simplement m'aérer l'esprit en compagnie d'un ami. C'était sans compter Matthew, évidemment.

- C'est peut-être aussi parce qu'à trente ans, tu te voyais mariée avec Aydan et que son départ après ton anniversaire a marqué entre vous une rupture définitive. Maintenant tu dois envisager un avenir sans lui et cet inconnu te fait peur.

Rendue muette par cette analyse, j'en oubliai presque que je tenais mon verre à deux centimètres de ma bouche. Incroyable... Malgré tous les mensonges que je lui avais servis, Matthew avait mis le doigt sur la vérité ; cette vérité qui m'avait anéantie. Je croyais qu'en étant à l'écart du monde de la nuit, mon ami ne pourrait jamais me comprendre... En fait, il était le seul à m'avoir percée à jour. Et ceci sans même le savoir.

- Hum... Sigmund Freud, sors de ce corps ! plaisantai-je pour tenter de reprendre une contenance.

- En général, je suis doué pour décrypter les émotions des gens qui m'entourent.

- Je vois...

Face à mon silence, il passa un bras autour de mes épaules et me serra contre lui.

- Tu verras, ça finira par s'arranger. Et puis tu n'es pas seule, tu nous as, Angela et moi.

- Je vous ai un peu abandonnés ces derniers temps.

- Ne dis pas de bêtises. Tu as des responsabilités envers ton grand-père, nous en sommes bien conscients.

Nous restâmes ainsi quelques minutes, sans parler. Me trouver contre lui de la sorte après ses paroles réconfortantes me faisait un bien fou et je savourais le sentiment de paix que me procurait cette proximité. D'ailleurs, je me rendis compte que mon ami sentait aussi très bon. Son parfum n'avait rien de comparable avec celui de Phoenix, mais il était tout aussi agréable d'en être enveloppée. Je me sentais bien.

- Merci, Matthew.

- Et de quoi donc ?

- D'être ce que tu es.

Il se raidit. L'instant d'après, il s'était écarté de moi, la mine sombre.

- Ce que je suis… répéta-t-il.

Légèrement inquiète à cause de ce revirement, je pris sa main dans la mienne et de l'autre, attrapai doucement son menton pour le forcer à me faire face.

- Quelque chose ne va pas ? Tu sais que tu peux aussi te confier à moi.

Matthew hésita une seconde.

- J'ai essayé de le cacher, mais ça fait quelques temps que le moral n'est plus au beau fixe.

- Il fallait nous en parler aussitôt, à Angela ou à moi !

- Angela est très occupée après son travail, elle passe tout son temps avec François. Je ne peux pas l'en blâmer, je suis trop heureux pour elle. Quant à toi, je ne voulais pas gâcher ton retour et ton anniversaire avec mes problèmes.

- Tu as su m'écouter quand j'en avais besoin, c'est à mon tour de le faire. Dis-moi ce qui te tracasse.

Matthew finit son verre de limonade et alla chercher dans son bar une bouteille de gin. C'était la première fois que je le voyais boire de l'alcool, ça ne devait vraiment pas aller très fort. Après avoir bu mes dernières gorgées de soda, je lui tendis mon verre vide.

- Sers-moi aussi, un double !

Après la discussion avec mon employeur, je réalisais que j'avais bien besoin d'un remontant. Matthew vida son verre d'un seul trait. Courageuse mais pas téméraire, je préférai m'abstenir de l'imiter dans l'immédiat…

- Je me remets à penser à mes parents biologiques. Cette ignorance sur mes origines m'obsède et je le vis mal.

Sans réfléchir, je passai outre ma décision… et le regrettai aussitôt. Mon ami dut me taper dans le dos pour m'aider à faire passer la quinte de toux déclenchée par l'absorption trop rapide de ce tord-boyaux.

- Je... croyais... que c'était derrière toi et que tu en avais pris ton parti, réussis-je à formuler.

Matthew soupira.

- Je le croyais également. Je pense qu'en allant te voir à l'hôpital, je me suis demandé qui j'aimerais voir dans ma chambre si j'avais été à ta place. Il y avait Danny et vous, bien sûr... mais je me suis rendu compte que ce n'était pas suffisant.

Il avait détourné le regard. Je ne pouvais pas le laisser ainsi sans réagir.

- Je vais t'aider à retrouver tes parents.

- C'est gentil, mais j'ai eu beau faire toutes les démarches administratives possibles, j'ai échoué. Sans vouloir te vexer, je ne vois pas comment tu y parviendrais.

Une larme perla sur son œil droit, achevant au passage de sceller ma détermination.

- À ceci je te répondrai uniquement que j'ai des moyens dont tu ne disposes pas.

Et avant qu'il ne formule à haute voix son interrogation, je posai doucement ma main sur ses lèvres.

- Ne pose pas de question, accepte juste l'aide que je t'offre. C'est le moins que je puisse faire.

Malgré le doute planant dans ses yeux noisette, il ne chercha pas à contre-argumenter. Ma main était restée au même endroit et nous nous dévisagions. C'était mon ami, je voulais faire quelque chose pour lui ; telles étaient à cet instant les pensées qui emplissaient mon esprit. Mais pour être honnête, je devais reconnaître qu'en étant si proche de lui, je ne pouvais m'empêcher d'être d'accord avec les habitantes de Scarborough ; Matthew était splendide, sur tous les points de vue...

- Très bien, je te montrerai tous les documents que j'ai amassés.

Il se leva et alla chercher quelque chose dans son meuble télé.

- En attendant, reprit-il, je te propose un marathon DVD. Ça fait longtemps que les *Heroes* traînent dans mon tiroir sans que j'ai eu le temps d'enlever l'emballage. Qu'en penses-tu ?

Malgré la somme de travail qui m'attendait le lendemain et les jours à venir, je ne pus que lui sourire franchement.

- Si tu vas nous chercher l'une de tes boîtes de bonbons de chez Ginger, ça me va tout à fait.

*

Quand je m'éveillai le lendemain, il était plus de dix heures. Le soleil baignait le salon de Matthew dans une douce clarté et on pouvait entendre quelques oiseaux chanter. En fait, c'était ces braillards à plumes qui m'avaient tirée du sommeil. J'aimais les animaux mais pour je ne savais quelle raison, je n'appréciais guère les volatiles… si ce n'était dans l'assiette.

En me redressant, je m'étirai en bâillant. Matthew m'avait recouverte d'un plaid et était allé très loin dans la galanterie en passant un oreiller sous ma tête. Ça faisait longtemps que je n'avais pas aussi bien dormi.

L'esprit encore un peu embrumé, je me dégourdis les jambes en faisant le tour de la pièce, m'arrêtant devant une petite console sur laquelle étaient disposés de nombreux cadres photos. Je souris en voyant celle où il ne devait pas avoir plus de cinq ans. Danny le tenait sur ses genoux et le chatouillait. Les deux riaient aux éclats.

Il y en avait d'autres, notamment celle où il posait avec son père pour fêter son diplôme de fin d'études. Les larmes de fierté sur les joues de ce dernier reflétaient l'intense bonheur de ce moment partagé. Enfin, j'attrapai un cadre plus petit mais plus finement travaillé que les autres : c'était une photo de notre trio. Nous nous tenions tous les trois par la taille et faisions chacun une horrible grimace. Matthew louchait, Angela fronçait le nez et la bouche pour en faire un groin, et quant à moi, j'avais ressorti un vieux classique : je me touchais le nez avec le bout de ma langue. De vrais gosses…

Je stoppai le déroulement de mes souvenirs lorsque j'entendis la porte d'entrée s'actionner. Quelques secondes plus tard, Matthew apparut dans la pièce, tenant un sac et un plateau avec des gobelets. Dans les deux cas, l'odeur qu'ils exhalaient était exquise.

- Le petit-déjeuner ! claironna-t-il en secouant le sac. Beignets et chocolat chaud !

- C'est trop gentil, il ne fallait pas ! dis-je en reposant notre portrait grimaçant et en allant le rejoindre.

- J'ai essayé de ne pas faire trop de bruit pour ne pas te réveiller en allant travailler, mais vu comment tu ronflais, j'aurais pu jouer du marteau-piqueur dans la pièce sans que ça te perturbe !

- QUOI ?!

Bon sang, quelle honte ! Matthew se tordait de rire en disposant la nourriture sur la table. Pas de danger que j'y touche, mon estomac ne supportait pas l'humiliation !

- Si tu voyais ta tête ! On dirait que tu hésites entre le rouge tomate et le vert pomme !

- Et qu'est-ce que tu ferais si on t'annonçait que tu respirais comme un moteur de *Boeing*, toi ? m'offensai-je.

- Hihi ! Du calme, c'était une blague ! Tu dormais profondément, certes, mais tu n'as pas ronflé. Je voulais juste voir comment tu réagirais. Tu es si vite embarrassée !

Soulagée mais pas totalement apaisée, je lui lançai un regard noir.

- Ton sens de l'humour me surprendra toujours !

En guise de réponse, Matthew me fixa gaiement en mordant dans un beignet. Levant les yeux au ciel, je m'assis en face de lui et l'imitai.

- Tu as été chez Hamilton ?

- Oui. Il n'y a pas à dire, c'est le meilleur café du coin.

En savourant mon déjeuner, je me dis que j'avais décidément un ami extraordinaire. Il avait délaissé son travail pour aller faire la queue chez Hamilton et ainsi m'offrir une matinée délicieuse. C'était un hôte parfait.

- J'ai profité que Danny était affairé dans ses fourneaux pour récupérer les documents concernant mon adoption et ma famille biologique. J'ai décidé de reprendre tout ça de zéro.

- N'oublie pas que je t'ai promis de t'aider.

- Tu n'es pas obligée, tu dois t'occuper de ton grand-père aussi.

- Mon grand-père est dans une passe où il se sent suffisamment en forme pour me laisser plus de temps libre. C'est à moi de décider comment je veux occuper ce temps. Et je veux t'aider.

Son regard sur moi était limpide : il était touché par ma proposition même s'il doutait fort du succès de notre entreprise.

- Très bien. Je sais que tu dois être chez toi pour le coucher du soleil alors je te propose d'organiser mon emploi du temps en fonction du tien. Je m'arrangerai pour me libérer en début d'après-midi. Ça te va si on commence demain ?

- Es-tu sûr que ça ne va pas affecter ton travail ?

- Non. Et puis Danny gérait déjà ce restaurant alors que je ne savais pas compter, plaisanta-t-il.

- Comment crois-tu qu'il va le prendre ?

- Je ne vais pas lui en parler dans l'immédiat, ça ne sert à rien de l'inquiéter.

Matthew se rembrunit. Il respectait profondément son père adoptif et n'avait pas envie de lui faire de peine en réactivant ses recherches sur ses origines.

- Comme tu veux.

Je n'étais pas forcément à l'aise avec les secrets des autres (j'avais déjà fort à faire avec celui de l'existence des vampires) donc j'espérais faire rapidement aboutir cette recherche dans un sens ou dans l'autre. Matthew avait épuisé tous les recours à sa disposition, mais moi, j'avais des ressources informatiques, policières et vampiriques dont il n'avait aucune idée. Avec un peu de chance…

Le problème, c'était surtout mon patron. Phoenix n'accepterait déjà sûrement pas de mettre en danger notre couverture pour un simple cas de conscience humain, mais si en plus, celui-ci venait de Matthew, qu'il détestait, il refuserait d'autant plus. Par conséquent, je ne pouvais rien lui dire dans l'immédiat. J'allais devoir jouer serré pour gérer tout cela. En gros, mes nuits et mes matinées seraient consacrées au Cercle de Mellindra et mes après-midis aux parents de Matthew.

Étrangement, à l'issue de cette réflexion, le beignet que j'avais goulûment avalé me donna un arrière-goût amer dans la bouche.

*

Après avoir terminé notre petit-déjeuner, Matthew et moi décidâmes qu'il était temps de nous remettre au travail. Pour ma part, j'avais avant tout besoin d'une douche !

Une fois rentrée, je me délassai donc sous l'onde de ma cabine en prévision du dur labeur qui m'attendait. Il était aux alentours de onze heures trente, il fallait que je me dépêche d'appeler l'université de Kerington.

J'enfilai un tailleur pantalon et des ballerines, descendis dans le bureau de Phoenix, et fus surprise d'y trouver un véritable dépotoir. En effet, les cartons encore scellés et jusque là soigneusement empilés pour ne pas les mélanger avec ceux déjà traités, gisaient à terre à moitié éventrés, leur contenu éparpillé sur le sol. Perplexe, je me demandai ce qui avait bien pu se produire ici. Soit une tornade s'était abattue dans la pièce, soit mon employeur avait passé ses nerfs sur les rapports de Coltrane. En même temps, même le plus doux des agneaux aurait fini par manger ces dossiers tant ils étaient atrocement écrits.

Tss ! Comme si, en plus de mes recherches, j'avais besoin de me coltiner le rangement de tout ce bazar ! Haussant les épaules, j'enjambai le tout avant d'attraper le téléphone sur le bureau. Je m'occuperais de tout ça plus tard. Pour le moment, je devais appeler la fac pour obtenir les coordonnées de Stanley Finnigan.

Quelques bips et secrétaires plus tard, j'entendis :

- Bureau de Monsieur Finnigan, Maria, que puis-je faire pour vous ?

- Bonjour, est-il possible de parler avec le docteur Finnigan s'il-vous-plaît ?

- Je suis désolée, Mr Finnigan ne veut pas être dérangé. Mais vous pouvez me laisser votre message, votre nom et vos coordonnées et il vous rappellera dès qu'il le pourra.

Super. Autant dire qu'il ne me rappellerait jamais. Par expérience, je savais que les profs de fac étaient tellement absorbés par leurs recherches qu'ils en oubliaient le côté administratif de leur travail. L'un des miens, d'ailleurs, avait tendance à carrément oublier de venir nous faire cours et on était sans cesse obligés d'aller le chercher à la bibliothèque.

Mes études étaient terminées, et là, je n'avais pas le temps de jouer. Il allait falloir que je sorte encore un gros mensonge pour obtenir gain de cause.

- Je m'appelle Samantha Jones et je suis journaliste. J'ai récemment effectué un reportage sur une association russe d'historiens amateurs basée à Toura, en Sibérie, et j'aimerais avoir la réaction de Mr Finnigan sur leur projet de bâtir un musée portant son nom. Je suppose qu'il est au courant.

Il y eut un silence pendant lequel le cerveau de mon interlocutrice devait fonctionner à toute vitesse. Je retins mon souffle. Jouer avec l'ego parfois surdimensionné de certains ténors d'université pouvait s'avérer risqué…

- Je vais voir si Mr Finnigan peut vous prendre au téléphone.

… ou payant. Une minute plus tard, une voix masculine se fit entendre.

- Professeur Stanley Finnigan, à qui ai-je l'honneur ?

Un peu pompeux comme accueil… Finalement, j'avais bien fait de jouer la flatterie, j'étais tombée sur le bon numéro en la matière.

- Mr Finnigan, Samantha Jones. Je m'excuse de vous déranger en plein travail, mais comme je l'ai dit à votre secrétaire, j'aimerais vous rencontrer pour discuter avec vous du projet de certains habitants de la ville de Toura, en Sibérie, d'ériger un musée portant votre nom.

La voix chevrotante d'une fausse modestie, celui-ci finit par réagir :

- Oh mais, c'est un grand honneur pour quelqu'un comme moi. Je ne comprends pas...

Ben voyons... Puisqu'il voulait des compliments, autant le mettre dans de bonnes conditions pour qu'il accepte de me recevoir.

- Il semble que votre livre sur les généalogies de négociants leur ait beaucoup plu, surtout que peu de gens s'intéressent à ce domaine et encore moins à cette période. Ils ont été très satisfaits de constater le cœur et la méticulosité que vous avez mis dans votre ouvrage. Par conséquent, ils ont décidé d'ouvrir leur musée de la mer en rendant hommage à votre travail.

Il me sembla inutile de préciser que Toura n'était en rien une ville côtière. J'avais dû faire vite et le premier point à m'avoir interpellée sur une carte sibérienne piochée sur le net, c'était celui-là. Je ne voulais pas non plus prendre le risque de parler des grandes métropoles car s'il m'interrogeait là-dessus, mon interlocuteur se serait douté que je n'avais jamais mis les pieds en Russie. Heureusement, mes craintes furent vite apaisées.

Comme Finnigan commençait à balbutier de plaisir, j'en profitai pour gagner du terrain.

- D'ailleurs, ils étaient particulièrement intéressés par une famille d'origine russe... Laissez-moi vérifier mes notes... (pour donner le change, j'attendis quelques secondes en griffonnant sur mon carnet) Ah oui ! C'est Aber...Abra...nikov, je crois.

- La famille Abarnikov ?

- Oui, c'est cela ! Ils étaient juste déçus que vous n'ayez pas davantage développé le sujet car l'une de leurs membres descend du grand-oncle de la petite-fille de la petite-nièce par alliance de la tante d'Irwin Abarnikov.

Autant noyer le poisson dans une mare d'ancêtres !

- Euh… vous pouvez me répéter ça ?

Gagné ! Le professeur était déstabilisé par ma généalogie déjantée, c'était le moment de jouer le tout pour le tout.

- Avant de déposer leur projet à la mairie, les membres de l'association m'ont demandé de vous contacter pour en savoir un peu plus sur cette famille. Ce sont de vieilles personnes très aimables alors je leur ai promis que je ferai mon possible pour les satisfaire. C'est normal de faire plaisir à des gens âgés, vous ne trouvez pas ?

Question purement rhétorique, je voulais jouer sur la corde sensible pour l'obliger à abonder dans mon sens.

- C'est une évidence… dit-il bien qu'un peu hésitant.

- Parfait. Quand êtes-vous disponible pour que nous réalisions notre interview ?

Musée, hommage, interview… J'avais utilisé les plus beaux mots qu'un chercheur en mal de reconnaissance pouvait entendre.

- Eh bien…

Allez, il fallait qu'il se décide ! Bon sang, après tout ce cinéma, je ne voyais plus comment le convaincre ! Finalement :

- On est mardi. Je pars demain en séminaire à Washington … Lundi 29, je peux bloquer ma matinée pour vous. Venez à dix heures et adressez-vous à l'accueil de l'université, on vous dirigera vers moi.

- C'est parfait (je le pensais vraiment car pendant ce temps, je pourrais aider Matthew avec sa propre généalogie). Alors au 29 janvier, professeur.

- Au revoir.

Je raccrochai rapidement, fière de moi. C'était à se demander si je n'avais pas un don pour faire croire aux gens n'importe quoi. Je n'avais plus qu'à me lancer en politique !

Riant de ma propre sournoiserie, je dus toutefois retrouver mon sérieux en me rappelant le bazar qui attendait patiemment d'être rangé.

Honnêtement, il me fallut bien une heure pour remettre de l'ordre dans le bureau. Phoenix s'était vraiment défoulé et avait réduit en miettes plusieurs cartons d'archives de Coltrane. Heureusement, ceux-ci avaient été dans la pile « déjà compulsés ». Il fallait simplement espérer qu'on n'en aurait plus besoin à l'avenir. Je brûlai les morceaux déchirés dans la cheminée. De toute façon, leur contenu était illisible ; l'ange Thomas avait dû être un gaucher refoulé ou quelque chose dans le genre. Seul un vampire était capable de lire des pattes de mouche écrasées en guise d'écriture. Quoique même là, mon employeur avait jeté l'éponge… violemment, qui plus est. C'était étrange tout de même, ça ne lui ressemblait pas de perdre son sang-froid de la sorte… surtout pour des récits plus intéressants par leurs envolées stylistiques et lyriques que par leur contenu. Enfin ! Celui qui pouvait dire ce qui se passait dans la tête de Phoenix n'était pas encore né. J'étais sûre que même Finn, son créateur, ne le connaissait pas si bien que cela. Sherlock Holmes aurait été ravi de vivre avec une telle énigme ambulante… bien plus corsée au final que ce vieux Moriarty, et bien plus dangereux.

En admirant le résultat de mes efforts, j'espérais que la propreté de la pièce mettrait mon patron dans une meilleure humeur que la veille. Il finirait bien par accepter la perspective de mon départ.

Comme je commençais à entendre mon estomac crier famine vers treize heures, j'entrepris de me concocter un bon repas. J'attrapai donc dans le réfrigérateur une escalope de dinde que je fis revenir dans la poêle avec du beurre, de la crème fraîche et des petits pois. En attendant que ça cuise, je grignotais du pain en écoutant les informations à la radio. J'avais décroché à la rubrique football et je laissais mon esprit vagabonder et savourer les délicieuses effluves de cuisine qui me chatouillaient le nez.

Plus tard, j'en étais arrivée à ma part de tarte au citron quand un autre flash d'information attira mon attention. Le journaliste disait qu'une nouvelle disparition d'enfant avait été signalée à Kerington et que la police craignait que les quatre dernières ne s'avèrent être des enlèvements. Les petits avaient tous moins de dix ans…

Écœurée par la bassesse humaine, je me levai pour éteindre le poste. Entendre la description de Cory Meaney m'avait purement coupé l'appétit. Comment pouvait-on s'en prendre à des enfants ? Quelque chose m'échappait… On avait beau dire sur la beauté de la race humaine, les animaux se montraient bien souvent moins cruels entre eux. En rangeant ma vaisselle, je ne pus m'empêcher de penser que question monstruosité, certains humains soutenaient la comparaison avec les vampires les plus sanguinaires…

De retour dans le bureau de Phoenix, je passai le reste de la journée à rechercher dans les bases de données de la police et du FBI tous les documents concernant Moïra et Théodora Callidge. La seconde n'ayant pas de casier judiciaire, je m'étais surtout concentrée sur la première.

Moïra avait disparu en rentrant chez elle, tard le soir. Elle travaillait comme serveuse dans un bar pendant la nuit et était caissière dans une supérette la journée. Elle devait cumuler deux emplois pour pouvoir élever correctement sa jeune fille de dix ans, Théodora, dont le père les avait abandonnées à la naissance de cette dernière. Après la mort de Moïra, sa fille avait été placée de foyer d'accueil en foyer d'accueil, déstabilisant encore plus une enfance déjà marquée par l'épreuve. Elle semblait pourtant s'en être sortie car je découvris qu'elle était devenue secrétaire médicale à Kentwood. Il faudrait qu'on se rende sur place avec Phoenix pour questionner ses employeurs et ses voisins après avoir fouillé sa maison.

Je devrais être discrète en allant là-bas… Non pas qu'on me reconnaîtrait ! Pour sûr, même Mr Schmidt, qui habitait à côté de chez nous, n'avait jamais été capable de se rappeler à quoi je ressemblais ! Non, je pensais surtout à la menace d'Engara. Si elle me voyait à Kentwood, elle me tuerait… ce n'était pas des paroles en l'air. Comme si je n'avais pas déjà assez de soucis en tête !

En parlant de ça…

- Bonjour, Sam, vous avez du nouveau ?

Levant les yeux vers mon employeur, je le scrutai pour déterminer son humeur. Il avait revêtu l'un de ses beaux costumes noirs et comme d'habitude, n'avait pas pris la peine de mettre une cravate. Sa chemise blanche n'était pas boutonnée jusqu'en haut, ce qui, sans lui ôter son élégance, lui donnait au contraire un sex-appeal des plus efficaces. Ses yeux acier braqués sur les miens me transperçaient comme pour me mettre au défi de lire en eux. Ça se présentait mal.

Reportant mon attention sur la fiche de Théodora Callidge, je lui répondis :

- Bonjour, Phoenix. J'ai réussi à contacter le professeur Finnigan à l'université de Kerington. Nous avons rendez-vous dans quinze jours pour discuter de la famille Abarnikov, j'espère qu'il nous donnera des éléments sur leurs descendants. Et j'ai fait des recherches sur les Callidge. La fille, Théodora, vivait à Kentwood ; j'ai son adresse personnelle et celle du cabinet médical où elle travaillait. J'ai vérifié la base de données de la police locale, il ne semble pas qu'on ait fait part de sa disparition, par conséquent on peut aller fouiller chez elle. Il faudra juste qu'on soit discret à cause de votre ex hystérique. Folle comme elle est, vous auriez dû la ménager avant de l'abandonner, celle-là !

J'avais mentionné Engara de la sorte pour détendre une atmosphère assez lourde, mais en le voyant froncer les sourcils, je compris que j'avais raté mon coup.

- On dirait que tout ce que vous retenez d'Engara, c'est que nous avons été amants. Pourquoi vous intéressez-vous autant à la relation que j'ai eue avec elle ? demanda-t-il en s'approchant de moi tout en me toisant avec dédain.

Je devais trouver une parade à cette question piège pour ne pas me ridiculiser, mais un imprévu se produisit : la flamme de la jalousie brûla tout à coup en moi, me dévorant de l'intérieur, et me poussant à me lever pour ensevelir mon accusateur sous l'opprobre.

- Je n'ai que faire de vos exploits sexuels si vous voulez savoir ! Je m'étonne simplement qu'avec vos cinq cents ans et votre expérience de la vie, vous manquiez autant de discernement dans le choix de vos maîtresses ! Allons donc, entre une garce en string et une esclavagiste sans pitié, on peut dire que vous avez un sacré tableau de chasse ! À cause de vous et de votre insensibilité naturelle, je suis dans la ligne de mire d'une des nombreuses femmes à qui vous avez brisé le cœur ! Je n'ai pas mérité ça !

Phoenix me repoussa brutalement sur la chaise et se pencha en avant pour se mettre à ma hauteur. Comme il se tenait sur les accoudoirs, nos visages n'étaient plus qu'à quelques centimètres l'un de l'autre, exprimant la terreur pour le mien, la fureur pour le sien. Face à l'intensité de son regard qui me poignardait et à la menace de ses crocs, mon cœur s'emballa au point que pour la première fois depuis longtemps, je craignis qu'il ne me fasse du mal. Ses épaules se soulevaient et se baissaient comme s'il voulait retrouver son calme par un exercice de respiration, mais il ne put réprimer un grognement sourd, chargé de violence.

- Où avez-vous passé la nuit ?

Décontenancée par l'incongruité de la demande, je me contentais de fixer Phoenix en tremblant, ce qui n'arrangea en rien son humeur.

- Où ?! répéta-t-il, retroussant un peu plus les lèvres sur ses crocs déjà bien trop visibles.

- Chez Matthew… bredouillai-je.

Aussitôt, sa mâchoire se crispa en même temps que ses yeux luisirent davantage. Ce qui m'effraya le plus, c'était de voir les jointures de ses doigts blanchir sous la pression qu'il faisait subir aux accoudoirs, dont les grincements supposaient un écrasement en bonne et due forme. Il maintenait le silence pour se contenir, mais à ce moment-là, j'aurais préféré qu'il m'insulte en me hurlant dessus. Enfin, il ferma les yeux. Quand il les rouvrit, la lumière avait disparu laissant à la place un azur teinté d'une amertume qui me glaça.

- Vous voyez, c'est la différence entre nous car malgré la fin de notre amitié, je continue à vous respecter. Hier, ne vous voyant pas revenir, j'ai cru que vous aviez quitté la ville, j'ai même appelé François chez Angela pour savoir si vous étiez passée les voir. Comme il sentait que quelque chose se tramait, il ne s'est décidé à me répondre que lorsque je lui ai parlé de votre décision de prendre vos distances. Résultat, il est venu au château et j'ai dû subir une heure de sermon ! Je vous garantis qu'il m'a fallu tout mon self-control pour que je ne lui saute pas à la gorge... surtout que je lui étais reconnaissant de m'avoir appris qu'il avait vu la Camaro garée devant la maison de votre ami. Bref, tout ça pour dire qu'en remerciement de m'être inquiété à votre sujet, vous m'accablez de reproches tous plus infondés les uns que les autres ! Même si ce que je m'apprête à dire ne vous regarde pas, je tiens à mettre les points sur les « i ». Primo, je n'ai pas couché avec la femme de l'hôtel et secundo, je me suis effectivement trompé sur Engara, mais j'ai rectifié mon erreur quand j'ai compris à quel point sa cruauté n'avait d'égal que sa folie ! Je ne nie pas avoir des difficultés à exprimer mes sentiments, ni avoir eu de nombreuses aventures sans lendemain, mais ce dont vous m'accusez... Si c'est ainsi que vous me voyez, je me dis qu'effectivement, nous n'avons rien en commun, et que notre amitié n'était qu'une vaine illusion.

Sur ces mots, Phoenix me crucifia une dernière fois du regard, puis, il quitta la pièce. Son discours, écho de celui que je lui avais moi-même servi la veille, me déchira bien plus que sa réaction quand j'avais tenté de le séduire, et dans le néant de mon cœur, un éclair de souffrance d'une violence inimaginable, me cloua sur place. N'y tenant plus, je déverrouillai l'accès à mes yeux et le choc causé par cette discussion put se déverser. Longtemps, je laissais les sanglots et les larmes faire leur chemin hors de moi, ne les interrompant que pour attraper de nouveaux mouchoirs dans les tiroirs du bureau.

Je réalisais que dans l'histoire, je n'avais pris en compte que ma douleur, sans penser à la sienne. Ma gestion de celle-ci m'avait poussée à lui dire des horreurs alors que dans le fond, je continuais à l'aimer malgré moi. J'étais partie sur l'idée qu'il supporterait très bien la situation et qu'il se remettrait très vite de mon départ, d'où mes réactions agressives envers lui. Or, ce n'était pas le cas. Et ce serait d'autant plus difficile de le quitter.

Il fallait que j'aille le retrouver. Il fallait qu'il me pardonne.

Je me levai péniblement, et réussis à faire fonctionner mes jambes encore engourdies par le choc pour aller dans la cuisine, puis dans le salon sans toutefois y trouver personne. J'allai ensuite inspecter la cave pour voir si Phoenix n'avait pas choisi de passer ses nerfs sur son sac de sable ; personne. Finalement, je montai à l'étage.

Les couloirs désormais familiers de ce que j'avais considéré comme ma nouvelle maison me parurent soudain plus longs à la perspective de mon départ. Tout ici allait me manquer, à commencer par le propriétaire.

En passant devant ma chambre, je me rappelai lorsque Karl m'avait blessée, obligeant Phoenix à procéder à l'échange de sang. Loin de rougir, je n'éprouvais que de la gratitude envers celui qui n'avait pas hésité à s'affaiblir pour me soigner. Et je ne comptais plus toutes les fois où il l'avait fait.

La souffrance m'avait rendue ingrate.

En poussant la porte de la bibliothèque, je me souvins de la première fois où j'y étais entrée. Mon nouvel employeur m'avait dirigée là pour éviter que je ne m'enfuie… peut-être aussi avait-il compris qu'en partageant une même passion pour les livres, nous parviendrions à nous comprendre, et que je parviendrais à accepter mes nouvelles responsabilités.

C'est donc en poussant la porte de la bibliothèque que je me résolus à me conduire envers lui comme il le méritait. Et c'est en poussant cette porte que je le vis…

Il était debout, devant la fenêtre, et regardait au-dehors. Je n'aurais pu dire à quoi il pensait mais j'étais sûre que je l'avais vraiment déçu.

S'avisant de ma présence, il se retourna. Quand nos regards se rencontrèrent, toutes les formules d'excuses que j'avais préparées en le cherchant me semblèrent fades et inappropriées. Les mots, à cet instant, n'auraient eu aucune consistance. Il ne me restait qu'une chose à faire…

Je marchai résolument dans sa direction. Il devait croire que j'allais parler car il me dévisageait sans comprendre mes intentions. Je ne pris pas la peine de les lui expliquer, je me jetai simplement dans ses bras…

- Je vous demande pardon, je me suis conduite comme une idiote.

Je serrais Phoenix de toutes mes forces, comme si j'avais voulu me fondre en lui. Tout ce que je voulais, c'était qu'il me voie à nouveau comme une personne de confiance, et non comme une ingrate impolie et irrespectueuse.

J'attendis un long moment ainsi, reniflant contre son épaule, avant qu'il ne se décide à passer ses bras autour de moi et à me rendre mon étreinte. À ce moment, s'il m'avait broyée contre lui, je serais morte soulagée…

- Sam, je…

- Phoenix, l'interrompis-je. Je suis tellement désolée, je me suis mal comportée alors que vous ne l'avez pas mérité. Ce n'est pas votre faute si nous sommes si différents. Vous êtes un vampire indépendant et moi, une humaine bien trop compliquée. Je crois qu'en vous rendant responsable de mes désillusions, j'arrivais mieux à supporter la situation. C'était puéril de ma part.

Il posa ses mains sur mes bras pour m'écarter doucement et de sa voix de velours dit :

- Vous n'êtes pas obligée de partir.

Même si sa déclaration me réchauffait le cœur (du moins ce qu'il en restait), je ne pouvais m'empêcher de penser qu'il aurait pu me demander de rester. Je lui offris un faible sourire.

- Ce ne serait pas la meilleure solution, votre monde n'est pas le mien.

Un silence gênant s'installa entre nous lorsqu'il hocha la tête pour signifier son accord sur la suite des événements. Pendant ce court laps de temps, je sentis le vide s'installer de nouveau en moi et mes sentiments refoulés très loin dans ses abysses. Viendrait le temps où moi aussi je tomberais dans ses profondeurs.

*

- Venez, il est temps d'aller chez Mme Callidge pour enquêter sur sa double vie.

J'acceptai avec plaisir la main qu'il me tendait et le suivis vers la sortie. Le trajet vers Kentwood fut bien plus rapide que la dernière fois dans le sens où je pus admirer le paysage bien emmitouflée dans mon gros plaid en laine, sans craindre l'hypothermie.

Nous atterrîmes donc dans le même terrain vague et Phoenix cacha la couverture derrière un arbre. J'avais soumis à mon employeur mes doutes quant au choix de l'endroit pour l'atterrissage étant donné que nous étions bien proches de la demeure d'Engara, mais celui-ci se contenta de hausser les épaules :

- À part parader devant son miroir en se souvenant de la glorieuse époque des plantations de coton, elle ne fait pas grand-chose de ses nuits. Pas de souci de ce côté-là.

J'avais haussé les sourcils. Décidément, s'il avait porté un jour Engara dans son cœur, ce n'était vraiment plus d'actualité.

Nous mîmes une bonne demi-heure avant d'arriver à destination. Il était temps d'ailleurs que nous arrivions car je commençais à ne plus sentir mes pieds et mes mains malgré mes protections contre le froid. Théodora Callidge vivait à quelques pâtés de maison de mon ancien quartier, dans un plain-pied aux dimensions modestes, mais à l'allure accueillante avec son petit jardin et son potager.

- Il n'y a personne dans les environs... On va pouvoir entrer par derrière.

Alors que des cambrioleurs lambda auraient dû se servir d'outils pour forcer la serrure de la porte en question, mon employeur se contenta de pousser légèrement dessus. Le craquement sinistre du bois nous apprit que l'opération était un succès.

À l'intérieur, nous allumâmes nos lampes torche et commençâmes à avancer dans la pénombre. Phoenix me précédait.

En arrivant dans le séjour, il m'informa de la situation.

- Quelqu'un est passé avant nous.

Quand je le rejoignis, je crus au départ qu'il me faisait marcher ; rien ne semblait avoir été déplacé dans la pièce et le home-cinéma était toujours à sa place. Toutefois, en y regardant de plus près, je vis que les tiroirs du bureau étaient ouverts et vides. On les avait fouillés.

- J'ai de quoi prendre les empreintes. Et de votre côté ?

Je ne fus pas surprise d'entendre mon patron renifler l'espace à la recherche d'odeurs suspectes.

- Je sens une odeur de transpiration, masquée par un fort parfum d'eau-de-toilette.

- C'est peut-être celui de Théodora.

Phoenix inspira une nouvelle fois en fermant les yeux.

- Non, les deux proviennent du même homme. Il y a des effluves d'après-rasage. Il me semble que cette femme vivait seule, donc ça ne peut qu'être un visiteur.

Suite à ce verdict très tranché, je tentai de sentir quelque chose moi aussi. Phoenix me vit.

- Alors ? me demanda-t-il en souriant.

- Prétentieux… répondis-je en retournant à mes empreintes.

Quelque temps plus tard, j'allai le trouver dans la chambre de notre victime.

- J'ai fait chou blanc, le type devait être doué. Je n'ai rien trouvé ni dans le salon, ni dans la cuisine.

- Les types… Ils étaient deux.

- Ah bon ?

- L'odeur qui règne ici est plus prononcée, notamment sur le lit. On dirait un mélange de musc et de miel. À mon avis, cet homme avait une aventure avec Théodora et il a effacé toutes les traces de son passage. Il devait se douter que je finirais par venir ici.

Quelque peu déroutée par la finesse de l'analyse médico-légale, je me permis de poser une question :

- Je veux bien que son odeur soit plus prononcée, mais comment en arrivez-vous à la conclusion qu'ils étaient amants ? Ils pouvaient être simplement… disons, amis.

Bien que j'y fusse habituée, voir mon employeur lever les yeux au ciel devant mon manifeste manque d'intelligence me fit grincer des dents.

- Il n'y a pas qu'une odeur de peau que je sens sur le lit, Samantha…

- Eh bien alors qu… oh, Oh ! m'exclamai-je en rougissant furieusement tandis que la lumière se faisait enfin dans mon esprit.

Tout à coup, je ne me sentis plus à ma place dans cette chambre. Fouiller les affaires d'une morte était déjà passablement difficile, mais parler de sa vie sexuelle m'écœurait complètement. Je voulus sortir.

- N'avez-vous pas un travail à effectuer dans cette pièce ? me rappela à l'ordre une voix amusée.

Flûte ! Il fallait que je passe le produit pour faire apparaître les empreintes. Phoenix le savait pertinemment et il se moquerait de moi si je rougissais encore. Hors de question ! J'allais lui montrer que je n'étais pas une dégonflée !

En revenant, je dédaignai son sourire narquois en m'appliquant à ma tâche. Mais j'eus beau mettre du cœur à l'ouvrage, là non plus, je ne trouvai aucune empreinte. À croire qu'ils faisaient l'amour avec des gants ceux-là ! pensai-je, frustrée par mon échec. Puis, je réfléchis à la remarque de mon patron sur l'odeur de fluide qu'il avait sentie sur les draps de Théodora. Si les deux amants avaient eu des relations sexuelles avant la mort de celle-ci et que les draps n'avaient pas été changés, nous avions peut-être une possibilité de trouver une trace ADN de son partenaire. Avec un peu de chance, celui-ci n'était pas un adepte des séries policières en tout genre qui étaient diffusées en ce moment et n'avait pas pensé à masquer ces traces-là.

Sans attendre, je remis d'autres gants et enlevai la parure de lit. Mon opération attira l'attention de mon accompagnateur qui m'observait depuis le dressing d'un air perplexe.

- Je savais que vous aimiez que tout soit bien rangé, mais pas que vous étiez maniaque à ce point-là.

- Ne dites pas de bêtise ! Je prends la literie pour la donner à Dennis Obson. S'il y a du sperme là-dessus, il pourra peut-être en retrouver le propriétaire.

Au regard que mon patron me lança, je ne pus m'empêcher de lui servir un sourire carnassier.

- Quoi ! Ne me dites pas que vous n'y avez pas pensé ! Sinon je ne vois pas à quoi vous sert votre odorat de *Superman*.

Levant les yeux au ciel, il n'en vint pas moins m'aider à plier le tout. J'étais fière de moi.

- Et maintenant ? dis-je après que nous ayons terminé de fouiller l'ensemble des pièces.

- On s'en va au laboratoire. Ça fait longtemps que je n'ai pas vu ce vieux Dennis en chair et en os, il sera ravi de me rendre service. Demain, je vous laisserai vous charger de contacter le cabinet médical où travaillait cette femme.

- Très bien.

En traversant le salon pour rejoindre la sortie, je m'arrêtai devant un présentoir où trônait une unique photo. Une femme tenait dans ses bras une petite fille aux cheveux blonds et l'embrassait sur la joue. Aussitôt, je compris que c'était le seul souvenir que Théodora conservait de sa mère, assassinée trente ans plus tôt. Et je compris que si elle avait intégré le Cercle, ce devait être pour la venger.

- Nous ne sommes pas tous des monstres, Samantha…

Je n'avais pas entendu Phoenix revenir vers moi. Il avait dû voir les sentiments mitigés que m'inspiraient le Cercle de Mellindra car j'avais beau le combattre, une part de moi comprenait les motivations de ces gens. Si j'avais été à leur place, peut-être aurais-je agi comme eux. En quelque sorte, j'aurais dû être de leur côté vu que j'étais humaine et donc une proie potentielle pour les vampires, pour autant, je n'approuvais pas qu'ils aient placé la haine au cœur de leur destin. Et puis… les vampires que je côtoyais n'étaient pas des monstres, mais mes amis.

Je reposai le cadre sur son socle. Mon employeur semblait guetter ma réaction, comme s'il avait peur que je change de camp.

- Je sais, Phoenix, le rassurai-je.

Sans regret, je quittai les lieux en passant devant lui.

Comme nous prenions la direction de Kerington, là où le laboratoire vampirique de Dennis Obson se situait, nous survolâmes mon ancien quartier, et à fortiori, la rue de mon enfance.

- Vous voulez que je m'arrête ?

J'avais dû cesser de respirer en passant au-dessus de mon ancienne maison car mon mentor s'aperçut de mon trouble. Il me connaissait trop bien.

- Ça ne vous dérange pas ?

- Prenez le temps qu'il vous faut.

Il atterrit. Quoique nerveuse, je le remerciai en souriant avant de faire face à mon passé.

Malgré le froid, je restais immobile devant la maison familiale, cadre d'une enfance heureuse bien que marquée par la solitude. À cet instant, la perte de mes parents se fit cruellement ressentir même si mon néant intérieur m'empêchait d'en pleurer. Ils avaient toujours été là pour moi, m'éduquant, m'encourageant, m'aimant. Leur mort m'avait presque détruite, surtout qu'en leur absence, plus personne ne faisait attention à moi. Quelque part, en me kidnappant, Phoenix m'avait rendue plus heureuse que je ne l'avais jamais été. Mais comme tout le reste, ce temps était révolu.

Plusieurs mois auparavant, j'avais vendu tous mes biens en faisant croire à tout le monde que je partais m'établir à l'étranger. Il n'y avait eu personne pour m'entendre... car personne ne s'en souciait. À ce moment-là, il m'aurait paru inconcevable de quitter Scarborough...

J'en étais là de mes pensées lorsque je sentis une main se poser sur mon épaule. Nul besoin de me demander à qui elle appartenait, je me contentai de hocher la tête en guise de remerciement. Quand je lui avais appris que je m'en irais après notre enquête, Phoenix avait compris que je ne reviendrais pas non plus à Kentwood et qu'en plus d'abandonner des êtres chers, je laisserais tout ce qui avait fait de moi celle que j'étais.

Je saisis sa main et la serrai dans la mienne.

- Je suis forte, tout ira bien. Je vous le promets, murmurai-je.

- Je sais.

Sur un dernier regard à mon ancienne vie, je le laissai m'envelopper dans la couverture « spéciale vol de nuit », et gardai le silence pendant tout le trajet qui me ramenait vers mon présent.

*

- Bonsoir, Dennis, j'ai encore du travail pour toi.

Il était vraiment très tard quand nous arrivâmes dans le laboratoire clandestin des vampires de Kerington. Situé dans une aile secrète à l'intérieur même d'un immeuble appartenant à Talanus et Ysis, l'endroit était une véritable forteresse gardée par une élite d'agents de sécurité aux dents longues. Pour y accéder, il fallait entrer dans un ascenseur qui, à première vue, paraissait tout ce qu'il y avait de plus normal, mais qui, en fait, avait comme particularité de s'ouvrir des deux côtés. Ainsi, les travailleurs humains des bureaux de la société qui louait les étages entraient et sortaient par la porte normale, tandis que les autres pénétraient dans l'appareil sans jamais actionner le bouton de montée. Phoenix m'avait mis au courant de ce stratagème emprunté au film *Men in Black* et j'avais trouvé ça très ingénieux. Bien sûr, mon enthousiasme s'effrita quelque peu quand l'un des gardes voulut faire du zèle et me fonça dessus tous crocs dehors. Heureusement que mon employeur avait été plus rapide ; d'une manchette sur la nuque, il l'assomma purement et simplement. J'étais sûre d'avoir entendu des cervicales craquer pendant l'opération…

Ses collègues ayant reconnu leur ange, vite comprirent que je n'étais pas qu'une simple humaine trop curieuse et nous laissèrent passer en s'excusant de la bêtise de leur confrère. Ce dernier se réveillerait avec un fort mal de tête, mais pourrait néanmoins s'estimer chanceux qu'elle soit toujours attachée à la base de son cou. Il faut toujours réfléchir avant d'agir…

Bref, mon patron me guida dans un dédale de couloirs menant à de grandes pièces où travaillaient des types en blouses blanches munis de tubes à essai.

- Que font tous ces gens ? avais-je demandé.

- Talanus et Ysis m'ont donné l'autorisation de vous amener en ce lieu, mais pas de vous révéler ses activités.

Il ne m'avait pas dit ça méchamment, mais j'étais un peu déçue de ne pas pouvoir assouvir ma curiosité.

- C'est peut-être mieux comme ça, renchérit-il, l'air mystérieux.

Son expression me laissa penser que la vérité ne me plairait pas. Finalement, quoiqu'il se passait dans ce laboratoire, je finis par être d'accord avec mon guide : je ne voulais pas en savoir plus.

- Phoenix ! Co… comme c'est bon de te voir !

Si Dennis n'était pas déjà mort, j'aurais juré, lorsque nous fîmes irruption dans la pièce où il travaillait, qu'il avait pâli. Visiblement, il avait une peur bleue de mon employeur.

Sans préambule, ce dernier lui jeta au visage toute la parure de lit que nous avions pris chez Théodora et ne se sentit pas gêné quand le pauvre Dennis faillit en tomber à la renverse.

- Il doit y avoir du sperme là-dessus. Prélève un échantillon et dis-moi à qui appartient cet ADN, c'est urgent.

- Talanus et Ysis m'ont donné un autre travail. S'il n'est pas fait à temps, je…

- Ça attendra. Mon affaire est prioritaire, ils comprendront ton retard.

Phoenix faisait déjà demi-tour. Pour une visite express, c'était une visite express ; j'étais un peu déroutée. Au moment où nous passions la porte, j'entendis :

- Tu sais qu'une analyse ADN prend du temps et que si la personne n'est pas dans les bases de données de la police, ce sera difficile de l'identifier. Je ferai de mon mieux, mais je ne te garantis rien.

Les réactions de mon patron étant bien plus vives que les miennes, je ne parvins pas à freiner assez rapidement des pieds et le heurtai de plein fouet quand il se retourna vers Dennis. Ses yeux luisaient dangereusement et ses crocs aiguisés promettaient souffrance et mort atroce à quiconque s'en approcherait de trop près.

- Dans ton intérêt, il serait souhaitable que ton travail soit rapide et efficace !

Si moi-même je frissonnais devant cette menace qui ne m'était pas adressée, je préférais ne pas me retourner pour voir la réaction de son véritable destinataire. À mon avis, le pauvre Dennis avait dû s'accrocher à son bureau pour ne pas s'évanouir de frayeur.

En sortant de l'immeuble, j'en fis la remarque à Phoenix et contre toute attente, il rit aux éclats.

- Alors là, je crois que je ne vous suis plus du tout, déclarai-je, décontenancée par cette attitude.

- Comme je vous disais quand nous nous sommes rencontrés, mon travail me prend beaucoup de temps et je n'ai pas souvent l'occasion de m'amuser. Mais à chaque fois que je viens dans son laboratoire, Dennis manque défaillir de peur rien qu'en me regardant et ça, ça me fait hurler de rire. Du coup, je suis toujours content d'aller là-bas car quand j'en ressors, je suis d'excellente humeur.

Le sourire jusqu'aux oreilles, Phoenix s'attendait à ce que je ris avec lui. Quand il s'avisa que je l'observais avec un air à la fois surpris et atterré, il fronça les sourcils.

- Quoi ?

- Oh rien, rien…

Je jugeais inutile de lui souligner l'intense puérilité de son comportement ; il se serait vexé. Ah, ces vampires !

Notre retour au château fut plutôt agréable. Phoenix était allé emprunter une voiture chez Talanus et avait allumé la radio. Nous captions une émission nocturne assez drôle, présentée par un animateur assez drôle lui aussi. Nous avions tous deux besoin de nous aérer l'esprit donc quoique navrante, la partie sur le flagrant délit d'infidélité fut divertissante. Parmi l'équipe du présentateur, une fille se faisait passer pour une aguicheuse de sorte que le suspect lui proposât un rendez-vous sans savoir que sa véritable copine l'écoutait. L'un des types piégés avait même répondu à son téléphone alors qu'il était en pleine action avec sa maîtresse et le pire, c'était qu'il avait osé hurler sur sa compagne officielle, outré d'avoir été dérangé.

- Franchement, quelle ordure ! m'exclamai-je en entendant ce fou furieux vociférer.

- Parfois je me dis que ma race est cruelle, mais qu'il y a aussi parmi la vôtre des êtres qui lui sont nuisibles.

- Pour certaines choses, je serais plutôt d'accord avec vous, mais là, il n'y a pas mort d'homme. C'est juste un crétin infidèle qui ne supporte pas d'être pris la main dans le sac, si je peux m'exprimer ainsi, tempérai-je mon voisin.

- Dans mon monde, l'infidélité n'existe pas.

- Ah bon ?

D'après ce que j'avais compris, les vampires appréciaient les plaisirs de la chair à peu près autant que le sang alors je m'étonnais de cela, surtout connaissant leur esprit d'indépendance. Phoenix me jeta un bref coup d'œil avant de se reconcentrer sur la route.

- Je vous ai dit que ma race ne ressentait pas ou peu d'amour et que celui-ci était mal vu parmi nous.

- Oui, vous considérez cela comme une faiblesse.

J'avais réussi à masquer mon amertume.

- Non seulement il est mal vu, mais il est aussi craint en raison de ses implications.

- Quelles implications ?

- Un vampire qui tombe amoureux l'est pour la vie... Ce qui, dans notre cas, revient à l'éternité.

- Vous voulez dire qu'il n'y a pas de divorce parmi les vôtres ?

- Non, car ce sentiment bouleverse tout ce que nous étions et une partie de nous disparaît pour laisser la place à celle de l'être aimé. Nous sommes chacun la moitié de l'autre, au sens propre du terme. Nous ne pensons plus que pour nous, nous devons prendre en compte les besoins et les envies de l'âme sœur. En gros, nous perdons toute indépendance.

Je laissai courir un silence pendant lequel je pris la mesure de ses paroles.

- Je ne savais pas que votre engagement allait aussi loin. Que se passe-t-il si l'un des deux meurt ?

- Il est rare que l'autre lui survive bien longtemps. Mourir pour la personne qu'on aime est perçu chez les humains comme un acte héroïque et romantique ; pour nous, ce n'est pas la fin de notre corps physique que nous redoutons, mais la fin de notre liberté.

Malgré une légère hésitation, je me résolus à poser une question fâcheuse :

- Est-ce que cela fonctionne entre vampires et humains ?

La mâchoire de mon chauffeur se crispa une seconde.

- Pendant longtemps, j'ai cru cela impossible. Comprenez bien, un créateur n'engendre un nouveau vampire que pour deux raisons : la volonté de transmettre ses connaissances comme pour un enfant, ou celle d'avoir une compagne ou un compagnon. Dans le dernier cas, c'est souvent le désir sexuel qui en est à l'origine, plus rarement un réel attachement. D'après ce que j'avais entendu dire, l'Amour Absolu ne pouvait entrer en action qu'entre deux membres de mon espèce. Enfin, c'est ce que je croyais. Mais j'ai dû réviser mon jugement en observant la déchéance de Thomas Coltrane après la mort de sa compagne humaine. C'était comme si en la tuant, on avait tué une part de lui-même ; et c'est ce qui a conduit à sa perte. Avec le temps, je me suis persuadé que ce n'était pas possible et que mon prédécesseur en avait peut-être eu assez de sa longue vie... Jusqu'à ce que...

Un nouveau silence pesant régna tout à coup dans l'habitacle. Phoenix cherchait ses mots et je n'en pouvais plus d'attendre qu'il termine sa phrase ou qu'il se décide à réduire le volant en confettis, broyé qu'il était par l'étau de ses mains.

- Jusqu'à ce que ?

- Jusqu'à ce que... je voie le comportement de François avec votre amie Angela.

Il expira presque en achevant ses propos. Je savais qu'il ne voyait pas d'un bon œil la relation de ces deux-là, je l'avais même critiqué ouvertement sur ses œillères. En fait, je n'avais pas compris que l'amour de François pour mon amie remettait en question des convictions qu'il tenait pour acquises depuis des centaines d'années.

- Vous croyez qu'il ressent l'Amour Absolu ?

- C'est certain. Sinon, il ne se contenterait pas de vivre comme le gentil mari d'une petite bibliothécaire d'une ville trop petite pour figurer sur une carte nationale.

Bien que l'image de Scarborough et d'Angela soit rude, il fallait reconnaître qu'il n'avait pas tort. François avait choisi une vie à l'opposé de celle qu'un vampire de trois cents ans aurait dû mener. Mon amie l'avait présenté à ses concitoyens comme un ouvrier travaillant dans une usine de Kerington, se levant à l'aurore pour ne revenir qu'au coucher du soleil. Les gens s'étaient étonnés de tels horaires, mais François s'était justifié en invoquant les cadences mises en place dans sa société, après la crise de 2008. Ce qu'ils ne savaient pas, c'était que le nouveau venu logeait la journée dans la cave de sa dulcinée, pour n'en ressortir que le soir, pour être avec elle. D'après Angela, ils ne faisaient pas grand-chose, ils apprenaient à se découvrir l'un l'autre. Avec les trois cents ans de vie de François, il y avait de quoi faire en même temps… En tout cas, ils n'avaient pas encore abordé la question la plus intime de leur relation, elle me l'avait dit. Ils n'étaient pas encore prêts à passer ce cap et cette situation les satisfaisait pour le moment.

En y réfléchissant, je comprenais Phoenix. Comment croire que François acceptait tout cela de bon cœur s'il n'éprouvait pas pour Angela cet Amour Absolu si étrange et si… absolu qu'un vampire peut éprouver ? Quant à elle, je savais depuis longtemps qu'elle lui avait voué son cœur.

Mon malheur personnel ne m'empêchait pas de me réjouir pour eux. Après tout, ce lien n'empêchait pas le bonheur, non ? D'ailleurs…

- Je comprends que cet amour vous fasse si peur pourtant, je ne peux le concevoir comme une menace ou une faiblesse. Regardez Talanus et Ysis !

Phoenix réfléchit quelques instants.

- C'est vrai que leur autorité ne peut pas être contestée tant ils sont efficaces et complémentaires l'un l'autre.

- Vous ne pensez qu'en termes de pouvoir. N'avez-vous jamais remarqué comment ils se conduisaient l'un envers l'autre ? Talanus boit littéralement les paroles de sa femme et celle-ci ne peut s'empêcher de le toucher, même en public. Ils n'ont pas honte de montrer leur affection devant leurs sujets. Qu'est-ce que ça implique selon vous ?

Phoenix réfléchit quelques instants.

- …Qu'ils sont heureux ensemble, conclut-il quelque peu surpris par l'angle de mon raisonnement.

- Vous voyez, ce n'est pas parce que vous aimez que vous devenez faible. Vous voyez juste le monde différemment, avec quelqu'un qui vous aime à vos côtés.

- Hm. C'est une façon plus agréable de voir les choses, effectivement.

Même si Phoenix n'était pas convaincu par ma vision optimiste, j'étais satisfaite de lui avoir fait partager mon point de vue. Honnêtement, même si je comprenais le besoin d'indépendance de son espèce, je ne lui voyais pas de raison d'avoir peur d'aimer. Après tout, la définition du dictionnaire ne disait-elle pas que les gens qui ne pensaient qu'à leur petite personne étaient des égoïstes ?

Après cela, nous n'abordâmes plus l'intimité des vampires et nous reprîmes notre écoute de la radio jusqu'à notre retour. Ce fut un bon moment ; Phoenix était détendu et riait même parfois aux blagues potaches de l'animateur. De temps en temps aussi, il rebondissait sur ses propos en me racontant quelques anecdotes de sa longue vie.

Ainsi, j'appris qu'un jour qu'il se trouvait en Espagne avec François, en 1895, ils avaient assisté à un spectacle de tauromachie nocturne. Ce soir-là, dans l'arène, la foule était en liesse et hurlait des encouragements à son torero vedette qui faisait face à une bête énorme, un *miura* [2]d'au moins sept-cents kilos. Entre les cris du public et les blessures infligées par son bourreau humain, l'animal était littéralement enragé et frappait durement le sol de ses sabots.

---

[2] Du nom de la famille pratiquant cet élevage depuis la deuxième moitié du XIXe siècle.

Alors qu'il chargeait pour la énième fois son adversaire, la pique qu'il reçut sur le dos le rendit fou de fureur et au lieu de faire demi-tour pour l'affronter à nouveau, il fonça droit dans la palissade en bois qui protégeait les spectateurs. Celle-ci vola en éclat et dans les gradins, ce fut la débandade générale. Tout le monde se bousculait et se piétinait pour fuir les terribles cornes du taureau qui n'avaient que l'embarras du choix pour embrocher quiconque les approchait de trop près. Comme la bête menaçait de charger des enfants, François s'interposa entre eux et tenta de la calmer par des paroles apaisantes ; peine perdue. Cible de choix, elle fonça droit sur lui pour lui infliger une blessure fatale, mais au dernier moment, il s'écarta vivement pour prendre appui sur l'une de ses cornes et sauter sur son dos.

Phoenix riait tellement au souvenir de ce rodéo improvisé qu'il essuyait des larmes imaginaires au coin de ses yeux tandis qu'il laissait la voiture se conduire toute seule, sans s'occuper du volant. Imaginer saint François en cowboy espagnol sur un taureau déchaîné était proprement désopilant et d'ailleurs, mon chauffeur-narrateur m'avoua que ce fut l'un des moments les plus drôles de sa vie. Notre ami mousquetaire, en héros qu'il était, avait réussi à assommer l'animal en un seul coup de poing mais s'était refusé à l'achever ni à autoriser qu'on le fasse pour lui. Après moult négociations avec les autorités locales, il avait fini par l'acheter et le revendre comme reproducteur dans une exploitation rurale. Le taureau avait eu une belle vie, sans savoir qu'il la devait à un vampire, un prédateur, qui, non content de lui avoir laissé la vie sauve, était devenu son bienfaiteur.

- François est incroyable ! résuma mon patron en arrivant devant notre propriété.

Effectivement, pour un vampire, mon ami français détonnait : d'abord, il protégeait des bêtes enragées, ensuite il se refusait à tout appétit charnel tant qu'il ne serait pas marié à son âme sœur, et enfin, cette dernière s'était révélée être une simple humaine pour laquelle il acceptait de se sédentariser dans une toute petite ville sans grande envergure. Phoenix avait raison, François était incroyable.

Comme je le regretterai lorsque je partirai, pensai-je.

*

Le lendemain matin, je m'étais levée tôt pour continuer mes recherches sur les Callidge et la famille Johnson, et faire mon rapport pour Talanus et Ysis. Ainsi, l'après-midi, je pourrais aider Matthew à reprendre à zéro sa quête de ses origines, comme je le lui avais promis.

- Bonjour, je m'appelle Ellain Bonham et je travaille pour George Stanson, avocat à Kerington. Mr Stanson m'a chargée de prendre contact avec Mademoiselle Callidge à propos de la succession d'un bien immobilier situé dans les quartiers Ouest de la ville. Notre dossier est actuellement incomplet et nous avons beau tenter de la joindre chez elle, personne ne répond, alors j'ai pensé que vous pourriez nous aider.

Il était environ dix heures du matin quand, enfin, je parvins à contacter le cabinet médical où travaillait notre victime. J'avais endossé une identité et un prétexte bidons pour que ses collègues soient plus enclins à me donner des informations sur elle, mais par précaution, j'avais préféré utiliser le nom de Stanson, l'avocat véreux qui blanchissait l'argent du trafic de sang d'Ichimi et Kaiko l'année dernière, au cas où ils auraient l'idée de vérifier mes dires. La voix de la personne qui avait décroché le téléphone était jeune et enjouée et avec sympathie, elle me redirigea vers l'un des médecins en s'excusant de ne pas pouvoir m'aider.

- Je suis désolé, mais Théodora ne travaille plus ici.

Contrairement à sa secrétaire, ce docteur ne prenait pas la peine d'être aimable et se sentait a priori dispensé de l'élémentaire politesse face à quelqu'un ne faisant pas partie de ses patients.

- Vraiment ? Pourtant, on m'a assurée que c'était le cas il y a à peine une quinzaine.

Évidemment, je savais que Théodora n'avait pas pu se présenter à son poste vu qu'elle était morte, mais je devais jouer l'ignorante pour obtenir le plus d'éléments possibles.

- C'était le cas il y a quinze jours, mais nous avons reçu sa lettre de démission à effet immédiat. Elle disait qu'elle quittait la ville.

Cette information était importante car elle supposait que le Cercle avait envoyé cette lettre pour éviter une enquête de police au cas où son employeur signalerait la disparition de Théodora.

- Oh, et… vous a-t-on donné cette lettre en main propre ?
- Non, par courrier.

Zut, si quelqu'un était venu la déposer, j'aurais pu interroger le personnel sur son apparence physique et avec mes souvenirs, Ysis aurait pu tracer un portrait-robot de cette personne. Mais tout n'était pas perdu.

- Je suis désolée, mais j'aurai besoin d'une copie de cette lettre pour mon dossier. Est-ce possible ?
- Pour qui avez-vous dit que vous travailliez ?
- George Stanson. Je comprends vos réticences alors n'hésitez pas à appeler son cabinet pour vérifier que je travaille bien pour lui et ainsi, vous n'aurez plus de scrupules à me faxer cette lettre. Je vous donne le numéro.

Ce faisant, je me dis qu'il valait mieux que je passe un coup de fil à ce cher George pour qu'il confirme ma version. Même si ses souvenirs de moi ne devaient pas être tendres (après tout, j'avais menacé de l'émasculer), il ne pourrait pas me refuser ce petit service s'il tenait à la vie.

- Très bien, c'est noté. Autre chose ? demanda le médecin, de plus en plus impatient.

- En attendant votre réponse, j'aimerais poursuivre mes recherches pour contacter Mademoiselle Callidge. Savez-vous si elle avait de la famille ou un petit-ami qui serait capable de me dire où elle est ?

Il y eut un silence pendant lequel je sentis comme de l'hésitation de l'autre côté du combiné.

- Théodora m'a dit une fois qu'elle fréquentait quelqu'un, mais elle était très secrète. Je ne connais que son prénom, un certain Richard.

- Cela ne m'aide pas beaucoup, vous en conviendrez.

- C'est tout ce que je peux vous dire. Théodora était une employée modèle mais très repliée sur elle-même. Elle ne parlait jamais de sa vie privée et n'a mentionné ce type qu'une fois, alors que nous fêtions les dix ans de l'ouverture de notre cabinet et qu'elle avait un peu trop bu. Maintenant laissez-moi tranquille, j'ai des patients à voir.

- Je comprends, dis-je un peu crispée par mon échec. Je suis désolée pour le dérangement et merci d'avance pour le fax. Au revoir.

Une seconde plus tard, il m'avait raccroché au nez.

- Trop aimable…

En m'étirant les bras et les jambes, je me demandais ce que j'allais bien pouvoir tirer de la lettre de démission de Théodora ainsi que de son bien-aimé Richard mystère. Que faire avec uniquement un prénom ?

Dépitée, je pris néanmoins à nouveau le téléphone.

- Bureau de Mr Stanson, Stella, à votre service.

- Bonjour, c'est Samantha Jones. Il faut que je parle à votre employeur, c'est urgent.

- Oh, euh ou-ou-oui, tout de suite, ne qui-quittez pas.

Le trouble de Stella était compréhensible. L'année précédente, c'était elle qui m'avait permis de prendre contact avec Stanson, l'homme qui m'avait conduite vers ceux qui voulaient notre perte. Ichimi et Kaiko lui avaient révélé leur véritable nature et l'obligeaient à procéder au blanchiment de l'argent qu'ils gagnaient avec le sang des gens qu'ils faisaient enlever et assassiner. Bien que ce fut une ordure, il ne méritait pas d'être tué pour préserver le Secret. Par conséquent, quand il avait été interrogé par Egire en personne, ce dernier lui avait proposé un marché qu'il ne pouvait refuser : être exécuté ou travailler pour d'autres vampires.

Ce n'était pas un choix, j'étais passée par là et Stella avait dû subir les foudres de son patron pour avoir ouvert la cage aux fauves par inadvertance.

Bref, depuis ce jour, cet avocat de renom était passé sous l'autorité de Talanus et Ysis, et aussi sous la mienne. C'était un peu étrange d'ailleurs de savoir que j'avais droit de vie ou de mort sur cet homme. Phoenix s'était chargé de le lui faire comprendre, mais après ce que, moi-même, je lui avais fait subir, c'était un peu inutile. Il le savait pertinemment, ça s'entendait à sa voix à ce moment précis.

- Mademoiselle Jones ? Ce… Ça faisait longtemps. C'est un plaisir.

Si j'avais été cruelle, j'aurais pu sourire en imaginant les gouttes de sueur qui devaient déjà perler sur son front dégarni. Mais je n'étais pas comme ça.

- Ne jouons pas aux faux-semblants voulez-vous, je ne vous ennuierai pas longtemps.

- Très… très bien, je vous écoute.

- Un médecin de Kentwood va vous appeler. Il vous demandera si une certaine Ellain Bonham travaille pour vous. Vous confirmerez en précisant que le document concernant Madame Callidge restera confidentiel. S'il vous pose d'autres questions, vous lui direz que vous n'êtes pas autorisé à divulguer des informations à un quidam. Vous avez compris ?

- Oui. Je suppose que je ne dois pas non plus vous demander qui est cette Madame Callidge ? dit-il, un brin sarcastique.

- Vous supposez bien, à moins que vous vouliez revenir sur l'accord passé avec mes supérieurs.

Silence.

- Non.

Tout sarcasme avait disparu de sa voix à leur évocation et quelque part, je m'en voulus d'avoir joué cette carte.

- Parfait, alors faites ce que je vous ai dit et tout ira bien.

- Quand ce médecin doit-il m'appeler ?

- Aujourd'hui, j'espère.

- Très bien, ce sera fait.

- Au revoir, Mr Stanson.

- Au revoir.

En raccrochant, je m'estimais heureuse d'être tombée sur Phoenix car en y repensant, je me rendais compte qu'il ne m'avait jamais traitée comme une esclave. Kiro avait raison, d'autres n'auraient pas eu cette courtoisie…

Frissonnant, je chassai cette idée et me remis au travail. Il y avait tellement de Johnson aux États-Unis que dix ans pouvaient s'écouler sans que je ne parvienne à tomber sur les descendants de celle qui avait négocié le traité de paix entre le Cercle de Mellindra et les vampires, c'était vraiment frustrant.

Il était plus de treize heures lorsque je me décidai enfin à aller déjeuner. Le soleil d'hiver éclairait la cuisine d'une douce lumière blanche et j'attendais non sans impatience de meilleures températures afin de profiter du jardin et de la senteur de ses rosiers blancs.

Après avoir avalé une cuisse de poulet et des petits pois revenus à la poêle, j'engloutis rapidement un yaourt à la vanille et rangeai la vaisselle. Matthew devait passer me prendre vers quatorze heures, pas question d'être en retard.

Un peu avant l'heure dite, je vérifiai mon allure dans le grand miroir de l'entrée. J'avais enfilé un jean, un pull, des bottines, et pour me protéger du froid, mon long manteau noir, mes gants, mon écharpe et mon bonnet blancs. Cette fois, j'étais bien contente de ne pas avoir à m'envelopper dans cette grosse couverture en laine réservée aux plaisirs de l'altitude.

Là, Matthew m'emmènerait avec sa voiture et je n'aurais pas à avoir peur de mourir gelée. Satisfaite de mon reflet, je sortis.

Phoenix avait été clair, il ne voulait pas que mon ami mette ne serait-ce qu'un pied dans sa propriété et je n'étais pas assez folle pour passer outre cette interdiction. Je lui avais donc dit d'attendre devant la grande porte d'entrée.

Et c'est là que je le trouvai.

Il se tenait debout contre sa voiture et me regardait venir vers lui en souriant, de ce sourire si innocent et si tendre qu'il ne réservait qu'à moi et à Angela, ses deux meilleures amies. Malgré tout, en m'avançant dans sa direction, je ne pus que constater que dans ses yeux, à cet instant, brillait pour moi une étincelle qui n'apparaissait jamais en présence de notre libraire préférée. Étrangement, je ne m'en sentis pas irritée comme j'avais pu l'être par le passé, mais plutôt flattée. En même temps, qui ne le serait pas ? Matthew était le plus bel homme de Scarborough et toutes les filles lui couraient après. En plus de cela, avec François, c'était aussi l'homme le plus gentil que je connaissais.

Sans m'en rendre compte, en arrivant à sa hauteur, je souriais jusqu'aux oreilles.

- Tu es en avance.

Il me fit un clin d'œil.

- Tu es en retard.

En m'esclaffant, je répliquai :

- Tu es un menteur !

Riant tous les deux, nous montâmes dans sa voiture et il me ramena en ville, chez lui.

- Il est vraiment temps que je m'achète une voiture, m'étais-je exclamée en arrivant.

- Tu n'as pas reçu l'argent de l'assurance pour ta Buick ?

- Oh, si tu veux parler de la somme misérable qu'ils m'ont envoyée après l'hôpital… Je suis même sûre qu'ils auraient préféré que je reste dans le coma pour ne pas se couvrir de honte en me donnant mon chèque ! D'accord, cette Buick était une antiquité, mais moi, je l'aimais bien !

- Ils exagèrent ! La carrosserie n'était pas des plus fraîches, mais c'était une voiture solide et bien entretenue.

- Que veux-tu ?! soupirai-je. Je crois qu'ils se sont dit qu'avec ma propension à aller droit dans le décor, il valait mieux me pousser à faire plus de vélo !

Matthew s'esclaffa.

- Sans rire, il va falloir que tu m'aides à me trouver un autre moyen de transport, repris-je.

- Hm… Tu sais, vu ta maladresse, la bicyclette n'est pas une mauvaise idée en fin de compte. Avec ça, tu ne risqueras pas de tuer quelqu'un !

- Hé ! m'offusquai-je en lui donnant un coup de poing dans l'épaule tandis qu'il me précédait dans ses escaliers.

- Samantha, la reine du cyclisme !

Pour se moquer davantage, il me laissa passer devant lui en effectuant une gracieuse courbette qui m'irrita au plus haut point. En même temps, il n'avait pas tort… Quelques mois auparavant, mon ami m'avait emmenée faire une longue promenade en vélo autour de Scarborough. Au début, je trouvais cela agréable, mais j'avais commencé à déchanter quand il me fit remonter des côtes abruptes pour me faire admirer le paysage depuis le plateau qui surplombait la ville. C'était magnifique, mais tout ce que je retins de cette balade, c'était la douleur lancinante dans mes mollets ; les entraînements de Phoenix m'avait resculpté le corps et rendue plus sportive, mais il ne fallait pas exagérer. Le summum du ridicule fut atteint lorsque nous nous engageâmes dans une grande descente menant directement au centre ville… À un moment donné, mon deux-roues décida de bifurquer vers les champs de maïs de Nelson Colvert. Outre les égratignures et les feuilles prises dans mes cheveux atrocement emmêlés, je dus supporter le fou rire de Matthew sur tout le chemin du retour que j'avais mis un point d'honneur à terminer à pied. Je lui en avais voulu pendant des jours…

D'ailleurs, face au regard noir que je lui lançai, il dut s'en rappeler aussi car il eut vite fait de remballer son sourire et de filer chercher le carton d'archives contenant son dossier d'adoption.

Depuis la chambre, je l'entendis me crier :

- J'ai préparé de la citronnade. Si tu en veux, sers-toi dans le frigo !

Je n'avais pas particulièrement soif, mais en hiver comme en été, je ne refusais jamais un petit verre de ce liquide sucré si rafraîchissant. Phoenix et Matthew l'avaient bien compris car l'un et l'autre n'oubliaient jamais de m'en rapporter quand ils revenaient dans leur salon avec leurs boissons favorites : sang et coca.

Au réfrigérateur, je ne pus que pousser un sifflement mi-admiratif, mi-réprobateur en constatant la profusion de nourriture. Il y avait (entre autres) un reste de soupe au potiron, du poulet de Danny, un ragoût de bœuf, une tarte aux noix de pécan, un gâteau au chocolat et des pâtes de fruit. En prenant la bouteille de citronnade entre le *Coca Cola*, le lait et le *Sprite*, je m'exclamai :

- Il faudrait que tu me dises comment tu fais pour ingurgiter autant de nourriture sans jamais prendre un gramme ! Ce n'est pas possible, tu n'es pas humain !

En disposant ses documents sur la table, Matthew haussa les épaules.

- Si je connaissais mes vrais parents, je pourrais peut-être te répondre.

Son ton froid et presque agressif me fit sursauter, j'avais peut-être gaffé mais je ne méritais pas une telle répartie. Il dut s'en rendre compte car :

- Excuse-moi.

La tristesse et le remords que je perçus dans sa voix balayèrent aussitôt le sentiment d'injustice que j'avais pu ressentir et posant la bouteille de citronnade sur la table, je lui pris gentiment le bras.

- Je n'aime pas te voir ainsi.

Guidée par une impulsion soudaine, je l'attirai vers moi pour le serrer dans mes bras. Je n'étais pas douée pour les beaux discours de consolation alors ce fut tout ce qui me vint à l'esprit pour apaiser sa peine. Matthew me rendit mon étreinte et nous restâmes ainsi, enlacés, quelques instants. Même si ce fut bref, c'était agréable… Mon ami sentait bon et ses bras puissants qui me tenaient si étroitement serrée contre lui me procuraient un sentiment de bien-être et de sécurité que je n'avais plus ressenti depuis le soir du nouvel an. Je le sentis même jouer avec une mèche de mes cheveux… Mais ce contact me rappela une autre étreinte avec un autre homme et ce souvenir suffit à mettre fin à ce moment.

- On les retrouvera, tu verras… lui murmurai-je avant de me tourner vers la pile de papiers et de lancer :

- Sauf si tu continues à lambiner !

Une fois attablés et en mode travail, nous nous lançâmes dans la reprise à zéro de l'ensemble de ses documents. Au bout de trois heures, nous en avions compulsé la moitié en mettant de côté les éléments inutiles comme les brochures d'adoption pour les couples de retraités, pour ne garder que l'essentiel, c'est-à-dire, pas grand-chose. Quelque peu découragée, je fis le bilan de cette après-midi.

- Bien, reprenons. Danny t'a trouvé dans une ruelle sombre de Kerington, en sortant de l'épicerie de nuit de son ami italien Rodrigo Scapatorre il y a un peu plus de trente ans, et tu avais à ce moment là neuf mois d'après le médecin qui t'a examiné par la suite. Scapatorre a eu beau interroger le voisinage, personne n'a vu quiconque déposer un bébé à cet endroit. En même temps, il était environ une heure du matin donc tout le monde devait dormir. Bref, Danny est allé à la police mais aucun avis de recherche ne semblait avoir été déposé pour toi donc on a supposé qu'on t'avait volontairement abandonné.

Cela me faisait mal de remuer le couteau dans la plaie de mon hôte, mais pour démarrer les recherches sur un bon angle d'attaque, il était nécessaire d'y voir clair et donc, de faire le point sur la situation.

- Comme on proposait de t'accueillir dans un orphelinat, Danny a refusé et a demandé à t'adopter. Le processus a mis du temps, mais les services sociaux ont fini par donner leur accord et te voilà devenu Matthew Robertson.

- En résumé, c'est cela.

Si mon exposé avait mis mal à l'aise mon interlocuteur, il n'en laissa du moins rien paraître et se contenta de boire une gorgée de Coca.

- D'après ce que je vois là, tu as pu obtenir tous les documents qui ont permis de valider ton adoption, mais il n'y a rien concernant ton abandon.

- Je te l'avais bien dit, j'ai fait chou blanc à dix-huit ans alors je ne vois pas ce qui va me permettre de réussir cette fois-ci.

Son air défaitiste m'énerva. Mes parents m'avaient toujours appris qu'il ne servait à rien de se complaire dans la morosité et que pour oublier ses soucis, rien ne valait mieux que de se flanquer un bon coup de pied dans le fessier en allant de l'avant. J'avais peut-être trop dorloté Matthew tout à l'heure, il était temps de le remuer.

- Évidemment, si tu raisonnes comme ça, tu n'arriveras à rien ! Un peu de nerfs quand même ! Et je te rappelle que désormais, tu as un atout de choix dans ta manche !

Haussant un sourcil, il me fixa avec un mélange de perplexité et de lassitude.

- J'aimerais bien savoir lequel, soupira-t-il.

- Moi, patate ! dis-je en lui assenant une petite tape derrière la tête comme *Gibbs* l'aurait fait avec *Dinozzo*.

J'y étais peut-être allée un peu fort car mon ami ne put réprimer un petit cri de douleur et dut se masser l'arrière du crâne pour la faire passer. Il me fusilla du regard.

- Oups ! dis-je, légèrement embarrassée.

Fichue empreinte !

Oh, et puis, peu importe ! Il fallait bien le secouer un peu ! J'avais toujours connu Matthew comme un roc inébranlable qui pouvait m'épauler en cas de besoin et égoïstement, je voulais que ce soit encore le cas. Il était hors de question que je le laisse dans cet état, j'étais déterminée à lui faire retrouver sa joie de vivre.

- Tu n'y es pas allée de main morte *GI Joe* !

- Cesse de faire l'enfant, tu en avais besoin ! me défendis-je.

Matthew me considéra une seconde puis sourit :

- On dirait que tu as des talents cachés… et pas tout à fait tort. Je comprends… Je tâcherai de me montrer plus positif.

- Voilà qui est mieux !

L'heure de mon départ étant proche, nous nous laissâmes tout de même le temps de manger un morceau de sa délicieuse tarte aux noix de pécan tout en discutant d'autre chose que son adoption pour clore notre après-midi ensemble. Nous évoquâmes la relation de François et Angela qui nous rendait très heureux pour eux, ainsi que les horribles températures négatives au-dehors. Matthew était comme moi, il préférait nettement le soleil d'été aux longues et froides nuits d'hiver ; encore un point que nous avions en commun hormis un appétit immodéré pour les sucreries et les séries télévisées.

Dans sa vieille *Volvo* grise, nous nous amusâmes à chanter à tue-tête de vieilles chansons des années cinquante dont nous réinventions les paroles au fur et à mesure de la bande-son. Le résultat fut un horrible concerto de vocalises entrecoupé de fous rires. Ce fut un merveilleux moment.

Comble de la galanterie, mon ami sortit en premier de la voiture pour ouvrir ma portière et me raccompagner devant l'immense portail en acier du château.

- Merci, Sam. J'ai passé une excellente journée grâce à toi et j'apprécie vraiment ton aide, tu sais.

Un peu émue, je lui pris les mains et lui répondis :

- Ça me fait plaisir, et puis les amis, ça sert à ça.

À cet instant, je lus un pétillement malicieux dans ses yeux, loin de toutes les réactions déçues qu'il avait pu avoir précédemment lorsque j'évoquais mon amitié avec lui. Et avec un sourire énigmatique, il se pencha vers moi, m'embrassa doucement sur la joue.

- On se voit demain, Sam.

Il s'en alla tout aussi fugacement, avant même que je ne puisse me rendre compte que je ne lui avais pas dit au revoir, avant même que je ne réalise que ses lèvres au toucher aussi doux et lisse qu'une plume m'avaient troublée.

Chapitre VI : De la couleur du sang

*

Les deux jours suivants ne furent guère prolifiques si on considère que côté Cercle de Mellindra, notre enquête était au point mort en constatant l'inutilité de la lettre de démission de Théodora fournie par le cabinet médical, en attendant les résultats ADN de Dennis Obson ainsi que mon rendez-vous avec Stanley Finnigan, et que côté Matthew, nous en étions toujours à faire le point sur les éléments qu'il avait recueillis à l'âge de dix-huit ans.

Pour passer le temps, Phoenix m'emmenait régler quelques affaires qu'il avait mises en attente pour notre enquête. Ce n'était pas très intéressant : une transaction immobilière avec un agent spécialisé dans la réhabilitation de vieux bâtiments publics et un rappel musclé à un vampire de passage qui avait omis de signaler sa présence sur le territoire de Talanus et Ysis. Le réseau d'informateurs de mon employeur était très efficace car peu de nouveaux venus dans la région pouvaient espérer passer inaperçus, et lorsqu'ils oubliaient de respecter les règles très strictes édictées par les chefs du secteur de Kerington, ils étaient sûrs de recevoir une visite « angélique » pour les leur rappeler. Ce n'était pas la première fois que ce genre de cas se présentait alors cette fois là, je me contentais d'attendre en baillant que la leçon de morale à grands renforts de menaces mortelles terrorise suffisamment notre invité pour qu'il me livre toutes les informations dont nous avions besoin pour l'identifier. Mon patron y était allé un peu fort parce que le type m'avait ensuite carrément raconté sa vie depuis sa petite enfance au Canada jusqu'à l'heure précédent notre entrevue. Il fallut que je me mette moi aussi à le menacer pour qu'il m'en fasse un résumé. Franchement ! Les vampires avaient des pouvoirs extraordinaires, mais certains n'étaient vraiment pas des lumières !

Le week-end promettait également d'être très calme. En effet, Matthew m'avait prévenue qu'il partait avec Danny à une fête de famille, à trois heures de route de là, et qu'ils ne comptaient rentrer que le dimanche soir. De fait, je m'étais sentie en droit de m'accorder une journée de repos en commençant par une grasse matinée bien méritée, suivie d'un petit-déjeuner gargantuesque à base de chocolat chaud et pain grillé, recouvert d'une bonne couche de pâte à tartiner. Je n'avais pas de scrupules pour ma ligne vu que mes sorties avec mon employeur brûlaient toutes les calories emmagasinées dans la journée. Vivre avec un mort-vivant était parfait pour les réfractaires aux régimes ! Et puis, quand je me regardais dans la glace, je ne me voyais plus en vilain petit canard ; mes fonctions et ma nouvelle vie m'avaient fait changer intérieurement, mais aussi extérieurement.

À Kentwood, je ne faisais aucun effort pour me mettre en valeur et chaque jour, j'arborais les mêmes sempiternels jeans bleus délavés associés à des baskets blanches et un haut noir. Je ne me maquillais pas, hormis un peu d'eyeliner de temps en temps, et je ne mettais aucune recherche dans mes coiffures ; c'était queue de cheval au quotidien.

Grâce à Phoenix, ses entraînements et son goût en matière vestimentaire griffée, j'avais pris conscience de mes atouts et décidé de les mettre en avant. Les quelques kilos superflus que j'avais à notre rencontre avaient rapidement laissé la place à une nouvelle silhouette sculptée par les longues séances d'abdominaux et de combats au corps à corps, ainsi, sans être plate comme certains mannequins ou actrices, j'étais plus svelte. Avoir confiance en moi m'avait permis quelques ajustements : je mettais plus de couleurs, que je pensais à accorder entre elles, j'osais le fard à paupières et le rouge à lèvres, et chose extraordinaire, je réussissais à marcher avec des talons hauts ! Si mes parents me voyaient, ils ne me reconnaîtraient pas !

Néanmoins, j'appréciais les tenues décontractées pour mes rares moments de repos et en rendant visite à Angela cette après-midi de samedi, je portais un pantalon noir simple avec une chemise rouge et des mocassins accordés. D'après mon amie, quand nous échangions nos point de vue très limités et théoriques sur la mode, c'était la teinte qui m'allait le mieux.

- Pile de la couleur de tes yeux quand tu perds les pédales ! s'était-elle exclamée en rigolant avant de s'empourprer de honte en se rappelant la dernière fois qu'une telle chose m'était arrivée.

Je ne l'avais pas mal pris. Depuis ma dernière explication avec Phoenix, mon cœur refusait toujours de réagir aux stimuli extérieurs, positifs ou négatifs. J'avais simplement changé de sujet.

- Bon alors, que veux-tu voir ? Aventure ou comédie romantique ?

Nous avions convenu de nous détendre au cinéma en nous empiffrant de pop-corn, mais nous n'avions pas encore choisi le film.

- Que dirais-tu du nouveau Jason Statham ?

À l'évocation de cette star du cinéma d'action, je haussai les sourcils.

- Tu manques t'évanouir à la vue d'une perle de sang et tu voudrais regarder un type perdu dans une jungle hostile se battre à un contre cent avec des rebelles birmans ?

- Tu oublies qu'il a un bazooka !

- Ce ne seraient pas plutôt ses pectoraux et ses abdominaux qui t'intéressent ?

- Il n'y a pas de mal à admirer le travail d'un expert en arts martiaux !

- Quelle mauvaise foi ! Bon, si tu es d'accord, je préfère éviter. J'ai suffisamment de sang sous le nez pendant le boulot pour ne pas en plus en rajouter sur mon temps libre.

- Ok, mais si Alex O'Loughlin avait figuré dans le générique, tu aurais foncé dans la salle sans faire d'histoire !

En réfléchissant, je ne pouvais qu'être d'accord avec elle, cet acteur était une usine à fantasmes ambulante.

- Pas faux. Bon, que penses-tu d'aller voir le film d'aventure et te réserver le film d'action pour une sortie avec Matthew ? Il adore ça.

- Si tu veux, mais puisque c'est comme ça, tu paieras le pop-corn !

Que voulez-vous ? Même les gentilles libraires peuvent être dures en affaire !

Requinquée par cette matinée agréable et cette après-midi entre filles, je revins au château en sifflotant.

Quand Phoenix sortit de son bureau au coucher du soleil, je l'attendais déjà, assise sur le canapé en cuir noir qui faisait face à la porte dérobée, tenant dans ma main un verre de sang frais et son journal. Il me salua poliment, comme toujours, et avala d'un trait le verre que je lui tendais avant d'attraper son quotidien pour le feuilleter à côté de moi.

- Bien dormi ? demandai-je aimablement.

Un léger grognement m'avertit que oui. En général, lorsque mon patron se levait du pied gauche, il ne prenait pas la peine de me répondre et sa mâchoire se crispait d'agacement. Là, pas de souci, c'était un bon jour.

- Comment s'est passé votre journée avec Angela, au fait ?

- Bien, nous sommes allées au cinéma et je nous ai fait regarder un nanar abominable. Angela me l'a fait payer en m'obligeant à lui acheter une double ration de pop-corn.

Un léger sourire flotta sur ses lèvres.

- Je vois.

- Que faisons-nous ce soir ? Vous n'avez pas de rendez-vous ni de congénère à terroriser et je n'avance toujours pas dans mes recherches sur Madame Johnson.

Phoenix réfléchit quelques instants.

- Eh bien il me semble que ça fait quelques temps que j'ai négligé votre entraînement. Que diriez-vous de vérifier vos acquis au lancer de couteau ?

La dernière fois que je m'étais soumise à l'exercice, ça avait viré au cauchemar, me transformant en séductrice ratée… Pourtant, je ne devais pas perdre la main si je ne voulais pas perdre la vie.

- Je vais me changer et je vous rejoins.

Aussitôt dit, aussitôt fait. Infiniment plus rapide que moi, Phoenix était déjà prêt au combat lorsque je fis mon entrée dans la salle d'entraînement du sous-sol et comme il était de dos et torse nu, j'avais une vision parfaite de l'énorme cicatrice qui le défigurait.

Je ne pouvais détacher mon regard de cette longue balafre et j'avais du mal à imaginer combien la douleur avait dû être intense quand Finn la lui avait faite. Phoenix se retourna et sembla capter mon sentiment de pitié car il me sourit tristement.

- Le temps guérit toutes les blessures, Sam.

En le voyant passer devant moi pour enfiler un T-shirt et préparer nos lames en acier, je ne pus qu'être en désaccord avec lui. Certaines blessures physiques et psychologiques pouvaient être surmontées avec les années, mais pas toutes, notamment la mort des êtres chers. N'était-il pas toujours amer au souvenir de la trahison et de l'exécution de son meilleur ami l'année précédente ? N'avait-il pas toujours du chagrin en pensant à sa sœur disparue ? En tout cas, cette cicatrice devait la lui rappeler continuellement, chaque fois qu'il se voyait dans un miroir. Ou encore chaque fois qu'il se trouvait face à moi, portant son collier qui ne me quittait jamais.

- J'essaierai de ne pas vous en faire de nouvelles avec mes couteaux, déclarai-je pour détourner le sujet de conversation.

Sans crier gare, il se retourna et en lança un dans ma direction, me forçant à rouler par terre pour l'esquiver, en comprenant qu'il avait démarré les hostilités.

- Essayez donc, dit-il en me toisant avec défi.

Je sentis l'esquisse d'un sourire naître à la commissure de mes lèvres, et je fonçai de l'autre côté de mon adversaire pour attraper une épée.

*

Je n'aurais pas cru cela possible vu mon état, mais l'entraînement me fit beaucoup de bien. Concentrée sur ma tâche, j'oubliais mes problèmes et mettais une ardeur nouvelle dans chaque geste. L'épée me paraissait moins lourde qu'à mes débuts, je visais nettement mieux avec mes couteaux, et je ne ratais jamais mes cibles avec mon revolver. Et même si face à mon vampire de patron je n'avais aucune chance de remporter un vrai combat à mains nues, j'aurais pu aplatir n'importe quel humain en quelques prises des arts martiaux que celui-ci m'enseignait.

Inlassable, j'enchaînais tous types de mouvements, tous types d'exercices, tant et si bien que ce fut Phoenix qui dut me mettre le holà.

- Faites une pause, vous allez finir par vous effondrer.

- Je ne suis pas fatiguée, rétorquai-je malgré mon essoufflement manifeste.

Il sourit et alla chercher une serviette éponge qu'il m'envoya dans la figure.

- Vous êtes une tête de mule… Et c'est moi le prof, alors faites ce que je vous dis.

Face à cette incontestable autorité, je m'inclinai et allai prendre une bouteille d'eau dans le mini-réfrigérateur tout en essuyant la sueur qui dégoulinait par tous les pores de ma peau. Bon, pas très sexy, mais très efficace pour éliminer tout le pop-corn que j'avais ingurgité auparavant.

- Que ferez-vous, Sam, une fois que vous aurez quitté Scarborough ?

Heureusement que j'étais déjà assise, d'autant que je faillis m'étrangler avec ma gorgée d'eau. Je ne pensais pas que Phoenix voudrait en discuter, il n'aimait pas les quarts d'heure d'explication et personnellement, j'étais incapable de répondre à sa question vu que je l'ignorais moi-même.

- Pourquoi voulez-vous en parler ?

- Je ne sais pas.

Un silence gêné s'installa entre nous. Ça devenait continuel depuis quelques temps et c'était franchement embarrassant.

- Eh bien nous sommes deux dans ce cas, soupirai-je. Je n'ai pas la moindre idée d'où je vais aller ni de ce que je vais faire de ma vie. Je partirai, c'est tout.

Il fronça les sourcils.

- Mais vous avez des amis ici et d'après ce que j'en sais, Scarborough vous a adoptée. Vous êtes prête à quitter Angela et… Matthew ?

Il grinça des dents en prononçant ce dernier nom.

Pourquoi ne voulait-il pas comprendre ? Est-ce que les hommes vampires étaient aussi aveugles que leurs homologues humains en ce qui concernait le domaine sentimental ? Je bus une autre gorgée, je n'aimais pas la tournure que prenait cette conversation.

- J'ai pris ma décision, dis-je un peu plus sèchement que je ne l'aurais voulu.

J'espérais néanmoins que ma dérobade suffirait à le faire taire ou tout du moins à lui faire changer de sujet. D'habitude, Phoenix n'était pas du genre à aimer les épanchements, surtout quand ils nous impliquaient, lui et moi, alors j'avais une chance. Mais au lieu de ça, il me regarda étrangement, un éclair blanc traversant ses iris, et il s'avança dans ma direction.

- Levez-vous.

Ce n'était pas un ordre, mais au son de sa voix, je tressaillis et m'exécutai. Je ne savais pas à quoi m'attendre, la lueur dangereuse de ses yeux me mettait mal à l'aise et si proche de lui, je ne pouvais espérer y échapper.

- Vous compliquez toujours les choses, trancha-t-il, agressif.

- Je ne comprends pas.

Voir Phoenix fermer les paupières et prendre une inspiration pour s'inciter au calme m'emplit d'inquiétude pour la suite de la discussion car j'avais encore en mémoire notre dispute dans son bureau, dont les accoudoirs du fauteuil ne s'étaient pas remis.

D'ailleurs, j'avais raison d'avoir peur car l'instant suivant, il m'avait attrapé les bras en les serrant bien trop fort sans s'en rendre compte et malheureusement, j'étais trop choquée pour le lui signaler.

- Vous êtes si agaçante, si bornée, si... pleine de principes ! Vous dites et faites tout ce qui vous passe par la tête sous prétexte que vous avez l'impression que c'est ce qu'il faut et vous êtes si épidermique que même pour les négociations avec le chef de secteur de Dallas, je n'avais pas autant marché sur des charbons ardents ! Malgré cela, tous les habitants de Scarborough vous adorent, tous les vampires vous respectent et Ysis m'étranglera quand elle apprendra votre départ pour quoi ? pour une destination inconnue qui ne fera sans doute pas votre bonheur. Vous devriez rester mais vous êtes si entêtée que vous n'écouterez personne et agirez comme votre cœur vous le dira !

Sur la fin, il criait presque et avait laissé sortir ses crocs. La lueur dans ses yeux s'était intensifiée au point de me forcer à baisser le regard pour ne pas être éblouie, et la pression de ses doigts était tellement douloureuse que je me mordais la lèvre pour ne pas gémir.

- Et pourtant...

Sa voix avait de nouveau changé, le feu de ses pupilles mourut. Je m'obligeai à lever la tête et me confronter à lui, et là, je fus surprise par la gravité de ses traits.

- ... ces travers insupportables sont aussi des qualités. Je n'ai jamais rencontré quelqu'un qui soit si entière et dévouée, honnête et drôle... En fait, je crois que je n'ai jamais rencontré quelqu'un comme vous en cinq cents ans d'existence. J'aimerais vous en vouloir de me quitter, mais je n'y arrive pas, parce que... parce que je...

Il s'arrêta, hésitant manifestement à poursuivre. Je retins mon souffle, complètement perdue face à ce revirement d'attitude. D'abord il me reprochait ma décision, la mettant sur le compte de mes innombrables défauts de caractère, et puis il l'acceptait en me complimentant au passage sur mes qualités. Qu'est-ce qui lui prenait ? Qu'est-ce qu'il n'arrivait pas à me dire ?

- Sam, je...

Ce nouveau blocage me permit de prendre une bouffée d'oxygène. Bien m'en prit car je manquai défaillir lorsqu'au lieu de s'exprimer par des mots, Phoenix tenta sa chance par les actes.

Sans me quitter des yeux, et tandis que j'écarquillais les miens, il me ramena brusquement contre son torse nu, vidant ainsi le peu d'air de mes poumons.

Pendant l'entraînement, je m'étais enhardie avec mon épée et j'avais bien failli l'embrocher, si bien que son T-shirt lacéré sur le devant ne couvrait en rien la peau si parfaite qu'il était censé cacher, et dans la position où j'étais, tout contre lui, mes mains plaquées contre sa poitrine, son toucher si doux m'occasionnait d'être traversée de part en part par une puissante décharge électrique.

Nos visages étaient proches, bien trop proches… J'arrivais à sentir son parfum si incroyable qui, à chaque fois, me perdait dans une clairière au soleil couchant, caressée par une douce brise de printemps, porteuse de promesses pour l'avenir. Là encore, son odeur me transportait, si parfaite, si envoûtante… et je me noyais dans l'océan de ses prunelles que la teinte d'hésitation qu'elles laissaient entrevoir embellissait davantage. Je ne pouvais plus bouger, je ne pouvais plus penser, je ne pouvais qu'attendre. Attendre un geste inespéré, attendre une parole décevante…

En tout cas, je ne m'attendais pas à entendre nos deux téléphones sonner !

Ma réaction de surprise se traduisit par un sursaut qui me permit de me dégager de l'étreinte de mon partenaire, lequel s'empressa de reprendre un visage dur et fermé pour aller répondre.

Je ne comprenais pas vraiment ce qui venait de se passer entre nous et quelque part, je ne voulais pas le savoir. Phoenix était déconcertant et insaisissable, sa nature de vampire ne facilitant pas la tâche pour m'aider à le cerner. Quelles qu'aient été ses intentions, je décidai, en allant décrocher mon portable, de ne pas chercher à en saisir le sens pour m'éviter de nouvelles déceptions.

- Allô ?

- Sam, c'est moi, s'annonça François. Je regarde les informations télévisées et crois-moi, elles peuvent intéresser notre ami commun.

- Il est au téléphone avec Talanus (c'était une sonnerie particulière), qu'est-ce qu'il y a de si important ?

- On diffuse en direct l'incendie d'une maison dans les quartiers sud de Kerington. J'allais changer de chaîne quand le nom du propriétaire m'a interpellé. Il me semble que je l'ai croisé une fois chez Talanus et Ysis.

- Son nom ? demandai-je.

- Seamus O'Malley.

Aussitôt, je me tournai vers Phoenix qui venait de raccrocher. Vu son air, Talanus venait de lui apprendre la même chose que

François et je n'avais aucunement besoin qu'il prenne la parole. Sans attendre, je fis demi-tour et remontai vers ma chambre aussi vite que possible pour aller me changer, en ayant pris soin de remercier mon ami mousquetaire de nous avoir avertis.

D'autres flammes m'attendaient, autres que celles qui avaient dansé dans les prunelles de celui que je voulais cesser d'aimer. Et encore à la mort, j'allais être confrontée.

*

En suivant les informations sur mon téléphone portable pendant mon vol avec Phoenix, je connaissais l'avancée du travail des secours et je pouvais voir que le spectacle avait attiré une foule assez impressionnante. Il était donc hors de question d'atterrir près des caméras, d'autant que tant que l'incendie ferait rage, nous ne pouvions rien faire. Il faudrait attendre le départ des journalistes, du public et de la police scientifique pour mener notre propre enquête. De fait, nous fîmes un détour par chez Talanus et Ysis pour leur emprunter une voiture et nous diriger tranquillement vers les lieux du drame.

Comme je n'avais pas encore dîné, Phoenix s'arrêta dans un restaurant rapide et me commanda un hamburger et des frites à emporter sans se soucier le moins du monde que je lui avais dit que je n'avais pas faim. Buté et de mauvaise humeur, il avait réussi à terroriser le type qui nous servait en lui reprochant d'avoir été trop lent sur un ton tellement glacial et dangereux, que mes cheveux s'étaient hérissés sur ma nuque.

- Fichez-lui la paix à ce pauvre garçon ! Ce n'est pas sa faute si vous avez décidé de faire ce détour contre vents et marées ! avais-je protesté.

- Je préfère perdre du temps à vous acheter à manger que d'entendre votre estomac grogner comme un yéti affamé quand on sera là-bas !

- Hé ! Soyez poli !

J'aurais voulu pousser plus loin la conversation, mais le fumet qui se dégageait du sac de provisions avait mis un terme à toute velléité de rébellion en déclenchant chez moi un horrible gargouillement stomacal, signe d'une faim importante qui m'emporterait très bientôt dans les affres de la voracité. Je me maudissais !

Et je maudissais mon chauffeur qui avait levé le menton et conduisait tout d'un coup d'un air très satisfait !

Le temps d'avaler le tout, et nous étions parvenus à quelques pâtés de maison de l'incendie dont les flammes qui léchaient le ciel étaient visibles de très loin.

- Ce feu est vraiment impressionnant, dis-je en sortant de notre véhicule.

- Seamus habitait une maison en bois. Je me suis renseigné sur lui après notre première rencontre et d'après ce que m'en a dit son créateur chez Talanus, il ne prenait pas grand soin de ses affaires ; il préférait jouer aux jeux vidéo. Inintéressant au possible !

- Certains humains sont de vrais accros à ces jeux, on les appelle des geeks ou des no-life pour les plus atteints. On m'a traitée de no-life un jour... Ce n'est pas très agréable à entendre.

- Qui vous a dit cela ?

- Une fille au lycée, elle sortait avec le garçon le plus populaire de notre classe duquel je m'étais entichée, folle que j'étais. J'avais seize ans et déjà pas de vie sociale, je ne peux pas lui en vouloir de m'avoir cataloguée ainsi.

- Hm... À seize ans, je travaillais déjà dans les champs de Lord Carson. Un jour, l'un des ouvriers agricoles a voulu faire le malin devant ses amis et a essayé de m'obliger à lui donner le peu que je gagnais.

- Je suppose que vous lui avez donné une bonne leçon.

- Il n'a pu avaler que de la soupe pendant des semaines.

Je m'esclaffai.

- Je ne suis pas surprise, je ne vous imagine pas vous laissant piétiner par qui que ce soit.

- Vous auriez dû mettre votre poing dans la figure de cette fille, son copain aurait été tellement admiratif qu'il en serait tombé à vos pieds !

- On n'est plus au XVe siècle ! Aujourd'hui les garçons ne supportent pas les filles dominantes, soit ils en ont peur, soit ils se sentent obligés de jouer les fiers à bras pour ne pas passer pour des mauviettes, le rabrouai-je en lui donnant un gentil coup de poing dans l'épaule.

- Quelle preuve d'évolution ! En Irlande, une femme devait avoir du caractère si elle voulait être respectée par la gente masculine et tous craignaient Keira.

Je tiquai à cette évocation. Nous ne parlions plus vraiment tous les deux depuis que j'avais pris mes distances, mais il mentionnait si rarement sa sœur qu'à part les circonstances de sa mort, elle restait encore une énigme pour moi.

- Nous avons encore quelques rues devant nous, parlez-moi d'elle s'il-vous-plaît. J'aimerais la connaître.

Comme toujours lorsqu'il parlait de Keira, son visage se transforma et la sérénité teintée de nostalgie de ses traits allait de pair avec le sourire enfantin qui flottait sur ses lèvres tandis qu'il se remémorait ces instants de bonheur.

- Elle respirait la joie de vivre. Dévouée à sa famille, elle se souciait aussi du sort des autres et avait la larme à l'œil à chaque mariage. Pour autant, elle était impitoyable envers ceux qui s'en prenaient aux plus faibles et je me souviens qu'un jour, elle a assommé d'un seul coup de poing un garçon de cinq ans son aîné pour avoir volé le jouet d'une petite fille par méchanceté. Thomas, son fiancé, a été subjugué dès le premier regard et malgré tous ses prétendants, c'est lui qu'elle a choisi car le sentiment était réciproque. Nombre de ceux qu'elle avait éconduits ont mangé leur chapeau à l'annonce de leurs noces.

Je souris.

- Je crois que Keira et moi aurions pu être de très bonnes amies.

Phoenix regarda le ciel et les étoiles un instant puis, reporta son attention sur ma personne.

- Je le crois également.

Ce moment d'intimité partagée, bien qu'émouvant, fut très vite balayé par le spectacle qui s'offrit à nous lorsque nous parvînmes à l'angle de la rue où habitait Seamus O'Malley. Non seulement sa maison brûlait à n'en plus finir, mais elle avait également provoqué l'embrasement de deux de ses voisines, donnant à la scène une impression de fin du monde enrobée de la noirceur de la fumée et de la nuit.

L'atmosphère était étouffante malgré le froid, et le vent qui nous cinglait le visage et ralentissait le travail harassant des pompiers ramenait vers nous des bouffées d'air chaud et suffocant qui me faisaient tousser.

- Mes yeux me piquent !

Phoenix regarda de tous les côtés avant de me prendre par le bras et de m'entraîner vers son objectif.

- Il y a un endroit au calme là-bas, on pourra attendre le départ de tout le monde sans qu'on nous remarque.

Bien qu'un peu à l'écart, le petit parc pour enfants, avec ses arbres et sa position surélevée par rapport à la route, était un poste d'observation idéal car trop éloigné pour la curiosité morbide des voisins et des journalistes. D'ailleurs, à part un chat ou un vampire, je voyais mal quelqu'un se risquer à grimper dans les hautes branches du végétal au tronc gigantesque qui ombrageait les plaisirs d'été des tous petits.

Longeant les cordons de police et les envoyés spéciaux plantés devant leurs caméras micro à la main, nous arrivâmes vers notre destination qui, par chance, ne se situait pas sous le vent.

Phoenix ferma les yeux et se concentra le temps de vérifier, d'après les battements de cœur à la ronde, si personne ne nous avait remarqués, puis, rassuré, il me saisit dans ses bras et effectua un bond de plusieurs mètres qui me souleva l'estomac.

L'atterrissage sur la branche la plus épaisse et la plus touffue se fit en douceur, mon patron s'assurant que je sois bien en équilibre pour me lâcher la main. Comme je n'étais pas à l'aise en raison du vertige, je n'essayai pas de l'imiter à s'aventurer plus loin sur la branche ; vu son épaisseur, elle n'aurait certainement pas cédé mais à tout hasard, je préférais éviter. Après tout, moi, je ne savais pas voler et la perspective d'un plongeon de cette hauteur ne me tentait pas.

En tout cas, Phoenix semblait parfaitement à son aise sur son point de mire et quand il revint vers moi, sa démarche assurée me fit regretter de me cramponner au tronc comme si ma vie en dépendait ; je devais être ridicule.

- Le feu est impressionnant, mais ça ne durera pas. La police est déjà là, dans quelques heures nous pourrons entrer en scène.

Comme je voulais pivoter vers lui pour lui répondre qu'en attendant nous aurions tout le loisir de nous ennuyer au possible, je retins mes paroles en sentant mon pied glisser sur l'écorce et mon poids m'entraîner vers l'arrière. Le temps d'un centième de seconde, je battis vainement des bras pour reprendre un équilibre déjà perdu, avant de basculer dans le vide.

Heureusement que je pouvais compter sur les réflexes et la super vitesse de Phoenix qui me rattrapa in extremis par le col de mon manteau et me ramena brusquement en sécurité contre lui. Même si le choc me coûterait une bosse sur le front, je n'en avais cure parce que j'étais sauve, et le cœur battant la chamade, je le serrai dans mes bras pour le remercier tout autant que pour me rassurer.

- Bon sang, Sam ! Vous ne pouvez pas faire attention ?!

- Dé-désolée… dis-je en tremblant avec le contrecoup. Parfois je me dis qu'il serait préférable que je devienne un vampire, ça m'éviterait de risquer de me rompre le cou à chaque fois que mes pieds deviennent fous et confondent une grosse branche avec une patinoire !

Sans me lâcher, Phoenix m'emmena contre le tronc, là où la branche était la plus large et capable de nous supporter tous les deux. Il s'assit, le dos contre l'écorce, et m'attira à lui, de sorte que je vienne me placer entre ses jambes. Il dut voir un éclair d'hésitation dans mon regard car il me morigéna :

- On va devoir patienter, ce qui vous donnera l'occasion de vous reposer, mais étant donné votre acrobatie précédente, il serait préférable que ce soit en sécurité.

Il avait raison, j'étais morte de fatigue et je risquais de m'endormir pendant notre planque. Avec ma maladresse et la hauteur de cet arbre, le sommeil risquerait de m'être fatal sans protection.

Quelque peu gênée par cette position, je m'installai à ma place. Je me tortillais dans tous les sens, n'osant pas prendre sa poitrine pour un oreiller.

- Cessez de faire des manières, Sam.

Phoenix m'avait attrapée par les épaules et forcée à m'adosser à lui. Je devais reconnaître que cette sensation n'était en rien comparable avec la dureté du tronc auquel je m'accrochais tout à l'heure. Là, c'était confortable... et chaud. Gentleman jusqu'au bout, il avait enlevé son manteau et m'en avait recouvert, lui ne risquant pas l'hypothermie. Ainsi, dans la sécurité de ses bras, je pouvais m'accorder un peu de repos, en contemplant à travers le feuillage le ciel zébré de lueurs rougeâtres annonciatrices de cendres.

- Merci, Phoenix.

- Oh, ce fut un plaisir vraiment, dit-il, sarcastique. Mais si vous voulez, je peux réaliser votre souhait de tout à l'heure et vous transformer en vampire pour nous épargner à l'avenir ce genre de désagrément.

Je ne pouvais le voir, mais je devinais aisément son sourire narquois se dessiner sur son visage. Je m'en amusais en remontant son manteau au niveau de mon cou.

- Sans façon, je me préfère ainsi. Si je devenais parfaite, vous n'auriez plus l'occasion de rire de moi et vos soirées seraient moins palpitantes.

Son rire résonna à mes oreilles comme une douce musique.

- Il est vrai que malgré vous, vous pouvez être désopilante.

- Ravie que le spectacle vous plaise, répondis-je, faussement vexée, en parvenant à lui glisser un coup de coude dans les côtes.

- Ouille ! Arrêtez de m'agresser ou je vous fais tomber !

- D'accord, d'accord ! Je vais tenter de dormir un peu, n'oubliez pas de me réveiller quand vous voudrez cesser de jouer à Tarzan.

- Ayez confiance, me rassura-t-il en se calant plus confortablement.

- Jane a confiance en Tarzan, conclus-je en fermant les yeux.

Blottie contre un vampire tout en haut d'un arbre immense, je me sentais bien, suffisamment pour sentir le stress du vertige laisser la place au bout d'un moment à l'engourdissement précédant un sommeil réparateur. Ma respiration ralentit, mon rythme cardiaque se fit souple et régulier, le brouillard de l'inconscience était indubitablement sur le point de me happer. Et avais-je déjà basculé ? que je sentais comme dans un rêve le frisson exquis du contact caressant d'une main sur mon front, dont les doigts experts m'effleuraient la peau avec une lenteur délicieuse, gage d'une infinie délicatesse, et qu'une voix de velours m'accompagnait vers les portes du sommeil en me murmurant des paroles dont je ne me souviendrais pas au réveil :

- Dors, mon amour. Je te protège.

*

Il était plus de quatre heures du matin quand Phoenix me murmura qu'il était temps d'aller travailler. Ce léger souffle à mon oreille suffit à me tirer du profond sommeil dans lequel j'avais glissé et me rappela immédiatement à mes obligations.

- La police est partie ? demandai-je en étirant mes muscles endoloris.

- Oui, il y a une heure.

- Une heure ?! Vous n'avez quand même pas attendu pour me permettre de dormir !

Romantique, mais pas du tout le style de la maison. Et à son sourire, j'avais mis dans le mille.

- Il y avait encore quelques curieux qui se sont attardés malgré les scellés judiciaires.

- Je me disais aussi.

Il attendit que je vérifie que j'avais bien toutes mes affaires avant de m'emporter en contrebas. Sans perdre de temps, nous nous mîmes en route vers les ruines noircies de ce qui avait été un jour la maison de Seamus O'Malley.

- Vous êtes sûr qu'on aura le temps de fouiller et de rentrer à Scarborough avant l'aurore ? murmurai-je en le suivant dans les décombres.

- Je ne sais pas, je préfère prendre mon temps ici et récolter tous les indices. Il faudra aussi passer voir Kiro pour qu'il mette la pression à ses contacts. Hm… Vous avez raison, ça va faire juste pour rentrer à Scarborough, nous irons chez Talanus et Ysis.

Il m'aida à enjamber des morceaux de poutre qui s'étaient entassés et repoussa d'une seule main un morceau de mur qui menaçait de s'effondrer sur nous. J'avais l'impression de suivre Superman.

- Je peux tout aussi bien rentrer toute seule, je me suis bien reposée vous savez.

- Très drôle. Je vous rappelle qu'il faut leur rendre la voiture qu'on leur a empruntée. Et puis vous ne me ferez pas croire que ces quelques heures sur une branche ont suffi pour combler votre manque de sommeil.

- J'avais un très bon oreiller ! Oups !

Je venais de glisser sur une flaque d'eau dans ce qui devait être auparavant une cuisine aménagée. Les canalisations avaient explosé et ça, plus la mousse des pompiers pour étouffer les flammes, rendaient le sol très glissant.

- Ça va ? s'enquit mon guide en se retournant.

- Oui. À votre avis, où est-ce qu'on va trouver la cachette de Seamus ? Dans une pièce cachée de son dressing, à l'étage ?

- Trop banale comme cachette. Non, ce type adorait plus que tout ses séries télévisées et ses jeux vidéo. Il a dû se créer une cachette dans laquelle il pourrait s'adonner à sa passion.

- Et il a dû s'arranger pour y faire passer un fil d'antenne et recevoir les chaînes câblées. Pathétique !

- Exact. Il y a de tout parmi les vampires…

Le salon n'était plus qu'un enchevêtrement de meubles calcinés, entourés par des pans de murs dont la noirceur et le début d'effritement laissaient supposer qu'ils ne tarderaient pas à s'effondrer.

- Il ne faut pas traîner là, dis-je.

- Par là ! La maison empeste l'essence, mais l'odeur est plus forte dans ce coin.

Phoenix s'avança vers les restes du canapé et les poussa pour regarder ce qu'il cachait. Nous devions être sur la bonne voie car la zone était si carbonisée que même les pompiers avaient fait une marque à cet endroit pour désigner l'emplacement du départ de feu. Sauf qu'ils n'avaient pas eu l'idée de mieux regarder sous le plancher qui dissimulait un escalier donnant accès à une petite cave.

- J'ai déjà vu ce genre de cachette. Ça sert de racheter les maisons des trafiquants de drogue.

Il sauta dans le trou et me tendit les bras pour m'inciter à faire pareil. Maudissant la disparition des escaliers dans l'incendie, je fermai les yeux et me lançai. J'atterris dans les bras de Phoenix qui me déposa ensuite doucement à terre, et nous observâmes la situation.

- Quelle horreur ! m'exclamai-je, dégoûtée.

- Ça pour sûr, il n'avait aucune chance.

Devant nous, gisait sur un tas de bois encore fumant, le cadavre carbonisé de Seamus O'Malley. Son corps noirci était ratatiné comme un vieux chiffon et sa bouche était ouverte sur un cri de souffrance absolue.

Il était couvert de chaînes et on pouvait nettement voir un pieu métallique dépasser de sa poitrine.

- Il est mort brûlé vif, annonça froidement Phoenix.

- Le pieu n'a pas touché le cœur ?

- Non, sinon, il se serait transformé en poussière. Celui qui l'a agressé a dû attendre le coucher du soleil et au moment où Seamus s'est réveillé, on lui a planté un pieu dans les poumons. L'argent l'a affaibli ce qui a permis à ses bourreaux de l'immobiliser et de le couvrir d'essence. Le feu nous tue aussi efficacement que l'argent.

- C'était risqué ! Pourquoi ne pas se contenter de lui percer le cœur ?

- C'était un message à mon intention et à celle de Talanus et Ysis. Ce meurtre ne sera pas le dernier.

Face à l'évidence de la guerre à venir, nous nous perdîmes dans le silence. Je ne voulais pas être à l'origine d'un massacre d'humains, mais il fallait arrêter le Cercle de Mellindra. À tout prix.

- Il n'y a pas d'indice, s'énerva Phoenix en donnant un coup de pied dans ce qui avait été un meuble télé. Ces chiens savaient que le feu effacerait leurs traces !

- Qu'est-ce qu'on fait maintenant ?

- On fait ce qu'on a dit, on va chez Kiro !

Il se tourna vers moi et me souleva vers la sortie en prenant de la hauteur. Cependant, alors que nous nous étions engagés dans la cuisine, un grincement menaçant retentit autour de nous, provenant des murs et du plafond.

Avant que je ne comprenne ce qui était en train de se produire, Phoenix m'attrapa brutalement et fonça à une vitesse prodigieuse vers l'entrée. Juste à temps.

À l'instant même où il me déposait sur la route à une bonne distance de sécurité de la maison, elle s'effondrait.

Effarée, je restais muette devant ce spectacle de désolation et incapable de bouger, je pensais au pauvre Seamus dont la pièce de salut s'était finalement avérée être son tombeau.

- Venez, Sam, allons à la voiture.

La voix de mon employeur parvint à me sortir de ma torpeur et je le suivis sans mot dire vers notre véhicule. Cette fois encore, je semblais être la seule à ressentir cette curieuse impression que j'avais éprouvée chez Phil Heathborn, la sensation désagréable des poils qui se hérissent sur la nuque quand notre instinct nous souffle qu'on est épié. Mais que valait mon instinct face à celui d'un vampire ?

*

Le trajet vers Drake Hill dura vingt minutes ; dix minutes pour sortir de Kerington, dix à prier Dieu de me garder en vie pendant que Phoenix conduisait à tombeau ouvert vers notre destination. Il conduisait si vite que je restais collée contre mon siège, les dents serrées. Si la manœuvre avait pour but de m'empêcher de parler, c'était réussi.

Il nous avait garés à cinquante mètres de la boutique de Kiro vers laquelle nous marchions bon train. Décidément, il était pressé.

- Vous êtes sûr que vous ne voulez pas que je rentre avec la voiture à Scarborough ? Vous serez ainsi plus vite à l'abri chez Talanus et je reviendrai vous chercher au coucher du soleil…

Le son de ma voix se perdit sur la fin de ma proposition. Mon patron me fusillait du regard et n'appréciait pas du tout que je conteste ses ordres.

- Je dis ça… c'est pour rendre service… grommelai-je tout de même.

Face à mon manque de discipline, il leva les yeux au ciel.

- Vous pouvez contester autant que vous voudrez, vous n'irez pas ailleurs qu'à Harper Hill.

- Je peux faire semblant d'accepter et quitter les lieux quand vous serez endormi !

J'avais riposté par pur esprit de rébellion car je n'aimais pas le ton paternel de sa soudaine crise d'autorité.

- Et je peux tout aussi bien vous attacher sur le lit et ne défaire vos liens qu'à mon réveil, soit douze heures d'immobilisation sans possibilité d'aller aux toilettes.

Je lui attrapai le bras pour le forcer à s'arrêter.

- Vous n'oseriez pas !

- Allons donc ! rétorqua-t-il avant de reprendre son chemin.

Au fond de moi, je savais qu'il ne bluffait pas.

Ce fut donc avec la mine renfrognée que je saluai Kiro lorsqu'il vint nous ouvrir la porte.

- C'est gentil à toi de nous laisser entrer, dit poliment Phoenix.

- Bah, tu parles ! Tu sais bien que ma porte t'est toujours ouverte ! lança-t-il joyeusement en nous laissant passer. Ha… comme si j'avais le choix…

Bien qu'il l'eût murmuré, cela avait dû sonner comme un clairon dans les oreilles de son « invité ». Je retins un sourire en voyant son froncement de sourcil et l'air tout innocent affiché par son accusateur quand il l'entraîna vers une petite table au fond du magasin. Ma présence n'était pas vraiment nécessaire, si Kiro avait eu du nouveau, il se serait empressé de nous contacter. Par conséquent, je n'avais pas forcément envie d'assister aux remontrances que lui adresserait Phoenix concernant la lenteur de ses recherches sur le type tatoué.

- Tu me déçois, Kiro, d'habitude, tes informateurs sont fiables et efficaces…

Cela avait commencé comme ça…

Au bout de quelques minutes, je me lassai de les entendre et préférai jeter un œil sur les étagères. Il y avait toutes sortes d'herbes aromatiques classées par continents et par fonction :

rhumatismes, angines, anti-vomissements, constipation... Intéressant.

Ah, tout un pan de mur était réservé aux aphrodisiaques de tous genres allant du simple gingembre aux élixirs plus élaborés dont les étiquettes répétaient à chaque fois les mots « sève de crapaud ».

- Beurk !

Dire qu'il y avait des gens pour acheter toutes ces bêtises !

Comme j'étais penchée pour mieux regarder dans un flacon contenant un énorme lézard, je ne vis pas la porte d'entrée s'ouvrir, mais le tintement caractéristique de la clochette déclencha chez moi mes réflexes de survie.

En un éclair, je me retournai en dégainant mon pistolet caché dans ma ceinture et braquai l'intrus, prête à le cribler de balles au moindre geste suspect.

- Hiiiiiiiiiiiiiiiiiiiiii !

Ce cri perçant fut si puissant qu'il me boucha une oreille et me fit prendre conscience avec quelques secondes de retard de la personne que je visais impitoyablement.

Asako.

Phoenix et Kiro avaient aussitôt accouru et ce dernier tentait de rassurer sa petite-fille qui me fixait, pendant que je rangeais mon arme, comme si j'avais tenté de la tuer.

- Voilà ce qui arrive quand on s'intéresse plus aux lézards aphrodisiaques qu'à son travail, m'avait murmuré mon mentor qui s'était vu gratifié d'un nouveau coup de coude dans les côtes.

Mais quelque part, il n'avait pas tort. Je n'avais pas vu arriver Asako, j'avais commis une erreur. Et pourtant, croyez-moi, on ne pouvait que la remarquer ! Elle portait un haut doré échancré jusqu'au milieu de la poitrine associé avec une mini-jupe noire et des talons aiguilles. Son maquillage foncé soulignait ses yeux et sa coiffure bouffante donnait l'impression qu'elle faisait un mètre quatre-vingt.

- Mais qu'est-ce que c'est que cette tenue ?! Et où étais-tu ?! s'indigna Kiro en s'apercevant (enfin) de son choix vestimentaire.

Asako percuta avec une seconde de retard, toute occupée qu'elle était à dévorer des yeux mon partenaire qui, comme moi, sentait venir la leçon de morale et qui, à l'inverse de moi, ne donnait pas l'impression de vouloir y assister. Cette sale gamine profitait de la crédulité de ses grands-parents pour faire le mur et aller s'amuser habillée en call-girl. J'étais curieuse de voir comment elle allait se sortir de là.

- Mais, grand-père… Nous nous sommes vus avant que je parte, tu ne te rappelles pas ? Tu es descendu chercher un verre de whisky dans le dos de grand-mère et tu m'as souhaité une bonne soirée !

J'avais détesté Asako à la seconde où je l'avais vue. Mais je devais reconnaître à ce moment là que j'étais face à une championne du monde. Kiro avait des principes, mais également la mémoire défaillante, donc très manipulable. Lorsqu'il se gratta le crâne pour tenter de se remémorer une conversation qui n'avait jamais existé, je sus que sa petite-fille avait gagné la partie haut la main. En mentionnant le fait qu'il avait tendance à boire en cachette, elle l'empêchait de parler de son incartade à Aoki qui, elle, avait toute sa tête.

Vainqueur par KO mémoriel, elle adressa son plus joli sourire à Phoenix et s'avança vers lui en roulant des hanches avec une lenteur calculée.

- Oh, pitié ! m'écriai-je en levant les yeux au ciel et en me dirigeant vers la sortie. Au revoir, Kiro, à la prochaine.

Je n'attendis pas la réponse et inspirai une grande goulée d'air frais avant d'aller à la voiture. Le temps de se débarrasser de cette sangsue, mon chauffeur aurait tout le temps de me rattraper.

Resserrant mon manteau, j'avançais en soufflant dans mes mains pour me réchauffer et me calmer. La jalousie ne me brûlait pas comme notre précédente visite, mais je savourais encore la déconfiture de cette allumeuse en me voyant la menacer avec mon arme.

- Vous êtes impossible.

Le propriétaire de cette voix amusée m'ouvrit ma portière et me rejoignit ensuite dans l'habitacle.

- Je n'aime pas les simagrées de cette fille. Elle obtient tout ce qu'elle veut en faisant tourner les têtes, elle est arrogante et futile.

- Ne soyez pas jalouse, Sam, s'esclaffa Phoenix.

- Oh, démarrez le moteur et taisez-vous !

S'exécutant, il n'en continua pas moins à rigoler en allumant la radio sur ma station de rap préférée… Tss…

*

Cette fois-là, ce fut moi qui perdis notre concours de patience auditive et n'y pouvant plus, je m'étais ruée sur l'autoradio pour changer de station et écouter de la vraie musique. Après, j'avais boudé tout le chemin.

Je respectais Talanus et Ysis, mais de là à passer un dimanche en leur compagnie, il ne fallait pas exagérer ! En plus, dans cette villa pleine de vampires endormis, je n'avais aucune idée de la façon dont j'allais passer le temps. Et si l'un d'eux se réveillait et décidait de me dévorer toute crue ?

- Tout se passera bien, vous verrez.

Mon visage devait porter les stigmates de l'éternelle angoissée que j'étais pour que Phoenix tente de me rassurer ainsi.

- Vous ne comprenez pas, chaque fois que je vois Talanus, j'ai envie de m'enfuir en appelant ma mère au secours ! Je suis pathétique !

- Talanus fait cet effet-là à tout le monde. Pourquoi croyez-vous qu'on vous respecte autant ?

- Euh… Parce que je vous ai sauvé la mise l'année dernière en me couvrant de gloire éternelle ?

Il éclata de rire.

- Oui, mais pas seulement. Vous êtes l'une des rares personnes à supporter son regard sans ciller et l'une des personnes encore plus rares avec laquelle il s'entend bien.

- Vous rigolez ?! Il a menacé plusieurs fois de me tuer !

- Parce que vous lui avez tenu tête, mais il vous aime bien.

- N'importe quoi ! Vous avez dû boire une pochette de sang pas frais tout à l'heure, vous délirez.

- Je vais très bien et le sang que j'ai bu était très sain, mais peut-être que pour être sûre de ma santé, vous pourriez me donner le vôtre !

Sa proposition m'aurait faire rire si ses yeux, plus brillants que la normale, n'avaient pas délivré un autre message que son sourire sarcastique.

- Ne rêvez pas ! Mais ça me fait penser, quel goût j'ai ?

- Pardon ?

- Eh bien, j'ai bu votre sang à plusieurs reprises et sans vouloir vous vexer, j'ai trouvé ça répugnant malgré son efficacité curative. Je sais que de votre côté vous appréciez plus particulièrement le A +, mon groupe sanguin que vous avez eu l'occasion de goûter deux fois l'année dernière, et je viens de prendre conscience que je ne vous ai jamais demandé si j'étais savoureuse.

- C'est une question très personnelle, Sam.

- Pourquoi ? C'est mon sang, je vous rappelle. Allez, et je veux une réponse honnête.

Phoenix se concentrait sur la route, hésitant manifestement à me donner satisfaction ou à déclencher une nouvelle dispute. Il serrait et desserrait le volant tant et si bien que je me demandais combien de temps celui-ci allait le supporter avant de se tordre.

- Vous voulez une réponse honnête ? Comme vous voudrez, mais ça risque de ne pas vous plaire…

- Oh… je comprends, le coupai-je. Finalement je n'ai pas envie d'entendre à quel point je suis dégoûtante, alors laissez tomber.

- Allez-vous me laisser parler ?! explosa-t-il. Je n'ai jamais dit que vous étiez dégoûtante, au contraire ! Vous êtes trop… attirante.

Rendue muette par cette révélation, j'attendais la suite en sentant mon estomac se crisper.

- J'ai failli vous tuer la première fois que je vous ai mordue parce que je n'avais jamais rien goûté d'aussi bon. Après cela, je me suis juré de ne plus jamais essayer de boire directement à vos veines, mais les circonstances en ont décidé autrement et j'ai dû procéder à l'échange de sang…

Ce souvenir de nos deux corps emmêlés dans une étreinte passionnée et heureusement habillée, me fit rougir. À l'époque, je n'avais pas supporté de m'être conduite en nymphomane dépravée et j'avais balancé mon poing dans la mâchoire de mon patron. Avec le recul, je devais admettre que j'aurais aimé que ce moment se poursuive et je rougis encore plus.

- Jamais je n'aurais imaginé perdre ainsi le contrôle de moi-même.

- Mais vous avez dit à Angela que mon sang ne vous appelait pas.

- Non, sauf quand j'en bois. Je n'aimerais pas vous tuer sans le faire exprès.

- C'est gentil, ça.

J'avais souri, mais je n'avais pu empêcher ma main de se porter à ma gorge comme pour me protéger. L'aveu de Phoenix concernant l'effet de mon sang sur sa volonté me troublait. Ainsi, il y avait bien une chose qu'il aimait chez moi…

- Je vous avais dit que la vérité ne vous plairait pas.

- Hm.

Nous venions d'arriver dans le quartier sécurisé de nos supérieurs, créant ainsi une diversion salutaire.

Les gardes à l'entrée de l'immense propriété de Talanus et Ysis nous ouvrirent les grilles en nous saluant au passage et nous rejoignîmes le parking où stationnaient une multitude de voitures qui n'étaient pas là à notre départ.

- Une réception ? m'étonnai-je.

- Tout à fait. Nos hôtes aiment recevoir, et se montrer en public lors de fêtes ou d'événements est un excellent moyen de faire de la politique.

- Je vois.

L'aube approchant, nous passâmes par l'entrée de service pour aller plus vite et sur le chemin, nous croisâmes Ysis, sublime en robe de soirée noire et moulante.

- Ah vous voilà, tous les deux, on se demandait s'il ne vous était pas arrivé quelque chose.

Son ton trahissait la réelle inquiétude qu'elle avait éprouvée, son regard insistant lourdement sur ma personne comme pour vérifier que j'étais en un seul morceau.

- Nous allons bien, dit calmement Phoenix.

- C'est ce que je vois, bien que vous empestiez la fumée à trois lieues à la ronde. Le soleil va se lever dans quelques minutes, on vous a préparé une chambre et des vêtements de rechange. C'est la même que d'habitude, Phoenix.

Je tiquai aussitôt.

- Attendez, vous nous avez préparé *une* chambre ? Qu'est-ce que ça veut dire ?

Ysis me toisa comme si j'étais la dernière des idiotes.

- Ça veut dire que toutes nos chambres sont déjà occupées par nos invités et les vampires de passage dans la région. Mais si ça ne vous convient pas, vous pouvez aussi rentrer à pieds !

J'allais répondre par la positive mais j'émis plutôt un grognement de douleur lorsque le talon de la chaussure de mon employeur écrasa mes orteils.

- Ça nous va tout à fait, merci, Ysis.

J'avais attendu que la princesse égyptienne disparaisse dans un couloir pour déverser une flopée de jurons trop infâmes pour être répétés, tout en sautillant pour faire passer la souffrance.

- Vous auriez pu être plus doux ! Je suis sûre que vous m'avez cassé le pied.

- Cessez de hurler et venez par là.

Joignant le geste à la parole, il m'attrapa par le bras et m'entraîna à l'étage en montant un escalier en marbre des plus chics. En haut, nous traversâmes un couloir immense avec de nombreuses portes masquant de grandes et belles chambres toutes pourvues de salles de bain et de canapés confortables.

Tout au bout, sur l'une d'elles, était inscrit le numéro dix-huit et c'est celle-ci que mon guide poussa.

- C'est là que je loge quand je ne peux pas rentrer à Scarborough, dit simplement Phoenix en me faisant passer devant lui.

C'était une grande et belle suite au parquet clair, décorée avec des peintures sobres, mais jolies, des rideaux en velours bleu nuit, un canapé en cuir noir identique à ceux de son château, devant lequel reposait un grand tapis oriental aux motifs bleutés très recherchés. Le lit à baldaquin était majestueux avec ses voiles transparents qui tombaient négligemment autour du matelas, et les draps blancs immaculés de celui-ci. En me dirigeant vers une des fenêtres aux volets hermétiquement fermés, j'avisai un meuble bas sur les étagères duquel étaient rangés des livres. Je m'agenouillai et y jetai un œil : il y avait des romans de toute sorte, mais je fus immédiatement attirée par l'un des ouvrages pour l'avoir déjà vu sur la table de nuit de mon patron à Scarborough.

- Vous l'avez enfin terminé ? demandai-je en lui montrant son exemplaire du *Seigneur des Anneaux*.

Il alla se servir un verre de sang frais dans le mini-réfrigérateur situé près de la porte.

- J'ai mis le temps, mais oui. J'ai apprécié.

Je souris en remettant cette œuvre à sa place et m'étirai en bâillant. Je n'avais pas assez dormi. Je me levai pour me diriger vers le lit sur lequel on avait disposé à notre attention vêtements de nuit et vêtements de rechange.

- Est-ce qu'en devenant vampire on acquiert un goût immodéré pour le satin ?

Je tenais dans mes mains une longue nuisette couleur ivoire, style Ava Gardner. C'était très élégant, mais je n'étais pas habituée à dormir dans ce genre de tissu, j'avais toujours peur de glisser du lit et de me retrouver par terre. Heureusement, la tenue de jour n'avait rien d'exceptionnel : un pantalon noir, un chemisier en satin en ivoire et des sous-vêtements assortis. Phoenix ne m'avait pas entendue car il était déjà parti dans la salle de bain. Haussant les épaules, je saisis la nuisette et allai me placer devant le grand miroir situé près d'une des fenêtres pour m'admirer en mode rétro. C'était fou comme des vêtements pouvaient modifier votre apparence... J'avais hâte d'enfiler celui-ci et de m'imaginer comme l'une de ces actrices de cinéma d'avant-guerre, si belles et si élégantes face à la caméra qu'on en avait fait des icônes.

J'avais cessé de m'observer dans la glace lorsque mon employeur refit son apparition les cheveux encore mouillés, et vêtu d'un ensemble de pyjama noir fluide qui lui allait comme un gant.

- La place est libre.

Pas besoin de me le dire deux fois. Bon sang ! Cette douche était une bénédiction ! pensai-je en savourant le contact apaisant de l'eau sur mon corps. Entre ma somnolence à six mètres de hauteur, la visite d'une maison en ruines, la vue d'un cadavre calciné et le déguisement d'allumeuse d'Asako, j'étais épuisée. Phoenix avait raison, si j'avais pris le volant pour rentrer au château, je me serais de nouveau retrouvée dans le bas-côté, puis à l'hôpital.

Après avoir enfilé ma nuisette et remis de l'ordre dans ma chevelure, je pris une inspiration pour me donner du courage et oser sortir de cette pièce. J'étais nerveuse même si foncièrement, il n'y avait pas de quoi ; Phoenix m'avait déjà vue débarquer dans sa chambre en petite tenue et s'était pourtant abstenu de se jeter sur moi. Mais à ce moment, je n'étais pas moi-même et l'aura sexy que je dégageais était due aux effets de l'empreinte qui me tourmentait. Ce souvenir était gravé au fer rouge dans mon esprit.

Là, mes yeux restaient d'un noir profond et aucune tâche rougeoyante ne venait troubler la quiétude de ces deux perles sombres. Bon, je n'allais pas passer la nuit dans la salle de bain et étant donné que Phoenix m'avait déjà rejetée, je ne courais aucun risque, alors autant que je me lance.

Redressant le buste, je poussai la porte et re-rentrai dans notre chambre en tâchant d'avoir l'air serein.

Phoenix avait pris un oreiller et une couverture et s'était d'ores-et-déjà approprié le canapé sur lequel il était allongé, les yeux clos.

- Que faites-vous ?

Lentement, il daigna ouvrir les paupières et tourner la tête de mauvaise grâce pour me regarder en face, tandis que j'étais plantée devant lui, les mains sur les hanches, en tenue satinée chic. M'avisant ainsi, il se mordit la lèvre inférieure.

- Cela me paraît pourtant évident, je vous laisse mon lit. Maintenant, si cela ne vous dérange pas, j'aimerais dormir. Le soleil s'est levé.

Même si cette galanterie était appréciable, je considérais qu'il était injuste que j'occupe un lit dans lequel je ne resterais que quelques heures. Je ne comptais pas rester couchée toute la journée au contraire de lui, c'était donc à moi de prendre le canapé.

- Je ne dormirai pas autant que vous, c'est plus juste que ce soit moi qui utilise le sofa. Poussez-vous.

Un grognement menaçant s'échappa de sa gorge, il n'avait pas l'intention de bouger et je n'avais pas l'intention de céder. Je croisai les bras sur ma poitrine.

- Vous m'avez permis de me reposer sur l'arbre, c'est à votre tour maintenant, prenez le lit !

- Sam, si vous n'êtes pas partie vous coucher dans deux secondes, je vais effectivement me lever, mais ce sera pour vous ligoter sur ce baldaquin en vous bâillonnant pour ne plus vous entendre proférer de stupidités.

C'était la deuxième fois qu'il promettait de m'attacher au lit pour avoir la paix et avec ce genre de menaces, mieux valait ne pas discuter davantage. Le jour, Phoenix dormait si profondément qu'on aurait pu croire qu'on l'avait plongé dans un coma artificiel (les joies de la vie de vampire) alors je ne me voyais pas attendre avec la vessie pleine à en exploser qu'il se réveille douze heures plus tard…

- Très bien, à moi le matelas douillet et les oreillers en plumes ! conclus-je en soupirant. Bonne nuit, Phoenix.

- Hm.

En me glissant dans mes couvertures, je retins un sourire. Même les vampires séculaires ne résistaient pas à l'appel de Morphée.

*

En m'éveillant, je n'avais plus aucun repère en raison de l'obscurité ambiante, à part que je savais que le soleil n'était pas couché, sinon, je n'aurais pas été la seule à ouvrir les yeux dans cette chambre.

Je descendis du lit ou plutôt j'en tombai littéralement vu que comme je le redoutais, ma superbe nuisette en satin glissa sur les draps du même tissu, m'emportant au passage dans une chute autant douloureuse pour mon ego que pour mon fessier. Maugréant intérieurement contre le goût immodéré de mes hôtes pour le bling bling et tous les signes extérieurs de richesse, je me relevai péniblement en me débarrassant de l'oreiller qui s'était écrasé sur ma tête, et tentai d'attraper mon téléphone portable laissé sur la table de nuit pour avoir une idée de l'heure qu'il était. En pivotant sur moi-même, j'effectuai en même temps un pas en avant que je regrettai aussitôt : le boum caractéristique d'un choc se fit entendre sourdement dans la pièce tandis que je ravalai un juron et un cri de douleur en sentant celle-ci se répandre dans mon gros orteil. Bon sang ! À tous les coups, il avait triplé de volume !

Furieuse de cette nuit imposée, je lançai un regard noir dans la direction supposée où devait dormir mon patron, lui reprochant injustement de ne pas avoir insisté auprès d'Ysis pour me trouver une chambre individuelle où j'aurais pu allumer la lumière sans avoir peur de le rendre encore plus grognon qu'il ne l'était au naturel.

La souffrance s'étant un peu dissipée, je pris mon téléphone et l'allumai rapidement. Bien, il était près de midi (mon estomac crut bon de manifester son enthousiasme en apprenant l'information), j'avais quelques heures devant moi et une villa à explorer. Autant utiliser mon temps libre pour visiter les lieux tranquillement vu que côté vampire, je n'avais normalement rien à craindre. Il y avait toujours foule dans cet endroit et je n'avais jamais osé demander à Phoenix d'y jouer les guides, et encore moins à Talanus.

J'imaginais sans peine la tête des visiteurs de Pompéi si la personne qui leur faisait découvrir le site était un général romain qui aurait pu assister à la catastrophe deux millénaires auparavant. Non, c'était impossible… Pas parce que Talanus n'était jamais allé à Pompéi… mais parce qu'en le voyant arriver, les touristes se seraient empressés de repartir dans leurs cars climatisés en courant, comme si une nouvelle nuée ardente dévalait les pentes du Vésuve… Désopilant !

Mais passons ! J'avais mieux à faire que de penser au charisme effrayant de notre chef de secteur, je devais parvenir à la salle de bain sans me prendre les pieds dans une table ou un tapis et pour cela, j'avais l'outil qu'il me fallait.

Quand je voyais à la télévision les publicités idiotes pour télécharger des sonneries ou des messages d'amour encore plus idiots sur les mobiles, je me disais qu'il n'y avait que des ados boutonneux pour composer les numéros qui défilaient sur l'écran. Que faire honnêtement d'une prédiction sur la possibilité qu'un ex pense encore à nous quand on sait qu'avant de bénéficier de l'incroyable précision du médium attendant de rendre service à l'humanité à l'autre bout du fil, il faut payer plusieurs fois le prix d'un SMS basique ? Que faire aussi d'une chanson interprétée par une vilaine taupe bedonnante[3] vantant à tue-tête sa beauté, quand à

---

[3] *René la Taupe*, french dedicace…

l'écouter, ne nous prend qu'une envie, celle de jeter notre téléphone par la fenêtre pour ne plus avoir à la supporter ? Je trouvais tout cela ridicule…

… jusqu'à ce que je télécharge moi-même l'une de ces applications bidons. Eh oui, j'avais vendu mon âme à la société de consommation en me procurant la fonction lampe torche sur mon mobile. Vous me direz : mais pourquoi ne pas avoir une lampe torche directement dans votre sac ? J'ai honte de l'avouer : c'était encombrant et sûrement pas esthétique.

Mais au final, je fus bien contente ce jour-là de disposer d'un tel outil car grâce à la vive lueur dégagée par mon écran, je pus me diriger facilement dans la chambre et atteindre la salle de bain sans dommage.

Phoenix dormait vraiment à poings fermés car malgré le bruit et la lumière, il ne bougea pas d'un pouce pendant toute l'opération. Et c'est ainsi que quelques minutes plus tard, fin prête pour mon expédition tout de *Chanel* vêtue, je le quittai sur la pointe des pieds, refermant la porte numéro dix-huit sur le repos de l'ange de la maisonnée.

Heureusement, contrairement à notre chambre, le couloir était faiblement éclairé. Je n'en pris pas moins moult précautions pour ne pas tomber et attendis d'être au rez-de-chaussée pour enfiler mes chaussures.

J'allais commencer mon exploration, mais à peine m'étais-je aventurée dans le grand corridor menant à la grande salle où trônaient Talanus et Ysis, qu'un sifflement menaçant retentit dans mon dos, m'obligeant à mobiliser tous mes réflexes appris à l'entraînement.

Je voulus attraper mes couteaux en argent cachés dans ma ceinture et dissimulés par ma veste, afin de me défendre contre un possible attentat à ma vie.

Mais comme toujours avec les vampires, ils étaient bien trop rapides et celui qui me maintenait les bras dans le dos tout en me plaquant un couteau sous la gorge ne m'avait pas laissé le temps de me retourner pour lui faire face à la loyale. S'il voulait ma mort, il n'avait plus qu'à appuyer la lame un peu plus contre ma peau et c'en serait fini.

- Que fait la jolie assistante humaine de notre ange adoré à circuler dans les couloirs à des heures indues ? susurra une voix orientale chaude comme le miel, mais à l'accent mortellement dangereux.

Je me raidis en sentant la pression de l'argent augmenter sur mon cou au point d'y faire perler une goutte de sang. Pourquoi perdait-il son temps à poser des questions s'il voulait me tuer ? Le voulait-il seulement ? Il fallait que je mette à profit cette situation, d'une part pour en savoir plus sur les intentions de mon agresseur, et d'autre part, pour permettre à l'une de mes mains libres d'attraper mon arme pour la lui planter dans le ventre. Comme il avait posé son menton sur le creux de mon épaule et qu'il attendait visiblement que je lui réponde, avec un peu de chance il ne remarquerait pas la manœuvre.

Je devais le distraire...

- Ne devriez-vous pas être en train de dormir, oiseau de nuit ?

L'homme resserra son emprise et je craignis un instant qu'il ne se colle trop à moi pour que je puisse exécuter mon plan. Je voulais le faire parler et lui laisser croire qu'il me dominait sans pour autant trahir ma peur. Phoenix avait été suffisamment clair sur la psychologie des vampires : être gentil revenait souvent à se peindre une cible dans le dos et on ne respectait que ceux qui faisaient preuve d'un courage et d'une force sans faille.

- Ne sois pas insolente, humaine... chuchota-t-il au creux de mon oreille, déclenchant un frisson involontaire de ma part. Alors ? J'attends que tu te plies à mes ordres, le premier étant de me dire pourquoi, toi et ton petit cœur battant, fouinez dans la villa quand tout le monde dort.

Encore un effort et je parviendrais à saisir le manche de mon couteau...

- Je ne fouinais pas… me défendis-je en sentant une nouvelle goutte de sang rouler le long de mon cou et tacher mon chemisier. Vous ne m'en avez pas laissé le temps ! Contrairement à tout le monde ici, je vis le jour et je ne comptais pas rester cloîtrée douze heures dans une pièce sombre avec un ange qui est aussi aimable au réveil qu'un cerbère de prison. Excusez-moi si j'ai eu envie de me dégourdir les jambes !

- Alors tu avoues que tu venais pour fouiner !

Il commençait sérieusement à me taper sur les nerfs, celui-là.

- Non mais, qu'est-ce que vous êtes, un ex-agent de la SAVAK[4] reconverti ? (Au tressautement de la lame contre ma gorge, je compris que je m'étais rapprochée de la vérité) Premièrement, oui, je suis descendue pour explorer les lieux et parce que j'ai faim. Deuxièmement, non, je ne compte pas prendre des photos d'un tas de buveurs de sang endormis pour les mettre sur Internet et troisièmement…

- Troisièmement ? feula l'autre en réduisant suffisamment la distance entre nous.

- Troisièmement, vous êtes le vampire le plus attardé qui soit si vous pensez me donner des ordres sans que je tente de vous faire un trou dans la peau !

À l'instant même où je prononçais ces dernières paroles, je me servis de mes pieds et du poids de mon corps pour me propulser vers l'arrière, directement contre mon assaillant. L'acte en lui-même n'avait rien d'extraordinaire, sauf qu'entre-temps, j'avais réussi à saisir le manche de mon couteau en argent et à pivoter la lame vers mon agresseur de sorte qu'au moindre contact violent, elle puisse suffisamment s'enfoncer en lui pour l'affaiblir et me permettre de le rosser.

Pris par surprise, le vampire réagit trop tard et cria de douleur en sentant le métal empoisonné lui déchirer la chair, me libérant au

---

[4] Organisation iranienne pour le renseignement et la sécurité nationale ayant officié jusqu'en 1979.

passage de son étreinte mortelle. L'argent faisant effet aussitôt, je ne pris pas le loisir de le regarder se tordre de douleur et me jetai sur lui, profitant de sa faiblesse.

Évidemment, comparée à un humain, sa force restait colossale, sauf que désormais, il était à ma portée, grâce à l'enseignement de mon mentor.

Pour l'empêcher de se remettre trop vite, je donnai un violent coup sur l'arme dépassant de sa chair meurtrie d'une main, et de l'autre, envoyai un coup de poing dans sa tempe qui le fit tomber à la renverse.

Loin d'être assommé, il me fit un croche-pied qui me fit mordre la poussière et tenta de se jeter sur moi, tous crocs dehors. Heureusement que j'avais réussi à prendre mon deuxième couteau car il me fonça dessus comme un taureau enragé, prêt à en découdre. Bien que le choc m'étourdit quand il me percuta de plein fouet et que je me retrouvai de nouveau couchée par terre, j'avais encore poignardé l'homme qui se relevait déjà, et qui regardait ses blessures d'un air dégoûté.

Cela me suffit pour me remettre debout également et pour me préparer au désagréable corps à corps qui se profilait. Dans la bataille, ce type m'avait donné une gifle magistrale dont l'emplacement de réception, à savoir ma joue, enflait de plus en plus, par conséquent j'étais décidée à lui faire ravaler ses crocs contre les marches de l'escalier !

- Approche, espèce de crétin zélé ! Je vais t'apprendre à me sous-estimer ! crachai-je avec hargne en sa direction, les poings levés.

Tout à coup, sa posture changea. Il se redressa en me toisant, un sourire satisfait sur son visage que je pouvais maintenant nettement détailler. L'accent ne m'avait pas trompée puisque la peau et le visage trentenaire de mon adversaire exposaient au grand jour ses origines moyen-orientales, peut-être persanes. Il avait des yeux verts en amande, des sourcils épais, mais au contour bien dessiné et des lèvres pleines ouvertes sur une rangée de dents à la blancheur immaculée. Ses cheveux noirs et brillants descendaient en cascade sur de larges épaules recouvertes par un T-shirt blanc, dont le col en V très large laissait voir le début des pectoraux, tandis que son jean noir le moulait à la perfection, y compris dans des endroits intimes dont la grosseur et la pudeur auraient exigé un tissu plus large.

Je blêmis soudain quand je compris, grâce aux picotements sur ma nuque, qu'un ou plusieurs de ses petits copains venaient d'arriver. Ok, j'avais beau être entraînée, je voyais mal comment me dépêtrer de ce guêpier sans les capacités exceptionnelles des morts-vivants. Autant dire que j'étais fichue.

Lentement, je pivotai de sorte de jeter un œil aux nouveaux arrivants tout en gardant mon ennemi dans mon champ de vision.

Ah… Douze vampires charpentés comme des lutteurs des jeux olympiques me dévisageaient implacablement, leurs expressions fermées et indéchiffrables semblant annoncer la mort à venir. Parmi eux, je reconnaissais deux des gardiens de la grille extérieure qui me saluaient toujours lorsque nous débarquions avec Phoenix ; ils avaient dû en avoir assez d'être polis.

Bah ! Autant mourir avec panache !

- Tout ça pour moi ? dis-je en me redressant et en ricanant. C'est à croire que vous avez plus peur des humains que vous voulez l'admettre. En tout cas, moi, je n'ai pas peur de vous. Alors ? Par qui je commence ?

L'un des gardiens que je connaissais, Steve, s'avança et se posta devant moi. J'imaginai que toute mon énergie se déversait dans mes poings et que le moment venu, je lui assénerais un coup digne de *l'incroyable Hulk*.

Mais une chose étrange se passa.

- Paix, Mademoiselle Jones, nous ne vous ferons rien.

Fronçant les sourcils, je les dévisageais tous en tentant de prévoir de qui viendrait le premier coup car à mon sens, on ne pouvait pas me menacer d'un couteau et tenter de m'assommer en me sortant après qu'on ne me voulait pas de mal. Qu'est-ce que c'était que cette histoire ?!

Le vampire perse me contourna prudemment pour se placer à côté de son homologue et prendre le rôle de porte-parole :

- Je m'appelle Hedayat Javan, je suis le chef de la sécurité de Talanus et Ysis pendant la journée. À défaut de vous rencontrer, Mademoiselle Jones, je dois dire que j'ai entendu beaucoup de bien de vous. Je voulais simplement voir si votre réputation était justifiée.

- Et vous ne trouvez rien de mieux que de m'agresser en traître au détour d'un couloir ? me hérissai-je, furieuse.

- Vous tester à la loyale n'aurait pas été très représentatif de notre mode de vie.

Il me dit cela sur un ton paternaliste, comme s'il s'agissait d'excuser une petite fille qui venait de dire une idiotie. Or, j'étais loin d'être bête et je commençais à comprendre la politique de leur espèce :

- Vous pouviez tout aussi bien tester les capacités de Phoenix à travers moi et en constatant mon incompétence, vous auriez pu faire étalage de la sienne et viser un poste qui, jusqu'ici, était hors de votre portée ! En me ridiculisant, vous comptiez le discréditer, c'est ça ?

Ma tirade fit tomber un lourd silence dans le couloir où nous nous affrontions. J'étais tellement en colère que j'avais l'impression qu'une aura de feu crépitait autour de moi et qu'il ne m'aurait fallu qu'un mouvement du poignet pour carboniser tout ce beau monde.

Pour autant, je devais faire fausse route car mes interlocuteurs, surtout *Prince of Persia*, semblaient réellement choqués par mon raisonnement.

- Vous n'y êtes pas du tout. Nous admirons Phoenix, au contraire, et pensons que c'est le meilleur ange que Talanus ait eu à son service depuis des centaines d'années. Jamais nous n'essaierions de saper son autorité, même si au début, le choix d'une assistante humaine, inédit dans notre histoire, nous a laissés dubitatifs. Par la suite, nous avons reconnu que vous forciez le respect malgré votre humanité, mais nous devions être sûrs. Notre rôle est d'assurer la sécurité de nos chefs de secteur quand ils sont les plus vulnérables, et si votre loyauté avait changé de camp, vous auriez pu, comme vous avez dit, profiter de votre libre accès à l'enceinte pour prendre des photos à poster sur le net, ou à envoyer à nos ennemis. Si ce n'était pas le cas, cet épisode aura servi à démontrer que vous êtes parfaite pour la fonction qu'on vous a attribuée.

Abasourdie par ce discours, je fixais chacun des gardes avec colère, ma joue me lançant terriblement, ajoutant davantage à une mauvaise humeur déjà à son paroxysme. Pourquoi décidaient-ils de me faire ça au bout d'un an ? Phoenix m'avait déjà fait passer une épreuve pour clore ma période d'essai et je l'avais surmontée, ça aurait dû suffire à cette bande de... de... Il n'y avait pas de mots pour exprimer leur stupidité et encore plus à quel point ils regretteraient d'être nés.

- Vous êtes dingues... Talanus va vous arracher les yeux...

- C'est sur ses ordres que nous agissons, il avait peur que vous vous soyez ramollie depuis votre accident.

J'encaissai le coup magistralement, en ne laissant rien paraître de l'ouragan de fureur qui déferla en moi en cet instant. Ainsi, Talanus avait peur que le jugement de Phoenix soit faussé par ses sentiments envers moi et qu'il ne puisse pas voir si mon récent accident avait ou non altéré mon efficacité au combat. Ou alors, il me passait un message subliminal à travers ce passage à tabac : je n'avais pas ma place dans leur monde.

Quelle énergie gaspillée pour rien...

- Talanus sera satisfait de votre action...

Tout mon public afficha un air de contentement en hochant la tête, jusqu'à ce que je termine ma phrase d'une voix coupante comme du rasoir :

- ... on ne pourra pas en dire autant de Phoenix.

Et sur la brusque retombée d'ambiance qui s'ensuivit, je me frayai un chemin entre eux pour accéder à une immense bibliothèque que je ne quittai plus jusqu'au coucher du soleil.

*

Lorsque Phoenix me trouva, je feuilletais un magazine plein de potins sur les stars actuelles ; il y en avait tout un tas près de la cheminée. Pas étonnant que ces gens aiment ce genre de lecture, vu qu'ils avaient le même train de vie que la jet-set internationale. Ça changeait de l'image du vampire seul dans son château lugubre avec, pour seule compagnie, une chauve-souris et un cercueil…

- Bonsoir, Sam.

- Bonsoir, Phoenix.

Il vint s'asseoir près de moi en baillant ostensiblement.

- Mal dormi ? demandai-je pour être aimable.

- Ce canapé en cuir est raide comme du béton et j'ai enchaîné les rêves sans queue ni tête. Je déteste ça.

- Moi, ça ne me dérange pas, je suis habituée. Et puis, quand je m'en souviens, ça me fait rire.

- Franchement, Sam, ce n'est pas…

Il ne finit pas sa phrase car ce que je redoutais arriva. Il se redressa vivement en fixant ma joue droite avec une insistance qui m'aurait gênée en d'autres circonstances.

- Bon Dieu ! Mais qu'est-ce que c'est que ça ?! s'écria-t-il, horrifié en voyant l'ecchymose qui s'étalait en une tache rouge-violet sur ma peau tuméfiée.

Il m'attrapa le menton pour regarder de plus près, mais je m'éloignai gentiment.

- Il semble que Talanus ait le sens de l'humour.

- Quoi ? C'est lui qui… ?

- Non, d'après Hedayat, il voulait simplement s'assurer que mon accident n'ait pas eu trop de conséquences sur mon efficacité, alors il s'est dit qu'un guet-apens au lever du lit serait parfait comme test d'aptitude.

Visiblement, Phoenix faisait de gros efforts pour garder le contrôle de lui-même, mais malheureusement, les éclairs bleutés qui zébraient ses pupilles indiquaient que sa colère allait exploser d'un moment à l'autre. Je haussai les épaules.

- C'est Hedayat qui vous est tombé dessus ? feula-t-il en découvrant ses crocs. Talanus est devenu fou, ce type est l'un des meilleurs combattants au couteau de la région.

Je sentis un sourire carnassier naître sur mon visage quand je lui répondis :

- Peut-être, mais je lui ai donné une bonne leçon.

Laissant sa colère de côté, Phoenix me dévisagea avec étonnement.

- Vous l'avez vaincu ?

- S'il avait été humain, il serait raide mort à l'heure qu'il est. Je ne l'ai pas raté !

L'expression de mon interlocuteur passa de la stupeur à l'incrédulité, puis à la fierté.

- Vous me surprendrez toujours, Sam. Je suis très impressionné.

Et sans attendre ma réplique, il s'entailla le poignet avec ses crocs et versa quelques gouttes de sang dans mon verre vide.

- Il serait dommage que le professeur Finnigan vous rencontre avec une joue en cet état. Buvez.

Cela ne me plaisait guère, mais il avait raison. L'entrevue avec ce spécialiste des généalogies négociantes était importante pour notre enquête et pour le mettre en confiance, mieux valait éviter de débarquer comme si je venais de ressortir d'une rixe de bar.

Je pris le verre et le vidai d'un trait, tentant d'oublier l'arrière-goût métallique de ce breuvage infâme.

- Voilà qui est mieux, dit Phoenix en m'effleurant la zone en question du dos de la main.

Je pris le risque d'appuyer dessus avec mon doigt et poussai un soupir de soulagement en constatant que la douleur avait disparu.

Mon employeur s'assura une dernière fois que j'allais bien puis se leva et se dirigea vers la porte de la bibliothèque.

- Où allez-vous ? demandai-je en connaissant déjà la réponse.

- Régler mes comptes.

Deux options s'offraient désormais à moi. Soit je laissais Phoenix liquider le chef de la sécurité diurne en se moquant que celui-ci n'ait fait que son boulot pour ensuite aller s'expliquer avec un Talanus qui ne souffrait aucune remise en question de son autorité et qui n'hésiterait pas à le clouer au pilori pour son insolence ; soit je le suivais et l'empêchais de réclamer une vengeance dûment méritée.

Tss... pensai-je en me levant et me pressant pour le rattraper.

Bien entendu, avec mes jambes humaines, je n'avais aucune chance de le battre au sprint, mais mieux valait pour nous deux que je tente le coup. De fait, j'ignorais pendant ma course les regards interloqués des vampires que je croisais et focalisais mon attention sur la silhouette de Phoenix qui se dirigeait irrémédiablement dans la grande salle. Comme si sa colère semblait crépiter autour de lui, personne n'était assez fou pour rester sur son chemin et on s'écartait de son passage. J'aurais aimé qu'il en soit de même pour moi, mais il me fallut jouer des coudes pour parvenir à destination.

- Sortez tous, je dois parler au maître !

Phoenix n'avait pas eu besoin de crier. Sa voix de velours au charme mortel et ses yeux incandescents agirent comme un aiguillon sur les personnes présentes qui détalèrent sans demander leur reste, jetant purement et simplement leurs flûtes à champagne sur une desserte à proximité. Seuls quelques gardes refusèrent de quitter leur poste quoique le regard chargé de violence de mon patron les fît trembler dans leurs bottes.

- Si dans trois secondes, vous n'avez pas dégagé de ma vue, je vous jure de vous briser tous les membres un à un jusqu'à ce que vous me suppliiez de vous couper la tête !

Un bref coup d'œil vers Talanus qui hocha la tête en guise d'acquiescement, et l'ensemble de leurs protecteurs vida les lieux en prenant leurs jambes à leur cou, le dernier fermant la porte en plomb pour assurer notre intimité.

Ysis, malgré son calme apparent, ne pouvait s'empêcher de tourner la tête vers l'un et l'autre en fronçant les sourcils, ce qui me fit suspecter son ignorance du test de son époux. Vu comment elle me couvait en général, cela lui aurait certainement déplu.

- Que se passe-t-il ? dit-elle en s'adressant à Phoenix. Pourquoi débarques-tu ici en congédiant nos invités avec si peu de courtoisie ?

Les yeux de mon employeur semblaient à présent lancer des éclairs bleutés.

- Vous désapprouvez la façon dont je me suis comporté avec vos invités ? Et que dire de la conduite de votre compagnon envers mon assistante ? En guise de visite guidée pour lui permettre d'apprécier sa journée, on lui a mis un couteau sous la gorge avant de la rouer de coups !

Ysis se figea et tourna la tête dans ma direction. Elle me scruta de bas en haut à la recherche du moindre bleu ou de la moindre coupure apparente, puis pivota vers Talanus :

- Ce qu'il dit est vrai ? demanda-t-elle avec une voix si glaciale que l'intéressé se raidit sur son trône.

- J'ai fait ce qu'il fallait pour être sûr de son efficacité après son accident. Je n'avais pas vraiment pu le faire jusqu'alors, c'était l'occasion rêvée. Elle a réussi l'épreuve haut la main et de toute façon, c'est mon droit en tant que chef de secteur de vérifier la compétence de mes serviteurs.

- Elle m'appartient ! rugit Phoenix, les crocs luisant d'une implacable détermination. Vous n'avez aucun droit de…

Phoenix allait poursuivre, mais Ysis leva la main pour lui intimer le silence, foudroyant littéralement son compagnon de son regard vert. Elle reprit la parole d'une voix grave, chargée de reproches et de colère contenue.

- Je te savais impitoyable Talanus, mais pas barbare. Ton attitude ne vaut guère mieux que celle d'Attila et de ses Huns débarquant dans un village ! Tu oublies qu'être chef de secteur ne te donne pas tous les droits, comme celui de bafouer les règles de l'hospitalité. Tout comme tu oublies qu'il existe une loi considérant que tout serviteur humain injustement traité par un autre vampire que son maître, a le droit de demander réparation par l'intermédiaire de ce dernier.

À ces mots, Talanus et Phoenix se dévisagèrent dans l'attente de la réaction de l'autre. J'aurais pu m'appesantir sur la revendication de propriété dont je fus l'objet et qui me laissait perplexe (ainsi, en devenant « l'esclave » attitrée de mon patron, j'avais gagné certains droits dont il avait omis de m'informer) mais la situation méritait que je passe sur ce chapitre.

Chacun semblait prêt à bondir dans la seconde à suivre, et Ysis, dont les yeux s'étaient enflammés d'une intense lumière jaune pendant son discours, se contenta de se radosser à son siège en attendant la décision finale.

Je me rappelais la première fois que j'avais vu mon mentor et son maître se battre devant moi : je n'avais pas eu le temps de comprendre ce qui se passait que Phoenix avait atterri violemment sur le dos, soulevé d'une seule main par un Talanus qui n'avait pas apprécié que son avis soit contesté. Même si cette fois il ne se laisserait pas faire, son supérieur, avec ses deux mille ans d'expérience, bénéficiait d'une force titanesque qu'il mettrait à contribution dans quelques secondes pour le briser.

- Arrêtez ! criai-je en me plaçant entre les deux hommes.

Consciente de la précarité de ma situation, je décidai de cacher ma nervosité par l'attaque de la raison sur l'instinct :

- Talanus, vous avez eu tort de vous y prendre de cette façon pour vérifier mes aptitudes même si vos intentions à mon égard n'étaient pas méchantes. Quant à vous, Phoenix, j'apprécie votre sollicitude, mais je ne vois pas l'intérêt d'un duel avec votre maître sous prétexte qu'il s'inquiétait simplement de votre réputation. Imaginez si, par ma faute, on vous avait qualifié de faible aveuglé par ses sentiments envers une incompétente… J'ai vaincu Hedayat, j'ai prouvé ma valeur. Par conséquent, je refuse de demander réparation pour un préjudice qui n'en était pas un.

Dire que je pardonnais à Talanus son absence totale de tact aurait manqué de sincérité, mais j'étais prête à mentir pour les empêcher de se sauter mutuellement à la gorge et de provoquer ainsi une brèche dans le respect et l'affection qui s'étaient installés entre eux. Je refusais d'en être la cause, surtout pour un bleu sur la joue.

- Faites la paix, conclus-je d'une voix dure, en les mitraillant chacun de mon regard noir et acéré.

Quelque peu décontenancés par ma tirade, ils étaient encore en position d'attaque ; je commençais à avoir mal aux bras à force de rester plantée entre eux les mains levées. Pourtant, je ne voulais pas abaisser ma garde de peur de leur laisser une ouverture que j'aurais regrettée par la suite.

Heureusement, après s'être observés avec méfiance pendant une minute encore, ils hochèrent la tête, scellant ainsi leur réconciliation sans qu'aucune parole n'ait été échangée. J'attendis toutefois que Talanus ait rejoint Ysis sur leur siège royal pour m'autoriser à relâcher ma vigilance et mes bras.

Un petit coup d'œil vers la princesse égyptienne m'avertit que si Phoenix et moi avions passé l'éponge, une personne ici n'en avait pas fait autant, loin de là.

Lorsque Talanus se risqua à diriger sa main vers celle de son épouse, un grondement menaçant l'arrêta dans son élan et lui fit faire machine arrière, l'air piteux. Quelque chose me disait que, quand Ysis se mettait en colère contre Talanus, sa rancune pouvait durer des mois… voire des années. Je n'éprouvais aucune pitié pour lui, il l'avait vraiment mérité. Quelque part, vu comment il adorait sa femme, cette vengeance par personne interposée serait bien plus efficace qu'un combat à mains nues… Et je la savourais.

Tout à coup, je sursautai en entendant les portes s'ouvrir, libérant l'accès de la grande salle aux curieux qui s'étaient agglutinés contre elles dans le vain espoir d'entendre des bribes de notre conversation. À peine l'opération terminée, Phoenix vint vers moi et prit ma main pour m'entraîner vers la sortie, sans même adresser un regard à ses supérieurs.

Mais nous n'avions pas fait dix pas que nous tombions nez à nez avec Hedayat Javan qui, par sa mine contrite et ses cernes, semblait vouloir s'excuser auprès de mon patron avant d'aller se coucher. Cela s'annonçait mal car ce dernier serrait les mâchoires à se les faire grincer, les muscles de son dos tendus au maximum dans une tentative de conserver son calme. Le couloir principal était bondé, une bagarre aurait forcément causé des dégâts collatéraux dont j'aurais pu faire partie.

Hedayat Javan ne s'aperçut de rien et s'inclina respectueusement devant nous, la main droite sur le cœur en une attitude de déférence. La scène, quelque peu originale dans le décorum, suscita la curiosité des gens qui nous entouraient et en quelques instants, un cercle se forma autour de nous, augmentant le volume possible des dommages collatéraux.

- Je sais que nous ne nous connaissons pas bien, ange, mais sache que j'ai pour toi et ton assistante le plus grand respect. Bien qu'ayant agi sur ordre, je suis un homme d'honneur et je me sens le devoir de m'excuser auprès de vous deux et de mander votre pardon pour les implications de ma mission.

Je ne ressentais aucune rancœur contre lui et mon patron le comprit lorsqu'il posa son regard bleu dans le mien. Restait à savoir si de son côté, il le laisserait s'en sortir à bon compte.

- Redresse-toi ! lui ordonna-t-il sur un ton sec et autoritaire.

S'exécutant, Hedayat ne put réprimer un souffle de soulagement en voyant la posture détendue de l'ange qui lui faisait face.

Mal lui en prit car à peine un centième de seconde plus tard, le poing de ce dernier s'abattait sur sa tempe à la vitesse de l'éclair, le laissant assommé pour de bon à nos pieds, gisant comme une vieille serpillère sur le magnifique carrelage de nos hôtes.

- Tu es pardonné ! feula Phoenix en me prenant la main pour que je le suive à l'extérieur et en écartant de son chemin tous ceux qui avaient eu la bêtise de s'y arrêter.

À notre envol, percutant que nous étions partis sans même faire notre rapport à Talanus sur la mort de Seamus, je compris aussi que lorsque Hedayat se réveillerait de son coma forcé, il aurait vraiment de quoi être soulagé, car si mon patron s'était contenté de lui fracasser le crâne, c'était qu'effectivement, il lui avait pardonné.

*

- Où allons-nous ? m'écriai-je pour couvrir le son du vent qui me cinglait le visage.

Nous ne repartions pas vers Scarborough et je n'avais aucune idée de l'endroit où mon chauffeur volant nous conduisait.

- On retourne dans les quartiers sud pour questionner le voisinage de Seamus. Demain, vous vous introduirez dans les ordinateurs de la police et consulterez tous les rapports liés à cette affaire.

- Je veux bien faire ça, mais vous pensez que les gens vont nous ouvrir leur porte ? La police a sûrement déjà commencé les investigations.

- La police, oui, mais pas le FBI.

- Le FBI ? Vous voulez nous faire passer pour des agents fédéraux ? lâchai-je, incrédule.

- Attrapez mon portefeuille dans ma poche intérieure gauche et regardez dedans.

Haussant les sourcils, je m'exécutai rapidement mais non sans mal, en raison de la couverture chauffante qui entravait mes mouvements. J'ouvris son bien et y découvris deux cartes fédérales officielles portant nos photos à tous deux et sur lesquelles étaient inscrits nos noms ; du moins ceux que Phoenix nous avait inventés. Ainsi, il s'appelait John Winfield et moi, Grace Terensford.

- On ne peut pas dire que vous ne parez pas à toute éventualité, vous !

- Cela vaut mieux, sinon je suis bon pour changer de carrière.

- C'est vrai, ça ! Combien de temps pensez-vous continuer ce travail ? Je veux dire… Vous n'allez pas exercer cette fonction toute votre vie.

Je n'avais jamais pensé à lui demander quels seraient ses projets pour sa retraite, si l'on pouvait qualifier sa démission de cette façon. Même s'il ne vieillirait jamais, je me disais qu'au bout d'un moment, il finirait par se lasser d'être l'ange de Talanus et Ysis, et aspirer à autre chose.

À voir sa tête, mon raisonnement ne lui avait jamais traversé l'esprit.

- Sam… Je n'ai jamais envisagé de quitter mon poste. J'aime ce que je fais et en plus, cela m'a permis de devenir quelqu'un d'important dans ma société. Être un ange ne nous permet pas de quitter la fonction comme un humain le ferait : d'abord parce que c'est un honneur, et ensuite… parce qu'en général, l'intéressé se fait tuer avant d'espérer une quelconque retraite.

Cette déclaration me laissa bouche bée.

Je savais que le métier de Phoenix était extrêmement dangereux pour avoir frôlé la mort avec lui à plusieurs reprises, cependant, je n'aurais jamais imaginé qu'en devenant un ange, on signait aussi son arrêt de mort programmée.

- Mais… c'est impossible ! Il y a bien eu dans votre histoire un ange qui n'a pas fini sa carrière tragiquement !

- Non, Sam, je suis désolé.

Je me mordis la lèvre. J'avais décidé de partir pour éviter que la proximité avec mon patron continue à me tourmenter en me rappelant que mon amour pour lui n'était qu'ineptie non partagée. Mais comment réagirais-je si j'apprenais par hasard, lors d'une visite à mes amis, qu'il m'avait précédée dans la tombe ?

J'aurais demandé à François :

- *Quoi de neuf chez les vampires ?*

Le connaissant, il m'aurait regardé d'un air compatissant, aurait posé une main consolatrice sur mon épaule en tentant de déterminer à quel moment je m'effondrerais, puis, avec tout le tact de son espèce, m'aurait dit :

- *Il est mort.*

En réalisant qu'un goût âcre et métallique emplissait ma bouche, je relâchai la pression de mes dents sur mes lèvres. Une humaine trop sensible n'avait pas sa place aux côtés de Phoenix, à défaut de l'avoir accepté, je l'avais compris. Néanmoins, j'étais prête à mener une vie morne et ennuyeuse loin de lui, pas de vivre dans un monde sans lui…

Tout à coup, le vide en moi commença à se craqueler pour laisser passer des bribes de souffrance jusqu'ici magistralement refoulées, celles-ci m'envahissant et me dévorant comme une horde d'hyènes affamées se disputent une charogne. Mon cœur, cet organe si peu présent ces derniers temps, s'emballa soudain en réaction au feu qui le consumait de l'intérieur et battit tellement fort qu'il me fit frissonner de la tête aux pieds. *Non* ! pensai-je.

Par un suprême effort de volonté, je parvins à canaliser la douleur en m'appliquant à chasser de mon esprit l'idée même de la mort définitive de mon employeur. Phoenix était puissant, le meilleur d'après tout ce que j'entendais, et il n'y avait aucune raison pour qu'il meure prématurément. Il saurait se sortir de tous les dangers et poursuivrait son chemin pour la bonne exécution du Grand Changement. Voilà, pas besoin de paniquer. Inspirer… expirer…

Avec soulagement, je sentis les fissures se refermer, emprisonnant de nouveau la souffrance, tels les Géants enfermés par Zeus au plus profond du Tartare pour les empêcher de déferler sur la Terre.

J'étais de nouveau là.

Vide.

Je me rendis compte que j'avais fermé les yeux pour gérer mon stress en ouvrant les paupières sur l'image de mon porteur, dont le regard inquiet était braqué sur moi.

- Je vais bien, c'était juste le vertige, dis-je dans une tentative souriante de mensonge.

Phoenix avait dû entendre le brouhaha dans ma cage thoracique, alors lui dire que je tenais une forme olympique aurait signalé ce mensonge aussi efficacement que s'il m'était poussé le nez de *Pinocchio* à la place du mien. Il connaissait mon aversion pour les voyages dans les nuages, alors je pensais qu'il me croirait.

- Nous n'allons pas tarder à arriver, m'assura-t-il en regardant de nouveau devant lui, sans me laisser la possibilité de voir en lui s'il était dupe ou pas.

J'imitai donc son attitude et observai les centaines de lumières des immeubles de la métropole qui s'étendait en dessous de nous, tentant de m'imaginer frapper à la porte des voisins de Seamus O'Malley sous la fausse identité d'un agent du FBI. Je ne savais pas combien de lois nous enfreignions en agissant de la sorte, mais aux grands maux, les grands remèdes, n'est-ce pas ?

Phoenix nous fit atterrir dans l'arbre sur lequel nous avions attendu le départ de la police la veille et me laissant sur la plus grosse branche, sauta souplement au sol.

- Pourquoi ne pas vous être posé directement sur le plancher des vaches ? Vous voulez ma mort ou quoi ?!

Il m'avait ordonné de sauter, mais l'idée même de me jeter dans le vide de cette hauteur me glaçait les sangs et prise d'un véritable vertige cette fois-ci, je m'accrochais désespérément au tronc de mon large support feuillu, en espérant que mon patron vienne rapidement me chercher.

- Je n'allais pas risquer d'atterrir à découvert ! Allez, ne faites pas l'enfant et sautez, je vous rattraperai !

- Pas question ! Venez me chercher !

- Sam !

Vu la colère qui perçait dans sa voix, Phoenix commençait à s'impatienter et le connaissant, il serait capable de me laisser là le temps d'aller interroger le voisinage ; je n'avais pas le choix.

Fermant les yeux pour une prière silencieuse, je me déplaçai légèrement vers le bord de ma branche pour me préparer au plongeon. *Tu ne risques rien, tu ne risques rien, tu ne risques rien...* psalmodiai-je tout au long de la manœuvre.

- Sam, je commence à trouver le temps long ! Ou vous sautez, ou je secoue cet arbre pour vous en déloger !

Ça, c'était vraiment un coup bas ! N'avait-il donc aucune pitié alors que j'étais complètement terrorisée ? Allait-il vraiment me faire tomber pour accélérer les choses ? J'étais sûre qu'il le ferait et cette évidence me vrilla les nerfs à vifs.

- Ça vous tuerait d'être charitable ?! Vous ne voyez pas que j'ai le vertige, espèce de tyran sans cœur ?!

Phoenix éclata de rire.

- Techniquement, je vous rappelle que je suis déjà mort et que par définition, un tyran n'a pas de cœur. Pour me sortir des insultes aussi peu sophistiquées, c'est qu'effectivement, vous avez le vertige ! Autant j'ai quelques doutes pour tout à l'heure, autant maintenant, c'est incontestable...ement drôle.

- Ne vous moquez pas de moi ! grondai-je en frissonnant de colère.

Ignorant ma remarque, il se contenta de se gratter le menton en me fixant, dans une imitation parfaite de ma première rencontre avec Karl Sarlsberg : un mélange de dédain et de sarcasme incarné sur un visage d'Adonis. Grrrr !

- C'est quand vous voulez !

Son comportement insupportable me faisait hésiter entre deux options. A : Tomber sur lui en m'arrangeant pour lui donner un coup de pied dans les dents (sadique, mais totalement inefficace), B : rester sur mon perchoir pour le faire enrager davantage (satisfaisant, mais au final, ça se retournerait contre moi). Ces possibilités me firent réaliser que j'avais vraiment très mauvais caractère. Agir ainsi serait puéril et enfantin, et pourtant j'en tirerais un plaisir retors mêlé d'une satisfaction infinie pour la vengeance accomplie. Qu'est-ce que c'était que cette façon de penser ? Mes parents, Betty et Warren Watkins, étaient tous deux doux comme des agneaux et n'avaient jamais haussé la voix contre moi. Je me demandais d'où mon tempérament volcanique venait dans la famille... Dommage qu'il n'y en ait eu plus aucun membre vivant pour m'en informer. Il fallait vraiment que je fasse des efforts pour dompter mes mauvais côtés et museler mes répliques acerbes avant qu'elles ne me causent des ennuis à force d'être portées contre des vampires bien plus puissants que moi.

- Je prends racine ! s'écria mon employeur qui s'était adossé au tronc en mimant le mouvement d'une lime à ongle en action.

Mon sang s'échauffa et mes muscles se tendirent pour me permettre de toiser l'impoli tout en me préparant à l'abreuver de répliques acides.

Le problème fut que mon pied gauche rencontra en guise d'appui cette fichue mousse glissante qui avait failli me faire tomber la première fois.

Bien que j'eus tenté de rétablir mon équilibre par de nouveaux et ô combien disgracieux moulinets des bras, la gravité ne me laissa pas m'échapper et me fit basculer dans le vide, tête la première.

Hurlant à pleins poumons, j'écarquillai les yeux en voyant le sol se rapprocher de moi si vite et je n'eus même pas le loisir de voir ma vie défiler que je fus cueillie en plein atterrissage par des bras puissants, gages de salut.

Pourtant, plutôt que de souffler de soulagement, voilà ce qui sortit de ma bouche :

- Aaaaaaaaaaaahhhh, reposez-moi ! Reposez-moi ! Reposez-moi !

Je voyais toujours le sol coloré en bleu et légèrement moelleux étudié pour éviter que les enfants ne se blessent en cas de chute (pas une chute de plusieurs mètres, bien entendu), je pouvais presque l'effleurer du bout des doigts que j'agitais dans tous les sens en même temps que mes bras et mes jambes.

Bon sang ! Quelle humiliation ! Phoenix m'avait rattrapée comme il avait pu et je me retrouvais donc tête en bas, pieds en l'air, serrée contre mon sauveur qui m'écrasait l'estomac, tandis que son visage était à hauteur de mon postérieur.

Mon sac et son contenu étaient éparpillés à ses pieds, mes cheveux balayaient le sol, et mon pantalon remontait le long de mes mollets redevenus désespérément blancs après un été où ils avaient pris une adorable couleur miel. En résumé, la honte totale !

Mon patron se pencha en avant tout en desserrant son étreinte pour que je puisse me remettre dans le bon sens, sauf qu'au lieu de m'exécuter avec grâce et souplesse, je tombai lourdement sur les fesses, en lâchant un petit cri de douleur.

Derrière le rideau de cheveux fous qui me cachaient la vue, je pouvais quand même constater que Phoenix mettait toute son énergie à refouler l'hilarité qui lui secouait déjà les épaules. Il ne manquait plus que ça !

Je tenais à conserver un minimum de dignité alors en silence, je pris soin de ramasser tout mon matériel et de le ranger dans mon sac en adoptant une posture droite et un air imperturbable, et ce, même lorsque mon employeur ne se contint plus et explosa littéralement de rire avec ce réflexe de s'essuyer le coin des yeux comme si des larmes qui ne pouvaient plus couler avaient réussi à se frayer un passage à cet endroit. Intérieurement, j'étais mortifiée. Extérieurement, euh… j'étais mortifiée aussi.

En une seconde, je venais de ruiner toute la souplesse acquise pendant des mois et des mois d'entraînement. Au lieu de sauter avec la grâce féline d'une panthère, j'étais tombée avec la lourdeur d'un éléphant accroché à un rocher. Si cela s'ébruitait, je pouvais dire adieu au respect que j'avais gagné chez les vampires. Bon Dieu !

Phoenix rigolait encore quand il me demanda si j'allais bien et ce fut son rire plus que son retard qui m'empêcha de répondre à cette juste demande.

- On a du travail. Quand vous aurez fini de vous payer ma tête, on pourra peut-être s'y mettre.

Il s'inclina respectueusement pour marquer son consentement, mais aussi pour masquer un nouveau sourire, puis me suivit en direction du tas de ruines laissé par l'incendie qui avait ravagé Seamus et sa maison.

Rendue furieuse par la situation, je serrai un peu plus mon bien contre ma poitrine et avec un reniflement dédaigneux, sortis de cette maudite aire de jeux. Mieux valait, pour celui qui m'avait immédiatement emboîté le pas, de cesser de rigoler dans les secondes à suivre ou j'allais exploser pour de bon.

Heureusement, il parvint à se contrôler et quand nous arrivâmes devant la porte d'un des voisins d'en face de chez ce pauvre Seamus, il avait retrouvé son sérieux.

- Je vous laisse le rôle du bon flic. Vous m'avez tellement énervée que je risque d'être malpolie si on tombe sur l'idiot du village.

Les crocs de Phoenix luisirent dans la nuit. Il souriait.

- Votre mauvais caractère est toujours une douce musique pour mes oreilles.

Il ne me laissa pas le temps de répliquer car il sonna à la porte.

Une femme d'une soixantaine d'années nous accueillit avec méfiance d'abord, puis avec chaleur lorsque mon partenaire lui signifia notre appartenance au FBI, et malgré l'heure tardive, elle nous invita à nous installer dans son salon pour nous offrir du thé. Prenant la grimace de Phoenix pour un sourire d'acquiescement, elle se précipita avec bonheur dans sa cuisine.

Pendant ce temps, j'observais les lieux, approuvant une décoration claire et raffinée qui créait un ensemble apaisant pour l'invitée bouillonnante que j'étais.

- Je déteste le thé, entendis-je mon voisin bougonner.

- Eh bien vous ferez un effort pour ne pas vexer cette charmante dame. Après tout ce que vous avez vécu en cinq cents ans, ce n'est pas une petite tasse de thé qui va vous tuer.

- Grumpf.

Quelques minutes plus tard, Madame Caldwell, puisque c'était son nom, revint avec un plateau chargé de trois tasses fumantes et d'une assiette de biscuits sablés faits maison.

- Je suppose que vous venez me poser des questions au sujet de mon regretté voisin, dit-elle en s'asseyant et en prenant une gorgée de liquide.

- Tout à fait, Madame. Même si nos questions ne changeront pas de beaucoup de celles de la police, nous souhaiterions que vous y répondiez avec le plus de précision possible.

J'avais imité notre hôte et bu un peu de son thé au citron. Au-delà d'une atroce brûlure de la langue, j'eus un haut-le-cœur en avalant ce breuvage infâme dont je voulus faire passer le goût en attrapant l'un des sablés du plateau. Il me fallut toute la force de ma bonne éducation pour ne pas recracher par terre ces espèces de pâtés farineux.

- Oh, j'espère que vous aimez, mon petit. Ce sont les biscuits favoris de mon fils, Rupert. Il me demande même de lui en envoyer quand il est en mission en Afghanistan. C'est un très bon militaire, vous savez.

Avisant un pot de fleurs à côté de mon fauteuil, j'allais céder à l'appel de détresse de mes canines lorsque cette piètre cuisinière s'adressa à moi. Pour sûr ! Il n'y avait qu'un militaire rompu aux rations de survie dégoûtantes qui pouvait ingurgiter ce genre de nourriture diabolique !

La bouche encore pleine, je me contentai de lui sourire en tentant de masquer au maximum la nausée qui montait en moi. Satisfaite, elle se retourna vers Phoenix qui s'empressa d'effacer l'air amusé qu'il avait pris quand il m'avait vue ainsi.

- Alors, que voulez-vous savoir ?

N'y tenant plus, je crachai le tout dans une serviette en papier que je roulai en boule avant de la cacher sous le dossier de mon siège.

- Connaissiez-vous Seamus O'Malley ?

- Oh, pas très bien. C'était un homme discret qui passait la plupart de son temps chez lui. Il sortait rarement et toujours la nuit. Je le rencontrais parfois quand je promenais mon chien avant d'aller me coucher. Il m'a donné l'impression de quelqu'un de gentil, mais de pas très malin.

- Saviez-vous quel était sa profession ?

- Il m'a dit qu'il exerçait le métier de ses rêves car on le payait pour tester des jeux vidéo.

Phoenix et moi échangeâmes un coup d'œil. Cette information était rassurante car a priori, personne n'avait de doutes quant à la véritable identité de leur voisin. En ce qui concernait sa profession, il s'était contenté de leur dire la vérité, et il avait eu raison. Un no-life aurait peut-être fini par inquiéter les riverains vu la multiplication des fusillades déclenchées par des désaxés qui se croyaient encore dans leurs jeux vidéo. Mais Seamus avait dit que c'était son job. C'était donc quelqu'un d'intégré à la société et qui payait des impôts malgré sa discrétion.

Il en fallait peu aux gens, parfois, pour être rassurés. Enfin, dans notre cas, cela nous arrangeait bien.

- Seamus recevait-il beaucoup de visites ?

Madame Caldwell se redressa sur son siège et toussota.

- Je suis une veuve de guerre vivant de la pension de l'armée et de la générosité de mon fils. J'ai certes beaucoup de temps libre, mais je ne le passe pas à espionner mes voisins !

Son air gêné me fit suspecter le contraire, mais sa fierté risquait de la rendre muette. Il fallait arrondir les angles.

- Loin de nous cette idée, chère madame, mais vous semblez être une femme attentive aux besoins des autres et une bonne chrétienne. Nous espérons simplement que dans votre souci d'aider votre prochain, vous auriez fait attention à ce qui se passait chez Mr O'Malley.

Elle leva vers moi un regard surpris.

- Vu comme ça... Seamus ne recevait que très peu de visiteurs. En fait, je voyais souvent le même homme passer chez lui. En promenant mon chien, un soir, je les ai salués et il m'a dit que c'était Phil, l'un de ses collègues de travail. Ce monsieur avait l'air bien gentil, mais entre nous soit dit, il n'avait vraiment pas inventé la poudre, si vous voyez ce que je veux dire...

- Avez-vous vu quelque chose le soir de l'incendie ?

- Eh bien... Comme je l'ai dit à la police et aux pompiers, je suis sûre que ce feu est dû à un problème électrique.

- Comment ça ?

Phoenix et moi avions prononcé ces mots en même temps. Nous sentions que la suite serait importante.

- La dernière fois que j'ai vu Seamus, il était de très mauvaise humeur car sa télévision et son ordinateur ne marchaient plus correctement. Juste avant le drame, j'ai vu une camionnette blanche s'arrêter devant chez lui. Cela m'a paru étrange alors j'ai d'autant mieux regardé... hum... par souci chrétien bien sûr...

- Bien sûr... coupa mon employeur. Et ?

- Deux hommes en sont descendus. C'étaient sûrement des électriciens à voir leurs combinaisons et leurs valises à outils. Je me suis dit qu'ils venaient pour travailler chez Seamus. Ils sont entrés et j'ai reçu un coup de fil de mon fils. Quand je suis revenue, ils étaient déjà partis. J'ai dit aux pompiers que ça avait dû être du travail de débutant pour déclencher un pareil incendie. Pauvre Seamus...

- Madame Caldwell, pouvez-vous nous décrire ces hommes ? demandai-je avec avidité.

- Je ne les ai vus que de dos malheureusement. Toutefois, je peux vous dire que l'un d'eux était taillé dans le roc !

Bien que la description ne fut pas plus complète, nous étions sûrs que l'homme tatoué que j'avais rencontré au début de cette histoire était mêlé à tout cela. Mais qui était l'autre ?

- Avez-vous vu un détail qui permettrait de les reconnaître ? Un nom sur la camionnette, une plaque d'immatriculation ?

Tout comme moi, Phoenix avait du mal à masquer sa fébrilité face à la piste qui se profilait.

- Désolée, je n'ai vu aucun nom d'entreprise et la plaque d'immatriculation était étrangement abîmée…

Nos espoirs déçus, mon employeur et moi nous tassâmes de concert dans nos sièges. Encore un échec.

- … Mais j'ai vu sur la porte arrière un sigle qui m'a frappée. C'était un cobra noir qui s'apprêtait à mordre un autre cobra blanc. C'était la première fois que je voyais ce genre de dessin sur une voiture.

Je haussai les sourcils. Des cobras ? Avisant Phoenix, je compris à son air qu'il était aussi perplexe que moi. C'était une impasse…

- Très bien, Madame Caldwell, je crois que nous avons assez abusé de votre temps, dit-il en se levant.

Je m'empressai aussitôt de l'imiter.

- Merci de votre aide et de votre accueil.

Notre hôtesse s'empourpra de fierté.

- Oh… mais je n'ai fait que mon devoir.

Que de modestie ! pensai-je. Pour quelqu'un qui passait ses journées à épier ses voisins, se voir ainsi remercier par le FBI allait l'encourager à se poster à sa fenêtre encore plus souvent.

Elle nous saluait encore de la main alors que nous nous apprêtions à sonner à une autre porte. Je lui rendis son salut en souriant tout en marmonnant à mon employeur :

- Ne pensez pas repartir d'ici en volant, elle va sûrement appeler d'autres petites vieilles désœuvrées pour qu'elles se postent à leur fenêtre afin de nous suivre à la trace.

Je fus soulagée quand le propriétaire de la maison devant laquelle nous nous tenions nous laissa entrer, échappant ainsi à la curiosité malsaine de cette brave citoyenne.

Malheureusement, quelques temps plus tard, force nous était de constater que Mme Caldwell, avec ses mauvaises habitudes, avait été le témoin le plus productif de notre enquête. Les autres voisins de Seamus, directs ou non, n'étaient pas aussi préoccupés qu'elle par la vie des autres et comme ils prenaient ce dernier pour un excentrique inoffensif, ils s'en fichaient royalement.

- Nous voilà revenus à la case départ, dis-je en remontant la rue.

Phoenix cherchait un endroit tranquille pour décoller sans témoin.

- Ça dépend. Ce sigle… il veut peut-être dire quelque chose. Il faudrait chercher ce que ça signifie.

Autant chercher une aiguille dans une botte de foin, mais autant commencer quelque part.

- Je peux regarder sur Internet pour voir si une entreprise a adopté ce logo, même si j'en doute, et aussi dans la base de données de la police. Si ça se trouve, il représente un gang ou quelque chose dans le genre.

- Bonne idée.

- Le problème, c'est que ça va me prendre du temps.

- Mais vous risquez moins de perdre patience que moi.

Effectivement, face à un ordinateur, Phoenix avait tendance à perdre ses moyens et le moindre obstacle déclenchait chez lui des réactions violentes et coûteuses. Le dernier écran dans lequel il avait envoyé son poing m'avait coûté une petite fortune, et lui avait valu une pluie d'imprécations quant à son caractère impatient insupportable.

- Ici, ce sera bien.

Je n'avais pas fait attention au paysage, aussi je fus surprise de me retrouver devant un ravissant parc, éclairé par quelques lampadaires seulement. Un minuscule ruisseau y serpentait, au-dessus duquel on avait installé un petit pont en bois. Inutile, puisque on pouvait sauter de l'autre côté à cloche-pied, mais plutôt esthétique.

- Les mariés doivent se faire prendre en photo, ici.

J'avais pensé tout haut. Je pressai le pas et distançai mon compagnon pour aller voir ça de plus près, admirant, malgré l'obscurité, l'atmosphère onirique qui se dégageait de ce lieu.

Si je n'avais pas été déconcentrée par cette vision enchanteresse, j'aurais aperçu plus tôt la présence cachée derrière le gros tronc de l'arbre qui, par son feuillage, empêchait la lumière des lampes d'éclairer le petit chemin menant au pont.

On me saisit violemment par le bras pour me tirer en arrière et je me retrouvai à la merci d'une lame sous ma gorge.

Mon cœur fit un bond dans ma poitrine en comprenant que j'avais fait l'erreur de me jeter dans les filets d'un vampire. Ce ne pouvait pas être le Cercle de Mellindra puisque ses membres préféraient attaquer de jour ou alors avec un fusil (le corps à corps humain/vampire n'était pas très recommandé). Comme avec mon expérience récente avec Hedayat, je me figeai, car des mouvements brusques ne feraient que galvaniser mon agresseur, lequel devait en avoir après Phoenix.

- Tu sais que t'es belle, toi ? Pas comme d'autres que je serre d'habitude.

Cette voix cassée par la cigarette ainsi que le timbre de perversion qui en dégoulinait me firent comprendre que je n'avais pas affaire à un vampire…

Je sentis la lame tressauter sur mon cou en même temps que l'excitation monter chez mon adversaire, tandis qu'il me collait à lui pour me faire sentir à travers mon manteau, le renflement de son pantalon.

Où était Phoenix ? pensai-je.

- Si tu cries, je te tue, dit-il avant de me lécher le cou en faisant remonter fébrilement sa main sur mon sein gauche.

Dégoûtée par ce contact infâme, je ne pouvais pas me permettre d'attendre que mon patron daigne se montrer. En plus, le connaissant, il aurait profité de l'occasion pour me soumettre à un exercice de combat et vérifier ainsi mes aptitudes.

- Vous faites une énorme erreur.

Il rigola, me pressant davantage contre son bassin excité.

- C'est toi qui as fait une erreur en venant te risquer ici toute seule, ma belle. On ne t'a jamais dit d'éviter les coins sombres en pleine nuit ?

- Et toi, on ne t'a jamais dit que tu allais payer tôt ou tard tous tes crimes ?

Sans lui laisser le temps de répondre, je lui assénai un coup de coude dans l'estomac qui le fit reculer sans toutefois lâcher son arme. Je fis aussitôt volte-face et lui envoyai mon poing dans la figure. Furieux, il voulut me donner un coup de couteau mais je l'esquivai et le fis tomber en lui envoyant ma jambe dans les tibias.

Je voulais lui faire mal, pour lui apprendre ce qu'il en coûtait de s'en prendre à une femme. Un autre coup de pied dans les côtes lui arracha un cri de douleur qui me fit sourire de toutes mes dents. Il était à terre, à ma merci.

Triomphante, je voulus mettre un terme au combat en lui envoyant mon pied dans les parties, comme je l'avais fait un an auparavant lors de ma période d'essai, sauf que tout ne se déroula pas comme prévu.

Il réussit à feinter et mon élan me déséquilibra. Je me retrouvai au sol moi aussi, et seuls mes réflexes me sauvèrent la vie. Je roulai sur le côté pour échapper à sa lame meurtrière avec succès, néanmoins, en me relevant, je m'offris je ne sais comment à son pied qu'il m'envoya en pleine face. Étourdie, je vis trente-six chandelles tandis que j'achevais de m'effondrer sur l'herbe froide.

Au moment où il se jeta sur moi, je pensais qu'après toutes ces glorieuses victoires contre des vampires, me faire tuer bêtement par un rebut de l'humanité était une fin des plus pitoyables.

Comme au ralenti, je le vis me fondre dessus avec toute la haine et la perversion que ce fou éprouvait à l'égard des femmes, puis, être stoppé net dans son élan, arrêté avant atterrissage par des liens invisibles, un peu comme Tom Cruise dans *Mission Impossible.*

J'eus le temps de voir l'effarement se peindre sur son horrible visage avant qu'il ne soit tiré en arrière, loin de moi.

Un peu perdue et quelque peu nauséeuse, je m'empressai tout de même de me relever pour comprendre la situation.

- Tu as osé t'en prendre à mon assistante et bien que je ne sois là que depuis un bref instant, j'ai mon idée concernant tes intentions à son égard. Tu as cinq secondes pour me convaincre de ne pas te tuer. Si tu y parviens, je me contenterai de te faire avaler ton appareil génital.

Le propriétaire de cette terrifiante voix de velours tenait entre ses mains mon agresseur et serrait tant et si bien sa gorge que je doutais que le moindre son n'en sorte.

- Rrrrrraa…touff… mour…ir…

Avec une lenteur délibérée, Phoenix se répéta, offrant à la vue de sa victime, ses yeux luminescents et ses crocs acérés.

Le type se contenta de hurler « Salope ! » et d'uriner dans son pantalon.

Le sourire presque attendri et la douceur d'une voix de velours m'effrayèrent :

- Mauvaise réponse.

J'entendis nettement le craquement de la nuque de mon agresseur quand d'un bref mouvement du poignet, Phoenix lui tourna la tête sur le côté. Le cadavre retomba ensuite avec un bruit mat sur le sol.

Je le fixai, bouche bée, puis reportai mon attention sur le visage impassible de son assassin, lequel attendait immobile à côté, comme si sa proximité ne l'affectait en rien. Il attendait ma réaction.

Bon sang ! Il venait de tuer un humain sous mes yeux !

Mon cœur se mit à cogner dans ma poitrine. Je l'avais pourtant vu commettre des actes monstrueux qui auraient terrorisé n'importe qui sans que j'y trouve à redire (Huan avait bien été réduit en charpie devant moi). Mais là…

Son regard était braqué sur moi, semblant suivre mes réflexions à mesure qu'elles se déroulaient dans mon esprit.

Un éclair incertain passa pourtant dans ses prunelles malgré son masque de façade et je compris qu'il avait peur ; peur que je le repousse à cause de ce qu'il venait de faire.

Mais au lieu de le rejeter, je sortis de ma poche mon téléphone portable et cherchai dans mon répertoire le numéro que je voulais composer.

- Allô ? C'est Samantha Jones. J'ai besoin d'une équipe de nettoyeurs dans un parc des quartiers sud. Un seul cadavre… humain. Vous me localisez ? Oui. Ok, on ne bouge pas.

Je raccrochai.

- Ils seront là dans dix minutes.

Je vis un bref éclair de soulagement dans ses iris, il ne bougeait toujours pas.

- Êtes-vous blessée ?

Je me touchai la joue droite.

- Ça va. Je l'ai sous-estimé et j'en ai payé le prix. Ça m'apprendra. Mais et vous ? Où étiez-vous passé ?

Ses yeux s'illuminèrent de colère.

- Vous n'êtes pas la seule à avoir commis une erreur. J'ai eu la sensation qu'on nous suivait alors je vous ai abandonnée pour vérifier. Je suis revenu dès que j'ai entendu les bruits de lutte. Je n'aurais jamais dû vous laisser seule !

Phoenix s'en voulait, c'était évident, pourtant, il m'avait entraînée à faire face à ce genre de situation.

- Normalement, vous n'auriez pas eu à intervenir. Je me suis montrée trop confiante parce que c'était un humain, il n'aurait pas dû réussir à me vaincre.

Il se tut. Je contemplai le corps du violeur.

- Pourquoi l'avez-vous tué ? Vous aviez laissé vivre Bouffi et Vérolé l'année dernière.

Ma conscience me travaillait comme si c'était moi qui lui avais brisé la nuque. Je me sentais mal.

- Ce type était bien plus dangereux. Et il a osé vous toucher, je le sens sur vous.

Je grimaçai en passant ma main dans mon cou. Il était clair que je prendrais une douche en rentrant et que je mettrais plusieurs couches de savon à l'endroit où ce porc m'avait léchée.

Phoenix n'en perdit pas une miette, ses lèvres crispées m'indiquant que sa fureur ne demandait qu'à s'exprimer à nouveau.

- Nous aurions pu le livrer à la police…

- Après ce que cette ordure a fait aux autres femmes qu'il a agressées et ce qu'il a failli vous faire à vous aussi, je n'ai aucun remords. N'oubliez pas que je suis un vampire, Sam. Vos scrupules vous honorent, mais ils n'ont aucun sens pour moi. Cet homme s'est attaqué à vous, il est mort. Point final.

Je n'étais pas tout à fait d'accord avec lui, mais d'un certain côté, il avait raison. Les vampires avaient une autre vision du monde que celle des humains et la mort d'un violeur récidiviste avait peu de chances de les horrifier. De plus, mon employeur avait en quelque sorte laissé une chance à mon agresseur de s'en sortir vivant, mais ce dernier ne l'avait pas saisie, préférant m'insulter encore, signant là son arrêt de mort. De fait, même si j'aurais préféré voir cet homme en prison, je ne devrais certainement pas le pleurer. Phoenix m'avait défendue alors que je risquais de perdre la vie ; c'était lui qui l'avait tué, pas moi.

Ma conscience se tranquillisa.

- Je ne vous juge pas. Qui sait ? Peut-être me trouverais-je bientôt dans une situation où je devrais faire le même choix que vous.

En attendant les nettoyeurs, j'étais loin de me douter que ce choix se présenterait si vite à moi.

*

Le lendemain, j'occupais ma journée avec Matthew en épluchant de nouveau ses dossiers d'adoption et en passant des coups de fil aux services concernés. La tâche administrative qui nous attendait était harassante, aussi nous ne nous ménagions pas beaucoup de pauses pendant notre travail.

J'avais passé la matinée à me renseigner sur le net pour voir si en dix ans, les démarches pour retrouver ses géniteurs s'étaient un peu simplifiées. À lire les forums et les nombreux sites officiels, ce n'était pas évident.

Surtout que dans le cas de Matthew, nous partions de zéro. Personne ne savait d'où il venait, et aucun témoin n'avait vu quelqu'un déposer le petit garçon qu'il était dans cette ruelle sombre.

Cela allait me prendre des mois pour trouver des indices, si ce n'était davantage, alors j'avais pris la décision de profiter des outils scientifiques de Dennis Obson en lui apportant l'ADN de mon ami.

J'allais devoir ruser, évidemment, puisqu'il n'aurait pas compris si je lui avais enfourné un coton-tige dans la bouche ou si je lui avais prélevé son sang avec une seringue. Donc je vins ce jour-là avec deux pots de glace au caramel et deux cuillères neuves.

- Pour nous donner du courage, avais-je dit, la lueur gourmande scintillant dans ses prunelles me rassurant sur mes chances de succès.

À la fin de l'après-midi, j'avais fait le tour de toutes les pièces du dossier, lesquelles malheureusement, portaient plus sur la démarche de Danny pour en faire son fils plutôt que sur ses véritables origines. Je proposai donc à Matthew d'arrêter là pour aujourd'hui et de savourer une crème glacée bien méritée, ce qu'il s'empressa aussitôt d'accepter. Je revins sur le canapé avec les desserts, les cuillères plantées dedans.

- Ouh ! J'ai l'impression que ma tête va exploser si je me concentre à nouveau.

Mon ami se frotta les yeux puis saisit le pot que je lui tendais. Il alluma ensuite la télévision et passa distraitement un bras autour de mes épaules. C'était l'heure des informations.

- Tiens, je me demande s'ils ont retrouvé ces gosses qui ont disparu, dit-il en avalant l'équivalent d'une louche entière de glace.

Je reportai mon attention sur l'écran.

- Les braqueurs ont emporté un butin d'environ soixante-mille dollars. Les deux convoyeurs de fonds sont en ce moment hospitalisés dans un état grave après avoir voulu mettre en fuite ces bandits munis d'armes automatiques.

- Je déteste les armes, réagit mon voisin. S'il n'était pas aussi simple de s'en procurer dans ce pays, il y aurait certainement moins de crimes et moins d'accidents.

J'étais bien d'accord avec lui. Il poursuivit :

- J'ai vu un reportage l'autre jour. Les journalistes avaient suivi une mère de famille complètement dingue de pistolets. Elle en avait caché partout dans sa maison, et même un dans son lit ! Faut vraiment être taré pour faire un truc pareil.

Je me gardai bien de répondre. Bien qu'en théorie, j'étais sur la même longueur d'onde que lui, en pratique, j'étais bien obligée de cacher des armes dans le manoir vu que nombre de vampires rêvaient sûrement de percer le cœur de celui qui m'employait. Par ailleurs, mon expérience avec Karl l'année dernière avait prouvé que j'avais eu raison. Maintenant, pour les citoyens américains lambdas, j'étais persuadée que leurs enfants avaient plus de chances de se tirer dessus accidentellement que d'être directement menacés par un agresseur dans leur jardin.

- Venons-en aux cinq étranges disparitions d'enfants qui ont eu lieu à quelques jours d'intervalle, dans le même quartier à l'Est de Kerington.

Matthew grogna. Comme moi, il ne supportait pas d'entendre les faits divers touchant les enfants. Ça me retournait tellement en général, que je préférais changer de chaîne, mais là, une sorte de pincement au cœur me fit prêter l'oreille à la journaliste.

- ... *Aucune demande de rançon n'a été présentée aux parents qui vivent dans une angoisse absolue. Les petits ont été enlevés dans leur chambre, au milieu de la nuit, sans qu'aucune empreinte, ni trace ADN, ni trace d'effraction n'aient été relevées. Les policiers font ce qu'ils peuvent et demandent à tout témoin éventuel de les contacter.*

Quelque chose dans ces déclarations me fit battre le cœur plus vite, un lourd pressentiment naquit dans mon esprit. Ni empreinte, ni ADN, ni effraction ?

Ma glace tomba lourdement au fond de mon estomac quand je mis un nom sur l'angoisse qui m'étreignait les intestins depuis le début du reportage…

- Il faut que j'y aille, Matthew, dis-je en me levant brusquement.

- Déjà ? Tu disais que ton grand-père n'aurait pas besoin de toi avant le coucher du soleil. Tu as encore un peu de temps…

J'avais déjà attrapé mon manteau et je me dépêchais de nouer mon écharpe autour de mon cou.

- J'ai laissé mon sac dans la cuisine, tu veux bien aller me le chercher s'il-te-plaît ?

Profitant du fait qu'il s'exécutait, je pris la cuillère qu'il avait utilisée et la mis rapidement dans un sachet hermétique avant de ranger le tout dans une de mes poches.

- Tiens, le voilà. Tu es sûre que ça va ?

- Oui, oui. Je viens de me rappeler que… j'avais oublié du linge dans la machine à laver ! (Pitoyable) Si Peter le trouve avant moi, il va vouloir le ranger lui-même et risque de se faire mal au dos ! (N'importe-quoi)

- Oh, d'accord.

Je l'embrassai rapidement sur la joue et partis en trombe vers le château.

Il me restait une heure avant le coucher du soleil, j'avais le temps de prendre des dispositions.

Je commençai par craquer le réseau informatique de la police et dénicher le dossier d'enquête sur la disparition des petits. Ils n'avaient dû révéler à la presse que des bribes d'informations et je voulais connaître les détails pour vérifier si mon instinct ne me trompait pas.

En lisant les rapports des différents rapts, je compris que j'avais raison. Les horaires, l'absence de trace et la difficulté que présentaient les lieux pour un homme d'emporter aisément son fardeau sans bruit ni témoin ne laissaient qu'une explication. Des vampires étaient responsables.

J'imprimai les photos des enfants ainsi que les rapports d'enquête.

Le soleil ne tarderait plus à se coucher, mais je n'avais pas de temps à perdre. J'ignorais les intentions des voleurs d'enfants, mais je me doutais qu'elles étaient de toute façon mauvaises, donc je ne pouvais attendre le réveil de mon patron.

Je bondis vers *Candide* et le tirai pour actionner le mécanisme d'ouverture de la chambre secrète de Phoenix.

La dernière fois que je l'avais ouverte en plein jour, j'avais failli le griller donc j'espérais que la faible luminosité de la fin d'après-midi ne lui causerait pas de mal.

Je fus soulagée de constater que la lumière ne pouvait pénétrer suffisamment dans la pièce pour toucher le lit dans lequel il dormait et me précipitai de son côté pour le réveiller.

- Phoenix ! Phoenix !

Je lui tapotai l'épaule en tâchant de ne pas lui abîmer les tympans, mais voyant que ça ne donnait rien, j'entrepris de le secouer plus généreusement.

En un éclair, je fus saisie par le cou, soulevée de terre et jetée sur le lit, mes bras ensuite emprisonnés dans une étreinte de fer au-dessus de ma tête, un couteau en argent sous la gorge, un vampire assis sur le reste de mon corps.

Tout ça sans que j'aie eu une seconde pour pousser un cri de terreur.

- Sam ? dit une voix horrifiée, bien qu'imparfaitement réveillée.

La lame s'éloigna aussitôt de ma peau, mon employeur me lâcha et s'assit à côté de moi, un peu surpris, un peu furieux.

- Vous avez oublié les leçons que je vous ai apprises ?! On ne surprend jamais un vampire dans son sommeil ! J'ai failli vous tuer !

Je m'étais assise aussi en me massant les poignets.

- Ça ne serait pas arrivé si vous n'aviez pas le sommeil aussi lourd !

Il regarda son réveil puis la porte ouverte.

- Évidemment, le soleil n'est pas encore couché !

- Je le sais bien, mais il y a urgence, figurez-vous !

Phoenix était un professionnel dans l'âme. Entendant cela, il se leva, m'aida à en faire de même et alla fermer la porte pour attraper des vêtements dans son armoire sans se faire rôtir. Il voulait se tenir prêt dès que la nuit tomberait.

- Je vous écoute, dit-il en entrant dans la salle de bain, laissant la porte ouverte pour me permettre de lui parler pendant qu'il prendrait sa douche.

Il était déjà torse nu et en le voyant s'apprêter à enlever son pantalon, je me détournai vivement, la bouche soudain très sèche. Quand j'entendis la douche se mettre en marche, et le bruit caractéristique de quelqu'un qui se savonne, je compris que je n'arriverais pas à aligner deux pensées cohérentes si je laissais cette porte ouverte entre nous.

Il me fallut une bonne minute pour arrêter d'imaginer Phoenix se caressant sa peau nue et humide et retrouver mes esprits.

- Vous avez entendu parler des enfants qui ont disparu à peu de temps d'intervalle, dans les quartiers Est ?

Pas besoin de crier, son ouïe hyper sensible lui permettait de m'entendre comme si j'étais à côté de lui… suffisamment proche pour faire courir mes doigts sur son torse musclé, suivant doucement la ligne de ses abdominaux d'acier puis plus bas vers…

Ooooooh !!! Où est-ce que je m'égarais encore ?!

Je m'essuyai la sueur qui avait perlé soudain à mon front et repris le cours de mon explication.

- Je suis sûre que c'est l'œuvre de vampires. J'ai vérifié sur les rapports de police, il y a beaucoup d'éléments troublants sur les circonstances de leur enlèvement. Alors je me suis demandée quelle utilité ces gosses auraient pour ceux de votre espèce et je me suis souvenue d'une conversation que nous avions eue l'année dernière… sur le goût du sang de certains. Peut-être qu'ils les prennent pour leur jeunesse et leur innocence ! Tous les kidnappings ont eu lieu dans les quartiers Est, donc on peut demander à Marroney s'il est au courant de quelque chose.

Silence.

- Phoenix ? Vous m'entendez ?

- Passez-moi mes vêtements, Sam, s'il-vous-plaît.

- Quoi ?

- Mes vêtements… répéta-t-il quelque peu agacé par la lenteur de mes neurones.

- Oh, oui.

Je sentis mes joues s'enflammer quand je lui tendis sa tenue, bien que j'eus fermé les yeux pour ne pas risquer de me lécher les lèvres en le voyant simplement vêtu d'une serviette de bain.

Une minute plus tard, il me rejoignit, prêt et implacablement parfait. Un instant, j'en oubliai la raison de ma venue dans sa chambre.

- Montrez-moi les rapports de police.

Je les lui tendis et me tus le temps qu'il les consulte. De toute façon, j'étais bien trop occupée à enfouir tout au fond de mon esprit tous les fantasmes qui m'avaient assaillie.

Il prit ensuite son téléphone.

- C'est Phoenix. Je veux que tu laisses tomber toutes tes petites affaires et que tu ordonnes à tous tes vampires de ratisser le quartier Est à la recherche de la moindre information sur les gosses qui ont été enlevés récemment. Oui… Dis-leur de faire preuve de la plus grande discrétion et surtout de ne pas intervenir. Dès que tu as du nouveau, tu m'appelles. C'est ça… tu commences sur le champ. Je veux les résultats avant la fin de la nuit. Oui… Tu m'as bien entendu.

Il raccrocha.

- Vous croyez vraiment qu'il va trouver ces types d'ici la fin de la nuit ? C'est un caïd, pas un magicien !

- Marroney me craint suffisamment pour mettre toute sa machine en branle. Les quartiers Est sont sous sa coupe et peu de choses lui échappent. Si des vampires ont monté une affaire sur son territoire, il le saura.

- Mais alors, pourquoi ne pas lui avoir demandé de nous aider l'année dernière avec le trafic de sang ?

- Il fallait agir dans la plus grande discrétion pour éviter que trop de vampires soient au courant de la gravité de la situation. Vous avez constaté comme il était curieux à l'évocation du Cercle, alors imaginez s'il avait su que les Grands risquaient à tout moment de nous tomber dessus, il l'aurait crié sur tous les toits. On n'avait pas affaire à quelques enlèvements isolés, c'était une véritable industrie qui avait été montée, très organisée et surtout, très prudente au vu de leurs nombreux déplacements. Dans ce cas, je pencherais pour des amateurs en début de parcours qui ont choisi un périmètre d'action proche de leur lieu de vie.

- Comment être sûrs que ce sont des amateurs ?

- Ils s'en sont pris à des enfants sans défense dont les parents ont averti la police et la télévision. Et au lieu de brasser dans tous les secteurs de la ville pour noyer le poisson, ils se font encore plus remarquer en agissant dans un seul.

- Ok, alors que faisons-nous ?

- Vous avez mangé ?

Désarçonnée par sa question, j'eus un temps de retard pour lui répondre.

- Non, le soleil vient à peine de se coucher (j'avais vérifié dans mon dos) et j'ai mangé un pot de crème glacée chez Matthew avant de revenir ici. Je n'ai pas faim.

- Vous devriez manger quelque chose de plus consistant qu'une crème glacée, dit-il d'un ton un peu plus sec. Dès que Marroney me rappellera, nous partirons. Peu importe s'il a vraiment trouvé quelque chose, nous irons faire un tour dans les quartiers Est de toute façon et je ne sais pas à quelle heure on rentrera, donc je ne veux pas alerter tous les vampires des environs quand votre estomac commencera à rugir plus fort qu'un fauve affamé.

- Eh ! m'offusquai-je.

Il se contenta de hausser les épaules.

- J'y vais, j'y vais, grognai-je.

Après un rapide sandwich et un yaourt, j'allai me changer pour enfiler des vêtements plus appropriés à notre escapade nocturne. Je choisis un simple jean noir, associé à un pull beige et mes bottes sans talons.

De retour en bas, je rejoignis Phoenix dans le bureau. Il s'occupait en feuilletant les rapports de Thomas Coltrane. Je m'installai à côté de lui et relus les rapports des enquêteurs sur les rapts des cinq petites victimes. Je me promis que si nous mettions la main sur leurs ravisseurs, j'applaudirais Phoenix quelle que soit la sentence qu'il prononcerait à leur encontre.

*

Les hommes de Marroney avaient bien mené leur enquête. Il n'était que trois heures du matin quand nous reçûmes un coup de fil de celui-ci nous annonçant qu'il avait localisé la cache des vampires ravisseurs. Sans perdre de temps, Phoenix m'avait prise dans ses bras et, chargés l'un comme l'autre de pistolets et de couteaux en argent, nous nous étions posés sur le toit de l'entrepôt en face de celui que nous visions. Pendant que je vérifiais mon matériel encore une fois, mon chauffeur volant alla jeter un œil par une lucarne pour avoir une idée de ce qui nous attendrait une fois à l'intérieur.

- Il y a un mur de séparation entre les deux parties du hangar. Il n'y avait aucune lumière, mais j'ai nettement entendu cinq battements de cœur de l'autre côté.

- Il y a eu cinq disparitions. Ça veut dire qu'ils les ont tous gardés en vie, dis-je, soulagée.

- Ils doivent les garder enfermés dans cette pièce entre deux ponctions de sang frais. J'ai vu leur matériel. Rien à voir avec le trafic de Karl, ce sont des amateurs. Des amateurs qui vont bientôt regretter d'être encore sur cette terre.

- Mes battements de cœur ne vont-ils pas trahir notre présence ?

- Non, vu que ce ne sont pas des professionnels, ils ne vont pas faire la différence avec ceux des enfants. De toute façon, il faudrait se concentrer et ils ne s'attendent pas à notre visite. D'après Marroney, une fois qu'on savait ce qu'on cherchait, il était facile de les retrouver. Il semble qu'ils soient trois, un maître, sa progéniture et un autre jeune de cent ans tout au plus. Ces types ont fait erreur sur erreur. Ce n'était qu'une question de temps avant qu'on s'aperçoive de leur petit commerce. Qu'ils en aient pris le risque après ce qui est arrivé à Karl et Ichimi l'année dernière montre que ce sont de vrais imbéciles. Pour autant, ça ne veut pas dire qu'ils ne sont pas dangereux.

- Compris. Comment allons-nous procéder ?

Mon employeur ne me répondit pas car il se raidit tout à coup, prêtant l'oreille à un bruit que je ne pouvais entendre avec mes faibles capacités humaines.

- Ils arrivent, murmura-t-il.

Effectivement, quelques minutes plus tard, nous pûmes constater, depuis notre poste d'observation, l'arrivée de deux vampires. Après s'être garés devant la grande porte de l'entrepôt, ils descendirent de leur fourgonnette. Phoenix se raidit à nouveau, laissant échapper un sifflement menaçant. Qu'avait-il vu ? Je reportai mon attention sur les deux hommes. L'un d'eux portait quelque chose avec précaution et je dus plisser les yeux pour parvenir à déterminer ce que c'était.

En un éclair, je sentis mon sang se mettre à bouillir dans mes veines, gage de l'incroyable fureur qui se déclara en moi à la vue du bébé endormi installé dans la petite coque que ce monstre portait à bout de bras. J'étais déjà prête au meurtre, mais là, la haine indescriptible qui m'enveloppa tout entière en voyant ce petit être sans défense à la merci de ces deux barbares me donna envie de commettre un véritable massacre.

Dans le fond, je n'étais pas quelqu'un de violent et j'étais contre la peine de mort. À une exception près.

On ne touche pas aux enfants.

Phoenix le savait, je ne lui avais jamais caché mes positions. De fait, lorsque j'avais compris qu'Ichimi avait fait du zèle lors du démantèlement du Cercle de Mellindra en assassinant les trois adolescents dont les parents les avaient forcés à y entrer, je lui avais dit que si cette brute n'était pas déjà morte, je serais à coup sûr entrée dans sa cellule pour lui planter moi-même un bon gros pieu en argent en plein cœur.

C'est pourquoi Phoenix posa une main sur mon épaule qu'il pressa pour attirer mon attention, jusqu'ici occupée à imaginer les pires supplices que je ferais subir à ces deux tortionnaires.

- Gardez votre sang-froid, Sam. Si nous débarquons sans faire preuve d'un peu d'intelligence, ils risquent de faire disparaître les preuves, à savoir les enfants.

Par un suprême effort de volonté, je m'arrachai de ma rêverie sanguinaire. Loin d'être refoulée, la rage que je contenais semblait ondoyer autour de moi, prête à être déversée en un torrent de lave en fusion qui détruirait tout sur son passage.

- Dites-moi simplement ce que je dois faire pour éradiquer ces ordures.

Était-ce le son de ma voix, feulement glacial et mortel imitant à la perfection celle de mon patron lorsqu'il s'apprêtait à exécuter un ennemi, ou la raideur de ma posture toute prête à l'attaque qui surprit celui-ci ? Toujours est-il qu'il s'était figé en me regardant.

- Finalement, il vaut peut-être mieux que vous restiez en arrière, dit-il en fronçant les sourcils, l'air inquiet.

J'étais une vraie bombe à retardement et qu'est-ce que Phoenix trouvait comme plan d'attaque ? Que je n'y participe pas ?

Mes lèvres se retroussèrent en un rictus mauvais.

- Si vous me laissez en arrière, je vous garantis que c'est vous que je vais transpercer d'une balle en argent…

Connaissant l'amitié qui nous liait, Phoenix et moi, un œil non averti aurait dit que je bluffais.

Sauf que ce n'était pas le cas. Et il ne s'y trompa pas.

Bien que mon attitude ultra-belliqueuse me surprît, j'étais trop enragée pour me demander ce qui pouvait m'arriver.

- Vos yeux sont rouges, Samantha.

Le choc de cette révélation fit passer la colère au second plan le temps d'un instant où je me touchai les paupières ; comme si cela pouvait m'aider à le vérifier en l'absence de miroir !

C'était bizarre, je n'avais pas bu de sang de vampire… Comment cet étrange phénomène avait-il pu se produire alors ? À chaque fois que ça me prenait, je faisais n'importe quoi, or, là, j'étais complètement lucide mise à part l'incroyable fureur qui irradiait à présent de mon corps, réclamant d'infliger à ces bourreaux d'enfants la punition qu'ils méritaient pour leur crime.

Bah ! Savoir que j'avais pleine maîtrise de mes moyens intellectuels était suffisant pour moi.

Je haussai les épaules.

- Je vais bien. D'ailleurs, je me sens beaucoup plus forte qu'en partant (aussi étrange que cela puisse être, c'était la stricte vérité). Tout ce que je veux, c'est sauver les petits et trucider ces types avant qu'ils aient ne serait-ce qu'effleuré ce bébé.

- Ce sont des vampires, Sam. C'est déjà suffisamment dangereux pour vous d'habitude, mais là, vous n'êtes même pas dans votre état normal.

- Je vous dis que je suis parfaitement lucide ! Vous m'avez entraînée, non ? Je sais ce que je risque et ça ne me fait pas peur. Par ailleurs, qui vous dit que le troisième type n'est pas caché dans cet entrepôt ? Les hommes de Marroney ont pu se tromper sur leur effectif et si vous débarquez seul, qu'est-ce qui empêcherait un complice de s'en prendre aux enfants pendant que vous serez occupé avec les deux autres ? Je ne sais pas pour vous, mais moi, je ne me le pardonnerais jamais si ça se produisait.

Phoenix gardait le silence, il réfléchissait à mes arguments.

- Je dois dire que comparé aux autres fois, vous n'avez pas l'air d'une nymphomane en furie.

- Merci, ça me va droit au cœur, grinçai-je, un brin vexée. Alors, vous vous décidez ?

Il expira.

- D'accord, vous venez. Mais pas question de vous confronter immédiatement aux ravisseurs. Il y a une autre entrée derrière. Je vais faire diversion pendant que vous vous chargerez de faire sortir les gosses de là. Si un vampire essaie de s'enfuir, tuez-le.

Je lui offris mon plus beau sourire carnassier.

- Avec plaisir.

Phoenix me dévisagea quelques secondes, se demandant sûrement s'il ne faisait pas une grosse erreur en me permettant de participer à cette mission de sauvetage.

- On y va.

Mes battements de cœur s'accélérèrent sous l'effet de l'adrénaline. Phoenix me prit dans ses bras et me déposa en douceur devant la petite porte à l'arrière du bâtiment.

- Au signal.

Je hochai la tête en sortant mon pistolet de mon sac. Il me tardait d'entrer.

Je n'eus pas besoin d'attendre longtemps.

Un énorme fracas retentit soudain de l'autre côté des murs, accompagné d'un grincement laissant supposer que la grande porte métallique avait dû être défoncée. Pas de doute, c'était le signal.

Aussitôt, je visai la serrure devant moi et tirai dedans avant de donner un grand coup de pied dans la porte.

Alors que la bagarre faisait déjà rage dans l'autre pièce, je me glissai sans bruit à l'intérieur, les sens en alerte, au cas où un autre vampire aurait eu l'idée de se cacher ici. Une étagère cachait mon champ de vision, mais j'entendais nettement les enfants crier au secours en pleurant. Ils étaient terrorisés et leurs hurlements me glacèrent les sangs.

N'ayant vu aucune présence vampirique dans mon périmètre, je courus vers eux. Ils étaient enfermés dans une espèce de grande cage qui, en d'autres circonstances, aurait pu servir dans un zoo, et ils ne disposaient que de trois matelas grisâtres pour se reposer. Pas de sanitaires en vue, si ce n'était une bassine d'eau croupie et une autre pour faire ses besoins. Ils étaient tous recroquevillés contre le mur, les uns contre les autres, certains appelant leur mère avec un tel déchirement dans la voix que je me demandais si j'arriverais un jour à oublier ces horribles sons.

Le fait de voir dans quelles conditions ces enfants étaient retenus ainsi que le fait d'imaginer à quel point ils seraient traumatisés par cette séquestration décupla, si c'était encore possible, la rage qui me consumait déjà.

Les quatre plus jeunes, qui devaient avoir entre trois et cinq ans, s'étaient plaqués contre le mur à mon arrivée. Le plus âgé (neuf ans, tout au plus), me surprit en se mettant entre eux et moi, comme pour les défendre.

- N'ayez pas peur, je vais vous sortir de là ! dis-je pour les rassurer.

- Vous êtes policière ? m'interrogea l'aîné, cachant sa frayeur derrière un masque de méfiance.

- Pas vraiment, mais je vous garantis que vous pouvez avoir confiance en moi et en mon ami. Pendant qu'il s'occupe de vos ravisseurs, je vais vous emmener en sécurité, criai-je pour couvrir le raffut de l'autre côté.

Je m'aperçus que nous n'avions pas de plan de prévu pour ces petits une fois que nous aurions éliminé les vampires qui les retenaient. Phoenix n'avait tout de même pas l'intention de les laisser là le temps que la police les trouve ?

Nom de nom…

- Rejoins les autres contre le mur et bouchez-vous les oreilles, je vais tirer sur le cadenas.

Le garçon s'exécuta et exhorta ses compagnons à en faire de même. Une déflagration plus tard, ils étaient libres. Je pénétrai dans la cellule et ramassai toutes les couvertures qui traînaient sur le sol. J'avais remarqué que les enfants portaient encore le pyjama de la nuit de leur enlèvement et qu'ils n'avaient pas de chaussures.

- Tenez-vous par la main et suivez-moi. On va se mettre à l'abri dans un autre entrepôt.

Je les fis passer devant moi et les encourageai à courir en leur indiquant la direction à prendre. Je choisis un entrepôt en face de celui-là, suffisamment proche pour que je puisse suivre l'évolution du combat et assez loin pour qu'on soit en sécurité si jamais l'un des ravisseurs parvenait à s'échapper.

Je terminai la course essoufflée, avec Cory Meaney dans les bras, lequel n'arrivait pas à se déplacer sur le bitume gelé sans trébucher.

Une fois à l'intérieur, j'enroulai chaque garçonnet dans une couverture en les frictionnant pour raviver la chaleur de leur corps. Il fallait que Phoenix se dépêche sinon ils risquaient tous l'hypothermie. Serrés les uns contre les autres, ils tremblaient autant de peur que de froid, et j'eus grand mal à réussir à les faire cesser de hurler.

Heureusement, j'eus droit à un soutien inattendu en la personne de Scott Taller, l'aîné courageux qui avait pris leur défense à mon arrivée.

- Vous allez appeler la police, Madame ? me demanda-t-il.

Comment lui dire que si des policiers se montraient, cette situation prendrait une tournure plus grave encore qu'elle ne l'était déjà, étant donné qu'elle impliquerait une mise en danger du Secret ?

- Les hommes qui vous ont enlevés sont très dangereux et je préfère être sûre que mon ami les mette hors d'état de nuire avant de prévenir qui que ce soit.

- Mais il est tout seul ! remarqua Scott.

- Ne t'inquiète pas pour lui. Euh... C'est un ancien militaire, comme *GI. Joe*.

- Waouh ! Vraiment ?

Curieux comme la simple évocation de ce personnage fictif avait suffi à le rassurer quant aux capacités de mon patron. Évidemment, j'aurais dit « vampire », il n'aurait pas eu ces petites étoiles dans les yeux. Et puis, si GI. Joe avait réellement existé, il aurait eu vite fait de courir se réfugier dans les jupons de sa mère en voyant à qui il avait affaire.

Mais bon... Ça faisait une bonne diversion.

- Dis-moi, tu aimes GI. Joe ?

Pendant une bonne dizaine de minutes, je parvins à distraire les enfants de leur situation précaire en leur posant des questions sur leurs héros préférés. Ils étaient encore effrayés, mais parler semblait leur faire du bien.

Cependant, au bout d'un moment, ils recommencèrent à demander leur maman et j'étais à cours d'idée. De plus, je pensais au bébé. Je les abandonnai donc un instant pour aller voir dehors ce qu'il en était dans l'entrepôt d'en face.

Il y avait effectivement moins de bruit qu'au début de la bagarre, ce qui me laissait supposer que Phoenix avait dû éliminer l'un de ses adversaires.

Je savais qu'en allant dans cette pièce avec eux, je risquais de devenir un dommage collatéral, pourtant, il était hors de question que j'abandonne ce bébé à son sort.

- Je dois m'absenter, dis-je, en retournant auprès des enfants.

- Mais... tu nous abandonnes ?

Scott s'était levé, livide, la panique se lisant clairement sur son jeune visage.

- Non, pas du tout. Il y a un bébé qui est resté là-bas. Si je n'y vais pas, il risque d'être blessé ou pire. Je vais le chercher et je reviens aussitôt, je vous le promets.

- Tu jures ?

- Je jure.

Je lui caressai la joue.

- Prends soin des autres et restez ensemble. Je reviens.

Je sortis calmement, mais à peine dehors, je courus jusqu'à perdre haleine vers le lieu de la bagarre. Je ne savais absolument pas sur quoi ou sur qui j'allais tomber, pourtant, j'étais déterminée à atteindre mon but.

Quoique, en arrivant sur place, je réprimai l'envie soudaine qui me prit de faire marche arrière à la vue de ces deux corps flous qui, avec leur force et leur vitesse de frappe, dévastaient tout sur leur passage. Tout était sens dessus dessous.

Mon cœur s'affola tandis que la partie rationnelle de mon esprit me chuchotait que s'il y avait eu un bébé ici, il devait être en aussi piteux état que tous les instruments cassés et les étagères renversées qui jonchaient le sol. Prenant une grande inspiration, je me mis en quête du petit.

Je me positionnai à quatre pattes pour éviter de prendre sur la tête les choses que les combattants s'envoyaient à la figure et j'écartai de mon chemin les morceaux de verre qui m'auraient blessée. Je fouillais partout le plus vite possible en guettant le moindre bruit, mais avec le vacarme produit par mon patron et son adversaire, je ne pouvais entendre les cris du bébé, si cris il y avait.

Je commençais à désespérer quand un sixième sens me poussa à regarder sur ma gauche. Je soulevai un montant en métal qui reposait en équilibre précaire sur les restes d'une armoire, et vis le bébé emmitouflé dans une grosse couverture. Il ne bougeait pas.

Paniquée, je m'agenouillai au-dessus de lui, prête à lui administrer les premiers secours. C'était comme si je m'étais retrouvée dans une bulle de silence. Plus rien n'existait hormis lui et moi lorsque je défis sa chaude enveloppe pour vérifier son état.

Le peu de secondes que durèrent mon examen me semblèrent interminables, mais j'éprouvai un soulagement indescriptible en comprenant que le bébé respirait normalement et que mieux encore, il dormait… tout simplement. Je comprenais mieux désormais l'expression « dormir comme un bébé ». Quelle chance !

Il n'était plus temps de s'attarder, d'autant que les lutteurs se rapprochaient de moi. Je pris le petit et m'enfuis en courant en sens inverse. Les enfants avaient obéi à mes directives et enveloppés dans leurs couvertures, ils n'avaient pas bougé d'un pouce. En me voyant arriver, deux d'entre eux se remirent à pleurer, mais Scott les rassura aussitôt en les serrant contre lui. Le sang froid de ce gamin m'étonnait et m'impressionnait vraiment.

- Est-ce que vous allez bien ? demanda-t-il.

Comme si c'était à moi qu'il fallait le demander ! Après tout ce qu'il avait vu, il trouvait encore le moyen de prendre soin des autres sans s'autoriser à s'effondrer. Incroyable !

- Ça va, lui dis-je en lui tendant très précautionneusement le bébé. Je vais devoir aider mon ami à mettre les méchants hors d'état de nuire, peux-tu en prendre soin le temps que je revienne ? Ce ne sera pas long. Ensuite, je vous promets que vous reverrez vos parents.

- J'ai une petite sœur de deux mois et demi. Ma mère m'a laissé lui donner le biberon une fois ou deux alors je pense que je peux le tenir.

La détermination sans faille qui s'inscrivit dans son regard m'émut.

- Tu es un garçon très courageux. Tes parents doivent être très fiers de toi. Je suis très impressionnée.

Je ne pus m'empêcher de sourire lorsque sous l'effet du compliment, Scott se gonfla de fierté en prenant un air farouche.

- Vous pouvez compter sur moi, M'dame.

- Surtout ne bougez pas. Je vais aider mon ami et je reviens.

- D'accord.

Sans attendre, je tournai les talons en courant et re-rentrai dans l'entrepôt où les bruits de lutte avaient cessé.

J'eus peur un instant que mon patron ne s'en soit pas sorti vainqueur, ce qui me fit saisir l'un de mes couteaux en argent. Prudemment, je pénétrai à nouveau dans la pièce et détendis mes muscles en voyant Phoenix tenir son rival par le cou, à trente centimètres du sol.

- Est-ce qu'il y avait d'autres vampires que vous trois à la tête de ce trafic ? Réponds tout de suite ou je t'ouvre le ventre en deux pour te permettre de te voir te vider de tes tripes !

Gloups ! Un humain n'aurait pas survécu à l'opération, mais pour un membre de son espèce, cela représentait une torture non mortelle certes, mais atrocement douloureuse. Et puis, quelle personne douée de raison souhaiterait voir ses intestins se déverser au sol ?

- Nnn... Non ! souffla l'autre difficilement, du fait de la pression sur sa gorge.

- Ne me mens pas ou je t'assure que tout membre que je te couperai pour te punir, je te le ferai avaler !

Triple beurk ! Je savais que Phoenix était sans pitié, mais là, on se serait crus dans le *Silence des Agneaux* ! Où trouvait-il des supplices aussi raffinés ? Ah oui... On pouvait remercier les siècles de pratique de Finn, son enseignement avait bien porté ses fruits. Les imaginer tous les deux en train de converser tranquillement, entre maître et élève, de la meilleure façon de disséquer vivant un ennemi me fit frissonner.

- Je ne mens pas !

- Il y a d'autres acheteurs mis à part ceux que tu m'as donnés ? Léger silence.

- Aaaargh ! Arrête, ar...rête ! Je vais parler !

Secoué comme un prunier, il n'avait pas tellement de solution s'il ne voulait pas que son cerveau continue à cogner dans tous les sens dans sa boîte crânienne.

- Fael et Norman, deux jeunes vampires sans maître qui vivent dans les quartiers sud. C'est tout, je te le jure ! On n'a pas eu le temps de développer notre clientèle !

Phoenix le lâcha et il s'écrasa à terre.

- Et tu ne t'es pas dit, mon cher Henry, qu'après ce qui s'est passé l'année dernière, mettre en place ce type de trafic serait une très très mauvaise idée ?

- Avec George on avait besoin d'argent et on en avait marre des poches en plastique pleines de sang pompé sur des malades ou des vieux abrutis. On regrette le bon vieux temps où on n'avait pas à rendre de comptes quand on puisait directement à la source !

Ces paroles m'emplirent de dégoût. Ce type n'avait aucun remords et mettait en cause le Grand Changement pour ses propres déviances.

- Et ça ne vous fait rien de vous approvisionner en enlevant des enfants innocents ?! dis-je.

Henry se força à tourner la tête dans ma direction comme si me répondre n'était pas digne de lui.

- Ils ont bien meilleur goût... Surtout quand ils sortent du berceau !

Son sourire pervers déclencha en moi une réaction thermonucléaire qui s'extériorisa dans la lueur rouge écarlate de mes yeux. Ses paroles en dévoilaient suffisamment sur ses actes présents et passés pour que toutes mes barrières morales cèdent afin de laisser libre cours à ma fureur.

Tandis qu'il sursautait devant la couleur surnaturelle de mes pupilles, je raffermis ma prise sur le manche de mon couteau. Et avant que Phoenix, pressentant ce qui allait se produire, n'ait pu m'en empêcher, je projetai mon bras en direction de la poitrine honnie, dans laquelle j'enfonçai ma lame jusqu'à la garde.

Un rictus effaré lui échappa en sentant l'argent lui percer le cœur, mais ce qui me donna la plus grande satisfaction, ce fut la peur que je lus dans ses prunelles, causée non pas par la perspective de la mort qui l'attendait, mais par mon propre visage souriant bestialement au-dessus du sien.

- Pense plutôt au goût que tu auras quand tu te feras bouffer en Enfer, sale pourriture !

D'un coup sec, je tordis la lame dans sa cage thoracique pour lui faire définitivement quitter cette terre. J'observai ensuite son corps se décomposer jusqu'à devenir un petit monticule de poussière sur lequel je crachai.

- J'avais peut-être encore des questions à lui poser… commença Phoenix.

- Avec tous les noms qu'il vous a donnés, je crois que ça fait suffisamment de monde à torturer. Je ne m'excuserai pas de l'avoir liquidé !

Il me dévisageait comme s'il découvrait une autre personne. Je ne m'excuserais certainement pas de cela non plus.

- Vous m'étonnerez toujours, Sam… dit-il, l'ombre d'un sourire aux lèvres. Après vos remords concernant ce violeur, je ne savais pas que vous pouviez être aussi impitoyable.

- On ne touche pas aux enfants.

Son regard scrutateur me transperçait, faisant encore durer le silence entre nous. Puis :

- Il m'a dit qu'ils ne les avaient pas mordus, se contentant de leur faire des ponctions de sang à l'aide de seringue et de poches. C'est déjà ça… Mais vous avez bien raison. Et si vous ne lui aviez pas enfoncé votre couteau dans le cœur, je l'aurais décapité dans les secondes suivantes.

- Eh bien vous voyez que nous sommes d'accord !

Il eut un petit rire.

- Je n'aurais jamais cru que notre terrain d'entente porterait sur la mise à mort d'un vampire récalcitrant. D'habitude, vous n'êtes pas à l'aise avec ce genre de spectacle.

- Je ne suis pas quelqu'un de violent et je n'aime pas les mises à mort. Mais là, il était nécessaire d'envoyer cette ordure rôtir en Enfer.

- Egire avait raison, vous feriez un très bon vampire… Quoique avec vos yeux rougeoyants qui vous donnent cette force hors norme, on pourrait se demander si vous n'en n'êtes pas déjà un.

Le fait de repenser aux enfants qui attendaient dehors fit diversion dans mon esprit et je n'entendis pas cette phrase. Je repartis plutôt en sens inverse, le cœur léger et heureux du devoir accompli. Sur le chemin, je savais que mes yeux avaient repris leur couleur normale. Viendrait le temps où je devrais comprendre l'origine de ce phénomène, et je pressentais que la réponse ne me plairait pas.

Je me doutais que la réponse à l'énigme de mes prunelles était dans mes veines, parce que leur couleur était indiscutable.

Elles étaient de la couleur du sang.

Chapitre VII : Aveux

*

- Là, là… Calmez-vous, c'est fini, dis-je en m'agenouillant devant les enfants pour les réconforter.

- Les méchants sont morts ? demanda Kyle Lindon, un petit blond de quatre ans.

Je tentai de lui sourire même si mes yeux, eux, ne souriaient pas du tout.

- Oui, Kyle. Les méchants sont morts, ils ne pourront plus jamais vous faire de mal.

Aussitôt, ce dernier éclata en sanglots et se jeta dans mes bras. Surprise, je faillis partir en arrière, mais je retrouvai mon équilibre et le serrai contre moi en lui murmurant des paroles apaisantes.

- Les nettoyeurs arrivent.

Phoenix venait d'arriver, il rangea son téléphone portable dans sa poche. À sa vue, les petits se recroquevillèrent les uns contre les autres, n'osant plus émettre le moindre son. Phoenix effrayait décidément tout le monde… Heureusement que ce n'était pas Talanus en face d'eux car là, les pauvres auraient vraiment eu la peur de leur vie.

- Comment allons-nous faire ? demandai-je.

Je voulais bien sûr parler des enfants car ayant été témoins de la véritable nature de leurs ravisseurs, leur version de leur enlèvement risquait de faire jaser dans les bureaux de la police, à ne pas manquer. Je n'avais pas contribué à leur sauvetage pour les voir être éliminés pour la préservation du grand Secret, hors de question !

- James sera là.

- James ?

- Vous ne le connaissez pas, il fait partie de l'équipe des nettoyeurs C.

- Et ?

- Disons qu'on fait appel à eux dans les cas les plus importants, notamment quand notre Secret est percé à jour. James est notre atout maître, il a le don de manipuler la mémoire.

J'ouvris la bouche pour une remarque offusquée et impolie, mais je ravalai mes paroles pour épargner les oreilles innocentes qui nous écoutaient. Je me levai et fis sèchement signe à mon patron de me suivre à l'écart.

- Quand on s'est rencontrés, vous m'avez dit que les vampires n'avaient pas ce genre de pouvoir !

- C'est la vérité. James est le seul vampire du pays, voire même du continent, à posséder cette qualité. Talanus l'a recruté il y a des années et s'est arrangé pour que cette compétence ne s'ébruite pas. Seuls Ysis, moi et les deux nettoyeurs qui le suivent partout dans ses déplacements, sommes au courant.

- Et pourquoi ?

- Si ça venait à se savoir, James serait très vite sollicité par d'autres groupes de vampires, avec ou sans son consentement. C'est pour ça qu'il est très fidèle à Talanus. En échange de ses services, il jouit d'une grande liberté et d'un compte en banque bien garni.

- Je vois… Les vampires et le luxe…

- Vous comprenez pourquoi je ne vous en ai pas parlé ?

- Je comprends… Il pourra effacer de l'esprit de ces enfants votre existence, pourrait-il aussi leur faire oublier leurs peurs et leurs souffrances pendant leur enlèvement ? Je ne veux pas qu'ils soient traumatisés à vie.

Phoenix me sourit gentiment.

- Je lui aurais demandé de toute façon.

Je lui rendis son sourire.

- Je savais bien que vous étiez un monstre gentil…

Les nettoyeurs ne tarderaient plus. Pour patienter, je racontais des histoires aux enfants. À mon humble avis, je n'étais vraiment pas la conteuse idéale, toutefois, mon public appréciait cette nouvelle diversion, laquelle les empêchait de trop penser à ce qu'ils venaient de vivre.

Deux fourgonnettes noires arrivèrent tous phares éteints. Avec mon patron, nous sortîmes les accueillir.

De la première descendirent deux grands vampires roux dont les visages ne laissaient aucune place au doute, c'étaient des jumeaux. Décontractés, ils nous saluèrent de la main avant d'aller chercher leurs combinaisons de travail.

- Salut, Phoenix, ça fait un bail ! La leçon que tu as donnée aux trafiquants de sang l'année dernière a si bien marché que tous les vamps se tiennent à carreau ! J'ai bien cru qu'on allait se retrouver au chômage technique !

Les deux s'esclaffaient comme si c'était drôle d'aller nettoyer les cochonneries, à savoir les cadavres laissés par des congénères indélicats avec le Grand Changement. Heureusement, je n'eus pas à supporter longtemps leur humour car ils se mirent aussitôt à la tâche dès que mon patron leur eut fait l'état des lieux des dégâts.

Le troisième vampire en profita pour nous rejoindre. C'était James.

En âge humain, il paraissait n'avoir que dix-huit ou dix-neuf ans, mais quand il fut assez près de moi pour que je puisse le détailler, je vis dans son regard que ce jeune homme n'en était pas un.

- J'ai deux cent trois ans, Mademoiselle, me dit-il en guise de bonjour.

À mon haussement de sourcil, il répondit :

- Tout le monde se pose la question la première fois.

- Ah.

Phoenix intervint.

- Je t'ai demandé de venir parce que des enfants sont mêlés à l'histoire.

- Je suppose qu'ils ont vu la véritable nature des abrutis qui les ont enlevés ?

- En effet. Peux-tu les aider ?

- Combien sont-ils ?

- Cinq, les coupai-je. Cinq enfants de trois à neuf ans et ils sont tous traumatisés. Ils méritent de rentrer chez leurs parents en ayant certes oublié votre existence, mais aussi en ayant oublié la peur qu'ils ont ressenti.

James regarda mon patron. Normalement, ce n'était pas à moi de donner des ordres et en devançant Phoenix, je n'étais pas restée à ma place. Néanmoins, le bien-être psychologique de ces petits me tenait plus à cœur que la hiérarchie régnant dans le monde des morts-vivants.

- Vas-y, dit-il.

- Avec cinq esprits, je vais m'affaiblir. Il va me falloir du sang.

- Vous déconnez ! m'écriai-je en imaginant qu'il allait vouloir ponctionner à nouveau les enfants. Si vous les touchez, je vous tue !

James en resta coi. À coup sûr, il devait se demander si j'avais bien toute ma tête, à le menacer ainsi. La voix doucereuse et ô combien dangereuse de Phoenix se fit alors entendre.

- Sam, je crois qu'il n'avait aucunement l'intention de s'en prendre aux enfants. Je crois plutôt qu'il voulait vous mordre, vous…

Le silence glacial qui s'ensuivit me fit frissonner des pieds à la tête, bien plus que la perspective d'une morsure. Quoique… je me souvenais que c'était extrêmement douloureux.

- N'as-tu pas en permanence des poches de sang dans tes fourgons ? reprit-il.

- Mes andouilles d'associés ont oublié de refaire le plein chez Talanus et on s'en est aperçus juste avant d'arriver ici.

Les yeux de Phoenix s'étrécirent au point de n'être plus que deux fentes lumineuses mortellement braquées sur le nettoyeur qui commençait à être franchement mal à l'aise, vu la façon dont il se balançait d'un pied sur l'autre.

- Je vais vérifier ça le temps que tu t'occupes des garçonnets. Si tu as menti, dès que tu auras terminé le travail, je te viderai de la moitié de ton propre sang et tu te débrouilleras avec tes « associés » pour t'emmener au plus vite chez Talanus avant de finir en poussière.

- Mais je te dis la vérité, couina James comme si cette fois, il avait vraiment seulement dix-huit ans.

- On verra ça.

Il était temps de s'y mettre, j'étais trop impatiente de rendre ces enfants à leurs parents. J'enlevai ma veste et mon pull et soulevai rapidement ma chemise pour laisser le champ de mon bras libre aux crocs du vampire.

- Allez, on n'a pas toute la nuit, dis-je en le lui tendant et en m'armant de courage face à la douleur à venir.

- Ça ne vous fera pas du bien, me prévint-il.

- Ça va, ça va, je connais. Faites vite, qu'on en finisse !

Obéissant, James planta aussitôt ses crocs dans mon avant-bras, m'arrachant un cri de souffrance que je n'avais pas réussi à réprimer. Il leva des yeux interrogateurs vers moi, me demandant silencieusement si j'allais pouvoir supporter cette épreuve.

À mesure qu'il aspirait mon fluide vital dont un filet s'égouttait lentement par terre, je sentais mes forces diminuer, pour autant, il était exclu que j'abandonne.

- Continuez, grognai-je en tentant de refouler les larmes qui me piquaient les yeux, effet de l'horrible douleur qui se propageait maintenant jusque dans mon épaule.

Phoenix se tenait à mes côtés, prêt à me réceptionner en cas de chute. Il fallait que je tienne, ne serait-ce que pour ne pas paraître faible aux yeux des autres.

Une minute plus tard, la ponction était terminée. Je ne m'étais pas rendu compte que j'avais fermé les yeux, trop concentrée que j'étais sur la mainmise sur mon self-control.

En les ouvrant, je constatai que James se léchait les babines. Beurk !

- Mmmm... Je n'ai jamais rien goûté d'aussi bon... Je me sens incroyablement revigoré ! Ton assistante est exquise, Phoe... euh, oublie ce que je viens de dire.

Heureusement qu'il n'était pas allé au bout de sa phrase car son interlocuteur s'était avancé, prêt à lui arracher la tête à mains nues. Dans le monde des vampires, j'étais censée « appartenir » à mon employeur et en théorie, on ne pouvait pas me toucher sans son consentement. Déjà qu'il l'avait donné à contrecœur, alors imaginez sa réaction quand James s'était ouvertement régalé de mon sang devant lui. Dans mon malheur, j'aurais eu au moins la satisfaction d'apprendre que j'étais délicieuse. Comme quoi, tout chez moi n'était pas ridicule.

- Euh... Vous devriez venir à l'intérieur avec moi pour m'aider à rassurer les gosses.

James me suppliait du regard, j'étais devenue sa bouée de sauvetage. Tss.

- Pas avant que j'aie refermé sa blessure, trancha une voix de velours aux accents meurtriers.

Phoenix s'entailla la paume de la main et me la passa ensuite sur les traces de morsure. En une seconde à peine, elles avaient disparu.

- Merci. Bien, James, passez derrière moi. Je ne veux pas qu'ils s'enfuient en vous voyant. Ah, et essuyez-vous la bouche, je ne vous en veux pas de m'avoir mangée, mais ayez au moins la politesse de nettoyer les restes de votre repas !

S'exécutant, il me suivit en direction des enfants.

- Ne craignez rien, leur dis-je. James fait partie des gentils, il va vous soigner grâce à une technique indolore. N'est-ce pas, James ?

- Oui, oui. Je vais simplement poser mes mains sur votre tête et vous fermerez les yeux. Vous n'aurez pas mal, je vous le garantis. C'est un truc de magicien.

Les plus jeunes semblaient davantage en confiance grâce à son sourire d'adolescent. De mon côté, je savais bien sûr qu'il ne fallait pas s'y fier, mais bon…

- Je t'ai entendu crier.

Je me retournai vers Scott qui me fixait avec méfiance. Décidément, ce gosse était bien trop malin. Il se doutait sûrement que quelque chose de pas net se tramait dans son dos et je me doutais aussi qu'en voyant James faire le ménage dans le cerveau de ses petits amis, il ne se prêterait pas au jeu. Il devait donc passer en premier.

- Ce n'est rien, le rassurai-je. J'ai glissé et je suis tombée sur les fesses. C'était très douloureux, mais ça va maintenant que je sais que vous tous, vous irez mieux.

- Mon papa est docteur et il ne m'a jamais dit qu'on pouvait guérir les gens simplement en leur posant les mains sur la tête.

Zut ! L'intelligence de ce gamin commençait à m'énerver finalement. J'aurais eu moins de difficultés avec un benêt.

- C'est parce que ton papa traite les blessures visibles sur le corps. James, lui, guérit les peurs et les angoisses.

Un éclat d'intérêt brilla dans les pupilles de mon petit interlocuteur. Je ne m'étais pas trompée ; sous ses dehors de garçon courageux, se cachait une petite victime terrifiée par ce qu'elle avait subi. Les autres étaient encore bien jeunes et s'en seraient peut-être remis plus facilement. Lui se rendait compte de tout. Ça n'aurait pas été aussi simple de reprendre une existence normale.

- Fais-moi confiance, Scott. Après, ce sera comme si rien ne s'était passé. Et tu retrouveras tes parents.

Il hésita quelques instantss puis hocha la tête. Il ne voulait pas se souvenir, ça tombait bien.

Il fallut environ une demi-heure pour procéder à la modification de la mémoire des enfants. James leur implanta le souvenir d'une pièce sombre, mais confortable, avec quelques jouets pour s'occuper l'esprit. Il effaça toute trace de leurs ravisseurs, l'oubli total semblant être la meilleure solution quant aux questions que poseraient invariablement les policiers. Surtout, il effaça leurs peurs et leurs angoisses, me promettant que le traumatisme qu'ils avaient subi disparaîtrait en même temps.

Pour éviter tout problème, James les endormit en leur faisant une petite piqûre indolore. Une autre demi-heure plus tard, ses équipiers nous rejoignirent en nous assurant que la police aurait beau faire son enquête sur la dégradation des portes de l'entrepôt, elle n'aurait de toute façon que ça à se mettre sous la dent. Tout avait été parfaitement nettoyé.

- Comment fait-on avec les enfants ? demandai-je. On ne va pas les laisser là en attendant que quelqu'un les trouve.

Phoenix remercia les partenaires de James et les invita « gentiment » à retourner dans leur fourgonnette pendant qu'il entraînait ce dernier à l'écart pour lui parler.

Je n'entendis pas leur conversation, mais je vis James hocher la tête avec raideur avant de rejoindre ses acolytes et de nous quitter en nous laissant son véhicule.

- Qu'est-ce que vous lui avez dit ?

- Je lui ai demandé de nous prêter le fourgon pour qu'on se charge des enfants. Il a accepté sans problème.

- C'est tout ? Il m'avait semblé le voir sur la défensive.

- Oh, ça… Je lui ai simplement interdit de révéler à qui que ce soit qu'il avait goûté votre sang. Sous peine de mort.

- Une question, c'est l'un de vos passe-temps favori de menacer de mort vos congénères ? Parce que si je devais compter toutes les fois où ça se produit, je n'aurais pas assez de doigts !

- Vous feriez mieux de me remercier car en un sens, je vous sauve la vie.

- Ah ?

Qu'est-ce que c'était encore que cette histoire ?

- Je vous ai dit que votre sang était délicieux. J'ai quelque peu altéré la vérité.

Je m'empourprai, choquée.

- Quoi ? Je suis avariée en fait ?

Phoenix leva les yeux au ciel, sans pouvoir réprimer un sourire amusé.

- Mais non. Pourquoi faut-il toujours que vous vous rabaissiez plus bas que terre ? J'ai menacé James parce qu'il a certainement ressenti en vous buvant la même chose que j'avais ressentie, moi. Votre sang est particulièrement entêtant et si bon qu'il en devient douloureux de s'arrêter, même si je dois reconnaître, non sans amertume, que ce freluquet de deux cents ans s'en est beaucoup mieux sorti que moi. Bref ! J'ai également noté qu'outre le fait que votre sang rassasie ma faim, il me rend aussi plus fort et plus alerte.

Estomaquée, je pris toute la mesure de ses révélations.

- Alors si James s'amuse à crier sur les toits qu'il a bu à mes veines et que je suis aussi irrésistible qu'un fondant au chocolat…

Phoenix acheva ma phrase :

- Vous pouvez vous attendre à ce que d'autres vampires moins bien attentionnés se décident à profiter d'un banquet gratuit à vos frais.

Je blêmis.

- Mais alors, pourquoi l'avoir laissé me mordre ?

- Ses capacités sont impressionnantes, mais elles l'épuisent vite. Il avait vraiment besoin de sang et vous ne vouliez pas qu'il en prélève sur les enfants. Par ailleurs, je ne pensais pas que votre sang aurait eu le même effet sur lui que sur moi.

- Mais pourquoi ?

Phoenix fronça les sourcils.

- J'ai manqué de discernement. C'est tout.

Sa réponse bien qu'un peu sèche, me suffit. De toute façon, si j'avais été au courant de cet effet secondaire, je l'aurais fait quand même, pour être sûre de préserver le bonheur futur des enfants et puis, je n'avais pas envie de m'éterniser sur le sujet de ma bizarrerie parce que ça me rappelait désagréablement le rêve avec Léthalée.

- Ok. Bon, on fait quoi maintenant ?

- Avez-vous noté les adresses de chaque garçon ?

- Oui, elles sont sur mon carnet.

- Bien. On y va.

Sans me laisser le temps de répondre, il retourna auprès des petits, en pris un dans chaque bras, et les emmena à l'arrière de la fourgonnette.

Malgré ma surprise, je compris rapidement où il voulait en venir et attrapai Cory Meaney pour le coucher avec les autres. Grâce à sa super vitesse, Phoenix me rejoignait déjà avec les deux derniers et le bébé endormi.

Comme je l'aidais à déposer son fardeau, il replaça le nouveau-né dans une position plus confortable et vérifia s'il ne s'était pas réveillé.

Mon cœur se serra d'émotion à la vue de celui que les films et les livres auraient qualifié de monstre buveur de sang, monstre qui, à cet instant, souriait tendrement au petit être innocent niché dans le creux de son bras, lequel étouffa un bâillement avant de retomber dans un profond sommeil.

- On dirait qu'il vous apprécie, dis-je en souriant béatement.

Phoenix dut comprendre la tournure de mes pensées car il se crispa tout à coup et d'un air gêné, me tendit l'enfant.

- Tenez. Je vais avoir du mal à conduire avec ça dans les bras.

J'eus à peine le temps d'assurer ma prise qu'il s'engouffrait déjà dans l'habitacle de notre véhicule, et démarrait le moteur.

Je m'installai à ses côtés, retenant tout commentaire, et sortis mon carnet de notes ainsi que mon téléphone portable. Grâce à la magie *Google*, je pus établir un itinéraire rapide et efficace vers chaque famille.

Alors que nous roulions vers notre première destination, Phoenix rompit le silence.

- Vous semblez vous être amourachée de ce bébé, vous ne l'avez pas quitté du regard depuis que nous sommes partis de la zone industrielle.

- C'est la première fois que je tiens un nouveau-né dans les bras. Mes parents n'ont pas pu avoir d'autre enfant après moi et je n'ai jamais eu d'amie qui ait eu un bébé.

C'était vrai. J'étais émerveillée par l'innocence et la beauté de ce petit être qui dormait à poings fermés, enroulé dans sa couverture bleue. Je souris.

- La maternité vous irait bien, je vous ai vue avec ces gamins. Vous êtes douée.

D'aussi loin que je me souvienne, j'avais toujours voulu avoir des enfants. Petite, je m'imaginais être enlevée par un prince charmant, qui m'emmènerait vivre dans son château pour accomplir la fameuse fin : « *ils furent heureux et eurent beaucoup d'enfants* ». En grandissant, et en constatant mon désert affectif, je revis très vite mes exigences à la baisse : un mari aimant et deux enfants pas trop turbulents seraient déjà un miracle.

Les choses avaient changé après ma rencontre avec mon employeur puisque le monde de la nuit me laissait peu de possibilités de rencontrer quelqu'un de stable et prêt à faire sa vie avec quelqu'un au service d'amateurs de sang humain. Enfin, cela avait empiré depuis que je m'étais rendu compte à quel point j'aimais le vampire assis à mes côtés. D'abord, je m'étais dit que sa nature nous priverait de la joie d'avoir un bébé, mais que son amour suffirait à me combler ; ensuite, quand il m'eut rejetée, j'avais compris qu'aucun homme ne trouverait grâce à mes yeux après lui, et que par conséquent, je n'aurais ni mari, ni enfants.

- J'ai dit quelque chose qu'il ne fallait pas ?

Sa voix inquiète me tira de mes amères réflexions. Je n'avais pas réalisé que mon visage reflétait mes émotions intérieures, dont il était crucial qu'elles restent cachées.

- Non… Non. Tout va bien, je pensais simplement qu'avec tous ces pervers et ces brutes qui existent sur cette terre, faire un enfant est une démarche bien inquiétante pour quelqu'un d'aussi stressé que moi.

- J'aurais aimé avoir des enfants…

Cette déclaration simple et fugace me percuta de plein fouet. Si seulement nous avions pu nous rencontrer cinq cents ans plus tôt ! Je ravalai la bile qui m'était montée à la gorge, je devais me reprendre ou je risquais d'ouvrir une brèche dans l'armure qui emprisonnait mon cœur et la douleur effroyable qui l'habitait.

- On arrive bientôt chez Scott.

- Je vais me garer dans une ruelle et l'emmener chez lui.

Aussitôt dit, aussitôt fait.

- Restez là.

Il sortit juste après. J'entendis les portes arrière claquer et je le vis s'envoler dans mon rétroviseur extérieur. Il revint cinq minutes plus tard.

- Et d'un, dit-il, tout en actionnant la clef.

- Comment êtes-vous entré ?

- Par la fenêtre, comme les ravisseurs. Je l'ai recouché dans son lit en faisant attention à ne pas réveiller son père.

- Son père ?

- Oui. Le pauvre homme s'est endormi sur le tapis en serrant contre lui l'une de ses peluches. Autant dire que ça va lui faire tout drôle à son réveil de retrouver son fils comme si rien ne s'était passé.

Je n'osais pas imaginer à quel point les parents de ces enfants devaient être rongés par l'inquiétude. Au moins, ces rapts-là auraient un aboutissement heureux. Pour combien d'autres ce n'était pas le cas...

- Je ne vous remercierais jamais assez pour tout ça.

- Ce n'est pas nécessaire. Je l'aurais fait de toute façon.

- Je sais.

Phoenix me regarda comme s'il avait du mal à comprendre la confiance que je portais en sa bonté d'âme. Mais je n'avais pas envie de m'attarder sur ce sujet.

De toute manière, nous étions proches du domicile de Cory Meaney. Comme avec Scott, mon patron choisit un endroit sombre et isolé pour nous garer, et déposa son précieux colis dans sa chambre. Il fit de même avec tous les autres, laissant le bébé aux soins de la dernière famille, comptant sur la police pour retrouver celle à qui il appartenait vraiment.

Je ressentis du soulagement et une étrange tristesse lorsque nous quittâmes les quartiers Est, laissant derrière nous ces petits garçons pour lesquels, grâce à James, je n'avais jamais existé.

*

Je ne réalisai que nous ne rentrions pas au château qu'une fois garés dans l'un des bâtiments servant de garage aux voitures ultra-sportives et ultra-voyantes des invités de Talanus et Ysis.

- Encore ? râlai-je, la voix ensommeillée.

- Le soleil va bientôt se lever. Et puis il fallait rendre le fourgon aux nettoyeurs.

- Vous avez toujours de bonnes excuses...

Phoenix ricana avant de m'ouvrir la portière dans un effort de galanterie. Non. En fait, il l'avait fait parce que sinon, je ne serais jamais descendue de notre véhicule.

- Allez, venez, on ne va pas vous manger !

- Parlez pour vous ! La dernière fois, on m'a passée au mixeur juste pour voir si j'allais mieux ! Toute personne censée aurait préféré des fleurs ou des chocolats !

- Cessez de dire des bêtises ! Venez ou je vous emmène de force.

Tss. Je m'exécutai de mauvaise grâce.

Quelques vampires traînaient encore dans les couloirs à cette heure tardive et certains profitaient du fait qu'ils étaient si peu en nombre pour se tripoter dans les coins.

- Allez faire ça ailleurs ! ordonna mon patron en passant devant un couple qui avait entrepris de débuter les préliminaires.

Ils ne protestèrent même pas, se contentant de détaler, en gloussant comme des gamins.

- Ceux-là ! l'entendis-je maugréer tandis que nous montions au premier étage.

Je rigolais toujours à notre arrivée dans sa chambre.

- Franchement, vous me faites tous tellement peur que ça fait du bien de voir des vampires se comporter comme des adolescents.

Phoenix fronça les sourcils.

- C'est tellement puéril de leur part. Javas et Cassie n'en ont jamais assez, on dirait. Ils passent leur temps à se bécoter et se caresser devant tout le monde. C'est très gênant. Et ça fait une bonne centaine d'années que ça dure.

- Dire que les spécialistes s'accordent pour dire que la passion chez les humains ne dure que trois ans environ ! On aurait des leçons à prendre avec ces deux amoureux !

- Oh, ils ne sont pas du tout amoureux.

- Ah non ? Pourtant, si ça dure si longtemps, c'est qu'ils doivent éprouver l'Amour Absolu.

- Pas du tout. Ils sont très libérés et ont de multiples partenaires, mais chacun s'accorde à dire que, hum…

Phoenix parut tout à coup embarrassé.

- Quoi ?

- Que l'autre est imbattable… hum… question sexe.

J'éclatai de rire en le voyant mâcher ses mots.

- Allons, Phoenix ! Je suis sûre que si vous pouviez, vous seriez en train de rougir comme une tomate en ce moment.

Il grogna.

- C'est plus pour vous que je m'inquiétais. Mais je vois que je me suis trompé.

Il s'assit sur le canapé et enleva sa veste. Je le rejoignis et l'imitai en ôtant manteau et pull.

- Vous me prenez pour une sainte-nitouche ? Je suis vierge, pas niaise !

J'avais décidé de l'aiguillonner un peu. Ç'avait marché, il tressaillit.

- Vous rougissez dès que vous êtes un peu gênée ! Je n'aurais pas imaginé que vous vous étiez autant dévergondée !

- Ça alors ! Prude, puis dévergondée ! On peut dire que vous n'y allez pas par quatre chemins pour m'insulter ! m'exclamai-je, faussement offensée.

Mon employeur me regarda, atterré.

- Pardonnez-moi. Je me comporte comme un malotru.

- Comment puis-je vous pardonner ? dis-je en me tripotant le menton. Je sais ! Vous me laissez le canapé !

Il grogna de nouveau.

- Hors de question !

- Alors je ne vous pardonnerai jamais !

- Je crois que j'y survivrai, dit-il, arborant son sempiternel sourire narquois.

J'allais répondre, mais une idée me vint. *Hin, hin, hin…* Il allait bien falloir qu'il se pousse pour aller prendre sa douche ! Si j'y allais la première, je n'aurais plus qu'à m'installer à sa place quand il prendrait la sienne ! Il était exclu que je dorme à nouveau dans son lit si c'était pour me retrouver encore les quatre fers en l'air à mon réveil !

- Comme vous voudrez ! lançai-je en m'élançant joyeusement vers la salle de bain, attrapant au passage la nuisette que les serviteurs de Talanus m'avaient préparée quand Phoenix l'avait averti de notre venue.

L'onde chaude me fit du bien et je riais à l'avance du tour que j'allais jouer à mon patron. Bien évidemment, je déchantai quand je dépliai ce qui allait me servir de chemise de nuit. Encore du satin ! Mais avec de la dentelle et bien trop court !

- Y'en a ras-le-bol à la fin ! m'écriai-je, en la passant pourtant.

C'était ça ou sortir toute nue.

- Tout va bien ? me lança une voix derrière la porte.

J'ouvris celle-ci à la volée, me retrouvant face à face avec le propriétaire de cette voix.

- Bien sûr que non ! Il y a écrit *Victoria's Secret* sur mon front ? Qu'est-ce que vous avez tous à vouloir me faire porter des dessous affriolants ? Je ne suis pas une vampire et je ne suis pas sexy !

Une seconde, Phoenix ne trouva rien à dire, il resta figé comme une statue. Puis :

- J'ai besoin de prendre une douche !

Il m'écarta sans cérémonie et claqua la porte derrière lui. Un trentième de seconde plus tard, j'entendis l'eau couler.

Pour éviter de m'égarer dans de nouveaux fantasmes, j'allai chercher une couverture dans un placard, ainsi qu'un livre et un oreiller, avant de m'installer confortablement sur le canapé.

Dix minutes plus tard, je n'avais toujours pas lu la moindre ligne du roman que j'avais emprunté. C'était horripilant d'être consciente que mon amour pour Phoenix était impossible, mais d'être incapable de contrôler mon corps et mes hormones en sa présence. Cela ne s'arrangea pas quand il sortit torse nu de la salle de bain, la peau encore humide de son récent séjour dans la cabine de douche. Je préférai reporter mon attention sur mon livre, dont je percutai à l'instant que je le tenais à l'envers. Quelle idiote !

Heureusement, Phoenix ne sembla pas s'en apercevoir. Il avait croisé les bras et me dévisageait d'un air mi amusé, mi agacé.

- J'en étais sûr ! Vous êtes plus têtue qu'une mule !

- Hé !

Il s'avança et se posta devant moi.

- Poussez-vous !

- Soyez gentil ! Je l'aime bien ce canapé ! Le lit est trop grand et la dernière fois, j'en suis tombée !

- Et vous croyez mieux vous en sortir sur le sofa ? Laissez-moi rigoler !

Il n'attendit pas et attrapa la couverture pour la jeter au loin.

- Hé !

Il se baissa ensuite pour m'attraper moi et me jeter sur son épaule.

- Hiii ! Lâchez-moi, c'est de la triche !

Il rigolait en se dirigeant sur le lit sur lequel il me jeta, purement et simplement. Je tentai de me relever, armée d'un oreiller que j'avais la ferme intention de lui écraser sur la tête, mais il stoppa mon geste, me fit basculer en arrière, et s'écroula sur moi en pesant de tout son poids pour me bloquer sur le matelas.

J'avais beau me débattre pour me dégager de son étreinte, je n'avais aucune chance de lui échapper. Avec un soupir à fendre l'âme qui lui arracha un autre rire, je lui dis :

- C'est bon, je vous laisse le canapé. Tricheur.

Son hilarité était toutefois trop contagieuse pour que je continue à pester. Je ris avec lui, oubliant complètement qu'avec son poids, il m'empêchait de respirer correctement.

Nous étions dangereusement collés l'un à l'autre, son torse nu contre le fin tissu de ma nuisette, ma jambe relevée contre sa hanche, les vibrations dues à nos éclats de rire ayant déclenché chez moi une chaleur un peu trop localisée pour être honnête.

Nous nous écartâmes brusquement.

- Désolé, dit-il avec embarras, je vous ai écrasée.

- Pas grave, murmurai-je, en tentant de reprendre contenance.

Il regagna son « lit », tandis que je remettais de l'ordre sur le mien, et je me couchai en maudissant les vampires avec leur goût immodéré pour les tissus glissants.

Évidemment, à mon réveil le lendemain, j'oubliai encore où j'étais et en voulant allumer ma lampe de chevet comme à Scarborough, je partis en avant et dégringolai de mon perchoir dans un fracas épouvantable.

Dans ma chute, j'avais emporté mon oreiller, les draps, et la petite table de nuit plus proche que je n'avais cru.

- Lit 1, Sam, 0.

Phoenix avait dit ça en bâillant. Je l'avais réveillé, mais au lieu de me crier dessus, il s'était contenté de me ridiculiser avant de se remettre à ronfler.

Passablement énervée, je pris l'oreiller qui avait un peu amorti le choc et utilisai mes mains pour me diriger dans le noir. Au contact de cheveux et d'un front, je sus que j'avais atteint ma destination.

- Sam !

Furieuse, je tentais de l'assommer avec mon arme improvisée, dont il m'en priva en utilisant sa force surhumaine pour me l'arracher et le mettre sous sa tête.

Je lâchai un juron et partis en trombe dans la salle de bain. Bien qu'encore irritée, je ne pouvais m'empêcher de sourire au souvenir de ce réveil mouvementé. Phoenix était peut-être l'ange terrifiant du comté de Kerington, mais c'était aussi un homme qui avait le sens de l'humour. Il adorait me mettre en boule en sachant que je marchais à chaque fois, et moi, je ne lui en voulais jamais vraiment, parce que c'était lui, tout simplement.

Mes récentes résolutions me revinrent en mémoire. Si je ne voulais pas souffrir, il fallait que je parvienne à prendre mes distances, sur tous les points. Mais comment y arriver alors qu'il pouvait se montrer si agréable, si charmant ? La perspective de mon départ acheva de me faire perdre le sourire et j'achevai ma toilette complètement déprimée.

Je mis la robe blanche moulante et les escarpins noirs vernis qu'on m'avait préparés sans même penser à ronchonner en voyant mon reflet dans le miroir. De toute façon, la seule personne à qui j'aurais voulu plaire s'était rendormie comme une masse dans le canapé et de toute façon, elle n'en avait rien à faire de ce que je portais, sauf quand il s'agissait d'être présentable devant ses chefs.

Je sortis de la chambre et gagnai le rez-de-chaussée, il était midi. Il n'y avait aucun vampire à l'horizon, je me dirigeai vers le garage. J'allais profiter de ma présence à Kerington pour apporter à Dennis Obson l'échantillon d'ADN de Matthew. Je ne savais pas s'il serait présent, mais je me doutais qu'un ou plusieurs vampires monteraient la garde sur place. On me laisserait entrer.

Je pris une clef et appuyai dessus pour savoir à quel véhicule elle appartenait. Par chance, ce n'était pas une de ces voitures criardes que je détestais, mais un 4x4 Porsche Cayenne noir, élégant et discret. Espérons que le propriétaire ne soit pas très regardant sur sa jauge à essence, je n'avais pas envie de m'expliquer sur les raisons de cet emprunt.

J'arrivai donc au laboratoire. Un garde vampire me barra le passage à l'ouverture des portes de l'ascenseur, mais il se détendit en voyant à qui il avait affaire.

- Mademoiselle Jones, me salua-t-il.

Il avait l'air surpris de me trouver là.

- J'ai quelque chose à faire analyser par Dennis Obson, je peux aller dans son bureau ? C'est urgent, Phoenix veut qu'il y travaille dès son arrivée.

- Il est encore là.

- Ah bon ?

Le garde leva les yeux au ciel.

- Ce type est une anomalie de la nature, il ne dort que quelques heures par jour et passe son temps ici. À croire qu'il aime ne pas avoir de vie sociale.

Je n'étais pas sûre d'apprécier le ton méprisant de sa remarque.

- Heureusement que des gens comme Mr Obson ne passent pas leur temps à faire tapisserie en bavant sur leurs camarades. Au moins, il sert à quelque chose, lui.

Je n'avais pas prévu d'être aussi dure voire injuste, car après tout, mon interlocuteur assurait la sécurité des vampires scientifiques travaillant ici, mais je n'aimais pas les gens qui prenaient des airs supérieurs et qui rabaissaient les autres. Une conséquence de ma mise à l'écart lorsque j'étais adolescente…

Le garde s'assombrit sous l'affront, mais je rivai un œil menaçant au sien, si bien qu'il lâcha le premier.

Je me dépêchai de rejoindre le bureau de Dennis et frappai à la porte. J'entendis un cri étouffé et un bruit de verre brisé.

- Mr Obson ? dis-je en entrant pour vérifier que tout allait bien.

Il était accroupi par terre et ramassait à une vitesse prodigieuse les morceaux d'éprouvettes qu'il avait fait tomber.

- Mademoiselle Jones ! Je suis ravi de vous revoir ! (Il jeta un œil derrière moi comme pour vérifier que j'étais seule. Décidément, Phoenix le terrorisait) Je suis à vous tout de suite, j'ai sursauté quand vous avez frappé et j'ai lâché ces éprouvettes neuves.

Il jeta le tout à la poubelle puis s'avança vers moi en me tendant la main. Ce faisant, il marcha sur son lacet et s'écroula face contre terre à mes pieds.

Je l'aidai aussitôt à se relever en me mordant la lèvre pour ne pas hurler de rire. Je n'avais jamais rencontré de vampire aussi maladroit. Dennis était un véritable sketch à lui tout seul.

- Vous allez bien ?

- Foutus lacets ! Je n'arrête pas de trébucher dessus.

Que pouvais-je lui dire ? De s'acheter une paire de baskets avec des scratchs, ou de se rappeler qu'en tant que vampire, ses réflexes surhumains auraient dû l'empêcher de tomber par terre comme une brique. Je choisis le silence.

- En quoi puis-je vous être utile, Mademoiselle Jones ?

Je lui tendis le sachet contenant la cuillère en plastique de Matthew.

- J'aimerais que vous analysiez cet ADN.

- Pour savoir à qui il appartient ? demanda-t-il en le saisissant, l'air sérieux et professionnel tout à coup.

- Non, je le sais déjà. Je… (Ne pas oublier que j'étais censée être envoyée par Phoenix) Nous voulons que vous recherchiez si cette personne a de la famille encore vivante que nous pourrions interroger.

- Vous ne pouviez tout simplement pas lui demander ? fit-il remarquer, à juste titre.

Je n'avais aucune envie de dévoiler mes cartes devant Dennis. Je devais lui faire oublier tout espoir d'assouvir sa curiosité auprès de moi.

Je le foudroyai du regard.

- Je ne suis peut-être pas Phoenix, mais je n'apprécie certainement pas le ton avec lequel vous vous adressez à moi.

Gagné ! Dennis se recroquevilla sur lui-même et m'adressa un regard d'excuse.

- Désolé. Je suis trop curieux.

- Phoenix est débordé en ce moment et m'a demandé de me charger personnellement de ce cas, par conséquent vous me contacterez directement quand vous aurez les résultats. De jour, de préférence.

- De jour ? s'étonna-t-il.

- D'après ce que je vois, vous n'êtes jamais pressé de vous coucher alors ce ne sera pas un problème. Je vous l'ai dit, Phoenix est débordé et en tant qu'assistante, je le suis plus encore. Je traiterai cette affaire pendant son sommeil, après tout, je n'ai pas vos super pouvoirs de vampires pour m'aider à aller plus vite avec la paperasse.

Il hocha la tête, comme s'il voyait de quoi je parlais.

- Je déteste la paperasse.

- Ça vous fait un point commun avec Phoenix. Bon, sommes-nous d'accord Mr Obson ?

- Euh… Oui, oui. Bien sûr, comptez sur moi.

- Je vous remercie.

J'allais partir, mais au moment où j'allais passer le pas de la porte, je me retournai.

- Au fait, avez-vous fini d'étudier les échantillons d'ADN contenus dans les draps qu'on vous a donnés ?

- Il me faut encore un peu de temps, mais je vous envoie les résultats dès que possible.

- Cela vaudrait mieux. Phoenix s'impatiente et il est d'une humeur de dogue en ce moment. Je vous laisse imaginer le tableau.

Il frémit. Ma petite ruse lui donnerait certainement des ailes pour achever plus vite sa tâche, quoique j'eusse en fait dit la vérité. Phoenix s'impatientait vraiment.

- Dites-lui qu'il les aura bientôt.

- Et ce que je vous ai demandé ?

- C'est ma priorité.

- Bien. Je vous laisse travailler.

Alors que je refermais la porte derrière moi, je le vis lâcher un soupir de soulagement qui me fit sourire. Comment pouvais-je moi aussi l'impressionner, alors qu'il était vingt fois plus fort que moi ?

Je repartis vers l'ascenseur en saluant quand même le garde de tout à l'heure, lequel me rendit mon salut avec raideur, mais également avec une pointe de respect supplémentaire. Étrange… Pourtant, je l'avais insulté.

En revenant sous le ciel des vivants, je me dis que décidément, la mentalité des vampires resterait à tout jamais un mystère pour moi.

Bah ! Je haussai les épaules et grimpai dans ma voiture, direction Harper Hill.

Je comptais bien cette fois-ci profiter du reste de ma journée pour explorer la villa de Talanus et Ysis sans qu'on me prenne par surprise à l'angle d'un couloir pour vérifier mes capacités au combat rapproché. Je n'avais ni la tenue, ni l'humeur adaptées.

Je déambulais donc, ignorant les grognements affamés de mon estomac qui criait son indignation d'avoir été oublié depuis la veille au soir. Cette villa était vraiment immense.

Comme les chambres étaient situées à l'étage, je ne me souciais pas des conséquences de l'assouvissement de ma curiosité en ouvrant toutes les portes qui se présentaient à moi. Et autant dire que j'en avais pour mon argent !

Il y avait une salle de billard avec un bar et des chaises pour les spectateurs, une salle de cinéma pouvant accueillir quinze personnes et dont les fauteuils étaient particulièrement confortables (évidemment je les avais testés). Un peu plus loin se trouvait une salle de gym avec tous les appareils de fitness dernier cri (comme si ces vampires ultra-puissants en avaient besoin), la bibliothèque dans laquelle je m'étais réfugiée après mon combat contre Hedayat, et la cuisine.

Je me permis de dérober un paquet de biscuits que je grignotais en poursuivant mon exploration, notamment en allant voir ce qui se cachait au sous-sol. Je savais qu'il y avait les cachots et la chambre froide d'un côté, mais j'avais noté, quand nous y avions déposé le corps de Théodora Callidge, qu'il y avait d'autres portes bien plus accueillantes que celles-là.

Il faisait sombre malgré les lumières tamisées qui éclairaient les couloirs, mais je n'avais pas peur. Si on avait voulu m'agresser, il aurait été facile de le faire en haut. J'entrai dans une grande pièce que j'identifiai comme un vestiaire et y fus surprise d'y trouver plusieurs étagères avec des tas de maillots de bain différents, pour hommes et femmes.

Une piscine privée ! Curieuse, j'allai jeter un coup d'œil à travers les baies vitrées qui séparaient les vestiaires de celle-ci. Ouaah ! On aurait dit un bassin olympique tant elle était grande ! Des transats étaient installés un peu partout autour, et je bavais d'envie en voyant les deux jacuzzis qui trônaient près d'un autre bar derrière le comptoir duquel il y avait deux énormes réfrigérateurs. Beurk ! Si j'avais soif, ce n'était pas de cette boisson-là que je me désaltérerais !

Une envie me titilla jusqu'à ne plus pouvoir être supportable. Si j'osais…

Après tout, j'étais seule ici, personne ne me remarquerait…

Comme une gamine, je sautillai vers les étagères aux maillots et choisis un deux-pièces rouge tout simple. Par chance, il m'allait comme un gant et je me retins de courir me jeter à l'eau comme une folle tant la perspective d'une baignade m'attirait.

Je commençai par y glisser un orteil et fus rassurée en constatant que l'eau était chauffée à une température digne des plages tropicales. Puis, après avoir regardé à droite et à gauche qu'il n'y avait personne, je pris mon élan et sautai en une bombe très inélégante qui aurait aspergé tout le monde alentour si je n'avais pas été seule à profiter de la piscine.

Quel bonheur !

Comme tous les enfants de Kentwood, j'avais appris à nager à la piscine municipale, mais elle était toujours bondée et à cause de ma timidité, je n'avais jamais osé plonger devant d'autres personnes. Là, je m'en donnais à cœur joie, plongeant, virevoltant, ondulant dans l'eau en m'imaginant être une sirène désirable et ô combien gracieuse.

Après quelques longueurs qui me prirent pas mal de temps vu la taille du bassin, je décidai d'aller me détendre dans un jacuzzi. Je n'avais jamais essayé et ça promettait d'être très distrayant.

Je poussai d'abord un petit cri de surprise en sentant les bulles me remonter dans le dos, mais je m'y fis bien vite et savourais ensuite leur caresse, me laissant aller à une détente qui me faisait trop souvent défaut en ce moment.

Les vampires aimaient le luxe et le bling-bling, mais j'étais si bien que je les en remerciais ! Ce n'était pas avec ma petite paye de bibliothécaire que j'aurais pu espérer un jour me payer un séjour dans un palace et profiter de toutes leurs prestations incroyables.

Je ronronnais littéralement de plaisir.

- Est-ce que je vous dérange ?

- Hiiiii !

Phoenix m'avait bien entraînée. Mon premier réflexe fut de chercher mes couteaux… avant de me souvenir qu'ils n'auraient jamais tenu dans mon maillot.

- C'est ça que vous cherchez ? dit une voix amusée, à l'accent persan très familier.

Hedayat Javan était allongé en face de moi, tenant négligemment mes lames par leur manche et me détaillant du regard avec une satisfaction manifeste. Il sourit d'autant plus lorsque je réalisai à qui j'avais affaire et que face à sa tenue (T-shirt noir col V moulant et pantalon beige tout aussi moulant) et à son impressionnante entrejambe ainsi mise en valeur par l'inexistante épaisseur de tissu, je ne pus m'empêcher de rougir en restant les yeux bêtement fixés dessus.

- Mademoiselle Jones…

Je déglutis péniblement, forçant mes yeux à se diriger vers un endroit plus correct de sa personne : son visage. Il souriait franchement désormais. Bon sang !

- Mr Javan !

- Appelez-moi Hedayat.

- Vous m'avez fait peur ! Comment avez-vous su que j'étais là ?

Il pointa du doigt un petit objet accroché au mur un peu plus loin. Bien sûr, une caméra de surveillance.

- J'aurais dû m'en douter, dis-je, dépitée.

- Rassurez-vous, il ne se passe pas grand-chose ici la journée et vos exercices aquatiques ont eu le mérite de nous distraire en plus de nous avoir ravi les yeux…

Mortifiée, j'imaginais les agents de sécurité vampires en train de hurler de rire à chacun de mes plongeons.

- En tout cas, le rouge vous va très bien.

Son allusion à mon maillot de bain me rappela que je discutais tranquillement avec lui à demi-nue, et l'expression gourmande dans ses prunelles me fit regretter de ne pas avoir laissé mes vêtements avec ma serviette de bain, à proximité.

- Je vais sortir, veuillez vous retourner, s'il-vous-plaît.

- Quel dommage ! Un corps comme le vôtre n'est pas fait pour être caché aux regards avertis de ceux qui savent apprécier la beauté.

Je sortis du jacuzzi en quatrième vitesse et m'enroulai dans ma serviette.

- Vous aviez de meilleures manières la dernière fois que nous nous sommes vus, répliquai-je, acerbe.

- Vous parlez de la fois où je vous ai attaquée par surprise ?

Lui aussi arborait un sourire narquois qui me hérissa le poil.

- Oui, quand vous avez fini par jouer les serpillères quand Phoenix vous a fait comprendre à quel point il appréciait votre zèle !

J'avais voulu être méchante, mais l'effet inverse se produisit. Il éclata de rire.

- Touché !

Je haussai les sourcils.

- Pardonnez-moi, Mademoiselle Jones, je ne voulais pas vous paraître incorrect. Mais vous avez dû remarquer que notre espèce n'avait pas pour habitude de s'empêtrer dans des circonlocutions interminables. Je vous trouve très belle, c'est tout.

Je me sentis rougir. Je me maudis.

- Euh… ok. Mais laissez-moi aller me changer tranquillement, je vous rejoins dehors.

- Comme vous le souhaitez.

Il me quitta, non sans avoir effectué une de ces gracieuses révérences orientales qu'on voyait dans les films et que toutes les femmes trouvaient élégantes ; moi y compris.

Je me douchai et enfilai mes vêtements à une vitesse record, en ayant bien pris garde de vérifier qu'aucune caméra ne filmerait ces opérations, puis, je séchai mes cheveux au séchoir automatique, regrettant de ne pas avoir de brosse pour au moins me les démêler.

- Hedayat ? appelai-je, en sortant dans le couloir.

- Je suis là. Accepterez-vous que je vous serve de guide pour terminer la visite ?

Il avait retrouvé ses bonnes manières et son air affable, sans lueur gourmande dans le regard.

- D'accord.

Il reprit donc avec moi mon exploration de la villa en m'expliquant l'histoire et les fonctionnalités de celle-ci. Il m'apprit qu'elle avait été construite dans les années 1920, à une époque où il n'y avait autour de la Kerington naissante que des champs de blés et des prairies à perte de vue, ce qui expliquait l'énorme terrain sur lequel elle reposait quand leurs multimillionnaires de voisins ne devaient se contenter que du tiers. À l'époque, la ville bouillonnait déjà d'activités, mais elle n'avait pris son essor qu'à partir des années 50, quand plusieurs multinationales s'y étaient implantées, profitant d'une vie moins chère et de taxes plus avantageuses que dans les autres métropoles du pays. Talanus et Ysis virent leur instinct récompensé par cette réussite et leur compte en banque s'envoler aussi vers les plus hauts sommets.

- Mais s'ils sont là depuis tant d'années, à compter ainsi dans la vie économique et mondaine de Kerington, les autorités politiques et policières n'ont jamais eu de soupçons quant à leur véritable nature ?

Hedayat sourit.

- C'est l'une des beautés de cette ville, Mademoiselle Jones, tout s'y achète.

- Je sais bien que Kerington a mauvaise réputation, mais il y a quand même des policiers honnêtes qui y vivent !

- Sûr, et tant mieux ! Mais ils peuvent enquêter autant qu'ils veulent, les affaires dont s'occupent Talanus et Ysis sont tout ce qu'il y a de plus légal.

- Les affaires humaines, vous voulez dire !

- Évidemment ! s'esclaffa-t-il.

- Personne n'a jamais émis de commentaire sur les hommes armés qui montent la garde devant les grilles de la propriété ?

- Allons, Mademoiselle Jones, toutes les villas de Harper Hill sont armées jusqu'aux dents ! Vous n'avez pas vu la demeure de cette starlette délurée qui s'est rasée le crâne il y a quelques années ! Elle est pleine de gardes du corps recrutés parmi les Navy Seals !

- Samantha.

- Pardon ?

- Appelez-moi Samantha.

Il m'offrit un autre sourire dentifrice.

- Samantha…

La façon dont il susurra mon prénom m'arracha un frisson involontaire, comme si chaque lettre m'avait caressé la peau en laissant un sillage de feu derrière elle, jusque dans des endroits encore inexplorés par aucun homme. Aargh ! Le tour que prenait cette conversation me dérangeait, il était temps d'en changer.

- Je peux voir votre poste de vidéosurveillance ?

- Bien sûr, par ici.

Sa main froide saisit la mienne et il m'entraîna dans les escaliers, vers l'aile Ouest de la villa. Je le suivis jusqu'à une porte au deuxième étage, derrière laquelle il y avait une grande pièce pleine d'écrans de contrôle, permettant de surveiller le moindre centimètre carré de la villa. Quatre vampires étaient postés devant, sirotant pour deux d'entre eux, un cocktail très rouge et visqueux.

Ils me saluèrent courtoisement à mon arrivée sans pour autant prendre la peine de cacher le regard complice qu'ils adressèrent à Hedayat qui entra derrière moi avec un joyeux « Regardez qui je vous amène ! ».

L'un d'eux, celui qui paraissait le plus jeune, s'attarda un peu trop à mon goût au détail de ma robe, ce qui m'agaça au plus haut point.

- Si vous tenez à vos yeux, je vous conseillerai de les détourner vers vos écrans ou je risque de mal le prendre !

Confus, il s'exécuta.

- Oh, Mademoiselle Jones ! dit quelqu'un dans mon dos.

- Steve ! Comment allez-vous ?

Steve était toujours de garde à la grille et chaque fois que nous venions avec la voiture, c'était lui qui nous ouvrait. Il s'était toujours montré courtois à mon égard, sauf quand il avait participé à mon examen d'après coma dans les couloirs de la villa, mais c'était du passé.

- Je vais bien, même si Phoenix nous a punis en triplant nos heures de travail à cause de ce qu'on vous a fait.

- Ah. Vous lui en voulez ?

Il secoua la tête.

- Non, c'est de bonne guerre. Et puis, vous lui appartenez.

Je ravalai une dénégation en bonne et due forme. Cette soi-disant appartenance m'avait sûrement déjà sauvé la vie alors c'était inutile de jouer sur les mots.

- Quand même, je croyais qu'il avait passé l'éponge !

Je vis Hedayat se masser la tempe. Son absolution était passée par un coup de poing qui aurait décapité n'importe quel humain.

- Ne vous en faites pas, reprit Steve, qui avait également remarqué le geste de son supérieur. S'il n'était pas aussi intransigeant, il ne serait pas si respecté.

- C'est ce que j'ai cru comprendre. Je reçois des appels d'autres chefs de secteur qui essaient de le débaucher, c'est qu'il est plutôt apprécié dans votre milieu.

Tous les vampires présents me regardèrent comme si j'étais aliénée.

- C'est le meilleur ange de tous les continents réunis ! dit l'un d'eux, un blanc-bec mal coiffé. Si on enlève les Grands, il figure dans le top 10 des vampires les plus extraordinaires, après Finn, Talanus et Ysis.

J'aurais pu le prendre pour un admirateur éperdu, mais les visages sérieux qui m'entouraient tendaient à me prouver que c'était la vérité.

- Il a été choisi par Finn, le plus vieux vampire existant avec ses quatre mille ans, pour être son fils, son héritier ! Et d'après ce qu'on sait, il n'a jamais retransformé personne depuis.

J'avais vu l'année dernière à quel point Finn tenait à Phoenix. Il avait défié les Grands pour le sauver, ce n'était pas rien. Je me rappelais également de la facilité avec laquelle il avait arraché ses chaînes en argent alors que pour tout autre vampire, ç'aurait dû être impossible. Il était extrêmement puissant, et cette puissance, il avait choisi de la partager avec une seule personne, mon patron. Steve enchaîna :

- Par ailleurs, depuis qu'il est devenu l'ange de Talanus, les secteurs de Kerington et de Springfield sont les plus sûrs du pays pour les humains, et ceux qui rapportent le plus d'argent pour leurs gestionnaires vampires. Certains de nos congénères tueraient pour avoir l'honneur de travailler pour lui ! Alors…

Je l'interrompis.

- Ne dites rien ! Ça a fait tout drôle quand il s'est enfin décidé à déléguer un peu en choisissant une humaine pour le seconder.

Lors de notre rencontre, j'avais dit à Phoenix qu'il aurait pu se trouver un assistant vampire, mais il avait écarté cette idée aussi sec. Jamais je n'aurais imaginé que tant de volontaires se bousculaient au portillon. Pourquoi moi ? m'interrogeai-je encore.

- Ne le prenez pas mal, mais il est vrai que ça en a surpris plus d'un. Toutefois, vous avez vite fait vos preuves et aujourd'hui, plus personne ne conteste son choix. Vous êtes faits l'un pour l'autre !

Il dut voir mon visage se décomposer car il se reprit :

- Professionnellement je veux dire ! Euh… bien sûr !

Je me forçai à rire, mais ça sonnait diablement faux à mes oreilles.

- Bien sûr ! Haha… ha.

Puis, pour dissiper toute gêne, je me tournai vers Hedayat.

- Eh bien, je vois que la sécurité de ce domaine est en de très bonnes mains, je suis rassurée. Maintenant, j'aimerais continuer la visite, s'il-vous-plaît.

- Aucun problème.

Il me tint la porte et nous regagnâmes le rez-de-chaussée, dans la dernière partie de la villa que je n'avais pas encore vue. Dire qu'en un an, Phoenix n'avait jamais eu l'idée de me faire découvrir les lieux, ni moi le cran de le lui demander !

Je fus estomaquée d'y découvrir une véritable discothèque. Tout y était : podiums, bar, carré VIP, enceintes géantes et murs anti bruit.

- Waouh ! Je parie que même Paris Hilton serait verte de jalousie en entrant ici !

- Je vous sers un verre ? Je suis un spécialiste des cocktails.

- À l'hémoglobine ? Non merci. Et puis il est un peu tôt non ?

- Le soleil est sur le point de se coucher.

- Déjà ? m'étonnai-je en consultant ma montre.

- Ravi que vous n'ayez pas vu le temps passer à mes côtés.

Je continuais à explorer la discothèque. Elle était beaucoup plus propre que celles que nous avions fréquentées avec Phoenix l'année dernière.

- Vous devriez vous reconvertir comme guide touristique, vous êtes doué.

- J'y penserai. Mais j'ai d'autres talents.

Il revint vers moi, un verre à la main. Je n'avais même pas vu qu'il s'était affairé derrière le bar.

- Goûtez.

- Il y a de l'alcool dedans ?

- Je suis musulman, alors non.

Un autre vampire pratiquant ? Moi qui pensais que François était une exception…

Je m'exécutai donc, et trempai les lèvres dans cette boisson rouge sombre.

- Délicieux… C'est à quoi ?

- Si je vous le dis, ce ne sera plus un secret.

Son clin d'œil me fit sourire bien que j'eus conscience de la part de tentation qu'il recelait. Ce type avait un tel sex-appeal que si mon cœur n'était pas déjà totalement absorbé par quelqu'un d'autre, j'aurais eu envie de lui. L'aura de sexe qu'il dégageait était difficilement supportable et si même moi, alors qu'il ne m'attirait pas, je la sentais, je conclus que s'il le voulait, des centaines de femmes seraient prêtes à se jeter sur lui pour lui arracher ses vêtements et le violer sur place.

Je bus jusqu'à la dernière goutte de ce breuvage sucré pour chasser mes idées salaces de mon esprit.

Aucun doute, Hedayat savait faire des cocktails. Je le complimentai encore puis me dirigeai vers une barre de strip-tease qui trônait en plein milieu de la piste de danse. J'essayais de m'imaginer quelles figures incroyables les vampires étaient capables d'effectuer dessus quand la musique démarra.

C'était une chanson à la mode, rythmée et entêtante, qui mêlait des tempos contemporains avec ceux de la salsa.

Hedayat sortit de la cabine du DJ et me montra la barre.

- Essayez.

Je rougis.

- Ça ne va pas, non ?

- Vous avez peur ?

- Du ridicule, non, j'ai l'habitude. Mais de me casser une jambe, ça c'est sûr !

Il se rapprocha de moi, avec un sourire qui me déclencha un nouveau frisson.

- Alors je vous propose quelque chose de moins dangereux…

Gloups ! Qu'est-ce qu'il insinuait ? Hors de question que nous…

- Une danse ?

Ouuuf ! J'étais tellement soulagée qu'il n'ait pas les idées aussi mal placées que moi que je le laissai me prendre la main et m'attirer à lui.

D'abord mal à l'aise, je me détendis rapidement en constatant que mon partenaire n'en profitait pas pour tenter de me tripoter. Hedayat avait certes souligné son attirance pour moi, mais il n'en restait pas moins quelqu'un de bien élevé, dont les bonnes manières ne s'étaient pas perdues sur le chemin qui mène au monde de la nuit.

Je me laissai donc entraîner par cet habile danseur, qui doucement mais fermement, me guidait dans mes pas. C'était un très bon professeur et jamais il ne me disputa quand je lui marchais sur les pieds. J'avais toujours rêvé savoir danser sur les rythmes latinos se prêtant à des déhanchés sensuels et élégants, mais ce n'était resté qu'un rêve car j'étais bien trop maladroite pour mettre un pied devant l'autre dès qu'il s'agissait de se trémousser.

Là, je savourais avec le sourire ce moment rendu agréable par la sympathie que m'inspirait Hedayat et surtout, l'absence de public.

Du moins, c'était ce que je croyais.

Mon partenaire se figea tout à coup, et comme je regardais mes pieds pour suivre ses pas, je réagis trop tard et lui rentrai dedans.

Je suivis son regard vers la porte, me demandant ce qui pouvait bien lui arriver, quand je m'aperçus que nous n'étions plus seuls.

- Phoenix ! s'exclama joyeusement Hedayat, même si le tremblement de sa voix m'indiqua que sa gaieté soudaine était mêlée d'un début de panique.

- Je vois que vous vous amusez bien.

Impossible de déterminer ce qu'il avait en tête en prononçant ces mots. Il avait un contrôle sur lui-même impressionnant.

- Oui, Hedayat m'apprenait à danser la salsa.

- Comme c'est aimable à lui…

Tranchante comme un rasoir, sa voix seule aurait pu découper en rondelles l'homme à qui elle était adressée. L'intéressé se décomposa un instant, puis se reprit et me regarda.

- Eh bien voilà, Samantha, je suis content que la visite vous ait plu. Il est temps pour moi d'aller dormir. Euh. Bonne nuit.

Il détala plus qu'il ne marcha vers la sortie, en prenant bien garde de laisser une distance de sécurité avec Phoenix, lequel le fixait avec l'air d'avoir envie de le décortiquer comme une crevette : arracher les pattes, la tête, et la peau du dos avant d'y planter ses dents. N'importe quoi !

Mains sur les hanches, je le dévisageai à mon tour.

- Vous avez un problème ? le défiai-je.

Il me scruta aux rayons X, semblant chercher la moindre trace du contact de Hedayat sur ma peau.

- Devrais-je en avoir un ? finit-il par articuler lentement.

- Eh bien, à voir votre tête et vos manières d'homme des cavernes, on dirait que oui.

- Vous n'étiez pas là à mon réveil.

- Oh, désolée de ne pas vous avoir aussi embrassé les genoux à la descente du lit, Monseigneur.

Ignorant mon sarcasme, il poursuivit :

- Je vous ai cherchée partout et je vous retrouve à virevolter comme une adolescente avec le vampire qui vous a attaquée récemment…

Effectivement, là, il marquait un point.

- Écoutez, je ne voulais pas vous inquiéter, mais j'ai voulu explorer la villa. En un an, je n'en ai vu qu'un dixième ! Hedayat m'a proposé de me guider et ses explications étaient fort intéressantes.

- J'ai vu ça.

- Ne jouez pas les rabat-joie, il ne faisait que m'appendre à danser.

- Vous…

- Je sais, je sais, je vous appartiens ! Blablabla ! le coupai-je. On ne faisait rien de mal, alors détendez-vous.

Un éclair dans ses yeux me fit craindre une dispute, je n'étais pas d'humeur. Or, mes inquiétudes se dissipèrent quand il soupira et qu'il me tendit la main.

- Venez, je vous emmène quelque part.

- Oh, il faudrait que j'enfile une autre tenue, cette robe n'est pas très adaptée pour cacher des couteaux.

Il m'entraînait déjà vers l'escalier menant au premier étage.

- Vous êtes habillée comme il faut. Ce soir, vous n'aurez besoin ni de revolver, ni de couteau.

- Ah ? Pourquoi ?

- Vous verrez.

Il refusa de m'en dire davantage malgré mes questions pressantes et je dus prendre mes affaires dans la chambre, sans savoir ce qu'il avait prévu pour la soirée.

Nous prîmes ensuite la direction du garage où il sélectionna une Ferrari d'un rouge vif tout ce qu'il y avait de plus discret.

- Montez.

- Où allons-nous ? tentai-je encore.

Seul le silence et un sourire mystérieux me répondirent.

Nous venions de sortir de Harper Hill pour nous engager sur la voie rapide menant au centre de Kerington quand ma curiosité menaça de m'engloutir.

- Je n'y tiens plus ! Dites-moi où on va, c'est une vraie torture ! explosai-je.

Phoenix ricana.

- Vous me faites tellement tourner en bourrique la plupart du temps que cette petite revanche est un ravissement pour moi.

- Ce que vous pouvez être mesquin ! Moi, vous faire tourner en bourrique ? Vous ne supportez pas que j'aie raison, point !

- Qu'est-ce que je disais !

- Allez !

Toutes mes supplications n'y changèrent rien, je dus ronger mon frein jusqu'à notre arrivée dans le quartier le plus huppé de Kerington.

J'eus un moment de distraction quand il alluma la radio, c'était l'heure des informations.

- La police n'en revient toujours pas. Cet incroyable rebondissement dans l'affaire des enlèvements d'enfants dans les quartiers Est de Kerington constitue également une énigme pour les enquêteurs qui ne comprennent toujours pas comment un tel dénouement a pu se produire.

Je m'étais précipitée sur le volume pour le mettre plus fort.

- Il faut dire que de mémoire de journalistes ou d'inspecteurs de police, on n'avait jamais vu ça ! Les enfants ont tous été retrouvés par leurs parents au matin, confortablement installés dans leur lit, sans avoir l'air d'avoir subi de mauvais traitement. Apparemment, ils n'ont que peu de souvenirs de leurs conditions d'enfermement et n'ont pas été capables de décrire précisément leur(s) ravisseur(s) ni le lieu de leur séquestration. Le porte-parole de l'hôpital a assuré que leur état psychologique était également positif. À l'heure actuelle, il est impossible de dire si un justicier mystérieux les a ramenés chez eux, pour autant, la rareté du fait se devant d'être soulignée, on peut dire que cette issue est un happy end qui restera dans les mémoires...

J'éteignis la radio, pas besoin d'en entendre plus.

- Je suis tellement heureuse pour ces familles !

Phoenix hocha la tête.

- C'était du bon travail.

Effectivement, nous pouvions être fiers de nous, d'autant qu'au moment où nous parlions, les vampires que Phoenix avait missionnés pour arrêter ceux ayant fait appel aux services de ces ravisseurs étaient en route pour les ramener manu militari à Harper Hill et leur faire subir la joie d'un procès expéditif dirigé par Talanus.

- Vous avez entendu, ils croient que c'est l'œuvre d'un justicier inconnu. Avec votre don, il ne vous reste plus qu'à enfiler des collants bleus et une cape rouge et vous présenter à la presse comme le nouveau *Superman* !

Il leva les yeux au ciel. Cette vision de lui en costume de super-héros ne devait pas le satisfaire.

- Je doute qu'en voyant mes crocs et la lumière de mes yeux, ils ne m'accueillent à bras ouverts. Ce serait plutôt la panique générale.

- Ce serait drôle ! Et puis, pas besoin de kryptonite.

- Un pieu en argent suffit.

- Ou alors un programme de bronzage intensif au soleil !

- Laissez tomber, soupira-t-il. Les humains ne sont pas prêts à connaître la vérité sur la réalité de leur monde et je doute qu'ils le seront un jour. Si ça venait à se savoir, ils n'auraient de cesse que de nous massacrer.

- Vous êtes trop dur envers nous. Et puis, nous n'avons pas comme vous des super pouvoirs incroyables.

- Mais vous êtes plus nombreux et très déterminés. Je suis réaliste, ne me dites pas le contraire.

Il avait raison, évidemment. Si l'existence des vampires éclatait au grand jour, c'était la panique assurée. On verrait sûrement des suicides collectifs de fin du monde ou alors des milices de fanatiques pires que le Cercle de Mellindra se constituer pour les éradiquer, sans se préoccuper du Grand Changement ou de savoir si la personne dans leur viseur était un monstre ou quelqu'un de civilisé. J'avais eu le temps de comprendre que la plupart des vampires n'aspiraient qu'à une vie luxueuse, mais tranquille. D'autres ne s'embarrasseraient pas à essayer de les connaître avant de leur couper la tête à coup de bazooka.

- C'est dur d'admettre que votre vision de l'humanité n'est pas éloignée de la vérité. Nous avons quand même des qualités, vous savez.

- Je sais, j'ai été humain moi aussi. C'est bien pour ça que nous tous, sommes de si fervents défenseur de notre Secret, Grand Changement ou pas.

Cette discussion me laissait songeuse. Les vampires avaient donc peur de nous ? C'était comme si Phoenix m'annonçait que le loup était terrorisé par l'agneau !

Il s'engagea dans l'avenue la plus chère de la ville et s'arrêta devant le « Beaumarchais », le restaurant gastronomique le plus prisé de toute la région, où il fallait réserver des mois à l'avance pour obtenir une table. D'un coup, j'oubliai notre conversation précédente.

Un jeune homme vint du côté conducteur et Phoenix descendit de la voiture en lui donnant la clef. Ébahie, je mis quelques secondes à comprendre de quoi il retournait et à sortir du véhicule.

Mon employeur me tendit la main.

- Je sais que vous raffolez de la cuisine française. Ces derniers temps ont été pénibles alors je me suis dit qu'une pause vous ferait du bien.

Je n'en revenais pas ! Non seulement il m'emmenait dîner, mais en plus, dans un lieu auquel je n'avais jamais osé rêver d'y manger. Le « Beaumarchais » était réputé dans le monde entier pour la qualité de ses plats ainsi que pour l'imagination de son chef, Jean-Louis Roussignol. Aucun politicien qui se respectait ne manquait de passer par cet illustre établissement lors d'un déplacement dans la région, et les plus grandes stars de cinéma ne manquaient pas de s'y faire photographier.

- J'ai l'impression d'être habillée pour aller au marché, dis-je en rougissant à l'idée qu'on condamne ma tenue vestimentaire.

- Vous êtes parfaite, ne vous inquiétez pas.

Nous arrivâmes devant le chef de salle, un homme très élégant, d'une cinquantaine d'années, au regard d'aigle. Rien ne devait lui échapper.

- Bonsoir, Madame, Monsieur, avez-vous réservé ?

- Nous sommes invités par Mr et Mme Romandria.

Visiblement, l'homme en savait plus long que moi sur ces gens car il se confondit en excuses et en compliments sur ces derniers en nous guidant vers notre table, l'une des mieux placées, au milieu du restaurant, près d'un magnifique aquarium.

- Qui sont ces Romandria ? demandai-je, une fois installée, la carte sous les yeux.

- Talanus et Ysis. Ils se sont amusés à contracter le nom de leurs villes natales, Rome et Alexandrie, pour en faire un nom d'emprunt. Nom très connu et respecté dans cette ville, au point que cette table est réservée à leur usage exclusif.

- Mais enfin, ils ne mangent rien !

- Eux, non, mais les humains avec qui ils font des affaires, oui. L'argent, ça creuse.

- Eh bien moi, je n'ai pas besoin de ça, je suis affamée rien qu'en lisant la liste des plats.

- Content de vous l'entendre dire. J'espère que cette surprise vous plaît.

- Si ça me plaît ? J'ai toujours rêvé de venir dîner ici ! Merci, Phoenix.

- Je voulais aussi que nous parlions d'un sujet quelque peu épineux pour nous deux. Celui de votre départ.

Le sourire que j'affichais une seconde auparavant s'effaça aussi sec. Mon estomac se contracta.

- Ce n'est pas le moment idéal pour en discuter, non ?

- Il n'y en aura jamais alors autant le faire maintenant.

J'allais lui répondre, mais un serveur vint nous demander s'il pouvait prendre notre commande et je dus m'exécuter en choisissant une entrée à base de langouste, un plat sous forme de mille-feuille salé et une crème brûlée accompagné de verrines aux fruits rouges. Je laissais à mon patron le soin de choisir le vin, et de se justifier quant à son manque d'appétit. Le serveur ne sembla pas s'en formaliser, a priori, cette table accueillait régulièrement des vampires qui ne consommait pas le genre de produits proposés sur sa carte.

- Avez-vous choisi une destination ?

- Non. À vrai dire, je ne me suis pas encore penchée sur la question.

- Toujours pas ? Vous hésitez, peut-être.

- Non !

Phoenix fronça les sourcils, j'avais répondu trop vite et trop vivement. Non, je n'avais pas le droit d'hésiter, sinon, je me retrouverais peut-être un jour face à la femme de sa vie, et je ne le supporterais pas.

- Je ne veux pas y penser pour le moment, mais cet instant viendra bien assez tôt.

- Et que ferez-vous, une fois libérée de notre monde ?

Je soupirai. Nous avions déjà eu cette conversation, je n'étais pas plus avancée aujourd'hui.

- J'imagine que j'essaierais de me trouver un job de bibliothécaire dans un autre lycée ou bien je changerais radicalement de profession... J'ai toujours aimé faire la cuisine. Peut-être que je suivrais une formation pour ouvrir un restaurant.

- Et évidemment, vous vous dévoueriez pour goûter tous les plats.

- J'aime bien donner de ma personne pour les choses qui me tiennent à cœur, alors s'il faut que j'utilise mes papilles pour donner mon avis, je le ferai.

- J'aimerais voir ça !

Il avait souri, mais ce sourire si beau sur son visage parfait disparut aussi vite qu'il était venu. Tout comme moi, il se rappela qu'il ne pourrait jamais exaucer ce souhait étant donné que mon départ de Scarborough signifiait aussi pour nous des adieux définitifs.

- Je souhaite que vous trouviez le bonheur dans votre nouvelle vie, vraiment.

Il se voulait aimable, mais je le connaissais trop bien désormais. Il ne pensait pas réellement ce qu'il disait, il me cachait le fond de sa pensée, tout comme je lui cachais que je n'envisageais pas d'être heureuse dans ma nouvelle vie sans lui, parce que justement, il ne serait plus là.

- Merci, dis-je simplement.

Le serveur eut la bonne idée de revenir avec mon entrée et je bénis le ciel d'avoir quelque chose à mastiquer qui m'empêcherait de continuer sur ce sujet brûlant.

En fait, à peine la première bouchée avalée, mon monde se rétrécit si bien qu'il ne restait plus dans mon esprit que mon assiette et mon plaisir de manger. J'oubliai totalement le reste.

- C'était prodigieux !

Je m'étais adossée à mon siège, repue après mon plat de résistance, réfrénant la tentation de me tapoter le ventre après mon repas. J'avais pris le temps de savourer chaque bouchée, fermant les yeux à chaque explosion de saveurs dans ma bouche. C'était si bon que si je n'avais pas été dans un restaurant étoilé, j'en aurais léché mon assiette.

Totalement concentrée sur ma gourmandise béate, je ne m'étais pas occupée de mon compagnon et quand enfin je reportai mon attention sur lui, il souriait.

- C'est ce que j'ai cru comprendre.

Clic ! Un bruit à côté de moi me ramena définitivement de mon paradis gustatif. Un homme avec une carte de presse épinglée à son costume venait de prendre une photo du restaurant, et admirait le décor sans nous regarder spécialement, Phoenix ou moi.

Ce dernier n'avait pas l'air de vouloir lui sauter à la gorge pour lui prendre son appareil donc je me détendis.

- J'ai toujours cru que dans ce genre d'établissement, on ressortait en ayant autant faim qu'à l'arrivée, pourtant, j'ai l'impression que je ne vais pas pouvoir avaler le dessert !

Il s'esclaffa.

- Je n'y crois pas une seconde !

Je l'imitai.

- Vous avez raison ! Si j'explose, ce sera de bonheur d'avoir aussi bien mangé !

La bonne humeur qui nous avait gagnés ne nous quitta plus jusqu'à notre départ du « Beaumarchais ».

- Et maintenant ? dis-je, en attendant le voiturier et notre Ferrari.

- J'ai une autre surprise pour vous.

- Je suis gâtée ! Qu'est-ce que c'est ?

- Vous devriez vraiment jeter un œil dans le dictionnaire pour revoir la signification du mot « surprise », Sam.

- Vous êtes agaçant, vous savez ?

- Et vous trop impatiente.

La Ferrari se garait déjà devant nous. Phoenix récupéra ses clés et le voiturier m'ouvrit ma portière.

Dans l'habitacle, je lui demandai :

- À qui appartient cette voiture ? Je ne me souviens pas l'avoir vue avant, chez Talanus.

- Je n'en sais rien.

- Ah bon ?

- Ceux qui passent chez le chef de secteur savent qu'ils sont sous ses ordres et à sa disposition en cas de besoin, ainsi que de celle de son ange. J'avais besoin d'une voiture, j'ai pris celle-là.

Tiens donc ! Est-ce que ses privilèges incluaient que son assistante en bénéficie également ? Soudain, je me sentis moins coupable de l'emprunt du matin.

- Vous auriez pu en choisir une moins voyante.

- Vous auriez préféré une des *Rolls* d'Ysis ?

- Je me serais contentée d'une poubelle si ça nous avait permis de ne pas nous faire remarquer ainsi. Vous êtes contradictoire, vous les vampires ! Vous préservez farouchement votre Secret, mais vous perdez tout sens commun dès qu'on vous met dans une boutique de luxe, une carte de crédit dans les mains !

Cette analogie le fit rire.

- Nous avons eu des siècles pour amasser des richesses ou des objets qui valent des milliers de dollars aujourd'hui. De plus, avec le temps, notre espèce s'est perfectionnée dans l'art de la finance et nous excellons dans les transactions boursières. Je crois que les vampires pauvres sont une minorité, et surtout les plus jeunes d'entre nous.

- Tout ce luxe fait forcément des envieux. N'avez-vous pas peur qu'on révèle votre véritable nature juste pour s'emparer de vos richesses ?

- Ne vous inquiétez pas pour ça. Nous sélectionnons avec minutie nos relations d'affaires en enquêtant toujours sur leur honnêteté.

Je tiquai aussitôt.

- Si je reformule, vous cherchez quelques cadavres dans les placards à agiter sous leur nez s'il leur vient un jour l'idée de se poser davantage de questions sur votre compte.

Son sourire menaçant me fit froid dans le dos.

- Tout juste.

Je haussai les épaules.

- Bah ! Tant que vous ne les tuez pas.

- Le chantage est plus lucratif.

- J'en sais quelque chose...

Il sourit.

- Nous arrivons.

Je jetai un œil autour de moi. Une foule se pressait devant un immeuble très chic style XIXe, attendant l'ouverture des portes. En levant les yeux, je compris où nous étions.

- Vous m'emmenez au théâtre Lazarus ?

Phoenix resta silencieux. Je me détournai de lui pour admirer de nouveau cette bâtisse élégante et imposante, abritant le théâtre le plus grand et le plus beau de toute la région.

Quand nous nous garâmes et que mon patron vint m'ouvrir ma porte, je n'arrivais toujours pas à y croire.

- Qu'est-ce qui se joue, ce soir ?

Son sourire énigmatique attisa encore plus ma curiosité que s'il s'était contenté de me refuser une réponse.

Il crocheta mon bras et m'emmena vers l'entrée, ignorant royalement la file d'attente dans laquelle, encore une fois, nous aurions dû nous engager. Il s'avança vers l'une des ouvreuses qui écarquilla les yeux à sa vue et s'empressa de nous guider vers une porte latérale pour nous permettre d'entrer dans le hall majestueux du bâtiment.

Le sol en marbre semblait nous refléter malgré la lumière tamisée et je ne pouvais m'empêcher de souffler d'admiration devant le double escalier menant à la grande salle.

Je connaissais ce lieu par les photos que j'avais pu en voir sur Internet, mais je n'avais jamais eu l'occasion d'y mettre les pieds. Mes parents avaient réussi à obtenir des places pour une représentation d'*Othello* et s'étaient mis en quatre pour me faire la surprise, mais ils avaient eu leur accident en chemin en revenant de leur travail, le soir même. Dans le sac de ma mère, j'avais retrouvé une carte à mon attention, avec les billets dedans.

Ce souvenir me fit monter les larmes aux yeux, mais je me repris suffisamment rapidement pour que mon employeur ne s'aperçoive de rien.

On nous guida ensuite vers nos places, dans une loge privée incroyablement bien située. Elle disposait de quatre sièges face à la scène plus quatre autres derrière ceux-ci, ainsi que d'une desserte avec champagne et amuse-gueules. Dommage que je n'aie plus faim, ils avaient l'air très appétissants. Enfin, l'hôtesse nous informa qu'elle resterait derrière la porte en cas de besoin. Nous étions chouchoutés.

Bien sûr, la raison en était simple.

- Je suppose que Talanus et Ysis ont leurs entrées ici.

- Ce sont des passionnés de théâtre, surtout Talanus.

- Laissez-moi deviner, il aime les tragédies grecques !

- Plutôt le théâtre contemporain.

Je haussai les sourcils. J'aurais tout entendu.

- Alors, quel est le programme ? Vous pouvez me le dire maintenant !

Il me tendit une brochure. Évidemment.

Je sentis un immense sourire naître sur mon visage. *Candide* ! C'étaient le livre-clef qui permettait d'ouvrir sa chambre, et mon auteur favori, Voltaire !

- C'est…

Je n'arrivais pas à trouver les mots. Comment voulait-il que je parvienne à prendre mes distances en se comportant si gentiment avec moi ? Comment faire tenir mes défenses autour de ce qui restait de mon cœur s'il se conduisait ainsi ?

Toute cette soirée était destinée à me détendre après tous ces jours de stress et de fatigue liés à notre enquête intensive sur le Cercle de Mellindra. Néanmoins, je commençais à me demander si elle n'avait pas un autre but. Après tout, Phoenix aurait pu se contenter de m'offrir un *Mac Do* et un cinéma, ça m'aurait ravie. Mais là, il exauçait des souhaits que je n'avais jamais formulés comme tel. Le « Beaumarchais » et le théâtre Lazarus avaient été cités dans la conversation, sans que je n'aie énoncé le désir d'y aller. Mon patron avait choisi le programme de la soirée en fonction de mes goûts et des mes rêves inavoués. C'était plus que je n'aurais imaginé.

Voulait-il me faire changer d'avis ?

Cette question était bien trop dangereuse pour que je continue d'y penser. Si je restais, je serais aussi malheureuse, voire plus, parce que l'objet de mon désir, rendu plus désirable encore par son inaccessibilité, se baladerait sous mon nez avec sa perfection aphrodisiaque tous les jours de l'année. Impossible à supporter !

Je vérifiai si le vide qui m'habitait était toujours là… oui. De toute façon, c'était ça ou l'affreuse lame chauffée à blanc dont la brûlure aurait même fait hurler de douleur le Diable au plus profond de l'Enfer.

Je ne pouvais me permettre de m'émouvoir de la preuve de l'importance que mon patron m'accordait. Il ne devait pas savoir que ses marques d'amitié n'étaient pas suffisantes pour moi, je ne pouvais l'en blâmer. Donc je fis bonne figure tandis qu'il me servait un verre de champagne, que je savourais quand la salle commença à se remplir…

*

Le spectacle fut à la hauteur de mes espérances et je me levai comme le reste de l'assemblée pour applaudir les comédiens qui faisaient le salut final sur le devant de la scène. Phoenix préféra rester assis.

- Félicitations ! C'était parfait !

J'avais dit ces mots en français, en haussant la voix pour couvrir le bruit ambiant. L'un des comédiens les plus proches de notre loge avait dû m'entendre car il me sourit et lança un baiser dans ma direction.

C'était l'acteur qui jouait le valet *Cacambo*. D'après le programme, il s'appelait Bastien Bajon… d'où son air heureux quand il m'avait entendue dans sa langue natale.

Lorsque le rideau se ferma enfin, encore sous les applaudissements, je me tournai vers mon voisin, lequel n'était pas du tout intéressé par ce qui l'entourait, mais plutôt par ce qu'il avait juste devant lui, à savoir moi. Je crus voir dans son expression quelque chose comme du regret, mais il se reprit trop vite pour que j'en fusse certaine.

- Je suis heureux que cette pièce vous ait plu.

Il se leva et me tendit une nouvelle coupe de champagne avant d'aller demander à notre hôtesse de nous rapporter nos manteaux.

- C'était vraiment génial. C'est une chose de lire un livre, c'en est une autre de le voir raconté sur scène !

Je regardais encore la grande salle, ses fauteuils rouges, ses balcons aux balustrades dorées comme les grands théâtres européens. C'était majestueux.

On toqua à la porte. C'étaient nos manteaux.

Phoenix m'aida à enfiler le mien puis nous regagnâmes notre véhicule, en poussant un peu les curieux qui s'étaient agglutinés autour en bavant d'envie.

Il prit ensuite la voie rapide en direction de Scarborough.

- On ne repasse pas chez Talanus et Ysis pour rendre la voiture ? Son propriétaire risque de se faire du souci.

- J'irai la rapporter demain. Je prendrai en même temps en note les réclamations de celui-ci.

Je souris.

- Comme s'il allait s'y risquer !

J'allumai la radio et me calai dans mon siège. J'étais fatiguée et je n'avais rien contre faire un petit somme pour m'épargner l'ennui du trajet vers le château, cependant, j'avais encore une chose à faire.

- Merci, Phoenix, pour cette merveilleuse soirée.

Il regardait la route. Ses mâchoires se crispèrent, mais il hocha la tête.

Ce n'était pas son genre de s'étaler sur ses bonnes actions alors je me contentai de son silence et fermai les yeux.

Lorsque je les ouvris, il manœuvrait pour se garer dans le garage. Je bâillai.

- J'ai l'impression que je pourrais dormir à même le sol tant je suis épuisée !

- Il y a des couvertures dans l'armoire là-bas, dit-il en coupant le moteur.

- Gnagnagna.

Je le suivis et le laissai m'aider à enlever mon manteau qu'il se chargea de ranger dans la penderie de l'entrée.

- Merci encore, Phoenix. Je… merci.

Je n'étais pas douée pour les grands discours, il le savait. Il accepta donc mes remerciements et je pris congé de lui, prétextant l'épuisement pour échapper au plus vite à la lueur étrange de ses yeux braqués sur les miens.

Dans ma chambre, j'enlevai mes chaussures puis allai dans la salle de bains pour me passer de l'eau sur le visage. J'allais enlever ma robe quand je me rappelai que j'avais oublié mon téléphone dans la poche de ma veste.

Je ne voulais pas qu'il tombe et se brise donc je descendis les escaliers et le récupérai dans la penderie.

Je m'apprêtais à remonter les marches quand une musique capta mon attention. Le son provenant du bureau était ténu, mais suffisamment haut pour que je reconnaisse la voix de Freddy Mercury, le chanteur du groupe *Queen*. J'avais déjà remarqué que mon employeur pianotait en rythme sur son volant dès qu'il entendait une de leurs chansons dans la voiture, et j'identifiai là les dernières notes d'*Under Pressure*, leur duo avec David Bowie. J'étais curieuse de savoir ce qu'il faisait avec cette musique en fond sonore.

D'un autre côté, j'imaginais mal Phoenix se prendre pour David Bowie et pousser la chansonnette dans son bureau.

Mais au moment où j'atteignais l'encadrement de la porte et que je le vis de dos, regardant par la fenêtre au-dehors, je me figeai.

Je reconnus instantanément la chanson qui démarrait. À l'origine, c'était une chanson que je trouvais très belle et que j'avais découverte en regardant la série *Highlander* quand j'étais jeune. *Who wants to live forever*, à ce moment précis, au lieu de m'émouvoir, me compressa la poitrine car ses paroles faisaient désespérément écho à ma situation présente.

Nous n'avions aucune chance, le temps était notre ennemi…

M'aurait-on donné la vie éternelle, sans Phoenix et son amour, je ne l'aurais pas acceptée. On dit parfois que comme nos vies sont plus courtes, à nous, humains, nous aimons plus fort la personne qui la partage. Or, moi, malgré mon inexpérience dans ce domaine, j'étais pourtant certaine que si je vivais un million d'années, j'aimerais autant ce vampire qu'aujourd'hui. Il n'y aurait que lui.

À jamais.

Je ne vis pas Phoenix se retourner, même si je savais qu'il avait senti ma présence. Je m'enfuis plutôt en courant, pour tenter de retrouver la maîtrise de mes émotions dans le calme et la sécurité de ma chambre, loin de sa perfection dévastatrice et de la perspicacité de son regard aux couleurs de l'océan de ma tristesse.

*

Deux jours s'étaient écoulés. Il faisait déjà nuit depuis quelques heures lorsque Matthew me déposa devant la grille du château. Après une autre journée passée dans les bureaux des services d'adoption de la ville de Kerington, à consulter des dossiers et à rencontrer des gens qui ne nous apprenaient toujours rien, mon ami m'avait proposé de faire un crochet par le centre-ville pour nous redonner courage avec un bon dîner. Il choisit un restaurant mexicain, de la cuisine duquel il raffolait, et m'impressionna tout le temps que dura notre repas en affichant une bonne humeur que je n'arrivais pas à partager jusqu'au bout.

C'était évident que je n'allais pas, moi, retrouver ses parents en un claquement de doigts, alors que lui y avait consacré plus de trois ans, sans succès. Pourtant, une sorte de pressentiment bizarre me tenaillait dès que j'y pensais, comme si on cherchait à me faire comprendre que j'étais sur la bonne voie. Bref, pour le moment, nous n'avions rien d'intéressant, mais je comptais sur Dennis Obson pour me donner de plus amples informations avec son ADN. Il fallait être patiente…

J'avais donc mis mes appréhensions de côté et fini par savourer ces instants avec Matthew, me régalant de ses blagues et de son sourire communicatif. À un moment donné, il avait pris ma main pour me remercier de l'avoir accompagné dans les affres de l'administration et je m'étais étonnée de la lui avoir laissée. Sa peau était peut-être moins douce que celle de Phoenix, mais elle était chaude et agréablement humaine. Matthew aurait pu pousser son avantage, mais il n'en fit rien, et chose plus troublante, je le regrettais presque.

Depuis l'autre soir avec mon patron, après le restaurant et le théâtre, je me sentais incroyablement seule, comme si je l'avais déjà perdu. *It's all decided for us...* Ces paroles de la chanson de Queen n'y étaient pas étrangères, évidemment... Heureusement, la présence de Matthew m'avait changé les idées et sa compagnie était un baume dont j'avais vraiment eu besoin pour m'empêcher de donner libre cours à mes sombres pensées. C'était décidément quelqu'un d'extraordinaire, capable de redonner le sourire à tous ceux qu'il côtoyait.

J'avais donc insisté pour payer le dîner, mais il m'avait jeté un regard qui me décida à prendre le frais en attendant qu'il termine de régler la note avec le gérant, un petit barbu à l'accent plus que prononcé.

Pas un nuage à l'horizon, on voyait distinctement les étoiles briller dans ce ciel noir d'encre. Même s'il faisait froid, l'air était agréable et avant de rentrer, nous avions fait une petite promenade digestive dans le parc de Kerington qui jouxtait le restaurant. Ce fut une charmante soirée.

À notre retour, en parfait gentleman, mon chauffeur m'ouvrit la portière et me donna la main pour m'aider à descendre de la voiture.

- Votre Altesse...

- Merci, mon brave.

Dans la lumière nocturne, le sourire de Matthew le rajeunissait et lui donnait un air serein que je ne lui avais plus vu depuis des jours. Il s'était rasé de près en prévision de notre journée et sentait bon l'eau de Cologne. Bien qu'habillé simplement, avec un jean et une chemise noire cachée sous une veste en cuir de la même couleur, je comprenais pourquoi toutes les femmes de Scarborough et des alentours lui couraient après. C'était vraiment un bel homme.

Avec son mètre quatre-vingt, ses cheveux noirs et ses yeux noisette, il ressemblait un peu à Hugh Jackman, sans être aussi hirsute que dans *X-Men*, heureusement. Lors de nos récentes sorties à Kerington, je m'étais rendu compte que la gente féminine ne manquait pas de détailler admirativement mon ami de la tête aux pieds (en s'attardant sur son postérieur) et toutes arboraient ensuite une moue dépitée en avisant ma présence à ses côtés. J'imaginais leurs pensées : *Quel dommage qu'un tel Adonis ne soit pas célibataire, j'en ferais bien mon quatre heures. Et qu'est-ce qu'il fait avec cette brune quelconque et maladroite ?*

Phoenix aurait dit que je me dévalorisais encore… Mais l'éclat d'envie qui s'égayait dans les prunelles de ces dames à notre passage ne laissait aucun doute sur leur opinion à mon sujet.

En même temps, je ne pouvais pas le leur reprocher ! Moi-même, j'étais fière d'être accompagnée par ce sosie de top model au regard doux. Cela me changeait de mon patron à la beauté irréelle et au regard trop effrayant pour être soutenu plus d'un centième de seconde. Matthew était l'archétype du gentleman et sa gentillesse combinée à la force virile qui émanait de son corps musclé avait de quoi faire chavirer tous les cœurs féminins à des centaines de mètres à la ronde.

Et alors que j'en étais là de mes réflexions, je me rendis compte qu'il m'observait aussi, les yeux pétillants de malice, et d'une autre chose que je n'identifiai pas immédiatement.

- Je dois encore te remercier pour cette journée, Samantha. Même si ça n'a pas été vraiment productif côté recherches, j'ai apprécié ta compagnie, dit-il en mettant ses mains sur mes épaules qu'il frottait doucement comme pour me réchauffer.

Sa manœuvre déclencha un signal d'alarme dans ma tête, mais je dois dire que j'étais tellement de son avis concernant ce moment partagé, et que son contact me réchauffait tellement le cœur, que je ne m'échappai pas, lui offrant simplement un sourire.

Je ne reculai pas non plus quand il m'attira ensuite à lui et qu'il me serra dans ses bras. J'avais l'impression d'être une coquille sans âme depuis si longtemps que la sensation de bien-être qui m'envahit pendant cette étreinte m'incita à la lui rendre.

J'aimais beaucoup Matthew. Il m'avait déjà prise dans ses bras à plusieurs reprises dans des moments de camaraderie ou lors de nos victoires en duo contre son père et Angela au tennis (j'avoue que je ne rattrapais en général qu'une balle sur quatre et que c'était lui qui faisait tout le boulot), mais jamais auparavant je n'avais ressenti une telle connexion entre nous. C'était si déstabilisant tout en étant si réconfortant que je m'y abandonnai totalement, savourant la chaleur de son torse et la puissance de ses bras.

Perdue dans cet instant, je n'avais pas réfléchi aux conséquences de mes actes et à la signification que pourrait leur accorder mon ami.

De fait, il rompit la magie en m'écartant doucement de lui sans toutefois me lâcher les épaules.

- Samantha, murmura-t-il dans un souffle.

La tendresse et l'hésitation que je lus dans ses yeux à ce moment me bouleversèrent. Il me regardait comme j'avais toujours rêvé que Phoenix me regardât, comme un homme qui s'apprête à embrasser la femme qu'il aime.

Chavirée par l'intensité de la situation, j'étais incapable de me libérer de Matthew et une part de moi, qui n'avait jamais jusqu'alors osé s'exprimer, ne voulait pas que je le fasse.

Au fond, je voulais que Matthew m'embrasse. Vu que l'homme que je désirais m'était inaccessible, pourquoi refuser ce baiser à mon ami le plus proche ? Il était beau, grand, athlétique, viril sans être macho, prévenant avec les dames, et loyal envers les siens. Que demander de plus ? Toutes les femmes rêveraient d'être à ma place…

Je l'observais encore, tiraillée entre mes pulsions et la raison. Voulais-je vraiment me lancer dans cette relation ?

Mes doutes furent balayés par sa main droite qui gagna lentement ma joue pour s'y poser en un contact caressant. Mes barrières cédèrent, mes lèvres réclamaient d'être embrassées.

Je fermai les yeux et penchai un peu la tête pour lui faire comprendre mes intentions, et un instant plus tard, je sentais le souffle de Matthew aux portes de ma bouche. Gentleman jusqu'au bout, et connaissant mon (faux) passé amoureux, il me laissait encore le choix de me rétracter. Et comme je ne faisais pas mine de reculer, il se lança.

J'avais toujours eu peur de mon premier baiser car j'avais peur d'être ridicule en ne sachant pas quoi faire. Le soir de Noël, quand Phoenix avait cédé à la tradition de la boule de gui, je n'avais pas vraiment réagi, trop effarée par la situation pour vraiment en profiter. Je m'étais donc dit que je n'étais vraiment pas douée pour cet exercice.

Pourtant, embrasser Matthew paraissait très facile, très naturel, comme si nous étions parfaitement assortis l'un à l'autre. Ses lèvres avaient la douceur de la soie et leur contact procurait sur les miennes une sensation de légère chaleur qui se répandait ensuite dans tout mon corps. Nos mouvements étaient parfaitement synchronisés, ce qui rendait ce baiser bien plus long et plus agréable que tout ce que j'aurais pu imaginer. C'était enivrant.

Au point que lorsque Matthew me pressa davantage contre lui, je laissai échapper un petit gémissement, vite étouffé par le profit qu'il avait fait de ma bouche entrouverte ; il y glissa sa langue en une exploration impitoyable et incroyablement sensuelle qui me chamboula complètement. Comme je n'avais jamais embrassé personne de cette façon, je tentais de comprendre et d'assimiler les mouvements de sa langue autour de la mienne pour les reproduire. Après quelques hésitations, je sus que j'avais réussi lorsque ce fut au tour de Matthew de gémir.

C'était si simple en vérité… si simple de se laisser aller… Je me sentais en sécurité dans ses bras, et cette étreinte était comme une promesse sur l'avenir que nous pourrions avoir tous les deux. Car je savais… Je savais ce qui se passerait si je continuais à l'embrasser.

Je savais au fond de moi qu'avec Matthew, j'aurais une vie normale et heureuse. Il ne me foudroierait jamais du regard, ne me ferait jamais peur ni de mal, ni ne m'abandonnerait jamais. J'avais là, à cet instant précis, une chance de réaliser le rêve que je caressais du temps de ma vie à Kentwood : un mari aimant, une famille unie.

Pourtant...

Était-ce ce que je voulais vraiment ?

Il serait si facile de suivre cette voie, de me laisser aimer par Matthew et de construire enfin une vie stable avec des enfants, mais serait-ce juste ? Comme j'avais changé depuis mon arrivée à Scarborough !

Ma rencontre avec Phoenix m'avait ouvert les portes d'une existence certes dangereuse, mais ô combien intéressante. Les journées se succédaient sans aucune routine, je faisais la connaissance de véritables personnages historiques qui auraient dû mourir quelques siècles en amont et qui recelaient en eux une expérience de la vie et un savoir qui me fascinaient. Même si je ne voulais plus servir de punching ball à vampires, je devais reconnaître qu'en le quittant, je quitterais aussi ce monde surnaturel qui m'avait curieusement plus chaleureusement accueillie que le mien, et qui m'avait permis de me révéler à moi-même.

Je n'étais pas dupe. J'allais le quitter pour retrouver une vie plus saine et moins parsemée de dangers mortels, mais cette vie me manquerait et il m'était difficile de m'imaginer la voir lui reprendre un cours normal en faisant comme si tout ce que j'avais fait ou vu depuis plus d'un an n'avait jamais existé. Je n'étais pas sûre d'en être capable, encore moins à Scarborough, si près de mon ancien lieu de travail... Si près de lui.

Le sombre visage de Phoenix se reflétant dans la fenêtre de la bibliothèque, après notre dispute, s'imposa dans mon esprit en un éclair, me faisant froncer les sourcils. Je me rappelais combien je m'en voulais de m'être si mal comportée avec lui. Je me rappelais comme son expression, triste et songeuse, m'avait réduite au silence lorsque j'étais venue m'excuser. Et je me rappelais surtout combien je voulais qu'il me serre contre lui, là où, plus que tout au monde, je me sentais chez moi.

Seulement quelques secondes s'étaient écoulées, mon cerveau semblait fonctionner à toute vitesse.

Je me sentais vaguement gênée pour toutes ces réflexions à un moment aussi intime, cependant, il était crucial que je les mène à leur terme. Pour Matthew…

Matthew… Tandis que je savourais notre étreinte l'instant d'avant, je ne pus que me rendre compte qu'elle était certes très agréable, mais qu'il lui manquait quelque chose.

La tendresse et la douceur étaient là, la chaleur était là, le plaisir était là. Était-ce suffisant ?

Non. Car j'avais expérimenté, le soir de mon anniversaire, une sensation qui balayait ces dernières comme de la poussière au vent.

J'avais ressenti le besoin pressant du contact charnel, l'électricité qui parcourt le corps lorsque nos doigts se posent enfin sur la peau parfaite de la personne qu'on chérit, cette même foudre qui nous transperce quand nos lèvres la parcourent en goûtant son arôme divin, pour enfin le boire désespérément arrivées à celles de notre partenaire, pour un baiser qui vous transporte l'âme jusqu'au Paradis.

Je l'avais ressenti passionnément, douloureusement, aveuglément… avec Phoenix.

Pas avec Matthew.

Soudain, je rouvris les yeux et mis fin à notre étreinte en le repoussant doucement de mes deux mains sur son torse, et en faisant un pas en arrière.

- Qu'y a-t-il ? demanda-t-il, le souffle un peu manquant et le regard brillant de désir malgré la lueur d'inquiétude qui y affleurait.

Sachant ce que j'allais dire et les conséquences que cela allait peut-être avoir sur notre amitié, l'angoisse m'envahit, me faisant perdre mes mots.

- Non. Matthew, je… non.

Je secouai la tête pour reprendre mes esprits et venir à bout de mon discours. Il fallait que je le fasse. Je ne pouvais pas jouer avec les sentiments de Matthew juste pour remonter un moral aux abonnés absents depuis que Phoenix m'avait repoussée. Par respect pour mon ami, je n'avais pas le droit d'en faire un deuxième choix et de profiter de son cœur pour passer du baume sur le mien, sans aucune autre contrepartie.

Je ne l'aimais pas et je ne pouvais tout simplement pas l'aimer. Même s'il en souffrirait, il devait connaître la vérité. J'espérais seulement qu'il me pardonnerait ce moment d'égarement aux conséquences désastreuses eu égard aux espoirs qu'il anéantissait.

J'étais décidée à sortir ma tirade d'une traite, or, à peine avais-je ouvert la bouche que Matthew posa son index dessus pour m'intimer le silence.

- Chut. Ne me dis pas que je vais trop vite. J'attends de pouvoir t'embrasser depuis le moment où j'ai passé la porte du restaurant de mon père et que je t'y ai vue, assise au comptoir, en pleine conversation avec lui. Cette envie s'est accrue une seconde plus tard, dès que tu m'as souri. Je te l'ai dit, je n'avais jamais ressenti ça pour personne. Je n'ai pas l'habitude non plus qu'on me repousse vu que sans prétention aucune, ce sont les femmes qui viennent à moi en général. Alors je te laisse imaginer ma frustration lorsque tu m'as éconduit en souvenir de ton ancien amour ; et ma jalousie lorsque ce dernier est réapparu après ton accident. J'étais prêt à renoncer, je me consolais en restant ton ami. Puis, il est parti, et j'ai attendu mon heure, attendu que tu oublies enfin Aydan. Ces dernières semaines, on a passé beaucoup de temps ensemble. Je sais que ta démarche était motivée par l'amitié à la base, néanmoins, je me suis pris à espérer qu'elle ait suivi une autre direction, pour de plus tendres sentiments. Ce baiser comble mes attentes, Sam…

Oh…

Je ravalai d'un coup ma tirade ainsi que la bile qui m'était montée à la gorge à la fin du discours de Matthew. Je n'avais pas soupçonné la profondeur de ses sentiments à mon encontre, comment pouvais-je le repousser après une telle déclaration ? Si on avait été dans un film, j'aurais dû l'embrasser follement et entendre le clap du happy end de toute bonne comédie romantique qui se respecte. Ils se marièrent et eurent beaucoup d'enfants…

Mon Dieu… Comment avais-je pu être aussi inconséquente ? Comment réparer mon erreur sans lui briser le cœur de manière irréparable ?

Je ne savais plus que dire, ni que faire. J'étais pétrifiée face à ce sourire heureux et ce regard chargé d'une tendresse que je n'aurais pas dû encourager. Horrifiée de mon immobilisme, je le vis se pencher vers moi, croyant à une invitation à un nouveau baiser.

Cette fois-ci, ses lèvres avaient le goût de ma propre amertume. Ce fut par un effort surhumain que je parvins à le repousser encore, rompant un contact et un malentendu qui n'avaient que trop duré.

- Matthew ! dis-je d'une voix que je voulais ferme, je ne peux pas !

Je voulais lui laisser le temps d'assimiler mon refus avant de me lancer dans mes sinistres explications, mais encore une fois, mon ami me prit au dépourvu.

- Je sais que tu n'oublieras jamais Aydan et je ne te le demande pas. Je veux juste que tu acceptes mes sentiments sans repousser l'idée qu'ils puissent être réciproques un jour.

Ça alors ! Il se proposait pour le rôle que je me refusais de lui accorder, celui d'un bouche-trou consolateur qui ne vivrait notre relation que dans l'attente qu'elle soit un jour partagée. Quelle horreur ! Je ne pouvais pas accepter cela, je n'étais pas ce genre de femme.

- Matthew, tu ne comprends pas…

Je n'eus pas le temps d'achever ma phrase, j'étais de nouveau contre lui, prisonnière contre ma volonté de sa bouche et de ses bras. Bien que je sentais que mon ami avait finalement saisi mes intentions et qu'il m'empêchait de m'échapper de sa tentative désespérée de ne pas entendre la vérité, je ne tolérais pas d'être ainsi forcée. Cela me faisait penser au moment où Huan avait agi de la même façon quelques mois en arrière, pour me rappeler à mon statut de vulgaire humaine.

Ce souvenir plus que l'acte de Matthew me poussa à me débattre.

- Non ! parvins-je à formuler malgré le poids de ses lèvres contre les miennes.

Fut-ce le ton de ma voix, à la fois en colère et angoissé, ou ce simple mot, qui le ramena à la réalité, mais toujours est-il que je sentis aussitôt la pression de son corps diminuer. Il s'apprêtait à me lâcher.

Une nano-seconde plus tard, cette pression disparut en même temps que mon ami.

Celui-ci ne me tenait plus et avait disparu de mon champ de vision. Toutefois, passé le choc, je compris pourquoi je ne le voyais plus.

Devant moi et de dos, se tenait Phoenix, dont la position, pour un œil exercé comme le mien, ne laissait aucune place au doute. Il était prêt à tuer.

Et sa future victime, si je n'intervenais pas très rapidement, ne serait autre que Matthew.

*

- Ne t'avise plus jamais de poser les mains sur elle ou je t'arrache les tripes pour les exposer au soleil ! feula Phoenix de sa voix de velours aux accents meurtriers, qu'il conservait en général pour ses pires ennemis.

Tout son corps était raidi par la tension qui le tenait. On aurait dit un lion sur le point de bondir sur sa proie.

Malgré le choc, j'esquissai un pas sur le côté pour vérifier l'état de Matthew. Celui-ci tentait péniblement de se relever, à trois mètres de là, au milieu de la route sur laquelle il s'était écrasé quand mon patron l'avait poussé. Visiblement, il était encore sonné.

- Tu… T'es complètement malade ?! Et qu'est-ce que tu fais ici, d'abord ? rugit mon ami en parvenant enfin à se remettre debout.

- Je t'apprends la signification du mot « non », car il semble que tu l'aies oubliée, si tant est que tu l'aies apprise un jour, espèce de barbare décérébré !

La scène n'était éclairée que par quelques lampadaires, mais je vis distinctement Matthew s'empourprer de rage à l'énoncé de cette accusation.

- Pour qui est-ce que tu me prends ?! Je ne lui ferais jamais de mal !

Phoenix renifla de dégoût.

- Ce n'est pas l'impression que ça donnait. Si tu étais vraiment son ami, tu te serais immédiatement reculé lorsqu'elle t'a repoussé, au lieu de t'accrocher désespérément à ton rêve de la séduire. Je vais te faciliter la tâche, tu n'y arriveras jamais ! cracha-t-il finalement, avec dans la voix un fiel et une colère qui me clouèrent sur place.

- Ah oui ? Parce qu'elle t'appartient peut-être ?! Après tout ce que tu lui as fait ?! Tu n'es qu'une mauviette paralysée par l'engagement. Si tu tenais vraiment à Samantha, tu serais resté avec elle au lieu de te tirer je ne sais où ; sûrement pour gagner encore plus de fric ! Elle a eu le cœur brisé par ta faute et tu oses te repointer ici comme si tu étais en terrain conquis ! Ma parole, tu ne manques pas de culot ! Tu as eu ta chance, maintenant dégage de sa vie !

Quelque part, j'admirais Matthew. Même s'il n'avait aucune idée de qui était vraiment la personne qu'il accablait ainsi, il était courageux. Tous les humains qui rencontraient Phoenix en général, avaient des difficultés à exprimer clairement leurs idées lorsqu'ils se trouvaient sous le feu de son regard bleuté glacial, or, il s'en sortait plutôt bien.

Quoique le silence qui suivit cette réplique me terrorisa davantage qu'une de ces phrases assassines dont mon employeur avait le secret. D'un coup, il me sembla que la température avait encore chuté de cinq degrés et l'air ambiant fut à couper au couteau tant il devint lourd de menaces. Jamais personne n'avait dû lui parler sur ce ton, encore moins sur quelque chose d'aussi personnel.

Matthew, sans le savoir, lui avait lancé à la figure tout le ressentiment que j'éprouvais. Phoenix m'avait bien brisé le cœur, et ce parce qu'il était incapable d'éprouver de l'amour pour moi, encore moins de l'assumer. Je ne savais pas s'il avait compris que je l'aimais. Soit il était particulièrement aveugle, soit il ne voulait pas me blesser en faisant semblant de rien.

Toujours est-il qu'il savait que son attitude ne me convenait plus. Et se l'entendre dire par un homme qu'il détestait depuis le jour de leur première rencontre devait être difficile à avaler. Monsieur avait sa fierté.

- Je n'aurais pas dû retenir ma force et t'envoyer t'écrabouiller contre un de ces arbres, là-bas…

Ce murmure déclencha une véritable panique dans ma cage thoracique, surtout que loin d'effrayer Matthew, il agit comme un aiguillon sur celui-ci, le poussant en avant.

Comme la distance entre les deux hommes se réduisait à mesure qu'il avançait en fermant les poings, mon cerveau put enfin reprendre le contrôle de mon corps, l'obligeant à se sortir de sa torpeur.

- Ça suffit ! criai-je, en contournant Phoenix pour me placer entre eux, les bras levés.

Décidément, ça devenait une habitude de m'interposer pour éviter une bagarre à mon employeur.

- Cessez de vous comporter comme des imbéciles ! On se croirait dans une cour de récréation ! Non mais, vous vous êtes vus ?!

- Je ne vais pas le laisser m'insulter ! intervint Matthew. Si ce type n'a pas eu la bonne raclée qu'il mérite pour t'avoir traitée comme une chose, je me charge de la lui donner !

- Parce que tu t'es mieux comporté peut-être, en essayant de lui fourrer de force ta langue dans sa bouche ?! siffla Phoenix.

Je n'en revenais pas de la vulgarité avec laquelle ce dernier s'exprimait. D'habitude, même lorsqu'il s'apprêtait à décapiter l'un de ses ennemis, il restait toujours poli. Mais là, on était au-delà des mauvaises manières, Phoenix était tout simplement devenu grossier.

Évidemment, la réaction de mon ami ne se fit pas attendre.

J'eus tout juste le temps de lui barrer la route en l'empêchant de toutes mes forces de franchir les quelques pas qui le séparaient encore de celui qu'il visait et qu'il n'avait aucune chance de vaincre.

- Recule, Matthew ! Je t'interdis de te battre, tu m'entends ?! Qu'est-ce que ton père dirait s'il te voyait ?

La référence à Danny fit son petit effet, j'avais évité le pire. Mon ami se stoppa dans son élan et se contentait de fixer mon employeur avec toute la haine qu'il suscitait chez lui. Pourtant, loin d'être satisfaite, je ressentais une immense colère, autant contre l'un que contre l'autre. Je ne voulais tout simplement plus les voir.

- Rentre chez toi, s'il-te-plaît.

- Quoi ?! Je ne vais pas te laisser avec cette ordure ! C'est lui qui devrait partir et…

- Tais-toi ! Ton comportement n'a pas été des plus corrects, il a raison sur ce point ! … Même si je n'étais absolument pas en danger ! repris-je aussitôt pour stopper net le raclement de gorge satisfait qui se fit entendre derrière moi à ces mots.

Je n'eus pas pitié de l'air triste et coupable de Matthew, après tout, il n'aurait effectivement pas dû m'embrasser de force.

Toutefois, par empathie envers les souffrances que mon rejet lui infligerait, je décidai d'arrondir les angles.

- Je sais pourquoi tu l'as fait et je ne t'en veux pas. Nous en reparlerons demain si tu veux bien. Là, il faut vraiment que je règle les choses une fois pour toutes avec Phoenix.

Un nouveau silence tomba sur notre trio. Je croisais les doigts pour qu'il obéisse à la raison et qu'il se décide enfin à remonter dans sa voiture afin que je puisse mettre un terme à ce vaudeville de pacotille.

- Tu as raison. Il vaut mieux que je m'en aille d'ici, dit-il en lançant un regard mauvais en direction de mon patron avant de le rediriger vers moi, l'air tourmenté. Je te fais mes excuses. Promets-moi de passer demain.

Malgré mon agacement, je fus émue par le remords qu'on entendait dans sa voix. J'aurais mon lot de remords, moi aussi, pour lui avoir causé tant de peine, mais à cet instant, j'avais un autre problème à régler.

- Je te le promets.

Fort de cet engagement, Matthew regagna son véhicule et démarra en trombe pour retourner à Scarborough. Désormais, il n'y avait plus que Phoenix et moi.

- Ne restons pas là, dis-je en passant résolument devant lui pour entrer dans le château.

Submergée par la colère, je courais plus que je ne marchais vers les marches du perron et en longeant la Camaro garée dans l'allée, j'eus soudain envie d'attraper ma chaussure pour rayer toute la carrosserie avec mon talon. Je sentais que je tremblais alors que je n'avais pas froid, mon rythme cardiaque s'était emballé, et les pires insultes tournaient et retournaient dans mon esprit, menaçant de sortir si le vampire qui me suivait en silence osait seulement rompre celui-ci avant que je ne sois prête à parler.

Comment avait-il pu se conduire ainsi ?! Il avait certes voulu me protéger, mais ses intentions n'étaient pas aussi pures qu'on pourrait le penser, je le connaissais suffisamment pour cela. Il en avait profité pour affirmer sa supériorité sur Matthew, les poings étant bien plus efficaces que les mots pour remettre les choses à leur place dans certaines circonstances. Cependant, il avait oublié que ce n'était pas à un vampire auquel il s'en était pris, mais un simple humain, un homme bon qui plus est, malgré cette erreur à mettre sur le compte du dépit amoureux. Si je n'avais pas empêché mon ami de se ruer sur lui, qui sait ce qui serait advenu ? Phoenix avait beau bénéficier de cinq cents ans d'expérience de sang froid derrière lui, l'attitude qu'il avait eue dans la rue n'était pas celle qu'on aurait dû attendre de lui. Cela ne lui ressemblait pas, et il avait intérêt à s'expliquer.

- On peut savoir quelle mouche vous a piqué ? m'écriai-je en haut des marches, en me retournant brusquement vers lui.

Je ne pouvais pas attendre d'être confortablement installée dans le salon. Je voulais une confrontation maintenant, profitant du froid pour garder un semblant de calme.

- Je n'ai fait que vous protéger et c'est comme ça que vous me remerciez ?! lança-t-il, acerbe, en guise de réponse.

Visiblement, Phoenix était autant de mauvaise humeur que moi. Il ne semblait pas comprendre pourquoi je lui en voulais et ça, plus que le reste, me mettait hors de moi.

- Je peux très bien me débrouiller toute seule ! En plus je vous ai déjà dit que je n'étais pas en danger ! Mais en intervenant sans réfléchir, vous avez mis en danger notre couverture ! Vous étiez censé être reparti à Seattle pour ne plus jamais revenir et vous faites quoi ?! vous débarquez de nulle part pour agresser mon meilleur ami !

- Quoi, j'aurais dû le laisser vous forcer la main ? la bouche ? ou le reste peut-être ?!!

- Matthew n'est pas ce genre d'homme ! Je vous croyais plus clairvoyant, mais je vois que vous pouvez être autant de bonne foi qu'un mafieux ! Avez-vous perdu la tête ? Vous auriez pu le tuer !

Il me foudroya d'un regard zébré d'une lumière bleue.

- Il n'avait pas à vous toucher ! gronda-t-il.

- Ce ne sont pas vos affaires ! répondis-je sur le même ton.

- Vous m'appartenez !

Cette fois, ses yeux s'étaient littéralement embrasés. Pour autant, sa colère ne pouvait rivaliser avec l'authentique rage qui déferla en moi à ces mots.

- Vous n'avez aucun droit sur moi ! vociférai-je en me retenant de le gifler. Je ne suis pas un objet ! Bon sang, vous n'avez toujours rien compris ! Les humains ne sont pas les jouets des vampires, peu importe qu'ils aient des pouvoirs qui les surpassent ! Ce n'est pas parce que je travaille pour vous que je suis votre propriété !

- Ce n'est pas ce que je voulais dire !

- Qu'est-ce que vous vouliez dire, hein ? Vous n'avez pas à vous mêler de ma vie sentimentale, pour le peu qu'il en existe ! Si je restais avec vous, qu'est-ce que vous feriez à mes autres éventuels prétendants, vous les feriez fuir en les menaçant de les jeter contre un arbre aussi, sous prétexte que je vous appartiens ? Autant entrer au couvent ! Je suis sûre que là-bas au moins les bonnes sœurs ne sont pas des vampires psychorigides malades du contrôle et incapables d'exprimer clairement leurs sentiments !

- Vous dites n'importe quoi ! Je sais parfaitement exprimer mes sentiments et je ne cherche pas à vous contrôler, juste à vous protéger. C'est mon rôle et…

- VOUS M'AVEZ REJETÉE !!

C'en était trop. Phoenix m'avait tellement poussée à bout que ma rancœur s'était finalement frayé un chemin hors de ma bouche en un quasi hurlement.

Dans le silence qui s'ensuivit, on entendait seulement ma respiration devenue plus forte et plus hachée par l'émotion. Phoenix s'était pétrifié, le visage impassible.

- Je me suis offerte à vous… Même si je n'étais pas dans mon état normal, je me souviens de tout. Je me souviens que vous ne vouliez pas me toucher, je me souviens de la manière dont vous m'avez écartée de vous. Je me souviens des mots que vous avez employés pour me repousser. Vous ne m'avez jamais désirée et vous ne me désirerez jamais. À défaut de tact, ça ne manque pas de clarté.

Chaque syllabe était une véritable torture à prononcer. Jamais je n'aurais reparlé de cet affreux épisode si Phoenix m'avait laissé le choix. Il avait peut-être pris mon cœur, mais je ne l'autoriserais jamais, ni lui ni personne, à prendre ma liberté. C'est pourquoi je lui en voulais terriblement de m'obliger à la défendre en utilisant les arguments même qui m'avaient si profondément blessée.

- Si vous avez eu un jour un droit sur moi, poursuivis-je plus bas, sachez que c'est terminé. Et si vous tenez à ce que nos rapports restent cordiaux jusqu'à mon départ, ne vous avisez plus jamais d'user de vos prétentions vampiriques pour régenter ma vie. J'ai fait une promesse à Matthew et je compte bien la tenir sans me préoccuper le moins du monde de votre ego. Et s'il me prend l'envie de le laisser m'embrasser sur la bouche ou partout ailleurs, je vous garantis que ce n'est pas vous qui m'en empêcherez !

J'avais énoncé cette dernière phrase plus par volonté de défier mon interlocuteur que par réelle envie. Je savais déjà, au moment où j'avais repoussé Matthew pour la première fois, que je ne lui donnerais plus de faux espoirs. Néanmoins, je savourais l'éclat bleuté qui apparut dans les prunelles de mon employeur face à cette rébellion. Pourtant, celui-ci disparut tout aussi vite, laissant à la place ce regard profond et mystérieux qui plusieurs fois, m'avait bouleversée.

J'aurais pu de nouveau en rester prisonnière si j'étais restée là… J'aurais pu en percevoir la vérité cachée derrière un voile bleu…

Mais j'avais tourné les talons, estimant que cette discussion était définitivement close, et préférant retrouver le calme de ma chambre pour m'écrouler de douleur sur mon lit.

Tout était dit.

Chapitre VIII : Attaques

*

Le lendemain, au réveil, je me sentais aussi épuisée que si je n'avais pas dormi depuis des semaines. Les récents événements m'avaient profondément choquée et meurtrie, au point que la coquille vide et sans âme des jours précédents avait laissé, le temps d'une nuit, la place à l'aiguillon désormais familier qui me transperçait à hurler de douleur. Je m'étais retenue, évidemment, je n'avais pas eu envie que Phoenix déboule dans ma chambre en entendant mes cris de détresse et ne s'engage dans une discussion qui m'aurait à coup sûr achevée.

J'avais pris conscience que depuis ma conversation avec Angela et mes résolutions de départ, je me croyais vaccinée contre cette souffrance destructrice remplacée par l'impression de néant de l'âme que je détestais tout autant. Je n'avais pas réalisé, toutes les fois où je m'étais perdue dans la contemplation de la beauté de mon patron, que cette impression n'était en fait qu'une carapace destinée à préserver ma santé mentale et émotionnelle de la lame chauffée à blanc, carapace pas toujours étanche, à l'évidence.

Je n'avais donc pas fermé l'œil pendant une bonne partie de la nuit, que j'avais passé roulée en boule sur mon lit, à tenter de maîtriser les halètements désespérés qui sortaient de ma bouche sans que rien ne puisse les arrêter. L'épuisement dut prendre le dessus car je m'éveillai vers huit heures du matin alors que la dernière fois que j'avais jeté un œil à mon réveil, il n'était pas encore cinq heures.

Je fus soulagée en constatant que l'impression de vide avait fait son retour, chose que je n'aurais jamais envisagée quelques jours auparavant. La douleur était pire que toutes les tortures que j'avais connues. Pour rien au monde j'aurais voulu l'expérimenter de nouveau.

Avec difficulté, je gagnai la salle de bain pour me passer un bon coup de propre. Cette nuit affreuse avait laissé des traces : mes cheveux étaient encore trempés de sueur, tout comme ma chemise de nuit, et mes yeux étaient gonflés d'avoir trop pleuré. Je rêvais d'une douche, et de quelqu'un à qui parler.

Il fallait que j'extériorise tout ça. D'habitude, je préférais garder mes tourments pour moi, mais là, j'avais besoin d'une oreille amicale, j'avais besoin d'Angela.

Toutefois, avant d'aller la voir, j'allais devoir mettre les choses au clair une fois pour toutes avec Matthew et cette perspective me valut un énorme nœud à l'estomac. Qu'allais-je lui dire ? Rien que d'y penser, j'en étais malade.

Après tout ce que nous avions vécu ensemble ces derniers temps et notre rapprochement depuis nos recherches sur ses origines, je ne voulais pas le perdre. Je voulais toujours être son amie et l'aider à retrouver ses parents biologiques. Mais peut-être qu'il en déciderait autrement.

Je soupirai. Après m'être habillée et avoir avalé un petit-déjeuner bien maigre (une biscotte nature), je pris mon courage à deux mains et partis vers le centre de Scarborough. Je pris bien soin de me garer loin de la vitrine de Danny auquel je n'avais pas du tout envie de parler, et sonnai chez mon ami. Je n'attendis qu'une minute avant qu'il se précipite pour m'ouvrir la porte.

- Sam ! s'exclama-t-il mi-soulagé, mi-terrifié. Je craignais que tu ne viennes pas.

- Je t'ai dit que je viendrai, dis-je un peu sèchement.

La mine un peu décomposée par la fraicheur de mon arrivée, il me laissa passer devant lui dans les escaliers menant à son salon. J'allais m'asseoir sur le canapé, mais il ne m'en laissa pas le temps.

Il attrapa ma main et la serra dans la sienne, le visage creusé par des rides d'anxiété.

- Pardonne-moi, Sam.

Je soupirai encore, reprenant ma liberté pour me caler dans son divan. Dire que si je n'avais pas cédé à mes pulsions de femme délaissée, tout cela ne serait pas arrivé !

- Je ne t'en veux pas, Matthew.

Il me rejoignit, un peu rassuré, mais toujours inquiet.

- Je t'aime, tu sais…

- Je t'aime moi aussi, Sam.

La ferveur de son ton, plus que les mots, en prouvait la vérité. Mais je ne pouvais plus me laisser attendrir, pas au risque de le blesser davantage.

- … mais je ne t'aime pas comme tu le voudrais.

Son regard se voila, il prit une brusque inspiration avant de secouer la tête pour se reprendre.

- Pourtant hier… tu m'as rendu mon baiser, tu ne peux pas le nier. Tu ne voulais pas l'accepter, mais il y a toujours eu de l'attirance entre nous, bien plus que ce que deux amis sont en droit de s'accorder.

Il se raccrochait encore à de vains espoirs, j'avais décidément commis une énorme erreur. Autant clarifier notre situation une fois pour toutes.

- Je ne le nie pas. Ces dernières semaines, nous avons passé beaucoup de temps ensemble et j'ai effectivement été attirée par toi, au point qu'hier, j'avais vraiment envie de tenter l'expérience et de te laisser m'embrasser…

Matthew s'était assombri.

- Mais ?

- … mais ce faisant, j'ai compris que ce n'était pas suffisant.

- Aydan ? souffla-t-il, affichant un air douloureux qui me broya le cœur tant il me faisait penser au mien.

Je me repris.

- Cela n'a rien à voir avec Aydan. C'est… C'est impossible entre nous, je le lui ai dit hier. Il est parti… pour de bon.

Matthew me scrutait en fronçant les sourcils.

- J'ai du mal à te croire… la façon dont il t'a revendiquée hier, comme si tu lui appartenais…

Ce fut à mon tour d'inspirer une grande goulée d'air, il était bien trop perspicace.

- Peu importe. Toi et moi, Matthew, ça ne se fera pas. J'ai commis une erreur en te donnant de faux espoirs et je me sens terriblement coupable de la peine que tu dois ressentir, mais je ne veux pas te mentir ni me mentir à moi-même. Je ne suis pas amoureuse de toi. Je… je suis désolée.

À la vue des larmes qui montèrent dans ses yeux, j'eus envie de m'enfuir en courant, cependant, je restais clouée sur place, incapable du moindre mouvement. Il déglutit avec difficulté, tentant de reprendre une contenance et des couleurs sur son visage livide, sans succès. Je venais de lui briser le cœur.

C'était une chose de comprendre cette douleur pour la vivre au quotidien, c'en était une autre de l'infliger à un être cher. Je me sentais bonne à jeter aux ordures.

Comprenant qu'il vaudrait mieux que je le laisse seul, je me levai.

- Je serai toujours ton amie, quoi que tu penses de moi et je veux vraiment t'aider à retrouver ta famille. Quand tu seras prêt, appelle-moi. Je serai là.

Les yeux dans le vague, il ne me répondit pas. J'en profitai pour m'éclipser, et m'éloigner le plus vite possible du « Bon appétit chez Danny », courant en direction de la librairie d'Angela où un soutien était plus que vital.

Il y avait de la lumière à l'intérieur, mais la porte était close. Je frappai plusieurs fois pour me faire entendre, maudissant l'étourderie de ma meilleure amie qui avait négligé de réparer sa sonnette cassée. Si elle était dans la réserve, j'allais attendre un certain temps dans ce froid glacial avant de profiter de la chaleur des lieux.

Ouf ! Je la vis apparaître avec une pile de gros dictionnaires anciens dans les bras. Quand elle s'aperçut de ma présence, elle vint aussitôt m'ouvrir la porte.

- Sam ? Il est très tôt, tu es tombée du lit ? dit-elle en rigolant.

Son sourire mourut sur ses lèvres dès qu'elle vit mon expression.

- Que s'est-il passé ?

Elle verrouilla de nouveau son magasin. Angela était la sœur que je n'avais jamais eue, celle à qui je pouvais tout dire, tout confier. Elle m'écouterait, sans se préoccuper des horaires d'ouverture de sa librairie.

- J'ai besoin de parler à quelqu'un ou je crois que je vais exploser.

Elle me prit la main et m'entraîna d'autorité dans son appartement où elle me jeta presque sur le canapé.

- Café ?

- S'il-te-plaît.

Je détestais le café noir, sauf quand j'avais le moral à zéro. Angela le savait, c'est pourquoi elle revint quelques minutes plus tard avec une pleine cafetière de liquide brûlant. Elle attrapa une tasse dans un meuble, y versa mon infâme breuvage avant de le couper avec du cognac.

- Crois-moi, à voir ta tête, tu as besoin d'un traitement de choc !

- Merci.

Je soufflai dessus, appréciant la chaleur que son contenant propageait déjà sur mes mains. Angela se servit la même chose puis s'assit à mes côtés.

- Raconte.

Je pris le temps de me caler plus confortablement dans les coussins et avalai une gorgée du précieux liquide. Le mélange alcool-caféine me fit immédiatement effet et je me détendis suffisamment pour lui relater les événements de la veille.

À la fin de mon récit, débité d'une traite, je scrutais la réaction de ma confidente. Son silence était révélateur.

- Je suis allée voir Matthew ce matin. J'ai mis les choses au point... définitivement.

Elle posa sa main sur la mienne.

- Comment te sens-tu ?

Je lâchai un petit rire sans joie.

- Minable. Pour tout.

Elle pressa davantage son contact.

- J'avais déjà essayé de dissuader Matthew de te poursuivre de ses assiduités, mais il n'a pas voulu m'écouter. Il croyait que Phoenix, enfin, Aydan parti, il avait une chance d'espérer. Bien sûr, je ne pouvais pas lui dire la vérité, mais j'ai tenté de lui faire comprendre... Enfin... tu as bien fait, Sam. C'est mieux ainsi.

- Je ne voulais pas... me conduire de manière aussi inconséquente, mais... (ma voix chevrota) je me sentais tellement...

Je ne savais pas comment formuler ma détresse.

- Je sais, Sam, je sais.

- Non, Angela, tu ne sais pas. Tu ne sais pas ce que c'est que de se réveiller chaque matin en se disant que la personne que tu aimes et que tu côtoies quotidiennement t'est inaccessible, tu ne sais pas ce que c'est de devoir chaque jour donner le change pour masquer ton malheur alors que tu n'as qu'une seule envie, lui hurler que tu donnerais ta vie pour elle. (Je secouai la tête) J'essaie de respecter mes résolutions, de garder mes distances pour me préserver, mais chaque fois que j'y parviens, il dit ou fait quelque chose qui parle au plus profond de moi, auquel je ne peux résister. (Ma voix était devenue hachée, désespérée) C'est une torture, Angela !

Cette fois, je n'y tins plus, je m'écroulai en larmes dans ses bras. Elle me réceptionna tant bien que mal et me serra contre elle.

- Je… je ne sais pas quoi dire, Sam. Tu es sûre de toi ? Sa réaction de possessivité envers toi, face à Matthew, est tout de même étrange.

La violence de mes sanglots m'empêcha de répondre immédiatement.

- C'est parce que c'est un vampire. Dans leur monde, le fait de travailler pour lui fait de moi sa propriété exclusive.

- Quelle horreur !

- Comme tu dis.

Je parvenais à me reprendre. Le fait de pleurer m'avait libérée d'une grande partie de la pression que j'avais accumulée depuis le soir de mon anniversaire. J'étais toujours malheureuse, mais au moins, je me sentais un peu mieux.

- J'ai tellement de peine pour toi.

Je me redressai, attrapant un mouchoir pour m'essuyer les yeux et le nez.

- Je t'envie, tu sais.

Elle haussa les sourcils. La surprise, comme toute autre émotion, lui allait bien. Elle avait un visage d'ange.

- Quoi ?

- Ta vie sentimentale est peut-être plus compliquée que les gens normaux, mais au moins tu en as une, ton amour est réciproque.

Elle rosit.

- Tu sais que je t'envie, moi aussi ?

Ce fut à mon tour de hausser les sourcils.

- Tu vis des aventures incroyables, tu pourrais aplatir n'importe quelle brute qui pourrait s'attaquer à toi et ton courage m'a sauvé la vie l'an passé, quand tu n'as pas hésité à affronter tous ces vampires pour les empêcher de me tuer. Tu es forte comme je ne le serai jamais.

Au comble de l'étonnement, je fixais Angela avec des yeux ronds. Elle m'admirait ? Moi qui n'arrivais pas à mettre un pied devant l'autre sans trébucher, ni à ouvrir la bouche sans proférer d'énormité ?! J'avais mal entendu.

- N'importe quoi ! Tu es belle à mourir, François vénère le sol que tu foules, tu es libre et indépendante et moi… Je n'attire que des violeurs ou des vampires dégénérés qui veulent me trucider, j'aime à en mourir quelqu'un qui serait prêt à tout casser à la simple mention de l'éventualité qu'il puisse éprouver de l'amour, et je viens de mettre plus bas que terre mon meilleur ami, un véritable prince charmant que toutes les femmes rêveraient d'épouser ! Tu dis que tu envies mon courage, mais tu ignores à quel point je suis terrifiée, à quel point tout ce que j'ai vu ou fait, m'a coûté.

- Et pourtant tu te bats encore aujourd'hui, Sam. Tu souffres le martyre en restant aux côtés de Phoenix alors qu'entre vous c'est impossible. Mais tu le fais pour sauver des vies humaines. Tu sacrifies ta paix de l'esprit pour aider les autres. C'est toi qui as ramené les enfants qui avaient été enlevés dans leur foyer.

Je la fixais encore avec des yeux ronds.

- Pas besoin d'être un génie pour faire le lien, dit-elle. Bref, tu es quelqu'un de bien, tu ne me feras pas penser le contraire.

Estomaquée par sa vision des choses, je ne dis rien. Ainsi, c'était comme ça qu'elle me voyait ? Moi qui croyais que mon comportement était plus que pathétique. Même si Phoenix m'avait déjà reproché ma tendance à me dévaloriser, je n'arrivais pas à voir mes qualités par-dessus mes trop nombreux défauts. Encore maintenant, après sa tirade, j'avais du mal à y croire.

- C'est juste que… j'ai l'impression de ne jamais être à la hauteur.

Angela m'assena une petite tape sur le genou.

- Tu dis vraiment n'importe quoi. Tu es canon, François ne tarit pas d'éloge sur toi, Danny se désespère de ne pas égaler tes talents de pâtissière, Matthew est tombé amoureux de toi en sachant qu'il a toujours mis la barre très haut dans ses relations, d'où leur nombre réduit, et Phoenix… Il n'est pas très bavard, mais un jour où tu étais en train de chercher quelque chose dans la cuisine, je lui ai demandé quelle était la meilleure chose qu'il avait faite dans sa longue vie de vampire. Tu sais ce qu'il m'a répondu ?

Évidemment que je ne le savais pas.

- *Avoir engagé Sam.* Il s'est ensuite re-muré dans le silence et je n'ai pas pu lui demander des précisions car tu revenais déjà.

Satisfaite de son petit effet, elle me laissa goûter cette révélation le sourire aux lèvres. Que devais-je en penser ? Qu'effectivement, je n'étais pas une mauvaise assistante, ou que ses paroles recélaient une vérité cachée qui m'échappait.

Je haussai les épaules. Phoenix était décidément une énigme bien trop complexe pour espérer le percer à jour. Toute cette réflexion ne me mènerait à rien, comme d'habitude.

- Talanus et Ysis apprécient mes rapports… dis-je, pour détourner la conversation.

- Tu vois !

Je soupirai.

- Tu as raison, je devrais arrêter de me dévaloriser.

- La méthode Coué[5], il n'y a que ça de vrai.

Sa chaleur et son optimisme me rassérénèrent. Je terminai mon café avec une moue dégoûtée qui la fit rire aux éclats, et me levai.

- Tu t'en vas déjà ?

---

[5] Méthode d'autosuggestion censée entraîner l'adhésion du sujet aux idées positives qu'il s'impose.

- Je vais te laisser travailler. De toute façon, je suis sûre que d'ici une heure, Matthew va débarquer ici pour te confier à quel point je lui ai brisé le cœur.

Elle grimaça.

- Ne t'en fais pas pour lui. Il est fort.

- Dire qu'il déprimait déjà à cause de ses origines mystérieuses… On peut dire que j'ai enfoncé le clou.

- Tu veux mon avis, cesse de te tourmenter pour Matthew et va te changer les idées au centre commercial. Ce n'est peut-être pas ton truc de faire les boutiques, mais crois-moi, ça te fera oublier ta peine.

Je réfléchis au bien-fondé de sa proposition. Je n'étais pas une mordue de shopping, mais je devais reconnaître que j'y prenais plaisir. Si après le déjeuner, j'alliais cela avec un cinéma, je pourrais de nouveau affronter mon employeur ce soir sans avoir eu le temps de ruminer avant son réveil.

- On ne peut pas rêver d'une meilleure amie que toi, Angela.

- Je sais, s'esclaffa-t-elle.

J'enfilai mon manteau et attrapai mon sac. Mais avant de partir :

- Au fait, pour François…

- Je lui ferai oublier ta venue en l'embrassant sauvagement.

Sa réponse me prit tellement au dépourvu que j'éclatai de rire à mon tour. François était si éperdument amoureux qu'elle avait toutes ses chances de réussir.

- Au revoir.

- Au revoir, appelle-moi.

Sur un dernier signe de la main, je rejoignis mon véhicule, et partis en direction de Pembroke l'esprit un peu plus léger, mais l'âme toujours aussi vide qu'à l'accoutumé.

*

- Ce vieux débris a intérêt à avoir une sérieuse raison de ne pas me rappeler sinon je me charge de lui faire ravaler ses lunettes !

Phoenix avait laissé plusieurs messages sur le répondeur téléphonique de Kiro, mais les jours défilaient sans que ce dernier n'ait daigné le rappeler. Il était prévu que je rencontre le Dr Finnigan le lendemain, ce qui nous laissait une chance d'avancer dans notre enquête, mais il avait tellement l'impression de tourner en rond qu'il avait rappelé son informateur pour le houspiller.

Depuis notre mise au point après le baiser de Matthew, mon patron n'était pas de très bonne compagnie. Il râlait sans arrêt, s'emportait à la moindre contrariété et maudissait Thomas Coltrane et ses rapports dans toutes les langues de sa connaissance. Néanmoins, pour je ne sais quelle raison, je n'étais jamais la cible de sa mauvaise humeur. Heureusement, parce qu'il aurait été très mal reçu.

Nous n'avions pas reparlé de notre dispute, c'était inutile. Pourtant, je ne pouvais m'empêcher de lui en vouloir de m'avoir poussée à bout au point que je lui avais presque ouvert mon cœur en lui reprochant de m'avoir repoussée le soir de notre échange de sang. Je n'avais pas voulu en arriver là, mais son instinct de prédateur lui dictant que j'étais sa propriété sans aucune autre forme de sentiment à mon égard ainsi que sa conduite envers Matthew m'avaient carrément fait sortir de mes gonds. Et mon amertume avait éclaté.

Je ne lui avais pas dit que je l'aimais, mais c'était tout comme. Je ne savais pas s'il l'avait compris… D'un côté, j'espérais que non, cela m'épargnerait sa pitié, pauvre humaine sensible et folle que j'étais d'être éprise d'un vampire tel que lui !

Toujours est-il que le lendemain et les jours suivants, nous avions fait comme si de rien n'était. Cette discussion devait tourner en boucle dans nos esprits (en tout cas dans le mien), mais cela n'aurait abouti à rien de la réamorcer. C'était mieux ainsi.

Cependant, je dus me rendre à l'évidence. Si j'étais devenue une experte dans l'art de cacher ma douleur à mon patron, lui, d'habitude si difficile à déchiffrer, manifestait son mécontentement très ouvertement. Dans ces cas-là, je préférais m'éloigner, attendant que l'orage passe. Et ce soir en particulier, Phoenix était d'une humeur exécrable.

- Ça sert à quoi de faire entrer des humains trop curieux à mon service pour les épargner, s'ils n'en font qu'à leur tête ! l'entendis-je pester dans son coin, en composant le numéro de portable de l'herboriste japonais. Kiro ! Ça fait quatre jours que j'essaie de te joindre ! tonna-t-il dans le combiné. Tu as intérêt à décrocher ce fichu téléphone ou je te garantis que tu vas avoir de mes nouvelles ! Kiro !!

J'observais ses vitupérations avec un ennui mêlé d'amusement. Comme si le fait d'aboyer de la sorte allait suffire à ce qu'un sixième sens avertisse Kiro qu'il vaudrait mieux décrocher son téléphone.

Phoenix détestait que les choses échappent à son contrôle, encore moins de ne pas être obéi par un autre de ses « employés » humains. Il avait suffisamment à faire avec moi et ma manie de le contredire à tout va.

- Tu sais quoi, Kiro ? Ne te fatigue pas à me rappeler ! Je viens en personne et tu as intérêt à être là quand j'arriverai !

Il raccrocha brutalement. Un instant, je crus même qu'il allait jeter son portable à l'autre bout du bureau, mais il n'en fit rien, il le remit dans la poche de sa veste et sortit.

Vaguement inquiète quant à ses intentions, je le suivis.

- Vous n'étiez pas sérieux ? Vous n'allez tout de même pas à Drake Hill juste pour sermonner Kiro ! demandai-je en le voyant enfiler son manteau.

- Je veux savoir où il en est dans ses recherches. Cela ne me plaît pas de me déplacer pour ça, mais vu qu'il ne répond pas à mes appels, je n'ai pas vraiment le choix.

- Kiro a soixante-quinze ans ! Vous n'allez tout de même pas le punir ! Il risquerait une attaque cardiaque !

Phoenix ricana.

- Je connais Kiro depuis bien plus longtemps que vous. Ce Japonais est aussi têtu que dur au mal. Je vous garantis que la Mort ne l'emportera pas de sitôt. De toute façon, je suis sûr qu'Elle retarde l'échéance pour ne pas avoir à supporter tout son verbiage.

Un point pour Phoenix, Kiro pouvait vraiment se montrer insupportable. Et si la Mort avait le malheur de porter un vêtement qui s'apparente ne serait-ce qu'un peu à une robe, ce vieux pervers serait capable d'aller voir ce qui se cachait dessous !

À l'idée, je rigolai. Tout de même…

- Je viens avec vous.

J'attrapai mon manteau dans la penderie, puis la couverture pleine de bouloches que je haïssais, mais qui avait le mérite de me tenir au chaud lors de mes voyages nocturnes dans les airs.

- C'est inutile et je…

- Je viens, coupai-je. Kiro est peut-être un vieil obsédé, mais c'est aussi quelqu'un de fiable. Il lui est peut-être arrivé quelque chose.

Phoenix leva les yeux au ciel et me précéda vers la sortie en marmonnant. Je ne saisis que quelques mots : « ras-le-bol », « obstinée » et « rester couché ». Il me fut difficile de garder mon sérieux en lui emboîtant le pas.

Il décolla dans les airs à une vitesse telle qu'avec la pesanteur, je crus que tous mes organes s'étaient réfugiés dans le bas de mon corps. S'il ralentit un peu par la suite, nous allions à une vitesse suffisamment élevée pour que je sois obligée de fermer les yeux, lesquels ne cessaient de pleurer à cause de la morsure du vent.

En arrivant près du magasin tenu par notre ami japonais, je dus remettre de l'ordre dans ma chevelure. Laissée libre, elle n'avait pas apprécié le transport par voie aérienne et s'était tellement égaillée autour de ma tête que je ressemblais à une sorcière. J'imaginais sans peine la scène : moi, toute de noir vêtue, avec un grand chapeau pointu couvrant ma crinière folle et une verrue sur le nez, ricanant grassement dans les nuages, assise sur un balai en costume de Phoenix. Désopilant !

Bref ! Nous avions atterri dans une ruelle sombre pour ne pas être vus par un éventuel témoin. Mon patron impatient me fit sèchement signe de le suivre et je dus abandonner ma vaine tentative de démêler mes cheveux. J'optai donc pour une rapide queue de cheval, grâce à un élastique traînant dans la poche de mon manteau et le rattrapai.

- Les volets de la boutique sont ouverts, je ne comprends pas, dit-il alors que nous traversions la chaussée pour rejoindre notre destination. Jamais Aoki ne la laisserait sans protection s'ils s'étaient réellement absentés.

Effectivement, aucune lumière n'éclairait l'intérieur du magasin. Drake Hill était connue pour ses boutiques, mais aussi pour la violence qui y régnait, notamment dans les quartiers sud. Aucun commerçant censé ne laisserait en son absence sa devanture aussi vulnérable aux jets de pierre.

Un curieux pressentiment m'envahit. Je n'étais pas la seule.

Devant la porte, Phoenix sortit brusquement son pistolet de son manteau.

- Restez bien derrière moi, Sam.

- Que se passe-t-il ? chuchotai-je, inquiète.

- Cette odeur...

Il n'acheva pas sa phrase. Avec précaution, il poussa la porte laissée étrangement ouverte alors que l'écriteau dessus indiquait « fermé ». Lorsqu'il entra, j'avais moi aussi sorti mon revolver, prête à me défendre en cas d'attaque. Dans la pénombre ambiante, je n'arrivais même pas à voir mes pieds.

Mon employeur se figea quelques instants, le temps pour moi de sentir une étrange odeur métallique et franchement nauséabonde m'agresser les narines.

- Il n'y a pas de cœur battant ici, dit Phoenix.

J'allais lui demander si un vampire pouvait encore se cacher sur les lieux, mais les mots moururent dans ma bouche quand mon pied droit glissa sur un liquide visqueux et me fit choir lourdement sur les fesses.

Je ressentis une vive douleur au niveau du coccyx ainsi qu'une soudaine envie de pester contre Kiro et ses mixtures à base de jus de grenouilles conservées dans des bocaux pleins de liquide bizarre. L'un d'eux avait dû tomber et son contenu se répandre sur le sol. J'en avais assurément plein sur les fesses et mes doigts gluants en étaient maculés. Beurk ! Beurk ! Beurk ! J'étais sur le point d'exprimer tout haut mes pensées quand un souvenir me retint.

Je me rappelais avoir ouvert l'un des bocaux en question un jour et je n'avais pas senti alors cette odeur étrange, métallique, qui me rappelait quelque chose. Les mixtures de Kiro puaient largement plus que cela ! Pourtant, je me sentis brusquement mal à l'aise, un glaçon métaphorique me glissant le long de la colonne vertébrale pour accentuer l'affreux pressentiment qui m'avait prise quelques secondes auparavant.

Je n'eus pas à m'interroger davantage.

Phoenix alluma la lumière et ce que je vis manqua me faire m'évanouir.

Du sang… partout…

Je baignais dedans… littéralement.

Prise de panique, ma respiration se mua en inspirations brusques et saccadées, mon cœur se mit à cogner comme un fou dans ma poitrine, et incapable de me relever, je me contentai de regarder, horrifiée, mes mains rougies par le liquide rouge et visqueux qui les maculait.

Forçant mon regard à s'en détourner, je pus distinguer les silhouettes meurtries des trois personnes gisant à terre à moins d'un mètre de moi. Les yeux écarquillés, les muscles tétanisés, je réalisais que ces trois corps n'étaient autres que ceux de Kiro, Aoki et Asako, lesquels avaient été criblés de balles et abandonnés à leur sort. À leur pâleur et à l'odeur prégnante, je devinais que leur mort datait de plusieurs jours. À leur posture et au masque de douleur et de frayeur gravé sur leurs visages, je compris que celle-ci avait été horrible. Kiro était celui qui avait pris le plus de projectiles, ce qui me fit suspecter qu'il avait essayé de protéger de son corps les deux femmes derrière lui.

Inutile, leur assassin avait dû vider son chargeur sur ses victimes, ne leur laissant aucune chance. Des bourdonnements commencèrent à se faire entendre dans mes oreilles et la nausée montait progressivement en moi. Je tentais de les chasser en inspirant, mais je ne pus que respirer cette affreuse odeur de sang et de mort qui me retournait l'estomac.

C'est alors que je la vis nettement.

Mon attention avait été d'abord attirée par Kiro qui était le plus proche de moi, mais en voyant mieux Asako, je me sentis défaillir. J'avais beau avoir détesté cette fille, que j'avais jugée futile et énervante, la trouver ainsi, le visage à moitié réduit en bouillie par la sauvagerie d'un homme armé d'un fusil, me fit perdre tout contrôle.

Reculant d'abord sur les fesses en criant, je me mis vite debout dans l'intention de quitter cet endroit en courant. C'était sans compter le sang par terre. Je n'arrêtais pas de glisser et de retomber au même endroit, augmentant encore ma panique.

Je me serais enfuie à quatre pattes si Phoenix ne m'avait pas soulevée dans ses bras et emportée dans l'arrière-boutique pour m'éloigner de ce carnage.

Il m'assit sur une chaise et tenta d'endiguer les violents tremblements qui me secouaient en me pressant les mains dans les siennes. Je ne le voyais pas, ma vision était focalisée sur le souvenir du visage méconnaissable de la jeune asiatique.

- Calmez-vous, Sam. Il n'y a plus de danger, il faut vous calmer.

Je l'entendais à peine, toute occupée que j'étais à juguler ma nausée et mon envie de sombrer dans une inconscience bienfaitrice. Je commençais à claquer des dents et cette réaction liée au choc que j'avais subi, me hérissa suffisamment pour que je revienne à la réalité et que je me rende compte de ce que Phoenix essayait de faire.

Malheureusement pour lui, sa tentative échoua définitivement lorsque mon regard se posa sur mes mains qu'il tenait encore, barbouillant de fait les siennes du sang de son ami. Blêmissant, je me levai d'un bond, lui arrachant mes mains pour les essuyer sur mes cuisses. Je n'avais pas percuté que mes chutes répétées m'avaient littéralement aspergée d'hémoglobine et qu'en voulant en retirer les traces sur mes doigts grâce à mes vêtements, je ne faisais qu'en rajouter.

L'hystérie avait bloqué toutes mes terminaisons nerveuses et je m'obstinais rageusement dans ma volonté illusoire. Comme si retrouver des mains propres allait me faire oublier le spectacle auquel je venais d'assister !

Mon patron, par chance, fut plus efficace. Il commença par m'enlacer pour calmer ma crise de nerfs en me murmurant des paroles apaisantes. Au début, je ne l'entendais pas et je continuais à me débattre, en proie à ces visions démoniaques, mais au bout d'un certain temps, sa voix se fit un chemin dans mon esprit et je recouvrai suffisamment de contrôle sur moi-même pour ne pas hurler. Enfin, il desserra son étreinte sans toutefois me lâcher complètement.

- Sam, j'ai besoin que vous teniez le coup. Je vais chercher dans tous les recoins pour trouver le moindre indice, mais je n'y arriverai pas si je m'inquiète pour vous. Vous sentez-vous capable de rester assise ici le temps que j'inspecte les lieux ?

Paniquée, je lui serrai le bras aussi fort que je pus.

- Ne me laissez pas seule, je vous en prie !

Avec une douceur infinie, il se détacha de moi et me couvrit d'un regard qui se voulait rassurant.

- Je ne vais nulle part si ce n'est dans la pièce à côté. Il est important que je collecte tous les éléments qui pourraient me faire remonter la piste du tueur.

- Pourquoi ce vampire a-t-il aussi massacré Aoki et Asako ? Elles n'avaient rien à voir avec vous !

Une lueur étrangement douloureuse passa dans ses yeux.

- Sam, ce n'était pas un vampire.

Interloquée, je ne sus que répondre.

- Nous n'avons pas le monopole de la sauvagerie… Et puis en entrant, j'ai senti la même odeur de transpiration et d'eau de toilette que chez Théodora Callidge.

- Le Cercle de Mellindra ! soufflai-je, choquée.

- Vous n'avez pas fait attention, mais le sigle était tracé dans une flaque de sang.

- Mon Dieu…

- En tout cas, s'Il nous regarde, j'espère qu'il est autant écœuré que moi par toute cette folie ! Si ces gens en viennent à trucider leurs propres congénères parce qu'ils nous ont approchés de près ou de loin…

Il laissa échapper un soupir puis me laissa.

Pendant ma solitude forcée, je ne cessais de regarder ma montre en guettant le moindre bruit indiquant que Phoenix revenait pour me faire sortir d'ici. En aucun cas, je ne me serais levée pour voir où il en était. D'abord parce qu'il m'aurait fallu affronter encore cette vision sanglante (laquelle à coup sûr me hanterait toute ma vie), ensuite parce que mes jambes auraient été incapables de me porter.

J'attendis donc deux bonnes heures que mon employeur ait fini de relever tous les indices éventuels qui nous permettraient de retrouver la trace de l'assassin de l'herboriste japonais et de sa famille. Cette attente fut très éprouvante pour mes nerfs.

Phoenix avait réussi à juguler la crise d'hystérie qui s'était emparée de moi à la vue du sang dont j'étais recouverte, mais je savais que cette accalmie n'était que temporaire et que le temps venu, je craquerais à nouveau.

Depuis ma rencontre avec ce vampire, j'avais vu et fait plus de choses qu'aucun mortel n'aurait pu accomplir dans une vie. Des choses extraordinaires… des choses horribles… Après tout ce que j'avais vécu, j'avais cru naïvement que je m'étais blindée contre la violence régnant chez ces êtres surnaturels. L'épisode avec les enfants était une mise en garde. Comment aurais-je pu penser que la goutte qui ferait déborder le vase de mon endurance aurait pour origine la barbarie des humains ? Phoenix avait raison...

Mes expériences avec ceux de sa race m'avaient fait oublier à quel point nous, les hommes, pouvions être cruels et sauvages. J'en avais la preuve pourtant, tous les soirs, en regardant les informations télévisées. On pouvait critiquer les vampires, mais nous étions largement capables de soutenir la comparaison ; quand un malade mental, que la société aveuglée par ses propres incohérences laisse se balader avec un fusil d'assaut, se rend dans une école pour y massacrer une vingtaine d'enfants sans défense... quand deux frères aux revendications douteuses se disent que leur message serait plus amplement diffusé en faisant exploser deux bombes pendant un marathon... Et ce ne sont que deux exemples parmi des millions d'autres.

J'avais déjà vu des cadavres humains l'an passé, quand j'avais infiltré le trafic de sang opéré par Karl et ses complices pour le compte d'Ichimi et Kaiko. J'avais côtoyé la mort de près, ça on pouvait le dire. Bien que touchée et horrifiée, je n'avais pas été aussi effondrée que ce soir. Peut-être parce que l'année dernière, je ne m'étais pas littéralement baignée dans le sang de gens que je connaissais...

Deux heures durant, je m'acharnais à rester lucide, à garder au maximum mon sang-froid pour laisser mon employeur travailler. L'effort fourni me faisait trembler des pieds à la tête, tandis que mes vêtements collaient à ma peau en raison de la sueur qui ruisselait de tous ses pores. Si je n'étais pas encore une loque, cela ne tarderait plus...

Par chance, Phoenix revint vers moi au terme de cette deuxième heure, ses sourcils froncés et ses lèvres pincées me faisant soupçonner qu'il n'avait glané aucune information qui pourrait nous être utile. Après un coup d'œil dans ma direction pour vérifier mon état général, il prit son téléphone portable et composa un numéro.

- Travis. J'ai besoin de ton équipe de nettoyeurs au complet à Drake Hill, au 45 de la 16ème rue, dans les quartiers sud. Oui, trois. Faites le nécessaire pour qu'on croie que les propriétaires ont regagné le Japon. C'est ça. Dans combien de temps ? Ok. Ne traîne pas.

Il raccrocha et s'approcha ensuite de moi. Ses sourcils se froncèrent davantage en avisant la lutte bien visible que je menais pour ne pas perdre la tête.

- Ils seront là dans vingt minutes.

Je secouai vivement la tête, toute à mon combat contre cette nausée persistante.

- Dès qu'ils arriveront, je vous emmène loin d'ici.

Les minutes défilaient si lentement à mes yeux que j'avais l'impression que le temps marchait au ralenti rien que pour le plaisir de me torturer encore et encore dans cette attente épouvantable. J'avais de nouveau fermé les yeux pour me concentrer sur un seul objectif, rester consciente. Tendue à craquer, je savais que j'offrais un triste spectacle, mais je m'en fichais. Peu importait qu'il me juge trop émotive, ma réaction prouvait au moins que j'avais un cœur compatissant. Je n'aurais souhaité le sort de Kiro et sa famille à personne.

Au bout d'un moment, j'entendis la clochette de l'entrée tinter. Quelqu'un entrait.

- Phoenix ?

- J'arrive ! lança-t-il, puis pour moi seule : Ne bougez pas, je n'en ai pas pour longtemps.

Bien qu'invisible pour les nettoyeurs vampires qui venaient d'entrer, ils savaient parfaitement, à mes battements de cœur précipités, que j'étais là. Pour autant, je m'autorisais d'être impolie en ne leur souhaitant pas le bonjour.

- Houlà ! Quel chantier ! Ça va nous prendre toute la nuit pour arranger ce bazar !

Finalement, j'étais bien contente de me taire, ce que je venais d'entendre aurait pu me rendre grossière.

- C'est toi qui as fait ce carton ? Tu dois être un champion à *Grand Theft Auto* !

Travis éclata de rire, bientôt suivi par deux autres voix masculines. Cette fois, je faillis débouler dans la boutique au mépris de ma nausée pour dire à ces trois affreux ce que je pensais de leur sens de l'humour.

- Tas de crétins ! Ces gens étaient des amis à moi ! Et si vous n'avez pas envie que votre sang ne se déverse en une deuxième couche par terre, je vous conseille d'être plus respectueux ! Ce n'est pas parce que ce sont des humains qu'ils ne valent pas la peine de votre considération !

Phoenix s'était vraiment énervé. Je ne pouvais les voir, mais je me doutais aisément que Travis et ses acolytes ne devaient pas en mener large.

- Désolés, marmonnèrent-ils piteusement.

- Faites votre travail.

J'entendis des pas, puis mon patron entra de nouveau dans mon champ de vision. Il me tendait la main.

- Venez, Sam.

Sans hésiter, je l'attrapai et le laissai m'entraîner vers la sortie. Je fus bien obligée de garder les yeux ouverts pour ne pas tomber encore une fois, mais je pris bien garde de ne pas laisser mon regard errer n'importe où. Malheureusement, juste avant d'arriver à la porte, je commis l'erreur de tourner la tête vers un vieux miroir qui séparait deux armoires remplies des décoctions de l'herboriste.

« Traîtres ».

Ce mot inscrit avec le sang des victimes brisa d'un seul coup toutes mes défenses. Pétrifiée, je faisais face à mon reflet, constatant avec horreur qu'avec la perspective, les lettres apparaissaient au niveau de mon front, faisant de moi une abomination pour ceux de ma race.

Soudain, les tremblements que j'avais eu tant de mal à refreiner, reprirent de plus belle, sans que cette fois-ci je me débatte pour en reprendre le contrôle. *Traîtres…*

Je perdais pied.

Alors qu'on m'attrapait par le bras pour me tirer de force vers la sortie, je me laissais entraîner sans rien ressentir de ce qui se passait. Le vent glacial ne me fit aucun effet, pas même quand il s'intensifia lorsque Phoenix décolla dans les nuages. Je ne me rendais même pas compte que je volais.

Traîtres…

Kiro ? Kiro n'était qu'un informateur et travaillait exclusivement pour mon employeur. D'ailleurs, depuis l'année dernière, ce dernier n'avait pas repris contact avec lui. Phoenix avait fini par me confier que Kiro avait largement mérité sa retraite et qu'il voulait le laisser finir sa vie sans craindre les vampires. Le Cercle de Mellindra en avait décidé autrement. Si nous ne nous étions pas rendus chez lui pour lui demander de nous aider à le retrouver, il serait encore en vie aujourd'hui. Nous étions responsables de sa mort… J'étais responsable…

Perdue dans mes réflexions, en état de choc, je ne réalisais pas que Phoenix avait atterri sur le perron du château, encore moins qu'il m'enlevait mon manteau une fois à l'intérieur. Je me sentis vaguement secouée, je crois que quelqu'un me criait dans les oreilles pour que je revienne à moi.

Traîtres…

Kiro et sa famille étaient morts parce qu'ils nous aidaient à retrouver le Cercle. Ils étaient morts parce qu'ils étaient humains, et qu'ils aidaient les vampires. Ils étaient morts, eux qui ne fréquentaient le monde de la nuit que de très loin, en sachant qu'Asako ne se doutait même pas de son existence. Ils étaient morts pour rien.

J'aurais fait une meilleure cible… L'homme qui nous avait suivis après la mort de Seamus ne pouvait pas m'attaquer directement en raison de la présence de mon patron à mes côtés, alors il s'était rabattu sur des proies plus faciles. Je devinais aisément comme il aurait adoré que ce soit moi, en face de son fusil... Moi, la traîtresse. J'aurais fait une meilleure cible... j'aurais dû être la cible...

J'aurais dû mourir à leur place.

Dans un coin de ma tête, ma raison me murmurait que mon raisonnement n'avait rien de logique, que j'étais en proie au complexe du survivant, et que je ne pouvais pas me sentir coupable pour quelque chose dont je n'étais en rien responsable.

Néanmoins, ma conscience avait beau hurler maintenant que ce n'était pas ma faute, je voyais encore et encore le visage massacré de la pauvre Asako, tourné vers moi comme pour m'accuser d'avoir mis un terme à sa courte vie. J'avais eu le pressentiment qu'on nous observait chez Phil et Seamus, tout mon corps l'avait ressenti ; et je n'avais rien dit. Tout ça parce que j'avais eu peur du ridicule ! Si j'avais fait part de mes impressions à Phoenix, peut-être ne m'aurait-il pas ri au nez ! Peut-être aurait-il attrapé le tueur et rien de tout cela ne serait arrivé ?

Tout à coup, je poussai un grand cri.

Noyée dans mon sentiment de culpabilité jusqu'ici, je ne ressentais rien. Sauf que là, toute cette eau froide qui me glaçait les os, je ne pouvais pas l'ignorer.

Le brouillard cauchemardesque de mon champ de vision s'effaça pour me laisser accès au monde réel. Hagarde, je levai les yeux vers le ciel, croyant qu'il s'était subitement mis à pleuvoir. Je fronçai les sourcils en me rendant compte que je n'étais pas dehors, mais sous une douche.

Qu'est-ce que c'était que ce cirque... ?

Baissant le regard, je vis que j'étais en sous-vêtements. Je ne me rappelais pas être arrivée dans ma chambre, ni de m'être déshabillée. Qu'est-ce que... ?

Je poussai un autre hurlement en voyant les deux bras puissants qui entouraient ma taille pour m'empêcher de m'échapper de l'étreinte de fer de l'homme qui me serrait contre lui. Je ne sais pourquoi, la première chose qui me vint à l'esprit fut que ceux-ci appartenaient à l'homme tatoué, lequel s'apprêtait à me faire subir les pires sévices pour me punir de travailler avec des vampires. J'avais beau avoir encore le cerveau embrumé, ma volonté de survivre était suffisamment forte pour que je commence à me débattre furieusement, frappant des poings, donnant des coups de pieds avec la rage du désespoir. Frappant encore, une voix dans mon esprit me susurra que l'homme tatoué, s'il avait voulu me tuer, ne se serait pas embarrassé en me faisant prendre une douche et se serait contenté de me loger une balle dans la tête, mais j'étais tellement paniquée que je la repoussai et redoublai d'efforts pour me libérer.

- SAM !!

Une autre voix, masculine et exaspérée cette fois, faillit me crever le tympan gauche tandis qu'une pression savamment calculée sur mon estomac me coupa le souffle. La surprise et la douleur me calmèrent instantanément, les efforts que j'avais mis dans mes coups étant redirigés vers mes poumons pour les forcer à respirer à nouveau. Je voyais des points lumineux danser devant mes yeux, mes jambes menaçaient de céder sous mon poids. L'homme tatoué avait gagné.

- Pardonnez-moi, mais vous ne m'avez pas laissé le choix ! Ça fait une heure que j'essaie de vous faire revenir parmi nous ! La douche était ma dernière option avant de devoir vous gifler !

Reconnaissant enfin le propriétaire de cette voix de velours quelque peu énervée, je redescendis définitivement sur terre.

J'étais dans une douche qui n'était pas la mienne, en petite tenue, étroitement serrée contre mon patron à qui j'avais décoché moult coups de poings et de pieds.

Je tournai la tête vers lui et…

Oh mon Dieu !

Il était trempé bien sûr, puisqu'il me tenait sous le jet d'eau, mais il était également à moitié nu ! Il me tenait dans ses bras et notre nudité n'était cachée que par un boxer et une culotte en dentelle bleue avec son soutien-gorge assorti.

En d'autres circonstances, je serais devenue cramoisie, envahie par la gêne et le désir, et je n'aurais eu qu'une envie, prendre mes jambes à mon cou. Là, cette situation, par rapport à ce que je venais de vivre, était tellement inattendue et ubuesque que je me mis à rire, à rire si fort que j'en pleurais.

Cependant, je ne m'amusais pas du tout. Mes nerfs tendus à craquer depuis notre visite chez l'herboriste japonais venaient subitement de se relâcher et mon rire sonnait affreusement faux et surtout affreusement hystérique à mes oreilles. Toute la pression accumulée depuis plusieurs heures se libérait hors de moi dans cette réaction aussi forte que courte.

En effet, moins d'une minute après, les sanglots remplacèrent les rires et je ne me souciais plus du tout de mon apparence. J'avais besoin de réconfort.

Phoenix ne faillit jamais.

Commençant d'abord par me bercer contre lui, il prit ensuite l'initiative d'attraper le shampoing et de me masser le cuir chevelu. Il savait que j'adorais par-dessus tout qu'on me masse les cheveux avec les doigts et avec minutie et patience, il s'engagea dans cette opération. Je ne pouvais y résister et je sentais petit à petit mes muscles se détendre bien que je ne m'arrêtais pas pour autant de pleurer. Mon patron se décida ensuite à me savonner de la tête aux pieds, me procurant à chaque contact, des vagues de chaleur qui achevèrent de me décontracter. Je n'éprouvais pas ce désir ardent qui me consumait chaque fois qu'il me touchait, non. Je me laissais simplement aller, comme une poupée de chiffon.

Je finis par m'abandonner contre lui, le laissant me rincer, me toucher, me mouvoir à sa guise.

Enfin, il stoppa l'onde bienfaitrice et m'enroula dans une serviette de bain. Il m'assit sur le lit, en se moquant bien de ruisseler sur sa belle moquette, m'ordonna de ne pas bouger, et s'absenta le temps d'aller me chercher une chemise de nuit. À son retour, je la pris et m'enfermai dans la salle de bain. Débarrassée de mes sous-vêtements mouillés, tandis qu'il attendait derrière la porte, je l'enfilai, savourant avec plaisir le contact du tissu chaud sur ma peau propre. Quelques heures plus tôt, j'aurais préféré piquer une tête dans une poubelle de restaurant que de croire qu'une douche avec mon employeur me ferait tant de bien.

En revenant dans la chambre, je constatai que j'étais seule. La panique m'envahit. Où était Phoenix ? N'était-il pas derrière la porte ?

Surprise et effrayée par les images de mort qui m'assaillirent soudain, je reculai vivement et me cognai contre le mur. Submergée par la terreur et le souvenir du sang, je glissai par terre, tremblante, et ramenai mes genoux contre ma poitrine pour y poser ma tête. Repliée sur moi-même, j'espérais parvenir à chasser ces visions du visage méconnaissable d'Asako en travaillant à reprendre le contrôle de ma respiration.

- Sam... dit une voix compatissante à mes côtés, trois minutes plus tard.

Je sentis un bras m'enlacer et un autre se glisser sous mes cuisses, avant d'être soulevée de terre. Le contact moelleux du matelas ne pouvait pas autant me réconforter que le propriétaire des bras qui me serraient contre lui.

- J'avais oublié de vous prendre des vêtements propres pour demain. J'ai foncé dans votre chambre le temps que vous vous changiez. Je suis désolé de ne pas avoir été assez rapide.

Éperdue de soulagement, je m'agrippais à lui comme si ma vie en dépendait. Son contact dans la douche m'avait permis d'oublier un moment le cauchemar que nous avions vécu, par conséquent je me serais attachée à lui si cela me permettait de retrouver un semblant de calme. Il avait enfilé un pantalon de pyjama noir qui lui allait à la perfection, offrant à ma vue son torse nu tout aussi parfait. Il ne me fit aucun effet, j'étais trop bouleversée pour me préoccuper de la décharge électrique que je ressentis à le sentir tout contre moi.

Peu à peu, mes tressautements involontaires s'espacèrent et mon rythme cardiaque se stabilisa à une vitesse acceptable à mesure que mon corps comprenait qu'il était désormais en sécurité.

- Je n'arrête pas de les voir… tous. Et Asako… son visage…

Phoenix me caressait les cheveux.

- Vous êtes choquée, c'est normal. N'importe qui éprouverait la même chose devant un tel bain de sang.

- Je… je veux que ça s'arrête. Je… j'ai peur.

Je me mis à claquer des dents. Phoenix s'écarta tout à coup et se leva. Blessée, je crus qu'il ne supportait pas de me voir étaler ma faiblesse humaine, toutefois, je compris qu'il n'en était rien en le voyant prendre dans un placard une autre serviette de bain et une brosse à cheveux. Il s'assit à côté de moi.

- Tournez-vous un peu. Votre chevelure vous goutte dans le dos, il faut la sécher.

Même si je ne m'attendais pas à tant d'égards, je ne fus que trop heureuse de m'exécuter. Peu importait qu'il me tire les cheveux sans le faire exprès, du moment qu'il restait près de moi.

Contrairement à ce que je craignais, il fut d'une douceur extrême, que ce soit avec la serviette ou avec la brosse. Pas un nœud ne lui échappa sans que je ressente la moindre douleur. C'était plus qu'agréable, c'était apaisant. Alors encore une fois, je m'abandonnais à ses soins, goûtant le plaisir de me sentir choyée, en sécurité avec ce vampire puissant, impitoyable, et pourtant si généreux.

Comme mes paupières se fermaient d'elles-mêmes et que j'avais de plus en plus de mal à retenir ma tête de rouler sur mes épaules, Phoenix cessa de me coiffer et me fit basculer doucement en position couchée. Il me fit passer ensuite sous les couvertures et leur chaleur contribuèrent à alimenter la langueur dans laquelle je me tenais. Un moment, je ne voyais plus rien, mes forces m'abandonnant pour me laisser envahir par le bien-être dans ce nid douillet. Mon esprit voguait déjà vers la brume reposante du sommeil, mais il manquait encore une chose pour que mon corps finisse de se détendre pour m'y laisser basculer.

Quand Phoenix entra à son tour sous les couvertures et qu'il se pressa dans mon dos pour m'enlacer dans une étreinte rassurante, il réagit en se tournant vers lui. Je n'avais rien décidé, ce fut comme un réflexe ; comme si toutes les cellules qui me composaient savaient où elles seraient en sécurité, à leur place. Je pouvais donc enfouir mon visage dans son cou avec mes mains pressées contre son torse puissant, la fragrance entêtante de son parfum et la douceur de sa main caressante sur ma joue m'accompagnant enfin dans le calme de l'oubli.

*

En m'éveillant cette fois, je me rappelais parfaitement pourquoi j'étais à nouveau emprisonnée entre les bras de celui qui m'était inaccessible. Je craignis un instant que cette situation, réplique d'un épisode marqué au fer rouge dans mon esprit, ne déclenche une nouvelle tempête de souffrance dans ma cage thoracique. Par chance, si on pouvait dire, je restais aussi vide que la veille, à la différence que ma raison et mon corps faisaient cavaliers seuls chacun dans leur coin. La première se souvenait avec amertume de la dernière fois où je m'étais retrouvée au lit avec Phoenix et comment ça s'était terminé, le second, plus détendu que jamais, semblait vouloir se coller davantage contre lui, pour en épouser les formes et s'y imbriquer comme si nous étions les deux parties d'un tout indissociable normalement.

Je lâchai un soupir en détaillant la perfection de ses traits. Sa peau si douce, son menton volontaire, ses cheveux soyeux dont certaines mèches retombaient mollement sur ses yeux... Le sommeil lui donnait des airs d'ange endormi... D'ailleurs, c'est ce qu'il était ! un ange... sinon, il ne se serait pas donné autant de mal pour faire cesser ma crise de nerfs de la veille. Il avait été si patient, si attentionné, si rassurant… Je savais que je n'oublierais jamais la vision d'horreur que fut le massacre de Kiro et de sa famille. Ces gens n'avaient pas mérité de mourir ainsi. Je croyais que ma vie dans le monde de la nuit m'avait endurcie car je m'étais plutôt bien remise des scènes affreuses dont j'avais été le témoin, notamment les meurtres de Mélanie Aubry et des autres victimes du trafic de sang mené par Karl et Ichimi. Là, je connaissais ceux qui avaient été tués par ce maniaque et quelque part, je les appréciais.

Bon. Peut-être pas Asako, mais je trouvais ce couple de japonais sympathique si l'on mettait de côté le penchant vieil obsédé de Kiro. Et puis, Phoenix l'aimait bien…

À le voir ainsi, paisiblement endormi, innocent, je ne pouvais songer un instant qu'il était une créature du Mal. C'était un homme bon. Après tout ce que nous avions vécu ensemble, j'en étais persuadée, si bien qu'après ma mort, je me sentais prête à affronter Saint Pierre et Dieu en personne pour les en convaincre.

Je me mordis la lèvre et risquai de repousser une de ses mèches rebelles derrière son oreille. Il ne bougea pas d'un pouce.

- Je t'aime.

Ce fut plus fort que moi.

Ces trois petits mots, si difficiles à prononcer en temps normal d'après ce que j'en avais vu dans les films, avaient franchi le seuil de ma bouche sans que je m'y attende, et d'une façon si naturelle qu'ils avaient résonné à mes oreilles comme une douce musique.

Je me rendis compte que je ne les avais jamais formulés à voix haute et que j'ignorais que, ce faisant, cela me soulagerait d'un grand poids.

Je soupirai à nouveau, plus profondément. Il était temps que je m'en aille.

Je me penchai vers Phoenix et frôlai ses lèvres avec les miennes pour lui dire au revoir ; je ne voulais surtout pas risquer de le réveiller avec un contact plus prononcé.

Il tressaillit.

Je retins mon souffle, craignant son réveil, mais quelques secondes plus tard, il dormait toujours.

Soulagée, je repoussais doucement son bras le long de son corps pour me dégager de son étreinte quand, plus vif que l'éclair, il m'attrapa le poignet et le serra contre son torse.

- Sam…

Son murmure me glaça autant qu'il me fit bouillir le sang. D'un côté, j'étais horrifiée par la perspective qu'il m'avait entendue lui dire « je t'aime » et senti l'embrasser, d'un autre, mon corps avait réagi instinctivement à la tendresse teintée de sensualité dont il avait prononcé mon prénom. J'étais partagée entre le désir de m'enfuir en courant, et celui de frotter ma jambe à la sienne.

J'attendais presque avec impatience qu'il ouvre les yeux pour me permettre de respirer à nouveau, pourtant, au bout d'un moment, je devais bien admettre qu'il ne le ferait pas. Ma tête retomba lourdement sur l'oreiller quand je compris que j'étais sauvée et je me maudis intérieurement de mon incommensurable bêtise. J'étais décidée à sortir de cette chambre, mais j'avais encore un obstacle à surmonter.

Lentement, je soulevais chacun de ses doigts pour le forcer à me lâcher le poignet. Arrivée à l'annulaire, j'allais m'autoriser un sourire de triomphe quand il me ressaisit avec plus de force encore. Zut ! J'allais devoir tout recommencer !

- Ne partez pas, Sam.

Je me raidis. Oh non !

- Nous n'avons pas encore trouvé le Cercle de Mellindra, vous ne m'avez pas dit au revoir…

Je mis quelques instants à comprendre que ces paroles inquiètes n'étaient pas formulées consciemment.

Pfiouuu ! Parmi tous les vampires de la terre, il avait fallu que je tombe sur un spécimen qui parle en dormant ! Au moins, il ne se rendait compte de rien.

Mon cœur se serra tout de même devant la portée de ses mots. Il avait eu peur que je le quitte avant la réussite de notre enquête.

- Tout va bien. Il fait jour, vous dormez. Je ne vais nulle part si ce n'est dans ma chambre pour me préparer. On se verra au coucher du soleil.

Les yeux toujours fermés, Phoenix me gratifia d'un si beau sourire que je ne pus que bêtement l'imiter. Pourquoi fallait-il qu'il soit si parfait ?

Sa poigne se détendit et je revins immédiatement sur terre, profitant du fait qu'il m'ait lâchée pour sortir des couvertures et m'éloigner de lui. En sortant, je le regardai une dernière fois, avant d'actionner le mécanisme de fermeture et de savourer la chaleur d'un rayon de soleil, me rappelant implacablement le fossé entre nos deux conditions.

Je pris une douche rapide en tentant d'occulter les événements de la veille pour être fin prête à être reçue par le docteur Finnigan. Je n'étais pas en avance pour mon rendez-vous à l'université de Kerington, il valait mieux que je me dépêche.

Le trajet se passa plutôt bien grâce à mon extrême concentration de conductrice et surtout, aux émissions radiophoniques qui m'empêchaient de ressasser la mort de Kiro.

Arrivée sur le campus, je repensais à mes propres années d'études, quand moi aussi, je déambulais dans ces allées et ces bâtiments, naïve et ignorante de la réalité du monde qui m'entourait. Toutes ces années passées à étudier la littérature française et anglaise ne m'avaient certes pas préparées à vivre aux côtés d'un *James Bond* amateur de sang humain.

Quelque part, j'enviais les étudiants affairés que je croisais, préoccupés uniquement par leurs cours et par les soirées auxquels ils participeraient. Dire qu'ils n'avaient aucune idée de la chance qu'ils avaient !

À l'accueil, on me dirigea vers un vieux bâtiment en briques rouges datant des années soixante-dix, à l'intérieur duquel une secrétaire m'accueillit bien poliment.

- Mr Finnigan va vous recevoir d'ici quelques minutes. Puis-je vous offrir un café ?

Pouah, le dernier en date m'avait suffi pour plusieurs années !

- Non, je vous remercie.

Stanley Finnigan apparut cinq minutes plus tard et quand sa secrétaire me désigna comme son prochain rendez-vous, il me scruta d'un air appréciateur et quelque peu nerveux.

- Mademoiselle Jones, si vous voulez bien passer dans mon bureau.

- Merci.

Il ferma la porte derrière moi, et en profita pour me reluquer le postérieur. Il fallait dire que je m'étais habillée pour l'occasion. Les vêtements que Phoenix m'avaient fournis étaient bien trop classiques. J'avais cerné ce professeur dès le début de notre entretien téléphonique, un être ambitieux et soucieux de son image. Je me doutais qu'il serait plus disposé à parler si je me présentais à lui comme une jolie pouliche ô combien admirative de son travail.

J'avais donc opté pour un chemisier rouge au décolleté très échancré, une ceinture épaisse mettant ma taille en valeur, et une jupe taille haute si moulante que j'en avais rougi devant le miroir ; tout cela agrémenté d'une paire d'escarpins noirs vernis aux talons vertigineux. J'avais laissé mes cheveux cascader sur mes épaules pour donner à l'ensemble un aspect moins sévère, plus sexy, ce dernier étant accentué par un maquillage sombre et hypnotique. D'après les regards et les quelques sifflements admiratifs des éléments masculins des étudiants croisés sur le chemin, ainsi que l'air de paon apprêté qu'avait Finnigan en s'asseyant face à moi, je me dis que c'était mission accomplie.

- Rappelez-moi ce que je peux faire pour vous ? demanda-t-il en jetant un œil dans l'échancrure de mon chemisier.

- J'ai besoin d'informations concernant la famille Abarnikov.

- Que voulez-vous savoir, au juste ?

- Eh bien, comme je vous l'ai dit au téléphone, les gens que j'ai interviewés ont beaucoup aimé votre ouvrage sur le commerce du début du XXe siècle, mais ils regrettent de ne pas connaître la suite de la saga familiale des Abarnikov et se demandent si vous pouviez nous dire ce qui leur est advenu après le krach de 29.

Finnigan se cala dans son siège et profita de sa position de force, en tant que détenteur du savoir, pour laisser peser quelques secondes de silence entre nous. J'affichai un sourire bienveillant et un peu niais pour l'encourager à me raconter son récit.

- Irwin Abarnikov était le neveu d'Andreï Malovitch, un autre négociant très fortuné de la fin du XIXe siècle. Je ne me suis pas vraiment intéressé à eux car mes recherches se concentrent sur le XXe siècle et après 1905, on n'a plus jamais entendu parler de ce dernier, ni de tous ceux qui portaient son nom.

Je me raidis, avide de connaître la suite.

- Vous savez pourquoi ?

Je connaissais la réponse, mais je voulais savoir ce qu'il avait trouvé.

- Non, j'ai trouvé un acte de décès au nom d'une jeune fille, Mellindra Malovitch. Il semble qu'après la mort de sa fille, Andreï se soit complètement désintéressé des affaires tout comme le reste de sa famille qui semble s'être évaporée dans la nature.

- Mais pas Irwin ?

- Non, il a repris les activités de son oncle et a augmenté ses bénéfices de manière exponentielle en misant sur le tabac au point qu'en 1928, il était devenu le négociant le plus puissant et respecté de Kerington. Malheureusement, il a fait confiance à des banquiers peu scrupuleux et le krach de 29 lui a fait tout perdre. Il s'est suicidé.

- Savez-vous s'il avait eu des descendants ?

- Oui, deux fils. L'un est mort à Omaha Beach pendant la Seconde Guerre Mondiale, l'autre est devenu avocat. Aucun n'a souhaité prendre la relève de leur père après la mort de celui-ci. De toute façon, la famille était ruinée. Il n'y a plus de traces de la famille Abarnikov dans la région de Kerington à partir des années 50.

- Vous voulez dire, que vous ne savez absolument pas ce qu'ils sont devenus ?

- C'est exact.

Ma voix trahit sans aucun doute mon immense déception. J'avais fondé beaucoup d'espoirs dans cet entretien, mais au final, comme tout le reste, il n'avait mené à rien. Je me pris le visage entre les mains. Encore un coup d'épée dans l'eau !

- Je n'ai aucune idée de ce qu'ils sont devenus parce que la suite de leur parcours ne m'intéressait pas du tout pour mes recherches.

Je relevai vivement la tête.

- Pardon ?

- Comme vous le savez, il ne faisait pas bon être russe à la douce époque du Maccarthysme. Si les Abarnikov ont disparu des registres, ce n'est pas parce qu'ils avaient disparu physiquement…

- Mais parce qu'ils avaient changé de nom… terminai-je.

Incroyable ! C'était si évident pourtant !

- Et quel est… ?

- Jefferson. C'est tout ce que je sais.

Tout à coup, un immense sourire naquit sur mon visage. Enfin, une nouvelle piste se profilait ! Je me levai brusquement et allai serrer un Stanley Finnigan tout surpris dans mes bras.

- Merci !

- Euh de rien… dit-il en rajustant ses lunettes.

J'attrapai mon sac et mon manteau, et m'apprêtai à partir.

- Nous en avons déjà terminé ? Et ce musée, Mademoiselle Jones ? Et notre interview ? m'interpella-t-il avant que je n'ouvre la porte.

Quoi ? Ah oui, j'avais oublié que pour m'obtenir un rendez-vous, j'avais inventé cette histoire d'interview et de musée de la mer qui devait porter son nom. Lui n'avait pas oublié !

- Oh, êtes-vous d'accord pour que le club des historiens amateurs de Toura utilise votre patronyme ?

- Eh bien…

Il semblait vouloir se faire désirer. Comme si j'étais aux abois !

- J'aimerais d'abord rencontrer ces gens, voyez-vous.

Gloups ! C'était quoi ce nouveau caprice ? Cela ne lui suffisait pas d'être immortalisé sur la devanture d'un musée imaginaire ? En plus il voulait parler à ses admirateurs ?

J'affichai un sourire factice avant de lui répondre le plus innocemment du monde :

- Oh, bien sûr, ils seront ravis de vous voir enfin en personne. Si vous le voulez bien, je retourne de ce pas à mon journal et je les appelle pour leur transmettre votre proposition. Ils vous recontacteront eux-mêmes.

Il était temps de partir d'ici.

- Dans quel journal avez-vous dit que vous travailliez ?

- Au revoir, professeur.

Je le quittai sans plus attendre et me rendis aux archives de la ville à la recherche de tous les éléments concernant une famille russe ayant décidé, pour échapper aux préjugés de la Guerre Froide, de se faire appeler Jefferson.

*

Je rentrai dépitée au château juste avant le coucher du soleil. Non pas que les archives ne m'aient rien appris, au contraire ! Il y avait tellement de Jefferson dans les environs que j'en aurais eu pour une éternité à faire le tri dans tout ce bazar. J'avais passé toute la journée le nez dans des registres poussiéreux pour en revenir aussi peu avancée qu'à mon arrivée.

On peut dire que les descendants d'Irwin Abarnikov avaient su se fondre dans la masse ! Rien qu'à Kerington dans les années cinquante, on comptait pas moins de quatre-vingt Jefferson éparpillés dans la ville. Quelle galère ! De plus, je ne devais pas oublier la possibilité que ces gens avaient peut-être quitté la cité, voire la région, et je ne me sentais vraiment pas d'attaque pour compulser tous les annuaires de tous les États de ce pays.

J'avais décidément besoin d'un remontant ! Oubliant mes principes de vie, j'attrapai une bouteille de gin dans le bar du salon et m'en servis un verre avant d'allumer la télévision et de m'affaler dans un fauteuil, les pieds sur la table.

Je ne réalisai que je m'étais assoupie que lorsque je sentis qu'on tentait d'enlever mon verre de ma main.

- Mmmh… tou…che pas. À mwâ.

Ce fut sans doute le son pâteux de ma voix qui me ramena dans la réalité et m'obligea à ouvrir les yeux.

Phoenix me surplombait, bras croisés, une expression mi agacée mi amusée sur le visage. L'esprit encore embrumé, je voulus me redresser dans mon siège et ce faisant, je lâchai un hoquet aux relents d'alcool. Mmm… Combien avais-je bu de verres ? Juste deux si mes souvenirs étaient exacts.

- Vous carburez au gin, maintenant ? Oublié le champagne ?

Le sarcasme aurait dû me mettre en colère. L'avant-dernière fois que j'avais bu du champagne, je m'étais retrouvée avec un couteau dans la cuisse, et une nuisette indécente sur le dos un peu plus tard.

- J'ai passé une mauvaise journée.

- Ce n'est pas une excuse pour vous saouler.

- Je n'ai bu que deux verres ! me rebiffai-je.

- Dans votre cas c'est exactement la même chose, graine d'ivrogne.

- Haha…

Il me tendit la main et m'aida à me relever. Le léger tournis qui me prit aussitôt m'obligea à ne pas le lâcher. Bravo !

- Racontez-moi pourquoi je vous retrouve à cuver dans mon salon au lieu d'être prête à travailler.

- J'ai travaillé, figurez-vous, je suis allée voir Stanley Finnigan à l'université de Kerington.

Phoenix perdit aussitôt son air caustique et afficha son masque de professionnel.

- Je vous écoute.

- Irwin Abarnikov était bien le cousin de Mellindra Malovitch. Il semble que ses affaires aient plus que prospéré après avoir négocié la trêve avec les Grands, mais son empire s'est effondré après le krach de 29. Ses descendants ont préféré changer de nom pendant la Guerre Froide pour éviter les foudres de ce cher Mac Carthy. Je suis allée aux archives pour tenter d'en savoir plus, mais il y a tellement de Jefferson que ça va me prendre des jours pour démêler qui est qui.

- Vous avez quand même ouvert une nouvelle piste. Si ça se trouve, les descendants de cet Irwin Abarnikov ont quelque chose à voir avec le Cercle de Mellindra. Il faut les retrouver.

- Mais nous ne sommes même pas sûrs qu'ils soient restés en ville.

- Avez-vous une autre idée pour le moment ?

Je me renfrognai. Évidemment que je n'avais pas de meilleure idée ! Et qui allait devoir faire le tri dans tous les arbres généalogiques de tous les Jefferson de la ville aux horaires d'ouverture des archives locales ? Moi !

- Vous devriez vraiment bénir le jour où vous m'avez rencontrée car vu votre patience avec les rapports de Thomas Coltrane, je n'ose pas vous imaginer en rat de bibliothèque dans les archives municipales. Je vais me taper tout ce travail toute seule et franchement, ça me défrise rien que d'y penser !

- Je savais, le jour où je vous ai proposé ce travail, que j'avais misé sur le bon numéro. Pari gagné.

Je plissai les yeux et le pointai du doigt.

- Ne vous avisez même pas de vous moquer de moi ou je vous laisse vous débrouiller tout seul.

Il s'esclaffa.

- Je n'oserais pas ! Allons, j'ai confiance en vous, je sais que vous réussirez en un temps record !

- Humpf !

- En attendant, nous sommes convoqués chez Talanus et Ysis ce soir. Le chef de secteur du comté de Milwaukee doit venir discuter affaires et nos services sont requis.

- Les miens aussi ? J'aurais cru que cette rencontre serait confidentielle. Et puis je n'ai pas envie d'attirer l'attention et la curiosité des vampires des autres comtés.

- Pour cela, il aurait fallu me laisser mourir l'année dernière et ne pas impressionner les Grands en réglant son compte à une vampire criminelle.

- Hein ?

- Les rumeurs vont bon train dans notre monde en partie parce que nous voyageons beaucoup. Il est de notoriété publique qu'une humaine m'accompagne dans mes missions, humaine qui a su s'attirer le respect des chefs de secteurs les plus admirés du continent et des vampires les plus puissants de la planète, Finn compris.

Je sentis mon visage virer au cramoisi. Ainsi, j'étais une célébrité dans le monde de la nuit ? J'aurais pu trouver ça excitant, mais au contraire, ça m'effrayait. Il n'était jamais bon d'attirer ainsi l'attention de tant de personnes capables de vous démembrer d'une seule main.

- Je ne sais pas quoi dire…

- Ne dites rien et allez vous changer.

Je le fixai, surprise par un tel changement de sujet.

- J'ai l'air d'un clown, c'est ça ? dis-je, horrifiée.

Phoenix lâcha un petit rire au timbre étrange, ses prunelles aux éclairs bleutés braquées impitoyablement sur les miennes.

- Votre stratégie pour mettre à l'aise Mr Finnigan et son ego surdimensionné a très bien fonctionné, mais je dois vous avertir que cette tenue risque de déconcentrer notre invité.

J'écarquillai les yeux, mon cœur ratant un battement.

- J'ai l'air d'une prostituée ?

Mon patron leva les yeux au ciel.

- Ce que vous pouvez être naïve !

Tout à coup, les éclairs bleutés se transformèrent en une véritable lueur irisée qui m'éblouit, mais pas suffisamment pour que je rate la vue de ses crocs s'allonger tandis qu'il se penchait vers moi pour m'attraper mon menton et me relever la tête.

Mon rythme cardiaque s'emballa comme il se penchait toujours, frôlant ma joue et murmurant.

- Votre esprit a encore du mal à l'admettre, mais votre corps l'a compris, lui. Vous avez changé, votre démarche est plus assurée, vos mouvements sont... bien plus sensuels sans vous en rendre compte. Vous êtes désirable, Samantha Watkins... (je retins ma respiration, mes jambes menaçaient soudainement de ne plus supporter mon poids) et votre innocence vous rend plus encore irrésistible. (Ses lèvres n'étaient plus qu'à un centimètre de mon cou, j'étais sur le point de défaillir) Carrick Anderpool est un excellent chef de secteur, mais également un amateur de chair fraîche et s'il vous voit comme je vous vois en ce moment... dans cette tenue qui sublime vos courbes... (Sa main glissa de mon menton, à mon cou, en suivant ensuite le col de mon chemisier jusqu'au premier bouton que je n'avais pas voulu fermer et qu'il tira ; je commençais à haleter par cette proximité soudaine et rien que l'idée de son regard plongé dans mon décolleté déclencha une explosion de chaleur dans mon bas-ventre. Nom de Dieu !) il ne saura se contenir et tentera de vous séduire par tous les moyens... et je devrai le tuer pour vous avoir manqué de respect.

Figée, je crus qu'il allait s'écarter rapidement et me laisser me reprendre, sauf qu'il n'en fit rien, son corps dangereusement proche du mien, sa main tenant toujours le col de mon chemisier. Enfin, il recula, lentement. Très lentement. Trop lentement.

Sa joue en retraite effleura la mienne cependant qu'il y laissait sa main, et une fois devant moi, le contact entre nos deux peaux pas encore rompu, je fus saisie par la puissance lumineuse de ses yeux qui me contemplaient. La chaleur de mon bas-ventre se mua en un véritable incendie consumant toutes les cellules de mon corps. Encore une fois, ce dernier réagissait bien trop promptement au contact de mon employeur et si je l'avais laissé faire, j'aurais comblé les quelques centimètres qui nous séparaient pour lui sauter dessus.

Phoenix reprit la parole :

- Vous voyez, votre corps trahit votre inexpérience. Si vous n'arrivez pas à bannir votre gêne et à éconduire aussitôt Carrick, il ne vous lâchera plus jusqu'à ce que vous lui tombiez dans les bras.

Ce fut comme si on m'avait jetée sous une immense cascade d'eau glacée. Non content de me prendre au dépourvu en déclenchant une avalanche d'hormones débridées dans mon corps, son petit numéro de « Vous êtes désirable Samantha Watkins » n'avait pour but que de me lancer en pleine face combien les mots « vierge » et « vieille fille » étaient gravés au fer rouge sur mon front et à quel point ils attiraient les vampires dépravés comme Carrick Anderpool, évidemment, tout le contraire de lui.

Je me sentis frémir de rage, une lueur meurtrière naissant dans le feu de mon regard, lequel détaillait l'homme en face de moi comme avec l'envie de le peler jusqu'à la moelle. Il fronça les sourcils, signe qu'il avait senti l'ouragan se préparer.

- Comment osez-vous… Depuis notre discussion de l'autre soir, je pensais avoir été claire. Je vous ai interdit de parler de ma vie sentimentale et qu'est-ce que vous faites ? Vous me sortez le grand jeu du séducteur pour tester ma réactivité hormonale de vierge trentenaire juste bonne à exciter la convoitise de buveurs de sang dépravés, tout ça pour m'empêcher de tourner la tête malgré moi d'un congénère trop stupide pour comprendre que je suis votre « propriété » ! Il n'y a que vous sur cette terre pour réussir l'exploit de me complimenter et de m'insulter en même temps ! Félicitations ! C'est à croire que vous vous entraînez devant le miroir pour me blesser !

Phoenix semblait dépassé par les événements. Visiblement, il n'avait pas pensé que sa petite leçon me mettrait dans une telle fureur.

- Je vais vous dire ! C'était évident que mon corps réagirait à votre contact, et ça n'a rien à voir avec mon inexpérience, mais plutôt avec le fait que je suis humaine, sombre idiot, et que comparé à moi, vous avez la capacité affective et émotionnelle d'un bulot ! Vous n'avez qu'à y aller tout seul chez Talanus et Ysis, comme ça, moi et mon corps « désirable », nous ne risquerons pas de faire capoter votre rendez-vous si important !

- Ysis a ordonné que vous soyez présente, dit-il d'une voix blanche.

- La belle affaire ! Elle ne peut pas me lâcher un peu, celle-là ?! Oh, très bien ! Je ne suis plus à ça près de toute façon. La soirée a tellement bien commencé qu'il serait regrettable de ne pas poursuivre sur cette lancée ! Puisque c'est comme ça, j'y vais dans cette tenue et on verra bien si je suis incapable de repousser Casanova ! Vous, allez-y en volant, je vous retrouverai là-bas car il est hors de question que je passe une heure de route à côté d'un homme aussi grossier ! Je suis peut-être « désirable », comme vous dites, mais pour le moment, sachez que je ne vous ai jamais autant trouvé repoussant !

Phoenix chancela sous l'affront. Il avait dû se faire insulter dans sa vie, mais sûrement pas d'être moche et encore moins d'être grossier, lui qui était si à cheval sur la politesse.

- Je ne vais pas arriver sans vous et…

- Je n'en ai rien à faire ! Allez donc manger un morceau ou tiens ! apprendre les bonnes manières ! En attendant je ne veux plus vous voir !

Sur ces derniers mots, je le plantai là, pris mon sac et les clés de la Camaro et le maudis sous toutes les formes.

*

J'en avais vraiment assez de toutes ces disputes avec mon patron. Était-il donc aveugle ou stupide pour me jouer des tours de la sorte ? Sa leçon de séduction précédente m'avait mise dans une telle rage qu'après plus d'une heure de route, j'étais arrivée à la villa de Talanus et Ysis aussi écumante qu'à Scarborough. Phoenix m'attendait sur le perron en faisant les cent pas et quand je le rejoignis, je lui adressai un regard si limpide quant à mon humeur qu'il le dissuada de m'adresser la parole.

Je le suivis donc dans les appartements de ses maîtres, dans la pièce où Talanus nous avait reçus après mon passage télévisé en tant que « Miss Miraculée ». Je sortis mon carnet de notes et détournai ostensiblement la tête pour lui montrer que je ne voulais rien avoir à faire avec lui.

- Samantha…

Je l'ignorai.

- Sam, c'est ridicule ! insista-t-il.

- Grâce à votre petite démonstration de tout à l'heure, c'est ce que j'ai cru comprendre, en effet.

Ma voix tranchante et agressive claqua comme un fouet dans le silence de la pièce.

- Ce n'est pas ce que j'ai voulu dire. Je voulais juste vous mettre en garde.

- Je sais parfaitement me défendre. Et puis de toute façon, je n'en aurai pas l'utilité, vu votre détermination à faire fuir tous mes prétendants.

- Carrick Anderpool n'est pas un romantique et il est autrement plus opiniâtre que Matthew. Il risque même de faire une proposition à Talanus pour vous racheter à moi.

Ma colère un instant oubliée, je me tournai vivement vers lui.

- Quoi ? Mais je ne suis pas à vendre !

- Bien sûr que non en ce qui nous concerne, Talanus, Ysis et moi. Cependant, pour le reste de notre communauté, vous m'appartenez, tout comme à ces derniers, vu qu'ils sont mes supérieurs.

- Je vois que malgré le Grand Changement, les humains ont toujours aussi peu de valeur à vos yeux. Pourtant, tous autant que vous êtes, vous étiez comme nous avant votre transformation !

- Je sais. Mais en devenant vampire, c'est comme si ce que nous étions avant n'avait jamais existé.

- C'est justement pour cette raison et toutes les autres que je préfère mourir plutôt que de devenir comme vous !

J'avais prononcé cette phrase sans réfléchir, sous le coup de la colère, mais celle-ci s'envola aussitôt lorsque je compris à quel point elle était blessante pour celui qui se trouvait face à moi, l'air peiné, et cette autre chose dans le regard que je n'arrivais pas à identifier : le regret ?

- Pardonnez-moi, je n'aurais pas dû dire ça.

- Mais vous le pensez.

Il me scrutait avec une telle insistance que je baissai les yeux.

- Je ne souhaite pas arpenter cette voie, ce n'est pas pour autant qu'elle est mauvaise.

Je soupirai. La rage déferlante qui avait pris possession de mon être avait disparu, ne laissant que de l'amertume et la honte de moi.

- Écoutez, j'en ai assez de toutes ces disputes entre nous. Nous n'avons décidément pas la même façon de voir les choses. Enterrons la hache de guerre pour ce qui s'est passé tout à l'heure et aidez-moi plutôt à adopter la bonne stratégie pour rebuter notre invité quant à son éventuel désir de me séduire.

Il me fixa encore quelques secondes, me mettant mal à l'aise, puis :

- Il déteste les femmes vulgaires et volubiles.

Je lui offris un mince sourire, lequel se perdit un instant plus tard à la vue de l'impressionnant général romain qui entrait dans la pièce, tenant la main de sa magnifique compagne, laquelle précédait un autre vampire moins imposant, mais qui irradiait la confiance en soi. D'une carrure athlétique propre aux quarantenaires épanouis conscients de leurs atouts, Carrick Anderpool était beau sans être un Adonis. Ses cheveux noirs de jais grisonnaient autour des tempes, ce qui lui conférait un air sage démenti par la lueur de convoitise qui s'alluma dans ses yeux dès qu'il me vit.

Je me levai, imitant mon employeur. Ce faisant, le nouvel arrivant me détailla de la tête aux pieds, en s'attardant sur mes hanches et bien évidemment, dans mon décolleté.

- Heureux de vous revoir Carrick, dit Phoenix en faisant un pas sur le côté pour me cacher à la vue de ce dernier, lui rappelant par la même occasion à qui j'appartenais.

- Moi aussi, ange. Alors, toujours pas tenté de te mettre à mon service ?

Il lui avait reporté son attention, mais je voyais bien à ses coups d'œil répétés dans ma direction, que ce type n'en avait rien à faire de mon patron, lequel déclara être satisfait de son emploi ici.

- Et voici mon assistante, Samantha Jones.

Ne pouvant plus faire autrement, il se décala pour permettre les présentations. Carrick ne se fit pas prier et s'arrêta devant moi, tous sourires.

- J'ai tellement entendu parler de vous, ma chère. Mais je dois dire que les récits que l'on m'a faits ne rendent pas suffisamment justice à votre beauté, vous êtes superbe !

La flamme concupiscente dans son regard fut l'aiguillon qui me permit d'oser la suite des événements.

- Salut ! (Je fis semblant de mastiquer du chewing gum et lui administrai une claque sur l'épaule qui lui arracha un hoquet de stupeur, tout comme à ses homologues présents dans la pièce) Alors comme ça, vous êtes aussi chef de secteur ? Wahouu ! J'suis trop vachement impressionnée, vous n'êtes pas aussi vieux que ce que j'imaginais ! Vous me faites penser à Richard Gere dans *Pretty Woman*, j'adooooore ce film ! Pas vous ? En tout cas, vos cheveux blancs, ça fait très chic ! Pour les humains ça peut paraître vieillot, mais on sait tous les deux que chez vous les vamp's, la conception du temps n'est pas la même ! Alors vos affaires marchent bien ? On m'a juste dit que je devais prendre des notes pour ce soir, j'espère que cet accord avec Talanus et Ysis sera des plus juteux pour tout le monde, comme ça, j'en profiterai pour réclamer à Phoenix une augmentation ! Hein ?! Humour !!! Hahahaha !!!

Je m'affalai sur le sofa en reniflant bruyamment, avant d'attraper un mouchoir et de me moucher de manière plus qu'ostentatoire, tout en jetant un œil en coin aux autres occupants de la pièce.

Mon Dieu…

Anderpool était interloqué, Talanus, écarlate, Ysis, décomposée, et Phoenix… Eh bien il s'était discrètement retourné, mais en voyant ses épaules se soulever imperceptiblement, je compris qu'il tentait de réprimer un fou-rire.

- Euh… Allez-vous bien, Mademoiselle Jones ? me demanda le premier.

- Très bien, pourquoi ? J'ai l'air malade ? Ma tante Hilda a un jour attrapé un rhume qui a fait tripler le volume de son nez, au point qu'on pouvait presque compter le nombre de poils à l'intérieur de ses narines. J'espère que ce n'est pas ça, hein ? Hein ? Hein ?

Complètement pris au dépourvu, Anderpool ne vit pas Phoenix faire signe à Talanus de se calmer et lui dire silencieusement que je n'étais pas devenue folle.

- Votre nez… (Je venais de me relever et de lui montrer l'intérieur de celui-ci) hum… est normal.

- Ouf, vous me rassurez ! Vous êtes cool, vous !

Je me rassis lourdement sur le canapé, et pris mon carnet de notes en sifflotant. Mon interlocuteur interrogea du regard ses hôtes, mais heureusement, ils rentrèrent dans mon jeu et se contentèrent de hausser les épaules d'un air de dire, « Que veux-tu ! Les humains sont idiots ».

La discussion commença alors, sans qu'on ne se préoccupât plus de ma diarrhée verbale et j'accomplis consciencieusement ma tâche. Il était question de tractations concernant la vente de plusieurs immeubles appartenant à Talanus et Ysis, dans le secteur géré par Anderpool. Ce dernier voulait les récupérer pour en faire des bureaux. Cela lui semblait un investissement lucratif car sa ville réaménageait les quais sur lesquels ils étaient situés pour attirer de nouveau les entreprises et les particuliers dans le centre en réhabilitation.

De mon côté, je me disais que ce ne devait pas être l'unique raison. Talanus et Ysis possédaient de nombreux biens immobiliers dans le pays, ce qui leur conférait une puissance financière supplémentaire, mais aussi d'excellents points de chute pour savoir ce qui se passait dans les secteurs voisins. Il sembla que mon intuition ait été juste.

- Tu n'as jamais été versé dans l'art de la spéculation immobilière Carrick, je sais que tu préfères nettement la contrebande d'œuvres d'art. Ton intérêt soudain pour nos bâtiments me laisse perplexe, dit froidement Talanus.

Carrick se raidit.

- Tu es bien informé, dis-moi.

- Tu as autant d'espions ici que j'en ai chez toi, alors ne joue pas celui qui est outré.

- Je te l'accorde, alors jouons cartes sur table. La réhabilitation du centre est un projet que je soutiens car il m'ouvre des opportunités nouvelles et de nouveaux marchés si la clientèle visée revient y habiter. Je compte profiter de sa richesse pour y étendre mon influence, mais celle-ci ne sera jamais complète si tes immeubles trônent au milieu de mon nouveau terrain de jeux.

Eh bien, ça avait le mérite d'être clair. Anderpool n'appréciait pas qu'on marche sur ses plates-bandes.

- Et si je refusais ?

Le ton suave et doucereux de la voix du général fit trembler mes genoux. Le rire froid et calculateur de son interlocuteur éclata dans la touffeur ambiante.

- Allons, pas de ça entre nous, Talanus ! Je ne te menace pas, voyons… Je dis simplement qu'il sera plus compliqué pour vous deux de faire des affaires avec les clients de mon secteur…

Il ne pouvait le voir car il me tournait le dos, mais sa menace, puisque c'en était une, m'avait laissée bouche bée. Mon regard passait de l'un à l'autre des locuteurs en me demandant à quel moment Talanus allait sauter par–dessus le bureau pour aller étriper son adversaire.

Ce fut Ysis qui rompit la tension ambiante.

- Ta tentative d'intimidation est ridicule. Je te rappelle que sans les commissions que tu ponctionnes sur nos transactions effectuées dans ton secteur, celui-ci ne serait pas aussi prospère qu'à l'heure actuelle. D'ailleurs, je suis persuadée que tu as plus besoin de nous que nous de toi. Alors si tu veux couper les ponts, je t'en prie, fais-le.

Je vis les épaules d'Anderpool se tendre à l'extrême pour ensuite s'affaisser en une attitude défaitiste. Son bluff n'avait pas marché.

- Ok. Je laisse tomber. Mais vous me mettez dans une situation délicate. Mon ange m'a révélé que mes ennemis étaient plus nombreux que ce que j'aurais cru et j'ai vraiment besoin d'asseoir définitivement mon autorité sur mon territoire pour les écraser. Si je veux que ma zone reste stable, je dois rectifier le tir avant qu'on essaie de me faire tomber et qu'une lutte intestine n'éclate pour prendre ma place.

Ainsi donc, la raison profonde de cette transaction était la nécessité de se redorer un blason un peu trop écorné aux goûts des autres vampires de son secteur et quelque part, cette vente lui permettrait d'en reprendre le contrôle tout en augmentant son aura. Une idée me vint. Je griffonnai rapidement sur mon carnet de notes avant de le lever vers la princesse égyptienne pour attirer discrètement son attention.

Son regard vert finit par rencontrer le mien et je la vis froncer les sourcils à la lecture du mot que j'avais écrit. Puis, comme si les maillons de la chaîne s'étaient tous assemblés, son visage s'éclaira et elle reprit la parole.

- Nous avons également intérêt à garder ces bâtiments sous notre contrôle, Talanus et moi suivons de très près l'évolution de ce quartier et y avons fondé beaucoup d'espoirs, tout comme toi. Tu comprendras donc qu'il est hors de question que nous te les cédions.

Anderpool laissa échapper un soupir agacé.

- Mais nous avons également intérêt à ce que tu continues à occuper ton poste aussi bien que tu le fais depuis des années. Je te propose donc un marché.

Les trois hommes présents se redressèrent, attentifs.

- Nous faisons savoir à tout le monde que tu es désormais le maître des lieux, que tu occuperas et réhabiliteras comme bon te semble et à *ta* charge, mais tu nous paieras une location mensuelle fixée en fonction des revenus que générera cet investissement pour toi.

Il y eut un silence réflexif. Puis :

- Si je te suis bien, à part les personnes dans cette pièce, personne ne saura que les murs vous appartiendront encore ? Et je profiterai de leur usage à ma guise ?

- Et à tes frais, ajouta la princesse égyptienne.

- Tu pourras ainsi bénéficier de la nouvelle image du quartier tout en redorant la tienne, acheva Talanus.

Ce fut au tour de mon employeur de s'adresser à Carrick.

- Ton ange pourra me communiquer la liste de ceux qui voudraient te faire tomber et ce sera à leur tour d'avoir quelques difficultés à investir dans notre secteur.

Anderpool avait du mal à en croire ses oreilles.

- Dire que j'étais sûr en venant ici de me faire renvoyer les crocs devant… Je ne suis pas dupe, je sais bien que vous y trouvez votre intérêt, mais j'accepte votre offre et vous en remercie.

- Phoenix, va chercher de quoi établir le contrat. Mademoiselle Jones se chargera de tout taper sur ordinateur.

Ysis m'adressa un clin d'œil complice tandis que Talanus et son homologue s'absorbait dans la formulation de leur entente.

Tout le reste de la nuit fut consacré à l'élaboration de deux contrats bétonnés en bonne et due forme, l'un stipulant la vente des bâtiments à Carrick Anderpool qu'il rendrait public pour retrouver sa place, l'autre cassant le premier en expliquant les raisons et les modalités de la location à venir.

À six heures du matin, tout le monde était ravi, sauf moi. Cela faisait quelques heures que je luttais contre le sommeil qui menaçait de me submerger et j'avais tendance à faire de plus en plus de fautes d'orthographe en raison de ma vue qui se troublait à mesure que le temps passait. Quand tout fut terminé, on proposa une chambre d'ami à Anderpool, qui faillit me proposer de la partager, crus-je comprendre, mais il se reprit, certainement parce que cela aurait été très grossier et malvenu vis-à-vis de Phoenix, mais aussi peut-être parce que le souvenir de mon attitude bavarde et vulgaire lors de notre rencontre lui rappela que je l'avais refroidi.

Je me tranquillisai donc définitivement quand il sortit du bureau, escorté par un vampire vers les lieux de sa retraite diurne.

- Encore une fois, Mademoiselle Watkins, je ne sais pas s'il faut vous féliciter ou vous tordre le cou.

Cette voix grave et autoritaire me réveilla tout à fait, et je me tournai vers un Talanus qui m'observait avec un mélange de perplexité, d'agacement, et d'amusement. Je me contentai de prendre un air penaud.

- J'ai bien vu que c'était vous qui aviez donné l'idée de la location à Ysis (Phoenix haussa les sourcils puis hocha la tête en signe de contentement), mais qu'est-ce que c'était que cette entrée en matière avec Anderpool ?

Je rougis intensément.

- Phoenix m'a fait comprendre que j'étais susceptible d'attirer un peu trop l'attention d'Anderpool et qu'une fois qu'il avait mordu à l'hameçon, il était extrêmement difficile de l'en extirper. Alors j'ai préféré le dégoûter dès le début pour être sûre qu'il me laisse tranquille.

Il y eut un silence, puis Talanus explosa d'un rire plus tonitruant encore que lorsque j'étais tombée dans ses bras après mon accident. Il fut bientôt rejoint par Ysis et Phoenix, bien que de manière plus discrète et malgré le feu qui ravageait mes joues, je ne pus résister à la drôlerie de la situation. Je ris aussi.

Enfin, jusqu'à ce que Talanus ne m'assène une claque dans le dos qui manqua me faire décoller la plèvre. Là, je dus faire un effort pour retrouver un semblant de respiration.

Le général romain riait toujours quand il prit la main de sa compagne et l'entraîna vers leur chambre en nous souhaitant bonne nuit. Je me retrouvais seule avec Phoenix qui s'avança vers moi et déposa un léger baiser sur mon front.

- Vous êtes extraordinaire, Samantha Watkins.

Il ne me laissa pas le temps de réfléchir à sa réaction et tant mieux, car il m'entraîna à sa suite vers notre chambre où pour une fois, je ne me sentis pas la force de réclamer le canapé.

*

Trois jours passèrent. Matthew n'avait toujours pas donné signe de vie et je ne voulais pas le brusquer. De fait, je profitais que Talanus et Ysis aient eu encore besoin de mon patron à Kerington pour aller le plus souvent possible aux archives à la recherche de la moindre documentation me permettant de trouver la bonne famille Jefferson, celle aux origines russes.

Phoenix m'avait libérée de mon rôle d'assistante nocturne le temps que je réussisse ou échoue dans le but que je m'étais fixée si bien que lorsque j'allais me coucher, cela ne faisait en général que quelques heures qu'il était debout. Nous ne faisions que nous croiser.

Cette situation cessa pourtant la troisième nuit car nous devions mettre la main sur un vampire qu'on avait signalé sur le territoire, alors qu'il en avait été banni plusieurs décennies auparavant.

- Qui est-ce ? demandai-je alors que nous étions en route vers l'un des lieux où les informateurs de Talanus et Ysis avaient dit l'avoir vu.

- Victor Haggis, un ancien nettoyeur de l'équipe B. Il avait décidé d'augmenter ses revenus en devenant mercenaire à ses heures perdues. Il travaillait aussi bien pour le compte de vampires que d'humains, ce qui a extrêmement été mal pris par Talanus qui jugeait son activité incompatible avec la tâche qu'on lui avait assignée ainsi qu'avec le secret absolu allant de paire avec elle.

- Pourquoi n'a-t-il pas été exécuté ?

Phoenix me regarda, surpris par ma question. Je réagis aussitôt :

- Quoi ! C'est bien comme ça que ça marche chez vous, non ?

Il haussa les épaules.

- Vous avez raison. Il n'a pas été exécuté eu égard à ses états de service. La liste des chefs de secteurs à qui il avait donné satisfaction avant Talanus et Ysis était longue comme le bras.

- S'il était si apprécié, pourquoi risquer sa place et sa vie en menant ainsi double jeu ?

- L'argent. Il gagnait beaucoup, mais on a découvert qu'il dépensait encore plus et que la liste de ses créanciers était bien plus longue qu'un seul bras…

- Je vois. C'est triste de terminer sa carrière comme ça.

- C'est vrai, mais ne le plaignez pas. Ses activités parallèles lui ont fait gagner beaucoup d'argent, mais il a aussi perdu tous ses amis quand on a compris qu'il se vendait au plus offrant en étant peu regardant sur les types de contrat pour lesquels il était payé. On a découvert son vrai visage à cet instant… Quelqu'un sans scrupules, et très bon comédien quand il s'agit de tromper son monde.

- Vous le connaissiez personnellement ?

- Je le connaissais, mais je ne l'aimais pas. Comme quelques autres, je m'étais rendu compte de son caractère vénal et égoïste.

- Vous m'avez dit à votre rencontre que c'étaient des défauts récurrents dans votre espèce.

- Nous aimons le luxe et notre liberté, ça ne fait pas de nous des êtres fermés et centrés sur nous-mêmes comme Victor.

- Je sais, je voulais simplement vous taquiner.

Il sourit.

- Je sais.

Nous arrivâmes vers minuit dans les quartiers Est. L'informateur qui nous avait indiqué la planque supposée de Haggis était un des hommes de Max Marroney. C'était assez paradoxal cette façon zélée que ce dernier avait d'aider Phoenix à faire respecter les lois vampiriques alors qu'il bafouait sans remords celles des humains.

- Comment allons-nous procéder ? demandai-je alors qu'il se garait à quelques pâtés de maison de l'immeuble visé.

- Comme avec Bill Miller. Je le mets hors d'état de nuire et je vous appelle ensuite pour que vous me rejoigniez.

- Compris.

Il ouvrit la portière.

- Phoenix.

Il se retourna vers moi.

- Oui ?

- Soyez prudent.

Un éclair blanc passa dans ses prunelles azurées.

- N'ayez crainte.

Il disparut de ma vue et je me mis en mode attente. Je ne savais pas combien de temps j'allais devoir rester là donc je me calai confortablement dans mon siège et m'occupais en surfant sur le net grâce à mon téléphone portable. Je n'étais pas du genre patiente et j'espérais que notre client allait vite se montrer afin que nous puissions rapidement régler cette affaire. De plus, Phoenix nous avait garés dans une petite rue déserte dont au moins trois ampoules de lampadaires avaient grillé, donnant aux lieux un aspect sombre et lugubre.

En théorie, j'étais en sécurité dans cette voiture puisque Marroney avait fait courir le bruit, dans les quartiers Est, qu'un de ses homologues trafiquant et son assistante circulaient dans une Camaro et qu'il serait très courroucé si celles-ci venaient à disparaître. Et pour bien se faire comprendre, il avait précisé la nature du courroux en question : une mort lente avec comme divertissement annexe pour le voleur, la joie de se faire montrer chaque doigt et chaque orteil arraché de son socle d'origine. Donc j'étais en sécurité…

En théorie…

Ma portière fut soudain brutalement arrachée et envoyée s'écraser contre le mur d'en face et avant que l'idée même de hurler ma frayeur ne m'ait traversé l'esprit, je fus violemment extirpée de mon abri pour être éjectée à cinq mètres de là, le choc me faisant voir trente-six chandelles.

Malgré la souffrance et la panique, mon cerveau se mit immédiatement à analyser la situation pour préserver ma vie. Je vis mon téléphone à quelques pas de moi, le verre éparpillé autour de lui m'indiquant que l'écran s'était fracassé sur le sol au moment de l'impact. Levant la tête, j'identifiai mon agresseur : un vampire, évidemment.

L'homme qui se tenait devant moi, entièrement vêtu de noir, un sourire cruel sur les lèvres, me dévisageait avec une lueur mauvaise dans le regard qui me fit frissonner. C'était clair qu'il n'était pas là pour discuter.

- Qui êtes-vous ? dis-je en me relevant malgré la douleur lancinante dans ma jambe gauche.

Il fallait que je détourne son attention pour que je puisse attraper mon arme cachée dans mon manteau.

- Notre rendez-vous de ce soir n'était pas prévu pour trois, je n'ai pas convié Phoenix. Je l'ai attiré dans cet immeuble pour que nous bénéficions d'un petit tête-à-tête tous les deux. Marroney est tellement soucieux de se faire bien voir…

Une lumière s'alluma dans mon esprit.

- Vous êtes Victor Haggis ?

- Lui-même. Si notre ami commun t'a parlé de moi, tu dois te douter pourquoi je suis là.

Un froid glacial s'insinua le long de ma colonne vertébrale. Je déglutis.

- Vous venez me tuer.

- Exactement. J'espère que tu n'es pas croyante car je n'ai aucune intention de te laisser faire tes prières.

- Je ne comprends pas.

Il leva les yeux au ciel.

- Vous, les humains, vous êtes tous les mêmes. Au lieu de vous mettre en condition pour mourir en sachant que vous n'avez aucune chance de vous en sortir, il faut que vous posiez des questions.

Il avait raison sur un point, il fallait que je lui demande ses raisons, mais cette curiosité n'avait rien à voir avec la perspective de mourir. Je ne pourrais pas saisir mon arme assez vite sans qu'il me l'arrache des mains, mais je pouvais essayer de me décaler suffisamment pour pouvoir attraper mon téléphone et appuyer sur la touche d'urgence qui préviendrait mon employeur que j'étais en danger de mort. Nous avions mis au point cette technique récemment et jusqu'à présent, je n'avais pas eu besoin de l'utiliser.

- Vu que je suis dans un bon jour et que j'ai laissé suffisamment de matière à Phoenix pour qu'il nous laisse en paix le temps que je m'occupe de toi, je vais te répondre. Tiens !

Il jeta une page de journal à mes pieds. Je me baissai pour la ramasser, mais mes jambes flageolèrent et je tombai lourdement en arrière.

- Ces humains ! pesta l'autre, sûr de sa force et de mon insignifiance.

Je restai assise et pris le morceau de papier. Je fus stupéfaite d'y trouver un article sur le « Beaumarchais » et la qualité de sa cuisine.

- Qu'est-ce que ça à voir avec moi ?

- Regarde bien les photos.

Je me concentrai sur les trois images au bas du texte et malgré l'obscurité ambiante, je me reconnus sur l'une d'elle. Elle avait été prise de côté, à un ou deux mètres de notre table, le soir où mon patron m'avait emmenée dans ce restaurant pour me détendre. Je me rappelais le clic de l'appareil au moment où j'achevais mon plat de résistance avec un plaisir inégalé. D'ailleurs, c'est ainsi que j'étais représentée ; je fermais les yeux, un sourire béat aux lèvres, alors que je tenais ma fourchette encore près de ma bouche, et Phoenix me regardait en souriant mystérieusement.

- La personne qui m'a payé pour te tuer m'a donné cette photo de toi pour que je puisse t'identifier au premier coup d'œil. Il est vrai que ça faisait pas mal d'années que je n'avais pas mis les pieds dans le secteur donc je n'ai pas eu le plaisir de te connaître.

- Vous voulez dire qu'il y a un contrat sur ma tête ? Qui est le commanditaire ?

- Il y *avait* un contrat puisque je compte bien l'exécuter tout de suite.

Il sortit son arme.

- Quant au commanditaire, ça pour sûr, tu l'as sacrément mis en pétard ! D'ailleurs, on m'a demandé de faire durer le plaisir en te torturant un peu avant de t'achever (une grosse brique tomba dans mon estomac), mais je te trouve plutôt sympathique comme victime alors on va passer directement à l'étape où je te tue.

Il avait beau avoir la vitesse surpuissante d'un vampire, j'avais anticipé son geste. Quand il tira son premier coup de feu, j'avais roulé sur le côté assez vite pour entendre la balle siffler à quelques millimètres de ma tête. Je contre-attaquai.

Le projectile n'atteignit pas sa cible première, à savoir son cœur, mais alla se loger dans son épaule quand il s'était décalé pour l'esquiver.

Je n'attendis pas sa réaction et vidai mon chargeur sur lui car je savais qu'il avait beau avoir perdu de sa force à cause de l'argent, il ne fallait surtout pas le sous-estimer. Malheureusement, il avait réussi à éviter tous les tirs en se protégeant avec un couvercle de poubelle et je me trouvais désormais dans la pire situation qui pouvait m'arriver avec un membre de son espèce : devoir l'affronter en combat rapproché.

Je dégainai mes couteaux comme il en faisait de même, et j'eus juste le temps de me baisser pour éviter la première lame qu'il m'avait envoyée vers la poitrine.

Ce faisant, je ne réagis pas assez vite quand il se jeta sur moi et nous roulâmes tous deux dans la boue en essayant de nous infliger mutuellement un coup mortel.

Je ne sais comment, son dernier couteau fut projeté loin de nous et alors qu'il se levait pour aller le récupérer, je fis de même dans une tentative désespérée de le poignarder dans le dos, avant qu'il ne remette la main sur son bien et finisse par m'achever.

Comme je levais le bras pour donner de la puissance à mon geste, il me prit par surprise en se retournant. Déséquilibrée par mon élan, je ne reculai pas assez vite pour l'empêcher de me saisir par le poignet, me retournant avec une telle sauvagerie que j'entendis l'écho d'un craquement dans la ruelle.

Je lâchai ma lame et hurlai lorsqu'il enfonça ses crocs dans mon cou pour aspirer ma vie. La douleur était telle qu'elle me coupait toutes mes forces, lesquelles étaient mobilisées pour alimenter mes cris d'horreur. Je sentais mon fluide vital s'écouler à gros bouillon hors de mon corps, avalé par mon bourreau qui grognait de contentement à chaque lampée, broyant à chaque fois un peu plus ma cage thoracique qu'il comprimait terriblement. D'ailleurs, s'il avait conservé toutes ses forces, mes os auraient explosé sous la pression.

Tout à coup, je vis une silhouette atterrir brutalement à côté de nous et envoyer son poing en plein dans la figure de mon agresseur, le faisant voler contre un mur dont plusieurs briques se détachèrent après l'impact.

Je m'autorisai un petit soupir de soulagement en m'écroulant. Phoenix s'était déjà rué sur son adversaire, lequel menait un combat désespéré pour défendre sa vie. Il n'avait aucune chance de vaincre mon patron en raison de l'argent qui lui empoisonnait le sang, mais il se démenait comme un diable pour le faire reculer, mon couteau à la main.

Adossée au mur, assisse à même le sol, le sang coulant sur la main que j'avais pressée à l'endroit de ma blessure, je suivais le combat en remerciant le Ciel de m'avoir permis d'appeler mon employeur à la rescousse en donnant le change avec ma pseudo chute. L'arrogance de Victor Haggis ne lui avait fait voir que du feu.

J'avais bien failli y passer cette fois ! Bon sang ! Ce que j'en avais assez de servir de punching-ball à vampires !

À cette pensée, je me souvins que Victor Haggis n'était que le bras armé voué à ma perte et que c'était la seule personne à savoir qui désirait me voir morte. Je voulus prévenir mon patron de le garder en vie, mais mon cri survint une seconde trop tard. Il venait de lui enfoncer son couteau dans la poitrine, jusqu'à la garde.

Les poussières de mon assassin se dispersaient déjà au sol quand Phoenix revint vers moi, anéantissant ainsi la possibilité de remonter jusqu'au commanditaire de cet attentat contre moi.

Puis, ma conscience s'octroya un moment de répit en se réfugiant dans le noir.

*

- Sam ! Mon Dieu, qu'est-ce qu'il vous a fait !

Dans le brouillard dans lequel je voguais, je sentais des mains sur moi, dont la fébrilité pendant leur auscultation de mes blessures me chatouillait. Ce fut suffisant pour me faire ouvrir les yeux.

- Phoenix ?

Il me regarda, l'inquiétude dévorant son regard bleu. Il me tenait dans ses bras.

- Je me suis occupé des coupures superficielles, mais vous avez de graves lésions internes. De plus, vous avez perdu une grande quantité de sang.

Je ne pouvais pas vraiment bouger, mais je parvins à incliner suffisamment la tête pour vérifier mon état général. Houlà !

Ma poitrine douloureuse me fit suspecter que j'avais encore récolté des côtes cassées et je me rendis compte presque avec amusement que j'avais perdu mes chaussures dans la bataille. Mes vêtements étaient imprégnés de mon sang, notamment à la base du cou où Victor m'avait mordue. Ce type ne savait pas manger proprement car le liquide rouge et poisseux s'était répandu partout sur mon pull beige. Il était fichu ! Bon sang, c'était un de mes préférés !

Hmm… N'étais-je pas en train de m'apitoyer sur du textile plutôt que sur ma propre santé ? Je déraillais, vraiment…

- Il ne m'a pas raté celui-là, murmurai-je faiblement, sarcastique. Heureusement que vous êtes arrivé à temps sinon il m'aurait vidée jusqu'à la dernière goutte. Au moins, il serait mort en ayant fait correctement son boulot.

- Quelqu'un l'a envoyé vous tuer ?! Qui ?

Je tressaillis en voyant la lueur sauvage danser dans ses iris. J'eus un peu de mal à avaler ma salive tant il m'effrayait.

- Je… je ne sais pas, j'ai bien tenté de le faire parler, mais il n'a rien voulu me dire. Tout ce que je sais c'est que la personne qui l'a payé pour me supprimer ne m'aime pas beaucoup. C'est vraiment frustrant, vous savez, je suis plutôt sympa comme fille !

Phoenix ne releva pas ma piètre tentative d'humour. Inutile d'essayer de désamorcer une telle bombe à retardement, on risquerait d'y laisser des plumes.

- C'est à cause de moi.

- Pardon ?

- Je vous avais prévenue quand nous nous sommes rencontrés qu'on risquait de s'en prendre à vous juste parce que vous travaillez pour moi.

- Mais vous m'avez dit aussi que j'avais gagné le respect des vampires par mes actions. Je croyais que ça dissuaderait quiconque d'essayer de me tuer pour le plaisir de vous embêter !

- C'est vrai. Et vous êtes encore plus forte maintenant... Celui qui a orchestré votre agression doit vraiment nous en vouloir à tous deux. Mais nous ne pouvons pas savoir qui c'est vu que j'ai eu la bonne idée de liquider cette ordure avant de lui tirer les vers du nez.

- Vous n'avez pas vraiment eu le choix, en même temps.

- Peu importe. Je me suis ôté la seule chance de remonter vers son client. C'était une erreur. Il va falloir surveiller davantage nos arrières.

- Bah ! Autant mettre ça de côté pour le moment, on aura tout le temps de s'en occuper quand ils essaieront à nouveau de me peindre une cible dans le dos. Ça ne fera que rajouter un peu de piquant à notre vie si routinière n'est-ce pas ? dis-je pour détendre l'atmosphère.

Je voulus effectuer un geste nonchalant de la main, mais ce faisant, je couinai de surprise en constatant la douleur qui irradiait de mon bras gauche. J'écarquillai les yeux, le cœur au bord des lèvres, en voyant l'angle bizarre de celui-ci.

- Vous avez le bras cassé, aussi.

Pour sûr, mon agresseur n'y était pas allé de main morte. Il m'avait si bien tordu le bras qu'il était à l'envers. Beuh... Réprimant une nausée subite, je fermai les yeux en tentant d'inspirer une grande goulée d'air dans les poumons.

Bien m'en prit car la suite du bilan de mon employeur me glaça.

- Je ne pourrai correctement vous soigner qu'une fois que j'aurai remis les os en place.

Je le dévisageai, effrayée devant l'évidence.

- Vous voulez me tordre le bras pour le remettre dans le bon sens ?

L'air désolé mais déterminé, Phoenix me regarda intensément. J'avais compris.

- Oh non…

C'était une chose d'être blessée par un ennemi, une autre de devoir accepter de l'être par son sauveur. En même temps, je n'allais pas rester ainsi, d'autant que la douleur n'allait plus tarder à être insupportable. D'ailleurs…

- Vous dites que vous allez me soigner… Ne me dites pas…

Phoenix ne laissa rien paraître lorsqu'il anticipa mes pensées.

- Il le faut. Vu l'étendue des dégâts, l'échange de sang est la seule option raisonnable.

Bien que je m'en doutais, l'entendre me dire que la seule solution à ma guérison était ce qui nous avait mis dans une position incroyablement délicate l'année précédente m'horrifia.

- Raisonnable, vous dites ? Vous vous souvenez de la dernière fois ? dis-je en ravalant la bile qui m'était montée à la gorge.

Chaque fois que je repensais à la sensualité mêlée de sauvagerie de ce moment, je ne pouvais m'empêcher d'éprouver une honte teintée d'amertume. Après tout, nous nous étions étreints sous l'effet d'un phénomène presque narcotique, emportés l'un comme l'autre par les sensations grisantes et ô combien embarrassantes de l'échange de sang. Après mon accident, il m'arrivait d'imaginer revivre cet instant sans les conséquences « stupéfiantes » de sa morsure. J'aurais voulu qu'il m'enlace à nouveau…

C'était impossible, je l'avais bien compris. D'où la saveur âcre qui emplit ma bouche à la perspective réelle, cette fois, d'être exaucée.

Je tentai de sonder le visage de Phoenix pour en déterminer les pensées. Peine perdue. Il était aussi impénétrable qu'un roc.

- Nous n'avons pas tellement le choix, trancha-t-il.

Je le savais bien, cependant, la peur m'en faisait refouler l'idée.

- Non !

- Sam ! s'énerva-t-il. Vous n'allez pas recommencer à jouer les prudes ! Ce qui s'est passé l'année dernière était un effet secondaire imprévu et embarrassant, mais pas mortel ! Nous ne sommes même pas sûrs que ça va se reproduire ! Cessez de faire votre tête de mule et laissez-moi vous soigner. Vous partirez bientôt de toute façon, donc vous serez vite débarrassée de tous les effets indésirables que la vie aux côtés d'un vampire peut procurer. Ensuite, vous pourrez à loisir vous faire charcuter par les chirurgiens de l'hôpital si ça vous chante ! Je ne serai plus là pour vous faire boire mon sang.

Alors que j'étais tentée de lui couper la parole pour me défendre, la fin de son discours m'horrifia tellement que je préférai me taire. C'était la vérité, dans quelques temps, mon patron ne ferait plus partie de ma vie, et je ne pourrais plus compter sur lui en cas de blessure. Je retrouverais mon quotidien morne et insipide, dans le regret de ce que j'avais perdu, de ce que j'avais choisi d'abandonner...

J'avais presque envie de pleurer. Ce n'était pas le moment.

- Très bien, vous avez gagné. Mais pas ici, ramenez-moi au château.

Je détournai la tête pour ne plus subir le feu de son regard bleu braqué sur moi.

- On y va.

Le temps d'une inspiration, Phoenix raffermit délicatement sa prise sur moi, puis s'envola dans les airs. Jamais auparavant la perspective du retour à Scarborough ne m'avait autant effrayée.

Là-bas, il me déposa sur le canapé.

- Vous êtes prête ? me demanda-t-il, assis du côté de mon bras cassé, s'apprêtant à me faire subir une douleur abominable avant de me forcer à boire un liquide qui me transformerait en nymphomane dépravée.

- J'ai l'air d'être prête ?! lui répondis-je sur un ton cassant que je regrettai aussitôt.

Après tout, il essayait simplement de m'aider.

- Désolée.

- C'est moi qui suis désolé pour ce que je m'apprête à faire. Je vais faire vite, mais ce sera intense.

La bouche sèche, je hochai la tête pour lui donner le signal du départ. Dans quelques secondes, j'allais vivre un enfer. Mieux valait que je ferme les yeux.

Dans le silence qui suivit, je sentis deux mains se placer au niveau de mon poignet et de mon coude. Ma respiration s'accéléra, mon cœur s'emballa, des gouttes de sueur froide perlaient sur mon front. Je pinçais les lèvres dans l'attente de l'opération, en espérant contenir un éventuel hurlement. Techniquement, j'étais prête.

Tout explosa autour de moi quand un craquement sonore se fit entendre et surtout lorsque je le ressentis. L'espace d'un instant, j'ouvris la bouche pour crier, mais aucun son n'en sortit. Puis, plus rien.

En ouvrant les yeux, les larmes jaillirent du même coup sans que je puisse les contrôler, tant la douleur que j'éprouvais était abominable. Entre deux puissants sanglots, je me rendis compte que j'étais à nouveau serrée contre la poitrine de Phoenix, lequel avait dû me réceptionner quand je m'étais évanouie sur lui. Samantha Watkins, humaine forte et courageuse, respectée par tous les vampires de Kerington (moins ceux qui voulaient me tuer), pro du combat à l'arme à feu et au corps à corps… pleurait comme un bébé dans les bras de son employeur, incapable de se contenir à cause de quelques os brisés.

Pitoyable.

- Ça va aller, Sam. Ça va aller.

Phoenix me tint encore quelques minutes ainsi, avant que je puisse enfin me reprendre et me redresser. La tête me tournait.

- Pour que ça s'arrête, il faut procéder à l'échange de sang. Maintenant.

Mes hésitations de tout à l'heure avaient complètement disparu. J'avais trop mal pour refuser d'être soignée. Tant pis si les choses tournaient au vinaigre, au moins, mon bras cesserait de me faire incroyablement souffrir.

- Ok.

- Levez-vous, dit-il en m'aidant ensuite à m'exécuter.

Je me sentais de plus en plus faible. Heureusement qu'il me soutenait.

Phoenix me contourna pour se positionner derrière moi. Docile, je le laissai écarter mes cheveux de ma nuque, pour l'offrir à ses crocs quand il s'affaiblirait. Il remonta ensuite le bras droit de sa chemise avant de mordre dans sa chair.

- Buvez, Sam.

Le dos appuyé contre son torse et son autre bras m'enserrant la taille, je ne risquais pas de tomber. Obéissante, je posai mes lèvres sur sa peau, et aspirai.

Encore une fois, le dégoût me fit faire un mouvement de recul involontaire.

- Buvez, Sam, m'ordonna encore mon sauveur, la voix plus rauque que précédemment.

Je m'exécutai et sentis peu à peu mes autres sens se réveiller pour masquer la douleur et ne laisser place qu'au plaisir et à la volupté. Comme à chaque fois que je buvais le sang de Phoenix à la source, une sorte de chaleur m'enveloppait dans un cocon de bien-être et de sensualité. Dans le même temps, je ne savais comment, j'arrivais à sentir la guérison de mes lésions internes. Mes os se ressoudaient correctement, tandis que mes organes se régénéraient à une vitesse qui dépassait l'entendement.

Je ne sais pas pendant combien de temps je buvais. J'étais perdue dans le tourbillon généré par l'explosion de mes sens, ma peau me picotait et je respirais avidement les effluves du parfum de l'homme qui me tenait entre ses bras. Son odeur était la même sauf que je parvenais à en savourer toutes les fragrances, notant une senteur plus musquée que d'habitude. Ma langue occupée à boire son sang n'en avait pas pour autant occulté la douceur ainsi que le goût exquis de sa peau, provoquant une modification de son mouvement : la volonté d'aspirer ce fluide laissa la place à celle de titiller sensuellement chaque pore offert à ma bouche, et ce avec succès quand je sentis que Phoenix me serrait davantage contre lui, en laissant échapper un grognement rauque. Cette réaction intensifia encore le feu qui me dévorait progressivement les entrailles, menaçant de se transformer en une véritable explosion à tout moment. Je me sentais perdre pied, pourtant, je n'avais pas la force de tout arrêter.

Les sensations que j'éprouvais semblaient déjà atteindre un paroxysme, mais soudain, ce n'étaient rien comparées à la tempête qui déferla en moi quand Phoenix me mordit à son tour.

Comment se faisait-il que je n'éprouvais aucune douleur ? Victor n'avait peut-être pas la douceur de mon patron, mais des crocs restaient des crocs. Je n'aurais pas dû aimer cela…

Je n'aurais pas dû gémir de plaisir…

Je n'y pouvais rien. À chaque succion, je laissais échapper des sons au souvenir desquels je savais que je rougirais à n'en plus finir en retombant dans le monde réel. Mes halètements n'étaient pourtant que la partie émergée de l'iceberg. En dedans, un ouragan menaçait.

Littéralement embrasée par le désir, j'avais levé mes bras pour enserrer le cou de celui qui se nourrissait du mien, l'empêchant ainsi de revendiquer toute retraite.

Lorsque mon corps ne put plus supporter la pression voluptueuse exercée sur mes parties les plus intimes, je poussai un cri de jouissance pure, l'incendie qui ravageait mon bas-ventre provoquant des spasmes qui me donnaient l'impression d'être prise en plein tremblement de terre. Je me mordis la lèvre au sang, l'extase m'ôtant toute retenue. J'avais agrippé le bras qui me tenait la taille et y avais si bien enfoncé mes ongles que du sang en perla. Sans me laisser le temps de redescendre, Phoenix m'avait fait pivoter face à lui, m'éblouissant de son regard lumineux, lui aussi empli d'un désir incontrôlable.

Encore sous l'effet de l'échange de sang, je m'émerveillais de la perfection de son visage. J'adorais cette mèche rebelle qui tombait toujours devant son œil droit et ses lèvres fines qui me donnaient envie de les goûter. Ce faisant, je léchai ma lèvre inférieure, en ôtant au passage la goutte de sang résultant de mon orgasme.

Suivant mon geste, les pupilles de Phoenix se dilatèrent avant de s'illuminer avec une intensité que je ne leur connaissais pas. Un instant plus tard, je me trouvais prisonnière de sa langue inquisitrice, franchissant le barrage de mes lèvres en une exploration impitoyable et purement jouissive de ma bouche.

Passé le choc, il ne me fallut qu'un centième de seconde avant de répondre passionnément à son baiser. Mon esprit n'avait plus aucun contrôle sur mon corps tandis que je me plaquais contre mon patron pour mieux sentir son contact dans et sur moi. Il avait glissé une main dans mes cheveux, l'autre se frayant un passage sous mon pull pour remonter le long de ma colonne vertébrale en une caresse qui me fit frissonner de la tête aux pieds. Ainsi étroitement enlacée, je ne pouvais pas espérer m'échapper. De toute façon, l'aurais-je voulu que mon corps aurait catégoriquement refusé de mettre fin à cette étreinte. Il en voulait tellement plus.

Le cœur battant à en exploser, et sans cesser de l'embrasser, je déboutonnai les premiers boutons de la chemise de Phoenix, en en écartant les pans pour glisser mes doigts sur son torse parfait. La décharge électrique qui me transperça à ce simple contact acheva également de me faire perdre la tête et je ne voulais plus qu'une chose, faire disparaître le tissu qui faisait obstacle à la soif d'exploration de mes doigts. Plus que tout, je voulais les faire courir sur sa poitrine satinée, effleurer ses pectoraux avant de suivre les lignes de ses abdominaux aussi bas qu'elles pouvaient me mener. À cette pensée, une nouvelle décharge électrique m'indiqua que mon désir explosait littéralement en moi et que je risquais de me consumer d'une minute à l'autre. Par conséquent, je laissai tomber la douceur et entrepris de terminer le travail en enlevant tous les satanés boutons de cette satanée chemise.

Dans ma hâte, et alors que j'étais sur le point de défaillir de volupté face aux assauts experts de la langue de mon employeur dans mon palais, j'entendis un bruit caractéristique de tissu déchiré. Malgré le feu qui me brûlait, j'avais quand même fait attention à ne pas abîmer le vêtement hors de prix que je m'étais acharnée à déboutonner jusqu'au bout, alors d'où cela provenait-il ?

Je m'écartai légèrement de Phoenix pour vérifier cela tout autant que pour reprendre un souffle qui était sur le point de me manquer. En baissant les yeux, mon cœur fit un bond dans ma poitrine qui n'était plus cachée aux regards que par mon soutien-gorge. Un peu plus bas, par terre, se trouvait mon pull beige en pièces détachées. Il n'avait survécu à l'attaque du mercenaire vampire que pour finir en charpie dans les griffes passionnées de mon employeur.

J'allais pousser un « Oh ! » de stupéfaction, mais ce dernier ne m'en laissa pas le temps. Je fus de nouveau happée par le tourbillon d'un nouvel élan romantique, mon cou, ma bouche et ma gorge abreuvés d'une centaine de baisers qui m'étourdissaient.

J'oubliai complètement mon pull, rendant au centuple tout ce que je recevais.

Lorsque je sentis mes yeux prendre cette teinte rouge annonciatrice de folie totale, je ne m'en souciai pas.

Peut-être aurais-je dû.

Quelques instants plus tard, l'envie de Phoenix se faisant plus cruellement sentir encore, je levai une jambe contre sa cuisse, signal qu'il interpréta comme je l'espérais. La saisissant ainsi que la deuxième, il me souleva dans ses bras dans une position plus qu'équivoque et commença à faire courir ses lèvres de mon cou au creux de mes seins, sans jamais aller plus loin.

Au supplice, je me tortillais davantage contre lui, la force de mon impatience déclenchant chez lui un grognement sourd et satisfait. Je n'en pouvais plus, mon corps était un véritable brasier, mon esprit tourné vers les plaisirs présents et à venir avait éjecté ma raison à coups de pied et mes yeux rouges sang s'illuminaient de plus en plus, gage d'une soif qui n'avait rien à voir avec le besoin de boire.

Boire…

Quelque chose se déploya en moi si subitement que je n'eus pas le temps de réfléchir à ma réaction avant qu'elle ne se produise. Heureusement, car même dans l'euphorie où je me trouvais, je n'aurais jamais osé faire cela. Mon Dieu...

La vision de la nuque de Phoenix me crispa les entrailles et le temps d'un éclair, je fondis dessus toutes dents dehors pour en percer la chair. Sans me préoccuper du hoquet agrémenté d'un sursaut de surprise de l'homme qui me tenait toujours dans ses bras, je mordis le plus fort que je pus pour faire jaillir le sang chaud et bouillonnant qui m'avait attirée comme un aimant. Rien n'aurait pu m'arrêter.

Et rien ne m'arrêta.

Au contraire, Phoenix poussa un léger geignement et resserra son emprise sur moi en passant ses mains de ma taille à mes fesses, les pétrissant sans retenue. Puis, il nous fit basculer en avant vers le sol.

Couché sur moi, il était de nouveau en position de force. Il m'embrassa fiévreusement pour enlever le filet de sang qui dépassait encore de mes lèvres, puis, dans un mouvement si rapide qu'il m'apparut flou, il planta ses canines en haut de mon sein droit.

La douleur fugace qui m'assaillit fut très vite remplacée par une bouffée d'un incroyable plaisir qui m'aurait renversée si je n'étais pas déjà sur le dos. Tous les sens affolés par cette brusque montée de désir, la seule chose que je fus capable de faire, hormis mes gémissement effrénés, fut de rassembler mes jambes autour des hanches de mon partenaire en ondulant sous lui au même rythme que les vagues de plaisir qui me ravageaient le bas-ventre à chaque succion.

Quoique... Phoenix aurait mieux fait de garder sa chemise... Comme elle le gênait dans ses mouvements, il l'avait enlevée en un geste fluide et si sexy que ma bouche s'était temporairement asséchée avant d'être de nouveau en état de marche. La vision de son torse sublime m'avait donné une aussi soudaine envie de baver…

Bref, le tissu était certes de trop pour ma vue, mais il aurait peut-être protégé la peau du dos de mon patron d'être sauvagement labourée par mes ongles lorsque n'y tenant plus, je hurlai d'extase une nouvelle fois après une autre gorgée prise sur mon sein, lequel devait non seulement subir la pression érotique des crocs de mon vampire, mais aussi de sa langue experte d'un demi-millénaire.

Les tremblements de jouissance pure me secouaient encore quand le rêve céda la place au cauchemar…

*

- Sam ! Est-ce que tout va… bien ?

La voix de François, qui s'était éteinte à la fin de sa phrase, résonna à mes oreilles de manière plus efficace encore que si on m'avait placée sous une douche d'eau glacée. Ma raison était revenue au triple galop dans ma tête et semblait me pointer du doigt en ricanant grassement pour me punir de l'avoir envoyée dans l'oubli pendant l'échange de sang. *Hin, hin, hin, bien fait pour toi, espèce d'obsédée*, chantait-elle à tue-tête dans mon crâne.

Je risquai un œil vers Phoenix et vis à son air mi-abasourdi, mi-désappointé, que lui aussi était revenu sur la planète terre. Ses yeux étaient redevenus normaux, tout comme les miens suspectai-je, et ils me dévisageaient avec un effarement qui ne devait en rien égaler le mien. Pour autant, il parvint à se forger son masque d'impassibilité coutumière à une vitesse qui me laissa pantoise. S'il se retourna en direction de notre ami mousquetaire pour le regarder en face, je n'en étais pour le moment, absolument pas capable.

Mon Dieu ! Qu'est-ce qu'il allait encore penser de nous ? craignis-je. Je devais déjà supporter le regard compatissant d'Angela et celui, amer, de Matthew. Je n'avais pas besoin d'une paire d'yeux supplémentaire braquée sur ma relation avec Phoenix. Je ne supporterais pas ses remarques.

Une pensée plus terrifiante encore mit un terme à ces angoisses.

Et s'il n'était pas intervenu ?

Tentant de repousser l'évidence, je me cachai le visage dans mes mains. De fait, je ne pouvais qu'entendre l'échange qui suivit.

- J'ai entendu Sam crier, bafouilla François. Je ne voulais pas vous déranger.

- Ce n'est pas ce que tu crois, déclara mon patron d'une voix dure et cassante.

- Euh...

- Ce n'est pas ce que tu crois, reprit-il sur un ton menaçant, cette fois-ci.

La colère qui perçait dans sa voix me fit tressaillir. Outre la gêne d'avoir été surprise ainsi, il devait s'en vouloir de l'avoir été avec une humaine qu'il n'avait jamais désirée...

Douleur. C'était le mot qui me désignait le mieux à cette pensée.

Ma première réaction à l'arrivée de notre ami fut de me sentir mortifiée et honteuse d'être encore tombée dans le panneau de l'échange de sang. Mieux aurait valu souffrir le martyre avec ce bras cassé que de se retrouver ainsi prise au piège de mes hormones sexuelles avant d'être exposée en pleine action au regard d'une tierce personne. Pourtant, passée cette mortification, une souffrance plus intense et implacable s'était éveillée en moi.

Jusqu'ici refoulée, elle avait trouvé la faille qui lui avait permis de remonter à la surface pour me transpercer de part en part avec sa lame chauffée à blanc. De saccadée, ma respiration devint de plus en plus heurtée. Je sentais la crise poindre et je ne voulais pas que l'un ou l'autre des vampires qui se faisaient face avec agressivité n'en soit le témoin.

Tout en tentant de me contrôler, je me levai lentement, en m'appuyant sur l'accoudoir du canapé pour soutenir mes jambes flageolantes. Les picotements sur ma nuque m'indiquaient que les deux autres personnes présentes suivaient chacun de mes mouvements. Peut-être avaient-ils peur que je m'effondre…

Ils avaient raison de s'inquiéter. Je dus lutter de toutes mes forces pour faire les quelques pas qui me séparaient de la porte du salon et pour contenir la puissante vague de sanglots qui menaçait d'exploser hors de moi si je restais une minute de plus dans cette pièce. Elle sortirait de toute façon, mais je n'avais pas besoin de spectateurs à ma tragédie personnelle.

Le trajet jusqu'à ma chambre me parut interminable, d'autant que je pouvais nettement entendre la dispute qui avait commencé dès que j'avais refermé la porte derrière moi et qui s'amplifiait à mesure que je me rapprochais de ma destination.

- Un échange de sang dis-tu ? Tu as oublié la dernière fois ? Je te connais depuis des siècles et je n'aurais jamais cru que je te verrais un jour te conduire de manière aussi irresponsable !

- J'aurais peut-être dû la laisser mourir sur le trottoir crasseux de cette rue miteuse où l'un des nôtres a essayé de l'assassiner ! Ne viens pas me faire la morale François, tu n'étais pas là !

- Heureusement que j'étais là, au contraire ! J'ai bien vu les marques sur son cou et sa poitrine ! Non mais, à quoi tu pensais en la mordant à cet endroit-là ?! Tu sais bien que notre morsure peut se révéler incroyablement aphrodisiaque à des endroits stratégiques. Les humains ne peuvent pas y résister, c'est à nous de garder le contrôle !

- Cesse de rabâcher des choses que je sais déjà !

- N'as-tu donc aucun respect pour elle pour la traiter de cette manière ?!

- Fais attention à ce que tu dis ! Tu es peut-être mon ami, mais tu dépasses les bornes, gronda férocement mon employeur.

- Et toi ? Tu ne les as pas dépassées peut-être ?! Il me suffit de voir les lambeaux de vêtements par terre pour en connaître la réponse !

Il y eut un léger silence, signe de malaise.

- Tout allait bien jusqu'à ce que je boive son sang. Ensuite, je ne sais pas... J'ai perdu la tête. Ça n'aurait jamais dû se produire ! James et Victor l'ont mordue aussi, mais c'est à croire qu'il n'y a qu'à moi que son sang fasse perdre les pédales, ça m'énerve !

- Tu sais comme moi que l'échange de sang est imprévisible ! Étant donné la nature de vos liens à tous les deux, tu aurais dû laisser un autre vampire s'en charger !

- C'était hors de question ! La ramener dans cet état de faiblesse chez Talanus, c'était lui coller une cible dans le dos !

- Ce n'est pas parce que tu ne supportes pas qu'un autre la touche ?

- Si on ne se connaissait pas depuis tant d'années, je te ferais ravaler tes paroles et tes crocs avec !

- Qu'est-ce qui t'horripile tant dans mes paroles ? Tu as dit toi-même qu'elle t'appartenait !

- J'ai dit ça pour la protéger des autres vampires ! C'est une humaine, bon sang !

- Et qui la protègera de toi, hein ? C'est une humaine, certes, mais aussi une femme sensible ! Et toi, tu es aussi peu engageant qu'un iceberg ! As-tu la moindre idée de ce qu'elle doit ressentir en ce moment ?

- Et que crois-tu que je ressente, moi ? J'ai l'impression de m'être comporté comme le dernier des barbares, j'ai sûrement gâché la dernière chance qu'il me restait de convaincre Sam de ne pas partir Dieu sait où, et je dois subir le sermon d'un saint vampire qui se prend pour ma mère !

- Quoi ?! Tu dis que Samantha veut nous quitter ? éclata François, la colère le faisant grimper dans les aigus.

Je n'entendis pas le reste de leur discussion. J'avais refermé la porte de ma chambre et l'avais verrouillée pour ne pas être dérangée. Je n'avais aucune envie d'écouter Phoenix expliquer à François les raisons de ma décision de partir. Je me doutais que notre ami l'accuserait de tous les maux, notamment de celui de ne pas vouloir avouer ses sentiments à mon égard, et Phoenix lui répondrait à nouveau qu'il se faisait des idées sur leur nature. Après l'épisode du salon, une nouvelle parole de rejet ne ferait que raviver une souffrance qui me mettait déjà au supplice.

C'était une nouvelle fois la preuve que je ne pouvais pas rester avec Phoenix. Même si j'avais su cacher ce que j'éprouvais pour lui, il y aurait forcément eu un jour où j'aurais encore eu besoin de son sang et je ne voulais plus expérimenter la frustration d'un désir non réciproque. Je voulais Phoenix, entièrement ou pas du tout. Ce genre d'étreintes artificielles résultant d'une euphorie de toxicomanes shootés à l'hémoglobine était insupportable car le retour au réel ne manquait pas de raviver l'aspect unilatéral de mon amour, et l'atroce douleur accompagnant cette vérité.

Je devais trouver le Cercle de Mellindra le plus vite possible. Ou je deviendrais folle.

Lasse de combattre les larmes qui s'acharnaient à vouloir sortir, je les laissai se déverser en un temps infini le long de mes joues, assise au sol, et recroquevillée contre la porte qui me séparait de la pire des tortures qu'on pouvait imaginer : le rejet de l'être aimé.

Chapitre IX : De découverte en découvertes

*

Ni Phoenix, ni François n'avaient essayé d'entrer dans ma chambre après leur confrontation. Heureusement, car une fois la douleur refoulée, je pus me relever et aller prendre une douche. J'avais préféré esquiver le miroir, je n'avais pas besoin de voir mon visage pour savoir que j'avais une tête de déterrée. J'avais donc enfilé mon pyjama et m'étais glissée sous les couvertures en tentant de bannir de mon esprit les événements précédents. Cela s'avéra extrêmement compliqué, mais finalement, j'y parvins et m'endormis.

Le lendemain, comme je n'avais aucune envie de voir qui que ce soit, je décidai de passer la journée au centre commercial de Pembroke, appliquant les précieux conseils d'Angela pour se vider la tête et le compte en banque. La Camaro étant inutilisable, j'avais loué une petite *Ford* pour m'emmener tranquillement sur place. J'avais eu beau faire tous les magasins de cet immense espace, je n'avais pas le cœur à faire chauffer ma carte de crédit. Néanmoins, déambuler dans les rayons m'avait permis de passer le temps sans trop réfléchir à la veille, ni aux inévitables retrouvailles avec mon patron.

Au retour, je fis un crochet par Scarborough. La boutique de location de DVD était suffisamment loin du restaurant de Danny et de la librairie d'Angela pour que je puisse réaliser quelques emplettes sans être dérangée. Comme les comédies romantiques me donnaient franchement envie de vomir ces derniers temps (vous savez pourquoi), je m'étais arrêtée aux films d'action. Je ne voulais surtout pas d'une guimauve ou d'une tragédie alors je me disais que des muscles et des bazookas feraient parfaitement l'affaire pour m'occuper le cerveau sans trop le stimuler.

Je reposais un cinquième navet sur l'étagère quand une voix derrière moi me fit fermer les yeux de dépit.

- Sam…

Ne pouvait-on pas me laisser en paix ?

À cet instant, j'aurais bien voulu être capable de me composer un sourire de cinglée comme Sookie Stackhouse, du genre trop niais pour être mis en doute. J'aurais pu ainsi me retourner et regarder François dans les yeux en lui assurant que j'allais parfaitement bien.

Inutile. Ce satané français était bien trop perspicace, et bien trop déterminé.

- Si tu viens pour me réconforter en me sortant tes salades sur les sentiments de Phoenix à mon égard, je te préviens, je ne suis pas d'humeur et tu ferais mieux de me laisser seule.

François n'y pouvait rien si mon patron ne m'aimait pas, mais cette manie de se mêler de notre relation avait tendance à me hérisser le poil.

- Je ne suis pas venu te parler des sentiments de Phoenix…

Ouf ! Je ne voulais pas me disputer avec lui. Il était intelligent en fin de compte.

- … mais plutôt des tiens.

Ou pas.

- Franchement, laisse tomber, François.

- Je suis ton ami et je m'inquiète pour toi. Honnêtement, comment fais-tu pour supporter tout ça ?

- Je ne vois pas de quoi tu parles.

- Ne sois pas si butée ! Tu le sais très bien.

- Et à quoi ça t'avancera que je parle ? Tu iras tout lui répéter.

- C'est faux. J'ai beau connaître Phoenix depuis plus longtemps que toi, je ne t'en suis pas moins loyal.

- J'ai déjà tout dit à Angela.

- Elle a su tenir sa langue, je n'avais aucune idée de ton intention de partir.

- Je n'ai pas vraiment le choix. Votre monde n'est pas le mien.

- Ce n'est pas notre monde que tu fuies, tu as su parfaitement y trouver ta place… mais un de ses habitants.

- Phoenix n'a pas besoin de le savoir, dis-je, les dents serrées.

- Ne crains rien, ton secret sera bien gardé avec moi. Si je peux te donner mon opinion…

S'en était-il déjà privé ? soufflai-je mentalement.

- … je trouve que c'est du gâchis. Même si l'un comme l'autre vous êtes trop stupides pour vous l'avouer, il est évident pour tout le monde que vous vous aimez. Et à cause de votre silence, vous vous rendez malheureux.

Un claquement de langue agacé m'échappa.

- Cesse de rabâcher toujours la même chose. Nous sommes dans le monde réel, pas dans une de ces comédies romantiques à la noix. Phoenix ne m'aime pas et je ne peux plus vivre avec cette indifférence, fin de la discussion.

Comme s'il ne m'avait pas écoutée, François reprit :

- Je suis sûr que c'est parce que tu es humaine et qu'il ne supporte pas l'idée de te perdre. S'il n'y a que ça, je lui ai proposé de te transformer moi-même.

- Quoi ?!! m'écriai-je, horrifiée à tel point que j'en lâchai le DVD que je venais d'attraper. Tu es malade !!

Malgré tout ce que j'avais enduré, je n'avais jamais envisagé de devenir un vampire pour séduire mon employeur. D'une part, je n'étais pas prête à renoncer à mon humanité ni à la douceur du soleil, d'autre part, je voulais qu'il m'aime telle que j'étais, avec mes imperfections. Être transformée, ce serait de la triche, déjà… et puis rien que d'y penser, je frémissais. Je n'étais pas faite pour boire des cocktails à l'hémoglobine. Pouah ! Pas pour tout l'or du monde.

Une petite voix très énervante me chuchota pourtant que la veille, j'avais plutôt aimé ça. *La ferme !* pensai-je.

Comme je fixais mon ami avec des yeux exorbités, je dus bien me rendre compte que mon éclat avait attiré l'attention des autres clients de la boutique. Gênée, j'affichai un sourire de façade et l'entraînai vers la sortie.

Dehors et sans personne en vue, je fulminais :

- Comment as-tu osé lui parler de cela sans même me demander mon avis ? Pour ta gouverne, je n'ai aucunement l'intention de devenir l'une des vôtres. Ni maintenant, ni jamais !

- Ce serait pourtant la meilleure solution pour tout le monde. Phoenix n'aurait plus d'excuse pour te tenir à distance et tu pourrais rester vivre ici.

J'avais beau aimer François comme un frère, il dépassait vraiment les bornes. Cette fois-ci, je ne pus plus me contenir.

- Tu ne peux donc pas accepter le fait que ton ami ne me désire pas ? Non mais, c'est quoi ton problème ? Tu cherches à retourner le couteau dans la plaie ou quoi ? Tu voulais que je reconnaisse mes sentiments pour lui, voilà ! j'avoue, je l'aime plus que tout au monde et bien plus encore que ma propre vie ! (François haussa les sourcils de surprise devant ma véhémence) Tu voulais que je te dise à quel point je suis malheureuse que cet amour ne sois pas partagé, oui !! je vis un enfer depuis des semaines et ce n'est pas près de s'arranger car rien qu'à l'idée de vivre loin de lui, de vous tous, ça me donne envie de mettre ma tête dans la cuvette des WC et de vomir à n'en plus finir. Voilà ! Tu es content ? J'espère que tu as eu ta dose de pathos et que tu vas enfin me ficher la paix car il est hors de question que je te laisse m'abrutir le crâne avec des espoirs qui n'existent pas et qui risqueraient au mieux de me blesser encore plus que la vérité elle-même. Maintenant, laisse-moi tranquille et si tu tiens ne serait-ce qu'un peu à notre amitié, tu ne reviendras plus jamais sur le sujet.

Furieuse, je le laissai là, le défiant d'un regard assassin d'esquisser le moindre pas pour me suivre. Il n'en fit rien, mais je sentais encore la brûlure de son regard compatissant dans mon dos quand je m'éloignai.

Je rejoignis mon véhicule à la vitesse de l'éclair et pris le chemin du retour dans une telle colère que je m'en déclenchai une migraine.

Résultat, arrivée à la maison, je claquai rageusement la porte d'entrée avant de fourrer mes affaires dans la penderie avec hargne. Puis, sans cesser d'enrager intérieurement, je me dirigeai en trombe vers le sous-sol avec une seule idée en tête, évacuer mes noires pensées.

Ainsi, sans avoir pris la peine de me changer, je fonçai directement sur le sac de sable que j'entrepris de rosser avec toute la violence de mes émotions. Entre coups de pieds et coups de poings, je ne lui laissai aucun répit ni à moi aucune pause tant j'avais besoin de me défouler.

Ce n'est qu'au bout de quelques temps, alors que je ruisselais déjà de sueur, mes muscles endoloris suppliant que je m'arrête, que je réalisai que je n'étais plus seule dans la pièce.

- Dois-je comprendre que vous êtes enfin calmée ? demanda mon patron avec son sourire narquois quand je me retournai vers lui.

- Si vous venez me parler d'hier soir, il est fort probable que ma tension remonte à des sommets, l'avertis-je, l'œil mauvais.

- Que proposez-vous, alors ? dit-il en s'adossant contre le mur, le visage redevenu complètement sérieux.

- Rien. On ne parlera de rien car ce n'était rien, n'est-ce pas ? Ni pour vous, ni pour moi, quoique certains en disent…

- Je vois… Vous avez eu droit, vous aussi, au petit discours de François. Il m'a tellement énervé hier que je l'ai fichu dehors.

Ce n'était pas très sympa vu que ce dernier avait pris ma défense, mais d'un autre côté, il l'avait aussi bien cherché.

- Je l'ai planté au milieu de la rue.

Phoenix sourit mystérieusement.

- Il ne vous en tiendra pas rigueur. Quant à moi, c'est une autre histoire… Il m'en veut à mort…

Il n'en dit pas plus, c'était inutile. J'avais parfaitement saisi l'allusion à ma décision de partir.

- Ça lui passera, éludai-je en me dirigeant vers lui pour regagner l'escalier. Pour ce qui est du reste, vous conviendrez qu'il serait souhaitable que j'évite de boire à nouveau votre sang. Je n'ai pas envie que ce fâcheux désagrément se reproduise et vous donne encore mauvaise conscience.

Le ton aigre que j'avais adopté m'était venu naturellement. Jusque là, j'avais étonnamment bien géré mes états d'âme et gardé mon calme, mais après tout ce que j'avais subi, on ne pouvait pas non plus atteindre la perfection. Phoenix ne s'y trompa pas.

Il m'attrapa par le bras et me força à revenir à sa hauteur, son regard aiguisé cherchant ensuite à percer mes secrets.

- Vous jouez la femme blasée, mais je vous connais bien. Ce qui s'est passé hier vous a touchée.

Un éclair rouge traversa mes iris. J'aurais cru avoir rêvé si mon interlocuteur n'avait pas tressailli à son apparition.

- Et ce n'est pas normal peut-être ? Mon premier baiser m'a été donné par une brute qui s'est amusée à assassiner une innocente sous mes yeux (Huan), et côté relations sexuelles, après une abstinence de trente ans, l'occasion se présente avec trois tentatives de viol et une orgie sanguine avec mon patron qui vire au cauchemar. Je ne sais pas comment réagirait n'importe quel quidam dans cette situation et je sais que de votre côté, vous n'en avez rien à faire, mais moi, effectivement, je suis touchée. Excusez-moi du peu.

La pression de sa poigne sur mon bras se fit plus forte.

- Vous croyez que ça ne me touche pas ?

- Vous avez cinq cents ans de recul de plus que moi ! Bien sûr que ça ne vous touche pas autant !

Cette fois, ce fut au tour des pupilles de mon employeur d'être zébrées de blanc.

- C'est pire, au contraire. En cinq cents ans, je n'ai jamais été confronté à ce genre de situation. J'ai toujours su garder mon self-control, mais depuis que je vous connais, j'ai l'impression de marcher sur des œufs en permanence. Dès que j'ai l'impression de vous cerner, vous dites ou faites quelque chose qui me perd encore et encore. C'était déjà déstabilisant, alors imaginez ce que j'ai pu ressentir hier. Vous déclenchez chez moi des réactions qui me frustrent de par leur imprévisibilité et l'embarras qu'elles génèrent.

- Ne vous en faites pas, dis-je en lui arrachant violemment mon bras, vous serez bientôt débarrassé de ce fardeau.

J'allais passer, mais il bloqua ma route en lançant son bras en travers de la porte.

- Vous comprenez tout de travers, Samantha. Je vous faisais un compliment.

- Drôle de manière de l'exprimer.

- Ce que je voulais dire, c'est que vous pensez toujours que les vampires n'ont pas de cœur, moi en particulier. Ce n'est pas le cas. J'ai l'impression de ne valoir guère mieux que Karl et les deux ordures qui vous ont attaquée l'an passé. Je me sens… minable.

Je le fixai avec des yeux ronds. Son air grave et repenti n'était pas joué, son regard fuyant encore moins.

Il devait vraiment avoir le moral à zéro. C'était plus fort que moi, je ne pouvais pas supporter de le voir comme ça.

- Inutile de vous en faire. On va faire comme on a dit, je ne boirai plus votre sang ni vous le mien et on fera comme si rien ne s'était passé. De toute façon, en un sens, il ne s'est effectivement rien passé. Encore heureux…

J'avais murmuré ces derniers mots plus pour moi-même que pour l'homme qui me faisait face.

- Mais si François…

Je le fis taire en posant mon index sur ses lèvres. Un courant électrique passa entre nous, mais je l'ignorai.

- Il ne s'est rien passé, dis-je en appuyant sur chaque syllabe et en regardant Phoenix droit dans les yeux.

Il était temps de clore ce chapitre et de passer à autre chose, au Cercle de Mellindra, à mon départ… rapide.

Phoenix hocha la tête. Il était d'accord avec moi, cet épisode passerait sous silence. Nous avions d'autres chats à fouetter, des meurtres à stopper.

Il fallait en finir, vite.

*

Après cette morose soirée du 02 février, j'eus l'agréable surprise d'être réveillée le lendemain à onze heures par un appel de Matthew. Il fut bref, mais cette discussion rapide me mit d'excellente humeur. Il me demanda si je voulais bien l'accompagner à Kerington pour la journée, parce qu'il comptait retourner sur les lieux de son abandon pour faire le point. Nulle mention de notre situation affective n'avait été faite, je supposais donc que les choses étaient claires et que Matthew avait décidé de préserver une amitié importante à mes yeux.

Je me dépêchai de me préparer car il arriva une demi-heure plus tard devant la grille du château. La dernière fois que nous nous y étions retrouvés, tous deux, les circonstances avaient pris une tournure catastrophique et je ne manquai pas d'y penser en m'installant sur le siège passager.

Heureusement, mon ami était d'humeur enjouée et avait prévu pour notre long trajet plusieurs CD pour nous distraire. Je me gardai bien de lui dire qu'il n'avait rien compris à mes goûts musicaux éclectiques et que ce n'était pas parce que j'appréciais d'écouter une chanson de rap de temps à autre que je n'aspirais qu'à me farcir en totalité le dernier album de *Dr Dré* en guise de fond sonore. Après les récents événements, j'avais préféré prendre mon mal en patience et ronger mon frein... Matthew me connaissait bien, sauf là-dessus. Pff...

Par chance, son autoradio flambant-neuf tomba en panne au bout de la sixième chanson. Matthew pesta tout le reste du chemin contre les nouvelles technologies peu fiables qui circulaient sur le marché et de mon côté, même si j'admettais que *Dr Dré* était doué, j'étais contente que ça s'arrête. Le rap, ce n'était pas mon truc.

Comme nous avions roulé lentement, nous avions décidé de nous arrêter déjeuner dans un restaurant avant de nous rendre à l'épicerie italienne près de laquelle mon ami avait été trouvé par Danny. Nous nous étions accordés pour dévorer chacun un énorme steak grillé avec des pommes de terre frites, ainsi qu'une part de tarte aux noix de pécan, avant de nous rediriger vers notre destination.

L'épicerie en question avait laissé la place à une petite enseigne de vente de matériel informatique, mais on pouvait encore voir sur la façade les couleurs vertes, blanches et rouges du drapeau italien.

- Danny m'a dit qu'il avait un peu trop bu et qu'il ne savait plus où était garée sa voiture. Il est parti dans cette direction.

Je regardai du côté indiqué. C'était une succession de ruelles séparant des entrepôts de marchandises les uns des autres.

Je le suivis vers l'un d'entre eux, un bâtiment en brique appartenant à une société de logistique.

- C'est ici qu'il m'a retrouvé. Danny m'a amené ici quand je m'interrogeais sur mes origines, à dix-huit ans.

L'espace était trop restreint pour permettre à une voiture d'y circuler et les quelques lampadaires en place étaient tous cassés.

- Qui peut laisser un enfant dans un endroit pareil ? dis-je pour moi-même.

- C'est exactement la réflexion que je me suis faite il y a treize ans.

Je pris sa main et la serrai.

Nous fîmes le tour de la bâtisse en silence, évoluant dans l'espace avec discrétion, comme dans l'idée de ne pas vouloir éveiller les fantômes du passé. Quoique… ils nous auraient été bien utiles pour nous révéler les origines de mon ami.

- Hé, M'sieur-Dame, vous auriez pas une petite pièce ?

Matthew et moi nous retournâmes de concert. Un SDF nous fixait, la main tendue. Pour tous vêtements, il n'avait qu'un pantalon beige en toile, un vieux pull troué et un manteau ayant dû être noir dix ans plus tôt. Assis sur de vieux cartons, un chien tout aussi vieux près de lui, l'homme devait avoir une soixantaine d'années, mais l'estimation de son âge m'était rendu compliquée par ses traits marqués par la maladie et la vie dans la rue.

Je sortis mon porte-monnaie et lui donnai tout ce que j'avais, cent dollars. Les yeux de l'inconnu étincelèrent de gratitude bien qu'il se contenta de hocher la tête dans ma direction. Malgré tout, le sans-abri perdit son flegme quand Matthew se déchargea de ses papiers pour lui donner ensuite son manteau.

- Je ne peux pas accepter… commença-t-il, éberlué.

- Vous n'êtes pas assez couvert pour passer l'hiver, je n'ai pas besoin de ce manteau, vous si. La question est réglée.

Je dévisageais Matthew pendant l'échange avec admiration mais sans étonnement. C'était un homme généreux, tout à fait le genre à donner sa chemise pour le confort d'un parfait inconnu. En fait, il était exceptionnel.

- Je peux faire quelque chose pour vous en échange ?

- C'est inutile et…

- En fait si, coupai-je mon ami. Quel est votre nom ?

- Je m'appelle John.

- Enchantée, John. Étiez-vous déjà sur place il y a trente ans ?

- Je m'étais installé un peu plus loin, par là-bas.

- Ce que je vais vous demander va vous surprendre, mais voilà : avez-vous été témoin, un soir, il y a un peu plus de trente ans, d'une chose étrange dans le coin ?

L'homme ricana.

- Si vous saviez le nombre de choses étranges auxquelles j'ai assisté ! Les flics n'oseraient même plus patrouiller dans les rues s'ils savaient tout ce qui se passe à Kerington.

Je craignis un instant qu'il ne sous-entende l'existence des vampires, mais je me rassurai en me disant qu'il y avait suffisamment de violence et de trafics en ville pour qu'on ne la soupçonne pas. Il y avait déjà fort à faire avec les criminels humains.

- Mon ami cherche un indice qui permettrait de retrouver la trace de ses parents. Ils l'auraient laissé dans cette ruelle avant de se volatiliser.

John fit sincèrement l'effort de se remémorer ses souvenirs d'il y a trente ans, mais il finit par secouer la tête par la négative.

- Je suis désolé, je ne peux pas vous aider. Je me souviens simplement avoir découvert une flaque de sang un peu plus haut, mais je ne sais plus quand ça s'est produit.

Matthew et moi échangeâmes un regard, nous n'avions décidément pas la chance de notre côté. Je serrai sa main, il haussa les épaules, défaitiste.

- Au revoir, John, bon courage.

Après l'avoir quitté, nous revînmes à la voiture assez rapidement. Il faisait moins froid qu'au début de l'hiver, mais ce n'était pas un temps à rester dehors sans manteau. Matthew jeta un dernier coup d'œil sur les lieux, puis me rejoignit dans l'habitacle.

- J'ai vraiment eu de la chance que Danny soit passé par là, sinon, je serais mort gelé dans cette ruelle glauque. Je me demande à quoi mes parents pensaient quand ils m'ont laissé ici, peut-être qu'ils voulaient se débarrasser de moi en laissant faire la nature…

Je m'étais fait la même réflexion, mais je préférai me taire. Inutile de tourner le couteau dans la plaie.

- Danny est la meilleure chose qui me soit arrivé.

J'avais déjà redémarré et pris la direction de Scarborough quand il prononça ces mots. Il y avait de la ferveur dans sa voix, ce qui indiquait clairement qu'il pensait ce qu'il disait. Pourtant, ses yeux ne pouvaient cacher l'amertume et la déception qu'il ressentait au plus profond de lui-même. Notre retour fut marqué par un silence pesant, chacun perdu dans ses pensées les plus noires. Matthew renonçait et devrait vivre sans connaître ses origines et moi, je pensais au fait que ce début d'année déjà catastrophique, ne faisait qu'empirer, empirant en même temps la tristesse qui me tenaillait depuis mon réveil du coma. Matthew méritait d'être heureux, c'était injuste d'être ainsi privé de bonheur en étant privé de la connaissance de son passé. Je le plaignais.

Je ressentais du chagrin pour lui, j'aurais sincèrement aimé pouvoir l'aider plus que cela. J'attendais toujours les résultats ADN de Dennis Obson et j'espérais une issue heureuse au mystère de ses origines ; il était notre dernière chance.

Après, je n'aurais plus qu'à tenter d'apaiser sa peine en priant pour qu'un jour revienne cette lueur espiègle et optimiste que j'avais toujours vue dans son regard et qui semblait en avoir définitivement disparu. Tout ça en sachant que mon prochain départ, qui ne pouvait qu'être associé à un abandon, ne ferait que l'accabler tandis que de mon côté, outre le manque de Phoenix et le malheur de ma situation, il m'accablerait sous le poids de la culpabilité.

- Tu es sûr que tu ne veux pas que je reste encore un peu avec toi ? dis-je à Matthew quand nous arrivâmes devant les grilles du château.

Il me sourit, bien que son sourire n'ait pas contaminé ses yeux.

- Je te remercie, mais je crois que je préfère être seul… pour mettre un point final à tout ça.

- Je n'aime pas te voir ainsi…

- Ne t'inquiète pas pour moi, ça ira.

Cet au-revoir me laissant un goût de bile dans la bouche, je m'élançai vers lui et le serrai aussi fort que je pus contre moi.

- Tu pourras toujours compter sur moi !

Je le pensais réellement. Malgré l'éloignement après mon départ, je serais toujours prête à rendre service à mes amis en cas de besoin.

- Je sais, dit-il en me rendant mon étreinte.

Il m'écarta ensuite de lui et déposa un chaste baiser sur mon front.

- Je te rappelle. Ne te fais pas de souci.

Et il s'en alla.

- Sam, tout va bien ?

- Quoi ?

Perdue dans ma morosité, j'avais rejoint Phoenix en oubliant de déposer mon manteau dans la penderie de l'entrée.

- Oh.

Je partis en quatrième vitesse réparer mon erreur, ensuite, je revins auprès de lui.

- Vous avez l'air ailleurs. Mauvaise journée ?

- Je m'assis sur le canapé, en face de lui. Il buvait un verre de sang, son journal posé négligemment à côté de lui.

- Oui. J'ai tenté d'aider Matthew à retrouver la trace de ses parents biologiques, mais nos efforts communs n'ont abouti à rien. Il renonce.

Phoenix ne fit aucun commentaire, estimant sûrement que ce n'était pas ses affaires. De toute façon, son opinion aurait été malvenue vu qu'il détestait mon ami.

- Et de votre côté ?

- Je m'accorde un peu de détente avant de fouiller à nouveau dans les rapports de Coltrane. Je finirai bien par retrouver le dossier concernant le Cercle… un jour ou l'autre.

- Hm.

Dépités l'un et l'autre, nous restâmes deux heures tranquilles dans le salon, à lire et siroter nos boissons préférées. Bien que ce fut agréable, j'allais dire à mon patron que je commençais à m'ennuyer et que j'aurais bien aimé faire une séance d'entraînement, quand mon téléphone portable sonna.

- Mademoiselle Jones ? C'est Dennis Obson.

Phoenix fut à côté de moi en un éclair.

- J'espère que vous avez de bonnes nouvelles, Dennis, dis-je en repoussant sa main qui voulait m'arracher le combiné des miennes.

Pas besoin de le laisser prendre la communication et de terroriser notre interlocuteur au point de lui faire perdre ses mots.

- J'ai les résultats de l'ADN prélevé sur les draps que vous m'avez apportés. Je crains malheureusement de ne pas pouvoir vous renseigner. La banque de données de la police n'a fourni aucun résultat quant à l'identité de son propriétaire.

Phoenix lâcha un juron dans une langue qui m'était inconnue.

- Vous êtes sûr qu'on ne peut rien en tirer ? demandai-je.

- Sans autre indice pour m'aider, je ne peux rien faire de plus.

Un nouveau juron accueillit cette réponse puis :

- Toute cette histoire commence à me donner des boutons ! Je sors prendre l'air !

Aussitôt dit, aussitôt fait. Mon employeur me quitta subitement pour passer ses nerfs dans l'air froid de l'hiver.

Je vérifiai tout de même qu'il était bien sorti puis m'enfermai dans sa chambre pour être sûre qu'il n'entendrait pas la suite de ma conversation avec Dennis.

- Dennis ? Vous êtes toujours là ?

- Euh... oui, oui.

Il ne semblait pas très rassuré, peut-être avait-il eu peur que Phoenix ne se décide à revenir pour lui passer un savon par téléphone.

- Et pour le deuxième échantillon que je vous ai donné ?

- Ah, la cuillère... C'est en cours, je pense que vous aurez les résultats dans deux jours.

- Très bien. N'oubliez pas, vous ne devrez prendre contact qu'avec moi. Phoenix est déjà suffisamment sur les nerfs, il n'a pas besoin d'une nouvelle déception.

- Oh, c'est évident ! De toute façon, je préfère nettement parler avec vous plutôt qu'avec lui. C'est idiot, je sais.

Effectivement, Dennis Obson ne pouvait pas se vanter d'un courage extraordinaire. Pourtant, on ne pouvait pas non plus lui reprocher d'être incompétent.

- Mais non. Il fait cet effet-là à beaucoup de monde, rassurez-vous.

- Merci, Mademoiselle Jones.

- De rien. J'attends de vos nouvelles dans deux jours sans faute. Ok ?

- Comptez sur moi.

- Alors au revoir, Dennis.

Je ne lui laissai pas le temps de répondre et raccrochai. Je sortis de la chambre de Phoenix en vérifiant qu'il n'était pas dans les parages et enfin, partis à sa recherche.

Il était assis sur les marches du perron, perdu dans ce qui semblait de moroses pensées.

- Phoenix ?

Je m'assis à ses côtés, regrettant aussitôt de ne pas avoir pris mon manteau par cette froide nuit.

- Je commence à me dire qu'on ne verra jamais le bout de cette histoire.

- Ne désespérez pas, nous les trouverons, il le faut.

- Comment pouvez-vous rester aussi optimiste alors que notre stagnation ne fait que hâter un possible retour des Grands ?

S'il y avait un qualificatif qui pouvait me désigner depuis quelques temps, ce n'était certes pas celui d'être optimiste. Mais bon…

- Comme vous l'avez dit, c'est une *possibilité*. Rien ne prouve qu'ils vont débarquer dans les semaines à venir. Nous finirons bien par retrouver le Cercle avant cela.

- C'est étrange... D'un côté, je suis furieux que nous ne fassions pas de progrès dans cette recherche, et d'un autre, ça me soulage presque car cela recule l'échéance de votre départ.

Je ne m'attendais pas à une telle déclaration. Je restai silencieuse, même quand il me saisit ma main pour la presser dans la sienne.

- Votre main est si froide. (Il avisa ma tenue peu adaptée à la température extérieure) Vous n'avez pas de manteau ! (Il secoua la tête) Vous serez décidément mieux loin de tout cela. Venez.

Il m'aida à me relever et m'entraîna à sa suite à l'intérieur des murs.

- Je n'aurai pas besoin de vos services ce soir, Sam. Profitez de votre soirée comme bon vous semblera. De toute façon, nous n'avons pas grand-chose d'autre à faire.

Son amertume face à nos échecs répétés m'attristait. Il avait raison, pour l'heure, nous ne pouvions pas y faire grand-chose. Je n'avais même plus envie d'une séance d'entraînement, tout ce que je désirais, c'était me mettre en pyjama, éteindre la lumière de ma chambre, et oublier tout ça.

*

Deux jours plus tard, aucun autre vampire n'avait fait une nouvelle tentative d'assassinat à mon encontre pour le solde d'un illustre inconnu. Cette question resterait un mystère tant qu'on n'attenterait pas de nouveau à ma vie, j'en étais consciente, et surtout, pas pressée d'en arriver là. Je passais donc la matinée avec Matthew à remettre de l'ordre dans ses dossiers d'adoption.

Mon ami était très déprimé, résolu qu'il était à abandonner définitivement nos recherches face à l'impossibilité de remonter à la source de ses origines. Je n'aimais pas le voir ainsi donc je lui avais proposé mon aide, lui apportant à sa demande une douzaine de muffins aux myrtilles concoctés par mes soins, dont il raffolait. Selon lui, ça valait toutes les thérapies du monde.

J'avais souri en le voyant en engloutir la moitié en quelques minutes, affalés que nous étions sur son canapé, avec deux *Coca Cola* pour nous remonter le moral.

- Où mets-tu tout ça ? Tu es aussi épais qu'un carrelet !

- J'ai la chance de pouvoir manger des tas de cochonneries sans jamais prendre un gramme, alors j'en profite.

Il avala un autre muffin après une gorgée de boisson pétillante.

- Es-tu en train de traiter mes muffins de cochonneries ?

La bouche pleine, il s'arrêta de mastiquer pour se prosterner devant moi.

- Jamais je n'oserais proférer un tel blasphème ! Quand tu cuisines tes muffins, ta main est guidée par Dieu, c'est l'évidence même !

Malgré sa bouche pleine, je compris le message et m'esclaffai.

- Je préfère ça, mais n'en fais pas trop quand même.

Il se rassit près de moi et allongea ses jambes sur la petite table de salon.

- Es-tu sûr de vouloir abandonner ?

- On a fait tout ce qu'on a pu, ça ne donne rien.

Je ne pouvais pas lui parler de l'analyse ADN commandée à Dennis Obson dont j'espérais des nouvelles le soir même, par conséquent je me contentai de me blottir contre son épaule. Il passa son bras autour de moi.

- Je n'aime pas te voir déprimé.

- Tu verras, je remonterai la pente. Je suis déjà passé par là.

- En as-tu parlé à Danny ?

- Non, il s'inquiéterait trop à mon sujet. Je ne veux pas lui causer de souci.

- Il t'aime profondément, c'est normal qu'il s'inquiète pour toi.

- C'est bien pour cela que je ne veux rien lui dire. Je n'aurais pas pu avoir meilleur père que Danny Robertson. Je le sais, c'est ce qui va m'aider à reprendre le cours de ma vie.

- J'aimerais avoir ta force de caractère, murmurai-je en pensant à ma propre situation.

J'étais lucide, je fuyais Phoenix pour atténuer mon chagrin. Ce n'était pas très courageux, mais je n'avais pas le choix.

Matthew me serra un peu plus contre lui, ce qui me fit penser au soir où il m'avait embrassée. Dire que je refusais un amour et un bonheur bien réels parce que je m'étais vouée à une chimère ! Je me redressai.

- Il faut que je parte.

- Tu ne veux pas déjeuner avec moi ?

Je lui souris.

- Avec tout ce qu'on a mangé en collation, je n'ai pas besoin de déjeuner. Et puis, je dois me rendre à Kerington pour… une tâche administrative. Il vaut mieux que je parte maintenant si je veux être de retour pour m'occuper de Peter.

- Comment va ton grand-père ? dit-il en me suivant vers la porte.

Un peu de vérité ne ferait pas de mal, mentir sans arrêt à mon ami commençait sérieusement à me peser. Il était toutefois hors de question de lui faire partager mon secret, tant pour le protéger, que pour nous protéger de sa réaction. Matthew était beaucoup moins compréhensif qu'Angela, il risquait de haïr les vampires plutôt que de faire l'effort de les comprendre.

- Il est un peu à cran en ce moment car certaines de ses affaires mettent du temps à se régler.

- J'espère que ça s'arrangera.

- Je l'espère également, soufflai-je en ayant conscience que quand c'en serait effectivement terminé, je devrais faire mes adieux à mon ami en tâchant de trouver une explication plausible à mon départ.

Sur cette amère réflexion, je le quittai pour reprendre mes recherches aux archives de Kerington. Phoenix avait fait réparer la Camaro, désormais réutilisable (à mon grand regret).

Pendant des heures, je remontais le temps en compulsant les registres de naissance, de mariage et de recensement, dans le but de retrouver la trace des ex-Abarnikov devenus Jefferson et leurs descendants.

J'avais eu un incroyable coup de pouce du destin quand j'étais tombée par hasard sur une fiche indiquant le changement de nom de la famille russe dans les années cinquante, m'orientant vers un patriarche dénommé Taylor Jefferson. Aucune mention des autres membres de sa lignée n'y figurait, j'avais donc poussé plus loin mes recherches dans les différents registres à ma disposition.

En fin de journée, un immense sourire naquit sur mon visage quand je parvins enfin à achever la généalogie d'Irwin Abarnikov jusqu'à son dernier descendant connu. Un étrange pressentiment me tenait alors que j'avais son nom sous mes yeux et j'étais certaine qu'il nous aiderait à remonter le fil pour nous mener au Cercle de Mellindra.

Ravie, je fis les photocopies nécessaires avant de reprendre le volant vers Scarborough. J'avais hâte de divulguer ma découverte à mon patron, hâte de voir son air revêche disparaître au profit d'un nouvel espoir. Il était temps.

Je venais de sortir de la voie rapide quand mon téléphone portable sonna. Prudente, je me garai sur le bas-côté.

- Allô ?

- Mademoiselle Jones ? C'est Dennis Obson.

- Bonsoir, Dennis, heureuse de vous entendre. Je suppose que vous avez du nouveau pour moi.

- Effectivement. J'ai terminé d'analyser l'échantillon ADN que vous m'avez fourni et j'ai trouvé une concordance avec une personne figurant sur la base de données de la police.

- Vraiment ? Je vous écoute.

J'étais tout ouïe, mon cœur s'affolait déjà dans ma cage thoracique à la perspective de ses futures révélations.

- Toutefois, il y a quelque chose de déroutant dans ces résultats. (Je cessai de respirer, pourquoi faisait-il durer ainsi le suspense ?)

Je m'y suis repris à deux fois pour en être sûr, mais le doute n'est plus permis.

- Je m'impatiente, Dennis.

- Pardonnez-moi. Voilà, l'ADN sur la cuillère a une correspondance avec une certaine Emily Balder, disparue il y a trente ans sans laisser de trace si ce n'est une traînée de son sang dans une rue peu fréquentée de Kerington. C'est un SDF qui l'a signalée au commissariat. Quelques jours auparavant, sa maison avait entièrement brûlée et d'après le rapport, les pompiers ont mis plus de douze heures à stopper le feu. La police pensait que les restes de corps calcinés retrouvés à l'intérieur étaient ceux de son mari, qui se serait suicidé après l'avoir tuée. Comme ils n'avaient plus ni l'un ni l'autre de famille ayant pu vouloir enlever leur bébé, les inspecteurs ont supposé qu'il avait également péri dans l'incendie, son corps ayant été réduit en cendres par la chaleur des flammes. Je dirais plutôt qu'ils n'ont pas vraiment creusé plus loin à cause de tous les meurtres et kidnappings perpétrés cette année-là. Ils étaient débordés. Les médias l'avaient surnommée *l'annus horribilis* tant on recensait d'actes criminels. À mon sens, cette affaire est passée entre les mailles du filet et on a cherché la facilité pour passer à autre chose. Bref, comme je vous le disais, j'ai fait une découverte qui risque de vous intéresser autant, si ce n'est plus.

- Par acquis de conscience et aussi par désœuvrement - j'avais terminé tout mon travail et je ne savais plus quoi faire -, j'ai croisé ces résultats avec ceux des draps fournis par Phoenix. Il y a une concordance entre les deux ADN. Si Emily Balder était bien la mère du premier, le second était forcément son père, Joachim. La police n'a rien résolu, il est encore en vie, quelque part, et vous l'avez prouvé en m'apportant ces draps.

Tout au long de son explication, je regardais fixement le paysage devant moi, les jointures de mes doigts blanchies à force de cramponner mon téléphone, le gardant tant bien que mal près de mon oreille. Mon cœur semblait s'être arrêté de battre, mon sang ayant reflué tout au bas de mon corps. Je me sentais nauséeuse, comme sur le point de m'évanouir.

Le ciel venait de me tomber sur la tête.

- Mademoiselle Jones ? Vous êtes là ?

Je sursautai.

- Ou... Oui.

- Tout va bien ?

Il fallait que je me reprenne, Dennis ne devait pas concevoir de soupçons.

- Oui, je... Je suis très contente de votre travail, c'est tout.

J'avalai péniblement ma salive.

- J'aimerais que vous m'envoyiez tous vos résultats sur la boîte mail de mon téléphone, je vous donne l'adresse... (Ce que je fis) Phoenix est trop débordé par une nouvelle mission, il m'a demandé de me charger seule de cette affaire. Si vous trouvez autre chose entre temps, vous me contacterez directement.

- Je croyais que cette affaire était plus importante que les autres ?

- Est-ce que vous oseriez vous mêler des missions que Talanus donne à Phoenix ? dis-je avec une agressivité déclenchée par la foule d'émotions qui m'enveloppaient à l'instant.

Toutefois, mon attaque parut dissiper ses doutes. Il s'excusa platement.

- Je vous transmets tout ce que j'ai trouvé immédiatement.

- Très bien.

Je raccrochai, lâchant mon téléphone sur le siège passager, m'adossant brutalement sur le mien en fermant les yeux.

Mon Dieu...

En attendant le transfert des données sur mon portable, je prenais avec horreur toute la mesure des implications liées aux révélations que Dennis m'avait faites. Mon trouble était si fort que mes mains en tremblaient !

Mon Dieu...

Emily Balder avait disparu et on avait soupçonné son mari de l'avoir tuée avant de se suicider en s'immolant par le feu, emmenant son fils avec lui dans la Mort. Malheureusement, par manque de temps et de moyens, la police, prise dans la tempête meurtrière de cette « *annus horribilis* » n'avait pas suffisamment soigné son enquête et l'avait un peu vite mise au placard. De fait, personne n'avait su que cette affaire n'était en rien un banal drame familial, mais l'expression violente de la haine entre vampires et humains. Emily Jefferson Balder, telle que son nom m'était apparu cet après-midi sur le registre de mariage signé trente-trois ans auparavant, connaissait forcément l'existence du Cercle et en faisait d'autant plus certainement partie. Peut-être même en était-elle l'instigatrice si l'on s'en référait à sa généalogie... Joachim l'avait suivie dans sa guerre et ils en avaient payé le prix...

Elle était morte, de cela, j'en étais certaine après la mention de la traînée sanglante (les vampires savaient parfaitement dissimuler les cadavres de leurs victimes, qui, une fois blessées, n'avaient aucune chance d'en réchapper, surtout si l'assassin en question avait été Ichimi). Joachim Balder était finalement parvenu à s'enfuir et l'avait pleurée, comme aujourd'hui il pleurait sûrement la mort de sa nouvelle compagne, Théodora Callidge, avec laquelle il avait reconstitué le Cercle censé avoir été définitivement éliminé trois décennies en arrière.

Cette réflexion m'amena à ma dernière hypothèse : plus encore que la fin tragique de son épouse, Joachim Balder voulait venger celle de son petit garçon, William.

Je savais son nom avant même d'avoir reçu les fichiers de Dennis Obson, pour l'avoir vu dans les mêmes registres où figuraient l'identité de ses géniteurs et pour l'avoir identifié comme le dernier descendant d'Irwin Abarnikov. J'étais la seule à savoir que ce petit garçon n'était pas mort avec ses parents, et qu'à mes yeux, il était tout ce qu'il y avait de plus réel.

Parce que c'était Matthew.

*

Heureusement que je n'avais pas décroché cet appel en conduisant parce qu'à coup sûr, j'aurais fini par percuter une autre voiture tant cette révélation m'avait choquée.

Je menais parallèlement depuis des jours deux enquêtes que je croyais complètement différentes alors qu'en fait, elles étaient liées l'une à l'autre. Matthew était le fils d'un ennemi déclaré des vampires, ennemi qui n'hésiterait pas à assassiner Phoenix, l'homme de ma vie, si l'occasion s'en présentait.

Quelle serait leur réaction à tous deux lorsqu'ils apprendraient la vérité ? Quand ils sauraient que leur haine viscérale était en fait justifiée par un passé commun dont jusqu'ici, ils ignoraient tout ? Matthew se rallierait-il au Cercle en souvenir de sa mère disparue ? Phoenix serait-il amené à devoir exécuter tous ses membres, y compris mon ami ?

Je ne le lui pardonnerais jamais et finirais même par le haïr si cela devait se produire. Quant à Danny, il ne survivrait pas à la mort de son fils adoptif, qu'il aimait comme s'il était de son propre sang. Et Angela… Elle saurait la vérité et comme moi, ne pourrait la supporter ; elle quitterait François, lequel aurait toute l'éternité pour le regretter.

Une terrible décision s'imposait à moi.

Si j'informais Phoenix dès ce soir, il voudrait immédiatement retrouver les membres du Cercle pour accomplir sa mission, sans se préoccuper de la nouvelle tournure qu'avait pris les événements. Si on débarquait chez Joachim Balder en l'obligeant à négocier une trêve qu'il ne souhaitait pas, je me doutais qu'elle échouerait tout comme il penserait que nous lui mentirions au sujet de son fils.

Par contre…

Je revis un instant le visage déprimé de Matthew quand il m'avait annoncé qu'il cessait ses recherches. Toute lueur d'espoir avait déserté ses prunelles. Je ne pouvais le laisser dans l'ignorance.

C'était décidé.

Je placerais le bonheur de Matthew avant la mission concernant le Cercle. Je devais réunir le père et le fils, quoi qu'il m'en coûte, dussé-je pour cela perdre l'estime et la confiance que Phoenix m'avait accordée.

Qui sait… Avec un peu de chance, en retrouvant Balder et en lui faisant rencontrer Matthew, je parviendrais à le mettre dans de bonnes dispositions pour traiter avec moi. Une fois convaincu de ma bonne foi, il me laisserait contacter Phoenix pour permettre les négociations.

Il fallait que je convainque son père de nous recevoir.

Il fallait déjà que je le retrouve…

Mais dans un premier temps, il fallait que je réussisse à faire face à mon employeur sans qu'il ne décèle chez moi le moindre secret. Mes battements de cœur désordonnés à la moindre émotion avaient tendance à me trahir, par conséquent je devrais bétonner mon jeu d'actrice.

Mon Dieu… Pourquoi fallait-il que ma vie soit si compliquée ?

Déterminée à étouffer mes craintes, je rentrai au château en répétant mentalement les formules de politesse, les sourires, et les excuses bidons que j'allais devoir sortir pour expliquer mon manque total de succès dans mes recherches diurnes sur le Cercle de Mellindra.

Devant la grille, je vérifiai dans mon rétroviseur intérieur que mon visage ne laissait rien paraître du tumulte qui m'habitait l'esprit.

Je fus surprise de voir dans l'allée la voiture d'Angela et en entrant, je me demandais ce qui nous valait cette visite impromptue.

À mon arrivée dans le salon, je vis François et Phoenix en train de terminer une partie d'échecs et mon amie siroter un jus de fruit en feuilletant un magazine.

- Bonsoir, Sam.

Deux voix masculines s'étaient élevées pour me saluer sans même que leurs propriétaires n'aient tourné la tête dans ma direction. Ils avaient entendu mes battements de cœur.

Angela se précipita vers moi et m'enlaça. Quelque peu étonnée par cet accueil enthousiaste, je lui demandai les raisons de sa venue.

- A-t-on forcément besoin d'une raison particulière pour rendre visite à sa meilleure amie ?

Elle rayonnait de bonheur, et son sourire à cet instant était si beau qu'il m'aveugla. Il devait se passer quelque chose.

- François est muet comme une carpe, mais votre amie gigote tellement depuis leur arrivée qu'il me semble qu'elle meure d'envie de vous dire quelque chose.

Le premier rigola en faisant échec au roi de Phoenix, la seconde lui décocha un regard noir. Il se contenta de hausser les épaules.

Les deux compères nous rejoignirent ensuite, François plaçant une main tendrement possessive sur les hanches de sa dulcinée, mon patron se contentant de se placer à mes côtés.

- Alors, que… ?

Je n'eus même pas le temps d'aller plus loin.

- On va se marier !! s'écria Angela en sautillant sur place, me tendant sa main pour que j'admire sa bague de fiançailles.

Je me dis à cet instant qu'avec les dernières révélations en date, il ne me manquait plus qu'on m'annonce que le Père Noël existait réellement pour achever de me scier les jambes.

Mon amie me tendait toujours sa main et je me dis vaguement que j'aurais dû la saisir en hurlant ma joie et ma jalousie de voir un si gros caillou briller sur son annulaire. Mais j'étais tellement sous le choc que je me contentais de fixer les deux amoureux avec effarement.

Si j'avais espéré que mon employeur dissipe le malaise naissant par quelques félicitations bien choisies, c'était raté. Comme moi, il s'était figé, plus un son ne sortant de sa bouche résolument fermée. C'était comme si on nous avait statufiés.

- Eh bien, vous ne dites rien ?

La détresse perçant dans la voix d'Angela m'émut suffisamment pour que je me secoue et réagisse enfin à la nouvelle.

- Pardon, mais… je… Félicitations !

J'embrassai chacun d'eux en les serrant dans mes bras. Malgré la difficulté à digérer l'information, j'étais finalement sincèrement heureuse pour mes amis. Après des siècles d'abstinence et d'attente, François avait enfin fini par trouver son âme sœur, laquelle lui rendait avec autant d'ardeur l'admiration et la dévotion qu'il avait pour elle. Il était juste qu'ils vivent ce bonheur jusqu'au bout. Le mariage serait le symbole de leur passion.

- Félicitations, mon ami.

Je faillis me provoquer un torticolis en tournant violemment la tête vers l'origine de cette voix. Phoenix s'était enfin décidé à réagir également, mais pas de la façon dont j'aurais pu le craindre. Il ne se contenta pas de serrer la main de François, il le prit carrément dans ses bras, à la grande surprise de ce dernier.

- Merci, Phoenix.

- Je suis heureux pour vous deux, vraiment.

Émues, Angela et moi versâmes une petite larme face à cette démonstration de pure amitié. Elle se laissa embrasser sur la joue par mon patron, puis, je l'étreignis encore une fois.

- C'est une si bonne nouvelle ! Il faut fêter ça !

Oh oui ! Après tout ce que je venais de vivre, j'avais franchement besoin d'une chaise et d'une bonne rasade de gin.

- Sam a raison, ce soir, nous oublions nos soucis et nous ne pensons qu'à votre union à venir ! Allez vous préparer, je vais appeler au « Beaumarchais » pour qu'ils nous préparent une table.

Les yeux ronds, tout le monde fixait Phoenix comme si on nous avait enlevé notre ange taciturne et impitoyable pour le remplacer par son clone opposé.

Comme il nous quittait déjà pour appeler le restaurant dans la tranquillité de son bureau, François ne se contint plus.

- Il est tombé sur la tête ou quoi ?

Je m'esclaffai.

- Il te considère comme un frère, il fallait bien que son masque de fermeté s'abaisse un jour ou l'autre. Tu n'aurais tout de même pas préféré une leçon de morale ?

Il se passa une main dans les cheveux, comme à chaque fois que la gêne le prenait.

- Non, évidemment.

- Alors réjouis-toi d'avoir un ami tel que lui.

- Je ne pouvais en espérer de meilleur.

Sur ces mots, l'intéressé réapparut en nous foudroyant du regard, nous reprochant avec sa voix de velours dangereusement sucrée notre lenteur d'incommensurables bavards. Nous passâmes aussitôt à l'action en nous précipitant chacun vers nos sacs et manteaux dans un joyeux charivari puis, nous montâmes dans la Camaro en attendant notre chauffeur, lequel nous rejoignit quelques minutes plus tard.

Pendant le trajet et la soirée, je fus heureuse que la discussion tourne autour d'un tel bonheur à venir car elle me permit de masquer au mieux le sentiment d'accablement qui me tenait depuis la découverte de Dennis Obson et ma décision de la cacher à Phoenix.

En dépit de l'atmosphère de fête de cette soirée et du raffinement des plats qui m'étaient servis, je n'eus plus qu'un goût de cendre dans ma bouche, symbolique de deux amitiés prêtes à être dévorées par les flammes de l'adversité.

*

Une semaine plus tard, j'étais parvenue à dissimuler avec une redoutable efficacité l'avancée de mes recherches sur le Cercle de

Mellindra à mon employeur, lequel cherchait toujours de son côté dans les rapports de Thomas Coltrane si quelque chose était susceptible de l'aider.

Il m'avait chargée d'étudier de près la symbolique des cobras noir et blanc sur la camionnette de l'assassin de Seamus. Il croyait que je piétinais...

Les premiers jours seulement...

Je me dégoûtais.

Le soir béni où j'avais enfin trouvé LA piste qui me permettrait de remonter jusqu'au Cercle et de fait, jusqu'au père de Matthew, j'avais enregistré toutes les informations importantes sur une clef USB que je cachai ensuite dans mon soutien-gorge, avant d'éteindre l'ordinateur en prétextant qu'à part un gang de jeunes à l'autre bout du pays, le sigle recherché n'était référencé nulle part.

Phoenix me faisait confiance, il m'avait crue.

Le lendemain, j'étais retournée dans son bureau pour imprimer tout le dossier et l'étudier plus tranquillement à l'extérieur du château. En théorie, je devais être seule jusqu'au coucher du soleil, mais je savais que mon patron possédait une télécommande lui permettant d'actionner électriquement la fermeture de tous les volets de la bâtisse alors je ne voulais pas courir le risque d'être surprise.

En vérité, j'avais bénéficié d'un nouveau miracle informatique. Je m'étais même fait la réflexion que ces avancées significatives dans notre enquête ne devaient pas être le fruit du hasard. Pourquoi pas Léthalée ? Elle en avait peut-être eu assez d'attendre « l'issue de cette quête » et avait peut-être entrepris de précipiter les choses. Quant à Dieu... Ça ne pouvait pas être Lui ; après tout, j'allais peut-être déclencher une nouvelle vague de violence entre vampires et humains, alors...

Toujours est-il qu'en fouillant dans plusieurs bases de données policières, dans les fichiers des victimes de meurtres, j'étais tombée sur la photographie d'un homme d'une vingtaine d'années, assassiné autant d'années auparavant. Il avait été retrouvé dans une ruelle sombre, la gorge ouverte, son sang répandu sur le sol. Aucune trace ADN, aucun témoin, rien. En raison du passé criminel déjà bien chargé du jeune homme, les inspecteurs avaient pensé à un règlement de compte entre bandes rivales, notamment en raison d'un tatouage sur son bras gauche représentant deux cobras, l'un noir, l'autre blanc, en train de se battre l'un contre l'autre. Il n'y avait aucun doute, j'avais sous les yeux le tracé exact du logo décrit par Mme Caldwell comme figurant sur la camionnette des électriciens venus chez Seamus O'Malley.

Sur son dossier, il était écrit que son frère aîné, qui vivait avec lui, était devenu le dernier membre encore en vie de leur famille décimée par la pauvreté et les gangs. J'avais sans hésiter ouvert la page le concernant, lui aussi était connu des services de police.

Dès que sa photo était apparue sur l'écran ce soir-là, j'avais tout mis en œuvre pour contrôler mes émotions afin que mes battements de cœur ne trahissent pas l'excitation mêlée de crainte qui me gagna à cet instant. Phoenix n'avait rien vu.

Il n'avait pas vu l'homme tatoué.

Il s'appelait Bruce Abard et était sorti de prison depuis deux ans. On l'avait bien soupçonné pour quelques larcins juste après sa libération conditionnelle, mais il semblait ensuite s'être définitivement assagi et intégré à la société grâce à une rencontre providentielle, celle de son employeur, un certain Richard Harding.

Il ne me fut pas difficile ensuite de retrouver la trace de ce dernier, son domicile et son lieu d'activité. Harding s'était établi à Harrisonburg et dirigeait une petite entreprise de maintenance électrique qui intervenait à domicile en cas de besoin. Sa clientèle était variée, de grandes firmes basées à Kerington à des particuliers sans le sou. Son site internet était décidément tout ce qu'il y avait de plus instructif sur la façon de le contacter, sur les types d'intervention, sur les tarifs, … et bien sûr, sur ses collaborateurs.

Une belle photo de famille avait été postée, où tous les employés posaient avec le directeur dans une attitude professionnelle et souriante.

J'avais moi aussi été tentée de sourire… Je les tenais tous.

Ils étaient là, devant moi. Bruce Abard, Théodora Callidge, laquelle était tenue par la taille par l'homme qui avait le fin mot de toute l'histoire et sur lequel tous mes espoirs reposaient… un homme qui avait choisi le pseudonyme d'un entrepreneur pour cacher sa véritable identité… un homme dont les traits, pour les voir fréquemment à Scarborough, n'étaient que trop familiers… un homme qui n'était autre que Joachim Balder.

*

Je n'avais pas perdu de temps. Dès que j'avais su où contacter Joachim Balder/ Richard Harding, j'avais préparé mentalement les arguments que j'allais devoir lui présenter pour le convaincre de rencontrer Matthew en ma présence.

- Société Harding, Sondra à votre écoute ?

- Bonjour, je m'appelle Samantha Stratford et je souhaite parler à Mr Harding d'une affaire pressante.

- Je suis désolée, Mr Harding est en réunion actuellement, mais je peux lui demander de vous rappeler ultérieurement. Laissez-moi vos coord…

- C'est urgent, Mademoiselle, la coupai-je. Je dois lui parler maintenant, interrompez cette réunion s'il le faut.

- Je suis désolée, je…

- Dites-lui que c'est à propos de son fils, William.

Il y eut un silence. Je me doutais qu'elle pesait le pour et le contre. Effectivement, en général, quand quelqu'un appelait un père de famille pour lui parler de son fils, ce devait être important. En même temps, Sondra devait se faire la réflexion que son patron ne lui avait jamais parlé d'un enfant.

- Je vais voir ce que je peux faire.

Deux minutes plus tard, j'entendis une voix masculine agressive et tendue dans le combiné.

- Qui est-ce ?

- Mr Harding ?

- Oui.

- Samantha Stratford. Je vous appelle au sujet de votre fils.

Il y eut encore un silence.

- Vous faites erreur, je n'ai pas de fils. Vous êtes détective ?

Cette tentative était plutôt ratée. S'il n'avait vraiment pas de fils et que c'était une simple erreur, il n'aurait pas quitté sa réunion pour me parler. Il cherchait à savoir à qui il avait affaire, lui qui était connu par la police comme le meurtrier de sa famille, et par moi comme le responsable de la mort de plusieurs personnes innocentes.

- Non. J'ai voulu aider un ami à retrouver ses origines et par un concours de circonstances, mes recherches m'ont conduite à vous.

C'était la stricte vérité.

- Vous devez vous tromper.

- Vous ne diriez pas cela si vous voyiez le visage de mon ami. Il ressemble trait pour trait à la photo qui figure dans les dossiers de la police concernant un certain Joachim Balder, sauf les yeux... Là, ce sont plutôt ceux d'Emily Balder...

Le silence qui s'ensuivit et la tension perceptible à l'autre bout du fil étaient écrasants. Je venais de jouer carte sur table. Il me restait à savoir si mon interlocuteur allait entrer dans mon jeu ou non.

- Qui êtes-vous ?

La peur s'entendait dans cette voix grave, mais son accent était plus menaçant qu'effrayé. J'étais face à un homme dur, qui ne se laissait pas facilement impressionner.

- Je vous l'ai dit, je m'appelle Samantha Stratford et mon but est de faire retrouver le sourire à un homme qui ne sait pas d'où il vient. Je ne cherche pas à vous faire du tort, ni à remuer de vieilles plaies pour le plaisir. J'ai fait une promesse... Je compte bien la tenir.

- Comment s'appelle votre ami ?

- Matthew Robertson, il habite Scarborough. Il a été adopté par le restaurateur local. Je vous montrerai son dossier d'adoption et les analyses ADN qui m'ont conduite à vous pour le prouver.

- Je veux lui parler.

- Il ne sait pas encore que je vous ai retrouvé. Je comptais le lui annoncer en même temps que votre accord pour le rencontrer.

- Qui me dit que vous n'êtes pas de la police ou que vous ne me montez pas un énorme canular ?

- Si j'étais de la police, je ne me serais pas embarrassée à vous prévenir de mon intention de vous voir, je me serais contentée de débarquer avec des menottes. Quant au canular, j'ai mieux à faire de mon temps que de tromper des pères de famille éplorés.

Il hésitait encore.

- Je suppose que vous allez me demander de nous donner rendez-vous en pleine nuit…

Il me testait pour savoir si je frayais avec les vampires. Il devait s'attendre à un guet-apens. Eh non ! Si piège il y avait, c'était moi qui allais foncer tout droit dedans.

- Désolée, mais de Scarborough à Harrisonburg, il y a plus d'une heure de route. Mon ami et moi travaillons et je préférerais vous rencontrer en début de journée.

Il ne me répondit pas aussitôt, ce qui me laissait supposer que ma demande l'avait pris au dépourvu. Il ne s'attendait pas à ce que je lui laisse autant de temps avant le coucher du soleil et donc avant le lever des créatures de la nuit.

- J'habite dans un lotissement en périphérie du centre. Je vous attendrai chez moi demain, pour dix heures.

Il me donna l'adresse, allait raccrocher, mais se ravisa :

- Mademoiselle Stratford ?

- Oui ? dis-je en finissant de noter ma destination sur mon carnet.

- Il vaudrait mieux que ce ne soit pas une blague.

Il avait voulu me menacer, mais cette dernière année avec Phoenix m'avait fait vivre tant d'événements et fait frôler la mort tant de fois à cause d'individus effrayants au possible, que sa tentative ne me fit ni chaud ni froid.

- Nous serons là à dix heures. Au revoir.

Nous raccrochâmes en même temps.

Je m'adossai à mon siège en soufflant, la première étape de mon plan étant un succès. Il me restait à préparer la seconde.

En prenant une grande inspiration, je m'installai dans la Camaro en direction de Scarborough.

*

- Salut, Samantha, je ne t'attendais pas aujourd'hui, est-ce que tout va bien ?

Matthew m'avait accueillie avec le sourire, mais ses yeux cernés et éteints trahissaient son état dépressif. Il était temps pour lui d'obtenir les réponses aux questions qu'il s'était toujours posées. Peu en importait le prix à payer.

- J'ai quelque chose de très important à te dire.

Je ne comptais pas lui révéler ma véritable identité, je n'en avais en fait pas le courage. Je savais que cette rencontre avec son géniteur sonnerait sûrement le glas de notre amitié, par conséquent je voulais en repousser l'échéance et savourer sa confiance en moi. Matthew m'était très cher, je ne voulais pas qu'il me tourne le dos si je lui annonçais tout de go que son père était un assassin en quête de vengeance contre les vampires. De toute façon, il ne me croirait pas.

- Tu te rappelles la glace que nous avons partagée ici il y a quelques temps.

- Oui.

- Eh bien, j'ai récupéré ta cuillère et fait marcher mes relations pour retrouver un éventuel parent à toi encore en vie grâce à une analyse ADN.

Il commença par s'esclaffer, croyant à une blague, mais devant mon air sérieux, son sourire mourut sur ses lèvres.

- Et ?

- Les résultats sont positifs.

- Tu… tu veux dire que tu as retrouvé mes parents ?

Ses mains étaient secouées de tremblements nerveux.

- Tu devrais t'asseoir.

- Dis-moi, m'ordonna-t-il, sans s'occuper de mon conseil.

- Ton ADN a permis d'établir une filiation indiscutable entre toi et une femme du nom d'Emily Balder.

Matthew ne put davantage rester debout. Il tomba assis sur sa chaise.

- Ma mère ?

Je pris un autre siège, m'installai en face de lui et lui pris les mains.

- Elle a été tuée à Kerington, son corps n'a jamais été retrouvé.

Le visage de mon ami devint brusquement livide, je craignais qu'il ne fasse un malaise.

- Comment… sais-tu qu'elle est morte ?

- On a signalé une traînée de sang identifié comme le sien près de l'endroit ou Danny t'a retrouvé.

Ses épaules s'affaissèrent comme s'il portait tout le poids du monde sur ses épaules.

- Mon Dieu… et mon père ?

- La police a vite expédié l'affaire parce qu'elle était débordée. Les éléments semblaient indiquer que Joachim Balder était coupable et que de désespoir, il avait mis fin à ses jours ainsi qu'à ceux de son bébé, en incendiant sa maison.

De livide, Matthew devint verdâtre.

- Mais je ne crois pas que ce soit ce qui s'est passé, le rassurai-je aussitôt.

- Quoi ?

- Réfléchis, ça ne tient pas debout puisque tu es encore en vie ! Et j'ai mené ma petite enquête sur ton père, il n'avait pas le profil d'un homme qui tue sa femme avant de se faire brûler avec son enfant.

- Comment peux-tu en être si sûre ? La police n'a pas abouti aux mêmes conclusions que toi !

- Cette année-là, il y avait tellement de meurtres et de disparitions inexpliquées qu'elle ne savait plus où donner de la tête. Rappelle-toi ce que t'a dit Danny, il a eu beau aller au commissariat pour tenter de te ramener à tes parents, personne ne te réclamait et les enquêteurs n'avaient pas de temps à lui accorder.

- Mais alors, ma mère aussi peut être encore en vie ?

Je serrai un peu plus ses mains dans les miennes.

- J'ai bien peur que ça, ce ne soit indiscutable.

Effaré par ces révélations, Matthew les assimilait avec difficulté, regardant le sol en secouant la tête avec incrédulité. C'était compréhensible. Et encore… je ne lui avais pas parlé des vampires. Il me semblait qu'il était préférable de le lui cacher le plus longtemps possible. Il était trop terre à terre pour me croire si jamais je me décidais à le lui dire, et le résultat serait qu'il mettrait également en doute mes propos précédents, pensant que je me fichais de lui. Il m'aurait aussitôt mise à la porte.

- Il y a autre chose que tu dois savoir.

- Quoi ?

- J'ai pris contact avec ton père.

- QUOI ?!

Il manqua se renverser en arrière.

- Joachim Balder s'appelle désormais Richard Harding, il tient une entreprise de maintenance électrique à Harrisonburg et se porte à merveille. Il souhaite te rencontrer.

Sous le choc, Matthew se leva si brusquement qu'il en fit tomber sa chaise.

- Tu m'apprends que tu as retrouvé mes parents, que ma mère est morte assassinée, peut-être par mon père censé s'être suicidé avec moi. Ça fait déjà beaucoup à avaler ! Mais là, tu me sors que tu as retrouvé ce dernier, que tu lui as parlé ! Qu'il veut me rencontrer ! Et si c'était vraiment un psychopathe ? Et pourquoi n'a-t-il pas remué ciel et terre pour me retrouver s'il savait que je n'étais pas mort ?

Il criait presque.

- Justement, il te croit mort.

- Me croit ?

- Disons qu'il a eu quelques difficultés à me prendre au sérieux.

- Et il veut quand même me rencontrer ?

- Je pense qu'il est curieux.

- Et si c'était vraiment un assassin ?

Assurément, il l'était. Plusieurs vampires étaient morts par sa faute ainsi que Kiro et sa famille, mais ça, je ne pouvais pas lui en parler. Je ne voulais pas mêler Matthew au Cercle de Mellindra. Sur cette idée, la douce voix de ma conscience me rappela que c'était exactement ce que je m'apprêtais à faire sous couvert de bons sentiments. Elle me reprochait de vivre au pays de *Mickey* en croyant niaisement que le fondateur du Cercle de Mellindra allait cesser ses violences juste parce que je lui aurais ramené son fils dans un emballage cadeau.

C'était vrai que je n'avais pas d'emballage cadeau.

Je m'ébrouai mentalement. J'avais fait une promesse, je me devais de la tenir. Matthew était mon ami, j'avais juré de l'aider à retrouver son père et c'était exactement ce que je m'apprêtais à faire ; les réunir. Peu importait que ce dernier soit un vengeur masqué ou le pape en personne. Matthew avait le droit de savoir, *devait* le savoir !

- C'est ton père. Si tu veux davantage de réponses à tes questions, ne crois-tu pas que c'est à lui que tu devrais les poser ?

Encore retourné par notre échange, Matthew acquiesça néanmoins. S'il voulait le récit des circonstances exactes de son abandon, il allait bien falloir qu'il rencontre Richard Harding.

En espérant que celui-ci nous laisse la chance de nous expliquer avant de nous torturer. Là encore, ma conscience intervint pour me rappeler que je jetais Matthew dans la gueule du loup. *La ferme !* pensai-je.

- Tu as raison. Si je veux des réponses sur mon passé, il faut que je me confronte à celui qui l'incarne.

- Très juste.

- Quand doit-on se voir ?

- Demain, dix heures.

Il blêmit. Cette rencontre qu'il avait sûrement souhaitée depuis qu'il était en âge de comprendre qu'il avait été adopté, il devait maintenant l'appréhender, en raison de sa courte échéance.

- Il faut que je prévienne Danny.

- Je vais te laisser. Je dois mettre de l'ordre dans mes papiers de toute façon. Je passerai te prendre demain un peu avant neuf heures.

- Ok, dit-il d'une voix blanche.

Il était encore en état de choc, c'était évident.

- Tu veux que je reste avec toi encore un peu ?

Il secoua vigoureusement la tête.

- Non, ne t'inquiète pas pour moi. Ça va aller.

- Tu es sûr ?

- Oui, ne t'en fais pas.

Je lui souris et commençais à descendre les marches quand il m'interpella.

- Oui ?

- Merci, Sam, pour tout ce que tu as fait pour moi.

Cette fois, je lui offris un sourire un peu crispé. J'avais bien peur qu'une fois les explications avec son père lancées, il ne soit plus du tout enclin à me remercier.

- À demain.

Je repartis en direction du château, où je retrouvai Phoenix en pleine séance de formulation de malédictions à l'encontre de Thomas Coltrane, dont il avait enfin retrouvé le dossier concernant sa traque du premier Cercle, à laquelle pour une fois, pour la seule pièce qui nous aurait été profitable, son auteur n'avait consacré que quelques paragraphes sans grand intérêt. Le reste de la soirée, nous l'avions passé dans un silence de mort, à ranger les cartons dans le garage en attendant de les rendre à Talanus et Ysis ; lui pour ne pas risquer de me vexer avec sa mauvaise humeur, moi pour ne pas céder à l'appel de ma raison qui me hurlait de tout lui révéler.

C'est ainsi que s'acheva ma dernière nuit, avant l'heure de vérité.

*

Matthew m'attendait déjà devant sa porte quand je vins le chercher un peu avant neuf heures. Tout en lui trahissait l'émotion et la tension qui l'habitaient.

Il était blême, les yeux cernés (il ne devait pas avoir beaucoup dormi, tout comme moi), les traits tendus, les mains moites. Je me mordis la lèvre en l'avisant ainsi. Il n'avait plus rien de l'homme enjoué et sûr de lui que j'avais rencontré un an plus tôt.

Nous n'avions pas parlé durant le trajet, le silence entre nous ayant été seulement couvert par la musique pop de mon autoradio. Il ne se décida à ouvrir la bouche qu'une fois que je m'étais engagée sur la file menant à la sortie de la voie rapide dont un panneau indiquait qu'elle desservait Harrisonburg.

- Tu crois qu'il va me reconnaître ?

Mon cœur se serra. On aurait dit un petit garçon effrayé à l'idée de déplaire à son papa.

- Tu es sa chair. Il te reconnaîtra.

Nous n'avions plus rien dit jusqu'à notre entrée dans le lotissement où Richard Harding avait dit qu'il résidait. Là, Matthew me demanda de ralentir pour pouvoir bien voir les numéros de ces maisons qui se ressemblaient toutes : des murs blancs, un étage, un garage double, des jardins bien entretenus. C'était calme et accueillant.

- Nous y sommes, dit-il soudain, dans un souffle.

Je me garai devant la maison, en observant scrupuleusement les alentours. Les gens devaient déjà être au travail et les enfants à l'école. Il n'y avait que très peu de voitures stationnées dans la rue, à l'exception de l'endroit où nous étions. Quatre *Chevrolet* étaient alignées juste devant ma Camaro. En jetant un œil chez Richard Harding, je vis que quelqu'un observait notre arrivée depuis la porte-fenêtre donnant sur la rue. Ce n'était pas notre hôte. Un comité nous attendait donc.

Réfrénant la brusque montée d'adrénaline qui s'empara de moi, je descendis de mon véhicule et exhortai Matthew à en faire de même. Je tenais fermement dans une main la chemise dans laquelle j'avais rangé toutes les preuves de mes dires, et de l'autre, mon sac à main, contenant un pistolet et un dictaphone. J'avais également caché une autre arme dans mon manteau et mes couteaux dans ma ceinture, cachés par la longueur de mon pull.

Je sonnai à la porte, Matthew s'étant posté derrière moi.

Une minute plus tard, une femme d'une soixantaine d'années nous ouvrit. Les cheveux d'un blanc immaculé, elle avait tout d'une gentille dame si ce n'était la lueur d'éternel chagrin présent dans ses pupilles. Comme elle nous jaugeait l'un et l'autre, je crus bon de faire les présentations, mais à peine avais-je dit un mot qu'elle me coupa la parole.

- Je sais qui vous êtes. Suivez-moi.

Matthew m'interrogea du regard, mais je me contentai de hausser les épaules. Impossible de faire marche arrière.

Le cœur battant, je suivis la femme le long d'un couloir menant au salon, Matthew sur mes talons. Je devinais son stress rien qu'en l'entendant respirer. A priori, il faisait de gros efforts pour rester calme.

- Je suis une amie de Mr Harding, dit notre guide en réponse à la question que je n'avais pas formulée. Il vous attend dans le salon.

Elle s'effaça alors pour nous laisser entrer dans la pièce en question. Même si je me doutais que nous aurions droit à un accueil collectif, je ne pensais pas qu'il y aurait autant de monde. Une quinzaine de personnes s'étaient levées à notre arrivée, nous fixant du regard d'une manière qui aurait eu vraiment de quoi me donner la chair de poule si je ne m'étais pas un petit peu préparée psychologiquement à cette réaction. Pour Matthew, c'était différent. Il ne s'attendait pas du tout à ça et je le vis se raidir à mes côtés.

Il devait lui aussi sentir la lourdeur de l'atmosphère car en parfait gentleman, il se rapprocha de moi comme pour me protéger d'une menace qu'il ne pouvait concevoir.

J'observais plus en détail chaque visage, cherchant dans le lot celui de Richard Harding. Tous étaient marqués par l'anxiété voire l'agressivité. Tous les âges étaient représentés : il y avait un couple d'une soixantaine d'années (dont la femme qui nous avait accueillis), un autre de la quarantaine qui cachaient derrière eux deux enfants qui ne devaient pas avoir plus de dix ans (mon cœur se serra à leur vue), deux jeunes de vingt ans je dirais, les autres tirant plus sur la cinquantaine. La majorité était masculine. Je passais sur un vieil homme barbu et grisonnant quand mes yeux rencontrèrent ceux de la personne que je cherchais.

- Mr Harding, le saluai-je en hochant la tête.

L'intéressé demeura imperturbable malgré le frisson général qui traversa la pièce. Allons ! N'aurais-je été qu'une simple détective privée que j'aurais bien dû faire quelques recherches sur sa personne, à commencer par savoir à quoi il ressemblait. Cette réaction prouvait à quel point la tension qui habitait ces gens était à son maximum.

Je fis un pas en avant, en prenant la précaution de bien mettre mes mains en évidence le long de mon corps.

- Je suis Samantha Stratford, nous nous sommes parlés au téléphone. Je suis venue avec Matthew Robertson… votre fils.

Un autre silence, plus pesant encore que le précédent, tomba dans la pièce. Tout le monde attendait que Richard Harding prenne la parole.

Tout en me dévisageant implacablement, il alla à ma rencontre.

- Mon fils est mort.

Il me fixait, ses yeux bleus me mettant au défi de le contredire. Une alarme se mit à résonner dans ma tête, mais je l'ignorai. Peu importait ce qui m'arriverait, j'avais promis de retrouver les parents de Matthew. Le fait que son père biologique soit le chef du nouveau Cercle de Mellindra n'y changeait rien. Si je survivais à cette journée, Phoenix aurait sûrement envie de me tuer. Mais j'avais fait mon choix.

Je secouai la tête en signe de dénégation.

- Votre fils a été retrouvé dans une ruelle sombre de Kerington par un habitant de Scarborough, Danny Robertson, il y a un peu plus de trente ans. La police était débordée à l'époque et personne n'a fait le rapprochement avec vous ou votre femme. Et comme vous aviez changé de nom entre temps, les recherches menées par l'un et l'autre de mes amis n'ont abouti à rien.

- Mais vous, vous avez réussi là où ils ont échoué, conclut-il avec sarcasme.

- J'ai des preuves.

Je lui montrai la chemise contenant le dossier d'adoption, le dossier de la police, et les analyses ADN.

- Quand on a ce genre de ressources et de possibilités, il est facile de trafiquer les preuves.

Il ne regardait que moi. Je savais pourquoi. Il se doutait bien de qui j'étais en réalité, mais j'espérais qu'en observant mieux Matthew, il verrait sa ressemblance avec lui. C'était si évident ! Mais étrangement, personne ne prêtait attention à mon ami, tous les yeux n'étaient rivés que sur ma personne.

C'était mal parti, mais par chance, l'homme tatoué, le seul qui m'ait vraiment vue, était absent. J'avais peut-être un espoir de les convaincre.

- Ne voyez-vous pas comme il vous ressemble ?

Matthew n'avait pas fait le moindre geste. Intelligent, il avait bien senti la tension qui était grimpée en flèche depuis notre arrivée dans le salon. Il ne bougea pas non plus lorsque son père se campa devant lui et le détailla de la tête aux pieds.

Je vis avec satisfaction le sarcasme et le dédain s'effacer de son visage pour laisser la place au doute au fur et à mesure de son inspection. Quand il riva à nouveau son regard dans celui de Matthew, l'un des muscles au coin de ses lèvres tressaillit.

- Hum…

Le raclement de gorge qui détourna son attention provenait de derrière un grand type blond. Je ne pouvais pas voir la personne qui l'avait émis.

Richard Harding se dirigea vers lui et j'entendis simplement sa voix, réagissant aux chuchotements de son interlocuteur.

- Tu es sûr ?

Puis il revint vers nous, nous contourna pour nous positionner dos au nouvel arrivant.

- C'était bien essayé, mais sachez, mademoiselle, que si je me bats aujourd'hui, c'est pour venger la mort de ma femme et de mon fils. Je ne vois pas la finalité de votre plan, mais comme le soleil est encore haut dans le ciel, vous allez nous expliquer tout ça avant que vos petits copains viennent ici pour nous massacrer.

Tout avait capoté.

Ils pensaient que nous étions à la solde des vampires et que nous allions les leur livrer. Ils avaient raison en ce qui me concernait, mais ils se trompaient sur le fait que je comptais cautionner leur mort.

Matthew fut le premier à se ressaisir.

- Mais qu'est-ce que vous racontez ?! Vous êtes dingue ?! Je suis venu chercher mon père et je tombe sur un aliéné qui me menace, moi et celle qui m'a aidé à le retrouver. Si vous êtes mon géniteur, je suis bien content d'avoir été adopté ! Viens Sam, partons d'ici !

Il avait pris ma main pour allier le geste à la parole, mais je savais que c'était inutile.

Effectivement, il n'eut pas le temps de se retourner car l'homme tatoué était arrivé derrière lui et l'assomma d'une manchette sur la nuque. Je n'eus que le temps de fermer les yeux lorsque son énorme poing jaillit droit vers mon visage. Après, plus rien.

*

J'avais horriblement mal aux bras, sans parler de la douleur qui irradiait de tout le côté gauche de mon visage. Le sang avait dû couler, je le sentais sur ma peau.

Quand je parvins à regarder autour de moi, je constatai que mon champ de vision était largement rétréci en raison de mon œil gauche tuméfié. J'étais suspendue en l'air, une corde me rattachant au plafond par mes poignets, mes jambes trop hautes pour pouvoir effleurer le sol. L'absence de lumière naturelle me fit suspecter qu'on m'avait enfermée dans une cave.

- Matthew… appelai-je aussitôt, paniquant de ne pas le voir près de moi.

- Je suis là, Sam.

Sa voix derrière moi était un mélange de peur et de colère. Ouf ! Il était encore en vie. On nous avait attachés dos à dos.

- Tu vas bien ?

- À part une migraine carabinée et la rage de me sentir impuissant pour nous sortir de là, ça va. Et toi ?

- Je me suis encore pris un coup de poing dans la figure…

J'avais dit ça pour moi-même. J'avais eu mon compte de coups pour le reste de ma vie. Ras-le-bol.

- Encore, tu dis ?

- Laisse tomber… Tu es réveillé depuis longtemps ?

- Quelques minutes. Je n'ai vu personne depuis. Qu'est-ce que c'est que cette maison de fous ? Qui sont tous ces gens ?

Je n'eus pas le temps de répondre. La porte s'ouvrit, laissant apparaître Richard Harding, suivi de l'homme tatoué et de la femme de soixante ans.

- Inutile de continuer ce petit jeu. Vous allez nous dire pourquoi les vampires vous ont envoyés en éclaireur et rapidement... Je ne peux pas me payer le luxe d'attendre que vous soyez loquace, alors mon ami ici présent vous fera part de ses arguments *frappants* afin de vous convaincre de répondre à mes questions.

Des arguments frappants... J'en avais assez d'être frappée...

- Si vous la touchez, je vous jure que je vous taillerai en pièces ! rugit Matthew.

- Justement, je comptais bien commencer par notre nouvelle amie. Après tout, c'est vous qui êtes la mieux placée pour nous dire ce que nous voulons savoir, n'est-ce pas ?

- Je ne vois pas de quoi vous voulez parler, soufflai-je.

J'avais trahi mon employeur pour permettre à Matthew de rencontrer son père biologique avant que celui-ci ne se trouve dans les ennuis jusqu'au cou. Pourtant, je n'avais aucunement l'intention d'aller plus loin. Ils pouvaient me torturer, je ne leur dirais rien qui puisse nuire à l'homme que j'aimais.

Je n'eus pas besoin d'attendre longtemps.

- ESPÈCE DE ...

Je préfère taire ici les insultes proférées par Matthew lorsque je reçus un coup de poing dans l'estomac qui me coupa le souffle.

- ... Vous vous attaquez à une femme, espèces de lâches ! Laissez-la, laissez-la !

Pendant que mon ami se débattait avec ses liens, une gifle monumentale me fit voir trente-six chandelles tandis que je ressentais le goût âcre du sang dans ma bouche.

- Tu travailles pour eux ! insista Harding. Dis-moi quels sont tes ordres ! Quel est leur plan à notre sujet ?

Surmontant la douleur, je trouvai la force de lui répondre :

- Je ne suis venue sur les ordres de personne, j'aide seulement un ami à retrouver ses origines.

Un nouveau coup dans le ventre me percuta. Ma respiration devint difficile, je voyais des petites lumières blanches danser devant mes yeux. Je me concentrais sur les cris de Matthew pour ne pas perdre connaissance.

- ORDURES !!

- Je vous dis la vérité… articulai-je péniblement.

Bruce Abard m'asséna une nouvelle claque.

- Arrête ton cinéma ! On sait parfaitement qui tu es et pour qui tu travailles ! Je vous ai suivis, toi et l'ange. On sait que vous nous traquez. Comment toi, une humaine, peux-tu t'associer avec un vampire ?! Tu trahis ta race ! Tu me dégoûtes !

- Vous êtes des grands malades ! Sam est aide-soignante et s'occupe de son grand-père à plein temps ! Moi, je suis restaurateur ! Il n'y a que des givrés de votre espèce pour penser qu'on fraye avec des créatures de films d'horreur ! Eh, oh !!! Les vampires n'existent pas, vous avez compris ou il faut vous faire un dessin bande de…

Mon compagnon ne put achever sa tirade, le coup qu'il se prit au visage fut si violent que cela lui fit basculer la tête en arrière, m'assenant un choc au passage. Néanmoins, ce ne fut pas suffisant pour lui faire perdre connaissance.

- C'est tout ce que tu as dans le ventre, gros tas ? rigola-t-il. Tu peux me frapper autant que tu veux, toi et ta bande de minables, vous ne resterez toujours que des fous furieux ayant raté leur correspondance pour l'asile le plus proche !

L'homme tatoué allait de nouveau frapper, je le savais. J'étais prête à tout, mais pas à laisser mon ami se faire tabasser en voulant jouer les chevaliers servants.

- Arrêtez !

Richard Harding fit un mouvement de la main pour indiquer à son complice de suspendre son geste. Puis, il me dévisagea.

- J'attends, dit-il simplement.

Je fermai les yeux un instant, et pris une grande inspiration.

- Je vous ai dit la vérité tout à l'heure.

Il leva la main comme pour me gifler.

- Attendez ! Je n'ai pas terminé !

Il la baissa. L'heure de vérité avait sonné.

- Phoenix n'est pas au courant de ma venue ici. J'ai agi sans son accord.

Matthew me coupa la parole.

- Phoenix ? Mais de quoi parles-tu, Sam ? Pourquoi devrais-tu demander la permission à ton ex-fiancé pour rencontrer ma famille ? Ne rentre pas dans leur jeu, on n'a pas à se soumettre à leur folie !

- Votre ex-fiancé ? s'étonna Harding.

- C'est ce que je lui ai raconté. À Scarborough, tout le monde croit que je vis avec mon grand-père infirme duquel je prends soin, et que personne n'a jamais vu. Et que l'ange des vampires pour lequel je travaille en réalité est un ex petit-ami avec lequel je n'ai pas tout à fait coupé les ponts.

Il y eut un silence. Pesant.

- Mais qu'est-ce que tu racontes…

Il y avait de l'incrédulité et une pointe de détresse dans ces quelques mots.

- Je me suis liée d'amitié avec les habitants de cette ville, notamment avec Mr Robertson ici présent. Quand j'ai vu à quel point l'ignorance de ses origines le tourmentait, je lui ai promis de l'aider à reprendre les recherches en utilisant les moyens que me fournissait mon emploi. C'est en remontant dans son histoire que j'ai pu vous retrouver. Je n'ai jamais soupçonné un quelconque lien entre vous deux, jusqu'à il y a quelques jours. Je n'ai pas pu me résoudre à faire part de cette découverte à Phoenix. J'avais fait une promesse à un ami.

Richard Harding me contemplait avec gravité, tentant de démêler le vrai du faux dans ce que je lui avais raconté.

- Tu ne vas pas la croire tout de même ! s'écria Bruce. Elle essaie de nous enfumer pour gagner du temps afin que ses copains vampires viennent tous ici nous étriper ! Tuons-les et allons nous cacher ailleurs !

Son interlocuteur ne disait toujours rien.

Je décidai de pousser mon avantage.

- J'ai vu le doute dans vos yeux tout à l'heure quand vous avez observé Matthew. Vous ne pouvez ignorer ce qui s'est passé. Votre raison ne veut peut-être pas l'admettre, mais votre cœur, lui, ne s'est pas trompé, il a reconnu la chair de votre chair.

Harding jeta un coup d'œil derrière moi.

- Regardez-le ! Vous savez bien que je dis la vérité.

- Si tu ne la fais pas taire, Joachim, je vais m'en charger ! Elle essaie de nous avoir en utilisant ton point faible ! Tu n'aurais de toute façon jamais dû l'autoriser à venir ici ! dit son complice en le rejoignant.

- Ferme-la, Bruce ! J'essaie de réfléchir.

Il nous abandonna pour faire face à mon ami.

- Regarde-moi.

Un nouveau silence s'ensuivit.

- Ces yeux... je les reconnais...

- Je ne te laisserai pas nous faire tuer, Joachim ! s'écria l'homme tatoué en se préparant à charger son supérieur, tel un taureau en furie dans une arène espagnole.

Comme il s'élançait avec toute la rage qui l'habitait, j'attendis qu'il passe à ma portée et utilisai toute la souplesse acquise pendant les longues heures d'entraînement avec mon patron pour lancer mes jambes en l'air et les refermer autour de son énorme cou.

La femme hurla à l'aide en remontant l'escalier, tandis que Richard Harding tirait un couteau de sa ceinture sans trop savoir qu'en faire. Les cuisses serrées au maximum, je me démenais comme une folle pour rester en position malgré les tentatives plutôt brutales de ma victime pour s'échapper. J'avais laissé la colère couler dans mes veines pour me donner la force de parvenir à mes fins et au bout d'un moment, mes efforts furent récompensés. Celui qui avait voulu se jeter sur Harding cessa de se débattre et le souffle manquant, finit par s'effondrer au sol, inanimé, quand j'estimai que je pouvais sans danger le lâcher.

Levant les yeux, je vis que ce dernier me regardait d'un air effaré, comme si j'étais un démon revenu des flammes de l'enfer. Je crus que ses orbites allaient lui sortir de la tête.

- Ça va, je ne l'ai pas tué ! râlai-je.

Avec tout ça, j'allais encore devoir essayer de le convaincre que je n'essayais pas de tous les massacrer.

- Vos yeux ! glapit-il en reculant et lâchant son couteau.

Flûte ! Il allait croire que j'étais effectivement un démon avec cette fichue coloration de mes pupilles ! Il fallait que ça tombe au plus mauvais moment !

- Ne craignez rien, je suis bien humaine. J'ai juste un petit problème avec mes yeux. Ça me fait ça de temps à autre.

Livide, Harding ramassa son couteau et s'avança vers moi.

- Hé ! Je vous ai dit que n'aviez rien à craindre de moi ! paniquai-je. Vous allez faire une énorme erreur ! Je vous ai dit la vérité !

Je ne pus m'empêcher de fermer les yeux lorsqu'il brandit la lame.

Et les rouvris en constatant qu'il ne m'avait pas poignardée, mais qu'il coupait la corde qui me retenait prisonnière.

Je le regardais faire, muette de stupéfaction. Libérée, j'attendis que Matthew en fût de même pour lui demander :

- Pourquoi ?

- Vos yeux.

- Quoi, mes yeux ? Je n'y peux rien, je ne sais pas d'où ça vient et de toute façon je ne vois pas le rapport avec notre situation.

- Moi, si.

- Eh bien je suis tout ouïe !

- Comment s'appellent vos parents ? Et je veux une réponse honnête, pas un faux nom emprunté chez les vampires !

- Mes parents n'ont jamais rien eu à voir avec les vampires, alors laissez-les en dehors de ça !

- Répondez ! S'il-vous-plaît.

Un simple ordre, je lui aurais ri au nez. Mais là, quelque chose me dit qu'il fallait que je lui obéisse.

- Betty et Warren Watkins.

Il ferma les yeux, ses épaules s'affaissèrent.

Un grand fracas s'ensuivit, les autres membres du Cercle étaient venus à la rescousse avec des fusils.

- Ne les touchez pas ! s'écria Harding. C'est mon fils…

Enfin, il voulait bien le reconnaître !

- … et voici la fille de Vanessa !

- Je… QUOI ?!

Chapitre X : Aux origines du Cercle…

*

Tout le monde s'était figé dans la pièce. C'était comme si le cours du temps s'était suspendu pour nous laisser savourer cet instant. Sauf que moi, je ne le savourais pas, bien au contraire.

- Mais qu'est-ce que vous racontez ?

Richard Harding s'approcha de moi et me contempla longuement. Cette inspection me mettait mal à l'aise, surtout après ce qu'il venait de me lancer à la figure.

- Il n'y a pas de doute possible. L'âge, l'apparence physique, ce feu dans le regard… Tout correspond.

J'entendis des murmures choqués derrière moi. Je ne comprenais pas ce qui se passait, j'étais complètement perdue. Cherchant un peu de soutien, je m'approchai de Matthew.

- Mais enfin, qui es-tu ? dit-il en s'écartant, l'œil douloureux et accusateur.

Je m'étais préparée à ce sentiment de trahison à l'instant même où j'avais appris sa parenté avec le chef du Cercle de Mellindra. Je voulais qu'il l'apprenne le plus tard possible, mais je me doutais bien qu'en les confrontant tous les deux, ma véritable identité allait éclater au grand jour… et qu'il me détesterait de lui avoir menti.

J'en avais fait l'expérience avec Angela l'année précédente. Toutefois, le fait que je lui aie sauvé la vie, qu'après cela j'avais failli mourir et qu'accessoirement j'avais été à l'origine de sa rencontre avec son grand amour, avait contribué à son pardon.

Je ne me faisais pas d'illusion avec Matthew, ce serait plus compliqué vu que je lui préférais le vampire à qui on avait assigné la mission de traquer le seul survivant de sa famille.

Pourtant, j'avais espéré que mon aide dans sa quête de ses origines jouerait en ma faveur. À voir sa tête, je devinais aisément que regagner sa confiance serait difficile, voire impossible.

La boule qui se forma dans ma gorge me réduisit au silence.

- Je peux répondre à cette question…

Mon attention ainsi que celle de mon voisin furent de nouveau concentrées sur Richard Harding.

- Je n'étais pas au courant de l'existence des vampires jusqu'à ce que je rencontre ma femme. Un jour, elle m'a appris que ses ancêtres, des négociants russes, avaient décidé de créer une armée qui les détruirait. Leur nom a été choisi à la mémoire de celle qui avait été assassinée par l'un d'entre eux, sa mort ayant alors tout déclenché. Vous savez de qui je veux parler, n'est-ce pas ?

Je hochai la tête.

- Mellindra Malovitch.

Je jetai un regard en coin du côté de Matthew. Il avait frissonné quand j'avais avoué ma connaissance d'une situation qui le dépassait. Je compris qu'une part de lui espérait encore que tout ceci n'était qu'une mauvaise farce et que j'étais bien la Samantha Stratford qui était devenue son amie un an auparavant. Le pauvre…

- Comme cette guerre avait fait de nombreux morts des deux côtés, une trêve avait été décidée...

Je connaissais cette partie de l'histoire, Harding la racontait pour Matthew, qui malgré l'incongruité de ces révélations, était tout ouïe.

- ... notamment grâce à la promesse des chefs vampires d'imposer un nouveau mode de consommation de sang humain qui exclurait définitivement les meurtres de l'équation dans les pays suffisamment équipés scientifiquement pour mettre à mal le secret de leur existence. Le Cercle de Mellindra a accepté ces termes à condition que ce Grand Changement, comme ils l'ont appelé, soit appliqué avec la plus grande fermeté. Ce fut le cas, jusqu'à il y a un peu plus de trente ans...

Il secoua la tête comme pour repousser d'horribles souvenirs qui étaient remontés à la surface.

- Deux ans avant la vague de disparitions qui a fait frémir tout Kerington, nous avions fait la connaissance d'une jeune femme.

Ce fut à mon tour de tressaillir, le cours de l'histoire prenait un aspect qui m'était inconnu et qui me terrorisait de par ce qu'il supposait.

- Elle s'appelait Vanessa Kane, elle avait emménagé juste à côté de chez nous et avait trouvé un emploi comme standardiste dans une petite boîte du quartier nord. Elle ne se liait pas facilement, mais mon épouse, Emily (un sourire se dessina sur ses lèvres en prononçant son nom), a su trouver les mots. Nous sommes devenus amis. Un jour, Emily l'a complimentée sur la beauté de ses yeux noirs, admirant leur profondeur et surtout, cette étrange teinte rouge qu'on apercevait en la regardant de plus près. Aussitôt, Vanessa s'est levée et s'est enfuie de la maison, comme si elle avait le diable aux trousses...

Je m'étais tellement raidie en écoutant ce récit que je sentais mes muscles protester d'indignation dans mon dos. Je retenais mon souffle, attendant une suite qui, j'en étais sûre, achèverait de me perdre dans ce cauchemar. Je sentais sur ma nuque le regard de mon ami, qui tout sauf stupide, avait fait comme moi le rapprochement entre les yeux de cette femme et les miens.

- Craignant de l'avoir blessée, Emily est allée la trouver. Quand elle est rentrée ensuite, livide, je lui ai demandé si elle allait bien. Elle m'a rassurée en me disant que c'étaient les confidences de Vanessa qui l'avaient retournée. En effet, celle-ci avait fini par se confier à elle et lui avait révélé qu'elle était la dernière représentante d'une lignée qui aurait dû être exterminée des siècles auparavant. A priori, deux de ses ancêtres français vivant au Moyen-âge avaient été transformés en vampires et quelque chose dans leur sang les avaient rendus incroyablement plus puissants que leurs congénères. Le pouvoir leur étant monté à la tête, ils ont voulu régner sur le monde de la nuit et ont fomenté un coup d'État. Je ne sais pas combien ils sont exactement, mais je sais que les chefs des vampires ont dû mobiliser toute leur puissance ainsi que celle de nombre de leurs hommes pour en venir à bout. Afin que cela ne se reproduise pas, il a été décidé d'anéantir tous les héritiers des traîtres ainsi que tous ceux ayant un infime lien de parenté avec eux. Ils croyaient se préserver ainsi du danger d'une nouvelle génération, plus puissante encore, mais ce qu'ils ne savaient pas, c'était que leur père biologique, à l'origine de cette anomalie génétique héréditaire, avait eu un enfant hors mariage avec l'une de ses servantes. Ce dernier savait ce que ses deux fils étaient devenus et en voyant la multiplication des morts inexpliquées dans son entourage, il s'est douté de ce qui arriverait. Il a alors tout raconté à sa maîtresse et lui a donné de quoi s'enfuir et vivre confortablement très loin d'ici. Elle l'a supplié de venir avec elle, mais il savait qu'en agissant ainsi, il ne ferait que mener les vampires à sa petite fille. Il refusa donc et périt comme tous ceux de sa famille. Ce secret fut transmis à chaque génération, chacune mettant en garde la suivante sur les risques de croiser ne serait-ce qu'un vampire au courant de leur particularité. Certains ont décidé qu'il valait mieux ne pas avoir d'enfants dans ce monde de fous et peu à peu, la lignée s'est éteinte. Vanessa se savait en être la dernière… La dernière d'une lignée qui se démarquait des autres par la couleur des yeux de ses membres…

Harding me regarda.

- Des yeux noirs comme la nuit, au fond desquels un feu rougeoyant n'attend qu'une étincelle de colère pour tout embraser.

Sans salive dans ma bouche, je ne pus même pas déglutir. J'étais au bord de l'évanouissement.

- À notre tour, nous lui avons parlé du Cercle de Mellindra et de sa mission. C'était comme si nous lui présentions le Père Noël, Vanessa voulait le reformer. Elle en avait assez de vivre la peur au ventre, elle voulait se battre. Elle a pris des cours de combat, Emily aussi. Mais elle a préféré arrêter quand elle a su qu'elle attendait notre premier enfant, un fils. Vanessa, au contraire, était insatiable et ses progrès augmentaient à mesure que sa haine envers ceux qui avaient fait de sa vie un enfer, grandissait. Emily lui a offert un collier qui est devenu ensuite notre symbole : la lune en noir, assaillie par les rayons du soleil invincibles pour symboliser le pouvoir de la lumière sur les créatures de l'ombre…

Ah, c'était ça alors, le pneu de voiture…

- Elle a rencontré d'autres personnes qui avaient perdu un proche à cause des buveurs de sang et les a convaincus de reformer un nouveau Cercle. Emily, qui baignait dans ces histoires depuis sa jeunesse, l'y a aidée avec ferveur. Vanessa était tellement obsédée par son désir de vengeance qu'elle ne ménagea pas ses efforts, même quand elle se découvrit enceinte.

- Notre fils, William, est arrivé au moment où la vague de meurtres a commencé. Grâce aux archives des parents d'Emily, nous connaissions les signes, ce qui nous a permis de savoir que les vampires étaient derrière tout ça. Nous nous pensions de taille à les affronter, tels des justiciers protégeant l'humanité d'une menace mortelle. Mais nous avons commis plusieurs erreurs qui ont permis, au bout de quelques mois, de remonter notre trace. Quand plusieurs des nôtres ont été tués avec toute leur famille dans l'incendie de leur maison, nous avons compris que nous avions été découverts et qu'il se passerait peu de temps avant qu'on nous retrouve et nous extermine jusqu'au dernier. Alors que nous étions sur le point de partir, Vanessa a commencé à avoir des contractions. On ne pouvait pas risquer de l'emmener à l'hôpital et Emily ne voulait pas l'abandonner. Nous avons demandé aux Collins de l'aider à mettre son bébé au monde, tous deux étant médecins. J'avais peur que les vampires nous retrouvent avant que nous puissions nous échapper. Ce fut le cas d'ailleurs... Une heure après l'accouchement, Vanessa s'est sentie mal. Au cas où, elle a rendu à Emily le collier qu'elle lui avait offert. Elle a demandé aux Collins de prendre l'enfant et d'aller se cacher dans une petite ville, sous une fausse identité. Elle a cru que j'étais sorti aussi de la pièce quand ma femme est allée chercher du linge propre, mais je m'étais simplement rendu dans la chambre de William pour vérifier s'il dormait toujours. Alors je l'ai entendu leur faire promettre d'élever sa fille comme si elle était de leur sang, en la protégeant des vampires. Elle se savait mourante. Ils lui ont juré de prendre soin de l'enfant et au cas où elle survivrait, lui ont révélé qu'ils comptaient recommencer leur vie à Pembroke, sous le nom de Watkins...

J'allais vomir, tout tournait autour de moi ! Le sang cognait contre mes tempes, ma tête semblait sur le point d'exploser. Je n'avais pas besoin de miroir pour savoir que ma peau avait dû verdir sur la fin de sa phrase, la nausée qui me tourmentait était une preuve suffisante. Mes mains tremblaient sans que je n'aie plus aucun contrôle sur elles et le froid qui m'habitait n'avait rien à voir avec les températures hivernales. Le comble fut de sentir les mains de Matthew sur mes épaules, je ne l'avais pas entendu s'approcher.

- Sam ? murmura-t-il.

L'inquiétude dans cette demande aurait pu me rassurer, il n'avait pas complètement tiré un trait sur notre amitié, sinon, il m'aurait laissée m'écrouler sur le sol sans lever le petit doigt. Mais j'étais trop mal pour me réjouir, trop désespérée, trop… il n'y avait pas de mots pour dire à quel point ces révélations me dévastaient.

Richard Harding avait bien vu ma réaction, mais poursuivit :

- Les Collins partis, nous nous sommes préparés au départ. Lorsque ce bolide est arrivé au moment où on allait monter dans la voiture, nous savions que c'était trop tard. Vanessa, qui était encore sur le perron, a sorti une arme et nous a hurlé de nous enfuir avant de commencer à tirer. La dernière fois que je l'ai vue, elle faisait face, l'arme au poing, à son assassin. J'ai su par la suite qu'on avait retrouvé les restes d'un cadavre calciné dans les cendres de notre maison incendiée…

Mes larmes coulaient en torrent sur mes joues, mon cœur, broyé par les images qui se formaient dans ma tête, était comme percé de milliers de lames chauffées à blanc.

- Le vampire nous a ensuite poursuivis à pieds, Vanessa ayant dû lui crever les pneus de sa voiture avec ses balles. Nous avions beau rouler à toute allure, nous ne parvenions pas à le semer. À un moment, on ne l'a plus vu. On savait que c'était un répit. J'ai fait sortir Emily et William dans une petite ruelle sombre et glauque pour faire diversion. J'ai roulé une heure et j'ai cru mourir de joie en m'apercevant qu'il ne me suivait plus, mais quand je suis revenu sur mes pas, il n'y avait plus personne. J'ai cherché partout et j'ai fini par découvrir une flaque de sang un peu plus loin de la ruelle. Il ne m'a pas fallu beaucoup d'imagination pour deviner ce qui s'était passé. Le vampire s'était désintéressé de moi pour s'attaquer aux êtres qui m'étaient les plus chers au monde. (Il ferma les yeux, sa voix s'enroua) J'ai alors fait ce qu'il fallait, j'ai disparu pour préparer ma vengeance. Ça a marché, pour les vampires et la police j'étais mort avec ma famille, pour les uns exécuté, pour les autres réduit en cendres dans ma maison.

Il y eut un silence, puis il reprit :

- Je ne sais pas si Emily a souffert, je préfère me dire que non. Et jusqu'à présent, je croyais que mon William l'avait accompagnée au Paradis. Jamais je n'aurais cru que la fille de Vanessa Kane me le ramènerait vivant.

Il me regarda avec émotion.

- Je vous ai cherchés, vous, Betty et Warren. Je vous ai cherchés à Pembroke, mais je ne vous ai pas trouvés. Où étiez-vous ?

D'une voix blanche, je lui répondis :

- À Kentwood.

- Kentwood... Si près... Ils ont bien fait, c'est une ville trop insignifiante pour attirer les suceurs de sang.

Inutile de lui préciser qu'une vampire tarée du nom d'Engara vivait là du temps de l'esclavage et que si elle avait su que j'avais contribué sans le savoir à sa rupture avec Phoenix, elle m'aurait tuée du temps que je vivais là-bas. Mais pourquoi pensais-je à elle à un tel moment ?

- J'ai besoin de prendre l'air, je me sens très mal... dis-je dans un murmure à peine audible.

Je crus un instant que nos spectateurs allaient me bloquer le passage. C'était sans compter sur Richard Harding.

- Laissez-la passer. Ce n'est pas tous les jours qu'on apprend qu'on travaille pour ceux qui ont assassiné notre mère...

Ces mots firent aussitôt effet. Je volai plus que je ne courus vers le jardin, et passée la première goulée d'air, je me précipitai vers la haie pour y déverser tout le contenu de mon estomac.

J'étais venue pour permettre à Matthew de retrouver un sens à sa vie et qu'y avais-je gagné ? L'écroulement de tout ce à quoi je croyais, tout ce qui m'avait forgée en tant qu'individu. Tout ce que je savais ou croyais savoir avait été soufflé en une minute et il ne me restait plus rien... Phoenix ne me pardonnerait pas d'avoir omis de lui parler de ma découverte du Cercle de Mellindra, Matthew allait me haïr d'avoir aidé les vampires à traquer son père et de lui avoir caché ma véritable identité. Mais d'ailleurs, qui étais-je, en fait ?

J'avais tellement de noms qu'il y avait franchement de quoi s'y perdre. Samantha Jones, Samantha Stratford, Samantha Watkins,

Samantha Kane. Ceux que je prenais pour mes parents, ceux qui m'avaient tout appris, qui m'avaient transmis toutes ces valeurs de bonté et d'honnêteté… avaient en fait plus d'un cadavre dans leur placard. Celui de ma véritable mère entre autres…

Ma mère… Betty Watkins était une femme douce et attentionnée qui ne manquait jamais de profiter de son temps libre pour me faire découvrir des livres, des expositions, des films qui m'ouvriraient l'esprit et feraient de moi une personne cultivée et intéressée par tout ce qui m'entourait. Mon père adorait me porter sur ses épaules lorsque nous allions tous ensemble, le dimanche, au parc de loisirs de Williamsburg. Ils étaient adorables. Mais à la lumière de ce que je venais d'entendre, certaines pièces du puzzle se mettaient en place et me permettaient de réaliser que certains de leurs comportements à mon égard n'étaient pas normaux.

Ils n'aimaient pas me voir fréquenter d'autres enfants quand j'étais petite et à l'adolescence, mon père trouvait tous les prétextes pour m'empêcher de sortir après le coucher du soleil. C'était la raison principale de mon existence solitaire. Je ne leur en avais jamais voulu car j'avais toujours pensé qu'étant leur seule enfant (eue sur le tard puisque ma mère avait quarante ans à ma naissance), ils voulaient profiter au maximum de leur rôle de parents aimants avant que je prenne mon envol en solo. J'étais loin de me douter qu'en réalité, ils avaient agi de la sorte pour me préserver d'une menace si terrible qu'ils vivaient tous les jours dans la peur d'être découverts.

S'ils savaient ! Ils m'avaient tellement bien couvée que j'ignorais tout de mes véritables origines et que par accident, je m'étais retrouvée à travailler pour ceux qui auraient rêvé de les assassiner, le comble étant que je n'avais pas trouvé mieux que de tomber éperdument amoureuse de l'un des membres de cette espèce.

L'histoire voulait que ce fut Ichimi qui ait traqué ma mère biologique, mais cela aurait très bien pu être Phoenix… Mon

Dieu… Si ça s'était passé autrement, j'aurais aimé le meurtrier de ma mère !

Un nouveau spasme me prit et me força à régurgiter le peu qui restait dans mon estomac. Je vivais un horrible cauchemar ! Pourquoi avait-il fallu que je m'obstine là où Matthew avait échoué il y a des années ? Si je ne l'avais pas aidé, je n'aurais peut-être jamais rien su de tout ça !

Je savais que me morfondre de la sorte était puéril. Mieux valait connaître la vérité et l'accepter plutôt que de vivre dans l'ignorance de ce qui fut.

Ma mère s'était sacrifiée pour me sauver de la brutalité des vampires. De là-haut, elle devait me haïr d'avoir tissé des liens d'amitié avec eux, d'amour même pour l'un des leurs, au point que je n'avais pas hésité à faire barrage de mon corps à la lame en argent qui aurait dû le tuer l'an passé. Mes parents adoptifs aussi devaient être mortifiés de voir la tournure des événements, ruinant tous leurs efforts pour me protéger d'un monde qu'ils pensaient avoir fui pour toujours.

Le flot de larmes amères ne semblait pas vouloir se tarir et je restais là, hébétée, à genoux devant des buissons et une flaque de vomi, dans le jardin ensoleillé de l'homme qui avait juré de se venger de la race qui lui avait tout pris : sa femme, son fils, ses amis, à commencer par ma propre mère, dont le seul tort envers les vampires avait été de naître.

Je ne sais pas combien de temps j'étais restée prostrée dans l'herbe verte, ni à quel moment les pleurs avaient cessé. Au bout d'un moment, ma conscience avait refait surface pour me rappeler que les heures défilaient et que je ne pouvais pas m'éterniser dans cette position. Phoenix devait se rendre chez Talanus et ne m'attendrait pas forcément au coucher du soleil, mais ne me voyant pas revenir, il utiliserait la géo-localisation par satellite pour me retrouver grâce à mon téléphone portable maintenant qu'il avait compris comment cela fonctionnait, et il ne manquerait pas de venir ici où il n'était pas du tout le bienvenu. Mon sens pratique parvint donc à se frayer un chemin dans le paysage de désolation qu'étaient devenus mes sentiments et me permit de me remettre debout, prête à affronter de nouveau le Cercle de Mellindra, ainsi que le secret enfin découvert, de mes origines.

*

Lorsque je pénétrai dans le salon de Richard Harding une nouvelle fois, je mis mes émotions de côté et je demandai à le voir.

Je n'avais jamais été seule à aucun moment. Tout le temps qu'avait duré mon introspection douloureuse, j'avais été surveillée par les membres du Cercle à une distance respectueuse. Revenue à l'intérieur, je refusai de parler à quiconque, économisant mes forces pour discuter de ma libération avec leur chef. De toute façon, personne n'avait tenté d'engager la moindre conversation avec moi, tous demeurant groupés à l'autre bout de la pièce, suffisamment loin pour que je ne puisse saisir leurs paroles, sans pour autant s'épargner la peine de dissimuler, par leurs regards méfiants, qu'elles me concernaient.

J'attendis encore une heure avant que quelqu'un se décide à aller chercher celui que j'attendais. J'avais vu la tension de mes geôliers augmenter au fur et à mesure que le jour déclinait et leurs coups d'œil furtifs vers la pendule ne m'avaient pas échappé.

Seulement, ce ne fut pas du soulagement que j'éprouvai quand le messager revint de la pièce accompagné d'une autre personne, mais de la lassitude et de la colère. Bruce Abard me faisait face, les yeux encore injectés de sang après le traitement que je lui avais infligé, et tous les muscles de ses bras saillants, prêts à l'emploi contre moi.

- Toi ! Tu vas me le payer ! rugit-il en s'avançant dans ma direction.

Je n'étais pas attachée, je n'étais plus sous le coup du choc de la révélation de mes origines, et j'étais d'une humeur de chien. Son comportement m'avait apporté la certitude que c'était lui qui avait dû assassiner Kiro et sa famille. Harding n'avait pas eu le courage de me blesser avec son couteau dans la cave tout à l'heure, et les autres membres du Cercle semblaient bien trop timorés pour commettre une telle tuerie. Mon instinct me soufflait que Bruce était le seul ici dont la haine surpassait la peur des vampires. Ce ne pouvait être que lui. Il allait le payer.

Mon combat avec Hedayat m'avait rassurée quant à mes capacités face à un vampire alors je n'avais pas peur de cette brute, même si avec sa force, il aurait pu me plier en deux sans difficulté. Il me sous-estimait, moi pas.

Propulsé par son élan, il ne réagit pas assez vite quand je l'esquivai et m'offrit une occasion que je n'aurais laissé passer pour rien au monde.

De toutes mes forces, je lui envoyai mon poing au visage, sachant pertinemment que ce ne serait pas suffisant pour lui faire perdre connaissance, tout au plus pour le déstabiliser. Ce faisant avec succès, ce fut à son tour de recevoir une manchette sur la nuque, qui, parfaitement réalisée, le laissa évanoui, affalé sur le sol pour de bon.

De plus en plus irritée, je l'enjambai sans le moindre remords pour retourner m'asseoir sur le sofa.

- Je commence à perdre patience. Où est votre chef ? demandai-je d'une voix cassante et agressive à l'assemblée tétanisée qui me fixait, bouche bée, sans oser prendre des mesures pour me punir d'avoir blessé leur compagnon.

- Je suis là.

Je me retournai.

Je ne m'étais pas rendu compte de sa présence ni de celle de Matthew à ses côtés, vu qu'ils étaient entrés dans la pièce par une autre porte, dans mon dos. Ce dernier me regardait comme s'il me voyait pour la première fois, une lueur de déception et de crainte dans ses yeux noisette.

- Nous avons entendu Bruce et nous avons eu peur qu'il ne vous tue. Je vois que ces appréhensions étaient infondées.

Encore sous le coup de la colère, je lui répondis en désignant le déchet à mes pieds :

- Mon employeur m'a appris à me défendre. Malheureusement, nos amis humains qu'il a tués n'avaient pas cette chance.

- De quoi parlez-vous ? demanda-t-il, sincèrement surpris.

- Je parle des trois personnes innocentes qu'il a massacrées à coups de fusil ! Phoenix a raison de dire que les vampires n'ont pas le monopole de la sauvagerie ! Il y avait tellement de sang qu'on se serait crus dans un abattoir ! Vous dites que vous voulez préserver la race humaine, mais comment avez-vous pu cautionner une telle boucherie ?

- Je n'ai jamais autorisé Bruce à assassiner des humains ! se défendit-il.

- Eh bien vous ne vous êtes pas bien fait comprendre ! C'étaient deux septuagénaires inoffensifs et leur petite-fille de vingt-deux ans, laquelle n'était au courant de rien !

Des murmures horrifiés se firent entendre dans mon dos. Mon interlocuteur paraissait aussi choqué que ses compagnons.

- Jamais je n'aurais cautionné une telle infamie…

Soudain, la colère disparut. Cela me soulageait d'apprendre que le Cercle n'avait pas choisi la barbarie pour parvenir à ses fins. Il y avait peut-être une vraie chance alors…

Matthew arborait l'air sombre de quelqu'un qui en avait trop vu ou trop entendu tandis qu'il me dévisageait. Je ne m'autorisai pas le luxe de m'appesantir sur l'opinion que mon ami devait avoir de moi, il fallait que je parte d'ici au plus vite. Le soleil se couchait dans quelques minutes.

- Je dois partir, déclarai-je, sans transition.

Richard Harding haussa les sourcils, manquant presque de s'esclaffer devant l'ineptie que j'avais osé proférer.

- C'est hors de question.

Je m'étais attendue à son refus, mais j'étais déterminée.

- Vous préférez que mon patron rapplique ici dans l'heure qui vient ?

- S'il vient, nous aurons un otage : vous.

Cette fois, ce fut à mon tour de rire.

- Parce que vous croyez réellement qu'il se soucie à ce point de ma petite personne, surtout en sachant que je l'ai trahi ?

- William… enfin… Matthew m'a appris qu'il n'y avait sûrement pas qu'un simple lien professionnel entre vous deux.

Je jetai au responsable de cette accusation un regard noir qu'il me rendit en carrant les épaules.

- Matthew n'est pas tout à fait impartial et ses émotions obscurcissent son jugement.

Richard Harding nous observa l'un l'autre pendant notre nouvel affrontement silencieux. Il dut comprendre qu'on ne lui avait pas tout dit à propos de nous deux, mais il fut suffisamment éclairé pour changer de sujet. Celui-là ne mènerait nulle part, comme cela avait toujours été.

- Bon, reprenons au début. Vous comprenez que je ne peux pas vous laisser repartir au risque que ce que je vous ai raconté ne vous ait pas un peu ouvert les yeux et que vous alliez tout révéler sur nous à celui qui veut notre mort à tous depuis trente ans. Quoique d'un certain côté, je serais ravi de voir cet ange venir ici afin que nous le tuions plus vite que prévu.

Horrifiée, je m'écriai.

- Vous voulez le tuer ?

- Bien sûr que oui ! Lui et tous ceux de son espèce, ceux qui nous ont pris des êtres chers !

- Mais Phoenix n'a rien à voir avec celui qui a tué vos proches !

Tout le monde se tut dans la pièce. Harding me jeta un regard perçant.

- Et comment pouvez-vous le savoir ?

Je pris une grande inspiration.

- Je sais de qui il s'agit. Il s'appelait Ichimi Ritsuye…

- S'appelait ?

- Il est mort.

De nouveaux murmures s'élevèrent derrière moi. La nouvelle avait également frappé mon interlocuteur dont l'air déçu me fit le soupçonner d'avoir longtemps rêvé de la façon dont il se vengerait de lui.

- Comment ?

- Il a été exécuté par les Grands.

- Faut-il que je vous arrache les vers du nez ? Dites-m'en plus !

- Vous vous souvenez des disparitions l'année dernière ?

- Oui, c'est pour ça que j'ai refondé le Cercle avec Bruce (il désigna la carpette humaine à mes pieds) et Théodora. Il a perdu son frère, et elle... (il ferma les yeux une seconde au souvenir de la deuxième femme qu'il avait aimée, morte elle aussi tragiquement), sa mère. Nous avions compris que ça recommençait.

- On nous a chargés, avec Phoenix, d'y mettre fin, mais comme ça prenait trop de temps, les chefs des vampires sont venus en personne pour faire accélérer le processus. Mes supérieurs ont bien failli y laisser leur tête, mais on a fini par retrouver le coupable grâce à un coup de chance. C'était l'homme qui avait été envoyé pour régler la question du Cercle il y a trente ans.

Un silence pesant s'installa dans la pièce. Il fallait que je les convainque de me laisser finir ce à quoi je m'étais engagée avant de les retrouver. Cette guerre était vaine, les vampires et les humains pouvaient vivre côte à côte sans s'entretuer. Dans le jardin tout à l'heure, j'avais compris une chose. Si mes parents adoptifs ne s'étaient pas installés à Pembroke et qu'ils avaient choisi une petite ville insignifiante comme Kentwood, c'était qu'ils ne tenaient pas vraiment à être retrouvés par leurs anciens amis. Ils avaient tout fait pour se détacher de leur ancienne existence, à commencer par changer de profession. Je n'aurais su l'expliquer, mais j'étais à cet instant persuadée qu'avant même la traque entamée par Ichimi contre eux, ils avaient eu envie d'abandonner cette lutte incertaine.

- Vous avez contribué à sa chute ?

Bien que sa question me surprît, je hochai la tête à la positive. On aurait dit que le fait que moi, la fille de son amie disparue, ait permis de lui faire subir les pires tortures avant d'être décapité, le soulageait quelque peu.

- Phoenix a également tenté de sauver Théodora quand ce vampire l'a égorgée.

Harding me fixa intensément, l'œil douloureux, mais je devais être honnête jusqu'au bout.

- Ce piège était pure folie, votre amie n'était pas assez entraînée et c'est ce qui l'a perdue. Il était trop tard, sa vengeance n'a abouti qu'à sa propre mort.

Face à cette accusation, mon interlocuteur se redressa en me dévisageant avec colère.

- Vous dites que vous voulez rejoindre les vampires après tout ce que je vous ai raconté sur nous ? Sur votre mère ? Cela ne vous a donc rien fait ?

Je chassai la souffrance aussi vite qu'elle apparut. En cumulant le rejet de Phoenix, mon départ de Scarborough et la vérité sur ma filiation, j'avais de quoi souffrir pour le reste de mes jours et au-delà, alors pas de quoi jouer les redresseurs de tort !

- Redites ça encore une fois et je me chargerai de votre cas personnellement, sans qu'aucun ange vampire ne me soit nécessaire…

Matthew fut stupéfait par le ton venimeux et mortellement dangereux que j'avais employé pour menacer son père, lequel trahit une réelle appréhension en tressaillant légèrement. Mes pupilles avaient dû encore prendre cette teinte rouge foncé si troublante et si édifiante quant à mon état d'esprit. Je ne plaisantais pas.

- J'ai toujours été honnête avec vous. Je ne tiens pas à ce que vous vous fassiez massacrer, mais c'est ce qui se produira immanquablement si vous ne laissez pas partir la seule personne qui prend votre défense auprès des vampires.

Piqué au vif, Harding redressa la tête.

- On n'a pas besoin de votre sollicitude, nous sommes mieux préparés que la dernière fois.

Je ricanai.

- Ah oui ? Alors comment expliquez-vous que moi, une simple humaine, j'ai réussi à vous mettre la main dessus, en sachant qu'agissant pour mon compte personnel, je n'ai pas eu à disposition toutes les ressources dont bénéficient ceux qui vous traquent ? Vous vous leurrez exactement comme il y a trente ans. C'est à croire que ça ne vous a pas servi de leçon !

Ce fut à son tour de s'emporter. Rouge de colère, Harding brandit un doigt accusateur dans ma direction :

- De quel droit me jugez-vous, vous qui frayez avec ceux qui ont tué votre mère !

- Ma mère savait exactement ce qui l'attendait en se lançant dans cette entreprise, tout comme votre femme et mes parents adoptifs ! Pourquoi croyez-vous qu'ils ne se soient pas installés à Pembroke, hein ? Ils ne voulaient pas entamer un nouveau cycle de haine à vos côtés, ils ne voulaient pas mettre la vie d'un bébé, *moi !* en danger ! Vous êtes tous tellement aveuglés par le désir de vengeance que vous ne pensez même pas aux dommages collatéraux !

Je m'étais retournée pour lui montrer les enfants d'à peine dix ans qui, terrorisés, se collaient à leurs parents.

- *Vous*, vous ne l'envisagez peut-être pas, mais regardez ces gens ! (Je pointai mon doigt vers l'assemblée muette derrière nous) Ils sont effrayés car *eux*, ils ont conscience que vous ne faites pas le poids contre les vampires ! Vous avez peut-être réussi à en éliminer trois, mais il n'y a vraiment pas de quoi crier victoire ! Le premier a réussi à égorger votre complice avant de mourir, les deux autres étaient des pauvres types qui n'auraient pas fait de mal à une mouche et que vous n'êtes parvenus à tuer que pendant leur sommeil. Ceux qui vont vous pourchasser seront d'une autre trempe, vous pouvez me croire ! Vous courez droit au massacre à moins que vous ne retrouviez la raison et acceptiez mon aide !

494

Ébranlé par la justesse de mes arguments, Harding regarda tour à tour chacun de ses amis, cherchant en eux un soutien qu'il n'aurait pas dû quémander. Tous étaient là de leur plein gré. Pourtant, il devait bien se rendre à l'évidence devant les visages épuisés et rongés par l'inquiétude…

Il regarda alors Matthew.

- Que proposes-tu, Sam ? me demanda ce dernier d'une voix tranchante, mais sans haine.

- Négocier.

D'autres chuchotements se firent entendre, mais mon attention était exclusivement consacrée à celui qui prendrait cette décision.

- Négocier avec ces *monstres* ? Ils vont nous endormir par de belles paroles avant de nous trucider jusqu'au dernier !

- Je vous ai dit que je les avais convaincus du contraire !

Son obstination m'impatientait.

- Comment vous, une simple humaine, auriez une quelconque influence auprès de leurs chefs ?

- Ils ne sont pas si horribles que vous le pensez ! Ils sont prêts à négocier si ça peut rétablir le statu-quo.

- Je n'arrive pas à y croire…

Son murmure trahissait son indécision. Je devais pousser plus loin mon avantage.

- N'en avez-vous pas assez de vivre dans la peur, avec la mort qui vous guette à chaque seconde ? Ne voulez-vous pas tourner la page et profiter du bonheur d'avoir retrouvé votre fils sans avoir à regarder derrière vous ?

- Le Cercle de Mellindra a une noble mission ! Nous ne pouvons pas l'abandonner !

Je gagnais du terrain, sa détermination flanchait.

- Personne ne vous le demandra ! Les Grands sont aussi soucieux que vous de faire cesser les meurtres d'humains pour préserver le secret de leur existence. Pourquoi ne pas travailler de concert ?

- Travaillez avec les vampires ?! Vous devenez folle ! se rebiffa-t-il.

Il me fallait trouver une pirouette pour le convaincre définitivement.

- Je ne parle pas d'un partenariat officiel, mais plutôt d'une entente tacite. Vous avez le même but, communiquez pour aboutir à un résultat satisfaisant des deux côtés. Si l'une ou l'autre des deux parties manque à sa parole, vous pourrez toujours reprendre cette guerre là où vous l'avez laissée.

- Les meurtres l'année dernière…

- … sont affreux et leurs auteurs ont été amplement châtiés, l'interrompis-je. Mais ce n'étaient qu'une minorité de rebelles qui ne cherchaient que le pouvoir. Il en existera toujours malheureusement, autant ne pas se voiler la face. Pourtant, les vampires se chargent déjà de les éliminer pour respecter les engagements établis avec le Grand Changement.

- Un Grand Changement qui ne s'applique pas partout dans le monde.

- Rome ne s'est pas construite en un jour ! répliquai-je. Je vais être honnête avec vous. Je suis horrifiée par la violence et la brutalité que peut engendrer cette espèce et je souhaite la mort de tout vampire qui s'attaque à un être humain… Mais ce ne sont pas tous des monstres… Les Grands essaient de réformer leur société et même si le Grand Changement n'est pas universel, au moins a-t-il le mérite d'exister. Et je sais que nombre de vampires croient fermement qu'ils peuvent cohabiter pacifiquement avec les hommes. Ce sera votre rôle, en tant que chef du nouveau Cercle de Mellindra, de le prouver.

J'avais fini mon discours enfiévré en lui saisissant les mains.

- Betty et Warren Watkins ne m'ont pas seulement élevée et aimée, ils m'ont aussi appris qu'il ne servait à rien de vivre dans le ressentiment de ce qui a été, et qu'il vaut mieux aller de l'avant pour forger le bonheur de ce qui sera.

Je ne sais si ce sont mes paroles ou le coup d'œil qu'il ne put s'empêcher de lancer vers Matthew qui le convainquit. Tandis qu'une larme solitaire coulait sur sa joue, Richard Harding m'attira à lui pour me serrer contre son cœur.

Prise au dépourvu, je ne me débattis pas et attendais la fin de l'étreinte en même temps que le verdict à venir.

- Qu'en penses-tu, mon fils ? dit-il dans le creux de mon épaule.

- Même si tout ça est choquant pour moi (je me raidis), je crois que vous pouvez lui faire confiance. Enfin, en ce qui me concerne c'est une autre histoire… acheva-t-il plus bas.

Pas besoin de me faire un dessin, il m'en voulait à mort et me le faisait savoir. Harding s'écarta pour se tourner vers les autres membres du Cercle.

- Et vous tous ?

Le couple de soixante ans s'avança main dans la main, le mari prit la parole.

- Cela fait quarante ans que je vis en attendant le jour où je mettrai la main sur celui qui a tué ma sœur, Violetta. Mais j'en ai assez d'infliger ma quête de vengeance à ma femme, sans jamais pouvoir lui assurer que je touche au but. Si nous négocions avec les vampires, pensez-vous que justice puisse être rendue à nos proches disparus ?

Je réfléchis à ce que j'allais répondre. Je ne voulais pas leur mentir. Je n'étais qu'une simple assistante humaine et mon influence auprès de Talanus se limitait aux sentiments quelque peu tordus que j'inspirais à sa compagne (à cette pensée, quelque chose me tarauda sans que je puisse l'identifier). Quant aux Grands, ce n'était pas parce qu'ils m'avaient proposé de travailler pour eux que je devais me sentir pousser des ailes. Pour Egire et les autres, je n'étais qu'un simple objet de curiosité. Pourtant, si je leur présentais bien la chose, ils ne pourraient que voir son bon côté ; si les vampires eux-mêmes rendaient justice aux humains en punissant ceux qui ne les considèreraient que comme des casse-croûte ambulants, il n'y aurait plus à se soucier d'une nouvelle guerre avec le Cercle de Mellindra. Et tout le monde serait content.

- Il n'y aurait que des avantages. Je pense qu'ils accepteraient.

Le vieil homme reprit.

- Alors je veux que ça cesse. Je ne veux plus vivre comme ça.

Les autres personnes présentes dans la pièce se regardèrent puis, la mère des deux petits s'avança à côté de mon précédent interlocuteur.

- Nous sommes d'accord. La haine a suffisamment infecté de générations comme cela. Je surveille le monde des vampires depuis mes quatorze ans, quand mes grands-parents m'ont appris que mes ancêtres avaient péri dans la première guerre du Cercle. Je ne veux pas infliger ça à mes enfants. Plus personne ne le veut…

Je ne m'aperçus qu'à cet instant que mon cœur battait la chamade dans ma poitrine. J'aurais cru devoir m'en aller par la force, je réalisais avec stupeur que mes arguments avaient fait mouche et qu'ils n'étaient en fait que l'écho de ce que ces gens ressentaient depuis longtemps et qu'ils n'osaient pas s'avouer à eux-mêmes.

- Bruce n'acceptera jamais cet accord, dit une petite voix que j'associai à celle de la jeune femme d'une vingtaine d'années qui ne s'était pas encore exprimée jusqu'ici.

Je regardai l'homme qui gisait encore inconscient à mes pieds. Elle avait raison, tout en lui, de sa carrure à ses tatouages et à son comportement, respirait la colère et le désir de revanche. Il ferait son possible pour me mettre des bâtons dans les roues. Néanmoins, ce n'était plus de mon ressort.

- Ce sera à vous de le convaincre. J'ai toute confiance en mon employeur, je peux vous garantir qu'il ne vous fera aucun mal lors des négociations. Pourtant, il n'hésitera pas à se défendre s'il sent venir un piège ou une menace.

- Nous nous chargeons de Bruce et nous sommes d'accord pour vous laisser une chance de rétablir la paix, dit Harding. Mais vous comprenez que vous avez beau avoir les meilleures intentions, nous ne pouvons pas être sûrs que vos supérieurs ne vont pas subitement changer d'avis. Nous irons nous cacher. J'espère que je ne fais pas une énorme erreur en vous accordant ma confiance.

- Je comprends, c'est raisonnable. Mais vous pouvez être sûr d'une chose, je ne vous trahirai pas.

C'était vrai. J'avais beau aimer Phoenix plus que tout, j'étais d'abord une humaine. Ces gens avaient eu leur compte de malheur et souhaitaient tourner la page. Je mourrais plutôt que de les emmener à leur perte.

- Très bien. Dans ce cas, faites ce que vous avez à faire.

Il s'écarta pour me laisser libre accès à la porte.

Sur le perron, je me retournai.

- Matthew...

- Tu as des choses à faire, m'interrompit-il d'un ton tranchant.

Comme il me tournait le dos pour ne plus me voir, et avant de m'élancer vers Scarborough, je ne pus que lui murmurer ces mots :

- Je suis désolée.

*

J'étais sur la route depuis une quinzaine de minutes, le pied enfoncé sur l'accélérateur malgré le risque de rencontrer la police, et malgré le peu de chance que j'avais de trouver mon patron à la maison à mon retour. Il avait été convoqué à Kerington et ne rentrerait pas aussitôt au château. J'allais devoir prendre mon mal en patience et profiter de l'occasion pour déterminer avec soin quels mots j'allais utiliser pour lui raconter ce qui m'était arrivé. Je l'avais déjà vu dans un état de fureur indescriptible et rien que de penser à sa réaction quand je lui apprendrais que je l'avais trahi, j'en avais déjà la nausée. Je me doutais qu'il se rangerait à la logique de mes arguments et qu'il tâcherait d'en convaincre Talanus et Ysis, qui à leur tour, devraient en faire autant avec les Grands. Il semblait convaincu que la guerre avec le Cercle de

Mellindra devait cesser. Pourtant, je m'interrogeais sur la réaction qu'il aurait lorsque je lui apprendrais que si les choses en avaient été autrement, j'aurais pu en faire partie.

En effet, si je n'avais pas été adoptée par les Watkins, euh... Collins (bref !), je serais restée avec ma mère ou avec les Balder. Tant de choses auraient été bouleversées... J'aurais grandi avec Matthew, je n'aurais jamais fait la connaissance de Phoenix... à moins que ce ne soit pour nous entretuer.

Comment réagirait-il en sachant que j'étais la fille d'une femme qui s'était juré d'empêcher les vampires de faire de sa vie un enfer, en les assassinant ? Comment réagirait-il en sachant que par Vanessa Kane, j'étais l'unique rescapée d'une lignée maudite, éradiquée en raison de la puissance recelée dans un sang capable de menacer l'équilibre des pouvoirs dans tout le monde de la nuit ?

Alors que j'étais plongée dans ces réflexions, le même pressentiment étrange et désagréable qui m'avait taraudée chez Joachim Balder/Richard Harding se présenta dans mon esprit, occultant tout le reste. Pourquoi l'idée que mes origines soient connues de mon employeur me mettait aussi mal à l'aise tout à coup ? Après tout, ce serait un choc pour Phoenix, mais en comparaison, il serait davantage blessé par le fait que je lui avais caché ma découverte du Cercle de Mellindra par égards pour Matthew. Qu'est-ce qui clochait là-dedans ?

Et puis la lumière se fit.

Sans prendre le temps de réfléchir plus longtemps, j'effectuai un demi-tour si brutal que les pneus de la voiture fumèrent une fois du bon côté. J'écrasai ensuite la pédale d'accélérateur pour démarrer en trombe vers ma destination, Kerington, où la confrontation dans laquelle j'allais me jeter tête baissée, risquerait bien de me coûter la vie.

*

Garée devant l'une des villas du quartier hautement sécurisé dans lequel se trouvait le nid de vampires le plus important de la région, je marchais aussi vite que mes talons m'y autorisaient vers la grille de l'entrée où plusieurs de ses membres montaient la garde, l'arme au poing.

Je n'eus pas besoin de m'identifier car on me reconnut et me laissa aussitôt passer. Je ne sais si c'était en raison de l'énorme œil au beurre noir qui me défigurait ou à cause de l'aura de rage apocalyptique qui crépitait autour de moi qu'aucun des gardes, pourtant affables d'habitude, ne me posa de questions ni ne tenta de s'approcher de moi.

J'eus l'impression d'avoir comblé les deux cents mètres entre la rue et la villa en un clin d'œil tant ma démarche furieuse me donnait des ailes. Rien n'existait autour de moi à part mon objectif, duquel je ne me laisserais détourner sous aucun prétexte. De fait, j'ignorais les regards interloqués des vampires qui s'écartaient de ma route en me pointant du doigt, tout comme je ne pris pas la peine de relever qu'en me laissant ainsi la priorité sur le chemin de la salle d'audience en l'absence de Phoenix, c'était qu'ils me témoignaient une considération et un respect que je n'aurais jamais imaginés auparavant.

Ça aurait dû me réjouir, mais j'étais trop énervée pour m'en soucier. La distance d'avec mon objectif s'amenuisait et cela ne m'aurait pas dérangé d'assommer tous ceux qui se seraient mis en travers de ma route. Mes talons claquaient tant et si bien sur le sol en écho avec ma démarche, que je n'entendais plus que ça, les autres bruits étant réduits à des bourdonnements sans importance.

Mon cœur accéléra quand je parvins enfin aux doubles battants des énormes portes en plomb de la salle d'audience, laissées ouvertes pour accueillir tous les vampires dans le temps que Talanus et Ysis étaient disposés à leur accorder.

D'ailleurs…

- VOUS SAVIEZ !

Ma voix rageuse avait tonné dans toute la pièce, réduisant au silence une assemblée plus vieille et bien plus puissante que je ne le serais jamais.

J'avais dépassé la file de ceux qui attendaient d'exposer leurs doléances pour me diriger vers la personne sur laquelle j'avais dirigé toute la colère qui menaçait d'exploser hors de moi d'un moment à l'autre.

Talanus, aussi étonné que le reste de l'assistance, se reprit le premier et de toute sa stature effrayante me toisa avec une lueur mortelle dans le regard.

- Comment oses-tu, humaine, te présenter ici sans le moindre respect au protocole et sur un ton que je n'accepterais même pas de la part d'un de mes frères de race ?!

Je sentis dans mon dos que tout le monde se ratatinait. L'ire dévastatrice de ce général romain était incomparable, ça se savait… jusqu'à aujourd'hui. À cet instant, je n'avais rien à lui envier côté aura de furie démoniaque.

Sans lui accorder le moindre intérêt, à lui, ou à Phoenix, ce dernier venant déjà dans ma direction, je fixai de nouveau d'un regard noir teinté de rouge, celle qui me dévisageait sans montrer la moindre émotion.

- Je savais que ce moment arriverait, dit-elle calmement.

Elle se leva, avec toute la prestance et le charisme d'une reine égyptienne.

- Suis-moi.

Sans un mot, je lui emboîtai le pas et la suivis vers une porte qui menait à une antichambre donnant accès à ses appartements.

- Pas toi.

Je n'eus pas besoin de regarder derrière pour savoir qu'elle venait de claquer la porte au nez de mon patron, dont j'avais senti la présence, et le regard bleu dans mon dos.

Ysis m'emmena dans l'un de ses boudoirs et s'assura que personne ne se trouvait à proximité avant d'en refermer les portes. Je n'attendis pas son autorisation pour m'asseoir dans le divan, mais mon refus total de me plier au protocole ou à son autorité ne sembla pas la formaliser.

- Dis-moi ce que tu sais, dit-elle en s'asseyant sur l'un des fauteuils en face.

- J'ai découvert pourquoi mes yeux devenaient rouges sous le coup de l'émotion. Cela faisait pas mal de temps que je me demandais quel était mon problème d'ailleurs vu que mes parents n'avaient jamais porté de lunettes et bénéficiaient d'une vue de faucon. En fait, c'était bien un problème héréditaire, sauf que je ne pouvais pas le savoir avant puisque je croyais que les personnes qui m'avaient élevée étaient mes véritables géniteurs ! Eh oui, j'ai été adoptée. Je peux vous dire que ça m'a fait un choc de l'apprendre… Mais ça, ce n'est rien… Figurez-vous que je ne sais rien de mon père, cependant, ma mère est très intéressante à tous points de vue. Elle descend d'une lignée d'humains dont le sang, en cas de transformation en vampire, a autant de propriétés dévastatrices qu'Attila le roi des Huns shooté à la dopamine !

Ysis ne put retenir un sourire, j'avais oublié qu'elle avait connu Attila. Bref !

- Du coup, elle, comme tous ceux qui l'ont précédée ont été persécutés et assassinés pour que plus jamais un tel fléau ne réapparaisse sur terre. Et moi, ignorant tout cela, je me jette littéralement dans la gueule du loup en me faisant embaucher contre mon gré par ceux-là mêmes qui ont juré la perte de tous ceux qui naîtraient avec ce sang en eux, et par conséquent, qui ont juré *ma* perte ! Vous avez dit lors de notre rencontre que vous aviez déjà rencontré des yeux comme les miens. J'en sais suffisamment sur vos pratiques pour affirmer que vous avez fait une petite enquête sur moi et qu'il ne vous a pas fallu longtemps pour savoir que les Watkins n'étaient pas mes vrais parents ! La question que je me pose maintenant, c'est pourquoi vous et les Grands ne m'avez pas tuée dès que vous avez compris qui j'étais ?

Je repris mon souffle, ce qui fit naître un nouveau sourire sur les lèvres parfaites de mon interlocutrice. Son calme m'agaçait prodigieusement.

- J'ai du mal à reconnaître la créature faible et craintive que Phoenix nous a présentée l'année dernière. Vous avez beaucoup changé. Je dois dire que vous m'impressionnez.

Je n'avais que faire de ses compliments, je voulais des explications et maintenant. Voyant à mon visage fermé que ses paroles n'avaient aucun effet sur moi, elle reprit :

- Que ce soit clair, je ne sais rien de votre mère. J'ai effectivement compris en vous regardant dans les yeux, à notre rencontre, que vous étiez une descendante de ceux qui avaient voulu utiliser leurs extraordinaires pouvoirs pour plier le monde de la nuit à leur volonté. J'en ai eu confirmation quand j'ai lu dans votre esprit au moment où vous vous rappeliez le changement de couleur de vos pupilles, quand Phoenix a soigné votre blessure au ventre. Il faut que vous sachiez que peu d'entre nous connaissent ce pan de notre histoire et se gardent bien de l'éventer. Les Grands sont une institution indispensable à l'équilibre de notre communauté alors si certains commencent à se dire qu'ils sont vulnérables... Bref, ça a commencé en France, au Moyen-Âge. J'étais sur place pour une assemblée de chefs de secteur que présidaient les Grands en personne, Talanus était en déplacement en Espagne. Les frères De Castelcourt étaient les fils du seigneur du même nom. Ils ont été transformés au début de la Guerre de Cent ans, mais ils n'ont pas accepté de vivre cachés des humains. Quand ils se sont rendu compte de leur potentiel incroyable, ils ont tué leur maître et se sont imposés en tyrans dans la région. Très vite, leurs sujets humains ne leur étaient plus suffisants et ils voulurent davantage. Quand ils ont su que ceux qui dirigeaient le monde vampire se trouvaient à quelques kilomètres de là, ils se sont mis en marche et nous ont attaqués. (Chose incroyable, Ysis frémit, le regard devenu sombre face aux souvenirs) J'ai vu des choses remarquables dans ma longue existence, Samantha

Watkins, mais leurs pouvoirs... et leur férocité... dépassaient l'entendement. Les gardes tombaient comme des mouches et certains des chefs de secteur les plus puissants du moment, qui auraient pu devenir des Grands dans quelques siècles, y ont laissé la vie. Il a fallu que nous montions une attaque coordonnée avec toute la puissance des Grands pour venir à bout de ces deux démons. Et encore... sur nos dix chefs, trois sont morts : l'un réduit en poussière par les flammes de l'enfer qui sortaient des paumes de l'aîné des frères, les autres, décapités par le cadet, le plus puissant, de sa simple volonté. La télékinésie est le pouvoir le plus redouté parmi les miens, il est si rare qu'on peut compter sur les doigts d'une main ceux qui l'ont eu depuis notre création. Et ils n'ont jamais vécu assez longtemps pour en profiter, comme s'ils étaient maudits... Toujours est-il que nous avions frôlé la catastrophe. Dans l'urgence, on a nommé trois nouveaux Grands, choisis parmi les plus sages vampires du monde, en faisant courir le bruit que leurs prédécesseurs avaient abdiqué pour se retirer dans un endroit secret. Tous ceux qui ont assisté à ce déferlement de violence ont prêté serment de n'en jamais parler à qui que ce soit. Même Talanus n'est pas au courant. Quant aux humains, il a été décidé d'éliminer toute menace et de faire pression sur la population afin qu'elle tienne également sa langue. Ça les avait tellement choqués qu'ils n'ont fait aucune difficulté et ont banni cet épisode de la mémoire collective. En ce qui concerne votre entrevue avec les Grands l'an passé, Egire est celui qui vous a approché le plus près, mais il n'a pas été témoin de ces événements, c'est pour ça qu'il n'a pas relevé la teinte rouge au fond de vos prunelles, il ne l'avait jamais vue. Le rouge est moins intense dans vos yeux, il faut vraiment les regarder de près pour y voir la flamme qui s'y cache. Heureusement, ça vous a sûrement sauvé la vie.

Elle s'arrêta, attendant une quelconque réaction de ma part. J'étais choquée. Je ne connaissais qu'une partie de l'histoire et en apprendre les tenants et les aboutissants de la bouche même d'une personne qui y était, avait de quoi asseoir n'importe qui.

- Pourquoi me protégez-vous ?

Ysis avait toujours été ambiguë dans son comportement envers moi, se montrant tour à tour intraitable ou carrément ultra-protectrice. Elle s'était mise dans une colère noire quand Phoenix avait laissé son empreinte sur moi et n'avait jamais accepté que Talanus me punisse pour tous mes écarts de conduite.

Ysis me gratifia d'un sourire bienveillant.

- Parce que d'entre tous, c'est toi qui as été choisie.

Cette simple phrase, énoncée sans emphase ni fioritures, me glaça. C'était exactement ce que la voix m'avait dit après mon accident, alors que j'étais sur le point de mourir.

- Comment… ? bafouillai-je, livide.

Je m'étais certes confiée à Phoenix à ce sujet, mais j'avais confiance en lui, je savais qu'il n'irait pas répéter mon secret. De plus, jusqu'à cet instant, je nourrissais encore l'espoir que tout ceci n'ait été qu'une hallucination. Que celle-ci soit reprise quasiment mot pour mot par une vampire douée de prescience n'avait rien d'une coïncidence.

- Je ne sais que ce que me murmure la Nuit. Elle m'a dit que tu étais importante même si j'ignore en quoi, et que je devais veiller à ce qu'il ne t'arrive rien. Elle m'a dit aussi de te laisser suivre ton chemin sans interférer jusqu'à ce que tu sois prête à la rejoindre.

- La rejoindre ? Je vais mourir ? m'écriai-je, horrifiée.

- Dans un sens, oui.

- Hein ? Sérieusement Ysis, je ne suis pas d'humeur à vous entendre parler en énigme, alors faites un effort.

- Elle souhaite que tu te joignes à nous.

Je restai interdite. Léthalée voulait que je devienne vampire ? Je repensai à l'horrible douleur qui m'avait consumée quand je m'étais endormie sur l'histoire de cette pauvre Jeanne d'Arc.

- Jamais de la vie ! tranchai-je avec agressivité.

- N'avez-vous pas envie de faire tomber le dernier obstacle qui vous sépare de Phoenix ?

Et c'était reparti…

- Ce que vous dites n'a pas de sens. Et puis je ne veux en aucun cas devenir l'une des vôtres. Je tiens à la vie.

- Mais vous pourriez être éternelle…

Et vivre éternellement dans l'idée de n'être pas assez bien pour l'homme de mes rêves ?

- Je ne suis pas intéressée.

Ysis haussa les sourcils.

- Étrange…

- Pas tant que ça si on considère que ce sont les vôtres qui ont détruit ma famille et que vous et Talanus êtes responsables de la mort de ma mère.

J'avais dit ça sans haine. Ysis me regarda avec stupéfaction.

- Pardon ?

- Il y a trente ans, vous avez ordonné la destruction du second Cercle de Mellindra. Ichimi s'est fait un plaisir de s'acquitter de cette tâche. Il a tué ma mère avant de brûler son corps.

Il y eut un silence. Tendu.

- Nous n'avons pas donné cet ordre de gaieté de cœur, tu peux me croire. Mais nous n'avions pas le choix, pour préserver l'équilibre. À l'époque, nous n'avions pas envisagé la possibilité d'une autre solution, je suis désolée.

J'avais devant moi la femme qui avait ordonné la mise à mort d'un groupe d'humains parmi lesquels figuraient ma mère biologique et mes parents adoptifs. Qu'aurait été ma vie si elle avait vécu ? M'aurait-elle enrôlée dans sa guerre ou m'aurait-elle emmenée loin de toute cette violence pour vivre heureuse ? Je ne le saurais jamais. Parce qu'on m'avait volé ma vie… Deux fois. La première, quand on m'avait confiée aux Collins pour me protéger des vampires, la seconde, pour m'obliger à travailler pour eux.

J'aurais dû haïr Talanus et Ysis et les vampires en général.

Mais je n'y arrivais pas.

Trop d'événements s'étaient produits, trop d'épreuves nous avaient rapprochés. Jamais auparavant je ne m'étais aussi sentie respectée ni appréciée. Certes j'aimais Phoenix, ce qui faussait mon jugement, mais François était comme un grand frère pour moi... bien qu'un peu envahissant par moments. Dennis Obson et son incroyable maladresse me faisaient rire à chacune de nos rencontres, et même si cela me coûtait de l'admettre, j'admirais cette princesse égyptienne qui me laissait suivre le cours de mes réflexions sans montrer le moindre signe d'impatience. Ysis me protégeait autant qu'elle le pouvait et sa bienveillance n'avait pas seulement pour origines les ordres de la Nuit. Elle m'appréciait aussi, et ne se gênait pas pour l'exprimer.

Comme je l'avais dit à Richard Harding, ce qui s'était passé il y a trente ans fut affreux. Ma mère était morte en regrettant de s'être lancée dans une guerre absurde pour laquelle elle n'était pas suffisamment préparée. Si le Cercle de Mellindra n'était pas retombé dans la clandestinité, si ses membres avaient continué de communiquer avec les vampires au lieu de s'en isoler, si ma mère avait su que les meurtres d'humains qui avaient motivé son action étaient si sévèrement condamnés et réprimés, peut-être ne s'y serait-elle pas engagée. Peut-être serait-elle encore en vie... Cela faisait beaucoup de peut-être... Elle était morte, j'avais contribué à l'exécution de son assassin.

Je n'avais pas besoin d'aller plus loin.

Ce combat n'était pas le mien et je quitterais bien assez tôt le monde des vampires pour en tourner définitivement la page.

- Vous ne connaissiez pas ma mère et vous avez réagi à une agression. Je ne cautionnerai jamais cela ni ne vous pardonnerai jamais pour ce qui lui est arrivé... Mais je ne ressens pas le besoin de me venger de vous. Je ne veux pas faire la même erreur qu'elle et me laisser dominer par la haine.

Le regard de mon interlocutrice sur moi changea. De l'intérêt poli à la compassion succédèrent l'assentiment et un profond respect. Ce sujet ne serait plus jamais abordé entre nous.

- Comment as-tu découvert tes origines et comment sais-tu que ta mère appartenait au second Cercle de Mellindra ?

Sa question et son air soupçonneux m'incitèrent à clore la discussion et écourter ma visite. Je ne voulais pas lui parler de ma récente rencontre avec le nouveau Cercle, pas maintenant. Je devais d'abord en parler à Phoenix. D'ailleurs :

- Phoenix était-il au courant pour moi ?

- Non.

Je connaissais déjà la réponse, mais il m'était nécessaire de vérifier. Je voulais l'entendre de vive voix.

- D'où te viennent tous ces bleus ?

Je me levai et ramassai mon sac.

- Je vous en parlerai bientôt. Maintenant, si vous le voulez bien, la journée a été rude. J'aimerais rentrer à Scarborough et me reposer.

Ysis se leva à son tour.

- Très bien. Ne t'inquiète pas pour Talanus, je me charge d'inventer une excuse bidon pour expliquer ton entrée fracassante de tout à l'heure.

Je rougis. Effectivement, après mon éclat irrespectueux envers Talanus, heureusement que j'avais cet ange gardien vampire ou sinon je ne passerais les grilles de la villa que les pieds devant... et le reste dans des sacs poubelle. Brrr...

- Merci, Ysis.

J'allais partir par une autre porte, mais je me retournai avant qu'elle ne reparte en direction de la salle d'audience.

- Ysis ?

- Oui ?

- Pourriez-vous empêcher Phoenix de me rejoindre avant quelques heures ? J'ai besoin d'être seule.

Elle m'offrit un sourire énigmatique.

- C'est comme si c'était fait.

*

Une douleur lancinante sur le côté gauche de mon visage me réveilla. J'avais dû me tourner pendant mon sommeil et mon hématome ne devait pas spécialement apprécier d'être ainsi pressé sur l'oreiller. Bâillant ostensiblement, je me tournai de l'autre côté pour attraper mon réveil. Deux heures… soufflai-je mentalement en retombant sur l'oreiller, un bras sur mes yeux. Je ne m'étais pas beaucoup reposée, mais avec la journée que je venais de vivre, c'était logique que j'aie du mal à dormir. J'avais fait un certain nombre de cauchemars, tous tournant autour de mes parents, adoptifs et biologiques. Betty et Warren Watkins me reprochaient d'avoir ruiné tous leurs efforts pour me protéger, Vanessa Kane me montrait du doigt en me traitant de traîtresse à mon sang, et mon père… en fait, je ne le voyais que de dos, silhouette noire et floue s'éloignant d'une fille qu'il n'avait jamais désirée. J'en avais encore des sueurs froides…

Je ruminais ces songes affreux quand tout à coup, je sentis que quelque chose n'allait pas. Le cœur accélérant sous l'effet de l'angoisse, je me maîtrisai pourtant et restai immobile, aux aguets, à l'affût du moindre bruit suspect.

Seul le silence et le son de ma respiration régnaient dans ma chambre, mais le frisson qui me secoua fut suffisant pour que je me rue sur la lampe de ma table de chevet et presse le bouton de l'interrupteur.

Un cri étranglé se fraya un chemin hors de ma bouche, mais je parvins à empêcher mon cœur de jaillir de ma poitrine. Phoenix était assis exactement comme lors de notre rencontre, en costume griffé dont la veste était posée sur l'accoudoir du fauteuil qu'il avait positionné pour mieux m'observer. Il devait avoir fermé les yeux quand je m'étais réveillée, sinon, j'aurais nettement distingué leur éclat bleuté implacablement braqués dans ma direction. Il avait l'air très, très en colère.

Gloups…

- Nous avons des choses à nous dire, il me semble, dit-il, glacial.

- Depuis quand êtes-vous là ? bafouillai-je.

- Depuis qu'Ysis a estimé qu'elle vous avait accordé suffisamment de temps pour me permettre de partir.

Aïe, il savait. Ysis aurait quand même pu se taire.

- J'avais besoin de faire le point. Seule.

- Le point sur votre esclandre inexpliqué qu'Ysis a réussi à excuser en un tour de main ?

- Comment a-t-elle fait ?

Je me posais vraiment la question. J'avais débarqué comme une furie du haut de mon mètre soixante-cinq et j'avais foulé aux pieds le fameux protocole pour lequel Talanus était prêt à tuer. J'étais curieuse de savoir comment elle avait réussi à convaincre tous les témoins de la scène qu'il n'y avait pas besoin de m'exécuter pour mon insolence.

- Elle a raconté toute une histoire tellement compliquée que tout le monde s'y est perdu, même Talanus. Tout le monde sait qu'Ysis est… spéciale, mais aussi qu'elle peut se montrer plus implacable encore que son compagnon, surtout si on lui manque de respect. Du coup, tout le monde se dit que si elle ne vous a pas arraché la tête en public tout à l'heure, c'est qu'effectivement, elle vous avait missionnée pour une affaire de la plus haute importance. Talanus a eu des doutes, mais il a suffi d'un regard langoureux pour lui faire oublier jusqu'à votre existence. On peut dire qu'elle sait parvenir à ses fins. Mais moi, je la connais bien, et je peux me targuer de vous connaître mieux encore… Alors vous avez intérêt à m'expliquer quelle mouche vous a piquée tout à l'heure ou ce sera à mon tour de réellement me mettre en colère.

Encore sous le choc du talent d'Ysis pour embrouiller son monde, je ne réagis pas aussitôt.

- Sam ! gronda Phoenix pour me faire revenir sur terre.

Je sursautai, puis le regardai. Je pouvais lire la colère sur son visage, mais également une bonne dose d'inquiétude. Il se faisait du souci pour moi.

Par où commencer ?

- Attendez-moi dans le salon.

Mon employeur, exaspéré, laissa échapper un grognement qui me fit frémir.

- Nous allons parler, ici et maintenant !

D'un bond, je sortis du lit et le toisai en montrant ma tenue.

- Certainement pas dans cette nuisette dans laquelle je me sens terriblement mal à l'aise devant vous ! (Il écarquilla les yeux à sa vue, c'était celle du soir où j'avais tenté de le séduire... j'avais attrapé dans le noir la première qui passait et c'était celle-ci ; dommage) Je descendrai dès que j'aurai enfilé un pantalon et une chemise !

Ma tactique fut payante. Phoenix se leva et se dirigea vers la porte.

- Dépêchez-vous ! ordonna-t-il en sortant.

- Comme si j'avais le choix ! grognai-je dans ma solitude retrouvée.

Si je ne lui obéissais pas, je me doutais qu'il viendrait me chercher par la peau du dos.

Réprimant un nouveau bâillement, je m'habillai le plus vite possible, optant pour un legging noir et un T-shirt blanc. Tant pis pour le soutien-gorge pensai-je en enfilant mes savates et en descendant les escaliers quatre à quatre.

Arrivée en bas, je regrettai mon choix en passant devant l'un des miroirs. Je n'avais pas pensé à la température, j'aurais dû mettre un pull. Pestant contre ma bêtise indécrottable, j'allais repartir dans l'autre sens quand :

- J'attends !

Tss. N'étais-je bonne que pour me couvrir de ridicule ? Je ne pus m'empêcher de rougir en entrant, en priant pour que Phoenix me regarde droit dans les yeux et qu'il mette mon trouble sur le compte de la discussion à venir.

À voir le frémissement de ses lèvres et l'éclair blanc qui passa dans ses prunelles, lesquelles ne se focalisaient plus sur mes yeux, je compris que c'était raté.

Oh, et puis zut ! Le bon Dieu ne m'avait pas fait naître avec une jolie poitrine pour en avoir honte ! Levant le menton, je toisais le vampire qui me faisait face, le mettant au défi de faire le moindre commentaire.

Heureusement, il s'était repris presque aussitôt et je n'avais pas eu à subir ce désagrément.

- J'écoute.

Je pris une bonne goulée d'air avant de commencer.

- Avez-vous entendu parler des frères De Castelcourt ?

Pendant un temps assez long, je lui expliquais l'histoire qu'Ysis m'avait racontée. Mon histoire, en fait. Il était stupéfait par la puissance de ces deux frères vampires et impressionné par l'étendue de leurs pouvoirs.

- La télékinésie… avait-il soufflé, admiratif.

Chose que j'appréciais davantage, ce fut sa réaction à l'évocation de la décision d'annihiler tous ceux ayant le même sang. Il regrettait ce choix, même s'il comprenait pourquoi il avait été fait.

Évidemment, il avait fait le rapprochement entre leur particularité et la mienne. Nos yeux rougeoyants faisaient incontestablement de nous des parents.

- Mais alors… pourquoi Ysis ne vous a pas tuée dès qu'elle l'a découvert ?

Il semblait partagé entre la stupeur concernant le choix d'Ysis, et l'horreur, concernant le destin qui aurait dû être le mien. C'était plutôt sympa de sa part.

Néanmoins, je n'avais pas envie de lui parler des plans qu'aurait confié la mère mythique de sa race à sa chef de secteur. J'avais déjà du mal à y croire moi-même… Et puis avec ma volonté de m'écarter pour toujours de lui et de ses congénères, je voyais mal comment je pourrais être transformée en vampire. Quant à ce que ce soit moi qui le demande… Non mais, il ne fallait pas rêver !

- Vous savez comment elle est… éludai-je.

Il était de notoriété publique que sa patronne, sans être dérangée, était disons… spéciale. Même Phoenix le disait !

J'espérais que cet argument serait suffisant pour détourner l'attention de mon interlocuteur de ce sujet épineux. De toute façon, il y avait tellement à dire encore qu'il n'avait que l'embarras du choix par rapport aux questions qu'il devrait me poser.

- Comment avez-vous tout découvert ?

Ah. Nous y étions, au cœur du problème. J'aurais beau soigner mon discours, ce serait pénible pour nous deux.

- Hum… C'est le chef du Cercle de Mellindra qui me l'a dit.
- QUOI ?!

Bien joué. Il fallait vraiment que je travaille mes entrées en matière, comme oratrice, je n'étais pas douée.

Phoenix s'était dressé d'un bond et me fixait comme si j'étais une démente. Partagé entre la fureur et l'incrédulité, il en devenait terrifiant. Même pour moi.

Lorsqu'il s'approcha tel un prédateur prêt à fondre sur sa proie, les yeux luisants d'une menace mortelle, je sentis mes genoux s'entrechoquer et ma mâchoire trembler.

- Répétez-moi ça !

Son regard acéré me transperçait tant et si bien que je me ratatinai sur mon siège, espérant m'y fondre pour devenir invisible. Je déglutis péniblement.

- Je… j'ai rencontré les membres du Cercle.

Il explosa. Littéralement.

- Comment avez-vous… et quand est-ce que… ? criait-il. Ils vous ont laissé la vie sauve ? ET POURQUOI NE M'AVOIR RIEN DIT ?!!!

Rassemblant mon courage et sachant que ce que je m'apprêtais à lui dire déclencherait l'apocalypse dans le salon du château de Scarborough, je me lançai :

- Matthew.

Comme d'habitude, rien qu'en entendant son nom, mon patron se raidit et adopta une posture plus agressive encore.

- Qu'est-ce qu'il a à voir là-dedans celui-là ? cracha-t-il.

- Tout. C'est lui la clef.

Cette fois, la lueur blanche-bleutée de ses iris m'éblouit totalement.

- Vous feriez mieux de vous exprimer de manière à ce que je puisse vous comprendre ou je sens que je vais définitivement perdre mon calme !

- C'est en aidant Matthew à retrouver ses origines que j'ai découvert le nouveau Cercle de Mellindra. Quand je l'ai su, je n'ai pas pu me résoudre à vous les livrer avant que mon ami puisse rencontrer son père biologique. Alors j'ai contacté celui-ci et nous nous y sommes rendus.

- Vous… vous avez emmené votre fiancé dans la gueule du loup juste pour une fête de famille ? Vous vous rappelez ce qu'ils ont fait à Kiro ?! Où aviez-vous la tête ?!

- Je me rappelle parfaitement de ce qui est arrivé à Kiro et sa famille ! m'emportai-je. Ces meurtres étaient un cas isolé, ce n'était pas une décision de groupe !

- Ah oui ? Parce que vous avez fait ami-ami avec ces gens, peut-être ? Et c'est parce qu'ils vous ont accueillie à bras ouverts que vous revenez ici le visage tuméfié et les vêtements pleins de sang ! Je suppose que c'est comme ça que papa vous a montré sa reconnaissance d'avoir retrouvé son fils chéri ! railla-t-il.

Mes joues s'empourprèrent. C'était vrai que j'avais agi stupidement. Je voulais tellement que Matthew retrouve le sourire que je l'avais mis en danger en l'exposant sans préambule aux regards de ceux qui, pour se protéger, auraient pu nous tuer à peine la porte refermée derrière nous.

- Je n'avais pas le choix ! S'il n'avait pas été là, ils ne m'auraient jamais crue et se seraient déjà volatilisés. Il fallait que je l'emmène, c'est le portrait de son père, avec les yeux de sa mère ! Et Matthew n'est pas mon fiancé !! conclus-je, exaspérée.

- Peu importe ! Vous avez failli tout faire rater en vous obstinant à me cacher la vérité !

- J'ai fait ce qui me semblait juste !

- VOUS M'AVEZ TRAHI !!

Il attrapa la petite table qui nous séparait et la renversa. Mais avec sa force, cette dernière alla s'écraser contre la cheminée où elle retomba en miettes.

J'aimais cet homme de toute mon âme, mais à cet instant précis, je vis en lui la créature sanguinaire que les livres dépeignaient. Il m'effrayait.

- Je n'ai jamais voulu ça… murmurai-je en refoulant les sanglots qui menaçaient.

Un silence glacial me répondit. Phoenix m'avait tourné le dos et contemplait les restes de la table d'un regard vide.

Je repensai à notre dispute dans le bureau, à son reflet dans la vitre de la bibliothèque quand j'étais allée le trouver pour m'excuser. Mon cœur se serra.

Je me levai.

- Je suis désolée de vous avoir menti. Vous ne pouvez pas savoir à quel point. Mais… je le devais. J'avais fait une promesse à un ami.

Lentement, Phoenix pivota sur lui-même pour me faire face, et son regard, dans lequel la blessure profonde que je lui avais infligée était perceptible, me crucifia.

- C'est vrai… J'avais oublié que vous et moi n'étions plus que des… collègues. C'est moi l'imbécile. J'aurais dû me rappeler que je ne faisais plus le poids face à un « ami ».

Son amertume me figea. Je ne savais plus quoi dire, ni quoi penser.

Je me rassis.

- Cette vérité rétablie, nous allons pouvoir reprendre le fil de vos explications pour voir si on peut ramasser les pots cassés. Contrairement à ce que vous pensez, je n'ai aucune envie de massacrer ces gens, même s'ils ont tué plusieurs des nôtres. Si on peut négocier avec eux, je suis partant. Et ensuite, bon vent ! Vous irez de votre côté, et moi du mien.

Je reçus sa tirade comme un coup de poignard. J'avais toujours eu dans l'idée que nous nous séparerions en bons termes, et que nos adieux seraient déchirants (surtout pour moi). Cela me réconfortait de savoir que Phoenix me regretterait et je me rassurais en me disant qu'il garderait un bon souvenir de moi dans quelques siècles.

Je n'avais jamais imaginé qu'il me balaierait de sa vie avec plaisir, heureux de se débarrasser de celle qui l'avait peu à peu réconcilié avec les humains avant de le trahir. Je n'aurais jamais cru devoir vivre avec l'idée que mon patron soit soulagé de me savoir loin, moi qu'il était venu à détester. Phoenix était de la même étoffe que Mr Darcy [6]et une fois son estime perdue, elle l'était à jamais.

Je ravalai mes sanglots. Je ne voulais pas pleurer devant lui, au risque de l'énerver encore plus.

De toute façon, je n'avais que ce que je méritais. C'était moi qui avais décidé de prendre mes distances avec lui, moi qui avais choisi de lui mentir au profit de Matthew. Et effectivement, en plus de cela, j'aurais pu tout faire rater avec le Cercle de Mellindra. Je pouvais comprendre qu'il ne me regrette pas, après tout ce que je lui avais fait…

Je regardai mes mains. Elles tremblaient. J'osai de nouveau affronter Phoenix, son visage n'exprimait pas la moindre émotion. Il s'était refermé comme une huître, comme au début de notre rencontre. J'avais perdu le droit d'avoir accès à ses pensées (le peu que j'y étais parvenue).

---

[6] Personnage d'*Orgueil et Préjugés*, de Jane Austen.

- J'attends, dit-il simplement, froidement, comme l'employeur qu'il était devant son assistante trop lente à reprendre ses esprits.

Je reposai prestement mes mains à plat sur mes genoux pour les immobiliser et fis appel à la dernière once de sang-froid qui me restait pour terminer mon récit.

- Leur chef s'appelle Richard Harding, il est entrepreneur dans l'électricité. C'est comme ça qu'avec son complice, il a pu rentrer facilement chez Phil et Seamus. Ils avaient hâte de pouvoir rejouer à leurs jeux vidéo et n'ont pas vérifié à qui ils avaient affaire. Harding s'appelle en réalité Joachim Balder et il était l'un des chefs du précédent Cercle de Mellindra. Ichimi a tué sa femme et il croyait qu'il avait également tué son fils. C'est grâce aux résultats ADN que j'ai pu tout comprendre, parce qu'Emily Balder figurait dans la banque de données de la police. C'était la mère de Matthew. J'ai continué à chercher et j'ai fini par découvrir où vivait son père. J'ai alors eu un cas de conscience.

Je préférai regarder mes chaussons à ce moment.

- Je me suis dit que je ne pouvais pas vous livrer Harding avant que Matthew ait pu le rencontrer. D'un autre côté, j'espérais que cela le mettrait dans de bonnes dispositions pour négocier une trêve. Bien sûr, ils ne m'ont pas crue et à mon arrivée, l'homme tatoué m'a reconnue. C'était lui qui nous épiait depuis le début, lui qui avait tué Kiro et sa famille. Ils… hum… nous ont attachés dans la cave après nous avoir assommés, Matthew et moi. Ils… nous ont frappés. Et puis…

Je m'arrêtai. Après ma trahison, Phoenix supporterait d'autant plus mal d'apprendre que, moi aussi, j'appartenais d'une certaine manière au Cercle de Mellindra. Peut-être serait-il dégoûté de savoir que ma mère en faisait partie, qu'elle en était l'artisane et la plus farouche combattante et qu'en d'autres circonstances, nous aurions dû être ennemis l'un l'autre.

Je ne le supporterais pas.

- Et puis ? insista-t-il.

- Et puis, Richard Harding a finit par se rendre compte que je disais la vérité. Il nous a détachés et nous avons parlé. J'ai réussi à le convaincre, lui et les autres membres, que cette guerre n'avait pas lieu d'être grâce au Grand Changement, et que les deux camps gagneraient à communiquer plutôt qu'à se battre. Ils sont prêts à négocier.

Je m'abstins de sourire fièrement de ma prouesse. Cette heureuse conclusion avait été trop incertaine pour que je me lance des fleurs. J'avais été d'une extrême imprudence, imprudence qui aurait pu me coûter la vie, en plus de m'avoir déjà coûté l'estime de deux des personnes qui comptaient le plus à mes yeux.

- Ils sont prêts à négocier ? répéta Phoenix, stupéfait.

- Oui. Je servirai d'intermédiaire, ils n'ont pas confiance en vous.

Il réfléchit. Ça me donnait le temps de souffler.

- Et Matthew ?

Sa question me prit au dépourvu.

- Quoi Matthew ?

- Quelle a été sa réaction quand il a su que vous travailliez pour une espèce censée exister seulement dans les livres ? Je suppose que cela n'a pas dû le réjouir d'apprendre que son amie traquait son père pour le compte de ceux qui avaient tué sa mère.

Phoenix avait soigneusement choisi ses mots pour me blesser, je le savais. Pourtant, ma lucidité sur ses intentions ne m'empêcha pas d'en être affectée. Il savait appuyer là où ça faisait mal.

- Matthew me hait.

Comme vous, avais-je failli rajouter.

- On ne peut pas dire que vous ayez pris des gants pour le lui annoncer !

Je préférais nettement la colère de Phoenix à cette espèce de cruauté amusée. J'en avais assez entendu pour ce soir. J'avais suffisamment l'impression d'être une moins que rien sans avoir besoin qu'on remette de l'huile sur le feu.

Je me levai.

- Nous n'en avons pas fini, dit-il tandis que je le dépassais.

- C'est certain. Mais j'ai eu mon compte pour ce soir.

Je regagnai mon lit. Ce n'est pas pour autant que je me rendormis.

*

Les jours suivants défilèrent sans que l'atmosphère au château ne se détende. Richard Harding ne m'avait pas contactée et Phoenix, qui ne m'adressait plus la parole, avait une raison supplémentaire de me détester. De fait, notre enquête réduite au point mort, il avait carrément décidé de m'éviter en partant dès le coucher du soleil à Harper Hill, pour n'en revenir qu'à l'approche de l'aube.

Je me sentais tellement coupable que je ne pensais à rien d'autre. Comme tout ce que je mangeais finissait dans la cuvette des WC, je me contentais d'eau et de quelques morceaux de pain. Résultat, en une semaine, j'avais perdu six kilos. Le manque de nourriture associé au stress et à l'insomnie m'avait fait m'évanouir à plusieurs reprises, chose dont je m'étais bien gardée d'avertir mon patron.

Ce n'était pourtant pas difficile à voir que j'allais mal. Je flottais dans mes vêtements, mon visage blême était émacié, des cernes profonds et violacés s'étiraient sous mes yeux, et je tremblais en permanence. C'est pourquoi j'avais décidé de rester cloîtrée au château plutôt que d'aller rendre visite à Angela et François. Ils auraient été horrifiés s'ils m'avaient vue ainsi.

Je me couvrais en disant que j'étais surchargée de travail, donc je me contentais d'appels téléphoniques. Angela m'apprit que Matthew était étrange en ce moment, ce qui me confirma qu'il était revenu chez lui. D'après elle, il se noyait dans le travail et parlait peu. Elle s'était étonnée de s'être fait renvoyer de chez lui, quand avec François, ils avaient voulu lui offrir des muffins pour lui redonner courage.

Je ne pouvais pas lui dire que même si c'était moi l'objet de sa colère, il était suffisamment intelligent pour avoir compris que son amie d'enfance était dans la confidence de l'existence des vampires et qu'elle sortait avec l'un d'eux. Je faisais donc l'ignorante... je mentais... encore.

Bref, au bout du dixième jour, j'étais complètement démoralisée. Je n'avais même plus le cœur, ni l'énergie de travailler sur les dossiers en cours, vu que mon patron s'arrangeait pour les terminer et me laisser désœuvrée durant mon temps libre ô combien long. Je passais mon temps dans la bibliothèque, là où j'étais sûre qu'on ne me rejetterait pas, et j'attendais le moment où, lassé de ma présence et de mon inutilité, mon employeur me dirait de faire mes valises.

Mais heureusement, dans l'après-midi du lendemain, l'impensable se produisit. Mon téléphone portable sonna. Ne reconnaissant pas le numéro, je décrochai en utilisant mon nom d'emprunt.

- Samantha Jones, qui est à l'appareil ?

- C'est Joachim Balder.

J'avais sursauté en entendant son nom. Je lui avais donné mon numéro de portable avant de partir de chez lui, mais je désespérais qu'il le fasse un jour.

Il m'expliqua qu'il avait attendu pour voir si toute la garde vampirique de la région était à ses trousses et comme ce n'était pas le cas et que tous ses complices étaient en sécurité, il s'était dit que les tractations pouvaient commencer. Il me donna un lieu de rendez-vous, à Pembroke, dans une heure, afin de me présenter la liste de leurs exigences à transmettre aux vampires. Je frémis en notant l'adresse. C'était celle de l'hôtel où j'avais surpris Phoenix dans une chambre avec une brune incendiaire en string.

Je ne pris pas le temps de me changer, attrapai mes clés et roulai en direction de mon rendez-vous.

L'entrevue se passa dans le hall de l'hôtel, et des observateurs non avertis auraient pu dire que nous discutions tranquillement devant un café. Or, je bouillais littéralement d'angoisse à l'idée que les négociations n'aboutissent pas et d'excitation en pensant que bientôt, humains et vampires défendraient communément la cause du Grand Changement, sans avoir besoin de s'étriper.

Balder/Harding était nerveux et ne voulait pas s'éterniser. Après m'avoir expliqué, en gros, leurs revendications, il me donna un numéro de portable pour me permettre de le contacter plus vite. En partant, il me demanda :

- Je n'ai pas appelé mon fils depuis trois jours. Comment va-t-il ?

Je lui offris un sourire sans joie.

- Je ne sais pas, il ne veut plus me voir.

Harding me regarda, l'air désolé, mais ne dit rien. C'était à Matthew de décider s'il me pardonnait ou non, son père n'avait rien à voir dans notre amitié. Si amitié il restait.

De retour au château, j'attendis le coucher du soleil pour attendre mon patron devant la porte de sa chambre secrète. Si je ne le faisais pas, il s'en irait sans dire un mot.

Il fut surpris de me voir là, devant lui, silencieuse, la main tendue pour lui donner la feuille sur laquelle étaient inscrites les exigences du Cercle de Mellindra.

Il la prit et y jeta un coup d'œil rapide, avant de reporter son attention sur ma personne. Ce faisant, il fronça les sourcils en me détaillant de la tête aux pieds.

Je n'étais pas maquillée, ce qui n'arrangeait pas mon teint blafard et mon air maladif, mes cheveux ternes avaient été rassemblés en vitesse dans une queue de cheval quelque peu ratée, et j'avais dû resserrer ma ceinture de deux crans pour faire tenir mon pantalon sur mes hanches amaigries. Je faisais peur à voir.

Les yeux de Phoenix devinrent plus lumineux subitement, tandis qu'il pinçait les lèvres à la vue de mon apparence physique.

J'avais vraiment l'air négligée, et lui qui était toujours tiré à quatre épingles avait de quoi enrager… en plus du reste.

- Je vous emmène voir Talanus et Ysis. Enfilez votre manteau et prenez vos affaires, nous n'avons pas de temps à perdre.

Sans un mot de plus, il me contourna pour aller m'attendre dehors.

J'avais pris le temps de m'arranger un peu avant de le rejoindre, en remettant notamment de l'ordre dans mes cheveux et en mettant un peu de rouge à lèvres. Pour le reste, il n'y avait pas grand-chose à faire.

Quand il me prit dans ses bras pour s'envoler vers Harper Hill, je réalisai que cela faisait des jours que je rêvais d'être à nouveau proche de lui. Il ne m'avait pas pardonné, mais au moins me contenterais-je de l'illusion qu'il me serrait dans ses bras pour me garder près de son cœur.

*

Comme d'habitude, notre arrivée à la villa de Harper Hill ne passa pas inaperçue. Le problème, c'était que cette fois, on ne se focalisait pas sur la beauté charismatique et dangereuse de mon employeur, mais plutôt sur mon allure maladive et mal peignée.

Les vampires me montraient du doigt en chuchotant à l'oreille de leurs voisins et en passant devant un couple habillé à la dernière mode, j'entendis :

- On dirait qu'elle sort tout droit d'une tombe !

Malheureusement, je ne fus pas la seule aux oreilles de qui cette remarque parvint. Phoenix s'arrêta si brutalement pour les fusiller du regard que je dus freiner des quatre fers pour ne pas lui rentrer dedans.

Les deux curieux sursautèrent en réalisant de qui ils étaient devenus la cible, avant de choisir de prendre la poudre d'escampette aussi vite que possible.

Mon patron reprit sa route vers la salle d'audience comme s'il ne s'était rien passé, mais à sa raideur, je devinais qu'il bouillait intérieurement.

Les lourds battants en plomb de la grande porte étaient ouverts pour permettre aux vampires qui le souhaitaient de parler à leurs chefs de secteur. Ce soir-là, il y avait foule.

Phoenix m'entraîna avec lui sur le côté, près d'un des gardes chargé de la sécurité de ses maîtres.

- Attendez-moi ici. Je vais attendre que ce type (il désigna du menton un gros vampire barbu qui se plaignait de payer beaucoup d'impôts à Talanus et Ysis, sachant qu'il devait déjà payer ceux des humains) ait fini de palabrer et j'irai parler à Talanus. Donnez-moi la liste.

Je la lui tendis et sans plus m'accorder d'attention, il se rapprocha du trône de son maître, attendant le moment propice pour interrompre l'assemblée.

- Bonjour, Mademoiselle Jones.

Ce chuchotement surprenant venait du garde posté près de moi.

- Steve ! dis-je sur le même ton. Je ne vous avais pas reconnu, vous n'êtes plus affecté à l'entrée ?

Tout vampire séculaire qu'il était, Steve souriait comme un gamin.

- J'ai eu une promotion.

- J'en suis ravie pour vous, le félicitai-je sincèrement.

Steve avait toujours été aimable avec moi, il semblait très à cheval sur la politesse à l'égard des femmes.

- Si je peux me permettre, vous n'avez pas bonne mine, Mademoiselle Jones. Vous êtes malade ?

Comme j'allais répondre, je sentis un picotement sur ma nuque, signal distinctif de mon corps pour m'informer qu'on m'observait. Je n'eus pas besoin de chercher bien loin l'origine de cette sensation car Phoenix braquait son regard furibond sur nous. Étrangement, j'aurais juré que c'était surtout après Steve qu'il en avait.

D'ailleurs, j'entendis celui-ci déglutir avant de se remettre au garde-à-vous, en faisant bien attention à ne plus me regarder.

Dans un sens, je comprenais son mouvement d'humeur, Steve n'avait pas à s'autoriser un brin de causette en service. D'un autre côté, son comportement agressif à mon égard commençait à me taper sur les nerfs. Je ne disais rien parce que je méritais amplement sa colère, mais par moment, il dépassait les bornes.

Fronçant les sourcils, je m'écartai de Steve et attendis en bonne élève qu'on veuille bien de ma présence.

Le vampire barbu n'en finissait pas de geindre qu'il n'avait pas assez d'argent sur son compte en banque pour faire face à de telles dépenses et persista à pleurnicher ainsi, même quand Ysis lui fit remarquer que la bonne douzaine de comptes qu'il possédait en plus de celui-ci devrait largement lui suffire pour vivre confortablement.

Je commençais à trouver le temps long, d'autant que j'avais de plus en plus de mal à tenir debout. Je mis cela sur le compte de mes talons, mais quand des bourdonnements caractéristiques se firent entendre dans ma tête, je compris que j'étais sur le point de faire un malaise.

C'était bien le moment ! Jusqu'ici, j'avais réussi à dissimuler les bleus que je me faisais en tombant sous mes vêtements. Phoenix n'y avait vu que du feu.

Mais là, j'allais m'écrouler devant lui ainsi que devant un parterre entier de créatures puissantes qui considéraient que les humains étaient de faibles créatures trop égoïstes pour se douter de l'existence de tels prédateurs juste sous leurs nez. Leur offrir ce spectacle ne ferait que confirmer leurs préjugés.

Discrètement, je me dirigeai vers la sortie en espérant tenir le coup jusqu'à ce que j'atteigne une pièce vide dans laquelle je pourrais m'allonger et fermer les yeux pour ne plus voir le monde tourner encore et encore.

J'avais dépassé le dernier garde en faction près de la porte quand un vertige plus fort que les autres m'obligea à me tenir à une console en fer forgé sur laquelle reposait un vase en porcelaine sûrement hors de prix.

La pièce se mit à tourner de plus en plus vite et les vampires qui remarquèrent mon trouble ne m'apparaissaient plus que comme des tâches floues dans mon univers tourbillonnant.

Une seconde plus tard, je perdis la bataille pour rester consciente. Je ne sentis pas le choc de mon corps percutant le sol de tout son poids, ni n'entendis le fracas épouvantable de la console qui m'avait suivie, emportant avec elle le vase qui alla se briser en mille morceaux sur le carrelage.

Je sombrai, tout simplement.

*

- Sam, vous m'entendez ?

Je reconnaissais cette voix. Mais c'était impossible que ce soit lui, sa voix aurait dû être dure et glaciale, pas comme ça... chaude... et inquiète...

Non, je rêvais. J'en étais sûre parce que je sentais sa main si douce caresser ma joue en un tendre contact. Phoenix me détestait trop pour se faire du souci pour moi.

Décidée à profiter de ce doux songe, je m'abandonnai au plaisir de cette caresse en pressant ma joue contre sa paume.

- Phoenix... soupirai-je béatement.

J'entendis un autre soupir, ressemblant à du soulagement, avant de sentir cette main si apaisante s'écarter, faisant voler mon rêve en éclat.

J'ouvris les yeux et les refermai aussitôt.

Le plafond que j'avais vu s'était mis à tourner, et ce ne fut qu'avec les paupières closes que je parvins à refouler la nausée qui m'avait prise subitement.

- Que... qu'est-ce qui s'est passé ?

Mon interrogation m'apparut comme un croassement. J'avais la gorge sèche et une sensation horrible de soif.

- C'est exactement la question que je me pose ! tonna une voix enragée qui venait d'arriver dans la pièce.

La porte claqua avec violence. L'entrée d'Ysis me fit sursauter et je m'obligeai à rouvrir les yeux pour comprendre la situation. Beuh…

J'étais allongée sur un des canapés de la salle d'attente des appartements de la princesse, Phoenix faisait face à cette dernière, laquelle irradiait une fureur sans limites.

En deux enjambées, elle combla la distance qui nous séparait et riva sur mon patron un regard sans pitié.

- Pousse-toi !

Ce faisant, elle m'observa attentivement, de la tête aux pieds, ses narines se dilatant encore et encore au fur et à mesure de son inspection. Soudain, elle se tourna vers son ange et aboya :

- Qu'est-ce que tu lui as encore fait ?!!

Éberlué, Phoenix dut s'y essayer à deux fois avant de parvenir à émettre un son.

- Moi ? Encore ? Mais je ne lui ai rien fait !

- Pour qu'elle se mette dans cet état, c'est que tu es forcément responsable ! Elle n'a que la peau sur les os ! Tu n'as donc rien remarqué ?

Un silence gêné suivit cette question.

- Je… J'étais trop occupé, cela fait plusieurs jours que je passe mes nuits complètes à travailler.

Ysis n'en croyait pas ses oreilles. Ça se voyait.

- Qu'est-ce que tu racontes ? Tu crois peut-être que je vais avaler ces sornettes ?! Tu es d'une humeur exécrable depuis quelques temps et tu utilises ton bureau ici, toi qui n'y as pratiquement jamais mis les pieds ! Tu te fiches de moi ?!

Phoenix se mura dans un mutisme obstiné. Un instant, je crus voir une aura rougeâtre crépiter autour de la princesse égyptienne qui se ramassa sur elle-même, prête à lui sauter à la gorge.

- Ne me dis pas que tu l'as rejetée après l'avoir séduite !

- Quoi ?! Mais non !

Nos deux voix aux accents choqués (pour lui) et hystériques (pour moi) s'étaient exclamées en même temps. Ysis regardait toujours Phoenix avec férocité.

- Tu vas me dire de quoi il retourne ou je te promets que tu regretteras que ce ne soit pas Talanus qui te punisse quand je m'occuperai de ton cas !

Au tressaillement de mon patron, je compris que la chef du secteur de Kerington ne plaisantait pas et qu'elle pouvait effectivement se montrer plus dure encore que son terrifiant compagnon. C'est pour dire !

Pourtant, il resta muet. Ce fut seulement lorsqu'Ysis leva la main pour le frapper, après l'avoir accablé de menaces plus terribles les unes que les autres, que je compris.

- Dites-le-lui ! m'écriai-je en essayant de me lever.

Tous deux se tournèrent vers moi. Mais comme Phoenix ne se décidait pas à parler, je le fis à sa place.

- C'est ma faute ! J'ai été idiote et j'ai mal agi. Si quelqu'un doit être puni, c'est moi !

Je voulus faire un pas en avant, mais un nouveau vertige me fit m'effondrer. Or, pour une fois, ce ne fut pas dans les bras de Phoenix que j'atterris... mais dans ceux d'Ysis. Mon Dieu ! J'avais tellement envie de vomir ! Je me sentais terriblement mal, je n'aurais jamais dû me mettre debout. Pourtant, c'était nécessaire.

Même si Phoenix était furieux contre moi, il n'avait pas voulu que je sois punie pour avoir pris contact avec le Cercle de Mellindra sans en référer au préalable à ses supérieurs. Talanus n'était pas réputé pour son indulgence. Mais quand sa compagne avait failli s'en prendre à mon employeur, je n'avais pas hésité. Je préférais subir la sanction du général romain plutôt que de le voir souffrir à ma place.

- J'ai découvert où se cachait le chef du Cercle de Mellindra, mais je n'ai à rien dit à Phoenix parce que… (je ne devais pas trop en dire sur Matthew) je croyais pouvoir le pousser à négocier. C'est lui qui m'a appris pour ma mère… Je vous ai trahis.

Ysis me fixait avec étonnement. J'attendais de lire la déception et la fureur sur son visage magnifique, mais rien ne vint. Au contraire, elle afficha une expression de douceur quasi maternelle qui la transfigurait tandis qu'elle repoussait une mèche de mes cheveux qui était tombée sur mon front.

- Si tu es encore parmi nous après cette entrevue, c'est qu'ils ne t'ont pas fait de mal. Pourquoi ?

J'inspirai à fond pour repousser la nausée tenace qui me tenaillait.

- Ils me font confiance, soufflai-je, rattrapée par l'évidence.

Harding avait certes pris des précautions en attendant si longtemps avant de me contacter, mais il ne se serait jamais rendu à cet hôtel s'il pensait que j'allais le livrer aux vampires.

- Ils ont donc accepté de négocier, conclut-elle, souriant toujours.

- Oui.

Ysis me souleva comme si je ne pesais pas plus qu'une plume et me reposa délicatement sur le sofa. Ensuite, sans crier gare, elle se mordit le poignet et me le tendit.

- Mon sang est deux fois millénaire, il va te remettre sur pieds rapidement. Bois.

Ce fut le moment que choisit Talanus pour apparaître.

- Par Jupiter ! Qu'est-ce qui se passe i… ci ?

Le général fut stoppé dans son élan par la vision qui s'offrait à lui. La femme de sa (longue) vie était en train d'offrir son sang à une mortelle insignifiante à laquelle il avait pensé qu'elle était en train d'administrer une bonne correction pour avoir osé interrompre leur audience, et son ange regardait ce spectacle avec les yeux qui lui sortaient de la tête.

La surprise sur ce visage terrifiant aurait dû être suffisante pour me déconcentrer dans l'absorption du sang millénaire qui m'était offert, mais ce breuvage, sans être bon ni aphrodisiaque comme celui de Phoenix, me redonnait la force que j'avais perdue depuis dix jours, et même un peu plus. Le monde s'était arrêté de tourner, je sentais ma fatigue s'envoler et mon corps se remodeler pour atteindre les proportions qui lui étaient idéales. Mes cheveux avaient non seulement retrouvé leur éclat, mais semblaient briller davantage et je sentis mes joues rosir à mesure que je me réchauffais.

Waouh…

Repue, je décollai ma bouche du poignet de ma bienfaitrice avec un soupir de béatitude. Les yeux encore dans le vague, je n'avais pas vraiment conscience de ce qui m'entourait, juste de l'euphorie causée par mon estomac bien rempli.

- Qu'est-ce que tu fais ? Tu n'as jamais autorisé aucun humain à boire ton sang ! Pourquoi aujourd'hui ? demanda Talanus, abasourdi.

- Je te l'ai déjà dit, mais tu ne m'écoutes jamais ! Elle est spéciale ! (Se tournant vers mon employeur) Et toi ! Tu n'es qu'un imbécile et c'est un comble que je comprenne mieux les humains que toi alors que je n'en côtoie quasiment jamais ! Elle est rongée par le remords et tu la laisses dépérir sans même t'en préoccuper suffisamment pour le remarquer !

Phoenix devait en avoir assez de jouer les soumis et se mit à gronder.

- Mes relations avec Samantha ne vous regardent en rien ! Vous n'avez pas à vous mêler de ça ! De plus, votre réaction est incompréhensible et disproportionnée. Vous la protégez envers et contre tout alors qu'elle nous a trahis en allant chez l'ennemi sans nous en avertir !

- Justement, la personne ici qui devrait la défendre envers et contre tout, c'est toi ! Et parce que pour la première fois depuis qu'elle est à ton service, elle fait un faux-pas, tu la condamnes à l'indifférence et au mépris ?

Un nouveau grondement, plus menaçant encore, se fit entendre.

- Vous ne savez rien de mes sentiments pour elle !

- Tes sentiments ? Tu les caches si bien depuis des siècles que même un rocher est plus expressif que toi ! Ton assistante est humaine et l'un des spécimens les plus émotifs qu'il m'ait été donné de rencontrer ! Si tu l'as traitée comme je te soupçonne de l'avoir fait, ce n'est pas étonnant de la voir s'effondrer après tout ce qu'elle a découvert sur elle !

Phoenix allait vraiment s'énerver, mais il tiqua sur la fin de sa phrase.

- De quoi parlez-vous ?

Ysis leva les yeux au ciel.

- Je ne suis même pas étonnée qu'elle ait préféré te le cacher ! Elle a appris qu'elle avait été adoptée et que nous avions donné l'ordre de tuer sa mère le jour de sa naissance. Sais-tu ce que ça lui coûte d'être là, avec nous ? Pourtant, elle a choisi d'œuvrer à nos côtés pour restaurer la paix !

Phoenix me dévisagea avec des yeux ronds. Toujours sous l'effet euphorisant du sang d'Ysis, j'assistais sans comprendre à la scène. Talanus non plus ne semblait rien comprendre... Toute colère avait déserté son visage où ne régnait désormais que la plus totale confusion. Il regardait sa compagne comme s'il se demandait si elle n'était pas devenue bonne à enfermer.

- Je t'avais dit de prendre soin d'elle jusqu'à ce qu'il soit temps...

- Temps de quoi ?

- Ne t'occupe pas de cela. Ramène-la à Scarborough et remets-la sur pieds. Pardonne lui et envoie-la traiter avec ceux du Cercle puisqu'ils ont confiance en elle. Vous reviendrez demain soir pour que nous parlions plus sereinement de cette liste d'exigences.

Elle se rapprocha de lui.

- Et je te préviens, tu as intérêt à t'acquitter de ta tâche avec entrain, il est hors de question que tu me la ramènes encore une fois dans cet état, tu m'as bien comprise ?

- Je ferai selon vos désirs.

Le tranchant de sa voix me fit frissonner, mais il en fallait plus pour impressionner la princesse égyptienne qui, de toute façon, était en position de force par rapport à lui.

- Viens, Talanus, je crois que nous avons été absents trop longtemps.

Elle avait pris la direction de la sortie en attrapant son compagnon hébété par le bras, sans nous accorder plus d'attention. Pour elle, à l'évidence, la question était réglée.

- Tu lui as donné ton sang ?! entendis-je tout de même, de loin.

- Talanus...

Une porte se ferma, Phoenix et moi nous retrouvions seuls à nouveau.

Malgré l'euphorie que me causait l'absorption du sang d'Ysis, je sentis quand même la gêne me gagner. Après tout, mon patron venait de se faire passer le savon du siècle juste parce qu'il n'avait pas fait plus attention à moi.

- Je n'y comprends rien.

Tu m'étonnes ! pensai-je. Se faire incendier à cause de sa fermeté ne devait pas figurer sur son contrat d'embauche.

- Pourquoi... pourquoi Ysis vous protège-t-elle ainsi ?

Je fronçai les sourcils. Je n'avais aucune envie de lui parler des soi-disant projets de Léthalée à mon égard, laquelle en aurait soufflé deux ou trois mots à sa supérieure extra-lucide. Phoenix penserait qu'Ysis avait définitivement basculé dans la folie. Après tout ce qu'elle avait fait pour moi, je lui devais bien de lui préserver l'estime que mon employeur avait pour elle.

Je préférai donc garder le silence et me levai dans l'idée de rentrer me coucher dans mon lit bien chaud. Je venais d'ouvrir la porte.

- Est-ce que c'est vrai, Sam ?

Je me figeai, sans toutefois me tourner vers lui.

- Quoi donc ?

- Votre mère…

Je soupirai.

- C'est la vérité.

- Pourquoi n'avez-vous rien dit ?

- Après ce que je venais de faire, m'auriez-vous seulement écoutée ?

- Vous savez bien que oui.

- Peu importe. Je préférais votre colère à votre dégoût, alors je me suis tue.

- Mon dégoût ?

Je m'appuyai au chambranle de la porte et fermai les yeux. Mes jambes me parurent très molles tout d'un coup.

- Ma mère est celle qui a reformé le Cercle il y a trente ans. En d'autres circonstances, j'aurais dû travailler à votre perte. Ne me dites pas que cette nouvelle vous ravit.

Il y eut un silence.

- Cela ne me ravit pas, mais pas pour la raison que vous croyez. J'ai de la peine pour vous.

J'écarquillai les yeux, fis volte-face.

- Pourquoi ?

- Parce que contrairement à ce que dit Ysis, je me soucie de vous. J'étais très en colère après que vous m'ayez menti, mais je me sens affreusement coupable maintenant de vous avoir ignorée de la sorte. Je vous connais bien, vous ne pensiez pas à mal, j'aurais dû prévoir que mon comportement vous ferait tant souffrir. Mais je me sentais tellement… Peu importe. Je saisis les implications des révélations qui vous ont été faites et j'admire le courage dont vous faites preuve. Vous pourriez nous haïr, me haïr… Pourquoi n'en faites-vous rien ?

- Je ne crois pas que vampires et humains ne puissent cohabiter. La haine n'engendre que la haine, moi je veux aller de l'avant.

Phoenix eut un étrange sourire.

- Nombre de vampires envieraient votre sagesse et votre grandeur d'âme.

- Vous me complimentez alors que dix minutes plus tôt, vous me détestiez ?

Il reprit un air sombre et mystérieux.

- Je ne pourrais jamais vous détester. J'étais juste… en colère.

- Et maintenant ? Après tout ce que je vous ai révélé sur moi ?

- Je suis encore en colère…

Je baissai les yeux, incapable de supporter sa rancœur.

- … contre moi-même.

Je relevai la tête, surprise.

- J'ai été trop dur avec vous, je m'en rends compte, surtout maintenant que je connais vos origines et ce que vous avez dû endurer en les apprenant. Je suis heureux qu'Ysis vous ait donné son sang pour que vous recouvriez vos forces, mais la vision de votre corps décharné par ma faute me hantera pendant des siècles. Je vous demande pardon.

Je ne saurais dire à quel point mon soulagement fut grand. Phoenix connaissait toute la vérité et ne semblait pas m'en vouloir d'être née d'une mère qui haïssait sa race plus que tout. Il s'excusait aussi de m'avoir fait payer par son mépris les risques inconsidérés que j'avais pris en allant trouver le Cercle avec Matthew, dans son dos. Je ne pouvais pas me sentir mieux, la cerise sur le gâteau étant que j'avais dû desserrer ma ceinture quand le sang d'Ysis m'avait remodelé jusqu'à atteindre les proportions corporelles qui m'étaient idéales.

- À condition que vous me pardonniez aussi.

- Je vous ai pardonnée à l'instant même où j'ai ouvert la porte de ma chambre et que je vous ai vue si faible et pourtant si déterminée à me parler.

- Ça aurait été sympa de m'en faire part, dis-je en lâchant un petit sourire.

- Je sais.

Il s'avança et me tendit une main que je m'empressai

d'accepter, avant de me laisser conduire vers ma bien-aimée Scarborough, son château, et mon lit.

Chapitre XI : Discussions

*

En me réveillant le lendemain, j'avais tellement l'impression d'avoir rêvé tout ce qui m'était arrivé la veille que je fonçai vers mon miroir, non sans trébucher contre le canapé, et me scrutai de la tête aux pieds.

Wa-ouh !

Si j'avais su que le sang d'Ysis aurait cet effet sur moi, je me serais jetée sur elle depuis bien longtemps pour l'avaler tout entière ! Mon reflet n'avait plus rien à voir avec le squelette en pantalon des jours précédents, là, c'était… Je n'avais pas de mots.

Outre l'absence de bleus, je notais la brillance inhumaine de mes cheveux dont le toucher soyeux donnait l'impression de frôler du satin ; ma peau ne semblait plus porter la moindre imperfection, pas la moindre rougeur ni le moindre bouton à l'horizon. Mes dents étaient si blanches qu'on aurait pu croire que j'avais fait un bain de fluor chez un dentiste, tandis que mes yeux, d'un noir d'encre, faisaient d'autant plus surnaturels que la lueur rouge qui y apparaissait occasionnellement, était cette fois parfaitement visible de près, dans le fond, donnant l'illusion d'une flamme attendant son heure pour embraser son foyer. Quant à ma silhouette…

Incontestablement, j'avais atteint mon poids idéal avant de maigrir atrocement sous l'effet du stress. Les entraînements de Phoenix m'avaient rendue plus svelte et gracieuse, ce qui m'avait permis de me réconcilier avec mon apparence. J'avais bien senti que le sang millénaire d'Ysis me remodelait en me faisant reprendre les kilos que j'avais perdus, mais je n'aurais pas imaginé qu'il me sculpte dans des proportions si parfaites.

Oh, ne croyez pas que je me vante ! Je ne me trouvais pas canon, je n'étais pas tombée dans les affres de la vanité. Je réalisais seulement que mon corps s'était transformé pour devenir meilleur, au summum de ce qu'il pourrait être. C'était un cadeau inestimable pour moi qui avais toujours eu des complexes physiques, d'autant plus prononcés quand je me trouvais à côté d'Angela. Loin de rivaliser avec elle (sa beauté dépassait même les plus belles vampires que j'avais pu croiser), je n'en étais pas moins heureuse de ne plus avoir à l'envier. Je me sentais désormais en harmonie avec ce corps qui m'avait longtemps dépitée.

Passé ce moment, je me secouai pour aller me doucher, en repensant au pardon de mon patron. Comme j'étais soulagée ! Peut-être que les effets du sang d'Ysis n'auraient pas été si efficace si nous ne nous étions pas réconciliés. Bref ! Il m'avait pardonnée, c'était l'essentiel, et malgré la triste perspective de mon départ prochain, accéléré par la tournure positive des événements, je ne voulus pas gâcher cette journée en m'apitoyant sur mon sort, donc, j'enfilai des vêtements de sport, et passais plusieurs heures à m'entrainer en bas, m'acharnant à la tâche du mieux que je pouvais, m'extasiant de mes nouvelles capacités, quand, lors d'un coup de pied bien placé, j'éventrai le sac de sable dont le contenu se déversa au sol.

Après avoir tout rangé, je m'étais octroyée une pause déjeuner bien méritée, puis une après-midi télé, emmitouflée sous un plaid, dans le canapé du salon. Ainsi, si bien installée, je m'endormis dans un sommeil récupérateur, qui ne cessa que lorsque la sensation que des doigts couraient lentement le long de ma joue m'éveilla.

En ouvrant les yeux, j'avisai Phoenix, assis tranquillement avec son journal à la main, dans le fauteuil face à moi. Heureusement que je n'avais pas soufflé de bonheur pendant mon rêve, sinon il m'aurait sûrement demandé de quoi il retournait. Hors de question qu'il sache que l'idée même de ses doigts courant sur ma peau déclenchait chez moi des palpitations cardiaques irrégulières.

- Votre cœur accélère bizarrement. Vous ai-je fait peur ?

Gloups ! Je sentis un frisson glacé me parcourir la colonne vertébrale. Je m'assis lentement pour reprendre contenance et surtout, reprendre le contrôle de ce traître musicien.

- Je ne pensais pas que je dormirais si longtemps. Je ne m'attendais pas à vous trouver là.

- Ni moi à vous retrouver cachée sous une couverture. Vous pensiez que je ne vous trouverais pas ?

Ses yeux pétillaient de malice. J'aimais ce regard. Je lui souris.

- Le chat a trouvé la souris.

Je bâillai, puis m'étirai. Ce faisant, la couverture tomba de mes genoux. J'avais oublié qu'après mon entraînement et ma douche, j'avais enfilé un débardeur cintré noir et un legging de la même couleur. Je n'avais pas fait d'effort vestimentaire, ce qui risquait de ne pas plaire à mon patron.

Il écarquilla les yeux à ma vue.

- Bon sang, Sam !

J'attrapai la couverture, rouge de honte, pour me cacher avec, malheureusement, Phoenix tira dessus et elle m'échappa des mains.

- Hé ! Je sais que je ne suis pas habillée correctement, mais quand même !

Il me regardait de haut en bas, de bas en haut, avec un air ahuri.

- J'avais bien vu hier votre corps se remodeler pour reprendre une silhouette convenable, mais je n'ai pas fait plus attention que ça...

Il me fit tourner sur moi-même. Je recommençai à rougir, mais cette fois-ci, j'étais plus embarrassée que honteuse. Il détaillait les transformations opérées grâce au sang de sa chef de secteur.

- Vous êtes... Vous êtes...

J'aurais aimé qu'il aille au bout de son compliment, mais quand il releva brusquement la tête et qu'il me fixa de son regard d'acier aux intentions mystérieuses, je n'arrivais plus à penser.

Lentement, je vis ses yeux s'éclairer puis s'embraser au point de m'éblouir. Je voulus baisser les miens, mais il me retint en posant ses deux mains sur mes joues. Il ne m'en fallut pas plus pour que mon cœur s'adonne à son activité favorite : tressauter dans tous les sens au mépris de la gêne occasionnée par l'ouïe hypersensible de l'ange qui me faisait face.

- Vous êtes toujours la même, mais c'est comme si cette flamme qui brûlait en vous et que vous aviez si bien cachée, s'était enfin décidé à sortir. Vous êtes... radieuse.

Je m'empourprai.

- Je n'ai rien fait, c'est le sang d'Ysis qui...

- Qui vous révèle enfin telle que vous êtes réellement, me coupa-t-il. Peut-être que maintenant, en voyant votre reflet dans le miroir, vous aurez définitivement confiance en vous.

Si j'avais été courageuse, je lui aurais dit que c'était déjà fait, et je me serais mise sur la pointe des pieds pour l'embrasser. Mais j'étais terrifiée, je voulais qu'il me lâche.

- Phoenix...

Il me sourit, ses mains quittant mes joues en une lente caresse.

Aussitôt, je me crispai. Je reconnaissais ce toucher... C'était le même que dans mon rêve précédent, et le même que sur l'arbre, un songe flou qui m'était revenu en mémoire récemment, dans lequel on m'avait chuchoté « *Dors, mon amour* ». Et si je n'avais pas rêvé ?

Je secouai la tête et me reculai pour lui échapper. Ce n'était pas possible, il fallait que j'arrête de me flageller comme une idiote avec mes sursauts d'espérance. Mieux valait couper court à la conversation.

- Je vais me changer, Talanus et Ysis vont nous attendre pour parler de la liste d'exigences du Cercle.

Phoenix comprit que je faisais diversion, mais il eut la délicatesse de ne pas en chercher l'explication.

- Je vous attendrai dehors.

Je m'enfuis sans demander mon reste, pestant contre ses attitudes trop changeantes ainsi que contre mon incapacité à empêcher mon cœur de battre à toute vitesse quand il me serrait d'un peu trop près.

J'enfilai rapidement un chemisier bleu, avec ma jupe droite noire qui m'arrivait aux genoux, une grande ceinture noire et mes escarpins de la même couleur vernie. Talanus et Ysis étaient très à cheval sur l'élégance donc à chaque fois que nous allions à Harper Hill, je m'habillais en conséquence. Après un maquillage sommaire, je redescendis, attrapai mon manteau et mon sac en vérifiant que la liste s'y trouvait bien, puis sortis.

- Je suis prête.

Phoenix ne perdit pas de temps et m'enroula en un centième de seconde dans la couverture spéciale « pour ne pas mourir gelée dans les airs ».

- Allons régler cette histoire, dit-il en fonçant vers le ciel.

Plus tard, il nous fit atterrir directement dans les jardins de la propriété. Les guetteurs des deux chefs de secteur qui nous attendaient nous avaient bien repérés, mais ils ne s'occupèrent pas de nous si ce n'était pour nous saluer rapidement. Ils avaient l'habitude maintenant de voir leur ange débarquer du ciel avec un hot-dog bouloché en guise d'assistante.

À l'intérieur, nous croisâmes plusieurs vampires qui s'écartèrent pour nous laisser passer. Grâce au sang d'Ysis, mon ouïe surpuissante capta une conversation glissée discrètement dans notre dos.

- Tu as vu comme elle a changé ? Hier elle semblait tout droit sortie d'un camp de concentration, et là, elle irradie carrément une forme olympique ! Ou surnaturelle...

- Surnaturelle si tu veux mon avis... dit son interlocuteur. Pour provoquer un tel effet sur un organisme si affaibli, elle a dû ingérer un sang extrêmement puissant. À ce point-là, ça ne peut pas être Phoenix...

- Les maîtres ? s'écria l'autre en sifflant d'admiration.

Nous continuions à avancer, mais je savais que comme moi, leur ange ne perdait pas une miette de leurs paroles. Je le voyais à la raideur de sa démarche et à l'aura d'agressivité grandissante qui émanait de lui.

- Je la trouvais déjà appétissante, mais là, elle a tout ce qu'il faut, où il faut. Cette jupe la moule à merveille.

Je trébuchai.

Les joues cramoisies par la gêne, je remerciai mon patron de m'avoir rattrapée in extremis avant que je ne m'étale au sol, tête la première. Je détournai rapidement le regard, car le sien était sur le point de s'embraser de rage. Les deux idiots continuaient pourtant à jacasser sans se douter du danger qu'ils encouraient.

- Elle est rigolote cette fille en plus, elle n'arrête pas de se prendre les pieds dans les tapis même quand il n'y en a pas et elle rougit à la moindre occasion. J'ai parlé avec Steve, de la sécurité, il l'aime bien. Elle a l'air sympa, en vérité. Il m'a confié aussi que Hedayat en pinçait sérieusement pour elle et qu'il avait déjà tenté de la séduire.

Les deux s'esclaffèrent. Les yeux de Phoenix brillaient comme des lampes-torches à présent et sa démarche s'était considérablement ralentie.

- C'est pas demain la veille qu'il mettra le grappin dessus, pas tant qu'elle appartiendra à notre ange adoré. Il est jaloux de ses prérogatives d'après ce qu'on m'a dit.

- Tu crois qu'ils sont ensemble ?

Je rougissais tellement cette fois que j'avais l'impression que l'incendie s'était propagé à mon corps tout entier.

- Je ne crois pas. Phoenix n'est pas connu pour être sentimental, et c'est pas le genre à frayer avec les humaines. Si ça devait se faire, ce ne serait que pour le sexe.

Là, ce fut la goutte d'eau qui fit pire que déborder le vase puisqu'il explosa sous la pression. Un rugissement incroyablement puissant retentit tout à coup à côté de moi, me faisant sauter sur le côté pour aller me coller contre un mur, prise d'une authentique panique. La seconde suivante, l'homme qui l'avait poussé se ruait à une vitesse phénoménale en direction des deux commères précédentes, et leur fondit dessus tant et si bien qu'après réception de deux poings envoyés directement en pleine face, elles s'envolèrent pour s'écraser sur le sol, dix mètres plus loin.

Incapable du moindre mouvement, terrorisée, j'assistais en tant que spectatrice impuissante au retour de Phoenix, qui traînait les deux hommes aux visages ensanglantés par leur col de chemise. Toutes les autres personnes présentes s'étaient réfugiées comme moi contre les murs ou les fenêtres, pour ne pas attirer l'attention de leur ange, et leur expression me prouvait que je n'étais pas la seule à être effrayée. Les pupilles complètement illuminées, les crocs apparents et l'expression d'un vampire aux envies de meurtre, Phoenix jeta ses deux fardeaux à mes pieds, me faisant sursauter en hoquetant.

- J'attends des excuses, ordonna-t-il en leur administrant chacun un coup de pied.

- Râââââ.

Les deux hommes étaient à peine conscients et n'auraient pas pu ouvrir la bouche, même si leur vie en dépendait. C'était sans compter Phoenix.

Il les rattrapa par le col, les souleva chacun dans une main à plusieurs centimètres du sol et les secoua avec une telle force que j'écarquillai les yeux devant ce spectacle en me demandant comment leurs membres arrivaient à ne pas se détacher de leurs corps.

Heureusement, le traitement subi eu un effet positif : ils se réveillèrent.

- Des excuses ! tonna mon patron, au mépris de la foule qui assistait désormais à la scène.

Le bruit avait attiré des vampires qui s'étaient installés dans les diverses pièces du rez-de-chaussée.

- Dé…so…lé, ange, articulèrent-ils péniblement.

- Pas à moi, à elle.

Je fixai Phoenix avec étonnement, puis avec un incommensurable embarras, le public autour de nous. Je me sentis rougir à nouveau. Mais à quoi il jouait ?

- Je crois que je n'ai pas été assez clair. Toute personne qui insulte mon assistante, m'insulte moi !

- Mais…

Un coup dans l'estomac avorta la tentative d'explication. Phoenix se tourna vers l'assemblée.

- C'est valable pour tout le monde. Je ne tolèrerai aucun écart de conduite ou de langage à son encontre et je punirai avec la plus extrême sévérité ceux qui essaieraient de me défier.

Sa posture, agressive et impressionnante, m'effraya plus encore que son discours. Les visages graves autour de nous m'indiquaient que le message était bien passé.

- J'attends.

Phoenix avait de nouveau reporté son attention sur les deux ex-bavards.

- Nous vous présentons nos excuses, Mademoiselle Jones.

Tout le monde me regardait, je maudis intérieurement mon patron de ce que j'allais devoir faire. Si je passais l'éponge comme une gentille fille, je passerais pour une faible n'ayant survécu jusque-là que grâce à sa protection. Il m'avait placée dans une position impossible, de laquelle je ne me sortirais qu'en faisant preuve de ma valeur. Sentant qu'il valait mieux jouer la carte de la violence pour impressionner tout le monde et ne pas paraître faible auprès des vampires, je sortis mes couteaux de ma ceinture et m'approchai d'eux.

- Excuses acceptées.

En un éclair, j'enfonçai mes lames dans les poitrines qui m'étaient présentées, feintant d'ignorer le hoquet de stupeur général qui secoua l'assistance. Mes cibles s'effondrèrent, victimes de l'argent, et sans un regard, je partis en avant, Phoenix à mes côtés, vers les appartements de Talanus et Ysis qui communiquaient avec la grande salle.

Le bruit derrière nous m'indiquait qu'on s'enquérait de la santé des deux hommes, lesquels n'avaient évidemment pas fini en poussière, mais plutôt avec une bonne frayeur, vu que je m'étais arrangée pour que mes couteaux frappent à quelques centimètres du cœur. Pour le coup, ils auraient de quoi converser pendant des semaines ; du moins quand ils oseraient parler à nouveau en public.

À l'abri des oreilles indiscrètes, dans l'antichambre des appartements des chefs de secteur, Phoenix fut le premier à rompre le silence que nous nous étions imposés en chemin.

- Félicitations, Sam. Vous venez de montrer à tous qu'il était dangereux de vous sous-estimer.

Furieuse, je le repoussai en arrière. S'il ne bougea pas, il n'en resta pas moins perplexe face à ma réaction.

- Je n'en reviens pas de ce que vous m'avez forcée à faire !

- Je ne vous ai pas forcée du tout !

- En me les jetant sur les pieds, c'était comme si vous aviez une pancarte lumineuse m'ordonnant de les estropier copieusement.

Mon expression le fit sourire.

- Oh ! Cessez de ricaner ! Je ne suis pas comme vous, j'ai besoin de bonnes raisons pour poignarder les gens ! Leurs ragots n'en étaient certainement pas une ! Vous n'aviez pas à vous mettre dans une rage pareille ! Même moi, j'ai failli mourir de peur !

Sans se départir de sa bonne humeur, il me contredit.

- Ils savaient parfaitement qu'ils étaient à portée d'oreilles ou du moins, ils auraient dû le savoir. En tout cas, moi je le savais, vous aussi grâce au sang d'Ysis, ainsi que tous les témoins présents. Je me devais de réagir. Ça a permis une mise au point en même temps. Celui qui a tenté de vous tuer par l'intermédiaire de Victor va y réfléchir à deux fois avant de recommencer, d'autant plus depuis votre démonstration de tout à l'heure. Il faut parfois se montrer impitoyable pour garder sa tête, c'est exactement ce que vous avez fait. Je suis fier de vous.

Toujours mécontente, je laissai tout de même la logique de ses arguments me convaincre. J'évoluais dans un monde où la faiblesse annonçait la mort et je n'étais pas prête à mourir.

Sur cette conclusion, Talanus nous ouvrit la porte de ses appartements et nous fit entrer.

*

- Eh bien, il semble que vous ayez encore fait du grabuge dans les couloirs, vous deux ?

Bien sûr, on l'avait aussitôt mis au courant. Rien de ce qui se passait ici ne lui échappait de toute façon.

- J'ai simplement rappelé à deux idiots la définition du mot respect.

- On m'a dit que vous les aviez poignardés ? demanda-t-il à mon intention.

- Euh… ben… je…

- Elle a passé avec succès un autre genre de test.

Talanus haussa les sourcils. L'allusion à son test d'aptitude mené par Hedayat sur ma personne était limpide. Néanmoins, notre chef romain ne se vexa pas, au contraire.

- Tant mieux ! Je n'aimerais pas savoir qu'on murmure que mon ange se ramollit à cause d'une faible humaine. Continuez comme ça, Mademoiselle Jones, vous faites du bon travail.

Je n'étais pas sûre d'apprécier la tournure de son compliment. Bah !

- En parlant de travail, nous avons une liste à consulter.

Ysis nous rappelait que nous avions une tâche essentielle à accomplir.

Nous nous assîmes chacun autour de la table qui avait permis de négocier avec Carrick Anderpool.

- Richard Harding m'a choisie comme unique intermédiaire entre le Cercle et les vampires. Il a confiance, mais il veut prendre ses précautions. Le temps venu, il acceptera de rencontrer Phoenix.

- Parle-t-il pour tous les membres du Cercle ? demanda Talanus.

- Oui, je les ai vus, ils ne sont pas si nombreux. Ils sont fatigués de se battre et sont d'accord pour la trêve, mais sous certaines conditions.

- Lesquelles, donc ?

- D'abord, la garantie qu'ils ne seront pas inquiétés pour les meurtres de Phil Heathborn et Seamus O'Malley, ni pourchassés par Phoenix ou un quelconque vampire d'un autre secteur.

- Notre parole est sacrée. S'ils ne nous attaquent plus, nous les laisserons en paix.

- Je le leur ai dit, mais c'est bien de l'entendre de votre bouche. Ensuite, ils ne souhaitent pas dissoudre le Cercle.

- Quoi ? Mais ils resteront une menace ! s'écria le général romain.

- Écoute-la jusqu'au bout, Talanus, l'apaisa Ysis.

- Si vous communiquez suffisamment les uns envers les autres pour qu'il n'y ait plus de malentendu sur les motivations des disparitions d'humains, ça devrait aller. L'année dernière, Harding a cru que le Grand Changement avait finalement été aboli, d'où la réorganisation du Cercle en tant que milice armée.

- Vous ne voulez tout de même pas que nous partagions nos secrets avec ces gens !

- Ce n'est pas ce que je vous demande, Talanus. Mais peut-être que si vous mettiez chacun vos préjugés de côté pour faire respecter ensemble le Grand Changement, il n'y aurait plus de guerre entre vous. Vous n'êtes pas obligés d'avancer chacun de votre côté. En communiquant vos informations respectives, on pourrait être d'autant plus vigilants sur la tentation de certains de boire le sang à la source. Il faut être réaliste, Phoenix ne peut pas tout voir.

- Hm, réfléchit mon interlocuteur.

Ysis ne disait rien, se contentant d'arborer une expression étrangement satisfaite.

- Ainsi, la cause du Cercle de Mellindra ne serait pas perdue, au contraire, elle contribuerait à protéger l'humanité des vampires sanguinaires, avec l'aide de ceux qui ne le sont pas, poursuivis-je.

- Quoi d'autre ?

- On sait que ce qui a fait perdurer le Cercle à travers les décennies, c'est la vengeance. La famille de Mellindra avait d'ailleurs créé ce groupe parce que justice ne lui avait pas été rendue. Richard Harding demande que pour chaque humain dont il est confirmé que la mort a été provoquée par un vampire, un tribunal soit convoqué pour juger le criminel selon des lois justes autant pour l'un et l'autre parti.

- De telles lois n'existent pas, dit Phoenix.

- Il y a bien des vampires parmi vous capables de les rédiger. Je suis sûre que si vous soumettez cette idée aux Grands, ils l'approuveront, car comment mieux se prémunir d'une guerre contre les humains que de s'en faire des alliés dans l'optique de les protéger ?

- Les Grands ont dans leurs rangs les meilleurs juristes qui puissent exister, dit Ysis.

- Si nous tombons d'accord, rien n'empêcherait, après le début de la trêve, de commencer l'élaboration de ces nouveaux textes en collaboration avec les membres du Cercle. Et pour preuve de votre bonne foi, vous pourriez commencer à les appliquer en poursuivant en justice les assassins à l'origine de leur entrée dans celui-ci.

- Chaque chose en son temps, Mademoiselle Watkins. Il sera déjà difficile de faire accepter un tel concept, alors son application immédiate… !

- Pensez sur le long terme ! Imaginez qu'un jour le Secret de votre existence soit révélé. L'opinion publique serait beaucoup moins effrayée en sachant les efforts que vous avez faits pour préserver l'humanité et ses droits face à la puissance des vôtres.

- Espérons que ce jour n'arrive jamais, je n'ai pas envie de revivre l'époque bénie des bûchers et des chasses aux sorcières. Y-a-t-il encore autre chose sur cette liste déjà bien garnie ?

- Cela concerne le Grand Changement.

Là, ça risquait de coincer. Je me tortillais sur ma chaise, mal à l'aise.

- Oui ? m'encouragea Ysis.

- Ils veulent qu'un échéancier soit établi, jusqu'à son application partout dans le monde.

Stupeur générale. Eh oui, je me doutais que cette annonce ferait son petit effet.

- Ils sont bien conscients que cette décision était la bonne et que son application fut certainement difficile à faire respecter, mais ils considèrent qu'il est temps de l'élargir à l'ensemble des pays du monde. L'excuse du mal-développement n'a plus lieu d'être. Il est temps d'éradiquer les vieilles pratiques qui ne font de vous que des monstres obsédés par le meurtre. Si vous voulez cohabiter avec les humains sans qu'ils se doutent de votre existence, il va falloir cesser de les chasser.

- Vous vous rendez compte de ce qu'ils nous demandent ?

Bien sûr que je m'en rendais compte ! Qu'est-ce qu'ils croyaient ?

- Je les ai convaincus que ça ne pourrait se faire que sur le long terme, car l'extension immédiate du Grand Changement à l'échelle planétaire risquerait de provoquer une guerre civile périlleuse pour le Secret et les humains pris entre-deux-feux. Toutefois, il faut bien admettre que la mise en place d'un calendrier faciliterait les choses et ferait disparaître l'impression de stagnation actuelle de ce projet.

Le silence s'installa de nouveau. Les vampires semblaient avoir du mal à digérer cette nouvelle et pourtant, je ne leur avais pas encore annoncé l'énormité à venir.

- Il y a une dernière chose…

Tout le monde m'écoutait. J'étais plus que mal à l'aise.

- Là, j'ai dit à Richard Harding qu'il ne fallait pas tomber dans l'absurdité, mais il n'a pas voulu en démordre.

- Abrégez, s'il-vous-plaît, Mademoiselle Watkins, me coupa Talanus.

Je déglutis.

- Ils veulent que vous meniez des recherches pour trouver un palliatif à votre besoin de sang humain. (Tout le monde se figea dans la pièce, dont la température ambiante sembla chuter de quelques degrés) Je lui ai dit que votre régime alimentaire ne pouvait être changé, mais il m'a ri au nez en me renvoyant dans la figure que si les humains pouvaient se passer de viande, vous pouviez également vous passer de leur fluide vital.

Je leur adressai un sourire d'excuse pour l'ineptie que je venais de proférer. Ce sourire mourut sur mes lèvres quand je les vis se consulter les uns des autres du regard.

- Quoi ? demandai-je.

Ce fut Phoenix qui me répondit.

- Vous vous rappelez de l'immeuble où nous avons rendu visite à Dennis Obson ?

- Oui.

- Vous vous rappelez que je vous avais dit de ne pas vous occuper des autres laboratoires présents.

- Oui.

- Cela fait quelques années que Les Grands ont chargé nos plus grands spécialistes de travailler sur une formule de sang de synthèse capable de nous nourrir sans altérer notre force.

Je les fixai tous avec des yeux ronds.

- Vous plaisantez !

Au regard que me lança Talanus, j'en déduisis que non.

- Est-ce que toute votre communauté est au courant ?

Ysis reprit la parole.

- Non, seulement les chefs de secteur précautionneusement sélectionnés pour l'expérience. Trop de vampires sont encore farouchement attachés à notre ancien mode de consommation, ils risqueraient de s'en prendre à nos installations pour détruire le fruit de notre travail.

- Pourquoi cette initiative ? Il m'avait semblé que votre mode de consommation actuel était efficace.

- Il l'est, pour l'instant... Nous sommes conscients que notre méthode ne tardera pas à attirer l'attention et un jour, forcément, cette dépendance nous trahira. Si nous sommes aussi soucieux de préserver le Secret, Samantha, c'est bien pour éviter qu'on nous coupe les vivres au sens propre, ce qui déclencherait inévitablement une guerre entre nos peuples, réduisant à néant tout ce que les Grands ont tenté d'accomplir pendant des siècles. C'est pourquoi ils ont eu l'idée de lancer ce programme de recherche, dans l'espoir qu'au cas où notre existence serait révélée, les humains ne nous voient pas comme une menace directe et n'agissent en conséquence.

Je n'en revenais pas. Moi qui pensais que l'idée de Richard Harding allait mettre le feu aux poudres, je n'aurais jamais imaginé qu'il avait en fait touché du doigt l'un des secrets les mieux gardés de la gente vampirique dominante ; la création d'un nouveau *Tru Blood*[7].

- Devrais-je en parler aux membres du Cercle ?

Talanus réfléchit en se calant dans son siège, Ysis ferma les yeux. Puis :

---

[7] Dans *La communauté du Sud*, de Charlaine Harris, le « Tru Blood » est un sang de synthèse mis au point au Japon permettant aux vampires de ne plus boire directement aux cous des humains, ce qui a facilité la révélation de leur existence.

- Est-ce que vous êtes sûre que ces gens sont honnêtes ?

Je me sentis frissonner. Talanus me demandait ni plus ni moins si je me portais garante de Richard Harding et ses amis. En cas de traîtrise, je serais tenue pour responsable et châtiée en conséquence.

- Ils le seront si de votre côté, vous faites preuve de transparence.

Tant pis pour moi, il était nécessaire de rétablir l'équilibre.

- Très bien, dit Ysis en se levant, aussitôt imitée par Talanus et Phoenix, et enfin, moi-même. Vous pouvez d'ores-et-déjà prendre contact avec le Cercle de Mellindra pour leur formuler notre accord sur les premiers points. Pour le reste, Talanus et moi devrons partir directement pour les Balkans pour parler avec les Grands. Eux seuls auront le fin mot de l'histoire. Nous partirons demain. Restez près de votre téléphone.

Les deux chefs de secteur nous quittèrent pour se consacrer à leurs préparatifs de voyage. Laissés seuls dans le cabinet de travail, Phoenix et moi restâmes silencieux quelques instants.

Je venais de m'asseoir dans le canapé, la tête renversée en arrière sur le dossier et les yeux clos, quand il s'assit à mes côtés.

- Si les Grands acceptent, la guerre contre le Cercle de Mellindra n'aura plus lieu d'être. Par contre, s'ils refusent, qu'en sera-t-il ?

- J'ai bien peur que ce ne soit qu'une question de temps avant qu'un nouveau Cercle ne se reforme. Bruce Abard, l'homme tatoué qui m'a frappée au nez il y a quelques semaines (j'évitai de lui dire que c'était également lui qui m'avait rouée de coups chez Harding), ne me semble pas sur la même longueur d'onde que son chef. À son réveil, ça a dû chauffer sévèrement entre eux.

- Son réveil ?

Je haussai les épaules.

- Il m'a cherchée, il m'a trouvée.

Phoenix s'esclaffa.

- Si toute cette histoire trouve une issue favorable, ce sera grâce à vous. Vous avez de quoi être fière.

Je haussai de nouveau les épaules, il n'y avait aucune gloire à tenter de préserver des vies des deux côtés. Je suivais simplement ma conscience.

- Ensuite, vous me quitterez...

Je me raidis. Il avait dit ça comme s'il se parlait à lui-même, sans appeler de réponse. Je ne lui en fournis pas. Je me contentai de me blottir contre lui.

*

Le jour suivant, soit le 25 février, je fixai un rendez-vous avec Richard Harding dans le même hôtel de Pembroke, pour discuter de mon entrevue avec les chefs vampires de la région.

Bien que le lieu me fasse horreur en raison du souvenir du nouvel an, je ne cherchai pas à en changer.

Il était environ quinze heures quand j'entrai dans le grand hall et que je demandai à la réception si j'étais attendue. On me redirigea vers le restaurant dont on m'avait assurée qu'il était parfait pour discuter affaires autour d'un bon verre. Je me laissai donc guider vers ma destination, une élégante salle à manger d'une vingtaine de tables rondes à nappes blanches, géométriquement agencées de sorte de former un cercle au centre duquel trônait un espace bar et cuisine. En effet, le dernier chic à cette période était de pouvoir voir les barmen et les cuistots préparer vos cocktails et votre repas devant vous.

Je me détachai de la contemplation de mon environnement pour me concentrer sur mon futur interlocuteur, lequel n'était pas seul.

Oh, oh. Matthew était avec lui.

D'un côté, je me réjouissais de le revoir, de l'autre, j'étais mal à l'aise à l'idée qu'il ne m'avait pas pardonnée. À voir sa tête, c'était effectivement le cas.

Il me regardait avec un mélange de colère et de dédain qui me poignardait tout au long de mon trajet vers lui. Harding le dépassa pour aller à ma rencontre en me tendant la main.

- Mademoiselle Stratford, ou... En fait, comment dois-je vous appeler ?

J'avais eu trop de choses en tête jusqu'ici pour avoir réglé la question de mon patronyme.

- Watkins.

Finalement, la réponse était sortie toute seule. Malgré tout ce que j'avais appris, je n'avais pas oublié les gens qui m'avaient élevée comme leur propre fille. Ils m'avaient forgée pour devenir la femme que j'étais désormais et je les en remerciais. Vanessa Kane avait sa place dans mon cœur, mais je n'avais pas eu la chance de la connaître. Le choix était donc facile.

- Mais appelez moi Samantha.

- Ça me va, dit-il avant de s'écarter pour laisser le champ libre aux salutations de son fils.

- Sam...

La raideur de son hochement de tête ainsi que le timbre glacée de sa voix m'attristèrent, cependant, je n'y pouvais rien. À lui de décider s'il me pardonnerait un jour.

- Bonjour, Matthew.

Richard Harding nous regarda avec curiosité tous les deux, puis proposa qu'on s'installe à une table, sur laquelle trois cocktails étaient déjà disposés.

- Nous avons des choses à nous dire... dis-je en guise de préambule.

Je lui relatai la conversation de la veille sans rien omettre, si ce n'est la partie sur la conception déjà commencée d'une sorte de *Tru Blood*.

- Et pour la dernière exigence ?

- Mes employeurs ne peuvent pas prendre cette décision. Comme pour le Grand Changement, ils sont partis ce matin demander une audience auprès des dirigeants de la communauté vampirique mondiale. Cela risque de prendre un peu de temps.

- Je n'accepterai pas la trêve tant que rien ne sera statué sur ces points.

- Soyez patient. Ils poursuivent le même but, c'est juste qu'ils voient plus encore à long terme que vous. Mes employeurs vont les convaincre d'accélérer le processus.

- Ils reviendront avec un législateur ?

- Je ne sais pas, ça aussi ça pourra prendre du temps, et de nombreuses entrevues. J'espère que vous êtes réellement prêt à collaborer avec eux, car si vous acceptez la trêve, vous devrez travailler ensemble.

Harding soupira. Matthew restait impassible.

- Je ferai ce qu'il faut pour protéger l'humanité. Si ça doit en passer par une collaboration avec les vampires, je suis d'accord.

- Je pense que c'est la meilleure attitude à adopter. En communiquant les uns avec les autres, on pourra peut-être éviter de nouveaux bains de sang, des deux côtés.

Les deux me regardaient intensément.

- Vous vous donnez beaucoup de mal pour mettre un terme à ce conflit et dans un sens, je vous plains. Vous êtes prise entre-deux-feux.

Stupéfaite par sa considération, je haussai les sourcils. C'était vrai que jusqu'ici, personne ne se souciait vraiment de savoir comment je prenais le fait de servir de zone tampon entre les deux camps.

- Mr Harding, après tout ce que j'ai appris récemment, je peux dire que mes repères ont quelque peu été bouleversés. Pourtant, si je sais une chose, c'est que je suis humaine et que je tiens plus que tout à protéger des vies autant humaines que vampires. Car pour avoir combattu leur nature de prédateur, ils méritent notre respect et même notre amitié.

- Vous êtes encore bien jeune pour être si sage.

- J'ai vu des choses qui m'ont fait vieillir bien plus vite que la normale, et toutes n'étaient pas le fait de la cruauté des vampires.

Les yeux de mon interlocuteur étincelèrent.

- Je vois ce que vous voulez dire.

Il était temps de changer de sujet.

- De votre côté, avez-vous pu convaincre tous les membres du Cercle du bien-fondé de cet accord ? Je suppose que les personnes que j'ai vues chez vous ne formaient pas la totalité du groupe.

- Nous ne sommes pas nombreux, mais il est vrai que quelques autres ont préféré rester cachés lors de votre venue. Ils souhaitent tous conclure cette trêve… dans de bonnes conditions.

- Ce n'est pas l'impression que Bruce m'a donnée. D'autant qu'il a élargi votre champ d'action en punissant de mort les humains ayant un rapport de près ou de loin avec ses ennemis.

Harding fronça les sourcils.

- Je ne l'aurais jamais laissé faire si j'avais su ses intentions.

- Peu importe, il a le sang d'innocents sur les mains. C'est ce qui me pousse à réitérer ma question, êtes-vous sûr que vous êtes tous prêts à passer cet accord ? Parce qu'en cas de trahison, je ne pourrai pas empêcher les vampires de vous massacrer.

Avec Matthew, ils tressaillirent. Pour autant, quand mon interlocuteur me regarda à nouveau, sa détermination était sans faille.

- Bruce ne sera pas un problème. Il est isolé, les autres n'aspirent plus qu'à la paix.

Je le dévisageai impitoyablement, cherchant le doute dans son attitude. Il n'y en avait pas.

- Je vous fais confiance.

Il me tendit la main.

- Tout comme j'ai confiance en vous.

Je la serrai.

Il se leva, je m'empressai de l'imiter, tout comme Matthew.

- Vous avez mon numéro, Samantha, recontactez-moi dès que vos chefs de secteur auront eu l'accord que nous espérons.

Il se tourna vers son fils.

- Ton amie n'a pas fini son cocktail, il serait impoli de l'abandonner. Je t'attends dans la voiture.

Les yeux de Matthew étincelèrent d'agacement. Son père venait de manœuvrer pour nous pousser à discuter et régler notre querelle. Celui-ci disparut rapidement de la salle à manger, nous laissant seuls tous les deux, gênés l'un comme l'autre par ce piège si grossier, mais si efficace.

Nous nous rassîmes. Il irradiait de colère mal contenue.

- Est-ce que… tu te portes bien ? commençai-je, timidement.

Aussitôt, mes joues s'enflammèrent. Bien sûr que ça n'allait pas ! Il venait de retrouver son père biologique après avoir appris l'assassinat de sa mère, ce dernier l'avait accueilli en le frappant, puis en lui révélant qu'il traquait et tuait des vampires pour se venger. Ah oui, sans oublier que sa meilleure amie lui avait menti tout du long sur son identité et sa profession, allant même jusqu'à prétendre que son patron était un ex-amant éconduit ! Comme question, plus nulle, tu meurs !

- À ton avis ?!

Et vlan ! Il avait saisi la perche tendue, évidemment.

- Comment va ton ex ? enchaîna-t-il aussitôt, acerbe.

Il voulait piquer là où ça faisait mal. Gagné ! Le venin de ses paroles me touchait profondément.

- Matthew…

- Laisse tomber, je sais parfaitement que c'est ton patron et que tu ne faisais que ton job. Notre amitié aussi, c'était faux je suppose.

- Tu sais bien que non ! m'écriai-je, outrée par son insinuation.

Je lui avais peut-être menti, mais pas à ce point là, il le savait bien.

Il lâcha un petit rire sec.

- Quel imbécile j'ai été. Dire que je t'ai confié mes secrets les plus sombres alors que de ton côté, tu te délectais de me laisser dans l'ignorance !

- Tu es injuste. Si je t'ai menti, c'était pour te protéger d'un monde dont il valait mieux que tu ignores l'existence.

- Pour ce que ça a été utile ! me coupa-t-il.

- C'est vrai. Mais je ne pouvais pas le savoir ! Écoute… (J'inspirai pour me calmer) Je suis désolée de t'avoir caché la vérité sur mon identité, je suis désolée de ne pas être celle que tu croyais, pour autant, je n'ai jamais été fausse envers toi. Tu es mon ami ! Pourquoi crois-tu que j'ai tu tes origines à Phoenix avant qu'on rencontre ton père ?

- Tu te disais qu'avec moi à tes côtés, tu serais moins en danger ! Tu m'as amené comme appât.

Je me redressai sur mon siège, comme frappée dans l'estomac par un coup de poing géant invisible. La force de sa rancœur me stupéfiait même si je m'y attendais un peu. D'un autre côté, ce qui me faisait mal, c'était de ne pas pouvoir nier ses accusations, car effectivement, j'avais espéré que sa présence, lors de notre première entrevue avec le Cercle de Mellindra, nous sauverait la vie.

- Je reconnais que mon approche n'a pas été des plus intelligentes… (Il croisa les bras sur sa poitrine en tournant la tête vers la fenêtre) mais sache que ma motivation première était de te faire retrouver tes origines. Tu as le droit de me détester, Phoenix m'a détestée lui aussi. (Il se crispa) Je ne suis pas fière de moi, mais je peux au moins me consoler en me disant que j'avais les meilleures intentions. Je suis désolée, Matthew, tu ne peux pas savoir à quel point.

Un silence s'instaura entre nous. Long. Interminable…

Puis :

- Ce n'est pas suffisant.

Il se leva brusquement et se dirigea vers la sortie. Avant de disparaître de ma vue, il me dit :

- Mon père m'a chargé de servir d'intermédiaire pour les prochaines rencontres. Je m'appliquerai à la tâche parce que ces négociations constituent un enjeu bien plus important que ta trahison. Toutefois, ne cherche pas à réparer notre amitié, pour elle, il n'y aura pas de traité de paix qui tienne.

Sur ces mots, il me laissa.

J'avais fait le trajet du retour vers Scarborough comme un robot, le discours de mon ancien ami tournant et retournant dans ma tête comme une chanson atroce qui n'en voudrait plus sortir. En rentrant, j'appelai Angela pour lui raconter ce qui s'était passé, laquelle se réjouissait de l'avancée des négociations, tout en maudissant le sale caractère de Matthew. Je ne pouvais partager son avis, après tout, sa colère à mon égard était justifiée, et son caractère… C'était pour ça que nous l'aimions tant : pour son honnêteté en tous points.

J'avais ensuite raccroché avant de me plonger dans la lecture des éléments que j'avais pu trouver via l'informatique sur Vanessa Kane… ma mère.

Elle avait perdu ses parents très jeune et n'avait pas de famille. Son enfance avait été difficile, mais à force de volonté et de travail, elle avait fini par s'en sortir en trouvant une situation stable grâce à un emploi de standardiste dans une entreprise. Harding m'avait remis une photo d'elle lors de notre premier entretien à l'hôtel de Pembroke. Je l'avais rangée dans mon sac avec toutes mes affaires et je n'avais pas trouvé le courage d'y jeter un œil.

Là, je pris le temps de la détailler. Elle posait avec Emily Balder dans le jardin. Les deux souriaient avec insouciance, profitant de cette belle journée pour un barbecue et un repos bien mérités. Emily était enceinte.

En tout cas, le père de Matthew ne mentait pas, notre ressemblance était frappante. Mêmes cheveux, même sourire, même bouche, mêmes… yeux. Je remarquai que le noir des miens était bien plus prononcé que pour elle, ce qui expliquait pourquoi dans ses pupilles il était plus facile de discerner l'étrange lueur rouge qui s'y tapissait.

Que pensait-elle de moi, là-haut ?

Je m'étonnai, soudain, de voir des gouttes tomber sur la photo que je tenais. Je compris que je versais des larmes de dépit. Dire que je ne connaîtrais jamais la femme qui m'avait mise au monde et que j'avais emprunté la voie qu'elle s'était jurée de combattre !

Quand Phoenix me rejoignit dans la cuisine, ce soir-là, il faillit émettre un commentaire sur la nouvelle profusion de plats que j'avais concoctés et que je ne pourrais jamais avaler. Se souvenant que c'était ainsi que je me vidais la tête et avisant mon expression, il choisit d'ignorer le chantier ambiant pour se concentrer sur mon état émotionnel.

Sa sollicitude me réconforta suffisamment pour que je parvienne à lui faire le récit de mon entrevue avec le chef du Cercle de Mellindra. J'aurais bien voulu omettre le passage avec Matthew, mais sa perspicacité m'obligea à le lui évoquer. Il aurait pu l'insulter, dire qu'il était l'imbécile qu'il avait toujours pensé qu'il était, mais il n'en fit rien. Il se contenta de s'asseoir à mes côtés, et de me proposer son épaule pour pleurer.

*

Dans les jours qui suivirent, je revis deux fois Matthew. Talanus avait contacté Phoenix pour lui dire que les Grands nous autorisaient à dévoiler au Cercle de Mellindra l'existence d'un projet de recherches sur le sang de synthèse permettant aux vampires de se passer pour toujours du sang des humains, lesquels en seraient sûrement soulagés s'ils apprenaient leur existence, donc moins enclins à les exterminer. À notre première rencontre, il lui avait fallu digérer l'information avant de la retransmettre à son père. Comme il n'en croyait pas ses oreilles, Harding voulut des preuves. J'en apportai donc au second entretien, c'est-à-dire avec un carton entier de dossiers scientifiques de résultats d'expériences et de rapports de progrès sur le projet.

Matthew s'y connaissait un peu en science, et n'en était pas revenu en comprenant son envergure.

- Finalement, tous les vampires ne sont pas des menteurs doublés d'assassins.

À la façon dont il m'avait regardée, je saisis qu'il sous-entendait que Phoenix faisait partie de cette catégorie. Furieuse, mais néanmoins soucieuse de préserver le statu-quo, je ne relevai pas la pique. C'était trop puéril pour s'y attarder, attestant plus d'une jalousie encore tenace plutôt qu'une réelle aversion pour les créatures de la Nuit.

- Et pour l'application globale du Grand Changement ? demanda-t-il, comme si de rien n'était.

Je serrai les dents et lui répondis :

- Nos chefs de secteur sont toujours en train de négocier avec les dirigeants vampires. Vous demandez quelque chose d'extrêmement difficile à réaliser.

- Mais pas impossible… Dis-moi, « nos » chefs de secteurs ? On dirait que tu as choisi ton camp en fin de compte.

Cette fois, je sentis mon sang bouillonner dans mes veines.

- Je n'ai pas de « camp » et tu le sais bien. Si j'en avais un, ce serait celui de la paix.

- J'avais oublié à quel point tu avais une nature d'ange… Ah non, c'est vrai ! C'est Phoenix, l'ange de Scarborough ! Quel comble !

Le fiel de sa voix me hérissa tellement que je laissai tomber mes résolutions et décidai de répliquer.

- Écoute, Matthew. Je t'aime vraiment et j'espère sincèrement un jour être de nouveau digne de ton amitié. Mais là, tu dépasses les bornes. Tu ne sais absolument pas ce que Phoenix et moi avons traversé, ni ce que j'ai enduré depuis un an. Tu as le droit de m'en vouloir, je l'ai mérité. Mais ton ressentiment ne te donne pas le droit de m'insulter, ni de me faire passer pour ce que je ne suis pas, tout comme il ne te permet pas de juger l'homme qui m'a sauvé la vie à de nombreuses reprises, à travers le voile amer de ta jalousie. Au revoir.

Je le quittai sans remords ni regard en arrière, gardant seulement en mémoire son expression choquée et troublée par les vérités que je venais de lui asséner en plein visage.

Ce soir-là, quand Phoenix me demanda comment s'était passé notre entretien, je n'eus pas besoin de son épaule compatissante pour consoler mon amitié perdue. Le sentiment du devoir accompli et de la conscience tranquille avait pris le dessus et je pus lui relater les faits sans aucun chevrotement dans la voix. Je me sentais indignée, ça me changeait du vide de l'âme...

Il fallut attendre une semaine le retour de Talanus et Ysis avec l'échéancier tant espéré par le Cercle de Mellindra. J'avais téléphoné à Richard Harding qui me révéla qu'il n'avait jamais vraiment cru que cette exigence aboutirait. Il avait bien fait de se montrer gourmand, finalement, cela avait accéléré la décision des Grands d'élargir le champ d'application du Grand Changement.

Nous convînmes d'un rendez-vous deux jours plus tard, le 10 mars, dans un hangar logistique de la zone industrielle de Drake Hill. Il accepta de rencontrer enfin mon patron, et pour le mettre davantage en confiance, je lui proposai de rencontrer en même temps la meilleure amie de son fils, Angela, laquelle était promise au meilleur ami de Phoenix, François. J'espérais qu'en les voyant et qu'en leur parlant, ses préjugés concernant vampires et humains tomberaient définitivement. François étant le vampire le plus vertueux de la Terre et Angela la femme la plus généreuse, il ne pourrait que les aimer... et signer le traité.

Ma conscience s'amusa à me rappeler à cette pensée qu'encore une fois, j'allais mettre mes amis en première ligne pour me faciliter le travail. Toutefois, contrairement à la dernière fois, ceux-ci ne risquaient rien. Je me tranquillisai donc, d'autant que Matthew lui avait déjà parlé d'eux ainsi que du bien qu'il pensait de notre mousquetaire français. Harding se faisait une joie de les rencontrer.

Sur ce, je raccrochai, confiante dans l'issue d'un conflit qui durait depuis bien trop longtemps, et également amère quant à la conclusion de mon aventure aux côtés de l'ange vampire du comté de Kerington.

Si cette entrevue débouchait sur la trêve tant attendue, le risque d'une nouvelle guerre avec le Cercle de Mellindra serait définitivement écarté.

L'heure serait venue pour moi de tenir mes propres résolutions et de quitter tout ce qui avait fait mon bonheur pendant plus d'un an. J'avais trouvé une sœur en Angela, un véritable ami en François, un père en Danny, et mon double en son fils. Je m'étais reconstituée une famille, la famille que j'avais tant désirée à Kentwood, même si elle ne ressemblait pas vraiment à celle de mes rêves. Là-bas, il ne me serait jamais venu à l'esprit de compter des vampires parmi les êtres les plus chers à mon cœur.

Jamais je n'aurais imaginé être capable d'aimer si totalement, si inconditionnellement, si aveuglément un homme. Je n'avais jamais été fleur bleue, mais comme toutes les femmes à un moment ou un autre, j'avais rêvé du grand amour.

On aurait pu dire que j'avais une incroyable chance de l'avoir trouvé, de l'éprouver… Si seulement il avait été réciproque…

Il ne me restait plus qu'à m'en éloigner et tenter d'apaiser les souffrances de mon cœur en son absence. Je ne me faisais pourtant aucune illusion, je n'aimerais jamais plus comme j'aimais Phoenix, je ne pourrais pas m'engager avec quelqu'un d'autre.

Ce n'était pas une affirmation creuse d'une nouille gavée aux romans sentimentaux. C'était la vérité, ce que je ressentais au plus profond de mon cœur, dans toute mon âme. Phoenix avait été le premier et le dernier homme que j'aurais aimé. Et il n'en saurait jamais rien.

Deux soirs plus tard, je regardais la valise vide que j'avais ouverte sur mon lit. Dans une demi-heure, nous serions sur le lieu de rendez-vous. En fonction de la conclusion de cette discussion, je saurais si je devrais la remplir à mon retour ou pas. Cette perspective me glaçait les sangs au point que j'aurais presque eu envie de faire retarder l'entrevue pour reculer l'échéance.

Mais mes soucis ne faisaient pas le poids comparés à la paix entre humains et vampires. Je n'avais donc pas le choix.

En soupirant, je pris mon sac et sortis de ma chambre pour rejoindre Phoenix sur le perron. Il me restait encore une chose à faire avant qu'il m'emmène sceller mon destin.

- Êtes-vous prête ?

J'enviais le calme et le charisme qu'il irradiait.

- Il me reste un détail à régler, dis-je en m'approchant et en lui attrapant la main pour y glisser le collier de sa sœur.

Quand il le vit, son visage exprima plusieurs émotions : la nostalgie lié au bijou, la compréhension de mon geste, l'amertume qu'il déclenchait.

Bien que je parvins à refouler les larmes qui m'étaient naturellement montées aux yeux, ma voix s'enroua quand je pris la parole.

- Si cet entretien est couronné de succès et que la menace du Cercle est définitivement écartée, je n'ai plus de raison de retarder mon départ, alors je préfère vous rendre votre collier maintenant.

Phoenix me fixait sans un mot, la main toujours ouverte avec le bijou à l'intérieur. J'étais incapable de déterminer ses pensées, mais ses yeux lumineux étaient suffisants pour exprimer leur tumulte.

- Sachez que je ne regrette absolument rien. Je bénis même le soir de notre rencontre malgré ses circonstances mouvementées... Nos différences n'ont fait que nous séparer, mais je veux que vous sachiez que personne n'a jamais été plus important que vous dans ma vie. Je...

Je ne pouvais pas continuer sans lui avouer la vérité sur mes sentiments, mieux valait que je me tus. De toute façon, je ne pouvais plus prononcer le moindre mot tant l'émotion me submergeait.

Je n'en eus pas besoin.

Phoenix ne me laissa pas voir sa réaction à mon discours car il m'attira à lui pour me serrer dans une étreinte d'acier. Jamais nous ne serions plus proches qu'à cet instant, unis dans la douleur des adieux. Jamais il ne m'avait tenue si étroitement, comme s'il craignait que je me volatilise aussitôt après qu'il m'ait lâchée.

Je me mis à pleurer.

Son étreinte me bouleversait tellement que j'en oubliai toutes mes résolutions. À cet instant, je voulais qu'il me dise de rester, qu'il me dise qu'il m'aimait et ne cesserait jamais de m'aimer. Je voulais qu'il me prouve que je me trompais, qu'il avait simplement eu peur de m'avouer ses véritables sentiments et qu'à présent, il avait compris que je comptais trop dans sa vie pour qu'il me laisse m'en aller. J'aurais tout donné pour entendre ces mots sortir de sa bouche.

Mais il se contentait de me serrer contre lui, me serrer à m'en étouffer, comme s'il voulait que je me fonde en lui. Il ne disait rien.

- Je ne veux pas partir… dis-je entre deux sanglots.

Phoenix raffermit sa prise sur moi.

- Alors ne pars pas…

Ce murmure mal assuré à mon oreille faillit faire renaître un espoir que je ne pouvais autoriser à m'envahir avant d'en savoir davantage. Si ces mots n'avaient pas pour lui la valeur que je voulais qu'ils aient, je risquais de souffrir d'une nouvelle déception, plus amère encore que toutes les autres.

C'est pourquoi je ne posai ma question qu'une fois que je fus sûre que l'armure autour de mon cœur était redevenue inviolable.

- Pourquoi ?

Tout allait se jouer en fonction de sa réponse. J'étais prête à tout pour lui, à condition qu'il me donne une bonne raison de rester à ses côtés. Son amitié ne m'était pas suffisante, j'en voulais plus. Il n'avait que quelques mots à me dire…

Ils ne vinrent jamais.

Phoenix se raidit, son étreinte devenant presque insoutenable. Enfin, il m'écarta doucement, affichant son air indéchiffrable qui me brisa plus encore que ce qui suivit :

- Je n'ai pas à vous influencer. Vous êtes désormais libre de vos propres choix, je n'ai pas le droit, par simple égoïsme, de vous priver du bonheur auquel vous aspirez en restant à mes côtés. Vous méritez mieux que ça.

J'eus envie de hurler, de le gifler, de pleurer. Tout en même temps. Mais rien de ce que j'éprouvais réellement ne traversa mes lèvres. Mon armure avait fonctionné.

- Si vous le dites.

Cette phrase si banale et si vide de sens m'horrifia comme je la prononçais, pourtant, ce fut la seule réponse qui me semblait convenir pour clore définitivement le chapitre de notre séparation.

Il ne se battrait pas pour moi.

J'allais devoir apprendre à vivre sans lui.

Chapitre XII : Une question de choix

*

Tout le monde avait été ponctuel. Richard Harding, Matthew, Angela, François, Phoenix et moi arrivâmes au lieu de rendez-vous à vingt-trois heures. Je tenais dans une chemise en plastique les précieux documents attestant de la volonté des Grands d'accélérer l'élargissement du Grand Changement au reste de la planète et de l'engagement pris de le faire respecter avec la plus grande fermeté, en collaboration étroite avec les protecteurs de la race humaine.

En tant qu'intermédiaire, je me chargeai de faire les présentations (passant rapidement sur Phoenix et Matthew par mesure de sécurité ; les deux s'étaient regardés avec la même haine farouche en arrivant). Harding salua courtoisement mon patron, quelque peu intimidé par l'aura de puissance et de charisme calme et mortel qui émanait de lui, lequel lui répondit par un hochement de tête appuyé, marque d'un profond respect pour ceux qui s'y connaissaient dans les formalités vampiriques.

- Alors, c'est vous, notre « ange gardien » ?

Phoenix hocha de nouveau la tête.

- Tout dépend de quel côté de la loi vous êtes.

Je grinçai des dents. N'aurait-il pas pu éviter de rappeler à notre interlocuteur, censé signer un traité de paix, qu'il était capable de le démembrer s'il ne respectait pas ses engagements ?

Heureusement, cela fit rire Richard Harding.

- Je crois que nous allons nous entendre.

Il avisa la chemise que je tenais précieusement.

- Puis-je ?

Je lui tendis.

Nous patientâmes quelques minutes pour leur laisser le temps, avec Matthew qui lisait par-dessus son épaule, de prendre connaissance de l'échéancier proposé.

Ils haussèrent les sourcils en même temps. Je me doutais qu'ils venaient de lire le passage où il était indiqué dans combien d'années le Grand Changement devrait être appliqué à l'échelle mondiale. C'était vrai que les nouveaux pays émergents comme la Chine, l'Inde ou le Brésil seraient les premiers à y être rattachés sur une période de deux ans, mais au final, le processus global prendrait un temps beaucoup plus long.

- Soixante ans ? dit Harding, mi perplexe, mi désappointé.

- C'est le temps que les Grands sont disposés à vous donner, déclara Phoenix.

Matthew intervint, révolté.

- Vous vous rendez compte du nombre d'humains qui vont être assassinés pendant ce laps de temps ? C'est trop long !

La discussion risquait de mal tourner, il valait mieux que je prenne le relais. Phoenix n'était pas doué pour arrondir les angles, surtout quand son adversaire n'était autre que Matthew.

- Si vous avez bien lu le document, vous avez vu que c'était un processus progressif. Une application immédiate n'aurait pour effet que de déclencher une guerre civile entre vampires. Il y aurait forcément des dommages humains collatéraux, d'autant plus si le

Secret de leur existence venait à être révélé au grand jour. Personne ne souhaite une guerre entre nos deux races parce qu'on n'a aucune idée du nombre de pertes qu'elle occasionnerait.

Matthew se tut, réfléchissant à mes paroles. Il était intelligent, je savais qu'il ne pourrait que rejoindre mon raisonnement. Il restait encore son père à convaincre.

- La première fois qu'on s'est vus, je vous ai dit que Rome ne s'était pas construite en un jour. Les enjeux du Grand Changement sont bien plus importants encore ! Le Cercle de Mellindra se doit de le préserver pour protéger l'humanité. Il est nécessaire de travailler ensemble pour garantir son succès et rendre possible la cohabitation pacifique entre nos deux espèces. Nous ne sommes pas si différents…

Je regardai François et Angela, Harding m'imita. Ils se tenaient la main, baignant dans une aura d'amour inconditionnel que même lui pouvait percevoir. Malgré la tension qui les habitait tous deux, le lien qui les unissait se voyait clairement. Je vis l'émotion gagner les prunelles de Richard Harding, ce dont je profitai pour implorer silencieusement Matthew de mettre fin à l'hésitation de son père.

Il me dévisagea, longuement, puis Phoenix. Son visage se durcit, j'eus peur que tout soit fichu.

- Il est temps que le Cercle de Mellindra réoriente sa façon de protéger l'humanité… Non plus en tuant les vampires, mais en les aidant à les empêcher de nous tuer. Elle a raison, le Grand Changement est une cause pour laquelle il est digne de se battre.

Richard Harding sortit un stylo de sa veste.

Parmi les éléments que je lui avais donnés, il y avait une feuille sur laquelle était rédigé l'accord de la trêve, en attendant la signature d'un véritable traité de paix.

- Il est temps que je profite de mon fils sans me soucier de savoir si on ne me l'arrachera pas de nouveau.

Il signa.

Tous mes nerfs se détendirent enfin à l'énoncé de cette décision. On avait frôlé une guerre ouverte entre vampires et humains et personne ne pouvait savoir ce qu'il serait advenu si on en était arrivé là. Qui aurait gagné ? Combien y aurait-il eu de morts ? Où aurais-je eu ma place ?

Quel soulagement de savoir que ces questions ne se poseraient pas ! Le Cercle de Mellindra n'était pas dissous, il se mettait simplement en veille pour préserver le statu quo. Il continuerait à surveiller le comportement des vampires dans les régions concernées par le Grand Changement, mais au lieu de perpétrer des assassinats au premier dérapage, il pourrait cette fois demander des comptes et être entendu sans se faire pour autant massacrer.

De nombreuses négociations se profilaient, mais le principal était là, la guerre avait été évitée. Je jetai un coup d'œil à Angela et je vis qu'elle aussi expirait enfin le souffle qu'elle avait retenu tout au long de cette rencontre. Même si elle ne connaissait pas vraiment le monde des vampires, elle en savait suffisamment pour comprendre qu'en cas de conflit, François ne pourrait pas se défiler ; d'ailleurs, il ne l'aurait jamais fait. Comme il était son âme sœur, elle avait vécu avec un nœud à l'estomac dès qu'elle avait su pour cette affaire. Elle n'aurait jamais supporté de perdre son grand amour…

De fait, je fixai Matthew avec toute la gratitude que mon regard pouvait exprimer. Je savais que c'était grâce à lui si on était parvenus à se mettre d'accord sur une trêve. À partir du moment où il avait compris les terribles implications de la pérennité de la haine entre vampires et membres du Cercle, il était devenu l'acteur décisif du cessez-le-feu. Être le fils perdu du chef des membres de ce dernier avait considérablement joué dans ce sens. Richard Harding avait perdu sa femme dans des conditions atroces, et il était persuadé que son enfant avait connu le même sort. On pouvait facilement compatir à son chagrin et comprendre son désir de vengeance…

La colère que je lisais dans son regard à notre rencontre n'avait pas entièrement disparu, évidemment, mais le fait d'avoir retrouvé son fils avait permis à la raison d'être de nouveau entendue par cet homme. Ses amis avaient des enfants en bas âge, il n'avait pas le droit de les exposer ainsi à une guerre ouverte. Faire perdurer la haine sur toutes les générations était injuste, ces petits méritaient d'être heureux, loin de toute cette violence. Mes parents adoptifs avaient pris cette décision pour moi trente ans auparavant... et je les en remerciais.

Pendant que son père posait des questions à Phoenix sur l'organisation à venir, Matthew plongea son regard dans le mien. Tout ce temps, je m'étais demandée s'il me pardonnerait un jour tous les mensonges que je lui avais racontés. Il m'en avait terriblement voulu lorsqu'il avait tout découvert, surtout en sachant que son père biologique, qu'il cherchait depuis des années, était celui-là même que les vampires voulaient mettre hors d'état de nuire après avoir été responsables de la mort de sa mère, et qu'ils m'avaient demandé de leur servir sur un plateau. Je souffrais du fait qu'il me considérait comme une traîtresse. Je ne pouvais pas lui en vouloir, pourtant, son comportement envers moi tout ce temps m'avait profondément blessée. Endurer sa froideur et son regard accusateur lorsque nous nous retrouvions pour servir d'intermédiaires entre les deux camps fut plus que pénible. Néanmoins, à cet instant, j'aurais tout oublié si Matthew m'avait enfin pardonnée.

Celui-ci jeta un bref coup d'œil à Angela, que je vis l'encourager avec un sourire, avant de reporter son attention sur moi. Je n'entendais ni mon cœur battre, ni la conversation se dérouler entre mon patron et le père de mon ami. Seule comptait la décision qu'il allait prendre, maintenant.

Lentement, il hocha la tête à la positive. Ce fut suffisant.

Je fermai les yeux, autant de soulagement que pour refouler les larmes d'émotion qui menaçaient de faire surface, et expirai longuement. Quand je les rouvris, je lui adressai un franc sourire qu'il me rendit plus timidement. Je me serais jetée dans ses bras si la situation n'avait été si formelle.

Angela, elle, avait moins de retenue et s'essuyait les yeux avec un mouchoir, trop heureuse de voir ses meilleurs amis enfin réconciliés.

Enfin je pus m'intéresser à la discussion environnante qui touchait à son terme. Richard Harding promettait encore une fois de ne plus tenter quoi que ce soit contre la communauté vampirique, au moins jusqu'à la signature du traité de paix officiel, et Phoenix lui assurait, à lui tout autant qu'à ses associés, la liberté et la vie.

Ce cauchemar allait prendre fin, une fin symbolisée par la poignée de main que s'autorisèrent l'un et l'autre. Je me dis que c'était là le parfait moment pour serrer Matthew dans mes bras et je m'avançais vers lui quand tout à coup, une sirène d'alarme se mit à rugir dans mon esprit, me clouant sur place.

En levant les yeux, je vis un mouvement sur l'échafaudage qui nous surplombait, accessible de l'extérieur par une fenêtre cassée. Je vis également l'embout d'un fusil qui visait l'un d'entre nous.

- ATTENTION !! hurlai-je en courant sans réfléchir pour me placer devant Phoenix, que j'avais identifié au premier coup d'œil comme la cible du tireur.

Tout se passa très vite.

Matthew et son père plongèrent au sol, tout comme Angela qui n'avait pas vraiment eu le choix vu que François s'était jeté sur elle pour la protéger. Quant à moi, offerte aux balles de l'homme tatoué, je n'avais pas anticipé la vitesse des réflexes de mon patron.

Alors que les balles sifflaient déjà vers ma poitrine, il m'attrapa par la taille et me repoussa sur le côté pour les recevoir à ma place.

Depuis le béton sur lequel je m'étais affalée et comme dans un mauvais ralenti, je pus voir distinctement l'impact suivi de la chute de celui qui m'avait protégée. Mon Dieu… Si j'avais utilisé ma raison au lieu de me précipiter tête baissée entre les balles et Phoenix, celui-ci, avec ses pouvoirs, auraient eu le temps de les éviter. En me poussant de la ligne de mire, il s'était sacrifié. C'était ma faute.

Tout s'écroula autour de moi. Je n'entendis pas le cri de frayeur d'Angela ni ceux du tireur qui n'avait pas eu le temps d'échapper à la super vitesse de François, lequel avait commencé par tordre le canon du fusil avant de lui décocher un coup de poing qui le fit s'envoler et s'écraser par terre.

Non. Tout ce que je voyais, c'était Phoenix, allongé, du sang s'écoulant lentement de sa blessure au thorax. Je m'élançai vers lui pour m'agenouiller à son côté et voir l'étendue des dégâts.

Il gisait sur le sol dans un état d'extrême faiblesse que j'associai aussitôt à l'effet provoqué par l'empoisonnement à l'argent. Il devait beaucoup souffrir, mais vu que le cœur n'avait pas été touché, en théorie, il n'y avait pas à paniquer ; une bonne rasade de sang frais et il n'y paraîtrait plus. Alors pourquoi ce mauvais pressentiment qui m'assaillait tandis que je lui prenais la main ? Pourquoi cette impression que quelque chose d'horrible, d'insurmontable pour moi, allait se passer ?

Phoenix avait le teint blême, et ses yeux n'exprimant que souffrance sur une bouche qui restait désespérément muette, me faisaient frissonner. Pourquoi n'arrivait-il pas à parler ? Mais avec les cris de l'homme tatoué, je n'entendrais rien du tout de toute façon !

Les hurlements de ce dernier étaient causés par la douleur de sa jambe cassée ainsi qu'aux insultes qu'il proférait à l'égard de Richard, qu'il accusait de traîtrise à son espèce.

- Tu avais promis de m'aider à venger mon frère en éradiquant tous les vampires de cette planète ! Maintenant que tu as retrouvé ton fils, tu oublies tes véritables amis !

Choqué, ce dernier n'en trouva pas moins la force de riposter.

- Je n'oublie personne et c'est justement pour vous protéger que j'ai accepté cette trêve ! J'ai fini par comprendre que toutes ces années à vivre dans la haine et la vengeance nous ont empêchés de faire notre deuil et de rendre hommage aux morts en trouvant un moyen d'être heureux dans cette vie ! Nous sommes tous épuisés de nous cacher, nos amis ont peur pour leurs enfants, et je suis épuisé de vivre avec la Mort en permanence ! Si cet ange nous garantit la sécurité, je ne vois pas pourquoi nous ne pourrions pas surveiller leurs agissements sans se déclarer la guerre. Le Cercle de Mellindra ne doit pas avoir pour vocation de déclencher une guerre que nous, humains, ne sommes pas sûrs de gagner ! Tous nos membres sont d'accord avec ça, je croyais que tu avais fini par l'accepter, toi aussi !

- Tu n'es qu'un traître ! Vous êtes tous des traîtres ! hurla l'autre. Si je dois mourir ce soir, ce sera avec la satisfaction d'avoir tué l'une de ces horreurs ! J'ai utilisé ma plus belle invention, une trouvaille que je réservais pour un vampire d'un autre calibre que les minus qu'on a eus au réveil ! Des balles contenant de l'argent liquide ! D'ici peu de temps, il crèvera comme il le mérite !

Mon sang se glaça.

Alors c'était ça. La raison pour laquelle Phoenix ne pouvait plus bouger... Lentement mais sûrement, le poison argenté traçait sa route vers son cœur et une fois là-bas, c'en serait fini. Avec des balles classiques, l'absorption de sang humain aurait eu tôt fait de les expulser de l'organisme, mais avec du liquide...

Il me fallut quelques secondes pour assimiler l'information. Phoenix, mourir ? C'était impossible, c'était un ange ! Enfin pas un ange de Dieu, évidemment, mais mon ange à moi...

Je... non... il ne pouvait pas...

La lame chauffée à blanc se rappela soudain à mon bon souvenir en me transperçant cette fois avec une violence inouïe. Je pouvais tout supporter : le fait qu'il ne m'aime pas, mon départ de Scarborough, son absence... Je pouvais tout encaisser. Mais pas qu'il meure. C'était intolérable. Si j'étais née, je le savais désormais, c'était bien pour aimer cet homme-là et le réconcilier avec lui-même. Peu importait que je ne puisse vivre à ses côtés si tant est qu'il vivait, lui. Je n'avais pas ma place dans ce monde s'il n'en faisait plus partie.

Alors même que cette hideuse réalité se frayait un chemin dans mon esprit tétanisé par le choc et la douleur, l'homme ricanait toujours.

En une fraction de seconde, François le surplomba, l'œil sauvage, la voix lourde de sens.

- Je vais tout de suite exaucer ton souhait.

L'homme ferma les yeux avec un sourire triomphant tandis que notre mousquetaire se baissait déjà, crocs sortis, pour lui percer la gorge.

- Arrête !

Cet ordre sec, malgré la faiblesse de volume de la voix, venait de Phoenix. Il faisait de gros efforts pour rester conscient.

- Si tu le tues, tout ça n'aura servi à rien et tu ne feras qu'accomplir sa volonté. Laisse-le.

François s'était immobilisé et regardait son ami avec compassion et admiration. Richard Harding, lui, le dévisageait avec incrédulité.

- Il a tenté de vous tuer, et vous lui laissez la vie sauve ?

- Ma vie a moins d'importance que la restauration du statu quo. Nous nous sommes tout dit. Matthew et vous, emmenez cet homme et faites-en ce qu'il vous plaira. Mes employeurs vous feront contacter pour rédiger les accords officiels du traité de paix et de ses implications à venir.

Il était temps pour eux de prendre congé, le message était clair. Phoenix était fier et il ne voulait pas perdre son combat devant eux.

Tandis que Matthew se chargeait de porter Bruce sur son épaule, lequel avait dû être assommé par François parce qu'il s'était remis à crier, Richard se dirigea vers la porte pour l'ouvrir. Mais avant d'en passer le seuil, il se retourna.

- Vous auriez pu éviter ces balles et la laisser mourir, mais vous vous êtes interposé… Samantha avait raison, il y a du bon en vous.

Phoenix accueillit ce compliment par un faible hochement de tête. Son père sorti, Matthew avisa mon visage inondé de larmes et me regarda avec pitié.

- Je peux revenir… Je ne sais pas comment, mais je veux vous aider.

Comme je ne répondais pas, François s'en chargea.

- Il n'y a rien à faire. Le mieux pour toi est de rentrer avec ton père et trouver un moyen d'empêcher ce type de nuire à nouveau.

Après un court silence, j'entendis Matthew :

- Je suis désolé.

Il partit.

Il ne restait qu'Angela, François et moi, impuissants que nous étions face à l'agonie de Phoenix dont le teint déjà pâle prenait progressivement une teinte cendrée. Dans un dernier effort, celui-ci prit ma main et y déposa quelque chose.

L'étonnement laissa rapidement la place au désespoir quand je compris que ce petit objet argenté n'était autre que le collier de Keira, qu'il m'avait rendu en guise d'adieu.

*

- Je vais lui donner mon sang ! dis-je en joignant le geste à la parole, en me faisant une large entaille dans l'avant-bras.

Phoenix venait de perdre connaissance. Juste avant, il m'avait regardée d'une étrange manière. Il avait voulu me dire quelque chose, mais je ne l'avais pas compris, ce qui me frustrait au plus haut point. Il fallait qu'il me revienne, c'est pourquoi ma main ne trembla pas lorsque je me coupai.

François et Angela se tenaient derrière moi tandis que je m'escrimais à faire boire mon fluide vital à l'homme que j'aimais. Mon amie ne pouvait s'empêcher de sangloter, ce qui m'agaçait terriblement car je savais qu'elle envisageait le pire. Pour moi, c'était hors de question. On n'avait pas placé Phoenix sur ma route, fait de lui mon mentor et l'être le plus cher à mes yeux, pour me le reprendre à cause de stupides balles en argent.

- Buvez, Phoenix. Bon sang ! Buvez !

J'avais beau faire, il n'arrivait pas à avaler le liquide qui coulait dans sa bouche. Horrifiée, je voyais sa peau virer au grisâtre à mesure que l'argent progressait vers son cœur.

- François, ça ne marche pas ! implorai-je mon mousquetaire.

Celui-ci posa une main sur mon épaule.

- Il faudrait plusieurs litres de sang injectés directement dans l'organisme. Nous n'avons rien sous la main et Phoenix ne peut être transporté.

- Qu'est-ce… qu'est-ce que tu sous-entends ?

- J'ai bien peur qu'il n'y ait rien à faire, dit-il d'une voix blanche, sa douleur faisant écho à la mienne.

- Non, il doit bien y avoir une solution ! m'entêtai-je. Il ne peut pas mourir ! C'est Phoenix !

Comme si cet argument allait changer quoi que ce soit ! Après cinq cents ans sur cette terre, mon vampire de patron n'allait tout bonnement pas renaître de ses cendres. Il allait disparaître sous mes yeux, sans que je ne puisse rien y faire. C'était cette vérité qu'il fallait accepter.

Sous le poids de la souffrance et de la violence de mes sanglots, je me penchai en avant et posai la tête sur son torse. J'allais perdre mon amour alors que je n'avais jamais eu le courage de lui avouer ce que je ressentais pour lui. L'aurais-je fait que peut-être aurais-je moins eu, en cet instant précis, ce sentiment de pur gâchis.

- Non… non… non… murmurai-je en une litanie désespérée.

Je fermai les yeux en tentant de m'imaginer vivre un cauchemar duquel j'allais me réveiller. Même quand Phoenix m'avait rejetée, je ne m'étais pas sentie si mal. J'avais l'impression qu'on m'arrachait l'âme pour la déchiqueter en confettis et brûler ce qu'il en restait.

François et Angela s'étaient reculés pour me laisser un peu d'intimité. Ils connaissaient mes sentiments et je les remerciais de leur silence. Rien de ce qu'ils auraient pu me dire n'aurait soulagé ma souffrance. J'allais devoir vivre sans lui…

Autant dire que je passerais le reste de mes jours dans une nuit perpétuelle.

Une nuit…. La nuit…

Léthalée…

- *Quand le garçon commença à dépérir dangereusement, elle n'hésita pas une seconde et se trancha la gorge pour lui offrir son propre sang.*

(…)

- *Plus de pression. La carotide ?*

Ces deux souvenirs se percutèrent dans mon esprit. La mère de tous les vampires s'était sacrifiée pour que son fils vive et l'année dernière, quand Karl m'avait mise K.O. dans ma chambre avec la mâchoire cassée, Phoenix m'avait fait boire à son cou pour faciliter l'afflux de sang.

Je me redressai vivement et le regardai. Aux portes de la mort, son visage n'avait rien perdu de son charisme et de sa beauté. Il ressemblait vraiment à un ange du paradis…

Je sus ce que je devais faire.

Mon couteau en main, je tournai la tête vers le couple qui m'observait, affichant un air d'infinie compassion à mon égard.

- Sous aucun prétexte, vous ne devez intervenir. Peu importent les conséquences, je vous interdis d'intervenir, vous m'entendez ?

Ma voix fut plus sèche et cassante que je ne l'avais voulu, cependant, ce n'était plus l'heure des atermoiements. Fuyant l'œil interrogateur de François, je regardai une dernière fois l'homme que j'aimais. Si je ne réussissais pas, au moins mourrais-je avec lui.

C'était bien comme ça…

Je levai le bras.

- NON ! entendis-je.

Mon ami mousquetaire avait compris l'intention de mon geste, mais c'était trop tard.

Le glapissement puis le cri horrifié d'Angela me parvint de manière très lointaine. Je n'avais pas réfléchi à la façon dont j'allais procéder, je faisais simplement confiance à l'arête affûtée de ma lame pour bien faire le travail.

Le sang s'écoulait désormais à torrents de ma gorge ouverte.

Malgré le choc, je savais qu'il me restait quelques secondes de conscience avant de dériver vers la mort donc je plaçai ma blessure béante sur la bouche de mon employeur, ma main sous sa tête, en espérant qu'une quelconque réaction se produise. Peu m'importait d'y laisser la vie tant que je pouvais sauver la sienne.

Ma vision se troublait, mes oreilles bourdonnaient, ce qui me permit de ne pas trop entendre Angela supplier François de m'aider, et celui-ci le lui refuser pour respecter mes vœux. Doucement, je sombrai. Mes paupières devinrent de plus en plus lourdes et au bout d'un moment, je me dis que ça ne servait à rien de vouloir les garder ouvertes.

Je n'avais plus froid. Je me sentais mieux, en fait. Physiquement, tout du moins.

Comme rien n'attestait le contraire, je me doutais que Phoenix n'avait pas réussi à boire mon sang. Je ne le sauverais pas donc mieux valait que je n'ouvre plus jamais les yeux.

Comme je dérivais ainsi, à la lisière de l'inconscience et de la mort, je fus brusquement ramenée aux sensations du monde réel quand tout mon corps se rappela à moi pour m'informer que la pression soudaine qu'il subissait était insoutenable. Plus que cela, la douleur incroyable que je ressentis au niveau du cou, comme si on enfonçait deux aiguilles chauffées à blanc dans ma gorge déjà blessée, m'aurait arraché un hurlement si j'en avais été capable.

De la torpeur dans laquelle je me trouvais, je compris.

Un vampire était en train de me tuer.

Pourtant, loin d'avoir peur, tout mon être souriait.

FIN DU TOME II

Prochainement

SAMANTHA WATKINS OU LES CHRONIQUES D'UN QUOTIDIEN EXTRAORDINAIRE

<u>Tome 3 : CHAOS</u>

Extrait

- Sam…

Ce fut d'abord un son indistinct, puis un murmure.

- Sam…

Qu'est-ce que c'était ? J'avais l'impression de connaître cette voix… de connaître ce nom.

- Samantha…

La voix se fit plus forte, comme quelqu'un qui appelle une personne au loin. Est-ce que c'était moi qu'appelait cette voix de velours dont l'inquiétude transparaissait comme une lumière dans la nuit ? Une voix de velours… Pourquoi cette image résonnait en moi si puissamment ? Voix de Velours…

Phoenix !

Cette pensée fit céder la digue qui empêchait mes souvenirs de remonter à la surface et je fus subitement assaillie par une succession d'images et d'émotions violentes qui me crispèrent les entrailles. Je dus assimiler en ce qui me parut quelques microsecondes, tout le contenu d'une vie et toutes les sensations, espoirs et regrets qui vont avec, jusqu'à ce que j'arrive à l'étape plus que déstabilisante de ma propre mort. Je me revis en train de tenir la lame qui devait sauver l'homme gisant devant moi, puis je ressentis à nouveau sa brûlure lorsque je m'étais entaillée la peau pour laisser mon sang s'en écouler. Enfin, je me rappelai également à quel point ses crocs dans mon cou m'avaient fait mal et que ce n'était rien par rapport à la torture que mon âme avait subie une fois libérée de son carcan physique.

Je fronçai mentalement les sourcils. Comment se faisait-il que la torture avait cessé subitement ? Je n'avais plus mal… Et surtout, comment se faisait-il que j'entendais Phoenix prononcer mon nom alors que je n'étais plus de ce monde ? Soudain, un froid glacial s'insinua dans mon cœur quand un soupçon se fraya un chemin dans mon esprit convalescent. Je me surpris à manquer d'air en réaction à l'angoisse qui m'étreignit la poitrine, et à secouer vivement la tête pour refouler l'évidence.

Phoenix était mort.

Il m'avait rejointe dans mon enfer personnel pour être supplicié à son tour. Je n'avais pas réussi à le sauver.

Je sentis une rage sourde naître au plus profond de moi, augmentant à mesure que je prenais conscience de la vérité, jusqu'à atteindre des proportions que je n'avais jamais connues de mon vivant, menaçant de tout engloutir sur son passage si jamais je la laissais jaillir hors de moi. Et je ne me fis pas prier !

Je me débattis violemment en maudissant Dieu, le Diable, la Nuit, la Terre et l'univers entier de m'avoir laissé croire que j'avais réussi à sauver l'homme que j'aimais, puis de me laisser un répit dans mes tortures afin que le supplice prenne une nouvelle ampleur avec cette information. Car c'était sûr ! Savoir Phoenix mort était un tourment qui me brisait plus que tout ce que j'avais enduré jusque-là, plus que toutes mes séances infernales réunies ! Il était mort ! Il était mort ! Il était mort ! Noooon ! J'aurais tout donné, j'aurais accepté de continuer à être martyrisée s'il avait vécu.

La douleur fut telle que je poussai un hurlement pire que les précédents, si violent et si désespéré qu'il parvint à me glacer aussi. Jusqu'ici, j'avais eu l'impression qu'aucun son ne sortait vraiment de ma bouche, mais à cet instant, j'entendis distinctement ce cri inhumain, si distinctement en fait que je ressentis immédiatement une violente douleur aux oreilles. Pour autant, ce ne fut pas cela qui me fit cesser…

- SAM ! OUVREZ LES YEUX !

Je sursautai et c'est à cet instant que je pris conscience que l'obscurité dans laquelle je baignais depuis mon pseudo-réveil n'avait rien à voir avec la mort. J'avais les yeux fermés et il suffisait que je les ouvre pour voir le propriétaire de cette voix. Je n'attendis même pas un battement de cœur, je m'exécutai.

Découvrez la suite dans
Samantha Watkins ou Les chroniques d'un quotidien
extraordinaire,
Tome 3 : Chaos, d'Aurélie Venem.

Remerciements

Aux amis cobayes, toujours les mêmes, qui se dévouent pour me donner leur avis.

À Rachel Berthelot, pour la création de la couverture.

Table des matières

ISBN : 978-2-9543721-1-2
Imprimé par Amazon Createspace
Dépôt légal : septembre 2013.